BASTEI
LÜBBE

EPHRAIM KISHON

EIN APFEL IST AN ALLEM SCHULD

2 ROMANE IN EINEM BAND

MEIN KAMM

BASTEI LÜBBE

BASTEI LÜBBE TASCHENBUCH
Band 25943

Vollständige Taschenbuchausgabe

Bastei Lübbe Taschenbücher ist ein Imprint
der Verlagsgruppe Lübbe

Die Bibelzitate stammen aus der Übersetzung
der »Heiligen-Schrift« nach Martin Luther

Umschlaggestaltung: HildenDesign, München
Titelmotiv: Artville
Satz: hanseatenSatz-bremen, Bremen
Druck und Verarbeitung: Elsnerdruck, Berlin
Printed in Germany
ISBN 3-404-25943-2

Sie finden uns im Internet unter
http://www.luebbe.de

Der Preis dieses Bandes versteht sich einschließlich
der gesetzlichen Mehrwertsteuer.

EPHRAIM
KISHON

EIN APFEL IST AN ALLEM SCHULD

Ins Deutsche übertragen von
Ephraim Kishon,
Ursula Abrahamy und Friedrich Torberg

Mit Zeichnungen von
Rudolf Angerer

BASTEI
LÜBBE

INHALT

III. Du sollst den Feiertag heiligen

IV. Du sollst deinen Vater und deine Mutter ehren

V. Du sollst nicht töten

VI. Du sollst nicht ehebrechen

Geständnis des Apfelwurms an der Polizeistation Himmelpforte im Jahre 3013 v. Ch.

Ich, der Unterzeichnende, gebe hiermit zu Protokoll, daß ich in jenem Apfel saß, den die Schlange Frau Adam angeblich empfohlen haben soll.

Ich plädiere auf Freispruch für den Apfel, der nach offizieller Anklage an der größten Katastrophe der Menschheit für schuldig befunden wurde.

In meiner Funktion als umweltfreundlicher Wurm residierte ich zur fraglichen Zeit in besagter Frucht. Ich versichere an Eides Statt, daß ich keinen bemerkenswerten Unterschied zwischen der sogenannten Frucht der Erkenntnis und allen vergleichbaren Obstsorten feststellen konnte, die ich während meines Aufenthaltes im Paradies gekostet habe. Es handelte sich zweifellos um einen Apfel wie jeder andere, vielleicht ein wenig glänzender, in jedem Fall aber aus gängigem biologisch-dynamischem Anbau.

Nach meiner Einschätzung diente die Frucht der höchsten Stelle lediglich als Alibi, um die beiden herumlungernden Nudisten aus dem Garten Eden legal ausweisen zu können. Festzuhalten bleibt, daß hingegen meine Aufenthaltsbewilligung für das Paradies verlängert wurde, obwohl auch ich von der Frucht der Erkenntnis gekostet hatte.

Gezeichnet: 

AUF MOSES' SPUREN

Wie fast alles im Leben fußt auch mein neues Buch auf einem Mißverständnis. Es ist nämlich kein Jubiläumsbuch, sondern eine Alterserscheinung und wurde von der taktlosen Bemerkung einer jungen Journalistin inspiriert, die von meinem »biblischen« Alter berichtete. Als ob ich ein paar tausend Jahre auf dem Buckel hätte. Eine Frechheit, besser gesagt eine echte »Chuzpe«, wie sich der Autor der Bibel heute ausdrücken würde.

Ein Körnchen Wahrheit steckt jedoch darin. Als Schriftsteller, der die meisten seiner unzähligen Bücher von rechts nach links geschrieben hat, und als verlorener Sohn, der ins Land seiner Väter zurückgekehrt ist, bin ich mit der Bibel viel enger verbunden, als es auf den ersten Blick aussieht.

In meinem jungen Staat hat man manchmal den Eindruck, auf einer archäologischen Baustelle zu leben, wo man auf Schritt und Tritt über Funde aus biblischer Zeit stolpert. Der Kibbuz Kfar-Hachoresch zum Beispiel, in dem ich Mitglied war, liegt auf einem Hügel oberhalb von Nazareth. Jeden Montag bin ich dort mit meinen scheppernden Milchkannen den Spuren Jesu gefolgt, und mein steiler Weg zur hebräischen Sprache führte über Golgatha ins Jerusalemer Seminar. Auch das Haus, das ich heute bewohne, liegt nur einen Katzensprung von Jaffa entfernt, wo der Prophet Jonas den nächsten Walfisch nach Tharsus genommen hat.

So unwahrscheinlich es klingt, sogar mein Name stammt aus der Bibel. Kishon heißt der biblische Fluß, in dem Jahve die feindlichen Kampfwagen des Feldherrn Sisera versenkte. Und damit nicht genug, drückte doch die Prophetin Debora ausgerechnet auf dem Berg Ephraim den jüdischen Kämpfern die Daumen.

Ich habe also in der Bibel manche Spur hinterlassen und schreibe auch in der Sprache der Bibel, was manchmal zu Mißverständnissen führt. Ein junger »Stern«-Reporter, der vor einigen Jahren ein Interview mit mir machte, das dann nur 20 Seiten entfernt von Adolfs erster Tagebuchfortsetzung erschien, stellte mir damals die kuriose Frage: »Wie kommt es, Herr Kishon, daß Sie hebräisch schreiben und doch nicht annähernd die Auflage der Bibel erreichen?« Ich antwortete ihm ehrlich: »Der liebe Gott hat eben die bessere Presse.«

Ja, die Bibel ist ein Medienliebling, ein Publikumshit, obwohl das Alte und das Neue Testament trotz des Generationenunterschiedes ihrer Verfasser oft miteinander verwechselt werden. Unter uns gesagt, keiner kennt heutzutage die Heilige Schrift wirklich. Sie ist in unserer hektischen Konsumgesellschaft vor allem ein volkstümlicher Begriff zwischen Joseph Beuys und Asterix. Man weiß gerade noch, daß die Bibel etwas mit dem lieben Gott zu tun hat, aber das ist zumeist auch alles. Aber bis heute läßt sich jede Diskussion kinderleicht mit dem Hinweis abwürgen: »Verzeihung, meine Gnädigste, aber das steht bereits in der Bibel.«

Und was tut Gott? Es steht wirklich da.

*

Die Bibel ist ein einmaliges, ein wunderbares Werk, wenn sie auch ganz anders ist, als man sie sich gemeinhin vorstellt. Über ihr Entstehen wissen wir weniger als über die Geheimnisse der Pyramiden. Ihre Vielseitigkeit aber übersteigt das menschliche Fassungsvermögen. Vision, Geschichte, Poesie, Krimi, Moral, Ethik, Gesellschaftskolumne und Porno liegen hier dicht beieinander. Alles das ist die Bibel, nur heilig ist sie selten. Und dennoch sollte man sie nicht nur ungefähr kennen, sondern so genau wie eine Telefonnummer, Ziffer für Ziffer. Die kompakte hebräische Sprache erlaubt nämlich keine Ungenauigkeiten, und schon ein einziger Druckfehler in der Bibel kann einen Gläubigen völlig aus der Fassung bringen.

Kein Wunder also, daß in der jährlichen Jerusalemer Bibelkonkurrenz die Teilnehmer um die »längste Stecknadel« wetteifern. Ein perfekter Bibelkenner zeichnet sich nämlich durch die Fähigkeit aus, seine Nadel durch die Seiten der Heiligen Schrift zu stechen und zu erraten, auf welcher Seite welcher heilige Buchstabe getroffen wurde.

Diese Meisterschaft fand ich ein wenig lebensfremd und schlug vor, zusätzlich jährliche Telefonbuchwettbewerbe zu organisieren. Das Oberrabbinat rügte mich dafür heftig.

Wer aber hebräisch schreiben möchte, kommt um das Alte Testament nicht herum, da es, abgesehen von den aramäisch verfaßten Büchern Ezra und Daniel, die Urquelle des Hebräischen ist. Und ich bin stolz darauf, daß auch der himmlische Vater und sein Sohn miteinander in meiner Sprache sprechen.

Die Gegenläufigkeit der hebräischen Schrift wurde vom Rechtshänder Moses festgelegt. Er schrieb die Zehn Gebote nicht etwa mit einem Kugelschreiber nieder, sondern meißelte sie mit einem Hammer in Steintafeln. Wäre er Linkshänder gewesen, würde ich heute meine hebräischen Bücher vermutlich von links nach rechts meißeln.

Da Moses das von Gott geschriebene Original auf dem Boden zertrümmerte, mußte er die Kopie exakt nachmeißeln. Wie die erste Version aussah, können wir heute nur noch vermuten. Viele Theologen glauben der Bibel, in der es heißt, Gott hätte die Gebote tatsächlich mit seinem eigenen Finger eingeritzt. Zumindest hat Cecil B. DeMille es in der lächerlichen Hollywood-Dokumentation »Die Zehn Gebote« so dargestellt und dafür einen Oscar in der Kategorie Spezialeffekte erhalten.

Das Buch ist übrigens besser als der Film.

Wer aber hat das Buch der Bücher wirklich geschrieben?

Wer daran glaubt, daß die Bibel von Gott stammt, muß sich damit abfinden, daß Orthographie nicht gerade seine Stärke war. Sogar seinen eigenen Namen hat Jahve immer wieder anders geschrieben. Das Problem für uns Juden aber ist, daß jede, auch die geringste Korrektur der Heiligen Schrift als Blasphemie gilt. Wir dürfen zwar für die Fehler kunstvolle Ausreden erfinden, sie müssen aber unwiderruflich stehenbleiben.

Bibelübersetzer haben es da doch um einiges besser. Bereits im 3. Jahrhundert, als der ägyptische König Ptolemäus in Jerusalem die griechische Bibelübersetzung bei 72 Gelehrten in Auftrag gab, wurden taktvoll weitgehende Korrekturen durchgeführt. Der Hase zum Beispiel wurde von der nichtkoscheren Speisekarte gestrichen, da die Königsmutter einen ähnlichen Namen gehabt haben soll. Die 72 Septuaginta-Weisen hofften offensichtlich auf Moses' ökumenische Fortschrittlichkeit, oder zumindest auf seine kümmerlichen Griechischkenntnisse.

*

Der koschere Hase war aber nur ein bescheidener Versuch im Vergleich zu den Kreuzzügen einiger christlicher Übersetzer. Das Zweite Gebot eliminierten sie, ohne mit der Wimper zu zucken. »Du sollst dir kein Bildnis noch irgendein Gleichnis machen, weder von dem, was oben im Himmel noch von dem, was unten auf Erden«, so schrieb Moses auf die Tafel, aber die Kirche konnte dem Proteststurm der Bildhauer- und Galeristengewerkschaft offenbar nicht standhalten.

Und so waren es nur noch neun.

Um nicht aufzufallen, verlängerten die Kirchenväter die Liste dann wieder auf zehn. Sie halbierten ganz einfach Moses' Zehntes Gebot und trennten das Begehren des Nächsten Immobilien als Nummer 9 vom anderen begehrenswerten Mobiliar wie Knecht, Magd, Rind und Esel als Nummer 10. Auf Moses' Gesetzestafel war zwar noch vom Begehren des Nächsten Weib die Rede, aber dagegen hat sich die Männerlobby gerade noch erfolgreich gewehrt. So fehlt das Weib im Zehnten Gebot gelegentlich, aber der Esel niemals.

Ich selbst habe durchaus Verständnis für freie Übersetzungen und theologische Reformen, und sicherlich wissen auch die heutigen Religionsführer ganz genau, was den Gläubigen zuzumuten ist. Dennoch ist in Israel bis heute am Sabbat jede Tätigkeit strengstens untersagt. Ausgenommen sind nur die Fußballspiele, deren Verbot viel zu unpopulär wäre.

Wie geschildert ist also für uns Juden auch die kleinste Änderung in den biblischen Schriften verboten, jeder kann aber seine individuelle Auswahl treffen. Da ich heute das Alte Testament endlich im Original lesen kann, verstehe ich sehr viel besser, warum die Religionslehrer in meinem Budapester Gymnasium so viele pikante Kapitel übersprungen haben, als ständen sie unter Jugendverbot. So etwa das 20. Kapitel der Genesis, wo unser Urvater Abraham seine gesetzlich angetraute Ehefrau Sara als seine Schwester vorstellt, um sie dann an König

Abimelech zu einem exorbitanten Preis zu verkaufen. Immerhin blieb das Geld in der Familie. Auch die delikate Geschichte der beiden Töchter Lots, der Nichten Abrahams, ist nicht unbedingt jugendfrei. Die Mädchen und Papa nahmen Gottes Gebot an Noah, »Geht hin und mehret euch«, in ihrer Notlage etwas zu ernst.

Abrahams Hagar-Affäre ist auch nicht gerade ein Lieblingsstück der Religionslehrer. Als Sara feststellte, daß sie keine Kinder mehr bekommen kann, hat sie ihren Gemahl zunächst dazu überredet, sein Glück mit der schönen Sklavin Hagar zu versuchen. Als aber Hagar dann den Sohn Ismael gebar, bekam die beste Ehefrau von Abraham einen Wutanfall und schickte das impertinente Flittchen samt Sohn in die Wüste.

Seither hat sich nicht viel verändert. Höchstens die Wüste.

*

In der Bibel steht demnach fast alles, nur nichts Gutes über den menschlichen Charakter. Man wird den Eindruck nicht los, daß Gott der Herr ziemlich schnell den Konstruktionsfehler erkannte und daraus weitreichende Konsequenzen zog. Es ist gewiß kein Zufall, daß während der ersten fünf Tage Gott der Herr nach jedem neuen Schöpfungsakt sah, »daß es gut war«, und Er lediglich, als Er den Menschen geschaffen hatte, auf diesen Kommentar verzichtete.

Intuition? Wer weiß.

Auf alle Fälle kann man die Erklärung des Herrn, den Menschen nach Seinem Bilde geschaffen zu haben, eigentlich nur als scharfe Selbstkritik interpretieren. Schon im 3. Kapitel der Genesis sah sich Gott gezwungen, die beiden Faulpelze aus dem Paradies auszuweisen, und schon im nächsten Kapitel tötet Kain seinen

Bruder. Rasch mußte der Allmächtige erkennen, daß der Mensch nicht nur schlecht, sondern auch noch unverschämt ist. Nachdem Kain seinen Bruder Abel umgebracht hatte, wollte er sich bekanntlich im Garten Eden verstecken, genau wie sein einfältiger Vater, und auf die Frage des Herrn nach Abel, entgegnete er frech: »Was weiß ich? Bin ich etwa meines Bruders Hüter?« Als hätte er nicht gewußt, daß ihm der allmächtige Schöpfer des Universums auf die Schliche kommen würde.

Der Herr machte keinen Hehl aus Seiner Meinung über den schwachen Charakter Adams, seiner Rippe und beider Nachwuchs. Im 6. Kapitel der Genesis äußerte Er unmißverständlich Sein Bedauern über das Fiasko, das Ihm unterlaufen war: »Der Menschen Bosheit ist groß auf Erden und alles Dichten und Trachten ihres Herzens nur böse immerdar.« Daß Er die Menschen dann doch nicht »von der Erde tilgte, denn es reut Mich, daß Ich sie gemacht habe«, ist aus schließlich Noahs Verdienst.

Es gelang dem Gerechten, das göttliche Urteil kurzfristig hinauszuzögern, aber noch im selben Kapitel teilt ihm der Herr mit, daß es Ihm nun endgültig reiche: »Das Ende allen Fleisches ist bei Mir beschlossen, denn die Erde ist voller Frevel. Ich will sie verderben mit der Erde.« Noah riskierte die Frage, was denn mit ihm persönlich geschehen solle, aber der Herr beschränkte sich auf die Auskunft, daß von Ihm aus die Sintflut kommen könne.

*

Dies war nicht der einzige Fall, bei dem der Allmächtige die Menschen aus dem Verkehr ziehen wollte, aber immer wieder gelang es einem Seiner engsten Mitarbeiter, Ihn mit schlauen Argumenten von seinem Entschluß abzubringen.

Besser als allen anderen gelang dies Moses, der im

Laufe der Jahre zum Staranwalt der menschlichen Überlebenskunst avancierte. Als der Barmherzige nach dem unverzeihlichen Skandal mit dem Goldenen Kalb zum zwölften Mal erklärte: »Mein Zorn über das halsstarrige Volk wird entbrennen und es vertilgen«, wußte Moses schon, wie er Gott behandeln müsse, und fragte Ihn nicht ohne sarkastischen Unterton, ob es sich unter diesen Umständen gelohnt hätte, das auserwählte Volk aus der Sklaverei zu befreien. »Sollen die Ägypter vielleicht behaupten, Du hättest uns aus ihrem Land geführt, um uns umzubringen?« fragte Moses. Gott der Herr konzedierte kleinlaut, dahinter stecke ohne Zweifel eine gewisse Logik, und Ihn »gereute das Unheil, das Er dem Volk zugedacht hatte«.

Es gelang Moses also, den Zorn des Herrn nochmals abzuwenden, aber an dessen schlechter Meinung änderte sich grundsätzlich nichts. Warum aber hat Gott den Menschen dann nicht gleich besser gemacht? Vermutlich hat Gott trotz aller guten Absichten nur ein einziges kleines Detail übersehen – den Sex.

Es steht bereits in der Genesis, daß Adam und sein Weib ursprünglich »beide nackt waren und sich nicht schämeten«. Gott meinte also, daß die Menschen ohne Sex im Paradies bis in alle Ewigkeit zufrieden gewesen wären. Adam und Eva aber hatten da so eine Ahnung und ließen sich auf die Schlange ein. Sie versprach ihnen, wenn sie in den verbotenen Apfel gebissen hätten, würden sie selbst werden wie Gott und wüßten, was wirklich gut ist. Der Rest ist bekannt. Nach der Erbsünde »wurden ihnen beiden die Augen aufgetan, und sie wurden gewahr, daß sie nackt waren, und flochten Feigenblätter zusammen und machten sich eine Schürze«. Und bis heute ist die Frage unbeantwortet geblieben, ob es sich gelohnt hat, für ein bißchen Liebe das Paradies zu verlassen.

Damit muß eben jeder selbst fertig werden. Ich persönlich teile den Verdacht des Wurms im Apfel auf der ersten Seite dieses Buches, daß die Sache mit dem Baum der Erkenntnis eine gutgetarnte Falle des Schöpfers war, um den beiden mißlungenen Kreaturen kein ewiges Leben im Paradies gewähren zu müssen.

Warum hätte Gott sonst Seine feierliche Warnung, »An dem Tage, da du vom Baum der Erkenntnis issest, mußt du des Todes sterben«, nicht ernst gemacht, sondern gleich nach der Ausweisung Adam und seiner Lebensgefährtin eigenhändig »Röcke von Fellen« gemacht und ihnen sogar angezogen? Also war der Allmächtige trotz der dramatischen Cherub-Einlage mit dem flammenden Schwert von den Ereignissen nicht allzu überrascht. Und wer an dieser Hypothese noch immer zweifelt, sollte das Schicksal der unglücklichen Schlange genauer untersuchen. Die Schlange, die die Schmutzarbeit für den Herrn erledigen mußte, wurde wie ein entlarvter Doppelagent behandelt und in einem Schauprozeß ausgerechnet von ihrem Auftraggeber verurteilt. »Auf deinem Bauch sollst du kriechen«, lautete das Urteil, obwohl jedes Kind weiß, daß eine Schlange sonst auch nichts anderes tut. Und warum wurde die sündige Anstifterin nicht ebenfalls aus dem Paradies vertrieben, sondern kriecht dort bis zum heutigen Tage freudig herum?

Seltsam, nicht wahr?

*

Seither suchen die Menschen erfolglos das verlorene Paradies, wie es der blinde englische Dichter John Milton in seinem Epos so schön besungen hat. Aber seit Moses ist es keinem mehr gelungen, in direkten Kontakt mit dem Allmächtigen zu kommen.

Der Schöpfer selbst mußte fortan damit leben, daß die

Krone der Schöpfung nicht nur sexbesessen ist, sondern gelegentlich auch vor einer kleinen Hochstapelei nicht zurückscheut. Schon bald mußte Gott mitansehen, wie Jakob seinen Bruder Ezra mit einem fiesen Trick um sein Erstgeburtsrecht brachte, bis auch Ezra von seinem Onkel Laban und seinen Töchtern gleich zweimal hereingelegt wurde. Da hatte Gott endgültig genug und beschloß, für die kommenden Generationen klare Spielregeln zu entwerfen.

Die Idee der Zehn Gebote war geboren.

Und so sitze ich jetzt in meinem biblischen Alter an meinem Schreibtisch, und je intensiver ich mich mit diesem Thema beschäftige, desto klarer wird mir, daß ich während der vergangenen 50 Jahre nichts anderes getan habe, als meinen Lesern Tips zu geben, wie die Zehn Gebote legal zu umgehen sind. Meine Satiren sind die humoristische Gebrauchsanweisung dazu, und nichts anderes.

*

Mein Sarkasmus soll jedoch niemanden irreführen. Ich halte die Bibel für das bedeutendste und packendste Buch der Weltgeschichte und die Zehn Gebote für die moralische Grundlage der menschlichen Gesellschaft. Aber kein Satiriker kann religiös sein. Die Religion duldet nämlich keine Kritik, der Satiriker aber ist die Kritik in Person. Götter aller Religionen werden zwangsläufig mit Lobeshymnen überschüttet, sie haben auch viele gute Eigenschaften, aber niemals Sinn für Humor.

Der Satiriker ist niemals fanatisch. Humor ist nichts anderes als eine endlose Suche nach der Wahrheit, die sich hinter schönen Worten verbirgt. Der Satiriker ist das Gegenteil eines Heuchlers. Er bewundert und verehrt den Schöpfer des Universums, hat aber wenig Vertrauen in seine irdischen Vertreter. Nach seiner Meinung ist Religion eine Erziehungsmaßnahme, wie etwa die Lehre des Konfuzius, sie kann auftreten als Schwert zur Verbreitung des militanten Islam oder auch ein weltweiter Missionsauftrag im Zeichen des Kreuzes sein. Fast alle Religionen sind jüdischen Ursprungs, aber auch unser Glaube ist in den Augen der Satiriker nichts anderes als ein bürgerliches Gesetzbuch, geschrieben vom Anführer eines kleinen Stammes, der zufällig ein Universalgenie war.

Der Humorist ist der Gefangene seiner Logik. Er kann beim besten Willen nicht glauben, er kann nur beobachten und festhalten, was er gesehen hat. Er muß aber zugeben, daß die fromme Denkart überraschenderweise bessere Menschen hervorgebracht hat als die moderne Zivilisation, daß die belächelte koschere Küche die Jugend besser erzogen hat als die heutige Computertechnologie.

Wegen dieser widersprüchlichen Haltung wurde ich zweimal als scharfer Religionskritiker vom israelischen Oberrabbinat exkommuniziert und zweimal vom selben Oberrabbinat wieder aufgenommen, als ich mich von der positiven Wirkung des Glaubens überraschen ließ.

Während meiner linguistischen Romanze mit dem Alten Testament habe ich auch gelernt, die Thesen nicht dogmatisch und nicht wortwörtlich zu interpretieren, da meine Religion nur Antworten gibt, aber keine Fragen duldet.

Ich habe jedoch meine eigene biblische Welt. Vater Abraham ist beispielsweise der Prophet des Monotheismus, der wutentbrannt die Götzen zerschmetterte. In meinen Augen aber ist er vor allem ein normaler Mensch, der es absurd fand, daß eine Statue aus Ton oder Holz das Universum hätte schaffen können. Der Moses der Physik, Albert Einstein, saß über seinem Papierblock und rechnete aus, daß das Universum unendlich ist. Abraham sagte: Auch Gott ist unendlich. Eigentlich bekannte er damit, daß ihm die Geheimnisse des Weltalls verschlossen waren, und alles, was er wußte, war, daß Götzen damit nichts zu tun haben.

Ähnlich fühlt auch der Satiriker, der Meister des Zweifels. Er weiß nur, daß er nichts weiß. Sein Losungswort ist das Vielleicht. Aber das ist endgültig.

*

Jetzt ist es aber höchste Zeit, dem Koautor der Zehn Gebote einige Gedanken zu widmen. In der Weltgeschichte gibt es keine großartigere, aber auch keine widersprüchlichere Gestalt als jenen ägyptischen Prinzen, der die Grundgesetze der Menschheit in der Sprache eines kleinen Sklavenvolkes niedergeschrieben hat. Sein Lebenswerk ist ebenso übermenschlich wie das des englischen Metzgersohnes, Shakespeare genannt, oder des Zimmermannssohnes aus Nazareth. Der große englische Dichter war seiner Zeit um Generationen voraus, Jesus und Moses ihrer gleich um Zeitalter.

Die beiden großen Religionsstifter ähneln sich stark, obwohl Moses sich Gottes Diener nannte und Jesus den Herrgott seinen Vater. Beide vollbrachten Wundertaten, und wenn jemand einen symbolischen Beweis für die Ähnlichkeit sucht, kann er ihn in jenem Augenblick finden, als Moses während des Kriegs gegen Amalek auf der Bergspitze wie ein lebendiges Kreuz mit seitlich ausgestreckten Armen erschien.

Das Geheimnis um Moses beschäftigt die Menschheit seit Jahrtausenden, ohne daß bisher eine befriedigende Antwort gefunden wurde. Sigmund Freud zum Beispiel zweifelte an Moses' jüdischer Abstammung und behauptete, er sei von dem enttäuschten Sklavenvolk ermordet worden. Es ist wirklich schwer, die Widersprüche in Moses' Erscheinung anders als durch das Eingreifen einer höheren Macht zu interpretieren.

Er war ein Prinz im Palast des Pharao, warum also mußte er sich den Sklaven anschließen und warum, um Gottes willen, wollte er ausgerechnet ihr Führer sein? Wenn man Moses nach seinen fünf Büchern beurteilt, war er ein ungewöhnlich penibler Beamter, der nicht nur die exakten Maße der Stiftshütte pedantisch vorgegeben hat, sondern sich auch noch darum kümmerte, daß ein Esel und ein Ochse nie gemeinsam einen jüdischen Pflug zogen, weil das dem Esel gegenüber ungerecht gewesen wäre. Moses war auch ein genialer Gesetzgeber und einfühlsamer Psychologe, aber in seinen Wutanfällen begann er zu stottern. Als Demokrat ernannte er 70 Weise, um das Volk zu führen, und als Romantiker nahm er den Sarg von Joseph mit in die Wüste. Jeden Aufstand aber schlug er unerbittlich nieder nach seiner vielzitierten These »Auge um Auge, Zahn um Zahn«. Er fürchtete und ehrte Gott, was ihn jedoch nicht hinderte, endlos mit Ihm zu debattieren. Zu Anfang wollte er die Mission, die Gott ihm zugedacht hatte, nicht annehmen: »Wer bin ich, daß ich die Kinder Israels aus Ägypten führe?« fragte er. »Wenn ich zu ihnen komme und sage, Gott hat mich zu euch gesandt, und sie mich fragen, wie ist Sein Name, was soll ich ihnen sagen?« Gott war außerordentlich geduldig: »Sag den Kindern Israels Meine Antwort. Ich bin, der Ich bin.« Allen brauchbaren Schriften zufolge war Moses der einzige Mensch, der Gott sehen durfte, wenn auch nur von hinten. Das Verhältnis der beiden zueinander war schließlich nicht immer das beste. Oftmals wies Gott Moses zurecht: »Willst du etwa, daß Ich dich in Ruhe lasse, während Ich alles selbst erledige?«

Eine gewichtige Rolle in Moses' ereignisreichem Leben spielte der kluge Jethro, der Moabiter, sein späterer Schwiegervater. Eigentlich war er die graue Eminenz hinter Moses. Jethro machte ihn zum Beispiel darauf aufmerksam, welchen Pöbel er aus Ägypten mitgeschleppt hatte. »Warum mußt du ganz allein da sitzen, und alles Volk steht um dich herum vom Morgen bis zum Abend?« fragte er Moses besorgt. »Du machst dich zu müde, dazu auch das Volk, du kannst es allein nicht ausrichten. Vertritt das Volk vor Gott und bringe ihre Anliegen vor Gott.« Die Idee war brillant, denn ein so hartnäckiges Volk kann wirklich nur von einem Gott geführt werden. Moses war so dankbar für den guten Rat, daß er daraufhin Jethros Tochter Zipora heiratete, die zwar keine Jüdin, aber eine schwarze Schönheit war. Gott selbst hatte keine Einwände gegen diese Mischehe, aber Moses' eifersüchtige Schwester Mirjam hetzte solange gegen sie, bis Gott sich schließlich doch einmischte und Mirjam mit Lepra zum Schweigen brachte.

Es war einer der seltenen Fälle, in denen der Herr seinem treuen Diener persönlich zu Hilfe eilte. Auch während des Skandals mit dem Goldenen Kalb ließ Gott Moses ganz allein mit den 3000 Götzenanbetern fertig werden. Nur einmal noch griff Gott persönlich ein. Als Moses' glatzköpfiger Neffe Korah mit seinen 250 Kämpfern einen Putsch anzettelte, weil Moses ihn nicht zum obersten Religionsvorsteher ernennen wollte, ließ der Allmächtige Korah mit seiner ganzen Meute von der Erde verschlingen. Moses war zweifelsfrei erleichtert, aber von nun an mochte er keine Kahlköpfe mehr leiden. In seinem dritten Buch widmete er ihnen ganze vier Verse und beauftragte seine Priester, alle Glatzköpfigen streng zu observieren.

Auch Moses war nur ein Mensch.

Nach 40 Jahren Wüstenwanderung gewährte ihm Gott noch ein Leben von 120 Jahren, und das war eigentlich recht wenig im Vergleich zu Noah, der 600 Jahre alt wurde und zu Methusalem, der ein gesegnetes Alter von 969 Jahren erreichte. Moses war es nicht mehr vergönnt, das verheißene Land zu betreten, aber die Zehn Gebote, sein Hauptwerk, gingen für ihn um die ganze Welt und sind lebendig bis zum heutigen Tage.

*

Ein geistiger Riese nahm mit Moses Abschied, ein großer Lehrer, der schlechte Schüler gehabt hat. Nach meiner Einwanderung habe ich in einer Vollmondnacht eine kleine biblische Geschichte darüber geschrieben.

Sechs Seelen und die Zehn Gebote

Die Nacht senkte sich über das Zeltlager. Unruhe herrschte unter den Kindern Israels. Jetzt war es schon Wochen her, daß Moses sich oben auf dem Berg befand, und noch immer hatte man nichts von ihm gehört. Die Juden standen in kleinen Gruppen herum und diskutierten. Besonders gern sprachen sie über die vielen Unglücksfälle, die ihnen auf der langen Wanderung aus Ägypten zugestoßen waren.

Ein trockener Wüstenwind wehte den Sand in heißen Wirbeln vom Berge Sinai herab. Das Vieh zerrte an den Halftern und brüllte ängstlich in die dunkle, trostlose Einöde rings herum. Schakale umschlichen das Lager. Ihr Lachen klang beinahe menschlich. Stumm und drohend ragte der Berg in die Nacht.

In einem der größeren Zelte saßen schweigende Männer in farbigen Burnussen. Sie regten sich auf. Ihre

Augen zwinkerten durch das Zwielicht. Die Weiber saßen in einer Ecke und trockneten sich mit öligen Lappen den Schweiß von den Gesichtern.

Einer der Männer, eine hohe bärtige Erscheinung, ergriff das Wort:

»Jochanan gibt«, sagte er. »Doktor Salomon, heben Sie ab.«

Dr. Salomon hob ab, und der untersetzte, kraushaarige Jochanan begann zu geben. Seit dem frühen Nachmittag war die Pokerpartie im Gange. Vor Jochanan häuften sich die Goldkörner.

»Unser Freund hat Glück«, brummte Pinky Goldstein, ein grimmiger Geselle mit ewig zerrauftem Scheitel. »Er raubt uns ganz schön aus.«

»Was hat er davon«, vernahm man aus der Ecke Jochanans Weib. »Was kann ich mir dafür schon kaufen. Bei der Auswahl, die man hier hat. Wachteln oder Manna. Und zur Abwechslung Manna oder Wachteln. Eines Tages werden mir noch Flügel wachsen, und weg bin ich. Es ist zum Verzweifeln. Keine Gurke, keine Tomaten, keine Zwiebeln, kein Knoblauch. Nicht für alles Gold der Welt.«

»Und ich werde euch aus Ägypten führen in das Land, wo Milch und Honig fließen.« Zum hundertstenmal machte Pinky Goldstein das mühsame Stottern von Moses nach. »Diese verdammten Zionisten«, fügte er hinzu. »Wenn ich an das Roastbeef denke, das mir mein Schwager aus Goshen immer geschickt hat.«

Dr. Salomon seufzte, und sein Mund mit den großen gelben Zähnen wässerte hörbar.

»Jedes Jahr hat er ein Kalb für uns gemästet. Jedes Jahr. Bis es diesem verrückten ägyptischen Hauptmann plötzlich einfiel, das ganze Dorf niederzubrennen und die Einwohner zu vierteilen. Nie wieder hab' ich solche Kalbsschnitzel gegessen. Ja, das waren noch Zeiten.«

Eine Weile war es still. Man hörte nur das Jaulen der Wachhunde vor dem Lager.

»Um es einmal ganz deutlich zu sagen«, ergriff Pinky Goldstein abermals das Wort. »Ich finde diesen Auszug aus Ägypten einfach idiotisch. Ich frage mich, was habe ich, Pinky Goldstein, ein Ägypter israelitischen Religionsbekenntnisses, hier in der Wüste zu suchen? Ist es mir vielleicht schlecht gegangen in Ägypten? Warum bin ich nicht dort geblieben?«

»Weil du ein Dummkopf bist, Pinky. Darum.« Es war Gloria, Pinkys rotblonde Sekretärin, die sich einmischte, während sie ihre Augenbrauen mit grünem Kalkstaub färbte. »Wie oft habe ich dir gesagt: Pinky, du bist ein Intellektueller, die Aufseher haben Vertrauen zu dir, weil sie sehen, daß du nicht zu dem übrigen Gesindel gehörst. Du hättest deine Stellung glatt behalten können. Aber nein, nach Kanaan muß er gehen.«

»Liebling«, protestierte Pinky Goldstein. »Liebling, du tust ja gerade so, als ob ich unbedingt hätte gehen wollen. Habe ich Moses nicht immer wieder gebeten, uns gefälligst in Ruhe zu lassen, weil wir den Ägyptern gerne dienen? Es hat nichts genützt. Und daß die Situation auf die Dauer unhaltbar wurde, weißt du so gut wie ich. Schließlich und endlich hat Pharao befohlen, unsere Erstgeborenen zu töten.«

»Mach dich nicht lächerlich. Jeder vernünftige Mensch weiß, daß dieser Befehl niemals ausgeführt worden wäre.«

»Aber Liebling, der Nil war ja schon voll mit toten hebräischen Kindern.«

»Nicht in unserer Gegend. Und überhaupt hat das alles erst angefangen, als Moses sich bei Pharao unbeliebt machte. Bis dahin wurde uns kein Haar gekrümmt.«

Die Spieler hatten ihre Karten hingelegt.

»Man mußte hart arbeiten in Ägypten, das stimmt«,

ergänzte Jochanan. »Aber die Arbeit wurde auch geschätzt. Man lebte im Schweiße seines Angesichts. Nicht so wie hier, wo diese Nahrung vom Himmel fällt. Das hat's zu Hause nicht gegeben. Und wenn ich die vorgeschriebene Anzahl von Ziegeln ablieferte, wurde ich niemals länger geschlagen als nötig.«

»Na, na, na. Einmal hat man Sie doch beinahe totgeprügelt.«

»So schlimm war's gar nicht. Ganz abgesehen davon, daß der Aufseher nur seine Pflicht tat, denn ich hatte schließlich Pharaos Namen ausgesprochen. Muß man denn Pharaos Namen aussprechen? Man muß wirklich nicht. Das nenne ich Disziplin.«

»Pharao war streng, aber gerecht«, bekräftigte Pinky Goldstein. »Wer ehrlich arbeitete und den Mund hielt, dem geschah nichts.«

»Ganz unter uns«, sagte Jochanan. »Wir hätten auf Pharao hören sollen, als er uns nicht gehen lassen wollte. Er wußte, was von Moses' Propagandaquatsch zu halten war. Jetzt hocken wir hier und sterben wie die Fliegen.«

Ein Windstoß riß einen der Vorhänge auf und wirbelte heißen Wüstensand ins Zelt. Dr. Salomon schleuderte sein Trinkhorn in die Ecke und spuckte angewidert aus.

»Zum Teufel mit diesem lauwarmen Gesöff. In Goshen hat man keine Wunder gebraucht, um Wasser zu bekommen. Gutes Trinkwasser. Und überhaupt. Wäre ich doch nur wieder in meiner geschmackvoll eingerichteten Zweizimmerhöhle . . .«

Gloria kämmte ihr Haar.

»Seit dem letzten Wunder sind schon wieder Wochen vergangen«, sagte sie schnippisch.

»Das Unglück ist«, meinte Dr. Salomon, »daß Moses lieber auf Jethro hört, seinen nichtjüdischen Schwiegervater, als auf unsere Fachleute. Was ist das Resultat? Ein Kastensystem mit lauter Obersten und Hauptleuten und solchem Zeug. Aber dafür werden keine Zinsen mehr eingetrieben. Wie will er unter solchen Umständen das Budget ausgleichen? Oder nehmen wir dieses blödsinnige neue Sklavengesetz. Wer wird denn noch investieren, wenn man die Sklaven alle sieben Jahre freilassen muß?«

»Angeblich plant Aaron ein neues Goldbesteuerungssystem«, flüsterte Pinky. »Das gibt uns den Rest.«

»Was Moses oben auf dem Berg wohl erreicht hat«, brummte Dr. Salomon.

Jochanan kratzte sich am Kinn, seine Stimme klang verschwörerisch:

»Stellen wir Radio Kairo ein«, sagte er. »Es kursieren Gerüchte, daß man uns die Rückreise ermöglichen will. Ich weiß allerdings noch nichts Konkretes. Pharao soll auf der Tötung unserer Erstgeborenen bestehen, verspricht uns aber im übrigen humane Behandlung, geregelte Arbeit und gesicherte Verpflegung. Moses müßte natürlich ausgeliefert werden . . .«

Die Männer steckten ihre Köpfe zusammen. Und genau in diesem Augenblick geschah es, daß Moses vom Herrn die steinernen Tafeln mit den Zehn Geboten empfing.

I. DU SOLLST NICHT ANDERE GÖTTER HABEN NEBEN MIR

Die Schwierigkeiten mit dem Ersten Gebot begannen, als der ehrgeizige Mensch vergaß, daß er als winziges Staubkorn auf einem winzigen Stern lebt, noch dazu auf einem der allerkleinsten unter den Milliarden von Sternen in Milliarden von Galaxien. Ja, die Probleme fingen erst an, als der Mensch unbedingt selbst ein Gott sein wollte, obwohl er Ihm ohnedies schon ähnlich war, da er schließlich nach dem Ebenbild des Herrn geschaffen wurde.

Der Mensch entschloß sich also, nicht nur von der Frucht des gewissen Baumes zu kosten, sondern, um sicher zu gehen, gleich den ganzen Baum zu Kleinholz zu machen.

»Wo gehobelt wird, da fallen Späne«, sagte jemand, der fast ein Gott geworden wäre. Sein Name war Josef Stalin, aber im letzten Moment passierte ihm etwas gänzlich Unerwartetes, er starb ganz genauso wie Millionen seiner Opfer.

Seinem seligen Ende widmete ich seinerzeit einen bewegenden Nekrolog, wie er nur ganz besonders großen Schmeißfliegen zusteht.

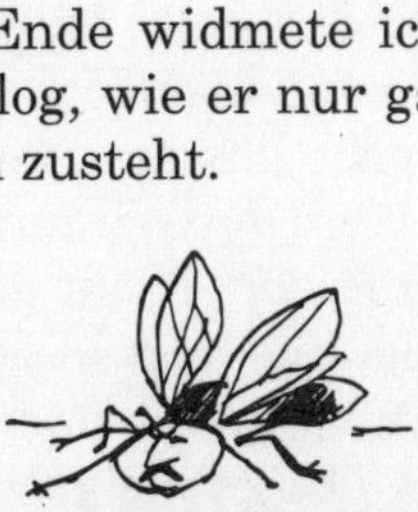

Auf der großen weiten Welt gibt es viele Länder und viele Städte und in den Städten viele Gebäude und in den Gebäuden viele Läden. Und in einem Laden, einem kleinen Krämerladen, gab es jede Menge Fliegen. Sie summten, tanzten, frohlockten, doch der Krämer, der Gründer der Firma, beachtete sie gar nicht, weil es ganz normal ist, daß ein solcher Laden von lauter Fliegen wimmelt.

Doch unter den Fliegen gab es eine, die es zu etwas brachte. Sie war größer als die anderen Fliegen, vielleicht die größte unter ihnen. Während sich alle anderen im Spinnennetz verfingen, befreite sie, die größte unter ihnen, sich rasch aus der Verstrickung. Sie war die stärkste aller Fliegen.

»Du bist wunderbar, du bist ein Gigant«, schmeichelten ihr die anderen Fliegen im Krämerladen, »du bist gar keine Fliege, du bist ein Königsadler, ein Halbgott.«

Die große Fliege genoß die Schmeicheleien, weil Fliegen es mögen, wenn man ihnen sagt, daß sie mehr sind als Fliegen. Zumal sie nach ein paar Wochen selbst daran glaubte, nicht einfach nur eine Fliege zu sein. So begann sie, die anderen Fliegen im Krämerladen zu organisieren, beseitigte heimliche Gegner und führte einen erfolgreichen Krieg gegen das Königreich der Mücken. Nach dem Sieg erklärte sie, sie sei die Sonne und fürchte auch ihren großen Rivalen, den Krämer, nicht mehr. Und dem Krämer gelang es auch tatsächlich nicht, sie zu erwischen, als er sie einmal fangen wollte. So glaubte die Fliege, stärker als der Krämer zu sein, und behauptete sogar, es gebe den Krämer gar nicht.

Eines Tages aber kam der Winter, und die große Fliege erfror und fiel zu Boden. Nicht der Krämer hatte die Fliege getötet, sondern es liegt in der Natur der Sache, daß Fliegen im Winter umkommen. Und der Krämer wußte nicht einmal, daß es die größte aller Fliegen gewesen war, da sie für ihn lediglich eine Fliege wie alle anderen gewesen war.

*

Nach dieser aufwühlenden Grabrede möchte ich mich, da es die Bibel leider versäumt hat, der zu Unrecht vernachlässigten Rippe zuwenden. Die Frauenquote sollte schließlich auch von mir ernst genommen werden.

Männer vergöttern die Frauen, aber sie tun es vor allem, um sich damit einen Wunschtraum zu erfüllen. Den Wunschtraum, durch Göttinnen wieder in das verlorene Paradies zu gelangen, wobei sie vollkommen vergessen, warum sie eigentlich daraus vertrieben wurden.

Geschichte der M
oder Göttinnen sind sterblich

Es war einmal ein ganz einfaches Mädchen, das lebte in Amerika. Das Mädchen, nennen wir sie M, war, wie gesagt, ein ganz normales blondes Mädchen, das sich in nichts von anderen normalen blonden Mädchen unterschied. Daher drehten sich die Männer auf der Straße nach ihr um und stießen anerkennende Pfiffe aus, genau wie sie es bei allen anderen blonden Mädchen machen. Und wie alle blonden Mädchen fühlte sich M zum Film hingezogen. Da sie jedoch, wir sagten es schon, ein blondes Mädchen war wie alle anderen, oder vielleicht nicht einmal das, bekam sie immer nur ganz kleine Engagements als Statistin.

Was aber tat Gott der Herr in Seiner Güte?

Er hatte, wie man weiß, seinerzeit den Himmel und die Erde geschaffen, den Menschen und die Tiere einschließlich der vollkommen überflüssigen Insekten, und so kam es, daß unsere M, als sie eines Morgens aufwachte, die Augen nicht öffnen konnte. Denn in der Nacht hatte sie ein blutrünstiger Moskito in beide Augenlider gestochen, wie das im Sommer gelegentlich vorkommt, und am Morgen waren die Lider so angeschwollen, daß M nur mit Mühe imstande war, sie ein ganz klein wenig zu heben und durch einen ganz schmalen Spalt hindurchzublinzeln. Überdies hatten sich ihre Augenbrauen in Richtung Stirne verschoben, was ihr ein originelles, ausgesprochen erotisches Aussehen verlieh.

Aber M hatte einen Drehtermin und mußte mit geschwollenen Augen ins Atelier fahren.

Und nun geschah das Wunder. Es entfaltete sich bereits in der Straßenbahn, als M dem Schaffner ihre Fahrkarte überreichte und ihn dabei aus notgedrungen geschlitzten Augen von unten her ansah. Der Mann wurde totenblaß, fiel auf die Knie und flehte sie an, ihn zu heiraten, er würde sich umgehend nach Dienstschluß scheiden lassen. Noch bevor sie im Filmstudio ankam, hatte M insgesamt 24 Heiratsanträge bekommen, seriöse wie unsittliche. Als sie aus stieg, stockte der Straßenverkehr, denn sämtliche männlichen Passanten und Autofahrer blieben stehen und starrten ihr hinterher.

Im Atelier fand das Wunder seine Fortsetzung. Kaum hatte M ihre Garderobe betreten, umwarben sie Produzent, Regisseur wie die Darsteller der männlichen Hauptrollen. Die Darstellerinnen der weiblichen Hauptrollen verfärbten sich gelbgrün vor Neid.

Nach Beendigung der Dreharbeiten bot ihr der Produzent die Hauptrolle in seinem nächsten Film an, den er eigens für sie schreiben lassen wollte. M sollte darin eine Sexgöttin spielen, die einen Mann nur anzusehen brauchte, um ihn sofort seiner gesunden Sinne zu berauben. Es versteht sich von selbst, daß M unterschrieb.

Auf dem Heimweg hatte sie das ungute Gefühl, daß es mit dem Wunder zu Ende ginge. Ihre Augenlider schwollen bereits ab, und ihre Augenbrauen kehrten allmählich an die vorgesehene Stelle zurück. Niemand drehte sich mehr nach ihr um, der Kontrolleur würdigte sie keines Blickes, und von den männlichen Fahrgästen bekam sie nicht einen einzigen Antrag. Sie sah aus wie alle anderen Blondinen, die kein Moskito gestochen hat.

Trübselig saß sie in ihrem kleinen Zimmer und starrte mit weit geöffneten Augen vor sich hin.

Da hörte M plötzlich einen leisen Summton, der wie Musik in ihren Ohren klang:

»S-s-s-s . . .«

Der Moskito umkreiste ihr Blondhaar.

Schnell erhob sich M, schloß die Fensterläden ganz dicht, legte sich hoffnungsfroh in ihr Bettchen und sandte noch rasch ein Stoßgebet zum Himmel, ehe sie einschlief.

Und siehe da, als sie am Morgen erwachte, konnte sie die Augen kaum öffnen, weil ihre Lider so angeschwollen waren.

Der Moskito hatte ganze Arbeit geleistet.

M engagierte ein Expertenteam, bestehend aus einem Insektologen, einem Innenarchitekten und einem Maurer, deren Aufgabe darin bestand, die kleine Wohnung hermetisch abgeschlossen zu halten, um dem Moskito keine Chance zum Entwischen zu geben.

*

Seit Kleopatra hatte keine Frau eine so phantastische Karriere gemacht wie M. Ihre Filme spielten Millionen ein. Männer jeder Altersstufe gerieten bei ihrem Anblick in Raserei, in allen zivilisierten Ländern des Erdballs stieg die Scheidungsrate, Ehegatten verließen scharenweise ihre Frauen, weil keine von ihnen diesen gewissen Blick von unten her zustande brachte, so verheißungsvoll und erotisch wie jenen der Göttin.

Auf dem Gipfel ihres Ruhmes heiratete M einen weltberühmten Dramatiker namens Arthur, und alle drei – M, Arthur und Moskito – gingen auf Hochzeitsreise rund um die Welt. Der Moskito, der mittlerweile auf den Namen Ginsberg hörte, begleitete die Expedition in einem wattierten Schächtelchen mit winzigen Luftlöchern und unter ständiger Obhut des Insektologen, der das kostbare Tier immer nur des Nachts in das Schlafzimmer der Göttin entließ. Und dort ereignete sich das Unglück. Ms Gatte verspürte im Halbschlaf ein unangenehmes Jucken am Nacken, schlug hin, und um Ginsberg war es geschehen. Unter Arthurs flacher Hand hauchte er sein unersetzliches Leben aus.

*

Zwar trennte sich M sofort von dem brutalen Mörder, aber das änderte auch nichts mehr daran, daß ihr Stern im Eiltempo versank und die Filmgesellschaft ihren Vertrag unverzüglich kündigte. Der selige Ginsberg hatte ihren göttlichen Sex-Appeal auf Nimmerwiederstich mit ins Grab genommen.

Jetzt kann ich das Geheimnis ja lüften: Heldin der Ginsberg-Saga ist niemand anderes als Marilyn, die angebetete Göttin von Hollywood, die in ihrem kurzen

Leben alles erreicht hat, außer ein klein wenig Glück und Geborgenheit. Es heißt zwar, sie wäre in der ersten Zeit ihrer Verliebtheit mit Arthur Miller glücklich gewesen, aber auch dieses schöne Zwischenspiel endete wie üblich mit der Hochzeit. Schließlich ließ Arthur sich von ihr scheiden, obwohl Marilyn seinetwegen bei einem Moderabbi von New York Hals über Kopf zur jüdischen Religion übergetreten war.

Ich spreche ausdrücklich von Mode und Ort, denn in Israel hätte Marilyn frühestens in zehn Jahren, wenn überhaupt, die jüdische Religion annehmen können.

Der mosaische Glauben ist keine Religion, die missioniert. Er ist ein exklusiver Club verfolgter Menschenkinder, und man muß die entsprechenden Beziehungen haben, um beitreten zu können, vor allem wenn man eine »Schickse« ist. Dazu muß man wissen, daß entgegen der landläufigen Meinung die Bezeichnung »Schickse« für hübsche nichtjüdische Frauen bei uns durchaus liebevoll gemeint ist.

Unsere Patriarchen sind aber prinzipiell nicht daran interessiert, daß der Club zu voll wird, weil sie keine Zeit für derlei Firlefanz haben. Sie sind Tag und Nacht bis über beide Ohren mit der Anzahl ihrer Regierungssitze beschäftigt.

Unsere kleinen religiösen Parteien sind nämlich seit Menschengedenken das Zünglein an der Waage in allen Koalitionsverhandlungen, und ihr Einfluß ist so gewaltig, daß Moses davon nur hätte träumen können.

Für meine deutschen Leser bietet sich ein unmittelbarer Vergleich an. Ob die CDU oder die SPD an die Macht kommt, hängt davon ab, ob die FDP die Fünfprozentmarke überschreitet oder nicht.

Das Ergebnis dieses demokratischen Roulettes ist, daß bei uns die Rabbiner am Schaltpult sitzen und bei allen elementaren Lebensentscheidungen mitmischen.

Für die Ehe, die auch nach der mosaischen Religion besser vor der Scheidung stattfindet, ist eigentlich der Staat zuständig, aber er greift nur dann ein, wenn die Moral in Gefahr ist, das heißt, wenn die Presse den Fall aufgreift. Im übrigen tun unsere guten Rabbiner nur das, was sie, also der Allmächtige, für richtig halten.

Das Rabbinat hat aber keineswegs etwas gegen Ehen, Schwierigkeiten macht es nur, wenn eine geschiedene Frau einen Mann heiraten möchte, dessen Name mit K. beginnt, nicht etwa Kishon, sondern Kohen, was Hohepriester bedeutet, oder eine Frau die verwegene Absicht hegt, sich wieder zu verheiraten, nachdem ihr Mann vor 30 Jahren Zigaretten holen ging und irgendwo aufgehalten wurde. In diesem Fall können sich die Rabbiner den »Vorteil des Zweifels« leisten, ob der zerstreute Ehemann nicht vielleicht doch noch heimkommt.

Mischehen gibt es bei uns nicht. Offenbar hat Moses schlechte Erfahrungen mit seiner Schickse gemacht.

Wenn also ein zukünftiger Ehepartner Nichtjude ist, müssen die beiden im nächstgelegenen Ausland, zumeist auf Zypern, heiraten. Der Staat erkennt dann die Ehe an, aber die Rabbiner wetzen bereits ihre Messer für die Stunde der Rache, die gewöhnlich sehr schnell schlägt, spätestens dann, wenn das ketzerische Paar sich scheiden lassen möchte.

Dann lächeln die Herrn Rabbiner liebenswürdig und stellen fest, daß sie beim besten Willen keine Scheidungsurkunde ausstellen können, da die beiden zyprischen Ketzer für sie schließlich noch gar nicht verheiratet sind. Und so ist das Ehepaar auf ewig aneinander geschmiedet, weil der Staat nur das Recht hat, die Ehe anzuerkennen, sie aber nicht scheiden darf.

Eine Möglichkeit, eine Mischehe in Israel zu schließen, gibt es aber doch, und zwar dann, wenn einer der beiden Partner bereit ist, zur Religion des anderen überzutreten, entweder der Jude wird Christ oder die Schickse eine Jüdin. Allerdings sollte man dabei beachten, daß es nicht gleichzeitig geschieht, weil dann die Geschichte von neuem losgeht.

All dies habe ich nur erzählt, um klarzumachen, wie klug Marilyn war, sich in New York von einem Moderabbi ohne politische Ambitionen einsegnen zu lassen. Hätte sie es in Israel bei einem orthodoxen Rabbiner versucht, wäre die erste Begegnung ungefähr so verlaufen, wie es auf den folgenden Seiten beschrieben ist.

Sprechstunde

Einfach kompliziert

»Meine schöne Andersgläubige, Sie haben im Ausland einen Juden geheiratet und überlegen, zu unserem Glauben überzutreten. Das ist doch richtig?«

»Ja, ehrwürdiger Rabbiner.«

»Haben Sie denn schon einmal darüber nachgedacht, meine Tochter, welche schrecklichen Folgen es haben würde, wenn Sie nicht zum Judentum übertreten? Ihre zukünftigen Kinder könnten dann nach jüdischem Glauben weder heiraten noch sich scheiden lassen und würden zu guter Letzt auch noch außerhalb der Friedhofsmauern landen! Außerdem kann es für Sie doch wohl kein Vergnügen sein, ständig als ›Schickse‹ tituliert zu werden.«

»Ich bin aus voller Überzeugung und jederzeit bereit zu konvertieren, Ehrwürdiger Vater.«

»Gleich konvertieren? Wissen Sie meine Tochter, welch schreckliches Schicksal Sie damit auf sich laden? Haben Sie eine Ahnung, was Sie erwartet? Dieses Volk ist verfolgt und gedemütigt seit Menschengedenken.«

»Warum erzählen Sie mir das?«

»Wir müssen die Dinge beim Namen nennen, liebe Marilyn, denn seit dem Mittelalter hat sich bei uns nichts geändert. Traditionen sind was Beständiges, Sie verstehen. Möchten Sie Unglückskind jetzt noch immer in den Schoß der jüdischen Religion aufgenommen werden?«

»Ich habe mich entschlossen, Jüdin zu sein, nichts wünsche ich mir sehnlicher.«

»Heuchlerin! Sie wollen Jüdin werden, damit Ihre Kinder heiraten, sich scheiden lassen können und eines Tages einen hübschen Platz auf dem Friedhof finden. Und damit die Nachbarfratzen Ihnen nicht dauernd ›Schickse‹ hinterherrufen.«

»Wenn ich ganz ehrlich bin, dann ist es so, Ehrwürdiger Rabbiner.«

»Dann kann ich Ihnen leider nicht helfen. Dann wird es nichts mit Ihnen und der jüdischen Religion. In unseren Glauben muß man sich verlieben, man muß ihn aus tiefstem Herzen wollen.«

»Ich nehme alles zurück, Ehrwürdiger Vater. Nicht weil ich es Arthur versprochen habe, sondern weil ich fest daran glaube, daß die jüdische Religion die einzig wahre ist, will ich übertreten.«

»Wenn das wirklich so ist, meine Tochter, dann müssen Sie sich den Geboten widerstandslos unterwerfen und die heiligen Pflichten klaglos erfüllen. Sie werden Arthurs Haus nicht verlassen und den Blick demütig senken, wenn Sie einem Manne begegnen. Sie werden den Saum und die Ärmel Ihres Kleides verlängern, Ihre Beine werden stets in Strümpfen stecken und kein Mann wird jemals nur einen Zentimeter Ihrer Haut oder Ihres Haares erblicken. Sie werden immer und überall nur mit einem Kopftuch zu sehen sein, denn, wie heißt es, unzüchtig ist das Haar der Frau. Beim Bereiten der Mahlzeiten werden Sie niemals die Reinheitsgebote vergessen, und sollte ein Fleischmesser, Gott behüte, in Milch fallen, vergraben Sie es sieben Klafter tief im Garten.

In der Synagoge sitzen im Saal nur Ihr Mann und Ihre Söhne, Frauen haben da unten nichts zu suchen. An den heiligen Tagen werden Sie kein elektrisches Licht anschalten, natürlich auch kein Radio, keinen Fernsehapparat und kein Videogerät, denn das sind die Freuden der Ungläubigen. Werden Sie all dies tun, meine Tochter?«

»Ich ... ich werde es zumindest versuchen ...«

»Versuchen? Jetzt, schöne Ungläubige, jetzt hast du dein wahres Antlitz gezeigt. Nicht etwa das Himmelreich hast du im Auge, sondern das Wohlergehen deiner zukünftigen Kinder.«

»Ja, aber, was soll ich denn nur tun, Herr Rabbiner?«

»Ich habe keine Ahnung, Marilyn. Komm auf jeden Fall in vier Jahren wieder.«

»Und in der Zwischenzeit?«

»Bete, meine Tochter, bete, bete, bete.«

»Wozu?«

»Daß wir die nächsten Wahlen verlieren.«

Solange die religiösen Parteien über der magischen Fünfprozentmarke liegen, ist jeder Widerstand gegen die Sinai-Gesetze zwecklos. Ausgenommen sind, wie bereits erwähnt, nur die Fußballspieler, die vom Himmel eine Freistellung erhielten.

Es ist also kein Zufall, daß dieser Sport in den Geboten von Moses nicht vorkommt. In seiner umfassenden Weisheit wußte er, daß goldene Kälber kommen und gehen, die goldenen Beine aber bleiben. Wie steht es so schön in der

Fußballbibel: »Liebt Franz Beckenbauer von ganzem Herzen, von ganzer Seele und mit allen euren Gedanken.«

Man kann nicht leugnen, daß dieser Lieblingssport in unserem Jahrhundert eine Art Heiligenschein bekommen hat. Als bei der letzten Weltmeisterschaft der Brasilianer Branco im Spiel gegen Holland das Siegestor geschossen hat, lief er auf seine Gläubigen auf den Zuschauertribünen zu, und »die Haut seines Angesichts glänzte« wie die von Moses, als er vom Berg hinabstieg. Und er wäre gewiß über dem Erdboden geschwebt, hätte ihn nicht seine Mannschaft mit neidvoller Zärtlichkeit am Boden festgehalten, während das Publikum im Massenorgasmus tobte ...

Ich will mich darüber aber keineswegs lustig machen, denn mir ergeht es nicht anders. Wenn keiner mich sieht, werfe auch ich mich vor der Glotze anbetend vor dem nigerianischen Torwart nieder.

Götterdämmerung im Abseits

Es war während des oben erwähnten internationalen Sportgötzendienstes, als mein Telefon aufgeregt klingelte und die Stimme von Erna Spiegel durch den Hörer vibrierte:

»Bitte, sprechen Sie mit meinem Mann«, flehte mich meine Nachbarin an, »seit einigen Tagen ist er völlig meschugge.«

»Bulgarien – Mexiko?«

»Ja.«

»Ich komme.«

Ich war nicht im geringsten überrascht. Die Medien berichteten laufend über Fernsehzuschauer, die während delikater Torsituationen vorzeitigen Herzattacken erlagen. Nach letzten Berichten hatte sich ein Innendekorateur aus Mailand vor der Verlängerung des Spieles Italien-Nigeria während eines Elfmeterstoßes von Baggio erhängt. Der Fall war um so tragischer, da Italien siegte. Aber so spielt das Leben. Die Hinterbliebenen verklagten jedenfalls die Fernsehanstalt auf Schadenersatz.

Die Ereignisse während der Fußballweltmeisterschaft hatten also bewiesen, daß der menschliche Organismus nicht dafür geschaffen ist, auf Dauer mit drei Stunden Schlaf auszukommen. Seit Beginn des epochalen Turniers ist das Bruttosozialprodukt auf ein Drittel geschrumpft, vom abrupten Rückgang des aktiven Geschlechtslebens ganz zu schweigen.

Und jetzt auch noch Felix Spiegel.

Erna erwartete mich in der Tür, die Zwillinge Motke und Schmuel hingen schluchzend an ihrem Schlafrockzipfel. Die geröteten Augen der schicksalsgeprüften Frau zeugten von schlaflosen Nächten, der verhangene Blick hauchte »Washington«.

»Mein Felix ist wahnsinnig geworden«, flüsterte Erna. »Seit Tagen belagert er das Wohnzimmer und läßt niemanden in seine Nähe. Soeben sieht er das Spiel Bulgarien gegen Mexiko.«

Sie öffnete die Wohnzimmertür einen Spalt. Ich blickte vorsichtig hinein: Felix hockte am Boden, umgeben von Sportzeitschriften und leeren Bierflaschen.

»Seit Deutschland gegen Südkorea rasiert er sich nicht mehr«, erklärte Erna, »und nur in den Spielpausen versuchen wir, ihm Essen auf einem Tablett durch die Tür zu schieben. Er verläßt das Zimmer nicht mehr . . .«

»Auch nicht für . . . ich meine . . .«

Erna warf einen nervösen Blick unter das Campingbett ihres Mannes:

»Fragen Sie lieber nicht.«

Ja, das Problem ist zweifellos, den Fernsehapparat auszuschalten. Man braucht dazu übernatürliche Kräfte. Ein erfahrener Bekannter von mir versucht sich zum Beispiel immer dann vom Bildschirm loszureißen, wenn gerade ein Schienbein Erste Hilfe bekommt. Dann springt er zur Steckdose und reißt mit einem heiseren Schrei den Stecker heraus. Seit kurzem soll es sogar einen professionellen Ausschaltdienst geben, der auf Bestellung gegen Mitternacht einen gut trainierten Mitarbeiter vorbeischickt, um den Apparat auszuschalten. Der Mann ist natürlich bewaffnet.

Auf dem grünen Bildschirm wimmelte es von bunten Trikots. Plötzlich beugte sich Felix vor und schrie einem Bulgaren nach:

»Längere Pässe, Stoitschkov!«

»Verstehen Sie jetzt?« fragte Erna. »Felix bildet sich sogar ein, Trainer der bulgarischen Mannschaft zu sein.«

»Schrecklich«, bemerkte ich. »Der Trainer ist Dimitar Penev.«

Vom Rasen ertönte ein schrilles Pfeifen.

»Der Tonlage nach müßte das der holländische Schiedsrichter sein«, meinte der Zwilling Motke. »Er hat schon das Spiel Norwegen gegen Spanien gepfiffen.«

»Bogdanov, du Idiot«, donnerte es aus dem Wohnzimmer, »rechter Flügel, Herrschaft noch mal, F-l-ü-g-e-l!«

»Jetzt meint er den mexikanischen Mittelfeldspieler«, murmelte Rosa verzweifelt.

»Bogdanov ist Stürmer, Mami«, zischte der kleine Schmuel, »Jordan Letschkov ist der bulgarische Mittelfeldspieler.«

Erna schloß leise die Tür. Die Zwillinge packten mich an der Hose:

»Papi ist krank, Onkel«, murmelte Motke. »Er beschloß heute morgen eine radikale Umgruppierung der deutschen Mannschaft. Er will aus Klinsmann den Verteidiger gegen Brasilien machen. Armer Papi.«

»Ohne Klinsmann im Sturm ist eine torfähige Mannschaft unvorstellbar«, meinte auch sein Bruder. »Mit ihm im Sturm würden die beiden brasilianischen Stürmer Jorhino und Romario in Chicago keinen Ball sehen.«

»In Washington«, korrigierte ihn Erna vorsichtig. »In Chicago spielt Rumänien gegen Italien. Berti macht sicher Hackfleisch aus den Bulgaren.«

»Aber, gnädige Frau«, warf ich ein. »Nur wenn Matthäus sich von der Verletzung des Knöchels erholt hat.«

Durch die geschlossene Tür hörten wir Felix' wilde Pfiffe:

»Halt, Baggio ist offside! H-a-l-t!«

»Mein Mann weiß nicht mehr, was er sagt«, murmelte Erna deprimiert. »Jetzt verwechselt er schon Roberto Baggio mit Luigi Apolloni . . .«

Die Zwillinge waren dem Weinen nahe. Sie hingen sehr an ihrem Vater.

»Aus diesem Grunde habe ich Sie hergebeten«, Erna nahm meine Hand. »Bitte, sprechen Sie mit diesem Verrückten, daß er uns auch an den Bildschirm läßt.«

»Erna Spiegel«, sagte ich mit Nachdruck, »ich lasse mich zu Hause auch nicht gerne stören.«

Ich eilte zu meinem Apparat zurück. Was geht mich die brasilianische Mannschaft an? In meiner Funktion als Hobby-Nationaltrainer habe ich genug damit zu tun, mich an die glorreichen Fünf der ungarischen Wundermannschaft von 1951 zu erinnern: Budai, Kocsis, Hidegkúti, Puskás, Csibor. Im Mittelfeld baue ich vielleicht Zakarias ein. Berti raus.

Eine unvergeßliche Begegnung mit aktuellen Halbgöttern kann also auch via Fernsehgerät erfolgen, was vermutlich nicht gegen das Erste Gebot verstößt. Kritisch wird es dann, wenn ein Gerät selbst zum Halbgott wird.

Ein unheilbarer Fall von Telefonitis

In einer Zeit, da sich täglich neue Drogen der Menschen bemächtigen und der Konsum von Schnaps und Glimmstengeln unbekannte Rekorde erreicht, sei es dem Verfasser dieser Zeilen erlaubt, sich selbst zu outen und sich zu seiner ganz persönlichen Sucht zu bekennen.

Ich bin der Telefonitis verfallen.

Die ersten Anzeichen dieses fast religiösen Wahns zeigten sich bei mir im Jahre 1985, als die wunderbaren, kabellosen Telefone, der Teufel hole sie, auf den Markt kamen. Damals mußte ich zum ersten Mal feststellen, wie kribbelig ich werde, wenn ich eine oder zwei Stunden nicht telefoniere. Dabei ist`es eigentlich nicht das Telefongespräch, das mir abgeht, denn der gleiche Effekt könnte durch persönlichen Kontakt viel besser erzielt werden. Nein, es ist das berauschende Gefühl des Hörerabnehmens, gefolgt vom wundervollen »Tick-Tick« des Wählens, begleitet von atemloser Erwartung. Ich weiß wirklich nicht, wie es so weit kommen konnte, aber ich telefoniere von Jahr zu Jahr mehr. 1967 waren es 825 Telefonate in zwei Monaten, heute bringe ich es bereits auf 14 751 bei Regen. Schon im Morgengrauen, noch bevor ich schlaftrunken meine Augen öffne, überkommt mich der unstillbare Drang, meine Hand nach dem bezaubernden Apparat auf dem Nachttischchen auszustrecken und mir ein oder zwei Telefonate einzuwerfen.

*

In den letzten Jahren hat sich mein Zustand derart verschlechtert, daß ich selbst bei hochkarätigen Gesprächen nicht länger als eine Stunde stillsitzen kann, ohne zwischendurch aufzuspringen und »Pardon, ich habe etwas vergessen« zu murmeln, um im Nebenzimmer rasch irgend jemanden anzurufen, egal wen. Ich trage stets ein kleines, grünes Notizbuch bei mir, in dem alle Telefonnummern stehen, die ich im Laufe meines Lebens gesammelt habe. Da suche ich mir dann je nach Stimmung eine aus. Ich stehle mich auch mitten in einer Theatervorstellung fort, schleiche zwischendurch ins Foyer, suche mit glasigen Augen einen freien Apparat und wähle ein wenig, egal wohin. Dabei zittern meine Hände, und mein Wählfinger versteift sich. Manchmal stellen sich auch leichte Ausschläge in der Bauchgegend ein. Vor allem im Herbst.

Nein, ich gehe nicht zum Arzt, aber ich finde mich mit meiner Sucht auch nicht einfach so ab. Ich bekämpfe sie selbst, mutig, wenngleich bisher erfolglos. Manchmal wähle ich eine Nummer, von der ich genau weiß, daß sie nicht mehr stimmt, und atme erleichtert auf, wenn das Besetztzeichen ertönt. Aber ich brauche ganz einfach das warme Gefühl in meiner Handfläche, ich muß mindestens jede halbe Stunde den summenden Hörer an meinem Ohr spüren, sonst drehe ich durch. Ja, ich habe die Telefonitis, es ist nicht zu ändern. Sie wird mich nicht nur psychisch ruinieren, auch meine Existenz ist in Gefahr, denn meine Sucht kostet mich ein Vermögen, vor allem nach Mitternacht, wenn es so billig ist, in die USA anzurufen. Einmal, ich glaube, es war im letzten Sommer, überfiel mich auf dem Nachhauseweg ein unstillbarer Heißhunger nach einem Telefon. Wie ein Verrückter irrte ich durch die Straßen, bis ich eine freie Telefonzelle fand. Ich rief am Flughafen an und fragte, ob alles in Ordnung sei, woraufhin man mich beruhigte.

Kommunikationspsychiater haben für Menschen wie mich, die das Telefon anbeten, einen Fachbegriff: »Telefon-Junky«. Ich habe die Seuche des Jahrhunderts.

*

Manchmal verschließe ich das Telefon im Schrank und bin der glücklichste Mensch auf Erden. Schon bald aber spüre ich die ersten Entzugserscheinungen, der Finger wird wieder steif, und ich muß einfach anrufen, egal wen, koste es, was es wolle. Sogar »kein Anschluß unter dieser Nummer« verschafft mir eine gewisse Erleichterung, das Blut fließt wieder zum Gehirn, die Augen beleben sich, und die Haut wird wieder rosig.

Seit kurzem habe ich eine neue Methode, die Anfälle in den Griff zu bekommen. Ich rufe mich selbst an. Einmal kam ich sogar durch und unterhielt mich ein wenig mit mir, ich war jedoch falsch verbunden. Das ist der Anfang vom Ende.

Die Ärzte behaupten, es gäbe noch schwerere Fälle von Telefonvergiftung als meinen, und schilderten mir den Fall des Innenarchitekten G. S., der mit vier Apparaten auf seinem Schreibtisch arbeitete, sich bei vier gleichzeitigen Auslandsgesprächen in den Kabeln verstrickte und erdrosselte. Seither läßt die Post nicht mehr als drei Apparate pro Quadratmeter zu.

Nach jüngsten Erhebungen verlaufen Gespräche von Telefon-Junkys alle ähnlich, etwa so:

»Ja.«

»Ist Herr Sulzbaum da?«
»Ja.«
»Wann kommt er?«
»Er ist da.«
»Gut, ich rufe in einer halben Stunde noch mal an.«
Oder in leichteren Fällen:
»Hallo, wie geht's?«
»Alles o.k., alles bestens.«
»Wohlbefinden?«
»Vorhanden.«
»Also gut, du hast Besuch. Ich rufe später wieder an.«

*

Telefonsüchtige sind verlorene Seelen. Manche Ärzte schlagen stufenweisen Entzug vor, da man das Telefonieren nicht von heute auf morgen aufgeben könne, ohne bleibende psychische Schäden zu riskieren. Der Gesundheitsminister empfiehlt, eine anfängliche Einschränkung auf 80 Telefonate pro Tag und danach schrittweisen Rückgang auf 40. Nach etwa zwei Monaten intensiver Entziehungskur bringt es mancher Süchtige sogar auf nur mehr 15 bis 20 Anrufe vom Autotelefon aus und steht dann kurz vor der Heilung. Ein Jerusalemer Mönch hat kürzlich eine Therapie entwickelt, wonach der Süchtige in einem kleinen Rucksack oder einer umweltfreundlichen Plastiktüte ein Spielzeugtelefon mit sich führt. Bei einem Suchtanfall kann er die Ersatzdroge einsetzen und wählen, soviel er will.

Ich selbst habe alle Methoden durchprobiert, von der Telefonitis loszukommen. Nur eine hat mich geheilt. Sie heißt Faxitis.

Im Vergleich zu den Dimensionen des Alls ist das angebetete Telefon eher klein und relativ lautlos. Es gibt aber einen ohrenbetäubenden Götzen auf vier Rädern, der die Konkurrenz durchaus aufnehmen kann. Ich meine die Rennwagen und ihre berühmten Fahrer, die das Donnergrollen des Himmels herausfordern, obwohl sie selbst vor nichts mehr Angst haben als vor einem Gewitter.

GÖTTER AUF SECHS ZYLINDERN ODER GAUDI BEI AUDI

Was tut der Mensch, wenn er aus heiterem Himmel und ohne Vorwarnung zur Deutschen Tourenwagenmeisterschaft eingeladen wird? Er sagt, was soll das, und bleibt zu Hause. Ich sagte, was soll das, und fuhr nach Hockenheim.

Bisher hatte mich dieses telegene Happening nicht im mindesten beeindruckt. Im Gegenteil, ich schaltete meinen Fernseher so schnell wie möglich ab, wenn auf dem Bildschirm die Motoren aufheulten. Ich habe einfach nicht die Nerven, auf das erste Krachen zu warten. Aber diesmal dachte ich einfach und pragmatisch, ich würde die Einladung annehmen, denn für einen populären Schriftsteller wie mich hat die Sache einen nicht unerheblichen PR-Effekt.

*

Bevor ich mich auf den Weg machte, studierte ich die greifbare Fachliteratur und erfuhr, daß im Vorjahresrennen Audi die ersten drei Plätze belegt hatte und der umjubelte Titelverteidiger, Hans-Joachim Stuck, ohne ersichtlichen Grund »Striezel« genannt wird. Das war alles, was ich behielt. Am weltberühmten Ring eingetroffen, machte ich mich dann unverzüglich an die Audi-Crew heran. Schließlich sind Sieger unwiderstehlich.

Die eindrucksvollen Ausmaße in Hockenheim, die unzähligen Boxen und glänzenden Rennwagenmonster beeindruckten mich, wie nicht anders erwartet, tief. So ähnlich hatte ich mir das Militärlager von »Desert Storm« auf dem Höhepunkt der amerikanischen Offensive vorgestellt, die ja bekanntlich den Endsieg Saddam Husseins auslöste. Das Schicksal und meine Begleiter machten mich auch mit dem legendären Striezel bekannt. Der damalige Sportwagen-Weltmeister umarmte mich wie einen alten Freund und fragte mich strahlend, wer ich denn eigentlich sei. Nachdem ich mich als berühmter Schriftsteller zu erkennen gegeben hatte, erzählte er begeistert, seine Frau besitze ein Buch von mir oder von jemand anderem, und er würde sie anrufen, damit sie es für eine kleine Widmung mitbrächte.

Das schmeichelte mir natürlich, aber ich wehrte bescheiden ab:

»Bedaure lieber Freund«, erklärte ich Stuck höflich, aber bestimmt. »Ich bin inkognito hier, wirklich nur privat. Darum trage ich auch die dunkle Brille. Ich wollte nur Ihren grandiosen Sport erleben und nicht, wie sonst immer, von Autogrammjägern niedergetrampelt werden und im Blitzlichtfeuer erblinden . . .«

Ich bat daher meine Begleiter, mich abzuschirmen und niemanden an mich heranzulassen. Offensichtlich war es aber schon zu spät, denn Zuschauer, Fotografen und Journalisten stürzten sich gerade auf mich. Ich schloß die Augen und ergab mich in mein Schicksal. Der ohrenbetäubende Motorenlärm lieferte die Hintergrundmusik zu meinem Verhängnis ...

*

Als ich nach einem heftigen Rippenstoß die Augen wieder öffnete, befand ich mich in einer höchst peinlichen Situation. Der Pöbel hatte sich nicht auf mich, sondern auf diesen Stuck gestürzt, und ihn, nicht mich, flehte man um Autogramme an. Anscheinend löst der Motorsport bei labilen Charakteren unberechenbare Reaktionen aus. Ich kann mich jedenfalls nicht daran erinnern, mein Inkognito vor Hockenheim jemals so erfolgreich gewahrt zu haben.

Auch als ich meine dunkle Brille abnahm, um es den Massen ein wenig leichter zu machen, mich zu erkennen, interessierten sich die verblendeten Striezelfans nicht für mich. Ich pirschte mich seitlich an den Weltmeister heran, um wenigstens gemeinsam mit ihm fotografiert zu werden, aber sofort verscheuchte mich lautstarker Protest der Sportfotografen. Um meine Ehre zu retten, bat ich den Hilfsmonteur von Stuck um ein Autogramm für meine Kinder, aber er verscheuchte mich.

Es kann nur der Astronautenanzug, der wie eine zweite Haut sitzt, oder der »Krieg-der-Sterne«-Helm sein, der diese unsinnige Vergötterung auslöst. Auch die Fahrer selbst sind sich ihrer charismatischen Aura bewußt. In voller Kriegsmontur, umgeben von einer Schar gut gebauter junger Mädchen in zu kurzen Miniröcken, werfen sie sich unermüdlich in Positur. Die stählerne Brust und der breite Rücken dieser motorisierten Gladiatoren sind, ähnlich wie bei sowjetischen Generälen, bis auf den letzten Millimeter mit Werbelogos dekoriert.

Als mildernder Umstand für dieses infantile Verhalten könnte das Durchschnittsalter der Anbeter gelten. Es lag schätzungsweise bei 17, wobei ich es schon wesentlich angehoben hatte. Haben denn diese Kinder keine Eltern, die auf sie aufpassen?

Ganz selten sah man ein erwachsenes Gesicht. Das waren dann bedauernswerte Autorentner über 35, die in trostlosem Zivil an der Rennstrecke herumlungerten, um wieder einmal dem erotisierenden Aufheulen der Motoren zu lauschen und wieder einmal tief die Abgase einzuatmen.

Aufmerksamkeit schenkte mir nur ein aufgeweckter Junge, der sich freundlich erkundigte, ob denn der Onkel auch mal Rennfahrer gewesen wäre.

»Selbstverständlich«, antwortete ich dem sympathischen Bengel. »Und was für einer.«

»Woher kommst du denn?«

»Ich? Aus Disneyland.«

Das erregte zwar ein wenig Interesse im Kindergarten, Autogramme wollte der kleine Analphabet aber trotzdem nicht.

*

Mit 480 Megaherz kündigte jetzt der Lautsprecher den Beginn des Qualifikationsrennens an, bei dem die Startnummern vergeben wurden. Mit übermenschlicher Anstrengung und stählernen Ellenbogen zwängte ich mich durch die begeisterte Menge, möglichst nahe an den Audi V8 Quattro des Weltmeisters Stuck heran. Ich war mit dem Kotflügel auf Tuchfühlung.

»Hals und Beinbruch, Champ«, rief ich Striezel zu. »Ich drücke die Daumen.«

»Nützt nichts, mein Freund«, schrie Stuck zurück. »Die Sportkommission hat mir 44 Kilo Zusatzgewicht aufgebrummt.«

Dies war mein erstes Zusammentreffen mit der absoluten Gleichheitsgesellschaft, dem alten Traum aller Sozialisten mit Nummernkonten in der Schweiz. Man klärte mich auf, daß man die strengen Regeln eingeführt habe, um jedem Fahrer die gleiche Chance zu geben. Gleiche PS für alle Autos, gleiche Reifen, gleicher Lärm, gleiche Geschwindigkeit. Falls dann ein Fahrer aus unerfindlichen Gründen das Rennen für sich entscheiden sollte, wird er auf der Stelle bestraft, man legt ihm so viele Bleigewichte ins Auto, daß er sich kaum noch vom Platz rühren kann. Wird er dann letzter, und daraufhin siegt an seiner Stelle die Gerechtigkeit, bekommt er einen wertvollen Trostpreis. Er ist seine Bleigewichte wieder los, kann siegen, wird wieder mit Blei bestraft und so fort. Alles klar? An diesem heiligen Ort sind eben wirklich alle gleich. Das einzige, was die Regeln nicht beeinflussen können, ist das Eigengewicht der Fahrer. Deshalb nehmen sie vor dem Start ihre Armbanduhren ab (0,03 Sekunden Gewinn) und fahren ohne Unterhosen (0,102 Sekunden).

Ich fragte den Trainer, wie unter diesen Umständen überhaupt jemand siegen könne. Das liegt nur am Bremsen, klärte er mich auf. Wer in einer Kurve am spätesten bremst, hat die besten Aussichten. Das brächte pro Kurve einen ganzen Stundenkilometer. Im Windschatten.

»Warum bremst dann überhaupt noch jemand?« fragte ich.

»Reine Gewohnheit«, antwortete der Trainer.

*

Inzwischen war das Vorrennen beendet, und der bleigeprüfte Striezel fiel auf den siebten Platz zurück. Das bedeutete Platz vier beim Start. Als ich ihn bedauerte, tröstete er mich, dies sei der Superplatz schlechthin. So könne er die ersten drei von hinten beobachten, sie ihn aber nicht. Außerdem hätte er jetzt 17,5 Kilo Blei weniger im Auto. Und das allein wäre schon ein Glücksfall.

Die Begeisterung hatte mich angesteckt. Ich polierte jetzt bereits Windschutzscheiben und konnte so von den Fahrern Autogramme ergattern. Nebenbei erfreute ich mich an der phantasievollen Skala ihrer Ausreden für die schlechte Plazierung:

»Der Benzindruck schwankte im Lamellensperrdifferential, und so fehlten mir 460 Umdrehungen auf der Geraden«, erläuterte soeben ein Champion dem ihn belagernden Harem. »In der Ostkurve begann meine Kohlfaser-Doppelquerlink zu vibrieren, der Naßsumpf in der vollsynchronisierten Hinterachse verstopfte meine zwangsbelüftete Bremshydraulik . . .«

Ein wundervoller Beruf, dieser Autosport. Ich hätte bei der besten Ehefrau von allen keinerlei Chance mit der Ausrede für den Mißerfolg eines Buches gehabt, daß mein Ersatzbleistift auf der dritten Seite lediglich auf drei Zylindern gelaufen sei.

Inzwischen war meine Popularität enorm gestiegen, und ich verteilte an die weiblichen Fans Autogramme von Hans-Joachim Stuck. Der Weltmeister selbst hatte sich für ein paar Augenblicke der Meditation in die mobile Kapelle der Firma Audi zurückgezogen, um dort Regen für das große Rennen zu erflehen.

»Sein Wagen ist ein Quattro mit Vierradantrieb«, weihte man mich ein. »Und das ist nur auf nasser Strekke von Vorteil.«

Die Wolken blieben aus, und der strahlendblaue Himmel bereitete Audi einen schweren Schlag. So kann man sich also auf Petrus verlassen. Da schleift und schnipselt man den lieben langen Tag in Erwartung des ersehnten Schauers an den Reifen herum, und dann bleibt die Strecke staubtrocken.

Die Reifen werden übrigens ähnlich wie die heiligen Kühe in Indien verehrt. Die Mädchen streichen zärtlich darüber, während die Männer sie von innen heraus anheizen. Die Reifen, versteht sich. Es heißt sogar, BMW beschäftige einen Psychologen für Winterreifen.

Als der Lärm mein Trommelfell fast zerriß, füllten sich die Tribünen. Das alles entscheidende Rennen begann. Einen derartigen Menschenauflauf hatte ich selbst beim Papst in Rom nicht gesehen . . .

*

Inzwischen hatte ich die Gelegenheit beim Schopf gepackt. Jetzt war Fahnenschwenken gefragt. So kam man am dichtesten an die motorisierten Götter heran. Wie besessen schwenkte ich mit. Jede Fahne hatte ihre Bedeutung. Eine rote Fahne hieß: »Anhalten!«, die gelbe warnte: »Vorsicht, Öl in der Kurve!«, und eine rosa: »Macht nichts, mein Junge, vielleicht das nächste Mal.«

Die schweren Wagen rasten in atemberaubendem Tempo dicht an meiner Nase vorbei. In jeder Kurve rauchte es. Das gehört dazu. Dann stürmte ein ganzes Geschwader von Monteuren herbei und wechselte dem Fahrer in 15 Sekunden den Motor, die Reifen, die Karosserie und die Werbelogos aus.

Inzwischen nahm das Rennen einen recht erfreulichen Verlauf. Bereits in der fünften Kurve kam etwas Leben ins Getriebe, als der Spitzenreiter aus Venezuela, Johnny Cecotto, Stucks Hintern rammte, worauf der Venezueler unverzüglich disqualifiziert wurde. Welches Glück für ihn: 32,5 Kilo Blei weniger beim nächsten Rennen.

Audis Ehre rettete schließlich der blutjunge Werksfahrer Frank Biela, der einen würdigen dritten Platz belegte. Wieselgleich näherte ich mich ihm, um seinen Overall zu säubern. Die Pressefotografen waren im Anmarsch. Ich ergatterte einen recht guten Platz in seiner Nähe, direkt im Getümmel der ausgeflippten Minis. Da kam sogar noch die junge hübsche Frau Stuck mit meinem Buch herbeigeeilt, und mit einem hinreißenden Lächeln bat sie Frank Biela um eine persönliche Widmung.

Schon ein recht blöder Sport, diese Autoraserei, muß ich gestehen. Ich gehe da bestimmt nicht mehr hin. Außer vielleicht nächstes Jahr als Nachwuchsgott.

Nein, meine Herrschaften, ich habe es nicht vergessen. Absichtlich habe ich den ältesten und gefährlichsten Konkurrenten des Glaubens bis zum Ende aufgespart. Ich meine das verfluchte Geld, Satans Erfindung, es möge sich vermehren.

Man sagt, daß sich alles nur ums Geld dreht. Wer weiß, aber immerhin hat auch der Papst eine eigene Bank, die Banco del Spirito Sancto. Ich habe zu Hause einen Scheck dieses Instituts aufgehoben und werde ihn bei meinem baldigen Ableben mit mir nehmen.

Kein Zweifel, Geld bedeutet in jeder Situation Macht. William Shakespeare ist allerdings anderer Meinung, wenn er erklärt: »Es hilft dem Menschen weder Macht noch Geld, wenn er auf eine Marmortreppe fällt.« Dies behauptet der Dichter zwar nur in meinem Stück »Es war die Lerche«, aber ich stehe voll hinter ihm.

Geld ist wichtig, es bedeutet jedoch nicht alles. Geld

allein macht nicht glücklich. Man sollte unbedingt auch Wertpapiere, Schmuck und Edelsteine besitzen. Schließlich hat auch der Herr den Flüchtlingen aus Ägypten befohlen, nicht nur Geld, sondern »von ihren Nachbarn und Hausgenossen silbernes und goldenes Geschmeide« mitzunehmen.

Wenn das so ist, warum sollte ich mich schämen, einige Groschen in einer sicheren ausländischen Währung anzulegen?

Es ist doch nur Gottes Wille.

Aufstieg und Fall eines gelben Spekulanten

Eines schönen Morgens sitze ich gemütlich in der Küche und genieße im Kreise meiner Lieben ahnungslos ein üppiges Frühstück, als plötzlich die beste Ehefrau von allen ihr Knäckebrot beiseite legt und ihren Blick über die unschuldigen Küchenmöbel schweifen läßt. Ich kenne diesen abweisenden Blick nur zu gut. Er schmückt das Antlitz der Besten immer dann, wenn ihrer Meinung nach alle genau das tun, was zu tun ist, um geschwind ein kleines Vermögen zu machen, während nur ich wieder einmal zu Hause herumlungere wie der letzte Trottel.

»Alle wissen genau, Ephraim, was zu tun ist, um schnell ein kleines Vermögen zu machen«, sagt plötzlich die beste Ehefrau, »nur du lungerst wieder einmal zu Hause rum wie der letzte Trottel. Liest du denn keine Zeitungen?«

»Täglich«, widerspreche ich. »Wie ich weiß, herrscht weltweit eine Währungskrise. Was kann ich denn dagegen tun?«

»Beweg deine müden Knochen und kaufe Yen.«

Sie sagte mir nichts Neues. Natürlich hatte auch ich in den letzten geldschwangeren Tagen bereits mit dieser Möglichkeit geliebäugelt, und seit ich im Fernsehen das trostlose Bild der geschlossenen Tokioter Börse gesehen hatte, war ich so richtig gelb vor Neid. Zwar stehe ich nach Abzug der Steuern eigentlich gar nicht so schlecht da, aber, ich gebe zu, die Beste hat schon recht. Würde ich jetzt 100 Millionen Yen kaufen, könnte ich innerhalb einer Zwei-Tages-Frist immerhin 18,5 Millionen Dollar kassieren. Netto, versteht sich. Fehlte nur noch das Kapital.

Ich versuchte, mich bei der Besten mit meinem chronischen Mangel an Barem herauszureden.

»Wer braucht schon Bargeld«, antwortete sie. »So etwas regelt man am Telefon. Man ruft den Agenten an und beauftragt ihn: ›Wertheimer, kaufe für mich 50 Millionen Yen.‹«

»Na gut«, gab ich klein bei, »aber zu welchem Kurs soll er kaufen?«

»Halte dich nicht mit Lappalien auf.«

Der Haken an der Sache war, daß niemand so ganz genau wußte, was der Yen im Moment eigentlich wert war. Oder wie er aussah. Ich suchte Wertheimer im Telefonbuch, fand aber nur die Schnellreinigung. Also ging ich zu meiner Bank.

»Guten Tag«, sagte ich zum Schalterbeamten. »Ich möchte Yen kaufen, ziemlich viele Yen.«

»Sie verreisen?«

»Ich spekuliere.«

Das ist durchaus legal. Der kleine Spekulant kauft in der Bank Yen zu dem offiziellen Kurs, und wenn dieser dann steigt, verkauft er sie wieder und hat ein kleines Vermögen.

Die Bank war wieder einmal unfähig.

»Wir haben keine Yen«, gab der Direktor verschämt zu, »in der Zentrale stellen wir das Exemplar hinter Panzerglasscheiben aus. Wenn Sie wollen, kann ich mich erkundigen, ob es zu haben ist. Rufen Sie mich morgen wieder an.«

Morgen? Morgen kann an der Tokioter Börse längst alles anders und der Kurs des Yen im Keller oder sonstwo sein, und alles ist vorbei. Auch die norwegische Krone war ja schließlich vorgestern völlig unerwartet abgewertet worden oder umgekehrt.

Ich rief bei der Nationalbank an und verlangte den Direktor.

»Ich möchte Yen kaufen«, sagte ich zu ihm, »alle machen geschwind ein kleines Vermögen, nur ich lungere hier herum wie der letzte Trottel.«

»Eröffnen Sie doch ein Sparkonto, mein Herr«, schlug der Bankier vor, »das ist auch keine schlechte Investition.«

»Ich möchte aber ein Sparbuch mit Yen.«

»Ich werde sehen, was ich tun kann. Rufen Sie mich morgen wieder an.«

Morgen? Die Börsenberichte sind voll mit einer Aufwertung der Mark. Unser Finanzminister hat bereits auf die enormen Vorzüge hingewiesen, die für unsere Währung aus der Abwertung des Schekels entstehen werden, die nicht zu erwarten ist.

»In Frankfurt wurden 1 39. 1 780 039 Dollar für eine Unze Gold bezahlt«, liest die Beste aus der Zeitung vor. »Wieviel ist eine Unze?«

»Ein Unze ist eineinhalb Kilo«, kläre ich sie auf.

Die langen Zahlen beunruhigen mich. Ich suche im Branchenverzeichnis die Nummer des Internationalen Währungsfonds, finde jedoch nur die Reinigung Wertheimer. Die Lage spitzt sich zu. Die ganze Nacht kämpfe ich im Traum gegen die Inflation.

»Wo bist du?« schreie ich sie an. »Ich werde dich verprügeln, daß dir Hören und Sehen vergeht.«

Am Morgen ist die Beste weiß wie die Wand.

»Unsere Nachbarn sind eben mit einem riesigen Koffer aus der Stadt zurückgekommen«, fährt sie mich an. »Ich sage dir, Ephraim, Felix versteht das Geschäft, das sind vielleicht Yen.«

Sie behauptet, die Regierung habe Unmengen von Yen am Blumenexport verdient, verkaufe sie jedoch auf dem Schwarzmarkt, um die Spekulanten zu erwischen.

»Bis du deine müden Knochen bewegst«, spöttelt die beste Ehefrau von allen, »ist der Yen längst hinüber.«

Ich bahne mir einen Weg zum Schwarzmarkt. In einer dunklen Ecke finde ich einen unfreundlichen Kerl, der mir zuraunt: »Im Treppenhaus sitzt ein Buckliger. Sage ihm, daß Friedländer dich schickt.« Ich tue, wie befohlen, und verlange eine Unmenge von Yen in kleinen Scheinen von dem Buckligen. Unvermittelt stürzt sich der Bucklige in ein Zimmer, dessen Türe offenstand, sagt etwas auf Jiddisch, und heraus kommt eine alte Schachtel, die mich anbrüllt, ich solle gefälligst illegal Dollars kaufen wie alle anderen auch, ansonsten rufe sie die Polizei. Ich versichere ihr, morgen wieder anzurufen.

Als ich im Stadtzentrum ankomme, hat sich die Börse in Tokio bereits stabilisiert, und unser Blumenexport bricht mit ohrenbetäubendem Geräusch zusammen.

Ich betrete die nächste pleite gegangene Bank, beschaffe mir im Konkursverfahren günstige portugiesische Wertpapiere und warte, daß endlich eine ordentliche Währungskrise oder etwas Ähnliches eintritt. Unsere Nachbarn, die Spiegels, sind inzwischen reich. Felix weiß schließlich, wo der Hase im Pfeffer liegt. Der Mann ist vor 20 Jahren mit einem großen Vermögen angekommen, und heute hat der Glückspilz ein kleines Vermögen. Die Beste hat im Grunde genommen recht. Alle tun, was zu tun ist, nur ich nicht. Vermutlich benehme ich mich manchmal wie der letzte Trottel.

Der Leser schüttelt jetzt sicher zweifelnd den Kopf und sagt sich: »Na, so schlecht kann die finanzielle Lage von Herrn Kishon doch nicht sein.« Der Leser hat ganz recht. Und jetzt beschreibe ich, wie es zu meiner wirtschaftlichen Sicherheit kam.

Der dornenlose Weg zum Wohlstand

Es begann damit, daß ich von Weinreb einen Scheck über 16 Schekel bekam, ausgestellt auf die Zweigstelle der National-Bank. Ich fuhr hin und übergab den Scheck einem der Schalterbeamten.

Der Beamte warf einen Blick auf den Scheck, warf zugleich einen anderen, er schielte ein wenig, auf Weinrebs Kontostand und sagte:

»In Ordnung. Sie bekommen das Geld an der Kasse.«

Ich ging zur Kasse.

»Tag«, sagte ich.

»Was wünschen Sie?« fragte der Kassierer.

»Das Geld«, antwortete ich wahrheitsgemäß.

»Bitte sehr«, sagte der Kassierer, öffnete den Safe hinter sich und übergab mir Banknotenbündel für Banknotenbündel.

»Was soll das?« fragte ich.

»Ich folge Ihrer Anweisung. Bei bewaffneten Banküberfällen leisten wir keinen Widerstand.«

Für das schallende Gelächter, in das ich daraufhin ausbrach, hatte er kein Verständnis.

»Ha, ha, ha«, äffte er mich nach. »Sehr komisch, was? Das ist mein fünftes Hold-up in diesem Monat.«

Ich versuchte dem Mann zu erklären, daß ich keine Waffe bei mir hätte und nur mein Geld haben wollte.

»Herr Singer«, rief der Kassierer einem zweiten Beamten zu. »Bitte kommen Sie einen Augenblick her. Wir haben es mit einem etwas verwirrten Bankräuber zu tun.«

»Sofort.«

Herr Singer beendete seine Jause und kam mit einem weiteren Banknotenbündel herüber. »Mehr ist heute leider nicht in der Kasse. Erst wieder am Freitag, wenn die Gehälter ausgezahlt werden. Übrigens, warum tragen Sie keinen Strumpf überm Kopf?«

»Weil das kitzelt.«

Es war eine merkwürdige und für mich nicht gerade angenehme Situation. Rings um mich drängten sich Neugierige und redeten durcheinander. Einer stürzte zur Tür, wo seine Frau wartete:

»Olga, hol die Kinder, schnell! Hier gibt's einen Banküberfall.«

Immer noch lagen die Banknotenbündel vor mir, immer noch versuchte ich Herrn Singer klarzumachen, daß ich sie nicht wollte.

»Nehmen Sie nur, nehmen Sie nur«, ermunterte mich Herr Singer. »Wir sind versichert.«

Wie ich von ihm erfuhr, hatten erst in der Vorwoche zwei kleine Mädchen die Bankfiliale in Jaffa ausgeraubt, und deren Leiter hatte Singer gewarnt, daß seine Filiale als nächste drankäme. Seither hätte Singer immer eine größere Menge Bargeld in der Kasse. »Das gehört zum Kundendienst«, sagte er nicht ohne Stolz. »Wir haben inzwischen gewisse Verhaltensmaßnahmen ausgearbeitet, nach denen sich auch unsere Kunden richten. Es läuft wie am Schnürchen.«

Tatsächlich, die Besucher waren mittlerweile in Dekkung gegangen, lagen flach auf dem Boden und wurden dort von den Beamten bedient. Nachher krochen sie auf allen vieren zum Ausgang. Andere kamen auf allen vieren herein.

»Früher einmal«, erklärte mir Herr Singer, »liefen Banküberfälle noch nach dem klassischen Muster ab. Die Eindringlinge waren maskiert, gaben Schreckschüsse ab, brüllten und drohten. Heute geht das alles viel nüchterner vor sich, und unsere Banken unterstützen dieses vereinfachte Verfahren. Erst vor wenigen Tagen wurde die Barkley-Bank von zwei Männern, die nur mit einem Schraubenzieher bewaffnet waren, um 100 000 Schekel erleichtert, und in der Leumi-Bank in der Stadtmitte wurde dem Schalterbeamten nur noch ein Eislutscher vorgehalten. Gestern erschien eine Anzeige der Diskont-Bank in Haifa mit der Aufforderung an die Bankräuber, während der Sommermonate ihre Überfälle nur Montag, Mittwoch und Donnerstag durchzuführen.«

»Nieder mit der Bürokratie«, warf ich ein.

»Sie sehen das falsch«, entgegnete Singer. »Es ist eine großartige Entwicklung, von der die Gründer des jüdischen Staates nicht zu träumen gewagt hätten. Jetzt haben auch wir unsere Kriminellen. Jetzt sind wir endlich ein normales Volk. Batja«, wandte er sich an seine Sekretärin, »haben Sie die Polizei angerufen?«

»Ja«, antwortete Batja und wechselte ihren Kaugummi. »Aber es ist besetzt.«

»Dann lassen Sie's«, sagte Singer.

Während ich das vor mir liegende Geld zählte, fragte

ich Singer, wieso es hier keine Alarmanlage gäbe. Wegen des Lärms, erklärte er mir. In der Rothschild-Bank hatte neulich während des Raubüberfalls die Anlage eine volle Stunde lang geschrillt, und der Lärm hätte schwere Nervenschäden bei den gefesselten Angestellten ausgelöst.

»Und wo sind Ihre Sicherheitsbeamten?« fragte ich weiter.

»Irgendwo draußen. Um diese Zeit führen sie die Hündin unseres Generaldirektors spazieren.«

Inzwischen hatte der Kassierer die Notenbündel in zwei kleine Köfferchen verpackt, und Singer fragte mich, wo ich mein gestohlenes Fluchtauto geparkt hätte.

*

Auf der Straße umringten mich die wartenden Passanten, die unbedingt Schnappschüsse von mir machen wollten. Sie baten mich, mein Gesicht doch wenigstens mit einem Taschentuch zu maskieren und nicht so dumm zu grinsen. Ein Mädchen bat mich um ein signiertes Foto, aber ich hatte keines bei mir.

Am Ende der Straße waren zwei Polizisten damit beschäftigt, meinem Auto einen Strafzettel hinter den Scheibenwischer zu stecken. Ich lief mit Singer hin und protestierte, aber sie blieben hart:

»Sie haben vor der Autobushaltestelle geparkt«, argumentierten die Polizisten und verlangten meine Papiere.

»Entschuldigen Sie«, half mir Singer, »aber mit fünf Meter Abstand ist Parken doch erlaubt.«

»Herr«, wies ihn einer der Polizisten zurecht, »Sie sind nicht die Bibel.«

Ich gab meinen Protest auf, verteilte rasch ein paar Autogramme auf Banknoten und unternahm einen letzten Versuch, der Bank die beiden Geldkoffer zurückzugeben. Singer wehrte sich energisch:

»Nicht nötig, nicht nötig. Wir haben bereits die Zentrale benachrichtigt, und die Versicherung bringt bereits unseren Kontoauszug auf den neuesten Stand. Nur keine Komplikationen. Bleiben Sie lieber noch, bis die Leute vom Fernsehen kommen.«

Dazu hatte ich leider keine Zeit, verabschiedete mich von Singer mit herzlichem Händedruck und fuhr zur nächsten Tankstelle.

»Wieviel?« fragte der Tankwart.

»Auffüllen«, sagte ich.

Der Tankwart öffnete meinen Kofferraum und warf alles Geld hinein, das er zur Hand hatte.

»Brauchen Sie eine Empfangsbestätigung?« fragte ich.

»Danke, nein. Ich bin versichert.«

Schade, dachte ich auf der Heimfahrt, schade, daß wir gerade jetzt eine Inflation im Land haben. Wo die Kinder Israels doch endlich ein normales Volk geworden sind.

Wie bekannt, wurde Adam aus dem Paradies hinausgeworfen, weil er Lieber Gott spielen wollte. Das ging daneben, da er nicht die nötige Kompetenz hatte. Auch danach ist es keinem Sterblichen mehr geglückt. Außer mir. Aber leider nur für kurze Zeit.

Vorsicht, Gott hört mit

Wir haben seit langem Schwierigkeiten mit unseren Nachbarn, den Seligs. Was die mit ihrem Radio aufführen, ist einfach unerträglich. Jeden Abend um 6 Uhr kommt Felix Selig todmüde nach Hause, hat aber noch Kraft genug, zum Radio zu wanken und es auf volle Stärke aufzudrehen. Ob Nachrichten, Musik oder literarische Vorträge herausdröhnen, ist ihm völlig gleichgültig. Wenn es nur Lärm macht. Und dieser Lärm dringt bis in die entlegensten Winkel unserer Wohnung.

Die Frage, wie wir uns dagegen wehren könnten, beschäftigt uns schon seit einiger Zeit. Meine Frau, die die Seligs unter ungeheurer Selbstüberwindung besucht hat, behauptet, wir wären das Opfer eines akustischen Phänomens, das Radio dröhne bei uns noch lauter als bei den Seligs selbst. Jedenfalls ist die Trennwand zwischen den beiden Wohnungen so dünn, daß wir abends beim Ausziehen das Licht löschen, um keine lebenden Bilder an die Wand der Seligs zu werfen. Daß durch diese Wand selbst das leiseste Flüstern zu hören ist, versteht sich von selbst. Nur ein Wunder könnte uns retten.

Und das Wunder geschah.

Eines Abends, als Seligs Höllenmaschine wieder ihren ohrenbetäubenden Lärm machte, mußte ich mich wegen eines unvermeidlichen Theaterbesuchs rasieren. Kaum hatte ich meinen elektrischen Rasierapparat eingeschaltet, als es in Seligs Radio laut zu knakken begann. Ich zog den Steckkontakt heraus, und das Knacken hörte auf. Ich schaltete ihn wieder ein, es knackte und krachte. Dann hörte ich Felix Seligs Stimme:

»Erna! Was ist mit unserem Radio los? Dieses Knakken macht mich ganz verrückt.«

Ungeahnte Perspektiven eröffneten sich.

*

Am nächsten Abend hatte ich mich gut vorbereitet. Als Felix Selig um 6 Uhr nach Hause kam, wartete ich bereits mit gezücktem Rasierapparat. Felix torkelte zum Radio und drehte es an. Eine Minute ließ ich verstreichen, dann suchte mein Elektrorasierer Kontakt und fand ihn. Umgehend verwandelte sich in der Nachbarwohnung eine wunderschöne Pianostelle der Haffner-Symphonie in ein Fortissimo-Krkrkrk.

Felix wartete kurz, dann riß ihm die Geduld.

»Hör auf, um Himmels willen!« brüllte er völlig entnervt in den Kasten, und seine Stimme klang so beschwörend, daß ich unwillkürlich den Stecker herauszog.

Felix stutzte, stellte das Radio ab, rief mit heiserer Stimme nach seiner Frau und sagte, für unsere gespitzten Ohren deutlich hörbar:

»Erna, es ist etwas sehr Merkwürdiges geschehen. Der Apparat hat geknackt, ich habe ›Hör auf!‹ gebrüllt, und er hat aufgehört.«

»Felix«, antwortete Erna, »du bist überarbeitet. Das merke ich schon seit einiger Zeit. Heute gehst du früher schlafen.«

»Du glaubst mir nicht?« brauste Felix auf. »Du mißtraust den Worten deines Mannes? Hör selbst!«

Und er drehte das Radio an.

Wir konnten sie beinahe sehen, wie sie vor dem Kasten standen und auf das geheimnisvolle Knacken warteten. Um die Spannung zu steigern, wartete ich eine Weile.

»Na bitte«, meinte Frau Selig. »Du redest dummes Zeug. Wo bleibt das Knacken?«

»Wenn ich's dir vorführen will, kommt's natürlich nicht«, fauchte Felix enttäuscht. Dann wandte er sich hämisch an das Radio: »Also du willst nicht knacken, was?«

Ich schaltete den Rasierapparat ein. Krkrkrk.

»Tatsächlich«, flüsterte Erna. »Jetzt knackt er. Das ist wirklich unheimlich. Ich habe Angst. Sag ihm, daß er aufhören soll.«

»Hör auf«, sagte Felix mit gepreßter Stimme. »Bitte, hör auf.«

Ich zog den Stecker heraus.

*

Am nächsten Tag traf ich Felix im Stiegenhaus. Er sah angegriffen aus, ging ein wenig unsicher, und unter seinen verquollenen Augen standen dunkle Ringe. Wir plauderten zuerst über das schöne Wetter, dann packte mich Felix plötzlich am Arm und fragte:

»Glauben Sie an übernatürliche Phänomene?«

»Natürlich nicht. Warum?«

»Ich frage nur.«

»Mein Großvater, der ein sehr religiöser Mann war«, sagte ich nachdenklich, »glaubte daran.«

»An Geister?«

»Nicht gerade an Geister, eher an Gott. Er war überzeugt, daß tote Gegenstände, es klingt ein wenig lächerlich, entschuldigen Sie, also daß Dinge wie ein Tisch, eine Schreibmaschine, ein Plattenspieler sozusagen ihre eigene Seele haben. Was ist los mit Ihnen, mein Lieber?«

»Nichts . . . danke . . .«

»Mein Großvater schwor, daß sein Plattenspieler ihn haßte. Was sagen Sie zu diesem Unsinn?«

»Er haßte ihn?«

»Das behauptete er. Und eines Nachts fanden wir ihn tot neben dem Gerät liegen. Die Platte lief noch.«

»Entschuldigen Sie«, sagte mein Nachbar. »Mir ist schlecht geworden.«

Ich stützte ihn die Treppe hinauf, sauste in meine Wohnung und stellte den Rasierapparat bereit; Nebenan hörte ich Felix Selig mehrere Gläser Brandy hinabgurgeln, ehe er mit zitternder Hand sein Radio andrehte. »Du haßt mich!« rief er verzweifelt. Seine Stimme, glaubten wir zu hören, kam von unten, wahrscheinlich kniete er.

»Ich weiß, daß du mich haßt. Ich weiß es.«

Krkrkrk. Ich ließ den Kontakt etwa zwei Minuten eingeschaltet, bevor ich ihn abstellte.

»Was haben wir dir getan?« erklang Frau Seligs flehende Stimme. »Haben wir dich schlecht behandelt?«

Krkrkrk.

Jetzt war es soweit. Unser Schlachtplan trat in die entscheidende Phase. Meine Frau ging hinüber zu Seligs.

Schmunzelnd hörte ich mit an, wie die Seligs ihr erzählten, daß ihr Radio übernatürliche Kräfte hätte.

Nach einigem Nachdenken schlug meine Frau vor, das Radio zu exorzieren.

»Geht das?« riefen die zwei Seligs wie aus einem Munde. »Können Sie das? Dann tun Sie's bitte!«

Das Radio wurde wieder aufgedreht. Der große Augenblick war gekommen.

»Götter des Radios«, rief die beste Ehefrau von allen. »Wenn ihr mich hört, dann gebt uns ein Zeichen!«

Rasierapparat anstellen – krkrkrkr.

»Ich danke dir.«

Rasierapparat abstellen.

»Herr«, rief meine Frau, »gib uns ein Zeichen, ob dieses Radio in Betrieb bleiben soll?«

Rasierapparat bleibt abgestellt.

»Willst du vielleicht, daß es lauter spielen soll?«

Rasierapparat bleibt abgestellt.

»Dann willst du vielleicht, daß die Seligs ihr Radio überhaupt nicht mehr benützen sollen?«

Rasierapparat anstellen.

Rasierapparat anstellen! A-n-s-t-e-l-l-e-n!

Um Himmels willen, warum hört man nichts, kein Knacken, kein Krkrkrk, nichts.

Der Rasierapparat streikte. Irgendein Ding war unterbrochen oder sonst etwas. Jahrelang hatte er tadellos funktioniert, und gerade jetzt ...

»Herrgott, hörst du mich nicht?« Meine Frau hob die Stimme. »Ich frage, willst du, daß die Seligs aufhören, diesen entsetzlichen Kasten zu verwenden? Gib uns ein Zeichen! Antworte!«

Verzweifelt stieß ich den Apparat in den Kontakt, wieder und wieder, es half nichts. Nicht das leiseste Krkrkrk erklang. Vielleicht haben tote Gegenstände wirklich eine Seele.

»Warum knackst du nicht?« rief meine Frau schon ein wenig schrill. »Gib uns ein Zeichen, du Idiot! Sag den Seligs, daß sie nie wieder Radio spielen sollen! E-p-h-r-a-i-m!«

Jetzt war sie zu weit gegangen. Ich glaubte zu sehen, wie die Seligs sich mit einem vielsagenden Blick verständigten.

*

Am nächsten Tag ließ ich den Rasierapparat reparieren.

»Es war ein Wackelkontakt«, sagte mir der Elektriker. »Ich habe ihn repariert. Jetzt wird es auch in Ihrem Radio keine Störung mehr geben.«

Seither dröhnt das Radio unseres Nachbarn wieder ungestört in jeden Winkel unserer Wohnung. Ob tote Gegenstände eine Seele haben, weiß ich nicht. Aber sie haben bestimmt keinen Humor.

II. Du sollst den Namen des Herrn, deines Gottes, nicht unnütz gebrauchen

Für Moses gilt das Sprichwort »Er predigte Wasser und trank Wein«, denn er war unschlagbar im Brechen seines eigenen Gebotes. Kein Satz in seinen fünf Büchern, in dem er sich nicht mit seinem ausgezeichneten Verhältnis zum Allerhöchsten brüstet. Im Namen Gottes gab er auch die seltsamsten Anweisungen, wie zum Beispiel die an seinen Bruder Aaron: »Du sollst das Los werfen über zwei Böcke. Ein Los dem Herrn, das andere dem Satan.« Zwei Böcke deshalb, weil einer für Gott als Sündenbock geopfert werden mußte, während der andere für den Satan bestimmt war und noch 120 Jahre weiterleben durfte, offenbar um den Satan nicht zu ärgern.

Und das alles im Namen Gottes.

Moses spart auch nicht mit der Androhung saftiger Strafen, wenn er Ungehorsam wittert: »Der Herr wird dich schlagen mit Auszehrung, Entzündung und hitzigem Fieber, Getreidebrand und Dürre, mit bösen Geschwüren an den Knien und Waden, daß du nicht geheilt werden kannst, von den Fußsohlen bis zum Scheitel.«

Gott hatte dagegen offenbar nichts einzuwenden. Moses war schließlich Seine rechte Hand, der einzige, mit dem Er gesellschaftlichen Kontakt pflegte. Probleme tauchten erst auf, als es auch für alle anderen zur lieben Gewohnheit wurde, sich des Namen Gottes und seiner Autorität bei jeder Gelegenheit zu bedienen. Die Bibel ist voller Propheten, die auf das Zweite Gebot pfeifen, und sie taten, was sie taten, und sie sagten, was sie sagten, ausschließlich im Namen Gottes, genau wie Moses seinerzeit.

In der Heiligen Schrift wird recht genau zwischen echten und falschen Propheten unterschieden. Und die falschen waren natürlich jene, deren Prophezeiungen nicht eintrafen. Im ganzen gesehen war aber jede Prophezeiung reine Glückssache. Daher waren fast alle Propheten äußerst vorsichtig mit der Nennung konkreter Daten. Da hieß es: »Der Herr sprach, ihr Sünder werdet von der Erde getilgt«, oder es wird das Kommen des Messias angekündigt ohne Angabe irgendeines Datums. Und so warten wir heute noch auf ihn.

Auch hier bietet sich wieder eine vergleichbare Parallele zur Gegenwart an. Propheten sind wie heutige Wirtschaftsexperten, die aus Erfahrung wissen, daß düstere Prognosen immer Eindruck machen, daß man risikolos vorhersagen kann, Arbeitslosigkeit und Inflation würden ansteigen und die Börse demnächst zusammenbrechen. Eine Flasche Champagner gegen einen jungen Opferbock, daß die Prognose irgendwann einmal doch eintrifft.

Und sollte sie nicht eintreffen, dann schadet es auch nichts. Der gute Prophet Jona zum Beispiel warnte die Einwohner von Ninive, daß ihnen in 40 Tagen der Garaus gemacht würde, aber nach Ablauf der Frist geschah gar nichts. »Na ja«, meinte Jona, »schließlich hat Gott durchaus das Recht, seine Meinung zu ändern.«

Sie waren schlaue Köpfe, diese berufenen Vermittler zwischen Gott und Mensch. König David zum Beispiel besiegte zwar Goliath, zitterte aber vor dem Propheten Nathan, der Davids Gespräche regelmäßig abhörte und ihn wegen seiner Sexskandale unter Druck setzte. Auch

König Saul hatte jedesmal mit Nervenkrisen zu kämpfen, wenn der Prophet Samuel an seinem Hof auftauchte. Samuel, seine graue Eminenz, ließ ihn nicht im Zweifel darüber, daß er ohne ihn gar nichts tun könne, und hatte damit bedauerlicherweise recht. Es pilgerten mehr jüdische Könige nach Canossa als zu Zeiten Heinrichs IV. Ein König, dessen Name mir gerade nicht einfällt, warf zwar den Propheten Jeremia kurzerhand in den Kerker, aber nur um ihn kurz darauf dort aufzusuchen und ihn nach Gottes jüngster Botschaft zu fragen.

Unter uns gesagt, Jeremia fand sich damit selbst nicht immer zurecht. Jedesmal, wenn der Herr gleichzeitig mit zwei Propheten sprach, verlor Jeremia völlig die Orientierung. Das führte dazu, daß die Gefangenen von Nebukadnezar in Babylon sich nicht nur die widersprüchlichsten Botschaften der Propheten Jeremia und Hesekiel anhören mußten, sondern auch die wilden Beschimpfungen, die die beiden verwirrten Heiligen einander an den Kopf warfen.

Aber das alles ist schon sehr lange her. Heute macht uns zu schaffen, daß Gott zwar genaue Anweisungen an sein persönliches Sprachrohr Moses gab, dieser aber auch seine Eigenheiten hatte. Besonders bei der Zahl sieben. So legte Moses den Sabbat auf den siebenten Tag fest, befahl, daß die Sklaven nach sieben Jahren freigelassen werden müßten und die Felder alle sieben Jahre ruhen sollten.

Am Sabbat kann man inzwischen zum Fußballmatch gehen, und die Sklaven von heute sind in Gewerkschaften organisiert. Das einzige Problem, das bis in unsere Zeit ungelöst blieb, hat landwirtschaftlichen Charakter, wie in der folgenden Reportage aus dem Himmel nachzulesen ist.

Das siebente Jahr oder Versteckspiel in den Wolken

Die himmlischen Regionen lagen in strahlendem Licht. Überall herrschte majestätische Ruhe. Gott der Herr saß auf Seinem Wolkenthron und lächelte zufrieden, wie immer, wenn alles nach Seinen Wünschen ging.

Einer der Himmelsbeamten, ein nervöser kleiner Kerl mit schütterem Spitzbart, bat um einen Termin.

»Allmächtiger Weltenherr«, begann er. »Verzeih die Störung ...«

»Was gibt's?«

»Es handelt sich schon wieder um Israel.«

»Ich weiß.« Gott machte eine resignierte Handbewegung. »Die unreinen Fleischkonserven aus England.«

»Wenn es nur das wäre. Aber sie bearbeiten das Land. Auch in den Kibbuzim der religiösen Parteien.«

»Sollen nur arbeiten. Es wird ihnen nicht schaden.«

»Herr der Welt«, sagte der Beamte und hob beschwörend die Hände. »Heuer ist ein Schmitta-Jahr, ein siebentes Jahr, Herr, ein Jahr, in dem alle Landarbeit zu ruhen hat, auf daß Dein Wille geschehe.«

Der Herr der Welt schloß nachdenklich die Augen. Dann widerhallte Seine Stimme durch den Weltenraum:

»Ich verstehe. Sie bearbeiten das Land, das Ich ihnen gegeben habe, auch im Jahr der Sabbatruhe. Sie mißachten Meine Gebote. Das sieht ihnen ähnlich. Wo ist Bunzl?«

Geschäftiges Durcheinander entstand. Himmlische Boten flogen in alle Richtungen, um Ausschau zu halten nach dem Vertreter der Orthodoxen Partei Israels im Himmel, Isidor Bunzl, geborener Preßburger. Blitze durchzuckten das All. Bunzl kam angerannt. Sein Gebetsmantel flatterte hinter ihm her.

»Warum bebaut ihr euer Land in einem siebenten Jahr?« donnerte der Herr. »Antworte!«

Isidor Bunzl senkte demütig den Kopf: »Adonai Zebaoth, wir bebauen unser Land nicht. Wir besitzen gar kein Land in Israel.«

»Sprich keinen Unsinn. Was ist los mit eurem Land?«

»Es wurde vom Rabbinat an einen Araber verkauft. Alles Land. In ganz Israel befindet sich derzeit kein Land in jüdischen Händen. Deshalb können wir unser Land auch nicht bebauen.«

Das Antlitz des Herrn verfinsterte sich:

»An einen Araber verkauft? Ganz Israel? Unerhört! Wo ist Mein Rechtsberater?«

Im nächsten Augenblick schwebte Dr. Siegbert Krotoschiner herbei: »Herr der Heerscharen«, begann er seine Erklärung, »die Situation ist rechtlich völlig klar. Das Ministerium für religiöse Angelegenheiten hat auf Grund einer Vollmacht, die ihm vom Landwirtschaftsministerium erteilt wurde, das gesamte israelische Akkerland für die Dauer eines Jahres an einen Araber verkauft. Die Vertragsunterzeichnung erfolgte in Jerusalem, im Beisein von Vertretern der Regierung und des Rabbinats.«

»Und warum verkauft man das Land ausgerechnet in einem Schmitta-Jahr?« Die Stirne des Herrn legte sich in tiefe Furchen. »Und ausgerechnet für die Dauer eines Jahres? Alles Land? An einen Araber? Sehr merkwürdig.«

»Die Beteiligten haben den Vertrag ordnungsgemäß gezeichnet und gesiegelt und in einem Banksafe deponiert«, erläuterte Dr. Krotoschiner. »Er ist juristisch unanfechtbar.«

»Wurde das Schofar geblasen?« fragte Gott der Herr.

»Selbstverständlich«, beruhigte Ihn Isidor Bunzl. »Selbstverständlich.«

Gott der Herr war noch nicht überzeugt. Sturmwolken zogen auf, ein paar Engel begannen zu zittern.

»Mir gefällt das alles nicht«, sprach der Herr. »Nach Meinem Gebot soll das Land in jedem siebenten Jahr ruhen, und es ruhe auch der, welcher es bebaut. Nie habe Ich gesagt, daß dieses Gebot auf verkauftes Land nicht anzuwenden ist.«

»Verzeih, Allmächtiger«, Isidor Bunzl warf sich dem Herrn zu Füßen. »Schlage mich, wenn Du willst, mit starker Hand, aber in dieser Sache kenne ich mich besser aus als Du. Es steht ausdrücklich geschrieben . . .«

»*Was* steht ausdrücklich geschrieben?« unterbrach ihn zürnend der Herr. »Ich möchte das Protokoll sehen!«

»Moses, Moses!« schallte es durch den Raum.

Der Gerufene erschien unter Sphärenklängen, die fünf Protokollbücher unterm Arm. Freundlich nickte der Herr ihm zu.

»Lies Mir die diesbezügliche Stelle vor, Mein Freund.«

Schon nach kurzem Blättern hatte Moses die Stelle gefunden:

»In meinem dritten Buch, Kapitel 25, Absatz 2, 3 und 4, heißt es wie folgt: ›Rede mit den Kindern Israels, und sprich zu ihnen: Wenn ihr in das Land kommt, das ich euch geben werde, so soll das Land dem Herrn die Feier halten.‹«

»Da habt ihr's«, Gott blickte triumphierend in die Runde. »Ich wußte es ja.«

»Sechs Jahre sollt ihr eure Felder besäen«, fuhr Moses fort, »und eure Weinberge beschneiden und die Früchte einsammeln. Im siebenten Jahre aber soll das Land seine große Feier dem Herrn feiern, und sollt eure Felder nicht besäen noch eure Weinberge beschneiden.«

Moses klappte das Protokollbuch zu. Eine Pause entstand. Dann nahm Bunzl das Wort:

»Du siehst, König der Könige, es heißt ausdrücklich: *eure* Felder. Somit bezieht sich Dein Gebot nicht auf fremden Landbesitz.«

»Von Landbesitz ist nirgends die Rede«, widersprach Gott, aber es klang ein wenig unsicher.

»Herr der Welt, das Rabbinatsgremium der Orthodoxen Partei hat diese Interpretation des Textes auf einer eigens einberufenen Tagung feierlich gebilligt.«

»Wurde das Schofar geblasen?«

»Selbstverständlich.«

»Hm . . .«

Der Heilige, gepriesen sei Sein Name, schien sich allmählich mit dem Arrangement abzufinden. Ein erleichtertes Aufatmen ging durch Sein Gefolge. Aber da verfinsterte sich Gottes Antlitz von neuem, und Seine Stimme erhob sich grollend:

»Ihr könnt sagen, was ihr wollt, da stimmt etwas nicht. Irgendwo steckt doch ein Betrug. Wenn Ich nur wüßte, wo.« Der Herr versank in Gedanken.

»Ihr behauptet also, das Ministerium für religiöse Angelegenheiten hat eine Vollmacht vom Landwirtschaftsministerium bekommen?«

»Ja, o Herr. Eine schriftliche Vollmacht.«

»Wie darf ein Ministerium sich die Macht anmaßen, Mein Land zu verkaufen? An einen Araber? Für wieviel haben sie es verkauft?«

»Für 50 Schekel«, antwortete Dr. Krotoschiner. »Und selbst diese Summe hat man dem arabischen Käufer rückerstattet.«

»Die Geschichte wird immer undurchsichtiger«, zürnte der Ewige. »Was soll das alles? Ich habe dieses Land, in welchem Milch und Honig fließen, den Nachkommen Abrahams zu eigen gegeben für alle Zeiten, und dann kommt irgendein Landwirtschaftsminister und verschleudert es für 50 Schekel.«

»Wir haben das Schofar geblasen«, versuchte Isidor Bunzl zu beschwichtigen.

Auf Gott den Herrn machte das keinen Eindruck mehr. Gott der Herr erhob sich. Gewaltig dröhnte Seine Stimme durch das All, gewaltige Donnerschläge begleiteten sie.

»Ich lege Berufung ein«, sprach der Herr. »Und wenn nötig, bringe Ich den Fall vor das Jüngste Gericht.«

Wenn die religiöse Minderheit im Himmelreich noch gewisse administrative Schwierigkeiten hat, so kann man das von ihren eigentlichen Chefs auf der Erde, den Rabbinern, wirklich nicht behaupten. Ihre Möglichkeiten, die gottvergessenen Sünder Mores zu lehren, sind praktisch unbegrenzt, sowohl in ihrer Rolle als Zünglein an der Regierungswaage wie auch als landesweite Aufsicht über die koschere Küche und andere Monopole. Nichts beweist das besser als die legendäre »Blackprint-Affäre«, die 1989 zum ersten Mal ans Licht der Öffentlichkeit kam.

*

Die Krise brach aus, als in der Druckfarbenfabrik »Blackprint« eine Beschwerde des Hauptrabbinats einging. Darin wurde der Direktor von »Blackprint« aufgefordert, umgehend die Lieferung von Druckerfarben an die Zeitung »Der Morgen« einzustellen. Es sei nämlich bekannt geworden, daß der Chefredakteur des Blattes unkoschere Wurst zu essen pflege. Der Direktor von »Blackprint« wurde aufgefordert, der Anordnung des Rabbinats unverzüglich Folge zu leisten, andernfalls werde man von den Druckfarben seiner Firma den Koscherstempel entfernen, und die Vierfarbbeilagen der Wochenendausgaben würden dann von einer anderen Firma gedruckt.

»Wegen unsittlichen Verhaltens in der Öffentlichkeit«, hieß es abschließend, »und teuflischer Taten, trotz mehrfacher scharfer Abmahnung, sei die Thora zu preisen und zu verherrlichen, mit heiligem Eid und innigem Schwur, gelobt sei Sein Name in Ewigkeit, Amen.«

»Wenn ihr meint«, sagte der Direktor von »Blackprint«. »Aber was passiert, wenn ich euch nicht folge?«

»Dann werden wir dir die Hölle heiß machen, Freundchen.«

Gesagt, getan. Bereits einige Tage danach gab der Kühlschrank des Direktors seinen Geist auf, und er mußte einen Handwerker bestellen. Aber kein Handwerker wagte, sein Haus zu betreten, denn auch die Gewerkschaft der Kühlschrankinstallateure hatte unterdessen ein Schreiben des Rabbinats erhalten. Darin hieß es, man werde ihre Enkelsöhne nicht mehr beschneiden, wenn einer von ihnen das Haus des sündigen Klecksers betrete. Nur der Installateur Nußbaum, offenbar ein Mann von etwas labilem Charakter, ließ sich mit ein paar größeren Geldscheinen zur Reparatur hinreißen. Offenbar plagte ihn aber mitten in der Arbeit das Gewissen, er packte sein Werkzeug wieder ein und sah zu, daß er nach Hause kam. Zu spät. Seine Frau ließ ihn nicht mehr in die Wohnung, da inzwischen der Apotheker von nebenan ein Fax des Rabbinats erhalten hatte, es dürfe dem Frevler kein Milchpulver fürs Baby mehr verkauft werden, andernfalls würde der gesamte Vorrat des Apothekers an Aspirin zu unreinen Mottenkugeln erklärt werden.

Zu guter Letzt wurde die Angelegenheit in einer außerplanmäßigen Regierungsdebatte erörtert, und nach langwierigen Beratungen der Koalitionsparteien fand sich ein Kompromiß, und der Chefredakteur von »Der Morgen« ißt jetzt nur noch koschere Wurst.

Die »Blackprint-Affäre« ist somit abgeschlossen. Mit polizeilicher Genehmigung öffnen wir »Die Akte Forklewitsch«. Darüber wagte ich seinerzeit die folgende Tragikomödie zu schreiben, die genau so in der israelischen Presse veröffentlicht wurde.

Aber Moses nahm keine Zinsen

Der Überfall auf das Bankhaus Forklewitsch war kein gewöhnlicher Bankraub.

Die Räuber, vier bärtige Männer in langen schwarzen Kaftans, steuerten geradewegs auf das Büro des Chefs zu. Dort folgte zunächst ein heftiger Wortwechsel zwischen Herrn Theodor Forklewitsch und seinem Schwager Rabbi Zalman, dem Anführer der Bande. Dann fesselten die vier Chassidim den Bankier an seinen Stuhl und stürmten den Kassenraum. Der Kassierer gab nach einigen kräftigen Keulenschlägen auf seine Schädeldekke jeden Widerstand auf und mußte hilflos zusehen, wie die Räuber den Safe leerten und sich mit 430 000 Schekel in bar aus dem Staub machten.

Gleichzeitig mit der Nachricht vom Raubüberfall verbreitete sich die Version, es handle sich um einen Familienzwist. Jedenfalls berichteten die Schüler des Rabbi Zalman von einer schweren Verstimmung zwischen dem gottlosen Bankier und seinem frommen Schwager, wobei die Höhe der Kreditzinsen, die die Bank erhob, eine nicht unerhebliche Rolle spielte. Rabbi Zalman hatte seinen Schwager mehrfach wissen lassen, daß er ein solches Verhalten in seiner Familie nicht dulden würde, und hatte, gemäß der rabbinischen Vorschrift: »Wer sich durch seine Handlungsweise einer Strafe aussetzt, hat Anspruch darauf, gewarnt zu werden«, über dem Eingang zur Forklewitsch-Bank ein großes Transparent anbringen lassen. Darauf waren die heiligen Worten des Buches Leviticus zu lesen: »Du sollst von deinem Nächsten nicht Wucher noch Übersatz nehmen.« Seine Warnung stieß auf taube Ohren. Die Forklewitsch-Bank verlieh weiterhin Geld gegen Zinsen, wie jede andere Bank im Lande auch. Und dafür wurde sie jetzt bestraft.

Kein Wunder, daß sich daraufhin das Verhältnis zwischen den beiden noch weiter verschlechterte. Forklewitsch rief seine Schwester an und bat sie, bei ihrem Gatten ein gutes Wort einzulegen. Rabbi Zalmans einzige Antwort war ein weiteres Zitat aus dem Buch Exodus: »Wenn du Geld leihest meinem Volke, das arm ist bei dir, so bringe es nicht zu Schaden und lege ihm keine Zinsen auf.«

Es war ein schwerer Zwiespalt, in dem sich Herr Forklewitsch befand. Auf der einen Seite sein Schwager, der aufgrund seiner Gottesfurcht und seines frommen Beharrens auf den traditionellen Werten des Judentums überall hoch angesehen war, auf der andern Seite seine Bank, die ohne Liquidität in Schwierigkeiten geraten würde. Einige Persönlichkeiten des orthodoxen Lagers, die Forklewitsch um Unterstützung bat, zeigten zwar ein gewisses Verständnis für ihn, verhehlten aber nicht, daß sie ihn für den Schuldigen hielten. Sie erinnerten ihn an die Talmudlegende vom Kamel, das Hörner haben wollte und statt dessen einen Buckel bekam. Schließlich rieten sie ihm, die Regierung um eine Subvention zu bitten. Forklewitsch, der Abenteuer gerne mied, bedankte sich fluchend und entschloß sich zu einem ebenso unjüdischen wie unbrüderlichen Schritt, er verständigte die Polizei.

*

Die Polizei zögerte. Offensichtlich wollte sie sich in eine Familienaffäre mit religiösem Hintergrund nicht einmischen. Erst als Forklewitsch drängte, wurde Rabbi Zalman zu einem Gespräch auf die Polizeistation gebeten.

Der Rabbi, eine patriarchalische Erscheinung von imposanter Größe, bestritt zwar nicht, daß Moses in seinem dritten Buch gesagt hatte: »Du sollst wiedergeben, was du mit Gewalt genommen hast«, parierte aber mit einem Zitat von Jeremia: »Ich will euch heimsuchen, spricht der Herr, und euch bestrafen nach der Frucht eures Tuns.«

Obwohl der leitende Polizeiinspektor von Rabbi Zalmans großer Gelehrsamkeit tief beeindruckt war, mußte er in seiner amtlichen Funktion darauf hinweisen, daß Banküberfälle nach den gültigen Gesetzen nicht verübt werden dürfen und daß im übrigen alle Banken, ausnahmslos alle, Geld gegen Zinsen verleihen.

»Alle Banken interessieren mich nicht«, entgegnete Rabbi Zalman mit dem Buch Ruth. »Mich interessiert die Bank meines Schwagers, ›denn siehe, dieser Mann ist ein Anverwandter meines Stammes‹.«

»Ganz richtig«, gab ihm der Inspektor recht. »Trotzdem ist es durchaus verständlich und auch rechtlich in Ordnung, daß der Bestohlene die Rückerstattung seines Eigentums verlangt.«

»Im Buch der Chroniken«, unterbrach Rabbi Zalman, »heißt es ausdrücklich, daß ›vom Gelde in den Tagen Salomos keinerlei Rechnung gelegt‹ wurde. Warum sollte ein Forklewitsch plötzlich Rechnung legen?«

Der Inspektor blieb nach diesem Argument ein paar Sekunden lang stumm, dann entließ er den Rabbi mit der Bitte, über alles noch einmal in Ruhe nachzudenken.

Draußen wurde Rabbi Zalman von jubelnden Anhängern empfangen, die ihn auf die Schultern hoben und im Triumph nach Hause trugen.

*

Jetzt reagierten die Medien. Die Frage, ob der Banküberfall gerechtfertigt war oder nicht, wurde auch in der Presse heftig diskutiert.

Antireligiöse Kreise nutzten die Gunst der Stunde.

»Ein klarer Fall von Raub«, verkündeten sie. »Ein Banküberfall am hellichten Tag. Ein krimineller Akt, begangen von orthodoxen Tätern.«

Das religiöse Lager widersprach:

»Schön und gut. In Gottes Namen geben wir zu, daß es sich um einen Raubüberfall handelt. Aber wer war der Räuber? Ein Fremder? Ein Unbekannter? Vielleicht gar ein Nichtjude? Nein! Es war der Schwager des Geldbesitzers, also ein naher Verwandter. Damit ist erstens gesichert, daß das Geld in der Familie bleibt. Zweitens, und immer vorausgesetzt, daß überhaupt ein Raub verübt wurde, warum wurde er verübt? Aus Geldgier? Aus Geiz? Aus Eigensucht? Im Gegenteil, es geschah aus völlig uneigennützigen Motiven, es geschah zur Ehre des Ewigen, gepriesen sei Sein Name. Die Bank hat gesündigt, die Bank hat gegen die heiligen Gebote verstoßen, die Bank muß büßen.«

Die Entgegnung fand große Zustimmung, nur bei Theodor Forklewitsch nicht, dessen Bank unaufhaltsam dem Konkurs zustrebte. Die Kunden gerieten in Panik, leerten ihre Konten und schienen nur auf die Bankrotterklärung des bisher unbescholtenen Bankiers zu warten. Forklewitsch nahm einen Anwalt und bombardierte die Polizei mit Anträgen, die Räuber zu fassen und ihm sein Geld wiederzubeschaffen.

*

Die Polizei versuchte verzweifelt, sich aus der kniffligen Situation herauszuhalten, wurde jedoch vom Justizministerium angewiesen, Nachforschungen »in angemessenen Grenzen« durchzuführen.

Alle Spuren führten zu einer Synagoge.

Als die Beamten dort eintrafen, wurden sie von einem Vertreter der Stadtverwaltung aufgehalten. Es wurden Koalitionsgespräche mit der religiösen Fraktion geführt, und bis zur Klärung der Sachlage sollte nichts weiter unternommen werden.

In den Blättern der orthodoxen Parteien erschienen Leitartikel, die gegen eine Durchsuchung der Synagoge heftig protestierten und von einer Entweihung des Bethauses sprachen.

»Wenn die Behörden«, hieß es, »nicht einmal vor den heiligen Thorarollen haltmachen, was haben wir dann als nächstes zu erwarten? Wo wird dieser Sittenverfall enden?«

Unter dem Druck des religiösen Blocks wurde Theodor Forklewitsch verhaftet. Als er nach einiger Zeit gegen Kaution freigelassen wurde, war er ein körperlich und geistig gebrochener Mann, begann jedoch von neuem, sein Geld zurückzuverlangen, obwohl bereits mehr als ein Jahr seit dem Bankraub vergangen war und obwohl er mit seiner läppischen Sturheit allen auf die Nerven ging. Das meinte sogar die Regierungspartei, deren Vertreter in der Eröffnungsrede eines Sozialistischen Seminars die Sprüche der Väter 10, 12 zitierte:

»Ein Banküberfall mag sündig sein, Genossen, aber ›die Liebe löschet alle Sünden aus‹.«

Die Affäre ging in ihr zweites Jahr, ohne daß eine Lösung in Sicht war. Zwar war Theodor Forklewitsch geheilt aus der Psychiatrischen Klinik entlassen worden, aber sein seelisches Gleichgewicht war noch immer gestört. Anders ließ sich nicht erklären, daß er den Kampf um sein gestohlenes Geld wieder aufnahm.

Plötzlich trat eine positive Wende ein. Die Rathauskoalition ging in die Brüche, am nächsten Tag kam Rabbi Zalman in Untersuchungshaft, und ein Verfahren wurde gegen ihn eingeleitet. Die Anklage lautete auf bewaffneten Raub, Störung der öffentlichen Ordnung und Steuerhinterziehung, Delikte, die für insgesamt 25 Jahre gut waren. Trotz einiger Kreuzverhöre behauptete Rabbi Zalman nicht zu wissen, wo sich das Geld befände, möglicherweise sei es ins Ausland geschafft worden. Ein Nummernverzeichnis der Banknoten ging sofort an Interpol.

Der Zorn der Bevölkerung richtete sich gegen Theodor Forklewitsch, weil er seinen eigenen Schwager hinter Gitter gebracht hatte, und legte sich erst, als der Rabbi entlassen wurde. Denn, wie es im Talmud heißt, niemand kann Zeugnis ablegen wider sein eigen Fleisch und Blut, einschließlich des angeheirateten. Der Entlassene vollführte mit seinen Anhängern einen chassidischen Freudentanz, der zugleich das Wiedererstehen der Rathauskoalition feierte.

*

Obwohl Rabbi Zalman für den Mann auf der Straße bereits zum Symbol des Widerstandes gegen die Kräfte der Unterdrückung geworden war, wurde der Fall nicht abgeschlossen. Forklewitsch wurde von sämtlichen Familienmitgliedern bedrängt, die Klage zurückzuziehen. Sie beriefen sich dabei auf Samuel 24, 14: »Nach wem zielest du? Nach einem toten Hund? Nach einem Floh? Nach dreieinhalb Jahren?«

»Aber man hat mir 430 000 Schekel gestohlen«, beharrte Forklewitsch, der unbelehrbare Fanatiker.

Endlich überredete man ihn, ein Schiedsgericht aus drei neutralen Rabbinern zu akzeptieren. Die Rabbiner berieten sechs Monate lang, prüften alle Aspekte der einschlägigen Stellen aus Bibel und Talmud samt Kommentaren und Exegesen und kamen zu dem überraschenden Schluß, daß die gestohlene Summe innerhalb von 18 Monaten zurückgezahlt werden müsse.

Der Schiedsspruch unterstellte, daß das Geld nicht gestohlen, sondern eigentlich geliehen worden sei und daß in Übereinstimmung mit der allgemein gültigen Auslegung des betreffenden Verses in den Sprüchen der Väter »der Schuldner sich in den Dienst des Verleihers begibt«. Daher gelte Rabbi Zalman, wenn er das Geld nicht gestohlen, sondern nur geliehen habe, als Schuldner und somit als Diener des Verleihers und Rabbi Theodor als sein Herr. Da der Diener dem Herrn Gehorsam schuldet und das Buch Leviticus deutlich vorschreibt: »Du sollst nicht eine *jede* Beere deines Weinbergs auflesen«, folgt weiter, daß *jeder* Pfennig der 430 000 Schekel vom Diener an den Herrn zurückzugeben ist, also an das Oberrabbinat, das nach eigenem Gutdünken über das Geld verfügen wird.

Da jedoch andererseits Theodor Forklewitsch nach all dem Unrecht, das er seinen Mitmenschen zugefügt hat, nicht ungestraft bleiben kann, soll er einen heiligen Eid ablegen, daß er »nie wieder Geld gegen Zinsen verleihen, noch am Sabbat rauchen, noch vom unreinen Getier essen wird, das da kreucht und fleucht, nicht vom Wiesel, nicht von der Maus und nicht von der Schildkröte«. Der Seufzer der Erleichterung, der daraufhin durchs Land ging, erwies sich jedoch als voreilig. Nach Ablauf der 18 Monate stellte sich heraus, daß das Geld nicht mehr vorhanden war. Rabbi Zalman beteuerte seine Absicht, es zurückzuzahlen, erklärte sich jedoch machtlos.

*

Einige Tage später brach im Rathaus eine neue Koalitionskrise aus. Die Polizei tat ihre Pflicht und verhaftete Rabbi Zalman, einen ehemaligen Minister und zwei Talmudstudenten. Auf alle vier warten schwere Strafen, vor denen nichts sie retten kann, es sei denn, daß sich eine neue Wende in der Koalitionspolitik ergibt, wie es geschrieben steht im Buch der Prediger: »Und es wandelten sich die Dinge aufs neue« oder so ähnlich.

Wie wir soeben erfahren haben, muß man nur Bibelexperte sein, um auch in finanziellen Angelegenheiten auf jedes Argument ein authentisches Zitat aus Gottes Mund parat zu haben. Da ich kein großer Bibelexperte bin, blieb mir nichts anderes übrig, als mich direkt an die Quelle zu wenden und ein Interview mit Ihm zu führen über die Rechte und Pflichten Seiner Getreuen. Das Interview war exklusiv, wurde Wort für Wort in der Zeitung abgedruckt und trug mir den ersten scharfen Verweis des Oberrabbinats ein.

Ein brillanter Gesprächspartner oder Wenn der Hausdiener zweimal spuckt

Es war mir von Anfang an klar, daß es in Anbetracht des delikaten Themas kein leichtes Interview werden würde. Aber es interessierte mich, den offiziellen Standpunkt zu unserem offenbar unvermeidlichen Kulturkampf kennenzulernen.

Ich: Darf ich Sie, Herr, um Ihre Stellungnahme zur Forklewitsch-Zalman-Affäre bitten.

Der Herr: Ich bin da leider nicht ganz auf dem laufenden, da Mich in der letzten Zeit ein völlig anderes Problem beschäftigt. Die Schwerkraft im Weltraum nimmt nämlich ab, das Universum beginnt sich auszudehnen, und es besteht die Gefahr, daß es mit der sphärischen Unendlichkeit über kurz oder lang vorbei sein wird. Dann stehe Ich da und kann von vorne anfangen. Wie weit seid ihr, Ich meine die Erde, von der Sonne entfernt?

Ich: In jüdischen oder arabischen Ziffern?

Der Herr: Natürlich arabisch, wie sonst.

Ich: 153 000 000 km.

Der Herr: Dann werdet ihr also in ungefähr einer

Billion Jahre mehr als 200 Millionen Kilometer von der Sonne entfernt sein. Wer weiß, was dann passiert.

Ich: Als der Hausdiener des Orthodoxenviertels von Jerusalem vom unqualifizierten Benehmen des Bankiers Forklewitsch gehört hatte, spuckte er zweimal aus.

Der Herr: Da die erwähnten Millionen von Sonnensystemen Mir etwas zu schaffen machten, kann Ich Mich nicht ausschließlich auf den ehrwürdigen Hausdiener konzentrieren.

Ich stellte mit Vergnügen fest, daß der Herr sich als höflicher, gebildeter, ja geradezu brillanter Gesprächspartner erwies. Er ist, wie man weiß, weltberühmt für die Erschaffung der Welt und hat der Erde ungefähr 3000 Jahre vor der Geburt seines Sohnes ihre heutige Gestalt gegeben, einschließlich Bevölkerung, in insgesamt sechs Tagen. Das Gespräch wurde in Alltags-Hebräisch geführt, mit einigen ungarischen Brocken dazwischen.

Ich: Ich nehme an, Herr, daß Sie mehr als irgend jemand anderer auf die strikte Befolgung Ihrer Gebote Wert legen. Sind Sie religiös?

Der Herr *(nach einigem Zögern)*: Nein. Ursprünglich stand Ich auf seiten der Orthodoxen, aber jetzt gehen sie Mir auf die Nerven. *(scharf)* Euch dort unten ist jeder Vorwand recht, um eure politischen oder persönlichen Ziele zu verfolgen. Ihr denkt an alles, nur nicht an Mich. Überhaupt befinde Ich Mich in einer unmöglichen Situation. Ihr schreibt Mir die Erschaffung des Kosmos zu, Ich bin für euch ein überirdisches Wesen, dessen Werke das menschliche Fassungsvermögen weit übersteigen. Und trotzdem behandelt ihr Mich wie einen Schmierenschauspieler, dem der Applaus über alles geht. Jeden Morgen muß Ich Mir die gleichen unterwürfigen Lobeshymnen anhören *(er zitiert aus einem aufgeschlagenen Gebetbuch)*: »Herrscher der Welt, unser Vater, König der Könige, dem nichts verborgen bleibt, wir preisen Dich in Ehrfurcht, Allmächtiger, der Du entscheidest über Leben und Tod und dessen Augen alles sehen.« Und so weiter und so fort.

Ich: Herr, sie preisen Sie aus Liebe.

Der Herr: Sie schmeicheln Mir, das ist alles. Und sie beleidigen Meine Intelligenz. Als ob der Schöpfer der Welt auf solche Lobhudelei angewiesen wäre. Sie würden es niemals wagen, den Computer Ihrer Stadtverwaltung mit so etwas zu füttern. Glauben Sie mir, lieber Freund, es ist höchste Zeit, die Dinge ein wenig lässiger zu behandeln. Alle Ehre Meinem Diener Moses, aber es ist absolut nicht nötig, jeden einzelnen Buchstaben der von uns erlassenen Gesetze genau so einzuhalten, wie sie auf dem Berg Sinai festgeschrieben wurden. Ein paar kleine Kürzungen und Änderungen werden niemandem weh tun.

Ich: Es ist Tradition, Herr. Ihre Tradition.

Der Herr: Reden Sie sich doch nicht immer auf Mich aus, wenn Ich bitten darf. In einer Zeit, in der die Menschen in meinem All herumfliegen, verlangen Sie, daß am Sabbat nicht gefahren werden dürfe. Oder nehmen Sie Ihre Hochzeitszeremonie. Die wird noch immer auf aramäisch abgehalten, in einer Sprache, die nicht einmal Ich verstehe. Was soll das alles? Ich habe nichts gegen die Orthodoxen, solange sie Mich nicht zwingen, ebenso zu denken wie sie.

Ich: Das klingt beinahe, Herr, als ob Sie ein Ungläubiger geworden wären.

Der Herr *(energisch)*: Bin Ich nicht! Bestimmt nicht. Bitte machen Sie das Ihren Lesern unbedingt klar. Ich bin nur gegen Fanatiker. Sie sollen Mir doch nicht länger unterstellen, daß Ich nach wie vor die strikte Einhaltung aller Zehn Gebote und 613 Verbote erwarte, als wäre in der Zwischenzeit nichts passiert. Damit mache Ich Mich ja in den Augen jedes denkenden Menschen einfach lächerlich. Versuchen Sie die Dinge doch einmal von Meinem Standpunkt aus zu sehen, um Gottes willen.

Ich: Dann gehören Sie also der Reformbewegung an?

Der Herr *(vorsichtig)*: Ich möchte Mich nicht festlegen. Sagen wir, daß Ich mit den Reformern sympathisiere. Hauptsache bleibt, daß Ich Jude bin.

Ich: Mit allem Respekt, Herr, wie wollen Sie das beweisen?

Der Herr: Da haben Sie recht. Es gibt keine gesetzliche Definition des Judentums. Ich bin Jude, weil Ich Jude bin, Punktum. *(Mit wärmerer Stimme)* Ich liebe euch alle. Ich bin guten Willens. Aber auch ihr müßt Konzessionen machen. Treibt keinen Keil zwischen Mich und Meine Religion. Gebt Mir die Möglichkeit, Mein Amt auch für kommende Generationen zu versehen.

Ich: Herr, ich danke Ihnen für dieses Gespräch. Darf ich meinen Lesern sagen, daß Sie uns noch immer für das auserwählte Volk halten?

Der Herr: Gewiß. Ich mag euch mehr als alle anderen Völker.

Ich: Warum?

Der Herr: Ihr seid so komisch.

Da der Herr die Frage »Wer ist Jude« schon einmal aufgeworfen hat, wage ich es, auch persönlich dazu Stellung zu nehmen. Der Allmächtige konnte kraft seines Amtes feststellen »Ich bin Jude, weil Ich Jude bin« und Moses ausweichende Antworten geben. Die Beamten in unserem Innenministerium haben es da schon weitaus schwerer.

Nach unseren Religionsgesetzen ist jeder ein Jude, der eine jüdische Mame hat, auch wenn die Herkunft des Vaters unbekannt ist. Fragt sich, wer ist dann eine jüdische Mame? Eine jüdische Mame ist jede, die wiederum ihrerseits eine jüdische Mame hat. Aber nur wenn die Mame der Mame auch eine Mame war ...

Aus Zeitmangel wollen wir es damit bewenden lassen. Nichtjuden haben es da leicht, sie wissen immer, wer ein Jude ist. Wahrscheinlich haben Sie dafür einen angeborenen sechsten Sinn oder etwas Ähnliches.

✡

Einmal in jener Zeit, als ich mich als Arier verkleiden mußte und im Restaurant von einem Henker in schwarzer Uniform als Jude beschimpft wurde, entgegnete ich: »Sind Sie blind? Bin ich denn nicht blond und stupsnasig?«, aber ich konnte seine Wachsamkeit nicht täuschen. »Du bist ein Jude«, erklärte mir der Nazi. »Du ißt die Krautwickel mit Zucker.«

Da haben wir es.

Unsere Juristen sollten in die Verfassung aufnehmen, daß ein jeder Jude ist, der Zucker auf seine Krautwickel streut.

Das Seltsame an der Sache ist, daß wir zwar mit unserer jüdischen Identität Schwierigkeiten haben, sie jedoch wie einen Schatz hüten. Wir sind das auserwählte Volk, ganz egal wofür. In jedem Fall aber sind wir anders.

Warum und wie wir Silvester nicht feiern

Heute ist nach jüdischer Zeitrechnung der 24. des Monats Tevet, ein Tag wie jeder andere. Auf dem gregorianischen Kalender ist er allerdings als 31. Dezember verzeichnet oder auch als »Silvester«. An diesem Tag feiern die Nichtjuden die Jahreswende, und zwar mit diversen Partys, Bällen, Strömen von Alkohol und einer Mordsgaudi. So etwas kennt man bei uns überhaupt nicht, da wir keinen gregorianischen Kalender haben und in Israel das Steuerjahr erst am 31. März mit der Einreichung der Steuererklärung endet. Nichts liegt uns ferner, als fremde Sitten und Gebräuche gedankenlos zu übernehmen, ohne geistigen und kulturellen Hintergrund, und so wollen wir von dieser befremdlichen Sitte des Silvesterfeierns auch gar nichts wissen.

Das soll natürlich nicht heißen, daß wir an diesem Tag nicht auch Freunde oder Bekannte besuchen könnten. Sollen wir womöglich wegen einer gregorianischen Angelegenheit unsere täglichen Gebräuche ändern? Wir achten allerdings streng darauf, daß diese Besuche im üblichen Rahmen bleiben und nicht womöglich in Freßorgien oder Gelage ausarten. Wir begnügen uns damit, den Gästen ein paar Kanapees und Petits fours anzubieten, und Freunden eines guten Tropfens sollte dieses bescheidene Vergnügen auch nicht genommen werden. Und warum die gute Laune der geselligen Runde künstlich schmälern, nur weil am gleichen Tag auch dieses Silvester, oder wie man es nennt, stattfindet. Einfach lächerlich. Wir lassen uns von den Nichtjüdischen, im Volksmund Gojim genannt, doch nicht vorschreiben, wann und wie wir ausflippen. Und wenn wir gerade an diesem Abend ein paar Gläschen über den Durst trinken, dann trinken wir eben gerade an diesem Abend ein paar Gläschen über den Durst. Sollte uns zufällig danach sein, an diesem Abend nicht ins Bett zu gehen, dann gehen wir halt nicht ins Bett, sondern singen und tanzen und machen durch bis zum frühen Morgen, lassen Raketen steigen, machen um Mitternacht das Licht aus und fallen uns in die Arme.

Die Gojim machen es genauso. Von mir aus, sollen sie uns doch ruhig nachmachen.

Nicht nur Silvester wirkt sich störend auf unser religiöses und nationales Selbstverständnis aus. Es ist nicht ganz einfach, sich da zurechtzufinden. Es gibt eine ganze Reihe von Fragen, auf welche die Bibel keine Antwort hat. Sogar der Prophet Jesaja, der sein Volk andauernd vor allen existierenden und nichtexistierenden Gefahren gewarnt hat, wußte nichts von den Schrekken des Freitags.

Die unerträgliche Schwierigkeit des Freitags

Als ich an jenem Nachmittag mein Haus betreten wollte, stand mir Felix Selig im Weg, und es gab kein Entrinnen. Der Gesichtsausdruck meines Nachbarn spiegelte den Weltuntergang.

»Sind Sie sich eigentlich der Tatsache bewußt«, fragte mich Felix, »daß der 13. Juli dieses Jahr auf einen Freitag fällt?«

Bis zu dieser Minute hatte ich mich mit dem Problem noch nicht persönlich auseinandergesetzt. Ich warf daher einen Blick in meinen Kalender und stellte unwillig fest, daß an Felix' Behauptung nicht zu rütteln war.

»Ich weiß«, versuchte ich ruhig zu bleiben. »Ich habe alles im Griff.«

Obwohl ich äußerlich ein Bild absoluter Selbstbeherrschung bot, begannen in meinem Bauch einige Schmetterlinge zu flattern. Wenn ich nicht irre, waren es genau 13 Stück. Jeder frischgewickelte Säugling weiß schließlich, daß die Zahl »13« Unglück bringt. Dies dürfte einer der vielen Gründe sein, warum Säuglinge ihr Möglichstes tun, nicht an einem 13. das Licht der Welt zu erblicken. Ebenso wird ein vorsichtiger Mann nie an einem 13. heiraten. Wenn überhaupt.

Es heißt, daß zum Tode Verurteilte, deren Hinrichtung auf einen 13. festgesetzt ist, die delikate Zeremonie zumindest um einen Tag vorverschieben dürfen, um Unglücksfälle zu vermeiden. Und heuer, im Juli, fällt der 13. noch dazu auf einen Freitag. Düstere Vorahnungen beschlichen mich. Freunde und Bekannte sowie einige ausgewählte Passanten, mit denen ich über die bevorstehende Doppelkatastrophe sprach, reagierten mit blankem Entsetzen:

»O Gott, ich bin Ihnen wirklich dankbar, daß Sie mich gewarnt haben«, keuchte unsere Putzfrau kreidebleich. »An diesem Freitag hatte ich nämlich vor, die Vorhänge abzunehmen.«

Die Eingangstür unseres Metzgers zierte eine Tafel mit den eilig hingekritzelten Zeilen: »Am kommenden Freitag bleibt das Geschäft wegen unvorhersehbarer Unglücksfälle geschlossen.«

Ich stehe natürlich haushoch über derlei Dummheiten.

Mit überlegenem Lächeln sagte ich daher meine Besprechungen für den Freitag ab und teilte unserem Hausarzt mit, er möge sich bereithalten.

Und da ein Übel selten allein kommt, stellte sich mir in dieser dramatischen Phase eine interessante Frage, die ich in Ermangelung eines adäquaten Gesprächspartners mir selber stellte: »Unter mir gesagt, Ephraim«, sagte ich mir, »was ist eigentlich so Furchtbares dran an diesem Freitag?«

Zwar mußte ich zugeben, daß die Abneigung gegen die 13 nicht von ungefähr kommt. Jedem Kulturmenschen ist bekannt, daß auf Leonardo da Vincis berühmtem »Letzten Abendmahl« 13 Personen zu zählen sind, inklusive Judas. Der Aberglaube hat also durchaus seinen Grund. Es fragt sich nur, was das mich, einen Mann mosaischer Religion, angeht. Schließlich sind alle 13 Juden da Vincis noch rechtzeitig zum christlichen Glauben übergetreten.

Und warum ist ausgerechnet der Freitag der offizielle Unglückstag und nicht zum Beispiel der Donnerstag, wo es donnert? Mein Grübeln führte zu keinem brauchbaren Ergebnis. Alles, was mir einfiel, war, daß Selbstmörder den traurigen Sonntag bevorzugen und Berufshexen den schwarzen Sabbat.

Ich wandte mich daher an Felix.

»Können Sie mir eigentlich sagen, warum ausgerechnet der Freitag ein Unglückstag sein soll?«

»Keine Ahnung«, stieß mein Nachbar hervor und stürzte mit einem heiseren Schrei in das dunkle Tagesgeschehen.

Es stellte sich bald heraus, daß alle meine Bekannten in ähnlichem Dunkel tappten. Wer immer von mir befragt wurde, bestätigte mir vorbehaltlos, daß ein 13. plus Freitag einfach lebensbedrohend sei, aber keiner von ihnen kam weiter als bis Leonardo da Vinci.

Ein Akademiker unter meinen Bekannten riskierte die Vermutung, es handle sich um einen atavistischen Horror aus der Steinzeit, als der Stammeserste noch 13 Frauen ehelichen mußte. Andere erklärten, es wäre müßig, historische Notwendigkeiten in Frage zu stellen.

Kurz bevor ich drauf und dran war, die Flinte ins Korn zu werfen, wandte ich mich mit meiner Frage an eine 90jährige Matrone, und sie war es, die mir als einzige eine vernünftige und nicht von spießigem Aberglauben verfälschte Erklärung gab.

Die ehrwürdige Dame schloß die Augen und sagte nach langem Schweigen:

»Freitag, der 13., ist seit Menschengedenken ein beängstigendes Datum, weil an diesem Tag alle Menschen ängstlich sind.«

Dem Allmächtigen hat man schon allerlei angedichtet, keiner hat jedoch behauptet, daß Er abergläubisch wäre. Ganz im Gegenteil, höchstwahrscheinlich kann Er all jene nicht ausstehen, die, statt zu Ihm zu beten, wie es sich gehört, sich dem unberechenbaren Schicksal anvertrauen.

Bei aller Ehrerbietung gestatte ich mir in diesem Fall eine andere Meinung. In meinen Augen ist auch der Aberglaube ein Glaube, auch wenn die betreffenden Gläubigen Fatalisten genannt werden. Auch die Moslems glauben, daß alles von Allah kommt.

Wir Juden hingegen meinen, daß alles Glückssache ist. Wir tun alles Menschenmögliche, um das Glück zu becircen, und manchmal gelingt es. Wenn man Glück hat.

Ein Aberglaube
kommt selten allein

Jetzt, da ich bereits Großvater bin, fühle ich mich verpflichtet, ein Geheimnis zu verraten, das ich bisher hinter dem unauffälligen Benehmen eines nüchternen, brillentragenden Intellektuellen verborgen habe. Ich bin in den letzten Jahren einem Laster verfallen. Ich wette gegen mich selbst. Und zwar wette ich, ob eine bestimmte Angelegenheit gut ausgehen wird oder nicht. Wenn mein Gedächtnis mich nicht trügt, und warum sollte es, sind die ersten Symptome dieser Wettleidenschaft bereits im Alter von neun Jahren bei mir aufgetreten.

Ich benutzte auf dem Schulweg immer den Rand des Gehsteigs und kam dabei auf folgende Wette: Wenn es mir gelingt, mit normal großen Schritten keine Querlinie auf den Randsteinen zu berühren, wird mir der Lehrer nicht draufkommen, daß ich die Hausaufgabe im Rechnen vergessen habe. Um es kurz zu machen, die Querlinien blieben unberührt, und der Lehrer war krank. So fing es an.

Mit 14, also an einem Wendepunkt meiner Biografie, ging ich einmal die vier Stockwerke von unserer Wohnung hinunter und setzte alles auf eine Karte. Wenn die letzte Stufe des Treppenhauses auf eine ungerade Zahl fällt, dann, so wettete ich mit mir, wird das Ziel meiner Sehnsucht, das blonde Mädchen aus der gegenüberliegenden Wäscherei, sich Hals über Kopf in mich verlieben. Bis heute erinnere ich mich an diese letzte Stufe. Sie fiel auf die Zahl 112. Ich habe mich nicht in

Jolánkas Nähe gewagt, und unsere hoffnungsvolle Liebe endete, vom Treppenhaus zum Tode verurteilt.

Manchmal wurde meine Besessenheit fast unerträglich, besonders während des Zweiten Weltkriegs. Eines regnerischen Nachmittags, am Budapester Donaukai, wehte mir der Sturm den Hut vom Kopf, und während ich losrannte, schloß ich eine Wette ab: Wenn ich den Hut erwische, bevor er ins Wasser fällt, wird Adolf den Krieg verlieren. Ich erwischte den Hut, bevor er ins Wasser fiel. Der Rest ist Geschichte. Das soll nicht heißen, daß ich das Schicksal des Dritten Reichs besiegelt habe. Aber immerhin ...

Nach dem Krieg entspannte sich die Situation ein wenig. Nur noch gelegentlich wettete ich gegen mich, etwa daß ich mit geschlossenen Augen und ohne anzustoßen durch die nächste Türe gelangen müßte, um das Gelingen eines Plans herbeizuführen. Prompt stieß ich mit dem Kopf gegen den Türrahmen, und vorbei war es. Das Schlimmste ist, daß man die Wette nicht wiederholen darf. Wenn man gegen die Wand stößt, hat man verloren. So verlangen es die Regeln.

Ich hatte gehofft, daß ich mir das mit den Jahren abgewöhnen würde, aber jetzt wird es immer schlimmer. Und es tröstet mich nicht, daß auch andere dieser pseudoreligiösen Leidenschaft verfallen sind. Einer meiner Freunde macht lebenswichtige Entscheidungen davon abhängig, ob auf seinem morgendlichen Busticket die Ziffer 7 auftaucht. Ein anderer, im Bankwesen tätig, überläßt Entscheidungen des nächsten Tages dem Druckknopf seines Fernsehapparates: Wenn er ihn abstellen kann, bevor zum Programmabschluß die Nationalhymne beginnt, wird er eine bestimmte Transaktion durchführen. Wenn nicht, dann nicht.

Auch menschliche Elemente schleichen sich in die Wettsysteme ein. Ich mache einen Spaziergang, sehe einen anderen Spaziergänger auf mich zukommen und spüre in allen Knochen: Wenn ich den Laternenpfahl zwischen uns als erster erreiche, wird der Schekel nicht abgewertet. Eine solche Wette verlangt äußerste Fairneß, denn es ist natürlich verboten, schneller zu gehen. Es ist bestenfalls erlaubt, ganz unauffällig längere Schritte zu machen.

*

Ähnliches spielt sich auf Rädern ab. Ich meine die »Bremsenlose Wette«, die sich unter Profis großer Beliebtheit erfreut. Dabei nähert sich der Fahrer bei roter Ampel langsam der Kreuzung und erreicht sie genau in dem Augenblick, wenn sie auf Grün wechselt. Wenn das gelingt, bleibt er während der nächsten Jahre gesund. Das ist übrigens eine Wette, die besonders starke Nerven voraussetzt. Einmal, ich hatte gerade auf das Glück meiner eigenen Familie gewettet, fuhr ich unaufhaltsam auf die rote Ampel zu, die erst im allerletzten Augenblick grün wurde. Ich müßte mir noch auf der Kreuzung den kalten Schweiß von der Stirne wischen. Aber die Zukunft meiner Kinder war gesichert.

Dann gibt es noch die »Honda-Wette«. Sie besteht, wie der Name andeutet, darin, daß man die Anzahl der Hondas errät, denen man zwischen Tel Aviv und Haifa begegnen wird. Wenn man die Wette ein paar Mal gewonnen hat, muß man allerdings gestehen, daß man das Resultat (843) im voraus weiß. Na und? Dann ist es eben eine kontrollierte Wette. Mal etwas anderes. Dann und wann kann man sich ruhig einen kleinen Schwindel erlauben. Wenn ich zum Beispiel bei rotem Licht vor einer Kreuzung anhalten muß und die Augen schließe, um sie genau beim Wechsel auf Grün zu öffnen, wird mir niemand ein kleines Blinzeln in Richtung Ampel verbieten. Kein vernünftiger Mensch begibt sich blindlings in Gefahr. Man lebt nur einmal.

Warum erzähle ich das alles? Ich erzähle es zwecks Hebung der öffentlichen Moral.

Ich fuhr nämlich gestern mit dem Aufzug zur 11. Etage unseres stolzen Wolkenkratzers, des Schalom-Turms, und ging eine höchst riskante Wette ein, indem ich den Knopf drückte, meine Augen schloß und die Etagen zu zählen begann. Die Wette ging um nicht mehr und nicht weniger als das Schicksal unseres Landes: »Wenn ich bis zur 11. Etage richtig zähle, werden wir endlich Frieden mit unseren arabischen Nachbarn haben.« Ich zählte mit äußerster Konzentration, und wirklich, als ich die Augen öffnete, hielt der Aufzug in der 11. Etage. Es stimmte auch umgekehrt, als der Aufzug in der 11. Etage hielt, öffnete ich die Augen. Es war ein vollkommen ausgewogenes, ganz und gar überzeugendes Resultat, ein Sieg auf der ganzen Linie.

Künftige Generationen, so hoffe ich, werden zu schätzen wissen, was ich für sie getan habe.

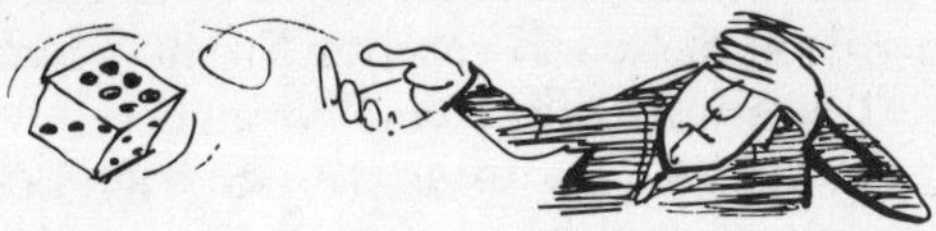

Nach allen mir zugänglichen Quellen ist der jüdische Gott äußerst streng und duldet keinerlei Widerspruch. Nirgendwo läßt sich aber ablesen, daß Er keinen Humor hat.

Für alle, die es trotzdem behaupten, ist die folgende Geschichte der beste Gegenbeweis.

Die Rache des Zweiten Gebotes

Kürzlich fand ich eine Nachricht von Jossele auf dem Anrufbeantworter vor. Es war ein Anruf aus dem Krankenhaus, er bat mich, ihn zu besuchen. Natürlich machte ich mich sofort auf den Weg.

Ich fand Jossele im Garten des Spitals, bleich und deprimiert in einem Rollstuhl sitzend, ein Bild des Jammers. Und was mich am meisten erschütterte, er hielt ein Gebetbuch in der Hand.

»Jossele!« rief ich. »Was ist los mit dir?«

»Nichts Besonderes.« Jossele schüttelte müde den Kopf. »Aber was mir am Montag passiert ist, hat mich davon überzeugt, daß es die Gerechtigkeit Gottes gibt.«

»Bitte, erklär mir das genauer«, sagte ich und setzte mich neben ihn.

Jossele holte tief Atem.

»Mein Wagen war in der Reparatur, und das Schicksal ereilte mich in einem städtischen Autobus«, begann er. »Linie 33. Montag. Rush-hour. Auch im Bus. Mit Händen, Füßen und Ellbogen habe ich mir einen Sitz erkämpft. Kaum saß ich, pflanzte sich irgendein seniler Idiot vor mir auf und begann sich völlig ungefragt zu äußern, es sei ein Skandal und eine Schande, ein gesunder Mensch wie ich bliebe sitzen, und ein alter, kränklicher Mann wie er müsse stehen. Ich reagierte nicht. Die Leute sollten mich für einen Neueinwanderer halten, der die Landessprache noch nicht versteht. Der Alte schimpfte weiter, erging sich in immer heftigeren Mißfallenskundgebungen über die schlechten Manieren im allgemeinen und mich im besonderen. Ich blieb ungerührt. Es fiel mir gar nicht ein, meinen bequemen Sitz gegen einen Stehplatz im Gedränge zu tauschen. Inzwischen aber hatten die Hetzreden des Alten den ganzen Bus gegen mich empört. Plötzlich packte er mich am Kragen, riß mich hoch und setzte sich unter dem Jubel der Menge auf meinen Platz. Das war der Augenblick, ihm und dem aufgehetzten Pöbel eine Lektion zu erteilen. Ich schwankte, hielt mich nur mühsam aufrecht und bahnte mir stöhnend den Weg zum Ausgang, wobei ich mit schmerzverzerrtem Gesicht das rechte Bein nachzog.

Über den Bus senkte sich verlegenes Schweigen, dem beschämtes Geflüster folgte.

›Der arme Kerl‹, hörte ich. ›Ist gelähmt, hat ein krankes Bein, kann sich kaum bewegen, und dieser alte Trottel verjagt ihn von seinem Sitz. Ein Egoist! Ein Unmensch! Pfui!‹

Beinahe wären sie über ihn hergefallen. Einige standen auf, um mir ihren Sitz anzubieten. Ich winkte mit müder Märtyrergeste ab. Und da ich sowieso am Ziel war, bereitete ich mich unter neuerlichem Stöhnen zum Aussteigen vor.«

»Gut gemacht«, ich nickte anerkennend. »Und dann?«

»Dann«, sagte Jossele, »bin ich auf dem Trittbrett ausgerutscht und hab' mir ein Bein gebrochen.«

Damit wandte er sich wieder seinem Gebetbuch zu.

Der Herr hat also doch Humor, zumindest hin und wieder.

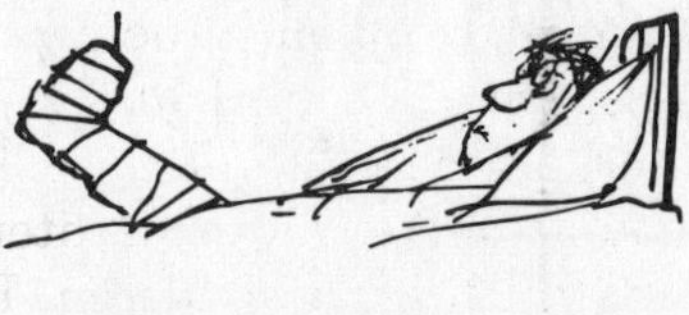

III. DU SOLLST DEN FEIERTAG HEILIGEN

Die Einhaltung des Dritten Gebotes stellt viel höhere Anforderungen an den Gläubigen, als es auf den ersten Blick aussieht. Auf der Gesetzestafel war zwar zunächst nur von einem »Sabbat« die Rede, aber danach wurde eine ganze Serie von Feiertagen dazuerfunden, um den heimischen Tourismus in Schwung zu bringen. Bereits in biblischen Zeiten war es üblich, und Moses ließ daran niemals einen Zweifel, daß jeder, der am Sabbat Holz hackt, standrechtlich zu steinigen sei. Steinigungen sind bei uns bis heute recht beliebt, aber nicht immer lebensgefährlich, wenn man ein guter Läufer ist. Ich spreche hier keineswegs von den steinewerfenden Kindern der Intifada, sondern lediglich von unseren orthodoxen Sabbatwächtern. Man darf ihnen aber ihren Eifer nicht übelnehmen. Die außerordentliche Bedeutung des Ruhetages hat der Herr im Buch Deuteronomium, im Volksmund fünftes Buch Moses genannt, betont: »Du sollst keine Arbeit tun, auch nicht dein Sohn, deine Tochter, dein Knecht, deine Magd, dein Rind, dein Esel, all dein Vieh.« Dieses Verbot gilt offenbar nicht für Ehefrauen, aber vielleicht sind sie Moses einfach nicht eingefallen. Immerhin war er 40 Tage auf dem Berg gewesen, ohne zu essen und zu trinken ...

*

Aber Gebot ist Gebot. Die Orthodoxen müssen bei Sabbatbeginn in höchster Alarmbereitschaft sein, denn am Sabbat darf nicht gegangen und nicht gefahren werden, man darf nicht fernsehen, nicht einmal einen Lichtschalter betätigen. Ob man will oder nicht, man muß ruhen, ruhen und ruhen.

Vor einiger Zeit erkundigte ich mich bei einem befreundeten Rabbiner, ob er denn ernsthaft der Meinung sei, Moses habe beim Abfassen der Sabbatgesetze auch an die Betätigung der Lichtschalter gedacht. Die Antwort des Rabbiners schien mir überzeugend: »Das spielt keine Rolle«, argumentierte er, »unsere Religion kennt keine Kompromisse. Entweder werden alle Gesetze widerspruchslos eingehalten, oder es wird eines Tages gar kein Gesetz mehr befolgt.«

Die Bewohner des Mea-Schaarim-Viertels von Jerusalem, die den jüdischen Staat nicht anerkennen, weil er nicht vom Messias ausgerufen wurde, suchen schon lange nach Lösungen, wie man den Ruhetag ohne Probleme einhalten könne. Ein Tierpfleger aus dem Tel Aviver Zoo erzählte, daß jene Leute ihn gefragt hätten, ob man nicht einen Affen dressieren könne, am Sabbat einen Elektroschalter zu betätigen. Zwar erlaubten die Rabbiner die Affenlösung, allerdings nur unter der Bedingung, daß der Affe aus eigener Initiative handle. Der Tierpfleger veranschlagte für die Dressur rund sechs Jahre. Daraufhin wurde die Angelegenheit vertagt.

Auch die Überlegung, die Fotos mit dem Affen am Lichtschalter zu einer Pressesensation zu machen, scheiterte. Dafür hätte nämlich ein zweiter Affe dressiert werden müssen, da schließlich auch fotografieren am Sabbat verboten ist.

Da mein biblisches Alter mich vermutlich daran hindert, eine zufriedenstellende Lösung des Problems zu erleben, wende ich mich den restlichen jüdischen Feiertagen zu, nach denen man erst richtig Erholung braucht.

Ich bin mit dieser Ansicht nicht allein. »Ein Feiertag jage den anderen«, sagten unsere urlaubsreifen Weisen irgendwann gegen Ende September und gaben der konzentrierten Ballung der jüdischen Feste ihren Segen. Auch sie waren wohl Freizeitfreaks wie jeder andere normale Mensch auch. Unter uns gesagt, nur nichtswürdige Ungläubige freuen sich nicht auf die Feiertage, und vielleicht noch ein paar Arbeitgeber.

*

Ich hingegen bin weder ungläubig noch ein Ausbeuter. Nein, ich übe einen ganz alltäglichen Beruf aus, ich bin Ehemann. Als solcher stehe ich jedes Jahr aufs neue dem festlichen Familienkrach gegenüber. Bei der besten Ehefrau von allen treten nämlich beim Herannahen der Feiertage seltsame Veränderungen auf, die sich vor allem in einem unbezähmbaren Kaufrausch äußern. »Vor den Feiertagen« muß es sein. Vor den Feiertagen kauft sie Kleider, Hüte, Topfpflanzen, Zierdecken, Taschenlampen, Aquarelle und für mich eine neue Leiter und eine homöopathische Tinktur gegen Cellulitis. Natürlich ist das alles notwendig und begrüßenswert, bis heute aber bin ich dem Rätsel noch nicht auf die Spur gekommen, warum all diese Anschaffungen gerade »vor den Feiertagen« sein müssen. Ich habe die Liste unserer heiligen Pflichten im Alten Testament mehrmals durchgecheckt, konnte aber nicht den kleinsten Hinweis entdecken. daß vor den Feiertagen Fleckerlteppiche und Chlorophyllshampoo ins Haus gehören.

Die Feiertage verbrämen ohnedies die sonderbarsten Verhaltensweisen. Trifft man zum Beispiel vier Wochen vor der jüdischen Feiertagsserie Bar-Honig, um eine pekuniäre Leihgabe zurückzuverlangen, die längst fällig ist, so kann man getrost sein letztes Maßhemd verwetten, daß Bar-Honig antwortet:

»In Ordnung. Nach den Feiertagen.«

Warum nach den Feiertagen? Warum, zum Teufel, darf man sich vor den Feiertagen dem Kaufrausch hingeben und mir erst danach mein Geld zurückgeben, warum muß eigentlich alles nach den Feiertagen erledigt werden?

Ganz im Gegenteil, die festliche Stimmung sollte doch den unstillbaren Wunsch wecken, schuldenlos jene Tage zu verbringen und mir endlich meine lumpigen 100 Schekel zurückzuzahlen, und das sofort. Aber nein, nicht nur Bar-Honig, alle werden von der Feiertagsseuche angesteckt. Meine Hosen kommen vor Ostern nicht aus der Reinigung zurück, mein Zahnarzt behandelt meine Wurzel erst nach Neujahr und auch der Klempner kommt nicht vor, sondern danach. Alles steht still, sitzt fest, liegt lahm, bis zum Abklingen des Feiertagswahns.

Außer den Briefträgern, den beklagenswerten Opfern der Feiertage.

Ein verlorener Kampf gegen Glück und Erfolg

Die jüngsten Statistiken haben es unwiderlegbar deutlich gemacht. Mit Ausnahme einer Heuschrekkenplage schädigt nichts unsere Wirtschaft so sehr wie das Versenden von Glückwunschkarten für ein glückliches und erfolgreiches neues Jahr. Nach Schätzungen des Arbeitsministeriums gehen dafür jedes Jahr rund 30 Millionen Arbeitsstunden drauf, sowohl durch das Adressieren der Umschläge als auch durch das Aussortieren der Post, ganz zu schweigen vom Arbeitsausfall der unglücklichen Träger der Tonnen von Briefen. Nicht zu vergessen die Material- und Produktionskosten der vielfältigen Wünsche und das Müllproblem. Und letzten Endes kostet ja auch der Weg zum Recycling allerhand und die Reinigung des verstopften Kanalsystems.

»Bürger«, warnen uns daher die umweltbewußten Politiker, »spart an Glückwünschen.«

Das Amt für Statistik hat ermittelt, daß 60 Prozent der Empfänger ihr glückliches und erfolgreiches neues Jahr in den Müll werfen, ohne einen Blick drauf zu werfen, während nur 30 Prozent es noch vorher zerreißen. Zehn Prozent waren unentschieden. Ein Großhändler aus Jaffa, der 418 Karten verschickt hatte, antwortete auf die Frage, an wen seine Glückwünsche gegangen waren:

»Ich habe Karten verschickt? Keine Ahnung.«

Es scheint sich hier um eine Art Reflex der Handmuskeln zu handeln, gesteuert von unbewußten inneren Zwängen. Nach den Berechnungen der Zentralpost würde die glückliche Neujahrskartenkette bis nach Jerusalem reichen, die Stadt zweimal umkreisen und im Krankenwagen wieder in Tel Aviv eintreffen.

Kein Wunder also, daß die Behörden beschlossen, dieser Schädigung des Bruttosozialproduktes ein für allemal ein Ende zu setzen.

*

»Wir Israeli sind alle Brüder, dies müssen wir uns nicht jedes Jahr aufs neue beweisen«, erklärte der amtierende Postminister in einer bewegenden Fernsehansprache, »die Regierung hat den Kampf gegen die Kartensucht aufgenommen.«

Und er ordnete an, daß pro Kopf nur mehr fünf glückliche und erfolgreiche neue Jahre gestattet wären. Zuwiderhandelnde hätten mit Freiheitsstrafen bis zu zwei Wochen und einer Geldstrafe von 1000 Schekel zu rechnen. Keiner scherte sich darum. Bereits eine Woche vor den Feiertagen fielen im Norden des Landes 40 Briefträger aus, drei davon landeten mit komplizierten Leistenbrüchen im Krankenhaus, der Rest kam in häusliche Pflege. Einer murmelt seither ununterbrochen: »Glück und Erfolg, Erfolg und Glück.«

Stichproben ergaben, daß die Mehrheit das Gesetz durch geschlossene Umschläge umging, denn der Portoaufschlag zur Drucksache ist immer noch erträglicher als auf ein glückliches neues Jahr zu verzichten. Das hatte noch eine weitere Schwächung der nationalen Arbeitskraft zur Folge, denn durch die Briefform konnte das »glückliche und erfolgreiche« neue Jahr zu einem »gesunden und besinnlichen« erweitert werden.

In dieser kritischen Phase formierte sich die Postgewerkschaft gegen die Glückwunschflut. Eine Bürgerinitiative berief sich hingegen auf die Menschenrechte und reichte eine Petition bei der UN ein, während die Gewerkschaft zu härteren Maßnahmen griff: »Zweiwöchiger Stopp für Briefmarkenverkauf!« lautete die Parole.

Danach erließen die Behörden eine Einstweilige Verfügung gegen glückliche und erfolgreiche neue Jahre und erhöhten die Freiheitsstrafen auf 24 Monate in Einzelhaft. Ein Kontrollkommando erhielt die Aufgabe, jeden verdächtigen Brief zu öffnen. Die Gefängnisse waren überfüllt.

Unter den Festgenommenen war auch ein Versicherungsagent, der im Alleingang 2600 Wünsche für ein glückliches und erfolgreiches neues Jahr mit »raschem Anschluß an den europäischen Binnenmarkt« abgeschickt hatte. Sein Anwalt argumentierte im Schlußplädoyer, sein Klient habe lediglich »einen politischen Aufruf« versandt.

Das hatte eine Gesetzesnovelle zur Folge, die Glück und Erfolg in Zusammenhang mit politischen Aktivitäten untersagte.

Natürlich motivierte das den angeborenen jüdischen Pioniergeist nur noch stärker.

Einer der originellsten, weil auch preiswertesten Versuche war der eines älteren Schriftstellers. Er versandte 520 Telegramme zum Geburtstag mit Wünschen von Frau Sara Glück und Herrn Ephraim Erfolg. Kurz darauf wurde auch eine Reklamebroschüre der »Firma G. u. E., landwirtschaftliche Geräte GmbH« beschlagnahmt, die durch eine beigefügte Fußnote Verdacht erregt hatte: »Sehr warm und trocken aufzubewahren.« Im Polizeilabor fand die mysteriöse Sache ihre Aufklärung. Bei Erwärmung der Broschüre durch eine Feuerzeugflamme wurde nämlich die kleingedruckte Schrift sichtbar: »Ein gesegnetes neues Jahr der Arbeiterklasse und drastische Steuersenkungen wünschen Mirjam und Elchanan Gross, Tel Aviv.« Das raffinierte Betrügerehepaar wurde unverzüglich in Haft genommen.

Die Regierung versiegelte daraufhin alle Briefkästen und stellte die Grenzpolizei zur Bewachung auf. Auf dem

Postamt mußte jeder Bürger seinen Personalausweis vorlegen sowie eine eidesstattliche Erklärung abgeben, daß seine Postsendung nicht im entferntesten etwas mit Glückwünschen zu tun habe. Die Bevölkerung murrte.

*

»Der Versand von Glückwünschen hat um 19 Prozent zugenommen«, gab der Postminister anläßlich seines Rücktritts bekannt, »das kostet immerhin ein sattes Drittel des Bruttosozialproduktes.«

In Norden Tel Avivs stürmte ein maskierter Scharfschütze das Postamt und zwang den Schalterbeamten zum Versand von 2200 »gesegneten und friedvollen neuen Jahren im vereinten Jerusalem«. Er wurde auf der Flucht gefaßt. Er erhielt lebenslänglich auf Bewährung, aber es gelang ihm sogar, durch die Gitter hindurch 161 Glück- und Erfolgswünsche zu schmuggeln.

Es gehen Gerüchte um, die Regierung plane die gesetzliche Abschaffung des neuen Jahres. In den Straßen sind die ersten Panzer aufgefahren. Die Situation spitzt sich zu. In den Außenbezirken sind sporadisch Schüsse zu hören. Ein Bürgerkrieg ist nicht mehr auszuschließen.

Eine fast ungebrochene Zuneigung

Ich brauche den Staat nicht dazu, mir den Versand von Glückwunschkarten abzugewöhnen. Ich habe mein ganz persönliches Schlüsselerlebnis in dieser Sache. Früher, da gehörte auch ich zu jenen, die jeden Neujahrswunsch, jedes Fröhliche Ostern, Pfingsten und Co verschickte und beantwortete. Ich war jung und unerfahren. Den Gipfel meines Kartenglücks erreichte ich jedoch, als mich Teddy Kollek, der Bürgermeister von Jerusalem, zehn Tage vor dem Fest mit einem »glücklichen und erfolgreichen« neuen Jahr auszeichnete. Ich fühlte mich persönlich geehrt. Herr Kollek gilt bei uns als herausragende Persönlichkeit, und er hatte seine Karte, die er bescheiden mit »Herzlichst Teddy Kollek« unterschrieb, ohne jede überflüssige Höflichkeitsfloskel abgefaßt. Auf dem Briefumschlag T. Kollek, Jerusalem, das war alles.

Die Beste und ich wunderten uns, wie ich zu dieser hohen Ehre käme, und gelangten zu der Überzeugung, Teddy müsse wohl ein besessener Literaturfreund sein, dessen Herz ich mit meinen Werken erobert hatte und der seiner grenzenlosen Bewunderung auf diesem Wege Ausdruck verleihen wollte. Natürlich schrieb ich von nun an Herrn Kollek meinerseits jedes Jahr eine zu Herzen gehende Karte, und ich ließ es mir nicht nehmen, sie höchstpersönlich in den Briefkasten zu stecken, um den intimen Charakter unserer Beziehung zu unterstreichen.

Hier handelte es sich nämlich nicht um die übliche Feiertagsroutine. Nein, hier ging es um den Gedankenaustausch zweier erklärter Intellektueller, die sich zwar wegen Arbeitsüberlastung in unterschiedlichen Bereichen nicht persönlich kannten, der eine ein herausragender Politiker, der andere ein vielversprechender Satiriker, die jedoch zum Jahresende jeweils zur Feder griffen, um ihre geistige Verbundenheit auszudrücken. Es war ergreifend. Ich versuchte aber niemals, diese enge Beziehung zu einem persönlichen Vorteil zu mißbrauchen. Selbst bei den zahlreichen Empfängen, an denen er wie ich teilnahmen, winkte ich nur unauffällig in seine Richtung und lächelte dabei verschmitzt. Auch Teddy übte noble Zurückhaltung.

Ja, unsere Beziehung hatte Stil.

Jedes Jahr, wenn ich kurz vor dem Neujahrsfest fragte: »Hat Teddy geschrieben?«, hatte er es bereits getan. Selbst wenn er im Ausland weilte, traf stets pünktlich vor dem Fest seine bescheidene Karte ein, unterschrieben: »Herzlichst Teddy Kollek, Jerusalem«. Diese Beständigkeit bestach mich, und ich konnte nicht anders, als von Jahr zu Jahr persönlicher zu werden. Vor fünf Jahren sandte ich ihm dann, wenn ich mich recht erinnere, ein wertvolles Gemälde direkt nach Singapur, wo er sich zu Neujahr bei einem internationalen Stadtväterkongreß aufhielt. Auf die Karte schrieb ich:

»In Dankbarkeit und Rührung wünscht Ihnen, lieber Kollek, ein glückliches und erfolgreiches neues Jahr Ihr ergebener Schützling, der Kraft und Ermutigung aus dem Zeichen Ihrer ungebrochenen Zuneigung schöpft.«

Danach kam der polnische Zirkus nach Tel Aviv.

Ich liebe diese Art der Volksbelustigung, vor allem weil ich stets Freikarten für die Premiere bekomme. Ich hatte also viel Spaß im Zirkus, vor allem bei der Affennummer, und schilderte meine Begeisterung einem Bekannten, der für die PR des Zirkus verantwortlich war:

»Es war köstlich, drücken Sie bitte den Künstlern meine Bewunderung aus.«

»Vielen Dank«, antwortete der Mann, »aus Ihrem Mund ist das ein großes Kompliment. Ich weiß ja, wie sparsam Sie mit Glückwünschen umgehen.«

Ich hatte keine Ahnung, wovon er sprach.

»Was meinen Sie damit?«

»Nun ja«, sagte mit gequältem Lächeln der Werbefachmann, »stur wie ein Esel schicke ich Ihnen jedes Jahr eine Neujahrskarte, und bisher haben Sie mir noch nicht einmal geantwortet oder mir wenigstens ein kleines Dankeschön gesagt. Aber ich weiß ja, daß Sie prominentere Kontakte haben.«

»Das ist unmöglich«, brauste ich auf, »ich beantworte jede Karte ... Herr ... Herr ...«

»Kollek«, sagt der Mann, »Teddy Kollek, Gaulstr. 4, Jerusalem.«

Ich hatte das Gefühl, als bräche das Zirkuszelt über mir zusammen. Ich erinnerte mich schlagartig, Teddy Kollek war der Name dieses verantwortungslosen Betrügers, der nicht davor zurückschreckt, sich des Namen eines Bürgermeisters zu bedienen. Während ich ganz langsam in den Erdboden versank, fielen mir die unzähligen, schnulztriefenden Glückwunschkarten wieder ein, die ich dem unerzogenen Funktionär nach Jerusalem geschickt hatte. Die Erinnerung an gewisse verschmitzte Lächeln verschlechterte meinen seelischen Zustand erheblich, und die Erinnerung an Singapur strich ich ein für allemal aus meinem Gedächtnis.

Der polnische Zirkus ist auch nicht mehr das, was er einmal war.

Die epochale Erfindung unseres Exodus war das ungesäuerte Brot, in der Mehrzahl »Mazzoth« genannt, im Sprachgebrauch »Mazzes«. Begreiflicherweise hatten unsere Vorfahren auf der Flucht aus Ägypten keine Zeit, sich mit der Zubereitung von Sauerteig abzugeben, und zur Erinnerung daran essen wir noch heute während des Pessachfestes ausschließlich ungesäuertes Brot, um uns darüber zu freuen, daß wir damals der ägyptischen Sklaverei entronnen sind und heute mit den Ägyptern einen Friedensvertrag haben.

Wir freuen uns volle acht Tage lang, denn so lange dauert das Pessachfest. Falls irgend jemand einmal versucht haben sollte, acht Tage lang von purem Pappendeckel zu leben, wird er begreifen, warum wir für den Rest des Jahres nur noch auf gesäuertes Brot Wert legen.

Dauerhaftes Ergebnis eines überstürzten Exodus

An einem dieser Nach-Pessach-Tage, einem Mittwoch, wenn ich nicht irre, nein, an einem Dienstag traf ich in der Stadt meinen Freund Jossele, der unter seinem Arm ein großes, viereckiges, in braunes Packpapier verpacktes Paket trug. Wir gingen ein Stück miteinander und unterhielten uns über verschiedene Probleme der Philosophie und über die aktuellen Börsenkurse. Plötzlich blieb Jossele stehen und reichte mir das Paket:

»Bitte sei so gut und halt mir das eine Minute. Ich muß in diesem Haus etwas abholen. Bin gleich wieder da.«

Nachdem ich eine Stunde mit dem Paket in der Hand gewartet hatte, ahnte ich Böses und ging Jossele suchen. Die Bewohner des Hauses, in dem Jossele verschwunden war, waren empört. Jossele hatte die Rückmauer des Hauses gewaltsam durchbrochen und war verschwunden. Meine Ahnungen verstärkten sich. Nervös riß ich das braune Packpapier auf und fand darin eine Schachtel Mazzes mit dem noch unversehrten Siegel des Rabbinats.

Zunächst schien mir Josseles Vorgehen rätselhaft. Was hatte ihn zu seiner Verzweiflungstat veranlaßt? Vor allem aber, was sollte ich mit den Mazzes anfangen? Ich brauchte sie nicht. Ich hatte noch sechs Schachteln zu Hause.

Kurz entschlossen schloß ich das Paket und reichte es einem Hausbewohner:

»Entschuldigen Sie«, sagte ich. »Könnten Sie das einen Augenblick halten?«

Der Mann drückte das Paket gegen sein Ohr, was ein verräterisches Knacken zur Folge hatte, und riß die Verpackung wieder auf.

»Dachte ich's doch!« rief er triumphierend. »Da sind Sie aber an den Falschen gekommen, mein Herr. Ich habe selbst noch neun Pakete, die ich nicht loswerde. Verschwinden Sie mitsamt Ihren Mazzes und lassen Sie sich hier nie wieder blicken.«

Jetzt begann ich Josseles Verzweiflung zu verstehen, ja nachzufühlen. Aber das änderte nichts daran, daß ich mich der Brösel entledigen mußte.

In der nächsten Grünanlage legte ich das Paket unauffällig auf eine Bank und machte mich hastig aus dem Staub. Aber schon nach wenigen Schritten meldeten sich die ersten Gewissensbisse. »Schande über dich!« hörte ich meine traditionsbewußte innere Stimme flüstern. »Läßt man Mazzes in der Wildnis liegen? Dazu sind wir aus Ägypten ausgezogen? Hat uns der Herr dazu aus den Banden Pharaos befreit?« Es war also die Erkenntnis, etwas Unrechtes getan zu haben, die mich in den Park zur verwaisten Mazzesschachtel zurückzog.

Zu meiner Verblüffung lagen jetzt zwei auf der Bank. Irgend jemand hatte meine kurze Abwesenheit schamlos ausgenutzt. Was blieb mir übrig, als beide Schachteln mitzunehmen. Ich wunderte mich nur, daß ein Jude einem andern Juden so etwas antun kann.

*

In Schweiß gebadet kam ich zum Haus meines Onkels Jakob, in das ich durchs Küchenfenster einsteigen mußte, weil die Haustüre von großen, viereckigen Paketen in braunem Packpapier verbarrikadiert war. Wir plauderten ein Weilchen über dies und das, dann tat ich, als wäre mir etwas sehr Dringendes eingefallen, entschuldigte mich ganz plötzlich und sprang zum Fenster hinaus. Unten auf der Straße lachte ich mich halb tot, meine Mazzes waren jetzt beim guten alten Onkel Jakob bestens aufgehoben.

Ich war noch keine zehn Minuten zu Hause, da klopfte es. Ein Jemenite stand vor der Tür, schob sechs Schachteln Mazzes herein, warf einen Brief hinterher und verschwand.

»Sende Dir die sechs Schachteln Mazzes, die Du bei mir vergessen hast«, schrieb der gute alte Onkel Jakob. »Möchte Dich nicht berauben. Gib nächstens besser acht.«

Am nächsten Tag mietete ich einen dreirädrigen Lieferwagen, beförderte die Pakete zum nächsten Postamt und schickte sie anonym an Schlomo, der in einem weit entfernten Kibbuz lebt. Ich war sehr stolz auf diesen Einfall.

Aber ich war nicht der einzige, der ihn hatte. Drei Tage später brachte mir die Post, gleichfalls anonym, 14 Schachteln Mazzes. Vier wurden mir von einer internationalen Transportgesellschaft zugestellt, und durch ein Fenster, das ich unvorsichtigerweise offen gelassen hatte, flogen mir zwei weitere herein.

*

Mühevoll bahnte ich mir am nächsten Morgen durch Berge von Mazzespaketen den Weg ins Freie. Da erblickte ich einen betagten Bettler, der an der Hausmauer ein kleines Schläfchen in der Frühjahrssonne hielt. Munter pfeifend, pirschte ich mich an ihn heran:

»Haben Sie Hunger, mein Alter? Möchten Sie nicht etwas Gutes essen?«

Der Bettler sah mich prüfend an.

»Wie viele Schachteln?« fragte er.

»Sechsundzwanzig«, flüsterte ich. »Kleines Format, dünn, gut erhalten.«

Der alte Bettler dachte über meinen Vorschlag nach. Dann entschied er sich:

»Im allgemeinen bekomme ich fünf Schekel pro Schachtel. Aber bei größeren Mengen gebe ich Rabatt. Macht also 300 Schekel, mit Garantie.«

Ich kann mich jetzt in meiner Wohnung wieder frei bewegen, wenn ich auch gestehen muß, daß mir die Mazzes irgendwie fehlen. *Eine* Schachtel hätte ich vielleicht behalten sollen. Moses soll schließlich nicht dafür büßen müssen, daß er Ägypten so rasch verlassen hat.

Wir lieben Moses, wir lieben Mazzes, beide aber sind der Anlaß für eine Untergrundbewegung, die heute zum ersten Mal ans Licht der Öffentlichkeit tritt. Wir befinden uns in einer schizophrenen Lage. Einerseits versorgen wir uns zu Pessach, wie schon erwähnt, mit Unmengen von Mazzes und machen auch dem letzten gesäuerten Brotkrümel den Garaus, andererseits schaffen wir für das Pessachmahl heimlich Reserven von Brotbergen an. Das beeinträchtigt die feierliche Stimmung nicht im mindesten, was aber ein wenig stört, ist der ohrenbetäubende Krach aus den benachbarten Bäckereien.

Das Hamsterfest oder Brot nach Grossmutterart

Es geht soweit, daß manche Bäckereien in Jaffa vier Schichten einlegen, um die Nachfrage zu stillen. Denn Pessach, das ehrwürdige Fest, ist, wie gesagt, auch das Fest des heimlichen Brothamsterns. Im ganzen Land sind jüdische Mütter, der unangefochtene Mittelpunkt der Familie, unterwegs, um für die heiligen Tage gerüstet zu sein, wobei die Achsen der Kinderwagen unter der Last der 22 versteckten Brotlaibe ächzen.

»Wehe, ihr schneidet mehr als einen Laib auf«, verscheucht die Mutter dann zu Hause die Hungrigen, »daß mir ja nichts austrocknet.«

Für die Brote wird umgehend ein sicherer Platz gesucht, und so landen sie vorübergehend hinter den Handtüchern im Schrank oder überall dort, wo sich sonst noch ein brauchbares Versteck auftreiben läßt.

Die jüdische Mutter weiß zwar, daß von den 22 Laibern nur etwa zwei Drittel das Fest überstehen, während der Rest auf der Strecke versauert, aber Tradition ist Tradition und Hamsterfest ist Hamsterfest. Unter 20 Laibern geht nichts. Drei Laiber verschwinden in der Tiefkühltruhe, in der Hoffnung, daß sie das Fest unverschimmelt überstehen.

»Zuerst«, sagt Mutter, »zuerst werden die Brötchen gegessen.«

Und tatsächlich, die Brötchen gehen weg wie warme Semmeln, wodurch zwei wertvolle Tage gewonnen werden. Die Krise setzt meistens am dritten Tag dieses langen Festes ein, obwohl das Brot dann noch jeden Frischetest besteht.

Das Schöne an dieser großartigen Tradition aber ist, daß der jüdische Phantasiereichtum dem Brothamstern jedes Jahr neue Seiten abgewinnt. So haben es sich die Gläubigen seit einigen Jahren zur Gewohnheit gemacht, ihre Vorräte durch Pittabrot aufzufrischen, das von arabischen Götzendienern gebacken und an einschlägigen Orten, wie zum Beispiel im Busbahnhof, verkauft wird.

Immer beliebter wird auch das System eines jungen Architekten ungarischer Abstammung, »Schwimmendes Brot« genannt und bei manch einem auch als »Das Fünf-Tage-System« bekannt, da es dem gehamsterten Brot eine Haltbarkeit von genau dieser Zeitspanne sichert. Dieses geniale System beruht auf Frischekonservierung durch Einwickeln des Brotes in feuchte Frotteetücher. Etwaige Nebenwirkungen, wie Verlust der Bißfestigkeit oder Schimmelbildung, müssen leider in Kauf genommen werden.

Im vergangenen Jahr kamen die »Schwarzbäckereien« in Mode. Inzwischen aber machen sich jüdische Großmütter mit einer neuen Sitte einmal mehr unentbehrlich. Umgeben von ihren Lieben als Aufpasser kneten sie jetzt selbst den Teig und bereiten im Untergrund schmackhaftes Brot für die ganze Familie zu. So geben sie dem Hamsterfest seine inhaltliche Würde zurück, denn »Sklaven waren wir in Ägypten, und heute essen wir hausgebackenes Brot nach Großmutterart«.

Um das Dritte Gebot auch auf fremdem Terrain kennenzulernen, nahm ich eine Einladung an und erlebte ein Fest nach Großvaterart.

Der Tag, als der Hase Eier legte

Das Schicksal wollte es und niemand anderer, daß ich voriges Jahr über Ostern wegen Theaterproben in Hamburg bleiben mußte. Die beste Ehefrau von allen ergriff die Gelegenheit und fuhr mit ihrem Wagen für drei Tage nach dem schönen Italien, um sich am vierten Tag von der Versicherung ein nagelneues Autoradio besorgen zu können. Ich blieb also in der Hansestadt allein zurück.

In diesem trostlosen seelischen Zustand griff das befreundete Ehepaar Linsmeyer aus humanitären Gründen ein und schlug mir vor, das Osterfest im Kreise ihrer Familie zu verbringen. Unter vier Augen wies ich Viktor Linsmeyer darauf hin, daß meine streng mosaische Religion keine diplomatischen Beziehungen zu Osterhasen zuließe. Aber er beruhigte mich:

»Es ist für jedermann ein unvergeßliches Erlebnis«, meinte er, »wenn unser süßer kleiner Klaus-Dieter sein Osternest sucht.«

Ich ließ mich also nicht mehr länger bitten, sondern stieß am Ostersonntag als neutraler Beobachter zu den Linsmeyers. Der feierliche Akt der Osternestsuche sollte im Salon stattfinden, der neben dem überwältigenden Osterbaum mit seltenen venezianischen Spiegelimitationen und in den Ecken mit zwei imposanten Barockfauteuils ausgestattet war. Ein reich geschmückter Tisch deutete darauf hin, daß das Fest bereits seinen Lauf genommen hatte. Leise fragte ich Viktor, wo er als amtierender Osterhase die Eier versteckt hätte.

»Dafür ist seit dem Ersten Weltkrieg mein Vater zuständig«, korrigierte mich Viktor und stellte mich Opa

Ludwig vor. Ich bemerkte sofort, daß der 90jährige Opa seine grauen Zellen nicht immer gut behandelt hatte. Dementsprechend verlief unser Gespräch.

»Opa, Opa«, brüllte Viktor Opa ins Ohr. »Herr Kishon ist unser Gast.«

»Was?«

»Der Herr – bleibt – heute – bei uns!«

»Gelobt sei der Name des Herrn«, bestätigte Opa und maß mich mit feindlichem Blick: »Aber was, zum Teufel, sucht der hier?«

*

Glücklicherweise brachte Opas volle Blase eine erfreuliche Wende in unsere kurze Plauderei. Frau Linsmeyer nutzte die Erholungspause und schickte den kleinen Liebling Klaus-Dieter schnell auf Eierjagd.

»Wie ich meinen klugen Jungen kenne, wird er das Osternest im Nu finden«, prophezeite mit unverhülltem Stolz Mutter Gunhild und flüsterte mir zu: »Der verkalkte Alte versteckt es Jahr für Jahr im linken Fauteuil.«

»Eiskalt. Kalt. Lauwarm. Warm. Heißer. Heiß«, plapperte Klein-Klaus-Dieter dem Ritual folgend auf seinem Routinegang zum Fauteuil herunter, angefeuert von den aufmunternden Zurufen seiner beiden Erzeuger. Mit der Sicherheit jahrelangen Trainings griff Klaus-Dieter tief in die Polster des Fauteuils und nestelte mit steigender Unruhe darin herum.

»He, was soll das?« hob das Kind schließlich seinen Blick. »Da ist nichts!«

»Aber es muß da sein, es ist doch immer da«, insistierte Mutter Linsmeyer und begann, die Polster systematisch auseinanderzunehmen. Viktor stürzte ins Vorzimmer und trommelte hysterisch an die Klotür:

»Opa, Opa«, hörten wir ihn brüllen. »Wo hast du es versteckt?«

»Was?« hörte man aus dem Klosett. »Wie?«

»Wo – sind – die Eier?«

»Was für Eier?«

Panik brach aus. Mutti und Klaus-Dieter arbeiteten sich tief ins Unterbewußtsein des Fauteuils; bis eine gelöste Feder ihre Selbstbeherrschung verlor und Klaus-Dieter kurzerhand hinauskatapultierte.

»Scheiße«, meinte der Kleine nach seiner Notlandung. »Jemand hat mein Nest gestohlen«, und schickte einen drohenden Blick in meine Richtung.

Um von mir abzulenken kroch ich suchend unter den Fauteuil. Viktor kam mit einem mittelgroßen Küchenmesser zurück und begann die Nähte des Stoffes aufzutrennen. »Sechs Schokoladeneier können sich doch nicht so mir nichts, dir nichts in Luft auflösen«, murmelte das Familienoberhaupt und spuckte Holzwolle.

Kein Zweifel, dieses Osterfest würde mir unvergeßlich bleiben.

»Jedes Jahr derselbe Mist«, heulte Klaus-Dieter, während seine Eltern den unglücklichen Fauteuil in Scheiben schnitten. Opa Ludwig erschien für einen Augenblick an der Tür, schaute verständnisvoll zu und stimmte bewegt das Lied an:

»O Tannenbaum, o Tannenbaum ...«

Es war wirklich einmalig. Nach einer weiteren Viertelstunde gaben wir unsere ergebnislose Suche auf.

»Nächstes Jahr klappt es bestimmt«, tröstete mich Gunhild Linsmeyer. Während sich ihr Gatte erfolglos gegen die Schläge von Klein-Klaus-Dieter wehrte, legte sich Opa Ludwig zum Mittagsschläfchen in die Badewanne ...

Ich zog mich auf Zehenspitzen vom Schlachtfeld in eine entfernte Ecke zurück und ließ mich erschöpft in den zweiten Fauteuil fallen.

Kratsch . . .!

Sechs stramme Schokoladeneier gaben unter mir ihren Geist auf. Ich wagte nicht, mich zu rühren, und sann mit geschlossenen Augen darüber nach, daß ich künftig fremde Feste nicht ohne Gebrauchsanweisung feiern würde.

Zur Abwechslung wollen wir uns jetzt mit einem Feiertag beschäftigen, der nicht der anstrengenden Ruhe gilt und uns nicht Jahr für Jahr daran erinnert, daß unsere Vorväter die Pyramiden gebaut haben. Ich bin stolz und glücklich, daß es auch für Juden einen fröhlichen Feiertag gibt. Die Bibel nennt ihn Purim.

Ein melancholischer Freudentag oder Karneval der Netzstrümpfe

Vor vielen, vielen Jahren, so erzählt das Buch Esther, töteten die Juden Persiens ihre Häscher und hängten ihren hinterhältigen Anführer, Haman den Gemeinen, an einem hohen Baum auf. Seither gedenken wir unserer wundersamen Rettung mit großer Freude und Heiterkeit. Aus den Quellen läßt sich entnehmen, daß dieses Fest auf dem Marktplatz der persischen Hauptstadt Susa damals besonders gut organisiert war. Das Thema der Party hieß »Law and Order«. Königin Esther erschien in schwarzem Mini und Netzstrümpfen, ihr Onkel Mordechai als Verkehrspolizist, und es steht geschrieben, daß viele Völker der Erde aus Angst zum Judentum übertraten, was ich ein wenig bezweifle. Es war eine besonders gelungene Veranstaltung, leider wollte aber keine echte Freude aufkommen, und zum Schluß gingen alle ziemlich deprimiert nach Hause.

Auch während der darauffolgenden Jahre in der Diaspora wurde die Tradition des Purimfestes hochgehalten. Unsere Väter verkleideten sich als Verkehrspolizisten, unsere Mütter als Königin Esther in schwarzem Mini und Netzstrümpfen, man trank Wein und tanzte bis zum Morgengrauen, aber die Freude war gedämpft, und zum Schluß gingen alle ziemlich deprimiert nach Hause.

Mit der Unabhängigkeitserklärung des jüdischen Staates trat die erhoffte Wende ein. Man feierte das erste Purimfest im eigenen Land. Die Männer verkleideten sich als Verkehrspolizisten, die Frauen als irgend jemand in Netzstrümpfen, und Judy Glück, die Gemahlin von Ingenieur Glück, sprang auf den Tisch und legte in ihrem schwarzen Mini einen hemmungslosen Chachacha hin. Endlich war das ganze Land von Heiterkeit erfüllt, wenn auch keine echte Freude aufkommen wollte. So ganz trostlos wurde es wenigstens erst nach Mitternacht. Die Straßen leerten sich, und alle schlichen frustriert nach Hause.

*

In den Jahren danach aber wurde alles anders. Die Kostüme wurden kostbarer, wir trugen Helme und königliche Schlafanzüge, während unsere Frauen sich in schwarze Minis und Netzstrümpfe hüllten. Ich war immer zu mehreren Partys geladen, ging jedoch meist mit dem sympathischen Ingenieur Glück aus, der sich zu einem wahren Partyhengst gemausert hatte. Wir tanzten und sangen bei schummriger Beleuchtung, aber mit der Fröhlichkeit war es nicht so weit her. Wir fühlten, daß irgend etwas fehlte. Manch einer weinte, und andere sprachen von tiefen Depressionen.

Ich erinnere mich an eine einzige wirklich gelungene Purimparty. Die Stimmung schäumte über, wir klatschten rhythmisch und mit jugendlichem Elan zum hemmungslosen Chachacha von Judy Glück, aber rechte Fröhlichkeit wollte einfach nicht aufkommen. Im Gegenteil, um halb zwei verzog sich unser Gastgeber ins Bad und hängte sich an der Dusche auf. Jedenfalls war es eine der miesesten Partys überhaupt.

»Wir haben offenbar unsere Traditionen noch nicht gefestigt«, meinte eine Dame in schwarzen Netzstrümpfen, »deshalb freut sich das Volk nicht.«

Einige behaupteten, uns sei Traurigkeit bereits in die Wiege gelegt worden. Außerdem begnügten wir uns mit alkoholfreiem Malzbier, statt uns einmal richtig vollaufen zu lassen.

Nur unsere süßen Kleinen lieben das Purimfest, aber schließlich ist es doch kein Fest für Kinder.

Ingenieur Glück gab in einer schwachen Minute zu, er hätte regelmäßig drei Tage vor Purim schwere Anfälle von Melancholie. Wenn keiner ihm zusähe, ließe er sogar seinen Tränen freien Lauf. Seiner Frau hingegen passiere das nicht, sie begibt sich noch vor dem Fest in fachärztliche Kontrolle.

»Wir sind ein merkwürdiges Volk«, meinte ein als König verkleideter Verkehrspolizist. »Wenn wir uns freuen sollen, sind wir traurig, und wenn wir traurig sein sollen, sind wir aufgeräumt. So sind wir eben, verdammt noch mal.«

Das leuchtete uns ein. Ein Friedensrichter gestand, er werde vor dem Trauerfest Jom Kippur von unbezwingbarer Heiterkeit befallen. Dagegen wird berichtet, daß sogar die Chassidim, deren Religion sie zu Lebensfreude verpflichtet, am Purimfest für 48 Stunden ihre gewohnte Fröhlichkeit unterbrechen. Das soll natürlich nicht heißen, daß hier nicht hin und wieder Freude aufkommt. Aber sie ist nicht echt. Vielleicht ist sie sogar echt, aber keine Freude.

*

Dieses Jahr aber war Purim wieder einmal so richtig heiter. Ich verkleidete mich als Streifenpolizist und die Beste als ägyptische Bauchtänzerin mit schwarzem Mini. Wir tanzten Twist und Menuett, und danach sprang Judy Glück auf den Tisch. Mitten in ihrem hemmungslosen Chachacha schluchzte sie jedoch auf:

»Ich kann nicht mehr«, stöhnte die arme Frau, »ich kann einfach nicht mehr.«

Es tat mir in der Seele weh, und ich streichelte beruhigend die Netzstrümpfe der Besten.

»Liebste«, fragte ich meine Frau, »empfindest du Freude?«

»Kann schon sein, aber ist sie auch echt?«

Schwer zu sagen. Warten wir ab, wie die nächsten Purimpartys ausfallen. Wenn sie genauso danebengehen, dann sollten wir endlich die Konsequenzen ziehen und Purim zum Volkstrauertag erklären.

Wie gesagt, Purim ist ein Fest für Kinder, weil sie noch richtig fröhlich sein können. Sie haben den Tag für sich vereinnahmt und feiern ihn in den Straßen mit ungeheurem Krach. Überhaupt können die Kinder zu Purim machen, was sie wollen, sie verkleiden sich als Erwachsene, manchmal auch als Piraten oder Astronauten, aber meistens als Verkehrspolizisten.

Sonderwünsche benötigen jedoch eine Sonderbehandlung.

Göttin in Weiss oder Dr. Weissberger kommt gegen Mittag

Ephraim«, sagte meine Schwiegertochter, »dein Enkel ist sauer.«

Die Vorbereitungen für die Purimfeier befanden sich auf ihrem Höhepunkt. Der gesamte Kindergarten zog in einer ordentlichen Formation aus Piraten und Polizisten an unserem Haus vorbei, nur unser kleiner Rudi zog einen Fluntsch und sah zornig auf sein herrliches Kostüm, das seine Mami ihm in mühevoller Handarbeit angefertigt hatte, Hosen mit Fransen, Gummistiefel, ein breitkrempiger Hut, der Gürtel mit der goldenen Schnalle und als Höhepunkt das verdammte Schießeisen. Die perfekte Ausrüstung eines waschechten Cowboys lag verschmäht in einer Ecke des Zimmers, und unser kleiner John Wayne wurde von Minute zu Minute grantiger.

»Was ist denn los«, erkundigten wir uns, »willst du denn kein Cowboy sein?«

»Nein«, schluchzte Rudi los, »will Steffi Graf sein.«

Unser Kleiner hatte, wie wir alle, am Bildschirm die Siegesserie Steffis mitverfolgt und war tief beeindruckt gewesen.

»Nicht weinen«, die gesamte Familie stand um den Kleinen herum. »Mal sehen, was sich da machen läßt.«

»Ganz genau«, mischte sich nun auch die Beste ein, »wir werden bestimmt eine Lösung finden.«

*

Wir beriefen den Familienrat ein und gelangten zu der Einsicht, daß Rudis Reaktion eigentlich ganz normal ist. Wer möchte heutzutage nicht Steffi Graf sein, Superstar, Grand-Slam-Siegerin, Pokalsammlerin. Wir einigten uns auf einen Kompromiß.

»Dieses Jahr gehst du als Cowboy«, schlugen wir Rudi vor, »und nächstes Jahr dann als Steffi Graf.«

»Nein«, brüllte das aufgeweckte Kind. »Jetzt! Sofort Steffi!«

Die medizinische Diagnose lautet in so einem Fall, wenn ich mich nicht täusche, auf Hypertrophie, auch Tobsuchtsanfall genannt.

»Gut«, wir gaben schweren Herzens nach, »du gehst als Tennismeisterin. Wir setzen dir einen großen Topf auf und schreiben mit roter Farbe drauf: Ich bin Steffi.«

»Das ist pfui«, Rudi steigerte die Frequenz, »das ist nicht Steffi!«

»Ja, was ist denn Steffi?«

»Weiß ich nicht«, schluchzte das arme Kind, »das müßt doch ihr wissen . . .«

Warum konnte die Australian-Open-Übertragung denn um Himmels willen nicht erst nach Purim gesendet werden? Kann man von einem Fernsehintendanten nicht ein Minimum an Rücksicht auf geplagte Eltern und Großeltern erwarten?

Das Kind brüllte, und wie es brüllte:

»Steffi«, brüllte es, »Steffi Graf!«

Jetzt versuchte ich mein Glück.

»Ich ziehe dir schöne Turnschuhe an.«

»Schuhe, pfui!«

»Ganz weiße Schuhe.«

»Hat jeder!«

Eine grobe Verantwortungslosigkeit von Steffi. Wie kann eine erwachsene Tennisspielerin nur ohne jedes erkennbare Markenzeichen an ihren Tennisschuhen auftreten?

»Ich habe eine Idee«, sagte die beste Ehefrau von allen, »Rudi zieht seine kurzen weißen Höschen an, ja?«

»Höschen, pfui«, quietschte das Kind, »eklig!«

»Laß mich doch ausreden. Du ziehst deine kurzen weißen Hosen an, und in die Tasche stecken wir dir einen ganz echten Tennisball.«

»Ball, pfui!«

»Und einen kleinen Schläger.«

»Will keinen kleinen. Steffi hat großen!«

Um es ganz deutlich zu sagen, die zweifelhaften Siege des Fräulein Graf wogen die bitteren Tränen meines Enkelsohnes nun wirklich nicht auf. Wo kämen wir denn hin, wenn sich jeder zweitrangige Tennisspieler in unserem Purimfest breitmachen würde?

»Steffi, Opa. Steffi!«

Das Kind wälzte sich nun bereits auf dem Teppich. Nur Enkel können so weinen, vorwärts und rückwärts, ohne Luft zu holen. Nun galt es, das Kind zu retten, bevor seine zarten Lungen bleibenden Schaden erlitten.

»Ist doch überhaupt kein Problem«, sagte Opa Ephraim, »wir beide rufen Steffi jetzt einfach an und fragen sie!«

Rudi verstummte. In seinen wunderschönen, großen, tränenfeuchten Augen glänzte ein Hoffnungsschimmer. Ich ging zum Telefon und wählte irgendeine Nummer in der Stadt:

»Guten Tag, ist dort die Weltmeisterschaft«, rief ich in den Hörer, »könnte ich bitte Steffi Graf sprechen?«

»Wen?« fragte eine ältere Frau am anderen Ende der Leitung. »Hier wohnt Doktor Weißberger.«

»Ja, hallo Steffi«, sagte ich erfreut, »wie geht's Ihnen denn? Rudi möchte wissen, als was Sie sich zu Purim verkleiden?«

»Verkleiden?« fragte die ältere Frau. »Hier wohnt Doktor Weißberger.«

»Moment bitte, Steffi, ich hole mir schnell einen Stift«, unterbricht Opa. »Was sagen Sie, was haben Sie an? Hosen mit Fransen, Gummistiefel, einen breitkrempigen Hut ...«

»Ich kann Sie nicht gut verstehen. Sprechen der Herr vielleicht Polnisch?«

»Ja, ich notiere, Steffi, ich notiere. Einen Gürtel mit goldener Schnalle und eine Pistole. Alles klar, Fräulein Graf, vielen Dank. Grüßen Sie bitte den Tennisverband.«

»Doktor Weißberger kommt gegen Mittag nach Hause.«

»Vielen Dank. Tschüs.«

Mit besorgter Miene legte ich den Hörer auf.

»Hast du das gehört?« wandte ich mich an meine Schwiegertochter Orith, Rudis Mami. »Wo zum Teufel kriegen wir nun für Rudolf all die Sachen her, die Steffi anhat?«

»Dummer Opa«, jubelte der dümmste aller Enkel siegestrunken, »dort liegen sie ja!«

So wurde die Krise im letzten Moment telefonisch gemeistert. Sollte der geneigte Leser also in den nächsten Feiertagen einem sehr kleinen Cowboy begegnen, der mit einem Tennisschläger durch die Straßen flitzt, dann möge er doch bitte lauthals rufen: »Seht doch nur, dort geht Steffi Graf!«

Danke schön und frohes Fest.

IV. DU SOLLST DEINEN VATER UND DEINE MUTTER EHREN

Dieses Gebot ist eines der gefühlvollsten, auch wenn es nicht mehr ganz zeitgemäß ist. Denn heute ist es eher umgekehrt: Zu unserem Wohlergehen auf Erden müssen wir, die Eltern, den unerzogenen Nachwuchs ehren.

Wem das noch nicht aufgefallen ist, der hat entweder keine Kinder oder keine Ahnung. Der Autor dieses Buches hat eine Menge Kinder und zu viel Ahnung.

Generationskonflikt auf literarischer Ebene

Vor einigen Jahren, eigentlich ist es noch länger her, baute sich eines Morgens mein mittlerer Sohn Amir, drohend vor meinem Schreibtisch auf:

»Stimmt es«, fragte das aufgeweckte Kind, Aggression in den Augen, »daß du schon wieder ein Buch über deine Kinder geschrieben hast?«

»Ja«, antwortete ich, »das habe ich, und es ist mein angestammtes Recht.«

»Vielleicht, vielleicht auch nicht«, antwortete mein Sohn, »aber meinst du nicht, du hättest uns fragen müssen?«

»Das muß ich bestimmt nicht. Ihr seid schließlich noch minderjährig.«

»Wie du meinst.« Und verschwindet. Er ist rothaarig, der Knabe.

»He«, rufe ich ihm nach, »wohin gehst du?«

»Zu meinem Anwalt.«

Ausgelöst wurde die Debatte durch ein 340 Seiten langes, vielbeachtetes Werk aus meiner Feder, das in jenen Tagen unter dem harmlosen Titel »Beste Familiengeschichten« veröffentlicht wurde. Die Enthüllungen schrieb ich über, genauer gesagt, gegen meine drei Kinder, die beste Mami von allen, die Hündin Max und die Nachbarn von nebenan. Das Familienepos beginnt mit der Geburt meines Sohnes Rafael vor vielen Jahren und endet niemals. Man könnte es auch provokativ »Die Meuterei der Eltern« nennen, denn ich verfaßte es als Beleg dafür, daß die Selbstaufgabe der Eltern gegenüber ihren Kindern eine pathologische Erscheinung darstellt, die auch durch das gnadenlose Regime der Kinder im häuslichen Alltag nicht gerechtfertigt wird.

Ein Beispiel: Vor kurzem war ich bei einem meiner klügsten Freunde zu Gast, und sein kleiner Avigdor, der etwa zwei Meter mißt, lief wortlos durchs Zimmer. Der Vater wußte, was von ihm erwartet wird:

»Avi«, flötete er, »hast du dem Onkel guten Tag gesagt?«

»Nein«, sagte Klein-Avi und verschwand in Richtung Videogerät.

Mein kluger Freund strahlte vor väterlichem Stolz:

»Siehst du, das Kind kann einfach nicht lügen.«

Ist mein Freund wirklich so dumm? Vielleicht. Aber es ist nun einmal so, daß wir, die israelischen Väter, die Früchte unserer Lenden, die uns, dank der Sonne und der Jaffa-Orangen, im Durchschnitt um eineinhalb Köpfe überragen, derart vergöttern, daß wir einfach verliebt sind in diese erste nationale Generation des internationalen Judentums, in diese herrlichen Wesen, die, zugegeben, hier und da ein wenig frech, manchmal auch unhöflich oder ungezogen, ein kleines bißchen aggressiv, kurz völlig unausstehlich, aber dennoch unsere Kinder sind?

Sicherheitshalber befragte auch ich meinen Anwalt. Ich wollte wissen, ob Meinungsfreiheit und künstlerische Freiheit auch in Familienangelegenheiten gelten?

Mein Anwalt, der selbst ein paar dieser herrlichen Wesen zu Hause hat, sagte zu, die heikle Angelegenheit gründlich zu prüfen. Er studierte die einschlägigen Akten und zog einen zweiten Rechtsexperten zu Rate. Bereits zwei Tage später meldete er sich:

»Ich konnte in Großbritannien einen Präzedenzfall ermitteln. Eine Waliserin aus Cardiff verklagte im Jahre 1664 ihren Mann, der sie im Lokalblatt als ein ›Musterexemplar von Hexe‹ bezeichnet hatte. Der Fall gelangte bis zum Obersten Gericht vor König Karl II.«

»Und wie ging die Sache aus?«

»Der Mann konnte Beweise erbringen.«

Ich war sehr erleichtert, nun habe ich in meiner Familie einen besseren juristischen Stand. Obwohl ich selbst meine Frau niemals in aller Öffentlichkeit als »Musterexemplar einer Hexe« bezeichnet hätte, dazu verehre ich sie und die Früchte ihres Leibes zu sehr.

Natürlich erlaube ich mir dann und wann, meine Lieben für literarische Zwecke zu nutzen und will auch nicht verschweigen, daß mir meine Familie schon aus mancher Notlage geholfen hat. Wenn in meinem ausgedorrten Gehirn nämlich gar kein satirischer Gedanke mehr zündet, stürme ich in das Zimmer meines mittleren Sohnes Amir und frage:

»Ein Zimmer nennst du das? Ein Saustall ist das.« Oder: »Was trödelst du schon wieder herum? Hast du keine Hausaufgaben aufbekommen?«

»Nein«, kommt prompt die Antwort, »unser Lateinlehrer läßt sich morgen scheiden«.

»Immer diese dummen Ausreden«, antwortet Papi dann und kehrt beschwingt zu seinem Schreibtisch zurück, bewaffnet mit der Idee zu einer hervorragenden Humoreske über einen frustrierten Lateinlehrer, der sich scheiden läßt, weil . . . weil seine rotzfrechen Schüler in seinem Namen eine Heiratsannonce in die Zeitung gesetzt haben . . .

Die lustige Geschichte erscheint in der Zeitung, und tags darauf erscheint der Rotschopf an meiner Türe und kündigt mir an:

»Der Lateinlehrer möchte mit dir sprechen.«

Meine Kinder geben sich aber keineswegs damit zufrieden, literarische Quelle zu sein. Im Gegenteil, meine schriftstellerischen Ergüsse werden von ihnen laufend kontrolliert, aber nicht etwa, weil sie meine Texte gern lesen. Keineswegs. Mit gerunzelter Stirn wird Wort für Wort geprüft, und nicht der Anflug eines Lächelns, geschweige denn ein anerkennendes Wort kommt über ihre Lippen, alles dient nur dem juristischen Ziel, eine Verleumdung zu entdecken. Und ihre Mutter macht mit ihnen gemeinsame Sache.

»Ich habe schon Klügeres gelesen«, lautet die Literaturkritik, wenn ich Glück habe, der Lieblingskommentar meiner zartbesaiteten Gattin ist: »Die Schlußpointe ist dir aber total danebengeraten« und ein Standardzitat meiner Tochter: »Papa, gib's auf.«

Gern haben sie nur die Illustrationen, auf denen sie gut zu erkennen sind.

»Könntest du deinem Zeichner nicht endlich beibringen«, klagt nur Rafael immer wieder, »daß ich noch nie Sommersprossen gehabt habe.«

Für die Kinder ist es ganz normal, daß sie in Zeitungen abgebildet sind, daß ihre Porträts die Titelseiten von Büchern schmücken und daß ihr Vater manche abenteuerlichen Geschichten über sie schreibt. Es ist für sie nichts Besonderes, bekannt zu sein. Wenn Renana auf der Straße angesprochen wird: »Bist du nicht zufällig . . .«, antwortet die Kleine: »Selbstverständlich.«

Habe ich schon erwähnt, daß sie rote Haare hat?

Kritik höre ich auch, wenn ich meine literarische Gunst ungleich verteile.

»Papa«, klagt dann Amir vorwurfsvoll, »als Rafi in meinem Alter war, hast du viel öfter über ihn geschrieben als über mich heute.«

Ja, sie sind ziemlich eingebildet, diese Ministars an meinem Familienhimmel. Aber da ich sie auf dem Altar des hebräischen Humors geopfert habe, kann ich keine große Dankbarkeit erwarten.

Ich werde mich dem Wunsch der besten Ehefrau von allen endlich beugen, die kürzlich ein Machtwort sprach:

»Ephraim«, meinte sie zu ihrer größtmöglichen Höhe aufgerichtet, »hör auf, uns zu Allgemeingut zu machen. Suche dir gefälligst neue Helden.«

Ich werde wirklich aufhören. Nach dem nächsten Buch, meine ich.

Mein neues Familienbuch aber widme ich demonstrativ unserer treuen Hündin Max, dem einzigen Wesen im Hause, von dem das Vierte Gebot manchmal befolgt wird.

*

Ja, so war das vor vielen Jahren. Inzwischen ist viel Wasser den Jordan hinabgeflossen, die Kinder sind groß und Doktoren geworden, haben das eine oder andere Mal geheiratet, und alles ist noch genauso chaotisch, wie ich es oben beschrieben habe.

Das Bestechende an der Bibel ist, daß sie nicht nur Gebote auftischt, sondern auch deren Notwendigkeit erläutert. Auch die Notwendigkeit, daß Kinder ihre Eltern ehren.

Nehmen wir zum Beispiel Isaaks Geschichte. Wie allgemein bekannt, war Abraham auf Gottes Anweisung kurz davor, seinen Sohn abzuschlachten, als das Unternehmen in letzter Minute abgeblasen wurde und Isaak das schöne Alter von 180 Jahren erreichte, weil er seinen Vater ehrte.

Aber nicht nur Väter sind zu Opfern bereit. Auch Mutterliebe währt ewig, wie in meiner klassischen Satire nachzulesen ist, die ich als Anwalt der siegreichen Mutter an den Vorsitzenden des Königlichen Gerichtshofes in Jerusalem geschrieben habe.

Euer Ehren!

Als Anwalt der Mutter, zu deren Gunsten das seither berühmt gewordene »Salomonische Urteil« ergangen ist, lege ich hiermit gegen dieses Urteil Berufung und Nichtigkeitsbeschwerde ein.

Wie aus dem Verhandlungsprotokoll hervorgeht, wurde meine Mandantin vor 17 Jahren vor dem Königlichen Gericht einem Kreuzverhör unterzogen, das Seine Majestät mit dem Rechtsentscheid beschloß, den Streitgegenstand, ein Kleinkind unbestimmter Herkunft, in der Mitte zu teilen und jeder der beiden Mütter, die das Kind für sich in Anspruch nahmen, je eine Hälfte zu übergeben. Bei Bekanntgabe dieser Entscheidung stieß meine Mandantin einen Schreckensschrei aus, der eindeutig erkennen ließ, daß sie unter solchen Umständen ihren Anspruch auf das Kind zurückziehe. Aus Gründen, in die wir keinen Einblick haben, sprach König Salomon daraufhin meiner Mandantin das Kind zu.

Das Kind ist inzwischen 17 Jahre alt geworden. Es ist männlichen Geschlechts, unrasiert, ungewaschen, tätowiert und trägt löchrige Jeans. Politisch tendiert der minderjährige junge Mann zu den Anarchisten, verbringt jedoch die meiste Zeit in sogenannten »Diskotheken« und raucht ein nach hier importiertes Kraut, das in seinen Kreisen als »Joint« bezeichnet wird. Das alles tut er auf Kosten meiner Mandantin, die infolge des seinerzeit ergangenen Urteils zur finanziellen Unterstützung ihres angeblichen Sohnes verpflichtet ist, obwohl nicht der geringste Beweis für ihre Mutterschaft vorliegt.

Ich beantrage daher die Aufhebung und Ungültigkeitserklärung des oben erwähnten Salomonischen Urteils. Meine Mandantin ist bereit, vor dem Königlichen Gerichtshof unter Eid zu erklären, daß sie sich mit ihrem damaligen Aufschrei von jeder verwandtschaftlichen Bindung an das fragliche Kleinkind für alle Zeiten distanziert hat.

Sollte meinem Antrag nicht stattgegeben und der Punker nicht jener anderen Frau, seiner wirklichen Mutter, zugesprochen werden, behält sich meine Mandantin vor, den widerwärtigen Bengel, mit dem sie nichts zu tun haben will, vor die Tür zu setzen.

Daraus lernen wir, daß Mutterliebe keine Grenzen, aber manchmal ein Ende hat, besonders wenn der Sohn eigentlich älter ist als die Mutter.

Sabine oder Heirate deine Mutter

Der Tatort ist ein Straßencafé. Er sitzt allein und nervös an einem Tisch, plötzlich springt er auf und winkt:

Er: Mutter, Mutter, hier bin ich . . . Mutter! Mutter! . . .

Eine attraktive Frau nähert sich, sie trägt einen Hosenanzug, Sonnenbrille und einen Greta-Garbo-Hut:

Sie: Wie oft habe ich dich schon gebeten, mich nicht Mutter zu nennen, wenn wir unter Leuten sind! Schließlich habe ich einen Namen.

Er: Verzeih, das vergesse ich immer.

Sie setzt sich.

Sie: Du bist ein gräßlicher Kerl! Gib mir Feuer, bitte.

Er zündet ein Streichholz an.

Sie: Warum bist du so nervös?

Er: Ich habe ein Rendezvous.

Sie: Du solltest dich zusammenreißen. Schließlich bist du kein kleiner Junge mehr. In deinem Alter war dein Vater schon zum zweitenmal verheiratet.

Er: Das ist genau das, was ich . . .

Sie: Wenn sich die Leute nach dir erkundigen, schäme ich mich in Grund und Boden. Mein 30jähriger Sohn, der Junggeselle. Wir hatten noch nie einen Junggesellen in der Familie, außer einem Cousin in Paris, und sogar der war verheiratet.

Er: Mutter . . .

Sie: Warum machst du das? Warum quälst du mich so?

Er: Verzeih . . .

Sie: Nimm doch diese Kleine, die Karla. Ein nettes, reizendes Mädchen aus guter Familie. Jeder junge Mann würde sich glücklich schätzen, mit ihr verheiratet zu sein. Aber ausgerechnet ich muß einen so mißratenen Sohn haben.

Er: Ich bin nicht mißraten. Ich will Karla ja heiraten.

Sie: Sie heiraten?

Er: Ja.

Sie: Karla?

Er: Ja.

Sie: Wozu in aller Welt?

Er: Wir lieben einander, Mutter, pardon, es tut mir leid, wir sehen einander täglich. Jetzt muß ich mich aber beeilen, wir haben uns für 12 Uhr verabredet.

Sie: Wohin rennst du? Deinetwegen gehe ich von der Kosmetikerin früher weg. Kannst du nicht wenigstens ein paar Minuten mit deiner Mutter zusammensitzen?

Er: Sie wartet.

Sie: Sei dir dessen nicht so sicher. Hast du den Hund hinausgeführt, bevor du von zu Hause weggegangen bist?

Er: Natürlich.

Sie: Hast du den Tierarzt wegen des Ohrenstutzens angerufen?

Er: Ja, ich habe ihn angerufen, aber er war nicht daheim.

Sie: Das gibt es nicht, daß ein Tierarzt nicht zu Hause ist.

Er: Aber Mutter . . .

Sie: Warum tust du mir das an? Ist es wirklich so schwer, mich beim Namen zu nennen?

Er: Schön, ich werde dich beim Namen nennen.

Sie: Ich will es hören!

Er: Frau Fleischer.

Sie: Beim Vornamen!
Er: S . . . S . . . Sabine . . .
Sie: Na siehst du.
Er: Es ist fast zwölf. Ich komme zu spät.
Sie: Warum mußt du ihr nachlaufen? Laß doch sie dir nachlaufen! Glaub mir, das ist viel besser. Warum starren mich alle so an!
Er: Wer starrt?
Sie: Merkst du das denn nicht? Es ist wahrscheinlich mein neuer Hut, glaubst du nicht auch?
Er: Ja, er ist reizend, ganz reizend, er macht dich um zehn Jahre jünger.
Sie: Psst! Es täte dir nicht weh, taktvoller zu sein, selbst wenn du ein Kompliment machst. Möchtest du mir nicht einen Eiskaffee bestellen?
Er: Ich muß gehen. Es ist nicht fair, Karla warten zu lassen.
Sie: Laß sie doch warten, es wird sie nicht umbringen. Wer hat dich in diese Welt gesetzt, sie oder ich? *(ruft)* Oskar! Eiskaffee und Coupe Danmark.
Er: Mir auch . . .
Sie: Warum schaust du ständig auf die Uhr?
Er: Du hast selbst gesagt, Mutter . . .
Sie: Herrgott!
Er: Du hast selbst gesagt . . . Sabine, . . . daß Karla sehr süß ist und aus einer guten Familie kommt.
Sie: Was für eine gute Familie? Wer hat gesagt, daß sie aus einer guten Familie kommt? Kenne ich dieses Mädchen?
Er: Es ist Viertel nach zwölf. Ich habe das Gefühl, daß sie ungeduldig wird . . .
Sie: Diese Hitze bringt mich noch um. Oskar, ich bitte Sie.
Er: Wenn ich jetzt nicht gehe, wird sie gekränkt sein . . .

Sie: Daran geht die Welt nicht zugrunde. Es ist schon passiert, daß Leute ein paar Minuten zu spät gekommen sind. Würdest du mir vielleicht zuhören, wenn ich mit dir rede, ja? Wie oft habe ich dir schon einen guten Rat gegeben, und es hat sich herausgestellt, daß ich hundertprozentig recht hatte? Wie oft?

Er: Immer. Es ist bereits zwanzig nach zwölf ...

Sie: Wer zum Teufel hat dir ein Feuer unterm Hintern angezündet?

Er: Niemand. Karla und ich hatten einfach eine Verabredung für 12 Uhr ...

Sie: Es wird noch viele Karlas geben, viele andere Karlas. Sie ist nicht die einzige Karla auf der Welt!

Er: Du hast mir selbst gesagt, ich soll sie heiraten.

Sie: Heiraten, ja, aber deshalb brauchst du nicht so rücksichtslos zu sein. Warum dich kopfüber in etwas hineinstürzen? Brauchst du unbedingt eine Frau an deiner Seite, die dir sagt, was du tun sollst und was nicht? Wozu brauchst du das? Wie oft habe ich dich vor den Frauen gewarnt? Sie wollen einzig nur die Männer beherrschen. Ihr Egoismus, ihr selbstsüchtiger, krankhafter, pathologischer Egoismus, mit dem sie einen Mann eisern im Griff halten, was weißt du schon davon? Außerdem bist du noch immer ein junger Mann. Unterhalte dich, mach dir einen Spaß aus dem Leben.

Er: Ich bin fast 33.

Sie: Ich habe dich gebeten, in der Öffentlichkeit kein Alter zu erwähnen.

Er: Ich spreche von meinem Alter.

Sie: Wir sind verwandt!

Er: Schon gut, es hat ja niemand gehört ... Was werde ich nur Karla sagen?

Sie: Sag ihr gar nichts! Sag ihr: »Ich bin zehn Minuten mit meiner Mutter zusammengesessen. Ich habe zehn ganze Minuten meines Lebens meiner eigenen

Mutter geschenkt, die mir ihr ganzes Leben geopfert hat, die mich gepflegt hat, wenn ich krank war, meiner Mutter, die mich durch alle die schweren Jahre geleitet hat.«

Er: Mutter ...

Sie: Ich bringe dich um!

Er: Entschuldige, Sabine.

Sie: Erinnere dich, als du die Masern hattest, bin ich drei Tage und drei Nächte lang nicht von deiner Seite gewichen. Erinnerst du dich?

Er: Nein, ich erinnere mich nicht.

Sie: Siehst du! Und du fragst mich, was du Karla sagen sollst? Bist du ihr etwas schuldig? Was für eine Unverschämtheit! Wer ist sie denn schon?

Er: Was hast du gegen sie?

Sie: Ich habe sie satt!

Er: Du hast gesagt, daß du Karla nicht einmal kennst.

Sie: Ich sie nicht kennen? Oh, ich kenne sie sehr gut, zu gut! Ich kenne alle die billigen Tricks, die sie in petto hat, um dich einzufangen, mein armer Liebling. Hinter diesem unschuldigen Gesicht mit diesen grünen Augen und den roten Haaren ...

Er: Das ist Doris.

Sie: Die auch! Alle miteinander! Ich kenne sie, mit ihren Minis, ihren Sonnenbrillen, mit ihren lächerlichen Hüten. Mich können sie nicht zum Narren halten. Ein Mutterherz durchschaut alle hübschen Worte und das ganze schöne Getue. Ein Mutterherz weiß alles.

Er: Karla hat kein Wort gesagt ...

Sie: Das hätte mir noch gefehlt! Ist es nicht genug, daß sie mir das Einzige rauben will, das ich in diesem elenden Leben noch habe? Daß sie um dich herumtanzt und sich wie eine Vogelscheuche anmalt, nur um einer Mutter den Sohn wegzunehmen, die letzte Stütze, die sie noch hat? Was liegt ihr schon daran, dieser Prostituierten, wenn sie mich zu einer Großmutter macht. Heiraten, um jeden Preis heiraten, das will sie. Und du Dummkopf, du hast keine Ahnung, was sich abspielt ...

Er: Sprich nicht so, du weißt, daß das nicht wahr ist. Mutter, ich steh' sofort auf und gehe. Die Leute hören zu, Mutter, sie können alles hören ...

Sie: Laß es sie ruhig hören. Für mich gibt's sowieso keine Freude mehr im Leben. Nein, nein, nein, ich habe dir noch nicht alles erzählt. Gestern sagte der Arzt zu mir: »Gnädige Frau, Sie sind eine gesunde Frau. Ihr Körper ist eisern, aber Ihr Herz blutet. Sie sind so einsam, von allem ausgeschlossen. Gibt es niemanden, gnädige Frau, keinen einzigen Menschen auf der Welt, an den sie sich um Hilfe wenden können?« *(sie weint)* Ich habe niemanden, Herr Doktor, niemanden ...

Er *(weint auch)*: Nein, Mutter ... bitte, ich flehe dich an ... bitte.

Sie: Nein, nein, du bist nicht mehr derselbe. Es hat eine Zeit gegeben, es ist noch gar nicht so lange her, da warst du fünf Jahre alt, wie hast du da darauf bestanden, wie hast du gebettelt, daß ich bei dir bleibe, bis du einschläfst. Wie hast du dich verändert! Gott im Himmel, wie hast du dich verändert ...

Er: Ich habe mich nicht verändert. Alles ist genauso, wie es war.

Sie: O nein, Karla »wartet« auf dich.

Er: Sie ist schon längst weggegangen.

Sie: Geh nur, es ist nicht höflich, zu spät zu kommen. Ich bleibe hier, einfach nur mit mir allein. Keine Angst, ich gehe schon nicht verloren. Wie viele einsame, alleinstehende Menschen gibt's doch auf der Welt, ich werde eben einer von ihnen werden. Ich werde einfach nur dasitzen, in meinem kleinen Winkel, und meinen Erinnerungen leben ... Gib mir ein Taschentuch ...

Er *(gibt ihr das Taschentuch)*: Nein, ich werde immer bei dir bleiben ... Ich werde dich nie verlassen ...

(nimmt ihr das Taschentuch wieder weg und schneuzt sich) Nie ...

Sie: O nein, ich will dich nicht beeinflussen ...

Er: Ich bin nicht beeinflußt ... Es ist mein freier Wille ...

Sie: Gut, wenn das so ist. Aber ich will dich nicht zwingen. Sag, zwinge ich dich?

Er: Nein ...

Sie: Ja, du mußt dich selbst entscheiden ... Komm, mein Sohn ... Gehen wir nach Hause ...

Er: Ja, Sabine ... Entschuldige, Mutter ...

Sie: Komm, gehen wir ... Du bist ein braver Junge ... ein sehr braver Junge ...

Er *(führt seine alte Mutter hinaus. Sie stützt sich auf seinen Arm, ihr Schritt ist unsicher)*: Vorsicht ... langsam ... immer nur hübsch vorsichtig ... einen Fuß vor den anderen ... gut so Mutti, schön ...

Das Vierte Gebot muß man genau unter die Lupe nehmen. Hier geht es um Nuancen. Es heißt nämlich: »Du sollst« Papi und Mami ehren, nicht: »Du mußt«. Meine aufgeweckten Sprößlinge entdeckten diesen kleinen Unterschied sehr früh und entwickelten zu ihrem Vater ein Verhältnis, das Moses besser nicht zu Ohren kommen sollte.

Renana, meine rothaarige Tochter, hat in dieser Beziehung Spitzenleistungen erbracht. Sie stellte alle Bibelgesetze auf den Kopf und entschied, daß Eltern für die Sünden ihrer Kinder bis ins vierte Geschlecht zu büßen hätten.

Das läßt sich am besten an einer Schlüsselgeschichte erläutern. Es ging nämlich um Autoschlüssel, die sich Renana bis Mitternacht ausgeborgt hatte und die sie mir auch, verläßlich wie sie ist, auf die Minute genau zurückgab. Leider ohne Auto.

Sie hatte nämlich vergessen, die Türen zuzusperren, um den Beginn von »Batman II« nicht zu versäumen. Teile meines Wagens wurden am nächsten Tag auf einem Schrottplatz bei Jericho gefunden, und die Versicherung zahlte auch für die Teile, die nicht gefunden wurden, aber ich war wütend und hielt mit meiner Empörung nicht hinter dem Berg.

»Was willst du von mir?« antwortete das reizende Kind. »Was kann ich denn für vererbte Eigenschaften. Es sind doch schließlich Deine Gene?«

»Aber das ist der Gipfel der Schlamperei«, regte ich mich auf. »Eine unglaubliche Fahrlässigkeit!«

»Was du nicht sagst«, antwortete Renana trocken. »Deine Selbstkritik wird dich noch weit bringen.«

So lernte ich auf schmerzhafte Weise, daß man Kinder nicht mit kleinkarierten Dingen quälen darf. Sonst werden sie aggressiv und pfeifen auf das Vierte Gebot. Und wie schädlich elterliche Haarspalterei sein kann, zeigt folgende Kriegsberichterstattung.

Disziplin fängt bei den Eltern an

Der vorletzte unserer leider so zahlreichen Kriege, der vor einem runden Dutzend Jahre stattfand, hinterließ bei meinem halbwüchsigen Sohn Amir deutliche Spuren. Unter dem Eindruck der historischen Ereignisse weigerte sich das aufgeweckte Kind zum Beispiel, fortan seine Zähne zu putzen. Auch den Friseurbesuch lehnte es mit dem überzeugenden Argument ab, in einer Zeit, in der unsere tapferen Krieger für uns kämpften, dürfe man sich nicht mit solchen Lappalien beschäftigen. Der völlige Verzicht auf Mundhygiene beunruhigte uns nicht sehr, denn auch Gelb ist eine hübsche Farbe. Was aber die rote Mähne unseres Sprößlings betraf, so ließ sich der Pony, unter dem er mühsam hervorblinzelte, eigentlich nur mit dem eines reinrassigen Hirtenhundes in der Wintersaison vergleichen. Während jedoch Hunde die schlechte Sicht durch ihren Geruchssinn ausgleichen, tapste unser Sohn wie blind herum.

»Ephraim«, sagte die beste Ehefrau von allen, »dein Sohn sieht bereits aus wie Mowgli aus dem ›Dschungelbuch‹, als er von den Wölfen großgezogen wurde.«

Der kleine Wolf aber hatte unumstößliche ideologische Prinzipien: Kein Frieden – kein Haarschnitt. Ich schlug ihm eine Alternative vor: Haarschneiden bis zum Kriegsende, kein Friseurbesuch mehr nach Friedensschluß mit dem Irak. Amir aber war nicht zu erschüttern. Die beste Mami und ich standen vor einer schwierigen Entscheidung. Einerseits wollten wir aus pädagogischen Gründen den Willen des zarten Kindes nicht brechen, denn er schlägt zurück, andererseits lehnen wir einen Penner in der Familie ab.

Bereits vor dem Jom-Kippur-Krieg war es mit Amir nicht leicht gewesen. Wenn ich mich nicht irre, hatte Amir schon im Alter von sechs Jahren, ganz in der Tradition der weltweiten Anti-Alles-Bewegung, eine innere Abscheu gegen jede Art von Scheren. Das ging soweit, daß er um jede Locke, die von seinem Köpfchen fiel, trauerte, als wär's die letzte. Auch Marathoneinkäufe im Spielzeugladen halfen schließlich nicht mehr.

»Der Sohn eines Schriftstellers«, sagte seine Mutter mit erhobenem Zeigefinger, »muß kurze Haare tragen.«

»Warum?« fragte Amir zu Recht.

Wie ein Todeskandidat saß Amir dann beim Friseur, und der waidwunde Blick seiner großen Augen wird uns Zeit unseres Lebens verfolgen. Ein wenig entschädigte uns, daß er, als er vom Folterstuhl stieg, zum ersten Mal wieder einem normalen Kind ähnelte. Vor der Tür aber kehrte Amir noch einmal um und trat dem Friseur zweimal kräftig gegen das Schienbein. Wir hielten uns raus.

*

Und dann kommt dieser Krieg.

Die Fernsehberichte kamen Amir wie gerufen. Siegestrunken deutete er auf die Soldaten:

»Seht ihr, die waren auch nicht beim Friseur!«

Das konnten wir leider nicht abstreiten, denn selten wurde ein Krieg von derart langhaarigen Soldaten geführt. Es lag sicher an der Eile, mit der man unsere Reservisten eingezogen hatte. Die wilden Haarbüschel quollen unter den Helmen unserer tapferen Kämpfer hervor, ohne Rücksicht auf die geplagten Eltern Amirs, ganz zu schweigen davon, daß die blutjungen Samsons auch völlig unrasiert im Fernsehen auftraten. Kein Wunder, daß das Kind beeindruckt war. Mein Schwiegervater versuchte, wirtschaftliche Repressalien einzusetzen:

»Wenn du dir die Haare nur ein bißchen schneiden läßt«, wollte er seinen Enkel überreden, »kaufe ich dir ein Tierlexikon.«

»Nein«, antwortete Amir, »ich will die Haare.«

Wir legten ein Fahrrad oben drauf. Das Kind zögerte einen kleinen Augenblick und entschied dann in unsere atemlose Spannung hinein:

»Kommt nicht in Frage.«

Die Lage war ernst.

»Diesmal wird er kämpfen«, prophezeite die Beste. Sie behielt wieder einmal recht. Als wir ihn mit der tatkräftigen Unterstützung meines Schwagers auf dem Badezimmerhocker festbinden wollten, lieferte das zerbrechliche Kind einen verzweifelten Kampf und schaffte es, uns mit seinem haarsträubenden Gebrüll zu vertreiben. Immerhin war der erste Schritt getan, denn wir hatten es ihm endlich einmal gezeigt oder es zumindest probiert.

*

Nach dem Vorfall im Badezimmer provozierte uns Amir, wo er konnte. Er kämmte sich die Locken in die Augen und verkroch sich stundenlang im Schrank. Ich versuchte ein versöhnendes Gespräch von Familienvater zu minderjährigem Sohn:

»Warum läßt du dir die Haare nicht schneiden, mein Liebling?«

»Weil ich sie lang will.«

»Warum?«

»Weil der liebe Gott es so möchte.«

»Dann bist du wohl auch dafür, die Fingernägel wachsen zu lassen?«

»Natürlich. Schließlich ist Krieg.«

»Wenn du die Haare so lang trägst«, nahm ich einen neuen Anlauf, »werden die Leute glauben, du bist ein Mädchen.«

»Na und?«

»Du bist aber doch ein Junge.«

»Muß ich dafür bestraft werden?«

Das Gespräch war nicht sehr aufschlußreich.

Die Beste und ich verzogen uns in die Küche und entschieden uns für den letzten Ausweg, Narkose: Eine durchaus natürliche Lösung, die auch vom Logistischen her einleuchtete: Papi packt Amir von hinten und hält ihn fest in seinen Armen, während Mami dem aufgeweckten Kind ein mit Äther getränktes Tuch auf Näschen und Mündchen preßt. Danach bleiben uns zehn Minuten, das Werk mit der Schere zu vollenden. Man könnte ihm bei dieser Gelegenheit auch die Zähne putzen oder frische Socken anziehen. Mal sehen. Schließlich sind wir im Krieg.

Amir, der hochintelligente Sprößling, roch die Gefahr. Er schlich nur mehr an der Wand entlang durchs Haus. Vielleicht war er bewaffnet. Die Entscheidung würde in den nächsten Tagen fallen. Noch war alles offen ...

*

Inzwischen aber sind die Jahre ins Land gegangen, und der Frieden mit unseren Nachbarn steht hoffentlich vor der Tür. Vorgestern klagte der Physiker Dr. Amir Kishon darüber, daß ihm die Haare so stark ausgehen.

Man kann nicht umhin festzustellen, daß im Vierten Gebot immer nur von Vater und Mutter die Rede ist. Als ob es keine Großeltern gäbe. Dabei hat doch jeder Vater selbst mindestens ein oder zwei Väter. Sonst gäbe es ihn schließlich nicht.

Großeltern sind ein wichtiges Glied in der Familienkette und garantieren, daß die längst vergessenen Uralttraditionen nicht untergehen. Darum auch ihnen alle Ehre, wie es das Vierte Gebot befiehlt, auch wenn wir selbst dabei untergehen.

Der archaische Grossvater oder Schonzeit für Regenschirme

Es war einmal eine Großfamilie, die in einer ziemlich engen Wohnung hauste. Sie bestand aus Vätern und Müttern, Kindern und Enkeln und einem Großvater. Sie alle lebten glücklich und in Eintracht, obwohl Großvater schon 529 Jahre alt war und einige Macken hatte, die in diesem Alter jedoch nicht ungewöhnlich sind.

Großvater hatte zum Beispiel ein Zimmer, in das niemand hineindurfte. Deshalb war dieses Zimmer in den letzten 200 Jahren auch nicht mehr sauber gemacht worden. Auch die Fensterläden waren immer geschlossen. Großvater fühlte sich eben nur in seinem dunklen Kämmerchen wohl. Mühsam war nur, daß er auch von den anderen Familienmitgliedern verlangte, die Fensterläden vor der verdammten Sonne zu schließen, die sich seiner Meinung nach nicht nur um die Erde drehte, sondern auch die Nacht verkürzte. Er verbot auch elektrischen Strom im Hause, denn Großvater hatte schließlich anno 1465 das Licht der Welt erblickt, und damals war Kerzenlicht in Mode gewesen.

Die Familie litt schwer unter Großvater, aber niemand wagte, ihm zu widersprechen, da der kleinere, erst 400jährige Bruder Großvaters immer ein wenig Geld aus dem Ausland schickte. Man tröstete sich: »Nur Geduld. Wir sind jung, er ist alt. Irgendwann wird uns Großvater ja doch einmal, Gott behüte, verlassen.«

Nein, es war nicht einfach, mit Großvater auszukommen. Er hatte recht sonderbare Ansichten, und war man damit nicht einverstanden, so fluchte er ganz schrecklich, zertrümmerte Fensterscheiben und verbrannte die Möbel. Er verbot der Familie auch Kartoffeln zu essen, da sie in seiner Jugend noch nicht entdeckt worden waren. Und er verlangte, daß bei Regen niemand auf die Straße gehen dürfe, damit die Regenschirme nicht naß würden. Viele Familienmitglieder, gelobt sei ihr Andenken, hatten sich lebenslang getröstet: »Wozu mit ihm streiten, die Zeit arbeitet für uns . . .«

Kürzlich erst ordnete Großvater an, seine Urenkel in Einmachgläsern aufwachsen zu lassen, damit sie nicht zu groß würden und sich etwa den Kopf am Türrahmen stießen. Als die Eltern dagegen protestierten, schickte Großvater seinem kleinen Bruder ein Fax und informierte ihn über den Familienaufstand. Der Bruder stellte sofort die Zahlungen ein und verlangte eine umgehende Rückzahlung aller bisherigen Überweisungen. Die Familie verzweifelte jedoch nicht. »Wozu mit Großvater streiten?« sagten sie. »Dann ziehen wir eben eine Generation in Einmachgläsern auf. Irgendwann wird er ja doch einmal das Zeitliche segnen.«

Und sie sitzen noch immer im Dunkeln, essen heimlich Kartoffeln, ziehen Kinder in Einmachgläsern auf und warten und warten und warten . . .

V. DU SOLL$T NICHT TÖTEN

BIN ICH ETWA DER HÜTER MEINES BRUDERS..

Kein Zweifel, hier haben wir es mit dem elementarsten, ja mit dem unerläßlichsten Gebot zu tun, das Moses erlassen hat. Ohne das Fünfte Gebot wäre das Überleben der menschlichen Rasse vermutlich in Frage gestellt worden, denn Onkel Kains Erben lernten überraschend schnell, wie praktisch Töten ist, wenn jemand eine andere Meinung hat. Wie weise war Gott doch, dieses Gebot als das fünfte in die Mitte zu stellen, um so seine Hauptrolle in der Geschichte der Menschheit zu unterstreichen.

Ein Glück nur, daß der Herr nicht ins Kino geht. Aber um diese Tatsache wirklich schätzen zu können, muß man weiterlesen.

Spiel mir das Lied vom Tod

Gestatten Sie, daß ich mich vorstelle. Soeben mache ich einen Abenteuerfilm, betitelt »Wo sich die Adler paaren«. Es ist eine der kühnsten Unternehmungen in der Geschichte unserer Filmindustrie, geschrieben und inszeniert von mir, finanziert durch eine Regierungssubvention. Die Handlung beruht auf einer wahren Geschichte aus meiner Phantasie. Ein israelischer

Kommandotrupp sprengt die Raketenbasis von Tanger und kehrt ohne Verluste ins Atelier zurück, was gar nicht so einfach ist, denn die Schauspieler müssen Ägypten, Libyen und Algerien zu Fuß durchqueren. Aber dafür zahle ich ihnen ja auch ein Vermögen.

Bei den ersten Szenen ging alles glatt. Der Kommandant des Kommandotrupps, Jarden Podmanitzki in der Rolle des grimmigen Grischka, rief seine Leute zusammen und führte sie durch die Sahara, für die der Kibbuz Ejn-Schachar im Negev als Double einsprang. Am vierten Tag kam Podmanitzki vor meiner Hütte an, trat ein und sagte:

»Morgen muß ich nach Tel Aviv zurück.«

»Verrückt geworden?« fragte ich. »Sie sind der Kommandant. Morgen geraten Sie in einen feindlichen Hinterhalt, das wissen Sie doch.«

»Tut mir leid. Die Sekretärin der Theaterdirektion hat vorhin eigens angerufen. Wir beginnen morgen mit den Proben zu ›Hamlet‹. Ich spiele den Geist des Vaters. Auf diese Rolle habe ich ein Leben lang gewartet.«

»Sie wollen also kontraktbrüchig werden?«

»Ich will nicht, ich muß. Ich bin Mitglied eines Kollektivs. Wenn ich kann, komme ich wieder. Alles Gute.«

Damit entfernte er sich in nördlicher Richtung.

Ich beschloß, die Dreharbeiten planmäßig weiterzuführen und nur in den Dialog einen Satz einzufügen, eine kurze Erklärung für das plötzliche Verschwinden des Truppenkommandanten wegen der »Hamlet«-Proben. Der Dialog fand zwischen einem Sergeanten namens Trippoli und dem Funker statt.

Funker: »Wir nähern uns Tanger. Aber Grischka ist nirgends zu sehen. Wo steckt er?«

Sergeant Trippoli (mit vielsagendem Lächeln): »Er wird rechtzeitig da sein, verlaß dich auf ihn . . .«

Leider konnte man sich nicht auf ihn verlassen. Noch

in der Nacht rief Podmanitzki mich an. Das Kollektiv hatte eine zusätzliche Rolle für ihn erarbeitet, und zwar den Geist des Großvaters, für die er den Text selbst schreiben sollte. Damit hatte er das Wochenende über zu tun.

»Podmanitzki«, sagte ich, »Sie sind entlassen.«

Er wollte noch wissen, welche Abfindung ich ihm zahlen würde, aber ich ließ mich auf keine Diskussion ein und legte auf.

Meine Lage war selbst für nahöstliche Begriffe schwierig. Laut Drehbuch sollte die ganze Einheit ohne Verluste zurückkehren, aber als ich es schrieb, hatte ich nicht mit »Hamlet« gerechnet.

Es gab nur eine einzige Lösung, Grischka mußte sterben. Um seinen Tod künstlerisch zu gestalten, forderte ich bei der Requisite einen jüngeren Aasgeier an, der schaurig krächzend in den Lüften kreisen und dann herunterstoßen sollte.

Podmanitzkis Tod wurde vom Sergeanten Trippoli mit einem neuen Text gemeldet:

»Sie haben Grischka getötet, das werden sie teuer bezahlen!«

Und dazu hob er wie zum Schwur seine nervige Rechte.

Dann setzte der Kommandotrupp den vorgesehenen Weg durch die Wüste fort, geführt von Zipi Weinstein als der Tochter des Beduinenscheichs, die sich ursprünglich in Grischka und jetzt nach seinem Heldentod in Sergeant Trippoli verlieben sollte. Der Trupp durchquerte die Sahara und war erschöpft, aber mit ungeminderter Kampfeslust soeben im Kibbuz angekommen, als auf einem Sandhügel Grischka erschien und uns zurief:

»Das Ganze halt! Der Regisseur hat Grippe! Ich bin bis Dienstag beurlaubt!«

»Ihr Pech, Podmanitzki«, rief ich zurück. »Sie sind gestern gefallen. Der Aasgeier ist schon bestellt.«

Dann fiel mir ein, daß Podmanitzki für diesen Film eine enorme Gage bekam und daß es reine Geldverschwendung wäre, ihn nicht voll einzusetzen. Da sein Tod bereits abgedreht war, entschied ich, er sollte auch für uns einen Geist spielen, der das Lagerfeuer seiner einstigen Kameraden umschwebt und ihnen den richtigen Weg durch die Sahara zeigt.

Im übrigen war Podmanitzki genau im richtigen Augenblick eingetroffen, denn Trippoli war noch nicht aus Eilat zurück. Er war der Publikumsliebling und spielte immer gleichzeitig in mindestens drei Filmen mit. Augenblicklich begann er seine Tätigkeit kurz vor Mitternacht in Galiläa, traf in der Morgendämmerung bei uns ein, drehte bis Mittag und wurde dann vom Jeep eines amerikanischen Fernsehteams nach Eilat abgeholt, wo er bis Mitternacht vor der Kamera stand. Heute war er auf dem Weg von Galiläa zu uns abhanden gekommen, vielleicht eingeschlafen oder von Beduinen entführt worden, wer konnte das wissen. Jedenfalls mußte ich ihn töten.

Ein Mitglied der Kommandoeinheit, im Hauptberuf Kuhhirt und vom Kibbuz zur Verfügung gestellt, übernahm die Aufklärung:

»Leute«, sagte er mit gepreßter Stimme, »Sergeant Trippoli ist gefallen.«

»Er hat unsern Rückzug gedeckt«, ergänzte ein anderer in Großaufnahme. »Er ganz allein. Er hat bis zur letzten Kugel gekämpft.«

Erst jetzt fiel mir auf, daß ich nach Grischkas und Trippolis tödlichem Abgang keinen einzigen bekannten Schauspieler mehr in der Produktion hatte. Aber dagegen ließ sich nichts mehr machen.

Die nächste Szene war sehr wirkungsvoll. Zipi Weinstein trat hinter einem Sandhügel hervor und stellte sich den Soldaten in den Weg: »Ich übernehme die Führung«, sagte sie in militärisch knappem Ton. »Mir nach!«

Damit war das Kommandoproblem provisorisch gelöst, nicht aber das Problem ihres Vaters, des edlen Beduinenscheichs. Kurz entschlossen ließ ich ihn statt des gefallenen Trippoli hinter dem Hügel hervortreten.

»Kapitän Lollik Tow, Jerusalem«, stellte er sich vor und nahm die Kefiah vom Kopf. »Gegenspionage. Vorwärts!«

Und an allem war nur Trippoli schuld, der vermutlich in irgendeiner Raststelle schnarchte.

Immerhin waren die Reihen der tapferen Krieger jetzt wieder vollzählig, an ihrer Spitze die neue Kommandantin Zipi Weinstein. Die Wüstensonne aber brannte herab, und am Abend hatte Kapitän Lollik Tow einen Sonnenstich.

»Für den Film«, entschied ich, »hat er keinen Sonnenstich, sondern Malaria. Er wird dem Trupp auf einer Bahre vorangetragen.«

Der Kuhhirt und der Funker übernahmen diese anstrengende Aufgabe, gaben aber rasch auf. Der Gegenspionage-Kapitän war ihnen zu schwer und hörte nicht zu fressen auf.

Es half nichts, auch Lollik Tow mußte dran glauben. Kleine Änderung im Drehbuch und ein Dumdum-Geschoß tötete ihn aus dem Hinterhalt.

Die Tochter warf sich über die väterliche Leiche und schluchzte herzzerreißend, mitten in der Szene wurde sie aber von den verzweifelten Rufen eines plötzlich auftauchenden Managers abberufen:

»Fräulein Weinstein! Wo stecken Sie, Fräulein Weinstein? Ihr Solo! Wir warten auf Sie! Schnell, schnell!«

Wie sich herausstellte, hatte Zipi Weinstein inzwischen bei einer neuen jemenitischen Tanzgruppe in Haifa angeheuert. Auch sie, sagte mir eine innere Stimme, würde ich bei unseren Dreharbeiten nie wieder sehen. Folklore schlägt Film.

Ich beförderte sie durch einen tödlichen Sturz von einem nahe gelegenen Felsen ins Jenseits. Natürlich konnte man sie nicht wirklich stürzen sehen, weil sie ja bereits in Haifa war. Also verlegte ich die Kamera ins Kommandozelt, wo man von fern den Todesschrei einer weiblichen Stimme hörte. Kurz darauf trat mit gesenktem Kopf der Kuhhirt ein:

»Sie hat sich zu weit vorgewagt ... aber sie mußte nicht lange leiden ... ihr letztes Wort war Tanger.«

An dieser Stelle machte der Funker die freche Bemerkung, daß wir ausgezeichnete diplomatische Beziehungen zu Spanien hätten, warum dann in Tanger Raketenbasen sprengen? Ich brachte den drittklassigen Komparsen, dem ich eine geradezu lächerlich hohe Gage zahlte, durch einen tödlichen Blick zum Schweigen.

Für Zipi schrieb ich ein würdiges Begräbnis ins Drehbuch. Begräbnisse kommen immer gut an. Man kann sie auch ohne Schauspieler drehen. Grischkas Geist hielt die Grabrede, die ich, meine Schreibmaschine auf den Knien, noch rasch gedichtet hatte.

Nach dem Begräbnis nahm mich Grischka beiseite:

»Ich habe nachgedacht«, erklärte er. »Meine Rolle als Geist gefällt mir nicht. Wer stirbt schon gerne unsichtbar. Es wäre vom dramatischen wie vom filmgeschichtlichen Standpunkt besser, wenn ihr mich im Wüstensand begrabt. Eine Art neuer Moses, dem es nicht mehr vergönnt war Tanger zu erreichen.«

»Podmanitzki«, unterbrach ich ihn, »was soll das?«

»Mein Sohn bekommt morgen vormittag das Abgangszeugnis vom Kindergarten, und ich habe ihm versprochen, dabei zu sein. Lassen Sie mich heute nacht endgültig sterben. Ich werde Ihnen mein Leben lang dankbar sein.«

Ich geriet außer mir:

»Wollen Sie mir um Gottes willen sagen, wer eigentlich Tanger erobern soll, wenn mir alle Eroberer wegsterben?«

»Das Kind«, fuhr Podmanitzki fort, »hat eigens für diese Feier ein Gedicht auswendig gelernt.«

»Hol Sie der Teufel!«

Der Teufel holte ihn in Gestalt einer Mine, mit der ich Grischka endgültig den Garaus machte.

Als auch Podmanitzkis Geist von uns gegangen war, fühlte ich plötzlich eine neue, verhängnisvolle Lust. Mein Blick fiel auf den für fünf Drehtage engagierten Funker. Es scheint ein unheilverkündender Blick gewesen zu sein, denn er verkroch sich zitternd hinter einem rostigen Weinfaß, das in der Ecke des Produktionsbüros stand. Ich ging langsam auf den Funker zu.

»Nein«, flüsterte er mit angstverzerrtem Gesicht. »Nein, das können Sie mir nicht antun ... Ich habe noch für zwei Tage Vertrag ... Ich bin jung ... Ich will leben! N-e-i-n!«

Am nächsten Tag ließ ich ihn in der Wüste verdursten. Ein grausamer Tod, gewiß, aber wer sich mir gegenüber auf Verträge beruft, verdient kein Mitleid.

Jetzt war nur noch der Kuhhirt übrig.

»Tanger!« stieß er hervor, während die Kamera sich auf den Wasserturm des Kibbuz richtete. »Tanger!« Und mit scharfer Kommandostimme rief er sich selber zu: »Mir nach!«

In diesem Augenblick, kurz vor der Einnahme der Raketenbasis, wurden wir von der Leitung des Kibbuz brutal unterbrochen. Der Kuhhirt würde dringend im Stall gebraucht, wo ihn zwei Kühe mit geschwollenen Bäuchen erwarteten.

»Freunde«, beschwor ich das Kibbuzsekretariat, »laßt ihm doch wenigstens Zeit für einen ehrenvollen Abgang.«

Ungern erfüllte man meine Bitte. Eine der in Tanger so seltenen Giftschlangen biß meinen einzigen Überlebenden ins Bein. Ich selbst, als UN-Beobachter verkleidet, gab ihm das letzte Geleit in der Wüste. Außer mir nahm nur noch der Kibbuzkoch, der zufällig einen freien Tag hatte, am Begräbnis teil.

Im Synchronraum mischte ich noch ein paar Kanonensalven dazu, auf dem Hügel oben stand Grischkas Geist habtacht, denn der Kindergarten hatte die Feier aufs Wochenende verschoben, und hoch in den Lüften kreiste ein schaurig krächzender Geier.

Ich änderte den Titel des Films in »Das Geisterkommando«. Die Kritiker, die ich zu einer ersten Vorführung einlud, weinten den ganzen Film hindurch und überschlugen sich danach in Lobeshymnen. Daß kein einziger Mann das Ziel erreichte, daß alle Helden grausam getötet wurden, meinten die Filmhistoriker, hätte dem Film zu einer symbolischen Aussage verholfen und ihn zu einem bewegenden menschlichen Dokument gemacht.

Wie gesagt, ein Glück, daß der Herr nicht ins Kino geht.

Cherchez la femme«, sagen die Modezaren und tatsächlich, was hätten sie ohne Adams Rippe angefangen. Oder ohne die Möglichkeit, Evas unbekleidete Rippe als Blickfang zu benutzen. Das gilt natürlich ebenso für die Kosmetikproduzenten und die Schuhfabrikanten. Erfahrungsgemäß sterben alle Frauen gleich gern für Schuhe, die in der Farbe zu ihrer Tasche passen. Manchmal sterben auch die Männer. Ungern.

Der Herr hat den Schuhlöffel bereits abgegeben

Die Menschenschlange vor der Bushaltestelle reicht bis zum Schaufenster eines Schuhgeschäfts. Ein junges Paar steht vor der Auslage. Die Frau betrachtet die Schuhe, der Blick ihres Gatten verliert sich irgendwo im blauen Nichts.

»Wie gefallen dir diese hübschen grünen dort«, sagt sie. »Die Farbe würde genau zu meiner neuen Handtasche passen, aber die Stöckel sind zu niedrig, und ich würde mir zu klein vorkommen, schau, diese roten dort drüben wären nicht schlecht, es ist nur schade, daß die Schnalle auf der Seite ist, außerdem gefallen mir diese schwarzen dort drüben viel besser, obwohl sie aus Wildleder sind, und Wildleder wirkt nach kurzer Zeit so schäbig, daß man sich nicht mehr unter die Leute trauen kann, aber dieses gelbe Paar da drüben mit dem grauen Futter würde mir doch gut passen, wenngleich ich wetten könnte, daß sie sie nicht in meiner Größe haben, ich werde es nie verstehen, warum sie diese hübschen Schuhe nie in den kleinen Größen anfertigen, aber schau, diese blauen da drüben, die wären genau das Richtige, das ist genau die Farbe von meinem neuen Kaschmirkostüm, aber ich kann diese hohe Verschnürung nicht leiden, das rutscht beim Gehen immer herunter, darum werde ich mich für diese lila Schuhe mit der Kreppsohle entscheiden, obwohl Kreppsohlen in der Hitze nicht angenehm zu tragen sind, schade, diese braunen dort in der linken Ecke dürften aus Lack sein, wenn man damit in den Regen kommt, bleiben scheußliche Flecken, und die silbernen da rechts oben sind besonders lieb, aber die haben so Löcher auf der Seite, und da bekommt man immer Sand in die Schuhe und kleine Kieselsteine, und diese türkisen da drüben sind auch nicht gut, weil sie zu flache Absätze haben, überhaupt mag ich mehr Schuhe, die weniger auffällig sind, wie diese kanariengelben dort, die wären bezaubernd, aber die Lasche hier stört mich, ich versteh' nicht, warum die Schuherzeuger nicht ein bißchen mehr Geschmack entwickeln können, das einzige, was sie interessiert, ist Geld, und diese weißen da wären auch nicht schlecht, nur ist weiß furchtbar empfindlich und schwer sauber zu halten, und dieses kreidige Zeug, das man darüber schmiert, das färbt immer auf die Strümpfe ab, und diese giftgrünen da wären wunderbar, aber ich habe gehört, daß die spitzen Modelle nicht mehr ›in‹ sind, und überhaupt trägt man demnächst Schuhe ganz ohne Verzierungen, und hinten kommt irgendein Gummiband hinein, damit man sie beim Gehen nicht verliert, so wie diese hellblauen dort drüben, aber ich vertrage den Gummi nicht, und die da mit dem orangefarbenen Knopf sehen ja ganz gut aus, aber die werden nicht einmal einen Monat lang halten, weil die Stöckel zu hoch sind, und überhaupt das einzige, wofür ihr Männer euch interessiert, ist, daß man gut ausschaut darin, wie man damit geht, ist euch ganz egal, und jetzt komm auf die andere Straßenseite, weil ich habe drüben bei Rothmann ein unwiderstehliches Modell gesehen, und zwar in hahnenkammrot, wie meine alte Handtasche mit einem kleinen Rosenmuster rundherum, was ist mit dir, warum kommst du nicht, um Gottes willen, was ist passiert, Hilfe, mein Mann fühlt sich nicht gut, das muß gewiß die Hitze sein, er bewegt sich nicht mehr, würden Sie ihn bitte aufheben und rübertragen zu Rothmann, danke sehr.«

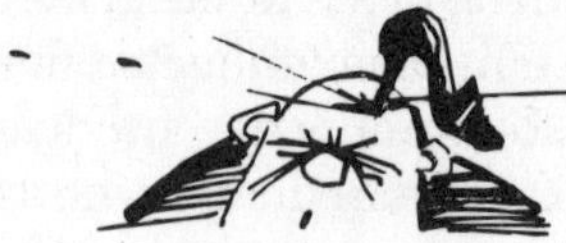

Täglich melden die Zeitungen Flugzeugunglücke, aber die Menschen fliegen weiterhin, als ob nichts geschehen wäre, in der Hoffnung, das Schicksal buche nur Royal Papua Airlines.

Dennoch treffen die Fluggesellschaften alle denkbaren Vorsichtsmaßnahmen, Katastrophen in der Luft zu vermeiden. Auf Katastrophen am Boden sind sie weniger gut vorbereitet.

Drama im Kindergarten oder Rufmörder fliegen nicht

Hier ist endlich der genaue Sachverhalt der dramatischen Ereignisse, die sich kürzlich auf dem Flughafen zugetragen haben und auch in der Presse kurze Erwähnung fanden.

Es war 9 Uhr morgens, als der Kapitän des Jumbos, Hans-Joachim Hierspricht, die Wartungscrew vorsorglich darauf hinwies, daß der Countdown für den Abflug nach New York liefe.

»Beeilt euch, Jungs«, sagte er zu ihnen, »die Passagiere warten.«

Die Arbeiter wurden blaß, ließen die Luft aus den Reifen und wandten sich an Ginzburg.

»Ginz«, sagten sie zum Gewerkschaftssekretär, »der Hansi Hierspricht hat unterstellt, das Schicksal der Passagiere wäre uns scheißegal. Das geht gegen unsere Ehre.«

Auch Ginzburg wurde blaß und berief unverzüglich den Betriebsrat ein. Die Dienstleistungen am Flughafen wurden auf das Notwendigste beschränkt.

»Genossen«, teilte Ginzburg dem Betriebsrat mit, »Kapitän Hierspricht hat etwas an unserer Wartungscrew auszusetzen. Jeder weiß doch, daß für uns das Wohl der Passagiere an allererster Stelle steht. Sie werden mir recht geben, daß dies ein eklatanter Fall von Rufmord ist.«

Es erfolgte eine Abstimmung, und der Betriebsrat bestätigte den Eindruck des Sekretärs mit neun zu acht Stimmen. Der Abflug des Jumbos wurde auf unbestimmte Zeit verschoben. Die 300 Passagiere warteten bereits seit eineinhalb Stunden in der Abflughalle. Um 10 Uhr 30 erklärte ihnen eine Stewardeß, daß die Nackenstützen im Flugzeug noch ausgewechselt werden müßten, man aber gleich abfliegen würde. Um 11 Uhr 30 kam zufällig der Vorsitzende der Flugbegleitergewerkschaft vorbei und regte eine Verhandlung zwischen den Beteiligten an. Ginzburg blieb fest.

»Der Betriebsrat läßt nicht mit sich spaßen«, erklärte er, »der Jumbo fliegt nicht ab, bis sich Hierspricht öffentlich entschuldigt hat.«

Hiersprichts Entschuldigung, schlug er vor, sollte vor dem gesamten Flughafenpersonal, einigen Regierungsmitgliedern, sowie Vertretern der Lufthansa und der El-Al erfolgen, die zu diesem Zweck mit Sonderbussen von München, Berlin und Düsseldorf herbeizuschaffen seien. Weiterhin forderte er, daß der UN ein ausführlicher Bericht über den einmaligen Vorfall vorgelegt wird.

Kapitän Hierspricht wies die Forderungen hohnlachend zurück:

»Entschuldigen?« fragte er. »Wofür? Die sind wohl nicht ganz dicht.«

»Hansi«, warnte Ginzburg, »keine Entschuldigung, kein Flug.«

»Dann eben nicht Ginz!«

Der Kapitän zog sich zu einem kleinen Nickerchen ins Cockpit zurück, und die Wartungsmannschaft spielte eine Runde Volleyball. Die 300 Passagiere lümmelten in ihren Sitzen herum und warteten auf Getränkeboys, während die Tatkräftigen eine Stellungnahme der Flughafendirektion erzwangen. Gegen 14 Uhr 15 bat der Generaldirektor der Fluglinie um eine Aussprache. Ginzburg forderte, der schuldige Kapitän müsse folgendermaßen Abbitte leisten: »Es tut mir sehr, sehr leid.« Hierspricht stimmte der Entschuldigung zu, wehrte sich aber nachdrücklich gegen das zweite »sehr«. »Alles hat seine Grenzen«, sagte er. Um 15 Uhr 30 ging die Wartungscrew ins Kino. »Entweder man nimmt zur Kenntnis, daß uns nichts mehr am Herzen liegt als das Wohl der Passagiere, oder ihr könnt den Flug vergessen.« Um 16 Uhr starb die erste Passagierin, eine ältere kanadische Heiratsvermittlerin, und einige Touristen zertrümmerten die Einrichtung der Abflughalle. Die Fluggäste, die umbuchen wollten, wurden von den Trägern daran gehindert, die sich aus Solidarität weigerten, die Koffer aus dem Jumbo zu holen. Die Verluste der Fluggesellschaft wurden mittlerweile auf 30 Millionen geschätzt. Die Krankenwagen, die das Ehepaar abtransportieren sollten, das sich die Pulsadern aufgeschnitten hatte, kamen nicht, da sich auch die Krankenhäuser im Solidaritätssitzstreik befanden. Um 17 Uhr wurde die Besatzung nach aufreibender Acht-Stunden-Schicht abgelöst. Das Gewerkschaftssekretariat berief eine Notstandssitzung für kommenden Montag ein. Der Verkehrsminister schlug einen Kompromiß vor, der vorsah, daß Hansi erkläre, es täte ihm »wirklich leid«, mit der Betonung auf »wirklich«.

»Lächerlich«, reagierte Hierspricht, »wir sind doch nicht im Kindergarten.«

Bei dieser Gelegenheit erinnerte er an die Gehaltszulagen der Piloten und die bevorstehenden Beförderungen.

Um 19 Uhr 30 hatten sich die meisten Passagiere am Boden zur Ruhe gelegt, so daß man über sie hinwegsteigen mußte. Ein belgischer Wissenschaftler stürzte sich auf Ginzburg, um ihn zu erwürgen, wurde aber von dessen Bodyguards brutal zusammengeschlagen. Einige Passagiere hatten sich zusammengetan und waren in die Imbißhalle eingebrochen, um sie zu plündern. Die Polizei erhielt Verstärkung vom Grenzschutz. Um Mitternacht wurde die Besatzung erneut abgelöst, der Navigator hatte eine beachtliche Summe beim Pokern gewonnen. Auf Anweisung Ginzburgs wurde der Jumbo zerlegt, und man nahm aus Sicherheitsgründen Einzelteile mit nach Hause. Die Verluste beliefen sich auf 1,8 Milliarden Mark. Das Arbeitsministerium bat um eine Stellungnahme des Regierungsjustitiars.

»Aus rechtlichen Gründen kommt eine Schließung des Flughafens und die Eröffnung eines anderen durchaus in Frage«, teilte der Justitiar mit. »Die Alternative wäre, daß die Passagiere auf den Flug verzichten und sich im Lande niederlassen.«

Um 6 Uhr morgens kam die Stunde der starken Hand. Der Staatspräsident schaltete sich ein und bot an, persönlich im Namen der Regierung und ihrer Ministerien, eine Entschuldigung auszusprechen. Ginzburg antwortete höflich aber entschlossen:

»Immer mit der Ruhe, mein Freund«, sagte er dem Präsidenten, »der Hierspricht Hansi hat uns schlecht gemacht, also muß er zugeben, daß uns das Wohl der Passagiere am Herzen liegt.«

Der Präsident bekam einen Weinkrampf. Der Gewerkschaftsboß berief eine Pressekonferenz ein und stellte die ultimative Forderung nach dem 15. Monatsgehalt. Die hungrigen Passagiere versuchten, sich wenigstens an dem Lagerfeuer zu wärmen, für das sie die Einrichtung angezündet hatten. Ein dicker Kaufmann aus Neuseeland war am Morgen spurlos verschwunden. Er hatte sich auf dem Klo aufgehängt. Der Innenminister bot sich als Geisel an, um eine Freilassung der Frauen und Kinder zu erwirken ...

»Wegen ein paar ausgeflippter Passagiere werden wir doch nicht unseren Prinzipien untreu«, war die Reaktion Ginzburgs.

Um 9 Uhr morgens trat die dritte Schicht zum Pokern an. Die Passagiere schlossen Blutsbruderschaft und gründeten den IBzEsF (»Internationalen Bund zum Erschlagen streikenden Flugpersonals«). Um 11 Uhr 30 beugte sich Hierspricht starkem gesellschaftlichen Druck und war bereit, zweimal »Es tut mir leid« zu murmeln, wobei er sich jedoch weiterhin standhaft weigerte, »wirklich« hinzuzufügen. Der Vorstand der Fluglinie bat um die Ernennung eines Konkursverwalters.

Die Verluste belaufen sich auf 2,3 Milliarden Dollar. Resümee: drei Todesopfer und 102 Verletzte.

Eine umgehende Steuererhöhung ist zu erwarten.

Soviel ich weiß, sind Soldaten vom Fünften Gebot freigestellt. Aber die Zivilschützer hat Moses vollkommen vergessen.

Zwei sind einer zuviel oder Zivilschützer leben gefährlich

Zunächst kam ein Rundschreiben, unterzeichnet von Dr. Wechsler mit folgendem Wortlaut: »Alle Männer in unserem Häuserblock haben sich freiwillig gemeldet. Und was ist mit Ihnen?«

Kurz darauf kam es ein zweites Mal.

Dann kam die beste Ehefrau von allen: »Was werden

die Nachbarn sagen? Du mußt dich zum freiwilligen Zivilschutz melden.«

Ich rief Wechsler an.

»Hallo«, sagte ich.

»Sie sind heute um 3 Uhr dran«, antwortete Wechsler. »Um 3 Uhr nachts. Oder um 3 Uhr früh. Ganz wie Sie wollen. Um drei.«

Meine Vereidigung verlief feierlich. Als ich im Hauptquartier ankam – es war im Werkzeugschuppen unserer Volksschule untergebracht –, fand ich auf dem Tisch ein beinahe neues Notizbuch sowie zwei Flinten aus der Zeit der Französischen Revolution, daneben, zusammengekauert vor sich hin dösend, ein Zivilschützer, der soeben seine Wache beendet hatte. Er übergab mir das Kommando und murmelte schlaftrunken:

»Immer um den Häuserblock herum . . . und wenn du fertig bist, laß alles auf dem Tisch liegen . . . gute Nacht . . .«

Dann stieß er zwei undeutliche Flüche aus, den einen gegen die Terroristen, den anderen gegen unsere Regierung, und döste weiter.

Das Problem war, daß unsere Dienstzeiten viel zu lange dauerten, nämlich vier volle Stunden. Und das taten sie deshalb, weil sich außer mir noch niemand freiwillig gemeldet hatte. Ich fragte nach Wechsler und erfuhr, daß er schlief. In seinem Bett. Er hätte die Zwischenzeit von drei bis sieben übernehmen sollen, aber er schlief, und so war ich dran, gemeinsam mit Isachar. Kamerad Halbschlaf händigte mir die Flinte aus. »Sie hat zwei Magazine«, grunzte er. »Der Ingenieur auf Nummer acht weiß, wie man das Zeug bedient, laß mich schlafen.« Kurz darauf erschien Isachar. Ich warf noch rasch einen Blick in das Logbuch. Die letzte Eintragung lautete: »Stellte um 01.35 einen Verdächtigen. Er behauptete, auf Nr. 14 zu wohnen. Wurde nachgeprüft. Wohnt auf Nr. 14. Das ist alles, glaube ich. Ende.«

*

Wir begannen unsere Wache. Isachar hatte seine Französische Revolution geschultert, ich trug die meine in der Hand. Sie besaß einen kräftigen Kolben, und wer damit eins über den Schädel bekam, war nicht zu beneiden.

»Gehen wir ein wenig«, schlug Isachar vor. »Es regnet nicht.«

Wir fielen in Marschtritt, um militärischer zu wirken. Die Patronen in meiner Tasche zogen meine Hosen hinunter und ließen meine Moral steigen. Achtung, hier kommen wir, links-rechts, links-rechts, schlaft ruhig, Nachbarn, wir schützen euch.

Das einzige, was meine patriotische Hochstimmung ein wenig trübte, war die Monotonie des Unternehmens. Die trostlose Eintönigkeit. Wie lange kann man denn als erwachsener Mensch um einen Häuserblock herummarschieren, herum und wieder herum, und wenn's vorbei ist, nochmals herum?

»Dauert's noch lange?« fragte ich nach einer Stunde des Rundumstapfens meinen Waffenbruder.

Er sah auf seine Armbanduhr: »Noch drei Stunden und 54 Minuten.«

Wir waren also erst sechs Minuten auf Wache. Merkwürdig. Ich hatte den Eindruck, daß es schon zu Ende ging. So kann man sich täuschen.

Isachar sagte mir, daß er sowieso früh aufstehen müsse. Eine dringende Arbeit. Er ist in der chemischen Isolierungsbranche tätig. Das heißt, er stopft Mauerlöcher, damit's nicht hineinregnet.

»Es gibt jetzt eine Menge neue Präparate«, belehrte

er mich. »Wir verwenden keinen Kitt mehr, sondern eine großartige neue Flüssigkeit. Polygum. Auf Polyesterbasis. Wirklich hervorragend. Klebt nicht an der Kelle und trocknet in zwei Tagen. Wenn's nicht regnet.«

Ich hing an seinen Lippen und warf von Zeit zu Zeit eine fachmännische Frage dazwischen, zum Beispiel über die Widerstandskraft von Polybumsti oder wie das heißt. Man kann ja nicht stundenlang mit einem Menschen herummarschieren, ohne ein Wort zu sprechen.

»Es stimmt, die Belgier haben ein Isolationsmaterial auf den Markt gebracht, das keine Luftblasen macht«, gestand Isachar. »Aber das taugt meiner Meinung nach nur für undicht gewordene Grundmauern, die keiner direkten Feuchtigkeit ausgesetzt sind. Wenn's um große, luftige Räumlichkeiten geht, käme für mich nur Polyesterbasis in Frage.«

Man sah ihm an, nicht für ein Vermögen würde er dieses belgische Zeug anrühren. Er ist ein Fachmann, er muß auf seinen Ruf achten, ein Fels in der Isolierbrandung. Glücklich der Mann, den Isachar isoliert!

Leider wurde ich mit der Zeit ein wenig nervös. Ich interessiere mich sehr für alles Chemische, aber nicht die ganze Nacht lang. Vorsichtig sah ich auf meine Uhr, 40 Minuten vergangen. Also noch drei Stunden und 20 Minuten gründlicher Isolierung.

»Dubček«, ich versuchte, dem Gespräch eine scharfe Wendung zu geben, »Dubček wollte seinerzeit protestieren, als die Russen damals in die Tschechoslowakei einmarschierten, du erinnerst dich . . .«

Mir schwebte ein Themawechsel zum Politisch-Historischen vor. Ich hoffte bis zu Gorbatschow und Havel zu gelangen. Das heutige Tschechien schien mir ein guter Ausgangspunkt zu sein.

Isachar ging bereitwillig darauf ein: »Ganz in der Nähe

von hier wohnt ein tschechisches Ehepaar. Vorige Woche habe ich ihnen das Dach repariert. Mit einem Spezialsilikonmantel auf Polyesterbasis.«

Verzweifelt hielt ich nach irgend etwas Ausschau, was für Zivilschutz geeignet gewesen wäre, aber die Gegend war niederschmetternd friedlich. Isachar erzählte mir weiter von seinen glorreichen Isolationsmanövern. Es gab im weiten Umkreis nichts, was er nicht zugestopft hätte, ausgenommen seinen Mund. Ich versuchte es nochmals mit dem Dubček-Gambit, aber nach zwei Zugwechseln waren wir wieder auf der Polyesterbasis. Meine Uhr zeigte 4.15, und schon um mich wachzuhalten, stellte ich immer weitere Fragen, und Isachar gab gern immer weitere Auskünfte.

»Einmal«, so erzählte er um 5.20 Uhr, »verkaufte mir Schechter eine Gallone Plastikzement. Auf halbem Weg zur Stadtmitte sehe ich nach, und was muß ich sehen? Das Zeug ist hart wie Granit. So etwas kann mir mit amerikanischem Polyester nicht passieren. Aber wie willst du feststellen, ob die Flüssigkeit, die du kaufst, aus Amerika kommt? In einem neutralen Behälter? Wie willst du das feststellen?«

Ich wollte gar nichts feststellen, schon längst nicht mehr. Wenn zwei Eheleute eines Tages entdecken, daß sie nicht zueinander passen, lassen sie sich scheiden. Auch langjährige Geschäftspartner gehen gelegentlich auseinander. Nur ein Zivilschützer wie ich bleibt hoffnungslos einzementiert. Und es fehlten noch anderthalb Stunden.

»Halt!«

Ich stellte eine verdächtige Katze und verjagte sie aus unserem Revier. Dann lehnte ich mich erschöpft an die Hausmauer.

Ich muß stehend eingeschlafen sein. Isachar klopfte mir auf die Schulter, um mich zum Weitermarschieren aufzufordern. Aber er schwieg. Offenbar hatte ich die fällige Gegenfrage versäumt.

»Und was passiert«, fragte ich, und ich weiß nicht warum, »wenn das Zeug nicht rechtzeitig trocknet?«

Es war einer der größten Fehler meines Lebens. Isachar kam mit der Beantwortung meiner Frage bis 6.15 Uhr aus. Ich betete zu Gott, Er möge uns ein paar Terroristen über den Weg schicken, damit ich endlich etwas anderes zu tun hätte, als dieses Isolierseminar über mich ergehen zu lassen.

»Und was das beste ist«, fuhr Isachar erbarmungslos fort, »als Schechter mir das nächste Mal so einen Kanister kanadischer Polyestermasse mit 35 Prozent Epoxitkonglomerat andrehen wollte . . .«

An dieser Stelle geschah es.

Nach Augenzeugenberichten begann ich wild in Isachars Richtung zu schießen und brüllte jedem, der sich mir näherte, allerlei unverständliche Befehle zu wie: »Polyester in Deckung!«, »Zement!«, »Dubček!«, »Feuer!« und dergleichen mehr. Ich war fast nicht zu beruhigen.

Bei dieser Gelegenheit erfuhr ich, daß ich nicht das erste Zivilschutzopfer war. Schon vor mir hatte ein Zivilschützer, nach vierstündigem Wachtdienst mit einem Tiefbauingenieur, durch Gewehrsalven größeren Sachschaden an den Fensterscheiben der umliegenden Häuser verursacht.

Um 7 Uhr früh deponierten wir unsere Ausrüstung im Hauptquartier. Isachar entkam nach Hause und wollte, wie Wechlser mir ein paar Tage später ganz nebenbei erzählte, nie wieder mit mir zusammen Wache schieben. Ich hätte ihn, so sagte er, mit meinen Fragen zu Tode gelangweilt.

Es gibt auch im privaten Bereich Methoden, das Fünfte Gebot legal zu umgehen. In den Kriminalfilmen nennen es die Kommissare das perfekte Verbrechen. Aber am Ende muß die Gerechtigkeit siegen, sonst kommen die Zuschauer auf dumme Gedanken.

Um das perfekte Verbrechen wirklich zu begehen, muß man einen ausgeruhten Kopf haben. Wie meinen.

Es gibt doch das perfekte Verbrechen

Es war Abend. Draußen wurde es langsam dunkel, drinnen begannen sich die Mütter über den Verbleib ihrer Sprößlinge zu sorgen. Plötzlich wurde meine Wohnungstür aufgerissen, und Schultheiß stürzte herein. Aber war das noch Schultheiß? Schultheiß der Großartige, Schultheiß der Manager, der Mann mit den eisernen Nerven, der Mann mit dem herausfordernd unerschütterlichen Selbstbewußtsein? Vor mir stand ein geknicktes, zerknittertes Geschöpf, atemlos, bebend, die stumme Furcht eines gejagten Rehs im Blick.

»Schultheiß!« rief ich aus. »Um Himmels willen. Was ist los mit Ihnen?«

Schultheiß warf irre Blicke um sich, und seine Stimme zitterte: »Ich werde verfolgt. Er will mich in den Wahnsinn treiben. Er will mich umbringen.«

»Wer?«

»Wenn ich das wüßte! Es muß der Teufel in Person sein. Er richtet mich systematisch zugrunde. Und was das schlimmste ist, er tut es in meinem eigenen Namen.«

Schultheiß ließ sich in einen Sessel fallen und erzählte seine Leidensgeschichte:

»Vor einem guten Jahr wurde ich eines Morgens durch das penetrante Hupen eines Taxis vor meinem Haus geweckt. Als der Fahrer merkte, daß sich nichts tat, begann er mit den Fäusten gegen meine Türe zu trommeln. Ich öffnete. Was mir denn einfiele, brüllte er mich an, warum ich ein Taxi bestellte, wenn ich keine Absicht hätte, es zu benutzen?«

Schultheiß holte tief Atem.

»Natürlich hatte ich kein Taxi bestellt. Aber in zivilisierten Ländern vertrauen die Leute einander, und das ist das Unglück. Wenn man ein Taxi bestellt, wird nicht lange gefragt, die Bestellung wird erledigt, und die Taxis fahren zu der angegebenen Adresse. Jedenfalls fuhren sie zu der meinen. Um 8 Uhr früh waren es bereits 14, und meine Nachbarn sprechen heute noch von dem Höllenlärm, den die 14 Fahrer damals veranstalteten ... An diesem Morgen wurde mir klar, daß irgend jemand meinen Namen mißbraucht, um mich zu töten.«

Ich bekam eine Gänsehaut. Schultheiß fuhr fort:

»Die Geschichte mit den Taxis war nur der Anfang. Seither gibt mir mein Verfolger keine Ruhe. In meinem Namen antwortete er auf Zeitungsannoncen, bestellt Lotterielose, Fachbücher, Enzyklopädien, Haushaltsartikel, kosmetische und medizinische Präparate, Pornovideos, Sprachlehrer, Möbel, Särge, Blumen, Bräute, alles, was man per Fax oder durch die Post bestellen kann. Damit nicht genug, hat er mich auch beim ›Verband abessinischer Einwanderer‹, bei der ›Interessengemeinschaft ehemaliger Rumänen‹ und beim ›Verein für die Reinhaltung des Familienlebens‹ angemeldet.

Und vor kurzem hat er zwei marokkanische Waisenkinder für mich adoptiert.«

»Aber wie ist das möglich? Wieso merkt denn niemand etwas?«

»Weil niemand auf den Gedanken kommt, daß meine Briefe nicht von mir geschrieben wurden oder daß nicht ich telefoniere, sondern mein Mörder.«

Bei den letzten Worten rannen Tränen über seine eingefallenen Wangen.

»Und es wird täglich schlimmer. Mein Name ist allmählich ein Synonym für Betrug und Scheinheiligkeit geworden. Bis zum Juni dieses Jahres galt ich wenigstens noch als Mitglied der jüdischen Religionsgemeinschaft. Aber auch damit ist es vorbei.«

»Wie ist ihm denn das gelungen?«

»Eines Tages, während ich ahnungslos im Büro saß, erschienen zwei Franziskanermönche aus Nazareth in meiner Wohnung und besprengten, für die ganze Nachbarschaft sichtbar, meine koschere Kücheneinrichtung mit Weihwasser. Der Schurke hatte monatelang in meinem Namen kleine Spenden an das Kloster gelangen lassen und die beiden Mönche zu mir eingeladen.«

Schultheiß verfiel vor meinen Augen. Seine Zähne klapperten.

»Er hat meinen Schwiegervater denunziert. Eine von mir unterschriebene Anzeige beschuldigte meinen eigenen Schwiegervater, Schweizer Uhren, in Thunfischkonserven versteckt, ins Land zu schmuggeln, und was das schlimmste ist, die Anzeige erwies sich als begründet. Es ist unglaublich, mit welch satanischer Schläue dieser Schuft zu Werke geht. Zum Beispiel schickte er unserem Abteilungsleiter einen Brief mit meinem Absender, aber der Brief war an einen meiner Freunde gerichtet und enthielt die Mitteilung, daß unser Abteilungsleiter ein Volltrottel sei. So als hätte ich irrtümlich die Briefumschläge vertauscht. Jede Woche schaltet er eine Anzeige, ich würde für acht Schekel monatlich ein möbliertes Zimmer vermieten. Ohne Ablöse. Oder daß ich dringend eine ungarische Köchin suche. Alle zwei Monate sperrt mir die Elektrizitätsgesellschaft den Strom ab, weil er sie verständigt hat, ich hätte vor, nach Ruanda auszuwandern. Ich werde von der National-Bank überwacht, weil ich angeblich meinen Briefen ins Ausland Hundertdollarscheine beilege, was doch streng verboten ist. Und meine Frau ist in der Nervenheilanstalt, seit man sie telefonisch informiert hat, daß ich in einem Puff mit sehr schlechtem Ruf in Jaffa Selbstmord begangen habe . . .«

Ein Weinkrampf schüttelte Schultheiß' ausgemergelten Körper. Allmählich wurde ich von Panik erfaßt. Schwarze Gedanken überfielen mich.

»Vor den Wahlen«, fuhr Schultheiß stöhnend fort, »verschickte er ein Rundschreiben an meine Bekannten, in dem ich erklärte, ich würde für die Partei der Hausbesitzer stimmen, die einzige mit einem fortschrittlichen Programm. Niemand grüßt mich mehr. Seit er die Scientologen verständigt hat, ich würde sie zu meinen Universalerben einsetzen, drehen sich meine besten Freunde weg, wenn sie mich nur von weitem sehen. Letzte Woche haben mich zwei Militärpolizisten in aller Herrgottsfrühe aus dem Bett gezerrt, weil ich die Armeeverwaltung verständigt hatte, daß ich als Nachtmensch nicht daran dächte an der nächsten Waffenübung als Reservist teilzunehmen . . .«

»Schluß«, rief ich. Ich hielt es einfach nicht mehr länger aus. »Wer ist der Mörder, der Ihnen das alles antut?«

»Wer? Woher soll ich das wissen?« wimmerte Schultheiß. »Jeder kann es sein. Vielleicht sind Sie's.«

Ich? Das ist nicht ausgeschlossen.

Ein in den USA geborener junger Filmemacher drehte vor einiger Zeit einen Film über den schrecklichsten und unverständlichsten Verstoß gegen das Gebot »Du sollst nicht töten«.

Dieser Film handelte auch von meinem Schicksal, und deshalb habe ich einige Zeilen an Steven Spielberg geschrieben.

Ein Brief,
der ihn erreichte

Der Verfasser dieses Briefes befindet sich in einer paradoxen Lage, lieber Steven, er ist ein Überlebender des Holocaust und ein Humorist zugleich, ein Filmregisseur, der durch seine Bücher bekannt wurde. Und im Namen all dieser Berufe drückt er Ihre Hand. Eigentlich wollte ich es schon in der Kinopause tun.

»Schindlers Liste« sah ich bisher zweimal, zuerst in Europa, wo ich verstohlen meine Tränen abwischte, und nun zu Hause in Israel, zusammen mit meiner Frau und meinen Kindern. Ich dachte, diesmal hätte ich mich in der Gewalt und könnte mich als Kollege auf die vorzügliche technische Leistung konzentrieren, doch wieder mußte ich ganz unprofessionell weinen. Wider Willen wurde ich von neuem in die Handlung hineingezogen, entdeckte mich selbst im verriegelten Waggon, und aus der Kinderkolonne zur Gaskammer erklang die helle Stimme meiner kleinen Tochter.

Jeder Überlebende hat seinen Schindler. Und doch berührten mich nicht die meisterhaft inszenierten großen Szenen am stärksten, sondern die erschütternde Wahrheit auf der Leinwand. Ja, so war es, unverständlich, unmöglich und doch die Wahrheit.

Die Wahrheit hat ihre eigenen Gesetze. Vielleicht sind auch Sie, lieber Herr Spielberg, überrascht von der weltweiten Reaktion und vielleicht auch von Ihren eigenen Gefühlen bei der Premiere in Jerusalem, aber es gibt eben eine Grenze, wo der Mechanismus der Technik stehenbleibt und das Schlagen des Herzens beginnt. Wahre Gefühle übertragen sich. Weint der Regisseur während der Aufnahmen, weinen auch seine Zuschauer.

Eigentlich war Schindler ein menschlicher Hochstapler inmitten eines unmenschlichen Systems, aber die Botschaft Ihres Films reicht weit darüber hinaus. »Schindlers Liste« zeigt, was in der Bibel steht: »Der Menschen Bosheit ist groß auf Erden und alles Dichten und Trachten ihres Herzens.« Sobald man die Schranken der Moral aufhebt, wenn man den schlechten Instinkten die Angst vor der Bestrafung nimmt, dann wird die Krone der Schöpfung zum Ungeheuer.

Ihr grandioses Werk durchleuchtet die Greuel des Rassismus, schildert den 2000jährigen Spießrutenlauf des jüdischen Volkes. Während der Dreharbeiten empfanden Sie bestimmt, daß mit der Offenbarung dieses historischen Traumas nicht nur der wahnsinnige Leiter des Vernichtungslagers gemeint ist, sondern die pathologische Krankheit der Welt, Antisemitismus genannt, daß der irrationale Haß deutlich wird, der sich von Generation zu Generation vererbt. Sie geben keine Antwort auf dieses erschreckende Phänomen. Es gibt auch keine.

Die Menschheit leidet seit Menschengedenken an einem unheilbaren Juden-Komplex. Allem Anschein nach hat ihn die Kirche ausgelöst, die von Juden selbst gegründet wurde. »Schindlers Liste« stellt aufs neue die schmerzhafte Frage, wie es möglich war, daß die Verfolgten der »Religion der Liebe« selbst zu Verfolgern und die Opfer von Neros Löwen zu Inquisitoren wurden. Auf ihren Scheiterhaufen hätten sie ohne Bedenken auch die jüdischen Apostel verbrannt.

In Auschwitz haben sie es getan. Dort kreuzigten sie Jesus zum zweiten Mal, in jedem Menschen ermordeten sie Gott selbst.

Der Rassenhaß existiert aber auch noch außerhalb der Mauern der zahlreichen Kinos, die es gewagt haben, »Schindler« in Deutschland aufzuführen. Diese Haltung tritt in einigen persönlichen Angriffen zutage, die man zu Unrecht als Filmkritiken bezeichnet. Unverschämte Grobheit führte das Wort. Ein Publizist machte sich ausgerechnet in der Zeitung »Die Welt« lustig und nennt Ihr einmaliges Werk »Indiana Jones im Ghetto von Krakau«. Himmler wird in diesem Artikel rehabilitiert, da »die SS dazu verdonnert war, die Endlösung des Judenproblems streng ideologisch, das heißt, völlig gefühllos und so sachlich wie eine Ungeziefervernichtung, zu bewerkstelligen«.

Wort für Wort stand das so da.

Auch in Ihrem großen Land sind einige renommierte Journalisten darüber außer sich geraten, und in Washington vergleicht man Ihr historisches Werk mit der Comedy-Serie »Addams Family«. Der Kritiker findet »keine Einsicht in Antisemitismus, Rassismus oder irgendeinen ethnischen Haß« und fragt empört: »Warum hat Steven Spielberg diesen Film gemacht?«

Mit Ihrer Erlaubnis beantworte ich diese Frage. Sie, Steven, haben diesen Film gemacht, weil Sie etwas sagen wollten, was Ihnen wichtig ist, weil Sie einer archaischen Pflicht nachkommen wollten, und gewiß nicht, um von Ihren mit schlechtem Gewissen geplagten Kollegen Preise einzuheimsen.

Sie sind ein eigenartiger Mensch, Steven Spielberg, introvertiert und dynamisch, junger Amerikaner und alter Jude, ein Hohepriester der Unterhaltungsindustrie und schlauer Magier der Werbung, der schüchtern und kindisch wirkt, jedesmal, wenn er seinem Publikum persönlich begegnet.

Sie sagten in Jerusalem, daß Sie wiederkommen wollen, um Hebräisch zu lernen. Sie brauchen es nicht, Sie haben schon zu uns gesprochen. Und wenn es sich bisher gelohnt hat, Ihre bunten Filme anzuschauen, diesen schwarzweißen Streifen muß man einfach sehen. Es ist vielleicht der erste Film, den Sie nur für sich selbst gemacht haben, und vielleicht spricht er gerade deshalb zu allen Menschen.

Gott segne Sie, Steven.

Steven Spielberg antwortete mir mit einem sehr persönlichen Brief, welcher mich ebenso berührte wie sein Film, der nicht nur mir eine langerwartete Genugtuung verschaffte. Wenn auch die Schuldigen nicht alle bestraft wurden, so hat dieser Film zumindest ihr wahres Gesicht enthüllt.

Eine absurde Szene fiel mir aus diesem Anlaß ein, die ich im Obersten Gericht in Jerusalem miterlebt hatte. Aus einer gläsernen Zelle antwortete damals der Henker der ungarischen Juden auf die haarsträubendsten Anschuldigungen mit der aalglatten Logik einer gut erzogenen Ratte.

Nichts als die Wahrheit oder Adolf im Salzkammergut

Staatsanwalt: Wieviel ist Ihrer Ansicht nach zwei mal zwei?

Adolf: Herr Staatsanwalt, ich bin kein Mathematiker.

Staatsanwalt: Ich möchte trotzdem wissen, wieviel Ihrer Ansicht nach zwei mal zwei ist.

Adolf: Ich habe mich mit solchen Dingen nie beschäftigt. Wenn ich mit derartigen Problemen zu tun hatte, habe ich sie an die zuständige Abteilung weitergeleitet. Die Entscheidungen wurden in jedem Fall von Schulze getroffen.

Staatsanwalt: Sie wissen also nicht, wieviel zwei mal zwei ist?

Adolf: Ich kann darüber keine Angaben machen, Herr Staatsanwalt.

Staatsanwalt: Und wenn ich Ihnen auf den Kopf zusage, daß Sie es wissen?

Adolf: Ziffern waren die Sache von Schulze.

Staatsanwalt: Immer, wenn Sie wissen wollten, wieviel zwei mal zwei ist, haben Sie nach Schulze geschickt?

Adolf: Nicht immer. Manche Frage konnte auch telefonisch geklärt werden. Ich möchte bei dieser Gelegenheit zu Protokoll geben, daß Schulze Ende 1943 in das Salzkammergut versetzt wurde und daß ich ihn erst dort zusammen mit Lehmann getroffen habe.

Staatsanwalt: Wußte auch Lehmann, wieviel zwei mal zwei ist?

Adolf: Daß weiß ich nicht. Danach habe ich ihn nie gefragt. Mein Vorgesetzter war, wie schon erwähnt, Schulze.

STAATSANWALT: Wußte Schulze die richtige Antwort auf die Frage: »Wieviel ist zwei mal zwei?«

ADOLF: Das kann ich nicht sagen. Ich hatte keine Möglichkeit, in sein Inneres zu sehen.

STAATSANWALT: Aber Sie waren sicher, daß er die Antwort wußte?

ADOLF: Ich habe mir niemals ein Urteil über meine Vorgesetzten angemaßt.

STAATSANWALT: Wieso wissen Sie dann, daß Schulze für diese Dinge zuständig war? Er kann doch nur dann zuständig gewesen sein, wenn er wußte, wieviel zwei mal zwei ist? Woher wissen Sie, daß er das nicht wußte? Oder daß er es wußte?

ADOLF: Ich wußte es nicht. Wenn ich mich richtig erinnere, habe ich sogar daran gezweifelt. Ich bin kein Mathematiker.

STAATSANWALT: Dann erklären Sie mir, wieso das Dokument Nr. 6013 in Ihrer Handschrift den Vermerk »2 x 2 = 4« trägt.

ADOLF: Das ist unmöglich.

STAATSANWALT: Hier *(reicht ihm ein Dokument)*. Haben Sie das geschrieben?

ADOLF *(nach sorgfältiger Prüfung des Dokuments)*: Ja.

STAATSANWALT: Das ist also Ihre Handschrift?

ADOLF: Nein.

STAATSANWALT: Nein? Wieso nicht?

ADOLF: Zu dem auf diesem Dokument angegebenen Zeitpunkt war ich nicht in Berlin.

STAATSANWALT: Das Dokument wurde in München ausgefertigt.

ADOLF: Ich war auch nicht in München. Ich hatte damals gerade in Dachau zu tun.

STAATSANWALT: Was hatten Sie in Dachau zu tun?

ADOLF: Mir fällt soeben ein, daß ich in Linz war.

STAATSANWALT: Wie kommt dann Ihre Unterschrift auf dieses Dokument?

ADOLF: Sie wurde später hinzugefügt. Ich möchte darauf hinweisen, daß die Ziffern auf diesem Dokument nicht genau zu erkennen sind. Besonders die Ziffer 4 ist undeutlich und kann sehr leicht mit der Ziffer 7 verwechselt werden.

STAATSANWALT: Zwei mal zwei wäre dann also sieben?

ADOLF: Das habe ich nicht gesagt. Ich bin kein Mathematiker. Meine Bemerkung bezog sich ausschließlich auf die Form der Ziffer 4, die mich an die Form der Ziffer 7 im Dokument Nr. 6013 erinnert.

VORSITZENDER: Angeklagter, Sie sollen die Frage beantworten, wieviel zwei mal zwei ist.

ADOLF: Nicht sieben. Ich habe nie gesagt, daß es sieben ist. Ich habe nur gesagt, daß mich die Ziffer 4 auf manchen Dokumenten an die Ziffer 7 erinnert.

STAATSANWALT: Wir sprechen jetzt nicht über »manche Dokumente«. Wir sprechen über das Dokument Nr. 6013.

ADOLF: Für dieses Dokument bin ich nicht verantwortlich, weil ich zur Zeit seiner Ausfertigung in Dachau war.

STAATSANWALT: Also doch Dachau und nicht Linz?

ADOLF: Soweit ich das aus dem Gedächtnis rekonstruieren kann.

STAATSANWALT: Für mich besteht nicht der geringste Zweifel, daß Sie ganz genau wissen, wieviel zwei mal zwei ist.

ADOLF: Ich muß wiederholen, daß ich kein Mathematiker bin.

STAATSANWALT: Heben Sie zwei Finger Ihrer rechten Hand.

ADOLF *(tut es)*: Ich schwöre bei Gott dem Allmächtigen ...

STAATSANWALT: Ich habe Sie nicht dazu aufgefordert,

einen Eid zu leisten, sondern nur dazu, zwei Finger zu heben.

ADOLF: Darf ich in diesem Zusammenhang noch eine Aussage machen?

STAATSANWALT: Ja.

ADOLF: Lehmann wurde 1943 ins Protektorat versetzt, so daß ihn Schulze in diesem Jahr unmöglich im Salzkammergut treffen konnte.

STAATSANWALT: Ich verstehe den Zusammenhang nicht.

ADOLF: Wenn ich einen Eid ablege, dann lege ich einen Eid ab, um die Wahrheit zu sagen. Lehmann hatte mit Schulzes Angelegenheiten nichts zu tun.

STAATSANWALT: Schön. Er hatte nichts mit Ihnen zu tun. Aber darum handelt es sich nicht. Es handelt sich darum, wie viele Finger Lehmann gehoben hat.

ADOLF: Soweit ich mich erinnern kann, hat Lehmann niemals irgendwelche Finger gehoben.

STAATSANWALT: Das weiß ich. Es war ja auch nicht Lehmann gemeint, sondern Sie. Wie viele Finger sind es, die Sie jetzt gehoben haben?

ADOLF: Ich glaube: zwei. Vorsorglich und in jedem Fall möchte ich mich dagegen verwahren, für etwaige Ungenauigkeiten auf diesem Gebiet verantwortlich gemacht zu werden. Ich bin kein Mathematiker.

STAATSANWALT: Lassen wir das. Heben Sie jetzt noch zwei Finger Ihrer linken Hand.

ADOLF: *(tut es)*

STAATSANWALT: Wie viele Finger sehen Sie jetzt?

ADOLF: Zehn.

STAATSANWALT: Ich meine erhobene Finger.

ADOLF: Aber ich kann auch die anderen sehen.

STAATSANWALT: Uns interessieren jetzt nur Ihre erhobenen Finger.

ADOLF: Auch die nicht erhobenen Finger gehören mir. Sie stellen insgesamt 60 Prozent meiner Fingeranzahl dar, also eine Majorität von 50 Prozent im Vergleich zu den erhobenen Fingern.

STAATSANWALT: Ich möchte von Ihnen nichts anderes hören als die Gesamtanzahl der zwei mal zwei Finger, die Sie gehoben haben.

ADOLF: Jetzt?

STAATSANWALT: Ja. Zählen Sie.

ADOLF *(versucht es erfolglos)*: Ich kann nicht.

STAATSANWALT: Warum nicht?

ADOLF: Ich bin gewohnt, so zu zählen, daß ich den Finger über die zu zählenden Gegenstände gleiten lasse. Im vorliegenden Fall ist der Finger, mit dem ich zählen soll, identisch mit einem der zu zählenden Finger, was mich sehr verwirrt. Außerdem könnte es zu Ungenauigkeiten führen, und da ich unter Eid stehe, muß ich auf größte Genauigkeit bedacht sein. Darf ich noch eine Aussage machen?

STAATSANWALT: Ja.

ADOLF: Ich möchte nicht die Möglichkeit, daß zwei mal zwei unter bestimmten Voraussetzungen das Ergebnis vier oder ein annähernd ähnliches Ergebnis haben kann, vollkommen von der Hand weisen. Dennoch lege ich Wert auf die Feststellung, daß ich mich mit Arbeiten auf diesem Gebiet niemals beschäftigt habe, weil das eine Überschreitung der mir übertragenen, genau festgesetzten Zuständigkeit bedeutet hätte. Ich beantrage daher die Einvernahme des Zeugen Schulze, der zum fraglichen Zeitpunkt Gauleiter in Wuppertal war.

STAATSANWALT: Wenn ich Sie richtig verstehe, sind Sie mit Schulze im Prinzip einer Meinung darüber, daß zwei mal zwei vier ist?

ADOLF: Ich habe bereits wiederholt ausgesagt, daß ich über diesen Punkt nicht aussagen kann, solange ich unter Eid stehe. Ich werde aber selbstverständlich alle Folgen meiner Aussage auf mich nehmen, um nicht den

Eindruck zu erwecken, daß ich mich meiner Verantwortung entziehen will.

STAATSANWALT: Schön. Wieviel ist zwei mal zwei?

ADOLF: Wenn ich mich nicht irre, habe ich darüber bereits ausgesagt.

STAATSANWALT: Ich möchte es noch einmal hören.

ADOLF: Ich habe darüber bereits ausgesagt, wenn ich mich nicht irre.

STAATSANWALT: Wiederholen Sie Ihre Aussage.

ADOLF: Bitte sehr. Ich kann nach bestem Wissen und Gewissen nur aussagen, daß das Ergebnis der hier wiederholt gestellten mathematischen Aufgabe annähernd dem entspricht, was Sie, Herr Staatsanwalt, vor einigen Minuten als Ergebnis festgestellt haben.

STAATSANWALT: Also vier.

ADOLF: Soweit ich das beurteilen kann.

STAATSANWALT: Vier!

ADOLF: Nach allgemeinem Dafürhalten.

STAATSANWALT: Zwei mal zwei ist vier! Ja oder nein?

ADOLF: Das erstere.

STAATSANWALT: Danke. Das ist alles, was ich wissen wollte.

VI. DU SOLLST NICHT EHEBRECHEN

Man könnte meinen, hier handle es sich im Vergleich zum Fünften Gebot um eine Lappalie. Keine Rede davon. Nein, die Geschichte des Ehebruches ist und bleibt eine unendliche. Gleichzeitig kann aber nicht behauptet werden, dem Sechsten Gebot sei ein fulminanter Erfolg beschieden gewesen.

*

Der erste Ehebruch wurde im Jahre 1 000 003 v. Chr. in Altamira auf der Iberischen Halbinsel beobachtet, der letzte vor einer halben Stunde beim Nachbarn gegenüber. Ehebrüche sind allerdings nur deshalb so beliebt, weil der Herr männlichen Geschlechts ist, wie die Theologen unbestreitbar festgestellt haben, und sich als männliches Wesen seinen Geschlechtsgenossen gegenüber recht großzügig zeigt und zumindest bei der einen oder anderen delikaten Situation schon mal wegsieht. Gegenüber dem schwächeren Geschlecht aber kennt er kein Pardon, was sich deutlich im vierten Buch Moses zeigt.

Moses hatte also grünes Licht für frauenfeindliche Maßnahmen, schmückte das Ganze aber noch auf seine Weise aus. Sein berüchtigtes Eifersuchtsgesetz ermöglicht es nämlich dem gekränkten Ehemann, der Gemahlin ohne weiteres ein Kreuzverhör zuzumuten,

»auch wenn ihm verborgen blieb, daß sie unrein geworden ist«.

So kann der gesetzlich angetraute Ehemann, mit Freibrief von höchster Instanz, jederzeit die Verdächtigte zum Priester schleppen. Im Zelt der Offenbarung, von Luther Stiftshütte genannt, »nimmt der Priester heiliges Wasser in ein irdenes Gefäß und Staub vom Boden« und befiehlt der Sünderin, »das bittere, fluchbringende Wasser« zu trinken. Diese hat juristisch gesehen zwei Möglichkeiten: Entweder trinkt sie das schlammige Gebräu und wartet, ob »ihr Bauch schwelle und ihre Hüften schwinden werden« als schlagender Beweis für ihre Untreue.

Oder sie weigert sich, den Stiftshütten-Cocktail zu schlürfen und bekennt sich damit gleich schuldig. Unverzügliche Steinigung und der Entzug aller politischen Rechte für drei Monate sind dann die unmittelbare Konsequenz. Wirklich keine leichte Entscheidung für das schwache Geschlecht.

Wer dieses Kapitel im vierten Buch Moses nachliest, kann aus heutiger Sicht diesen barbarischen Brauch mitleidig belächeln. Bei kurzem Nachdenken kann man aber auch feststellen, daß das Universalgenie Moses damals schon die Urversion des modernen Lügendetektors benutzte.

*

Mich beschäftigt heute ein Problem völlig anderer Art. Was geschieht, wenn nicht die Frau, sondern der Ehemann fremdgeht? Auch das soll vorkommen. Die endgültige Antwort auf diese Frage gibt nicht die Bibel, sondern die folgende Geschichte.

Keine Gnade für unkeusche Männer

Gloria ließ sich in unseren teuersten Fauteuil plumpsen und saß da, bleich, zusammengekauert, ein Bild des Jammers, ein Bündel Elend, ein Schatten ihres Wracks. Hatte ich wirklich dieselbe Gloria vor mir, die sich noch gestern zum Jet-set zählen durfte? Jene Gloria, eines der lebenslustigsten, attraktivsten Mädchen des ganzen Landes, es kann höchstens 30 Jahre her sein? Was ist mit ihr geschehen? Und warum war sie nicht mehr so jung wie früher? Sic transit Gloria Birnbaum, dachte ich, ihren Vornamen auf nicht ganz feine Art nutzend. Mit Birnbaum kommt man da nicht weiter. So hieß ihr Gatte.

Der war, wie sich herausstellte, der Grund ihres Kommens und ihrer Verzweiflung.

»Ich muß mit dir sprechen«, begann Gloria. »Mein Mann betrügt mich.«

Ich erstarrte. Nathan Birnbaum betrügt seine Frau? Dieser stille, stets korrekte Brillenträger, dieses Muster von Ordnung, Recht, Gesetz und Feigheit geht fremd? Das ist das Ende. Das bedeutet den Zusammenbruch unseres Staatsgefüges. Wenn sogar Nathan Birnbaum . . .

Mir war elend zumute. Aber ich riß mich zusammen: »Hast du Beweise, Gloria?«

»Beweise? Pah! Ich habe meinen Instinkt. Eine Frau braucht für so etwas keine Beweise. Sie spürt es. Aus hundert kleinen Anzeichen spürt sie es.«

Das erste der hundert Anzeichen: Nathan war ihr gegenüber völlig gleichgültig. Er sprach kaum noch mit ihr.

»Wenn er sich wenigstens ab und zu eine kleine Aufmerksamkeit für mich einfallen ließe. Ein kleines Geschenk oder Blumen oder was auch immer. Aber damit ist es schon lange vorbei. Ich bin schon seit Monaten davon überzeugt, daß es eine andere Frau geben muß. Und vorige Woche wurde mein Verdacht bestätigt.«

»Bestätigt? Wie? Wodurch?«

»Nathan verwandelte sich plötzlich in den zärtlichsten aller Ehemänner. Bestand aus nichts als Liebe und Aufmerksamkeit. Kam mit kleinen Geschenken an, mit Blumen oder was auch immer. Das ist typisch. Da weiß man sofort, woran man ist.«

»Aber Gloria . . .«

»Das alles reicht für eine liebende Frau vollkommen aus, um Bescheid zu wissen. Oder daß er plötzlich einen Appetit entwickelt wie ein junger Wolf. Besonders für Fische. Der Fisch enthält bekanntlich diese gewissen Proteine, die für den Mann in gewisser Hinsicht so wichtig sind. Jetzt frage ich dich, wozu braucht ein verheirateter Mann Proteine? Ich kann dir sagen, wozu. Er will sich für seine billigen Nutten in Form bringen. Deshalb ißt er soviel.«

»Ich hatte den Eindruck, daß er in der letzten Zeit ein wenig abgenommen hat.«

»Natürlich hat er abgenommen. Er hält ja auch strenge Diät. Ißt nur noch Obst. Etwas anderes rührt er nicht mehr an. Damit er seinen Bauch wegbekommt. Geht in die Sauna. Läuft jeden Morgen vor dem Frühstück fünfmal um den Block. Macht Turnübungen. Liegt Tag und Nacht in der Sonne, um braun zu werden. Was tut ein Mann in seinem Alter mit Sonnenbräune?«

»Als ich ihn neulich traf, schien er mir eher blaß.«

»Stimmt. Glaub nur ja nicht, daß mir das entgangen wäre. Blaß? Krankhaft bleich. Sieht aus wie eine Leiche. Schleppt sich nur noch mühsam dahin. Bringt es vor Erschöpfung nicht mehr fertig, ums Haus zu laufen oder ein paar Turnübungen zu machen. Seine ganze Kraft geht für seine erotischen Abenteuer drauf mit diesen Drecksweibern. Ist doch klar.«

»Gloria, du übertreibst.«

»Ich übertreibe nicht. Ich bin eifersüchtig, das gebe ich zu. Aber wenn ich höre, wie er sich im Bett hin- und herwälzt, schwinden meine letzten Zweifel. Er kann nicht schlafen, weil er an seine Liebesaffären denkt. Vor ein paar Tagen hätte ich ihm beinahe die Hausschuhe an den Kopf geworfen.«

»Weshalb, um Himmels willen?«

»Stell dir vor, ich wache auf, mein Blick fällt auf meinen Gatten neben mir, und was sehe ich? Er schläft. Schläft wie ein sattes Baby. Ich, seine Frau, wälze mich nachts im Bett hin und her, krank vor Eifersucht, und er schläft! So friedlich und entspannt schläft nur einer, der sein Glück gefunden hat. Womöglich träumt er noch von dieser anderen. Oder gleich von mehreren.«

Gloria begann leise zu weinen, und auch in mir stieg allmählich dumpfer Zorn gegen Nathan auf. Konnte der Kerl nicht etwas vorsichtiger sein? Mußte er sich alles anmerken lassen?

Inzwischen hatte Gloria sich wieder gefaßt:

»Und wo finde ich ihn gestern? Ich finde ihn in der Garage, wie er gerade seinen Wagen wäscht und auf Hochglanz poliert. Ebensogut hätte er mir gestehen können, daß er eine neue Geliebte hat. Nein, mein Lieber, man muß wirklich kein Genie sein, um das alles zu durchschauen. Du kennst doch sicherlich diese Sorte von Ehemännern, die sich plötzlich zweimal am Tag rasieren und mit eingezogenem Bauch und einer neuen Krawatte vor dem Spiegel stehen, weil sie sich von ihrer verführerischen Wirkung überzeugen wollen?«

»Ja«, antwortete ich. »Ja, Gloria. Ich kenne diese Sorte von Ehemännern.«

»Siehst du.« Gloria triumphierte. »Und das alles macht mein Nathan nicht! Ich muß ihn zwingen, den Wagen zu waschen, ich muß ihm gut zureden, sich zu rasieren, sonst rennt er drei Tage lang mit Bartstoppeln im Gesicht herum. Damit will er mich täuschen, dieser raffinierte, niederträchtige, berechnende Lump.«

Gloria brach in Tränen aus:

»Ich liebe meinen Mann!« stieß sie hervor. »Was soll ich tun? Bitte sag mir, was ich tun soll!«

»Du mußt ihn eifersüchtig machen, Gloria«, sagte ich. »Du mußt ihn betrügen.«

»Das ist keine Lösung«, schluchzte Gloria. »Das tue ich doch seit 20 Jahren.«

Da außerehelicher Geschlechtsverkehr besonders verpönt ist, sucht die Menschheit seit dem Verlassen des Paradieses nach Schlupflöchern in der biblischen Mauer. Die erfolgreichste Ausrede ist und bleibt die patriotische Unternehmung, dem Feind in geheimer Mission hochbrisante Informationen zu entlocken. Kein Wunder also, daß Männer, die Lust auf fremde Jagdgründe verspüren, nach einer neuen Mata Hari Ausschau halten, der sie für eine möglichst langfristige Operation zum Opfer fallen könnten. In den Kontaktanzeigen heißt es dann: »Staatsbeamter, Anfang Vierzig, im Besitz wichtiger Top-secrets, wünscht Bekanntschaft mit erfahrener Blondine aus dem Agentenfach. Spätere Erpressung nicht ausgeschlossen.«

Beamtenethos oder Die Herzogin vom Mittelmeer

Ziegler! Bitte kommen Sie einen Augenblick zu mir. Und machen Sie die Türe hinter sich zu, setzen Sie sich.«

»Danke, Herr Schultheiß.«

»Jetzt möchten Sie natürlich wissen, warum ich Sie hereingerufen habe.«

»Jawohl, Herr Schultheiß.«

»Im allgemeinen pflegen wir uns nicht in Dinge einzumischen, die außerhalb des Amtsgebäudes vor sich gehen. Trotzdem fühle ich mich als Leiter dieser Abteilung für mein Personal verantwortlich.«

»Gewiß, Herr Schultheiß.«

»Ich will ganz offen mit Ihnen reden, Ziegler. Es sind merkwürdige Gerüchte über Sie im Umlauf.«

»Über mich?«

»Und über die ausschweifenden Parties, an denen Sie teilnehmen. Immer am Wochenende.«

»Ich?«

»Ja, Sie. Ich rate Ihnen in Ihrem eigenen Interesse, alles zu gestehen.«

»Herr Schultheiß, ich weiß wirklich nicht, was es da zu gestehen gibt. Ein paar junge Leute kommen in einer Wohnung zusammen, das ist alles.«

»In einer Privatwohnung?«

»In einer Privatwohnung. Natürlich sind auch Mädchen dabei.«

»Es gibt Musik?«

»Zum Tanzen. Wir tanzen zur Musik.«

»Ich verstehe. Und die Kleidung, Ziegler?«

»Ganz normal. Hosen, Hemden, Pullis.«

»Ich meine, was die Callgirls tragen.«

»Wer?«

»Die Mädchen.«

»Sie tragen Röcke.«

»Miniröcke?«

»Auch.«

»Das wollte ich nur wissen. Erzählen Sie weiter.«

»Wie ich schon sagte, Herr Schultheiß, wir lassen den Plattenspieler laufen, wir tanzen, wir unterhalten uns, was ist denn schon dabei? Jeder macht das.«

»Möglich. Aber nicht jeder hat Einblick in vertrauliche Papiere und geheime Regierungsakten. Von hier zur Spionage ist nur ein kleiner Schritt. Oder wollen Sie vielleicht behaupten, Ziegler, daß Sie sich an alles erinnern, was Sie bei diesen Gelagen ausgeplaudert haben?«

»Gar so viel wird bei uns nicht gesprochen, Herr Schultheiß.«

»Wenig genügt. Wer an Orgien teilnimmt, ist erpreßbar. Was trinken Sie?«

»Hier und da einen Wodka. Mit Tomatensaft.«

»Ein Drittel zu zwei Dritteln?«

»Ja.«

»Dacht' ich's doch. Das nennt man ›Bloody Mary‹, mein Lieber. Wie Sie sehen, sind wir sehr genau informiert. Und jetzt habe ich eine kleine Überraschung für Sie. Hier, dieses Foto, ein Ausschnitt aus einer Zeitung, wurde gestern nacht in Ihrer Schreibtischschublade gefunden. Sie hatten es unter einem Bericht versteckt. Darf ich um eine Erklärung bitten?«

»Das . . . dieses Foto . . . Herr Schultheiß, es zeigt eines der Mädchen aus unserem Kreis. Sie hat auf einer Strandkonkurrenz einen Schönheitspreis gewonnen. Wir nennen sie deshalb die Herzogin des Mittelmeers.«

»Warum trägt sie einen Bikini?«

»Das ist kein Bikini, Herr Schultheiß. Das ist eine Art Spray.«

»Was heißt das?«

»Der Bikini wurde über sie gesprüht. Es gibt solche Präparate.«

»Und wovon werden ihre Brüste gehalten?«

»Von gar nichts.«

»Wollen Sie damit sagen, daß die Dame nackt ist?«

»Bis auf das Spray.«

»Also nackt. Ihrer Meinung nach sind nackte Damen ein geeigneter Umgang für Regierungsbeamte.«

»Nein, Herr Schultheiß.«

»Und die geeignete Unterhaltung besteht in Striptease, Bauchtänzen, Gruppensex . . .«

»Wieso Gruppen?«

»Unterbrechen Sie mich nicht! Ich kann mir gut vorstellen, wie es bei euch zugeht. Zuerst werden diese nackten Callgirls verlost, dann verschwindet ihr paarweise in verdunkelte Zimmer, wälzt euch mit ihnen auf Futons oder Wasserbetten, in wilder Ekstase, und laßt euch dabei die wertvollsten Staatsgeheimnisse entlocken.«

»Aber Herr Schultheiß . . .«

»Ein wahres Sodom und Gomorrha, das ist es. Erst

gestern habe ich mit meiner Frau darüber gesprochen. In Ihrem Alter, junger Mann, hat es für mich nichts dergleichen gegeben, nicht einmal im Traum. Wir haben an solche Perversitäten gar nicht gedacht. Wir haben uns durch keinen Gruppensex beschmutzt und erniedrigt. Wir haben keine nackten Mädchen unter uns verlost, um dann mit ihnen in dunkle Zimmer zu verschwinden und uns in wilder Ekstase auf Wasserbetten herumzuwälzen. Für uns, Ziegler, war die eheliche Moral noch ein ernstzunehmender Begriff. Ist sie blond?«

»Wer?«

»Die mit dem Spray. Die Herzogin vom Mittelmeer.«

»Sie ist rothaarig, Herr Schultheiß.«

»Aha. Wahrscheinlich grüne Augen?«

»Ja.«

»Das sind die Gefährlichsten.«

»Kann ich jetzt das Foto zurückhaben?«

»Es ist beschlagnahmt. Wir brauchen es für die Disziplinaruntersuchung, die gegen Sie eingeleitet wird.«

»Disziplinar . . . um Himmels willen . . .«

»Weinen Sie nicht. Es ist zwecklos.«

»Herr Schultheiß, ich verspreche Ihnen, daß ich nie wieder zu einer Party gehen werde, nie wieder!«

»Das ist keine Lösung, mein Junge. Ich bin gewohnt, den Dingen auf den Grund zu gehen. Und damit Sie es wissen, ich selbst habe die Untersuchung gegen Sie in die Hand genommen.«

»Sie, Herr Schultheiß, persönlich?«

»Jawohl. Solange ich diese Abteilung leite und das Vertrauen meiner Vorgesetzten genieße, trage ich die volle Verantwortung für alles. Ich werde Sie an diesem Wochenende begleiten.«

»Aber wir, wir sind ja nur ein paar junge Leute . . .«

»Seien Sie unbesorgt, Ziegler. Ich bin sehr flexibel und kann mich anpassen. Ich werde tanzen, ich werde trinken, ich werde notfalls auch an der Verlosung der nackten Mädchen teilnehmen und mit einer von ihnen verschwinden, um in einem dunklen Zimmer in wilder Ekstase auf einem Wasserbett . . .«

»Ich weiß, was Sie meinen. Herr Schultheiß.«

»Um so besser. Dann ist ja alles klar. Und jetzt kein Wort, zu niemandem. Diese ganze Angelegenheit muß streng vertraulich behandelt werden. Geheime Dienstsache, verstanden? Soll ich eine Flasche mitbringen?«

»Eine Flasche?«

»Gut, dann bringe ich also zwei Flaschen Champagner mit. Außerdem kann ich sehr gut Witze erzählen. Wird sie da sein?«

»Wer?«

»Die Herzogin.«

»Herr Schultheiß, ich bitte um meine Entlassung.«

»Abgelehnt. Wir treffen uns morgen nach Büroschluß am Ausgang.«

Die Dinge haben ihre Eigendynamik. Es ist nicht daran zu rütteln, daß sich in den letzten Jahren weltweit immer mehr Ehepaare für die Freiheit entscheiden. In den Großstädten sind es schon über 100 Prozent. Aber immer noch ist die Hochzeit das aufregendste, feierlichste und unvergeßlichste Ereignis für das glückliche Paar, die Familie und die Freunde. Alle, alle nehmen Anteil an dem großen Glück, in der Hoffnung, daß nur der Tod das Brautpaar scheidet. Oder zwei Anwälte.

Wer gute Freunde hat, braucht keine Feinde

Als wir den Saal betraten, in dem Hans und Grete den heiligen Bund fürs Leben schließen wollten, waren wir tief gerührt. Wochenlang hatten wir uns den Kopf zerbrochen, was wir dem jungen Paar schenken sollten. Eine Vase zum Beispiel schenkt jeder. Nein, wir wollten etwas ganz Besonderes finden, etwas, an das sie sich ein Leben lang erinnerten. Wir sparten keine Zeit und keine Mühe, durchkämmten einschlägige Geschäfte, bis wir eine hübsche Vase fanden. Wir legten sie auf den Gabentisch und schrieben unseren Namen mit großen Buchstaben darauf und auf ein ziemlich großes Paket, das gleich daneben lag.

Der Saal, einer der prächtigsten in der Stadt, war wundervoll geschmückt. Die Tische bogen sich unter den erlesensten Delikatessen, und ein vielköpfiges Orchester lieferte die musikalische Untermalung. Wir freuten uns von ganzem Herzen, daß unsere lieben Freunde in einer so herrlichen Atmosphäre heiraten würden. So etwas bleibt in ewiger Erinnerung und gibt Kraft in schweren Stunden. Auch alle anderen Freunde waren in Festtagsstimmung. Man fühlte deutlich, es war auch ihre Feier. Die älteren Semester zerdrückten sogar ein paar Tränen, wofür sie sich nicht einmal schämten. Wie oft heiratet man schließlich im Leben? Zwei, drei Mal, wenn's hoch kommt. Nicht so Hans und Grete natürlich, darüber waren sich alle einig, die beiden turtelten doch wie zwei Täubchen . . .

»Ein klarer Fall von Liebesehe«, stellte Gusti, der Exfreund der Braut, fest. »Gut zu wissen, daß es noch Romantik auf dieser Welt gibt.«

Das konnte Lilli, die beste Freundin von Grete, nur

bestätigen, die beiden waren ja richtig vernarrt ineinander. Zwar waren Gretes Eltern anfangs dagegen gewesen, schließlich ist sie ja das einzige Kind, und man wollte für sie einen Haupttreffer finden. Grete stellte ihre Eltern aber vor die Alternative, entweder Hans oder ihr werdet schon sehen, was passiert. So gaben sie schweren Herzens ihren Segen. Immerhin verdient der Junge ja nicht schlecht, und die Vermögenslage von Gretes Eltern kann man wirklich nicht als rosig bezeichnen.

*

Da kam Grete. Traumhaft. Das gertenschlanke Mädchen sieht wie ein Fotomodell aus. Ihr entzückendes Profil ist vom Brautschleier und vom Glanz der ersten großen Liebe überdeckt. Ja, dieses Mädchen strahlt eine wundervolle Reinheit aus.

»Wie schön du bist«, ruft Klara ihr zu, während Lilli sich nicht zurückhalten kann und sie umarmt und auf beide Wangen küßt.

Das Brautkleid hat Susi genäht, Klara kann darauf wetten. Nach der Hochzeit kann Grete es kürzen und hat dann ein elegantes Abendkleid. Mindestens 60 Mark der Meter. Französische Seide, versteht sich von selbst. Aber wann kann ein Mädchen auch ein so sündhaft teures Kleid tragen, wenn nicht am Tage ihrer Hochzeit? Vor allem, wenn dieses Mädchen so viel durchgemacht hat ...

»Fragt bloß nicht«, flüstert Lilli, »es ist nicht zu fassen, wie das arme Ding gelitten hat. Ihre Eltern wollten sie schon mit einem Basketballspieler verheiraten, bevor sie überhaupt sitzen bleibt. Das Aufgebot war bereits bestellt, und dann passiert im letzten Moment diese furchtbare Panne ...«

»Was du nicht sagst«, staunen wir, »wirklich?«

»Das bleibt aber unter uns, versprochen? Eine Woche vor der Hochzeit tauchte bei dem Basketballspieler plötzlich eine der Freundinnen der armen Grete auf, ihr kennt doch diese Freundinnen, die euch so schrecklich gerne haben, in Wirklichkeit aber nur ständig über euch lästern, ja und die erzählte ihm alle möglichen Geschichten über Grete, er hat ihr aber kein Wort geglaubt und Grete nur gefragt, ob das denn wahr sei, und sie hat ihm geantwortet, wenn er das von ihr glaubt, dann sei er kein richtiger Mann, und man sollte sich wohl besser trennen. Der Junge hatte vor, sich das Leben zu nehmen, er wollte sich aufhängen, aber er war zu groß, wegen des Basketballs, versteht ihr, sein Kopf reicht fast bis zur Decke, und es hat nicht geklappt. Die arme Grete begann zu trinken, fragt bloß nicht, und zum Schluß wollte er doch noch, aber jetzt hat sie gesagt, zu spät, Armin. Ich glaube, die beiden lieben sich immer noch, aber da war sie schon mitten in der Affäre mit dem jungen Major und so fort von einem Bett zum anderen, das arme Ding, sie hat sich wirklich ein bißchen Glück mit dem armen Hans verdient.«

*

Inzwischen war auch Bräutigam Hans aufgetaucht. Elegant, im dunklen Anzug, ein brillant aussehender junger Mann, sehr sympathisch.

»Ist er jünger als sie?« fragt Gusti, aber alle fallen über ihn her, es könnte sich nur um Monate, höchstens ein paar Jährchen handeln. Was spielt denn das heute noch für eine Rolle, Grete sieht doch phantastisch aus und ist diplomierte Kosmetikerin. Aber was ist eigentlich ihr Hans von Beruf, was macht er denn?

»Gar nichts«, sagt ein Mann mit Pfeife, »er heiratet.«

»Kennen Sie ihn?«

»Klar kenne ich ihn, er ist ein Nobody. Wahrscheinlich ist sogar sein Anzug geborgt.«

»Die Arme«, bedauern wir Grete, »wovon werden sie leben?«

»Keine Sorge, er wird bestimmt bei ihrem Vater einsteigen«, kichert der mit der Pfeife. »Wird sich bei ihm im Büro rumtreiben.«

Ja, so funktioniert das heutzutage. Reine Vetternwirtschaft. Da kommt so ein Nobody dahergeschneit, der nichts hat und nichts kann, und liegt dann seinem Schwiegervater auf der Tasche. Der arme Vater der armen Grete. Jetzt steht er bereits neben dem armen Rabbiner und unterschreibt die Heiratsurkunde. Er wirkt etwas nervös.

»Ein typischer Neureicher«, flüstert Gusti. »Hat mit geschmuggelten Textilien ein paar Kröten gemacht und kauft jetzt einen Mann für seine Tochter.«

Hinter uns erzählt gerade jemand von den finsteren Geschäften des Vaters. Aber das ist heute doch ganz gleichgültig. Hauptsache, der Neureiche hat einen Blöden für die arme Grete gefunden, es sei ihm vergönnt. Geizig ist er aber schon. Das soll ein Saal sein? Eine Bruchbude. Hat er in der ganzen Stadt nichts Eleganteres oder wenigstens Gemütlicheres finden können? Und dieses Buffet, ein paar ausgetrocknete Kanapees, Salzhering, Kartoffelsalat und Orangensaft. Hans und Grete, dieses hübsche Paar, hätten wirklich etwas Besseres verdient.

»Grete sieht müde aus«, sagt Klara, »richtig eingefallen. Ich sag's doch immer, man sollte doch seine erste Liebe heiraten und nicht seine zwanzigste.«

»Aber sie ist glücklich, und das ist schließlich die Hauptsache«, verteidigt Lilli ihre Freundin. »Obwohl ich sie schon tausendmal gewarnt habe, kein helles Puder auf die Nase, das betont die Schönheitsoperation.« Wir umringen sie, was du nicht sagst. »Seht ihr denn das nicht? Eine Gemeinheit. Einsperren sollte man diesen Arzt, sage ich euch.«

*

Die Gäste versammeln sich vor dem Traualtar. Die Eltern des Nobodys sind sehr gerührt, umarmen die Neureichen, wechseln jedoch kein Wort mit ihnen. Seltsam. Es heißt, daß sie mit der Wahl ihres Sohnes nicht ganz einverstanden sind. Hatten sich etwas Besseres gewünscht. Unter uns gesagt, man kann sie schon verstehen.

»Warum«, wundert sich der mit der Pfeife, »warum hat es eigentlich mit der Hochzeit so pressiert?«

Das war nun wirklich eine naive Frage. Alle mokieren sich darüber.

»Jetzt darf man es doch ruhig verraten«, erklärt Gusti, »wo es doch stadtbekannt ist. Im Winter ist Hans von zu Hause weggegangen, die Eltern haben einen Detektiv angeheuert, und in einer verwahrlosten Kneipe fand man die beiden dann, total besoffen. Gretes Bruder wollte Hans umbringen, die Polizei kam, da war vielleicht was los. Ihr Vater schwor damals, er werde ihn wie einen räudigen Hund abknallen, sollte er sich jemals wieder an seine Tochter heranmachen . . .«

Hans tritt auf Grete zu und streichelt sie zärtlich. Danach wechseln sie einige Worte.

»Wie du willst, mein Liebling«, antwortet Grete.

Seht nur, sie streiten schon. Wie traurig.

Da beginnt die Trauung. Nobody steht da wie versteinert. Bleich wie der Tod. Die arme Grete schielt ein wenig. Lilli flüstert uns zu, daß sie eigentlich eine Brille trägt und jetzt so gut wie blind ist, die arme.

Die Brautjungfern umringen die Braut. Eine wunderschöne Feier. Nobody streift ihr den Ring auf den Finger, einen recht einfachen Ring, wenn man bedenkt, was der Mann verdient.

»Wohin geht die Hochzeitsreise?«

»Die ist schon vorbei . . .«

»Spielt doch keine Rolle«, witzelt die Pfeife, »diesmal bezahlt Vater Kirschner das Hotel.«

Wir werfen ein, daß Gretes Vater nicht Kirschner heiße. Es stellt sich heraus, daß die Pfeife aus Versehen auf der falschen Hochzeit ist. Aber wenn er schon einmal da ist, bleibe er auch. Hochzeiten ähneln sich doch alle. Hans zertritt das Glas, wie es Tradition ist, manche meinen, aus versteckter Wut.

»Wann wird er sie betrügen?«

Diese schicksalhafte Frage hat die ganze Zeit über im Raum gestanden, es war von historischer Notwendigkeit, daß sie endlich gestellt wurde.

»Ich persönlich«, sagt Pfeife, »also ich gebe ihnen allerhöchstens drei Monate.«

Gusti schätzt eine Woche, Lilli ist pessimistischer.

»Grete ist nicht so dumm, wie sie aussieht«, flüstert sie uns zu. »Sie hat gestern zu ihm gesagt, Hans, ich heirate dich zwar, lasse mich aber nicht übers Ohr hauen. Ich bin lieber geschieden als eine alte Jungfer. Glaubt mir, wo sie recht hat, hat sie recht.«

Die Wohnung ist auf ihren Namen geschrieben. Klara erinnert daran, daß sie einen guten Rechtsanwalt kennt, für alle Fälle.

»Wir werden sehen«, murmeln wir, »wir werden sehen.«

Wir sehen den beiden jungen Monstern zu. Sie lächeln einander verkrampft zu, tun, als küßten sie sich liebevoll, ziehen eine Schau ab, wo ihr unabänderliches Schicksal uns doch schon deutlich vor Augen steht. Die Trauung ist zu Ende, wir treten auf das junge Paar zu und überschütten es mit guten Wünschen und feuchten Küssen:

»Alles Gute! Alles Gute!«

»Glück und Gesundheit!«

»Ein langes, glückliches Leben!«

»Toi – toi – toi!«

Wahrscheinlich möchte der Leser jetzt wissen, wie ich persönlich mit dem Sechsten Gebot umgehe. Keine Frage, das hängt von einer Frau mit sechstem Sinn ab, im Volksmund die beste Ehefrau von allen genannt.

Entscheidend ist, daß die Beste und ich einander nicht anlügen. In Krisensituationen schweigen wir. Der große Vorteil dabei ist, daß, wer schweigt, auch nicht falsches Zeugnis geben kann.

Man sollte aber in jedem Fall den Mund halten, wenn Frauen sich mit feministischen Ideen beschäftigen, etwas, das vor 3000 Jahren absolut unmöglich gewesen wäre.

Die Situation spitzt sich zu, wenn der Ehefrau das Buch »Adieu Sartre« von Simone de Beauvoir in die Hände fällt, in dem die französische Schriftstellerin keinen Zweifel an ihrer Meinung über diesen perversen Lüstling läßt. Ich schenkte dieses Buch der besten Ehefrau von allen zu Chanukka, und das war ein schwerer Fehler.

Auf der Suche nach dem verlorenen Ich

Kurz nach dem Aufwachen ertappte ich meine Gattin dabei, wie sie nachdenklich ins Leere starrte.

»Ich hab' genug«, verkündete sie mißmutig, »ich bin es leid, jeden Morgen dieselben zwei Füße in meine Hausschuhe steigen zu sehen.«

Natürlich war mir sofort klar, daß sie den »de-Beauvoir-Virus« hatte. Es konnte gar nichts anderes sein, denn kurz danach fragte sie mich, während sie angestrengt ihr Spiegelbild betrachtete, ob es mir nicht aufgefallen wäre, daß wir seit urdenklichen Zeiten immer und immer wieder dieselben Dinge taten.

Ich gab ihr recht. Auch ich habe mich schon oft gefragt, ob ich nichts Besseres zu tun hätte, als immer wieder ein- und auszuatmen, von früh bis spät, ohne jede Abwechslung, genau wie ein hirnloser Roboter.

Noch während ich sprach, zog sich meine Gemahlin vollkommen in den Spiegel zurück. Ihr Blick schweifte weit über Berge und Einbauküchen hinweg und führte zu der unvermeidlichen Frage:

»Sag mir, Ephraim, was mache ich hier eigentlich? Und wer bin ich überhaupt?«

Ich mußte mir eingestehen, daß ich an dieses Problem noch nicht allzu viele Gedanken verschwendet hatte. Aber nun, da sie selbst die Rede darauf brachte, fragte ich mich ernsthaft: Tatsächlich, was sucht sie eigentlich in meinem Haus?

»Liebling«, bemerkte ich, »wenn du deine Haare blond färben willst, warum sagst du mir das nicht gleich?«

Sie ließ mich wortlos stehen und las weiter in ihrer neuen Bibel. Erst gegen Abend kam sie wieder. Ihre stoische Selbstbeherrschung machte mich unruhig.

»Ich habe nichts gegen dich, Ephraim«, informierte sie mich. »Das Problem bin nur ich und mein Ego. Weißt du, was ich den ganzen Tag lang getan habe? Ich habe nachgedacht. Was bin ich? Wer bin ich? Wo finde ich meine wahre Identität?«

»Du bist meine Frau«, sagte ich hilfreich. »Frau Kishon. Das steht in deiner Identitätskarte.«

»Ja, aber warum bin ich ich?«

Eine gute Frage. Wenn sie an jenem vernieselten Mittwoch vor 35 Jahren statt meiner Dr. Joseph Friedlaender geheiratet hätte, dann wäre die beste Ehefrau jetzt nicht meine Frau, sondern Frau Friedlaender, ohne Zweifel.

»Das ganze Leben«, sagte sie mit einem traurigen Lächeln, »ist nur Zufall.«

Wem sagt sie das? Ich hätte ihr genausogut auch das »Guiness-Buch der Rekorde« schenken können.

*

Die beste Ehefrau von allen erschien erst zur Abendschau wieder. Ein Blick in ihr Antlitz kündigte mir an, daß ich abermals mit Simone de Beauvoir konfrontiert würde. Die große französische Autorin kam tatsächlich daher, als ich gerade beim nächtlichen Zähneputzen war. Das heißt natürlich, meine Frau kam daher, und zwar mit einem früheren Buch von Simone in der Hand: »Das andere Geschlecht«.

»Voilà«, sagte sie, »diese fabelhafte Frau lebte 42 Jahre lang mit Sartre zusammen, und sie hat ihn nie geheiratet. Und warum glaubst du, tat sie es nicht?«

»Vielleicht hat Sartre nie um ihre Hand angehalten.«

Mein Weib blickte in den Spiegel und studierte eingehend das Profil ihrer Identität.

»Sehen wir doch den Tatsachen ins Auge, Ephraim.

Seit ich denken kann, lebe ich in Abhängigkeit. Zuerst war ich meinen Eltern hörig, dann meinen Kindern. Und du, gib's doch zu, du hast mich nur geheiratet, um mich zu deiner Haushälterin zu machen.«

»Das wollte ich nicht«, entschuldigte ich mich. »Das Leben ist voller Abhängigkeiten. Als ich dir beispielsweise ein paar Tage vor der Hochzeit sagte, daß ich noch etwas Zeit zum Überlegen brauchte, hast du, wenn ich mich recht erinnere, einen grandiosen Tobsuchtsanfall bekommen.«

»Schon möglich«, sagte die Beste, in süßen Erinnerungen schwelgend, »aber damals wußte ich noch nicht, worauf ich mich einließ.«

Mein Gott, betete ich lautlos, bewahre mich wenigstens vor Hare Krischna. Von mir aus kann sie blond, braun oder schwarz werden, aber ich will keine kahle Frau zu Hause haben.

»Ich glaube, ich werde meinen BH ausziehen«, teilte die nachdenklichste aller Ehefrauen ihrem Spiegelbild mit. »Ich muß mich selbst finden, Ephraim. Ich will mein eigenes Leben führen.«

Wir hätten auch zu einem Exorzisten gehen können. Der hätte gleich auch Frau de Beauvoir ausgetrieben.

»Ich will mich für keinen Mann schön machen müssen«, fuhr meine Gattin fort. »Es ist mir egal, was du davon hältst. Ich werde keine dummen grünen Striche mehr um meine Augen malen, und mein Haar wird nicht mehr mit Henna getönt. Ich will stolz sein auf den silbrigen Schimmer. Ab heute verstelle ich mich nicht mehr. Ich werde Torten und Eiscreme essen, bis ich platze. Ich bin nämlich keineswegs dein Sexobjekt, mein Lieber. Von nun an wirst du mich so nehmen müssen, wie ich wirklich bin.«

Ich wagte keine Widerrede. Mir war alles recht, solange sie sich nicht kahlscheren ließ.

»Simone«, sie war nicht zu bremsen, »Simone Signoret sagte: ›Meine Runzeln sind ein Teil von mir. Wer mich sucht, findet mich in meinen Runzeln.‹«

Ich muß feststellen, daß es zu viele Simones gibt.

»Ich will mich einmal von einer höheren Perspektive aus sehen. Ich muß mir beweisen, Ephraim, daß ich lebe, daß ich existiere, hier und jetzt. Ich will unabhängig werden, hörst du? Ich werde auf die Universität gehen und Literatur studieren. Und Teppichweben will ich lernen, eine einfache Kellnerin will ich sein, eine Saxophonistin, egal was, wichtig ist nur, daß *ich* es bin.«

Sie rauschte davon, sperrte ihr Ego gemeinsam mit den beiden Simones in ihr Zimmer und telefonierte die nächsten Stunden mit Freundinnen, die sich auch selbst suchten.

*

Am Freitag kam sie mit einem nagelneuen Koffer nach Hause, und ich machte mir ernste Sorgen. Wenn sie mich verläßt, bin ich verloren. Ohne sie würde ich im Kino immer pünktlich sein und mir die Werbung ansehen müssen. Ich ging zu meiner Mutter. Ich sagte ihr, daß meine Frau eben drauf und dran wäre, sich selbst zu suchen.

»Ja, ja«, sagte meine Mutter, »im Leben jeder reifen Frau kommt der Augenblick, da sie begreift, daß ihr Weg ins Nichts führt. Die Ideale der Jugendzeit sind verblaßt, und nun sucht ihr rastloser Geist neue Aufgaben.«

Meine Mutter war beinahe 90, aber sie war nicht nur im Vollbesitz ihrer geistigen Kräfte, sie wußte sie auch anzuwenden.

»Also«, fragte ich sie, »was soll ich machen?«

»Mein Junge«, sagte meine Mutter, »kauf ihr eine Louis-Vuitton-Handtasche.«

»Aber Mama«, schrie ich verzweifelt, »du weißt doch, daß sie Kisten und Kästen voller Handtaschen hat. Was ist das Besondere an Louis-Vuitton-Taschen?«

»Der Preis, mein Junge, der Preis.«

Ich fuhr in die Stadt und kaufte die Louis Vuittonste Tasche, die zu finden war. Ein Ding voller Ls und Vs. Was den Preis betrifft, so reduzierte er unser Bankkonto auf den Status von Rufen-Sie-möglichst-bald-Ihre-Bank-an-und-verlangen-Sie-Herrn-Rosenthal.

Zu Hause fand ich die Beste vor einem halb gepackten Koffer. Ihre Miene hatte etwas von »Adieu, Ephraim« an sich. Es war genau wie bei Frau de Beauvoir, nachdem die Wanderlust sie gepackt hatte. Schnell entfernte ich das Packpapier von den Ls und Vs und überreichte sie meiner Gemahlin. Was nun folgte, ist schwer zu beschreiben. Ein elektrischer Schlag ging durch ihren ganzen Körper, mit zitternden Fingern griff sie nach der Tasche, eine euphorische Röte verfärbte ihr Antlitz, und ein ekstatisches Lächeln flatterte um ihren Mund.

»Vuitton«, flüsterte sie, »echter Vuitton.«

Sie flog mir um den Hals und küßte mich, bis ich schwindlig wurde. Im Hintergrund rauschten die Geigen auf, eine Lerche sang, Blumen erblühten, und über dem endlosen Horizont dämmerte ein neuer Tag.

»Ich hab' schon immer davon geträumt«, sagte die beste Ehefrau von allen mit tränenerstickter Stimme, »aber ich hätte niemals gewagt . . .«

Sie warf dem wundersamen Plastikprodukt einen Blick voll inbrünstiger Leidenschaft zu. Und dann entdeckte sie in ihm, was sie tagaus, tagein gesucht hatte, ihre wahre Identität. Sie hatte plötzlich ihr eigenes Selbst wiedergefunden. Das selbsteste Selbst, das echte Zeugnis ihres Lebens, eine sündteure Handtasche.

Die Begünstigungen, die das Alte Testament dem Mann gewährt, werden am deutlichsten in der angenehmen Pflicht, mindestens vier Frauen zu heiraten. Ein leichtsinniger Rabbi befreite die Söhne der mosaischen Religion jedoch im Mittelalter von dieser süßen Last. Nicht genug damit, war er auch noch stolz darauf, daß die Juden nun wie jedes andere Kulturvolk nicht mehr vier legitime Ehefrauen, dafür aber ein paar geheime »Nebenfrauen« haben würden, wie sie Martin Luther genannt hat.

Die Mormonen hielten da länger an ihrem Glauben ans biblische Frauenquartett fest, aber man ist ja heutzutage vor keiner Überraschung mehr sicher.

Vor kurzem suchte mich nämlich in meinem Appenzeller Haus eine Delegation von Mormonen aus Salt Lake City auf, um mir die Bibellektüre schmackhaft zu machen. Ich nützte die Gelegenheit, mich nach den Nebenfrauen zu erkundigen. Sie beruhigten mich mit der Auskunft, daß die Mormonen seit der Jahrhundertwende monogam seien.

»Gut«, sagte ich, »wenn Sie die Polygamie wieder eingeführt haben, werde ich mich freuen, Sie wiederzusehen.«

Die Verbreitung der westlichen Kultur ist also nicht mehr aufzuhalten. 600 Millionen Islamgläubige schlagen sich jetzt allein in der Arena der Vielweiberei herum. Mohammed wußte, was er tat, als er den Koran nach dem Alten Testament verfaßte, aber auch, wo er bremsen mußte. Der Libyer Gaddafi hat vier gesetzlich angetraute Ehefrauen und noch ein paar in Reserve, und

König Faisal von Saudi-Arabien legt sich da gar keine Beschränkungen auf. Rings um Israel hält sich jeder, der es sich finanziell leisten kann, zu Hause einen ganzen Harem.

Es ist höchste Zeit, mit den Nachbarn Frieden zu schließen.

Kurzer Lehrgang in praktischer Polygamie

Istanbul ist eine große Metropole, trotzdem hat niemand auch nur ein Wort darüber verloren, bevor man dort einen Film mit dem Titel »Topkapi« drehte, in dem die Kronjuwelen gestohlen werden. Kein Wunder, daß die beste Ehefrau von allen während unseres Aufenthaltes in dieser Stadt den dringenden Wunsch hatte, den Ort des Geschehens zu besichtigen.

Wir mieteten uns einen Führer und begaben uns zum Topkapi, das heute das Nationalmuseum ist, und wandelten offenen Mundes durch das Labyrinth herrlicher Räume. Ich wage zu behaupten, daß an Pracht und Glanz nichts an Topkapi heranreicht.

»Hier befinden sich die berühmte kaiserliche Bibliothek und die umfangreichste Miniaturen-Sammlung der ganzen Welt«, rezitierte der amtliche Führer. »Was möchten Sie zuerst sehen?«

»Den Harem«, antwortete ich.

Die beste Ehefrau von allen meinte etwas pikiert, ich wäre wie gewöhnlich gewöhnlich, aber der Führer wußte natürlich, von wem er nachher das Trinkgeld bekommen würde, und begab sich mit uns auf direktem Wege in den schönsten Gebäudeteil der aufwendigen Anlage.

Das gesamte Topkapi schien nur zu diesem Zweck

gebaut worden zu sein. Jeder Raum des Harems war ein Juwel für sich. Die weichen Lager mit den schwellenden Pfühlen wirkten auf mich umwerfend, ebenso die reich ausgestatteten Boudoirs, in denen die süßen Bienchen in Schuß gebracht wurden, bevor sie zur Schichtarbeit mußten.

»Hier, an dieser Stelle, pflegte der Sultan zu stehen«, sagte der Führer und deutete auf ein Fenster, »um die Frauen im Bade dort unten zu betrachten, wenn er sich die wählen wollte, die er gerade wählen wollte.«

Ich trat an das Fenster und dachte an dies und auch an das, bis die beste Ehefrau von allen mich aus meinen polygamourösen Wunschträumen weckte, um mir mitzuteilen, daß sie nunmehr die Mosaiken besichtigen wollte. Ich erwiderte, sie möge nicht so ungeduldig sein, zu Hause hätten wir Mosaisches genug, und überhaupt müßte ich erst die gesellschaftspolitische Bedeutung dieser Einrichtung verinnerlichen. Während ich vom Fenster auf den antiken Swimmingpool hinunterschaute, der mit seinen riesigen Ausmaßen glatt für 1001 Dame gereicht haben mußte, überlegte ich mir, wie um alles in der Welt der Sultan das Ganze wohl seiner eigenen Besten erklärt hatte.

*

»Abdul Hamid«, wird seine Frau eines Abends zu ihm gesagt haben, »dürfte ich wohl wissen, warum du die ganze Zeit an diesem Fenster stehst?«

»Wer, ich?« fragte der Sultan. »Ich sehe nur mal nach, wie das Wetter wird, Schatzi.«

»Und was sind das für Frauen?«

»Sieht nach Regen aus.«

»Ich habe dich gefragt, was all diese Frauen da unten zu bedeuten haben.«

»Frauen? Welche Frauen?«

»Diese Badenixen da. Sag bloß, du hast sie noch nie gesehen.«

»Ich schaue immer nur zum Himmel, Herzchen. Abendrot, gut Wetter Bot', solche Sachen, weißt du. Ich schaue niemals runter. Aber, wenn du mich jetzt drauf aufmerksam machst, da scheint dort unten tatsächlich so eine Art Türkisches Bad zu sein. Nun ja, die Leute müssen sich auch einmal waschen, nehme ich an.«

»Und seit wann haben wir im innersten Bereich des Palastes eine öffentliche Badeanstalt?«

»Keine Ahnung, Schatziputzi, aber ich werde mich erkundigen. Falls der Architekt Mist gebaut hat, lasse ich ihn köpfen, glaub' mir.«

»Abdul Hamid, du verbirgst mir etwas!«

»Aber, aber Mausi, wir sind doch nicht schon wieder mißtrauisch, oder?«

»Dann erkläre mir bitte, was du eigentlich jede Nacht machst, wenn du dich hier wegschleichst.«

»Ich?«

»Ja, du! Du schnappst dir den Bademantel und ziehst los.«

»Nur aufs Klo, meine Süße.«

»Drei Tage lang?«

»Alles braucht eben seine Zeit. Außerdem, wenn ich nicht schlafen kann, spiele ich manchmal Schach mit den Eunuchen. Du kennst doch den Dicken mit dem Schwert? Kürzlich habe ich gegen ihn ein Remis geschafft. Er hatte zwar einen Springer mehr als ich, aber da habe ich meinen Turm geopfert . . .«

»Drei Tage!«

»Ich hatte Schwierigkeiten mit meinem Läufer.«

»Und dann kommst du völlig erledigt wieder zurück und kannst dich kaum noch auf den Beinen halten.«

»Wo er doch einen Springer mehr hatte . . .«

»Und die Musik?«

»Was für eine Musik?«

»Du weißt haargenau, was für eine Musik. Kein Mensch kann in diesem Palast auch nur ein Auge zumachen bei dem ständigen Bauchtanzkrach.«

»Denkst du etwa, ich tanze Bauch?«

»Nicht du. Die.«

»Wer?«

»Deine Mädchen.«

»Liebling, wirklich, ich muß schon bitten.«

»Letzte Nacht bin ich zum Fenster gegangen und habe runtergerufen, sie sollten gefälligst mit dem Krach aufhören, ich hätte Migräne. Da keifte eine von deinen Weibern hoch: ›Ruhe da oben, Sie stören den Sultan!‹ Was sollte das denn nun wieder bedeuten?«

»Was weiß ich? Vielleicht ist irgendein Mädchen mit einem Kerl namens Sultan verheiratet, Josef Sultan oder so ähnlich. Oder vielleicht ist das der Bademeister . . .«

»Ich habe dort unten noch keinen einzigen Mann gesehen.«

»Dann sind das sicherlich sehr keusche, schamhafte Mädchen.«

»Keusch, sagst du? Sie sind allesamt splitterfasernackt.«

»Wer?«

»Deine miesen Schlampen!«

»Mach keine Witze. Du meinst, ganz ohne Kleider?«

»Du hast mich genau gehört!«

»Na so was aber auch! Ich muß das Polizeiministerium informieren. Also wirklich, hier in meinem eigenen Palast! Ich bin dir so dankbar, daß du mich darüber aufgeklärt hast, Liebling. Nackt! Da muß man sofort etwas unternehmen. Ich werde gleich mal losgehen und die Sache persönlich untersuchen, und wenn ich herausfinde, daß die keine Genehmigung für ihre FKK-Anlage haben . . .«

»Abdul! Was willst du mit deinem Bademantel?«

»Ich muß gehen, Hasimaus, ich muß wissen, was diese Mädelchen so treiben. Das ist eine wichtige Angelegenheit, verstehst du. Ich komme in Windeseile wieder zurück, mein Täubchen, vielleicht sogar schon dieses Wochenende, bestimmt aber nicht später als im nächsten Frühjahr.«

Gott der Herr sagte seinerzeit: »Es wird der Mann seine Eltern verlassen und seinem Weib anhängen, und sie werden sein ein Fleisch«, aber, gestatten Sie, Gnädigste, Er sagte Weib, nicht Eheweib.

Alles, was der Allmächtige von den Menschen verlangt hat, war: »Seid fruchtbar, mehret euch und füllet die Erde.« In dieser guten Absicht hat uns der Schöpfer mit so viel erotischem Drang ausgestattet, daß wir fast daran zerplatzen. Dann aber kommt Er uns mit Seinem Sechsten Gebot und macht aus einer globalen Mission ein Ping-Pong-Spiel für zwei Teilnehmer.

Wie soll man sich da zurechtfinden?

Eine Jahrhundertliebe oder »Was du nicht sagst«

Mein Cousin saß da und starrte zur Decke. Seine Stimme klang träumerisch:

»Es war Liebe auf den ersten Blick. Ein Hauch von geistigem Adel schwebte um diese Frau, ein Leuchten wie von innerer Heiterkeit. Sie hatte mich nur ein einziges Mal aus ihren geheimnisvollen dunklen Augen angesehen, und ich war ihr verfallen. Ich folgte ihr wie in Trance. Sie liebte mich nicht.«

»Was du nicht sagst.«

»Sie fand, ich sei nicht empfindsam genug. Sie ist eine Dichterin. Wir trafen einander ein paarmal und sprachen über ihre Pläne. Das war alles. Sie hatte eine Art Leibwächter, einen Jugoslawen. Ich saß nächtelang auf der Treppe vor ihrer Wohnungstür und beneidete ihn. Wenn sie mich am Morgen um ein Schinken-Käse-Sandwich schickte, war ich der glücklichste Mensch auf Erden.«

»Was du nicht sagst.«

»Sie nahm kleine Geschenke von mir entgegen, manchmal auch etwas Bargeld, aber dadurch wurde ihre Leidenschaft nicht geweckt. Ich litt wie ein Hund. Eines Nachts hatte ich eine fürchterliche Vision: Ich sah den Jugoslawen, wie er ihr in der Badewanne den Rücken einseifte. Damals faßte ich den Entschluß, mich von allem zu befreien. Ich rannte die ganze Nacht durch die Straßen. Wohin, war mir gleichgültig. Nur weg von ihr. Am Morgen fand ich mich vor ihrer Türschwelle mit drei Schinken-Käse-Sandwiches. Sie warf mich hinaus. Meine Freunde sahen mich zugrunde gehen und kamen mir zu Hilfe. Sie fesselten mich an einen Schaukelstuhl. Aber selbst dann erschien vor meinem geistigen Auge immer wieder ihr geheimnisvoll lockendes Lächeln. Ich schaukelte zum Telefon und wählte mit der Nase den Polizeinotruf. Die Polizei kam und band mich los. Ich ließ mich zu ihrer Wohnung führen, um ihr einen Heiratsantrag zu machen. Ich wollte die Verbindung unbedingt legalisieren, ich bin ein tiefreligiöser Mensch.«

»Was du nicht sagst.«

»Sie war nicht zu Hause. Wahrscheinlich ausgegangen, mit ihrem Leibwächter. Ich ging zu einem Psychoanalytiker und sagte ihm alles. Er erklärte mir, daß ich als kleines Kind meine Mutter gehaßt hätte und mich jetzt dafür rächen wollte, oder es wäre auch möglich, daß ich als kleines Kind meine Mutter geliebt hätte und daß ich jene Frau mit ihr identifiziere. Was immer davon zutraf, ich brach jedesmal in Tränen aus, wenn ich ihren Namen nannte. Der Analytiker schrie mich an, ich sollte mich nicht wie ein kleines Kind benehmen. Ich sprang von der Couch und ging zu ihr. Ich war entschlossen, ihr meinen gesamten Besitz zu vermachen.«

»Was du nicht sagst.«

»Sie war im Prinzip einverstanden und ließ mich zum erstenmal in ihre Wohnung. Eine elegant möblierte Wohnung, voll kultivierter Atmosphäre. Wir lasen Lyrik. Als sie zu Bett ging, durfte ich die Kerze halten. Das Wachs tropfte auf meine Finger, und ich fühlte mich wie im Himmel. Dann kam der Jugoslawe. Er hatte Schlüssel in der Hand. Sie schlossen mich in die Speisekammer ein. Ich begann zu trinken. Whisky, Rum, Himbeersaft, alles, was ich fand. Aber es half nichts. Ich konnte nicht leben ohne sie, ohne ihre Stimme zu hören, ohne die vibrierende Ausstrahlung ihrer Persönlichkeit zu spüren. Ich bat sie, mich unter ihrem Bett schlafen zu lassen. Sie lehnte ab. Ich sprang aus dem Fenster.«

»Was du nicht sagst.«

»Ich hatte sterben wollen, aber ich brach mir nur das

Bein. Drei Monate lag ich im Gipsverband und lernte Serbokroatisch. Alle zehn Minuten rief ich sie an, bis sie den Stecker herauszog. Ich verfiel immer mehr. Aus dem Spiegel glotzte mir das Wrack meines Schattens entgegen. Eines Tages hielt ich es nicht mehr aus, schwindelte mich im Pyjama aus dem Krankenhaus und schleppte mich zu ihr. Sie öffnete die Türe, und seither habe ich jedes Interesse an ihr verloren. Der Jugoslawe kann sie haben.«

»Um Gottes willen, was ist denn geschehen?«

»Sie ist dick geworden.«

Alles schön und gut, aber es ist einfach nicht wahr, daß es keine glücklichen Ehen mehr gibt. Es ist höchste Zeit, dieses Vorurteil zu revidieren. Nicht unkeusches Benehmen und übereilte Trennung, nicht Eheberater und Scheidungsanwalt bringen die Lösung für Ehekrisen, sondern gegenseitiges Verständnis und ein klärendes Gespräch zwischen den beiden Märtyrern.

*

Clarissa und Manfred oder Die ferngesteuerte Ehe

Mann: Guten Tag, liebe Leser. Ich möchte mich vorstellen. Ich bin der Ehemann dieser Dame.

Frau: Und ich bin die Frau dieses Ehemannes. Guten Tag.

MANN: Wir wollen uns mit einem der größten Mißerfolge der Menschheit befassen.

FRAU: Gemeint ist die Ehe.

MANN: Letzte Umfragen ergaben folgendes: 80 Prozent finden die Ehe schlechterdings furchtbar.

FRAU: Elf Prozent unerträglich, jedoch gut.

MANN: Drei Prozent so-so-là-là.

FRAU: Ein Prozent der Befragten weiß es nicht.

MANN: Es kann sein, daß wir, die Männer, für diese bedauerlichen Ergebnisse verantwortlich sind.

FRAU: Vielleicht liegt die Schuld bei uns Frauen.

MANN: Man sollte aber keinesfalls verallgemeinern. Unser Nachbar ist seit 35 Jahren überaus glücklich verheiratet. Mit fünf Frauen, einer nach der anderen.

FRAU: Das ist natürlich der einfachste Weg. Sich scheiden lassen und wieder heiraten.

MANN: Zweifelsohne. Die Scheidung, die Flucht aus dem eigenen Heim, ja, so löst man heute Eheprobleme. Aber nicht bei uns. Wir sind seit über 20 Jahren verheiratet, wir leben in völliger Harmonie. Nicht wahr, Clarissa?

FRAU: Stimmt genau, Manfred. Nicht etwa, daß mein Mann perfekt wäre oder daß unsere Kinder weniger Geschrei machten. Nein, wir sind ganz einfach der wahren Ursache für zerrüttete Ehen auf die Schliche gekommen.

MANN: Es sind die kleinen Reibereien.

FRAU: Ja, die kleinen, täglichen Reibereien, die das Leben für zwei aneinandergekettete Wesen zur Hölle machen, auch wenn sie einander durchaus verbunden sind.

MANN: Ein Beispiel: Wenn ich abends schlafen will, möchte Clarissa ein Buch lesen.

FRAU: Und wenn er morgens aufsteht, bin ich noch hundemüde.

MANN: Beim Frühstück blättere ich gerne in der Zeitung.

FRAU: Und ich möchte mich unterhalten.

MANN: Ich liebe Karotten.

FRAU: Und ich hasse Lärm.

MANN: Ich gehe abends gern im Park spazieren und beobachte Schnecken.

FRAU: Ich bevorzuge klassische Musik.

MANN: Wenn ich ein wichtiges Telefongespräch aus dem Ausland erwarte, tratscht sie bestimmt gerade mit ihrer Freundin.

FRAU: Keine Frage, wir haben unterschiedliche Vorlieben.

MANN: Wir haben unsere Probleme jedoch mit intellektueller Eleganz gelöst, nicht wahr, Liebste?

FRAU: Durchaus, Manfred. Wir haben die kleinen Hindernisse aus unserem Eheleben geräumt, und zwar in gegenseitigem Einvernehmen.

MANN: Eines Abends wollte Clarissa zum Beispiel im Fernsehen eine Modenschau sehen und ich »Derrick«, im Zweiten.

FRAU: Fast wären wir uns an die Gurgel . . .

MANN: Als wir plötzlich beide lachen mußten.

FRAU: »Warum«, sagten wir uns, »warum sollten eigentlich nur die Handtücher im Badezimmer mit ›Sie‹ und ›Er‹ beschriftet sein?«

MANN: Am nächsten Tag kaufte ich ihr einen Fernsehapparat.

FRAU: Und seither gab es bei uns keinerlei Streit mehr um das Programm. Jeder nach seinem Geschmack.

MANN: Das war jedoch nur der Anfang.

FRAU: Langsam aber sicher wandten wir dieses Prinzip auch auf andere Bereiche des gemeinsamen Lebens an.

MANN: Von jeder Zeitung kaufte ich zwei Exemplare.

FRAU: Wir haben zwei Stereoanlagen im Haus.

MANN: Zwei Fotoapparate.

FRAU: Und zwei Kinder.

MANN: Ich habe für Clarissa auch einen Gebrauchtwagen angeschafft.

FRAU: Seither bin ich selber mobil und nicht mehr von meinem Mann abhängig.

MANN: Danach bauten wir die Waschküche in ein Extra-Schlafzimmer für mich um.

FRAU: Bitte ziehen Sie daraus keine übereilten Schlußfolgerungen.

MANN: Ganz im Gegenteil. Seit wir einen zweiten Telefonanschluß haben, sind unsere intimen Beziehungen auf einem neuen Höhepunkt.

FRAU: Ich habe eine eigene Leitung.

MANN: Natürlich kosten diese Maßnahmen Geld.

FRAU: Aber welches Opfer bringt man nicht für eine glückliche Ehe?

MANN: Eben. Mit etwas gutem Willen werden alle finanziellen Probleme aus dem Weg geschafft. Es gab jetzt nur noch unwesentliche kleine Reibungspunkte in unserem Eheleben.

FRAU: Das Verwenden des Badezimmers, zum Beispiel. Gemeinsame Schränke.

MANN: Die Konversation am Morgen.

FRAU: Die Schnecken.

MANN: Da brachte Clarissa in Erfahrung, daß über uns im fünften Stock eine kleine Wohnung frei würde, und schon nach einer Woche bin ich samt meinen persönlichen Habseligkeiten umgezogen.

FRAU: Noch nie war unsere Beziehung so gut.

MANN: Da wir die kleinen Störfaktoren der Ehe losgeworden sind.

FRAU: Am Morgen muß man nicht mehr das gelangweilte Gesicht des Partners ansehen.

MANN: Karotten nach Herzenslust.

FRAU: Getrennte Post.

MANN: Clarissa hat ihren Mädchennamen wieder angenommen.

FRAU: Das war eine der glücklichsten Epochen in unserer Ehe.

MANN: Ganz meine Meinung. Es gibt jedoch im gemeinsamen Eheleben immer noch Verbesserungsmöglichkeiten.

FRAU: In der Tat. Es bestand ja nach wie vor die Möglichkeit, daß mein Mann und ich uns im Treppenhaus begegnen, obwohl ich dazu seelisch gerade nicht bereit bin.

MANN: Oder daß Clarissa die Kinder anbrüllt und der Lärm zu mir hinaufdringt.

FRAU: Es gab noch immer Reibungspunkte.

MANN: Deshalb haben wir beschlossen, daß Clarissa umzieht, und zwar ans andere Ende der Stadt.

FRAU: Das hat unsere Beziehung jedoch in keinster Weise beeinträchtigt . . . das heißt . . . ich meine, im Gegenteil . . . hehe . . .

MANN: Es gibt ja schließlich Hotels.

FRAU: Wir treffen uns manchmal im Kino.

MANN: Oder man winkt sich auf der Straße freundlich zu. Hallo Clarissa!

FRAU: Ja, Liebling. Hauptsache, daß es zwischen uns keine Spannungen oder Diskussionen mehr gibt.

MANN: Diese Phase haben wir ein für allemal hinter uns gelassen.

FRAU: Es blieb nur noch ein mögliches Reibungspünktchen.

MANN: Die Kinder.

FRAU: Ja, sie hätten unsere neugeschaffene Harmonie möglicherweise beeinträchtigen können.

MANN: Clarissa nahm also den Sohn mit, als sie ans andere Ende der Stadt umzog.

FRAU: Und die Tochter blieb bei ihm.

MANN: Und was soll ich Ihnen sagen, es klappt wunderbar.

FRAU: Ich bin sehr zufrieden. Sehr entspannt. Weißt du, Manfred, die Karte, die du mir diesen Sommer aus Grönland geschickt hast, war wirklich rührend.

MANN: Das freut mich, Clarissa.

FRAU: Heute sehen wir uns zum ersten Mal seit drei Jahren. Aber es ist so, als wären wir nie getrennt gewesen.

MANN: Das sichere Zeichen für eine glückliche Ehe.

FRAU: Wir sind sehr stolz darauf, daß es uns nur durch Intellekt, gemeinsamen Willen und gegenseitiges Verständnis gelungen ist, eine prachtvolle Lösung für die quälenden Probleme des Ehealltags zu finden.

MANN: Kurz und gut, die ideale Form des Zusammenlebens. Und deshalb, meine Herrschaften, bevor Sie mit dem Gedanken an Scheidung, Flucht oder andere moderne Lösungen spielen, sollten Sie sich gemeinsam darum bemühen, die kleinen Fallen, die das Leben stellt, auf faire und anständige Art zu beseitigen.

FRAU: Und Sie werden, wie wir, das wahre Glück der Ehe finden. Auf Wiedersehen. Manfred.

MANN: Auf Wiedersehen, Liebling. Ruf mich doch Ende '96 an.

VII. DU SOLLST NICHT STEHLEN

Dieses Gebot enthält eine sehr pragmatische Forderung, auch wenn die Neigung, es zu umgehen, nicht geringer ist als beim populären Ehebruch. Sehen wir der Wahrheit ins Gesicht, der Mensch stiehlt recht gerne. Weniger gern wird er erwischt.

Auch die Bibel ist voll von Diebstählen, manchmal ganz überraschenden. Josef zum Beispiel, den seine Brüder auf dem ägyptischen Sklavenmarkt für eine erkleckliche Summe versteigerten, wurde zuvor »aus dem Land der Hebräer heimlich gestohlen«.

König Davids langhaariger Sohn Abschalom hingegen stahl »das Herz der Männer Israels« während seines Aufstandes gegen den Vater.

Seither ist viel Wasser den Fluß Kishon hinabgeflossen, und Gottes wachsames Auge wurde in den Kaufhäusern durch den elektronischen Sensor ersetzt. Moses hat aber auch hier wieder recht gehabt. Das Auge im Himmel funktionierte besser.

Übung macht den Meister oder Briefe auf Umwegen

Vor etwa einer Woche bemerkte ich, daß ich keine Briefe mehr bekam. Ich glaubte zuerst, es handle sich um einen neuen Briefträger. Gestern entdeckte ich durch Zufall den wahren Grund. Als ich zu ungewohnter Stunde das Haus verließ, sah ich den kleinen Riegler aus dem Nebenhaus, wie er mit zwei zarten Fingern in den Schlitz meines Briefkastens fuhr und gleich auf den ersten Griff drei oder vier Briefe herausfischte. Als er mich sah, flitzte er davon.

Ich begab mich ebenso schnurstracks wie wutschnaubend zu Herrn Riegler, der bereits an der Haustür stand.

»Was los?« fragte er.

»Allerdings«, schleuderte ich ihm entgegen, »Ihr Sohn stiehlt meine Briefe.«

»Er stiehlt keine Briefe. Das Kind sammelt Briefmarken.«

»Wie bitte?«

»Hören Sie«, holte Herr Riegler aus. »Ich lebe mit Gottes Hilfe seit 33 Jahren in diesem Land und habe einiges geleistet, wovon nur sehr wenige Menschen wissen, darunter ein paar Minister. Ich spreche aus Erfahrung. Und ich sage Ihnen, heutzutage ist es nicht mehr der Mühe wert, Briefe zu bekommen.«

»Und wenn einmal ein wichtiger Brief dabei ist?«

»Wichtig? Was ist schon wichtig? Ist der Steuerbescheid wichtig? Ist eine Gerichtsvorladung wichtig? Ist es wichtig, was Ihre geldgierigen Verwandten in ihren Bettelbriefen schreiben? Glauben Sie mir, es gibt keine wichtigen Briefe.«

»Oh, doch.«

»Seien Sie nicht kleinlich. Mein Bruder war Karatetrainer in der Armee und bekam plötzlich einen Brief mit der Nachricht, daß er als Gesandter nach Sansibar zu gehen hätte. Er gab ein Vermögen für eine neue Garderobe aus und las eine Menge Bücher, um sich über seinen neuen Wirkungsbereich zu informieren. Nach einer Woche stellte sich heraus, daß es sich um einen bedauerlichen Irrtum handelte, jetzt arbeitet er als Rausschmeißer in der ›Sansi-Bar‹. Nur damit Sie wissen, was ein wichtiger Brief ist.«

»Wichtig oder nicht, ich möchte meine Briefe ganz gerne lesen. Okay?«

»Okay. Ich versuche meinen Sohn dazu zu bringen, daß er nur die Marken behält und Ihnen die wichtigsten Briefe zurückgibt.«

»Vielen herzlichen Dank. Darf ich Ihrem Herrn Sohn einen Schlüssel zu meinem Briefkasten überreichen?«

»Wozu? Der Bub soll nur schön lernen, wie man Marken sammelt.«

Damit war der philatelistische Privatdienst zwischen mir und Biegler junior offiziell eröffnet.

Nach Gebot Nummer Sieben bin ich also ein Komplize.

Die Zehn Gebote sind durchaus in Ordnung, aber sie machen es sich zu leicht. Alles, was schön ist im Leben, wird mir nichts, dir nichts verboten.

Warum, um Himmels willen, konnte Moses seine Gebote nicht freundlicher formulieren. Klingt es nicht viel hübscher, wenn man sagt »Stiehl geschickter, Dummkopf.«

Freunde in der Not oder Kein roter Heller

Allmählich mußten wir einsehen, daß unser alter CD-Player, den wir für bare 3000 Schekel gekauft hatten, nicht mehr der beste war. Genauer gesagt, er war unbrauchbar geworden. Zum Beispiel schnellte die Drehzahl nach wenigen Takten so hoch, daß Ghiaurov sich in einen strahlenden Sopran verwandelte und die ausdrücklich als »solemnis« bezeichnete Missa in ein zirpendes Kinderlied. Meine Versuche, der Automatik auf den Leib zu rücken, erwiesen sich als unfruchtbar. Erfolgreicher waren die Mahnungen der besten Ehefrau von allen, das Wrack zu verkaufen. Ich gab also folgenden Text in die Zeitung: »Erstklassiger CD-Player, in hervorragendem Zustand, wie neu, familiärer Umstände halber um 4000,- abzugeben. Einmaliger Gelegenheitskauf.«

Da wir jedoch auf unseren gewohnten musikalischen Streßabbau nicht verzichten wollten, begannen wir uns nach einem Ersatz umzusehen, nach etwas ganz Modernem auf dem CD-Markt. Wir wollten uns aber keinesfalls an Zeitungsanzeigen orientieren, denn da wird ja unverschämt gelogen. Ich bat also Freunde und Bekannte, die Augen offenzuhalten und anzurufen, falls sie etwas entdeckten.

Schon bald meldete sich Nachbar Felix Selig mit froher Botschaft: »Ich hab's!« verkündete er jauchzend. »Ein phantastisches CD-Gerät, höchste Qualität, aus erster Hand. Allerdings nicht ganz billig. Der Besitzer verlangt 4000 Schekel. Selbstverständlich bin ich mit keinem roten Heller beteiligt.«

»Lassen Sie es gut sein, Felix«, antwortete ich. »Wer ist der Besitzer?«

Felix ließ es gut sein und gab den Namen des Besitzers mit Uri an, und ich sollte nur ja nicht vergessen, ihm, Uri, zu sagen, daß er, Felix, mich geschickt hatte, vielleicht ginge Uri dann ein wenig mit dem Preis herunter. Außerdem sollte ich unbedingt die Worte »Felix fünf« hinzufügen. Nichts weiter, nur »Felix fünf«. Uri wüßte Bescheid, es ist ein Geheimcode zwischen den beiden.

Uri war, als ich kam, leider nicht zu Hause, aber sein kleiner Bruder versprach mir, ihm alles auszurichten. Wirklich besuchte mich Uri am nächsten Tag und kam schnell zur Sache. Da ich mit seinem Freund Felix befreundet sei, würde er selbst keinen roten Heller für sich beanspruchen, und das CD-Gerät koste nur 4300 Schekel.

»Felix fünf«, sagte ich vereinbarungsgemäß. »Felix fünf.«

»Das braucht Sie nicht zu kümmern«, beruhigte mich Uri. »Das macht keinen Unterschied. Es bleibt bei 4800.«

Er gab mir einen verschlossenen Briefumschlag für einen gewissen Friedländer in Jaffa und wünschte mir Glück.

Jetzt griff das Schicksal ein. Die Nagelfeile der besten Ehefrau von allen rutschte ihr am Abend zufällig aus, der Briefumschlag lag gerade daneben, sie schlitzte ihn, und so mußte ich gegen meinen Willen den Inhalt des Briefs kennenlernen. Es waren nur wenige Zeilen, von Uri an Friedländer.

»Der Kerl ist ein Freund von Felix. Sucht ein CD-Gerät. Felix verlangt 500 Schekel. Ich bekomme 300 und eine Draufgabe für meinen kleinen Bruder, der die Sache vermittelt hat.«

Ich verschloß den versehentlich geöffneten Brief und trug ihn am folgenden Morgen zu Friedländer nach Jaffa.

»Einem Freund von Uri bin ich immer gern gefällig«, sagte Friedländer. »Das Gerät, das ich für Sie im Auge habe, ist ein echter Fund. Ich werde sofort meine Braut anrufen. Ihr Mann kennt den Besitzer.«

Friedländer ging ins Nebenzimmer und versperrte die Tür, aber einige Gesprächsfetzen waren nicht zu überhören. »Hallo, Liebling ... altes Gerät auftreiben ... Uri will 400 ... ich möchte 300 ... also gut, 200 ... wir müssen auch Mama ... und natürlich deinen Mann ... alles klar.«

Daraufhin gab mir Friedländer die Telefonnummer des Gatten seiner Braut, der, wie sich herausstellte, Platzanweiser in einem Kino in Beersheba war. Friedländer erklärte mir, daß der Preis des Gerätes ein wenig gestiegen sei, Inflation und so, das müßte ich verstehen, und ihm personlich bringe die Sache keinen roten Heller.

Nachts telefonierte ich mit Beersheba.

»Da Sie mit dem Bräutigam meiner Frau befreundet sind«, sagte der Platzanweiser, »bekommen Sie dieses hervorragende Gerät um 5700 Schekel.«

Ich kalkulierte rasch durch: Felix – 500. Uri – 300. Kleinerer Bruder – 100. Friedländer – 200. Mama – 50. Braut – 250. Platzanweiser – 100. Rechnete man das Gerät hinzu, das ja auch etwas kostete, so ergab sich eine Gesamtsumme von 5500 Schekel, nicht 5700. Auf die Differenz aufmerksam gemacht, führte mein neuer Geschäftspartner die Anwaltskosten seiner Scheidung von Friedländers Braut ins Treffen und meinte, für ein fabrikneues CD-Gerät seien selbst 5700 Schekel ein lächerlich geringer Preis.

Meine geringe Begeisterung veranlaßte den Platzanweiser, am nächsten Tag eigens aus Beersheba herüberzukommen, um den Kontakt zwischen mir und dem in Tel Aviv wohnhaften Besitzer des Gerätes persönlich herzustellen.

»Der Idiot hat keine Ahnung von den Preisen, die jetzt gezahlt werden«, informierte er mich unterwegs. »Lassen Sie mich unter vier Augen mit ihm reden, und der Fall ist erledigt.«

An dieser Stelle erwachte mein Geschäftssinn. Ich erklärte, daß auch ich eine kleine Beteiligung haben möchte.

»Aber Sie sind doch der Käufer?« wunderte sich der Mann aus Beersheba.

»Macht nichts«, beharrte ich. »Schlagen Sie zum Preis noch 325 Schekel dazu, und die geben Sie mir dann unterm Tisch. Wenn alle beteiligt sind, will auch ich beteiligt sein.«

Wir hatten unser Ziel erreicht. Meine Frau öffnete die Tür und führte uns zu dem Apparat, den wir, vielleicht erinnert man sich noch, loswerden wollten.

»Ein wunderbares Gerät«, flüsterte mir der Platzanweiser zu. »Warten Sie, bis ich mit der Dame gesprochen habe.«

»Sie können auch mit mir sprechen«, sagte ich. »Das Gerät gehört mir.«

»Schön. Was wollen Sie haben?«

»4000 netto.«

Nach einer kurzen Pause, die er für seine Kopfrechnung brauchte, erklärte sich der Platzanweiser einverstanden: »In Ordnung. Mit Freunden handle ich nicht. Ziehen Sie den Preis des Gerätes, also 4000 Schekel, von der Gesamtsumme 6025 ab, zahlen Sie mir 2025 Schekel, und ich gebe Ihnen Ihre 325 Schekel zurück.«

Das war eine faire Lösung. Außerdem halte ich nichts davon, ein Geschäft scheitern zu lassen, an dem so viele Leute, noch dazu lauter gute Freunde, beteiligt sind. Es gelang mir, noch 25 Schekel für mich herauszuholen und meinen Anteil auf 350 Schekel aufzurunden. Dann besiegelten wir den Abschluß der Transaktion mit einem gemütlichen Umtrunk.

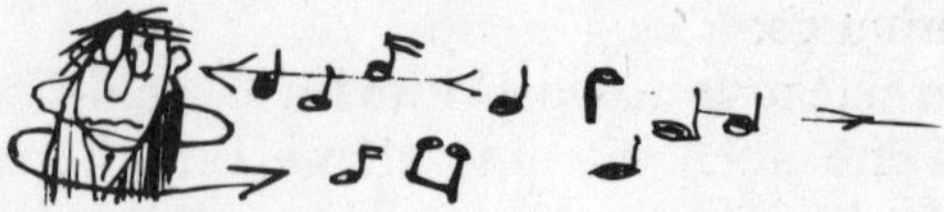

So seltsam es klingt, man kann vielen Leuten viel Geld aus der Tasche stehlen, ganz unauffällig und auf elegante Weise.

Man braucht dazu lediglich einen weißen Arztkittel, ein paar wacklige Stühle und eine geschlossene Tür mit einem kleinen Emailschild.

Der unheilbare Arzt oder Magenbitter auf Rezept

Es war ausnahmsweise kein Andrang im Wartezimmer. Also klopfte ich an und ging hinein. Hinter dem Schreibtisch saß der Arzt und füllte irgendwelche Formulare aus.

»Guten Morgen«, sagte ich.

»Privat oder Kasse«, fragte er.

»Kasse.«

»Haben Sie eine Nummer?« fragte er.

»Ja, bitte«, sagte ich und reichte ihm meine Nummer.

»Wo fehlt's?« fragte der Arzt, während er meine Nummer mißtrauisch betrachtete. Ehe ich etwas sagen konnte, erkundigte er sich nach meinen Daten und trug sie sorgfältig in einen Fragebogen ein. Dann endlich sah er mich an.

»Also.«

Ich begann ihm zu erklären, daß ich seit einigen Tagen starke Schmerzen im Hinterkopf hätte.

»Im Hinterkopf?« fragte der Arzt.

»Im Hinterkopf«, sagte ich.

»Waren Sie schon einmal hier?«

»Schon öfter.«

Der Arzt betrachtete nochmals eingehend die Nummer, die ich ihm gegeben hatte. Dann wollte er Näheres über uns, die Nummer und mich, erfahren. Dafür zog er seine Kartei und den Fragebogen zu Rate. Nach einer Weile drehte er sich zu mir um:

»Steht da 083?« fragte er.

»Ja«, antwortete ich, »es sieht mir nach 083 aus.«

Er wühlte erneut und gab auf:

»Haben Sie eine Ahnung, wo Ihre Krankengeschichte abgelegt sein könnte?«

»Da, in der Kartei.«

»Haben Sie Lust nachzuschauen, wo Ihre Papiere sind?«

Ich ging hin, fand meine Papiere und reichte sie ihm.

Er nahm einen Stempel und drückte ihn auf eine leere Zeile. Dann wandte er sich wieder an mich:

»Also, was fehlt Ihnen?«

»Ich weiß nicht«, antwortete ich wahrheitsgemäß. »Ich hab' Schmerzen im Hinterkopf.«

Ich fügte hinzu, daß mein Enkel Rudi zufällig seit gestern über ähnliche Schmerzen klage.

»Wie alt ist das Kind?« fragte er.

»Zweieinhalb Jahre«, antwortete ich. »Ich gehe mit ihm zur Kinderärztin.«

»Zu Dr. Friedmann?« fragte er.

»Nein«, antwortete ich, »zu einer anderen.«

»Und was stellte sie bei ihm fest?« fragte der Doktor.

»Wegen dieser Beschwerden waren wir noch nicht dort«, antwortete ich.

»Gehen Sie, gehen Sie nur hin«, sagte der Arzt und begann laut nachzudenken, was wohl meine hinteren Schmerzen bedeuten könnten.

»Wann haben sie begonnen?« erkundigte er sich.

»Vor einem Monat.«

»Sind Sie bei uns behandelt worden?«

»Ja.«

»Wieso haben Sie dann noch Schmerzen?«

»Das war so«, erklärte ich ihm, »eines Tages kam ich ungefähr eine Viertelstunde vor Dienstschluß hierher, und da sagte man mir, daß der für mich zuständige Arzt weggegangen sei und sein Vertreter schon am Vormittag die Arbeit von drei wegen Krankheit ausgefallenen Ärzten bewältigen mußte. Daher war er nicht mehr bereit, weitere Patienten zu behandeln.«

»Das ist verständlich«, sagte der Arzt. »Was war weiter?«

»Ich fragte ihn, wann ich wiederkommen könnte, und er bestellte mich für 15 Uhr am nächsten Nachmittag.«

»Wie spät ist es jetzt?« fragte der Arzt.

Ich sagte ihm, wie spät es sei und fuhr fort:

»Als ich am nächsten Tag pünktlich zur angegebenen Zeit hinkam, um eine Nummer zu bekommen, sagte mir die Assistentin im Vorzimmer, ich käme heute nicht mehr dran, weil der Herr Doktor seinen Staubsauger am Zollamt abholen mußte. Ich fragte, ob ein Kassenpatient nur dann erkranken dürfe, wenn es den Ärzten passe, und sagte ihr alles, was ich von diesem Berufsstand hielt. Sie erwiderte, sie könne gar nichts dafür, denn sie wäre auch nur als Vertretung hier, für eine Tante mütterlicherseits.«

Der Arzt blickte von seinen Formularen auf: »Warum haben Sie nicht gleich gesagt, daß Sie hier schon in Behandlung waren?«

»Das nennen Sie Behandlung?«

Der Arzt war indigniert.

»Also, was wollen Sie?« fragte er.

»Daß Sie nachsehen, warum ich Schmerzen im Hinterkopf habe.«

»Gut, machen Sie den Mund auf.«

Ich sperrte den Mund auf, und er schaute sich meinen Hals an. Dann sagte er: »Sie haben große Mandeln.«

»Ja«, gab ich zu, »ich weiß.«

»Sehr große Mandeln«, sagte der Arzt, »was soll ich Ihnen da verschreiben?«

»Ich weiß nicht. Sie sind doch der Arzt.«

Eine nachdenkliche Stille setzte ein. Dann fragte er:

»Also wollen Sie jetzt ein Medikament?«

»Ich will, daß die Kopfschmerzen weggehen.«

»Haben Sie irgend etwas zu Hause, Tropfen oder ähnliches?«

»Nein.«

»Schade«, bemerkte der Arzt, »wissen Sie irgendein Medikament, das Ihnen hilft?«

»Magenbitter.«

»Gut, dann verschreibe ich Ihnen Magenbitter«, sagte der Arzt und verschrieb erleichtert Magenbitter.

Ich bedankte mich.

»Keine Ursache«, sagte der Helfer der Menschheit. »Wenn ich Ihnen raten darf, kommen Sie nach den Feiertagen wieder, dann wird Ihr zuständiger Arzt wieder da sein. Ich bin nur seine Vertretung für Donnerstag.«

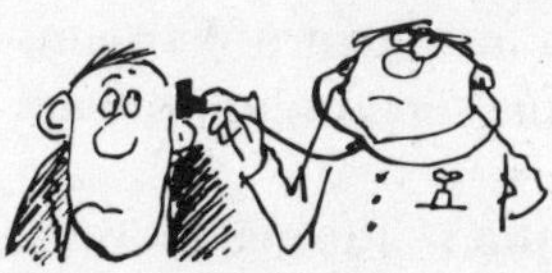

»Danke schön«, sagte ich und ging. Es war eine kurze Visite. Wenn ich wieder einmal krank werden sollte, dann werde ich mich auch nach einem Vertreter umsehen. Auge um Auge, Kopfweh um Kopfweh.

Die Bibel löst jedes unlösbare Problem mit der bekannten Schlußfolgerung: »Der Mensch ist schlecht von Geburt an.« Das heißt also, man kann gar nichts dagegen tun. Die Psychiater sind da ganz anderer Ansicht. Sie machen die Umstände für alles verantwortlich.

Ich teile beide Meinungen. Die Umstände sind schuld, aber der Mensch macht die Umstände.

Rettet die Kultur oder Schnellkurs in Misstrauen

Es war in der Gründerzeit, und die Idee ging von Jakob aus. Wir saßen in seinem Atelier, Chaim, Uri und ich, und machten uns Sorgen.

»Die kulturelle Lage in unserem Land ist katastrophal«, stellte Chaim fest. »Unsere Jugend ist verrückt nach dem Fernsehen, und ihr einziger Lesestoff sind amerikanische Magazine. Die Literatur stagniert.«

Wir nickten deprimiert.

Uri sprang auf: »Worte, Worte, Worte«, brach es aus ihm hervor. »Wir müssen handeln. Wir sind jung, stark und schön. Wir glauben an eine bessere Zukunft. Retten wir die Kultur.«

Röte legte sich auf unsere Wangen, Unternehmungslust blitzte in unseren Augen, unsere Körper strafften sich:

»Wir müssen einen Club gründen«, schlug ich vor. »Wir müssen alle jungen, lebendigen, selbstlosen Kräfte sammeln, denen das geistige Ansehen unseres Landes noch etwas bedeutet.«

»So ist es«, rief Jakob begeistert. »Gründen wir einen Kreis der Jungen Kulturfreunde.«

Bis zur Morgendämmerung saßen wir beisammen und diskutierten unsere Pläne. Wir wollten ein Lokal mieten und es gemütlich herrichten als eine Oase der Begegnung. Dort sollten auch literarische Abende stattfinden, und ihr Reinertrag würde jungen Talenten zugutekommen.

Gleich am nächsten Tag machten wir uns auf die Suche und fanden tatsächlich einen geeigneten Kellerraum. Aber der Eigentümer, ein aus Griechenland eingewanderter Gemüsehändler, wollte ihn nicht an uns vermieten.

»Erstens, wer sind Sie?« fragte er. »Zweitens, was sind Sie? Drittens, was für ein Kreis ist das? Und viertens, wo sind die schriftlichen Unterlagen?«

Wir brachen in lautes Gelächter aus. Schriftliche Unterlagen! Wozu brauchen wir schriftliche Unterlagen? Unser gemeinsames Ziel und unsere innige Liebe zur Kultur sind doch wohl mehr wert als ein albernes Stück Papier. Aber der Grieche bestand darauf, nur mit einem eingetragenen Verein zu verhandeln, sonst wüßte er ja nie, bei wem er die rückständige Miete einkassieren sollte.

Wir mußten wohl oder übel einen Rechtsanwalt suchen, der für uns diese läppischen Formalitäten erledigen könnte.

Der Rechtsanwalt, ein gewisser Dr. Shay-Sonnenschein, empfing uns in seiner Kanzlei, die einen ausgezeichneten Eindruck auf uns machte, obwohl sie im früheren Lichtschacht des Hauses untergebracht war und keine Fenster hatte.

»Ich freue mich, Sie kennenzulernen«, sagte Dr. Shay-Sonnenschein. »Was kann ich für Sie tun?«

»Wir sind jung, Herr Doktor, und haben noch Ideale«,

belehrte ihn Jakob. »Wir wollen unsere ganze Kraft in den Dienst der geistigen Regeneration unseres Volkes stellen, um künftigen Generationen ein kultiviertes Leben zu garantieren.«

»Ich verstehe«, nickte der Anwalt. »Sie wollen eine Non-Profit-Gesellschaft gründen.«

»Sagten Sie Profit?« fragte Chaim. »Wir denken nicht an Profit und werden auch keinen haben.«

»Das kann man vorher nie wissen«, entgegnete der Jurist. »Heute sind Sie noch jung und naiv, aber in zehn Jahren werden Sie über manche Dinge anders denken. Ich rate Ihnen, eine sogenannte ›Ottomanische Gesellschaft‹ zu gründen.«

Wir waren einverstanden, schon weil wir nicht fragen wollten, was das bedeutete. Aber Dr. Shay-Sonnenschein wollte noch eine Reihe von Details wissen.

»Zum Beispiel muß in den Statuten genau festgelegt sein, wie die Gesellschaft aufgelöst wird«, sagte er.

Wir begannen uns zu ärgern. Weshalb sollten wir an unsere Auflösung denken, da wir doch eine Gründung wollten. Wir sagten ihm das klipp und klar.

»So einfach ist das nicht.« Der Profi schüttelte den Kopf. »Heute vertragen Sie sich noch, aber wer weiß, wie das in zehn Jahren aussieht. Man sollte von Anfang an jede Möglichkeit einkalkulieren. Ich schlage vor, daß die Liquidation des Vereins nur durch einstimmigen Beschluß der Generalversammlung erfolgen kann.«

»Wie Sie meinen«, sagte ich sarkastisch.

»Gut. Und jetzt müssen wir uns noch darüber einigen, wie in diesem Fall das Eigentum des Vereins aufgeteilt wird.«

»Was für ein Eigentum?«

»Warten Sie ab. In zehn Jahren, wie gesagt. Üblicherweise erhalten die Mitglieder der Generalversammlung zu gleichen Teilen den Grundbesitz und das bewegliche Eigentum. Im Streitfall entscheidet das Schiedsgericht.«

»Streitfall? Schiedsgericht? Was soll das?«

»Das werden Sie dann schon sehen. Es tut mir leid, aber ich muß Sie auf alle diese Dinge hinweisen. Das ist meine Pflicht als Anwalt. Heute sind Sie noch jung, aber so jung werden Sie nicht bleiben. Übrigens müssen wir noch festlegen, wer Mitglied werden kann.«

»Jeder kreative Mitbürger mit Liebe zur Kultur.«

»Das ist keine juristische Definition. Also muß das Präsidium die Entscheidung treffen.«

»Welches Präsidium?«

»Nach Ottomanischem Gesetz, das bekanntlich noch nicht in allen Bereichen aufgehoben wurde, muß jeder Verein ein dreiköpfiges Präsidium haben.«

»Zu dumm«, scherzte Uri. »Wir sind vier.«

»Dann ist einer überflüssig«, konstatierte trocken der Anwalt.

Wir lachten herzlich. Es war aber auch zu komisch.

»Na schön«, schlug Chaim vor, »dann wird halt Ephraim dem Präsidium nicht angehören.«

Abermals brachen wir in stürmisches Gelächter aus, obwohl wir eigentlich wütend waren, unsere kostbare Zeit mit derartigen Bagatellen verschwenden zu müssen. Besonders wütend war ich. Wie kam Chaim dazu, mich aus dem Präsidium zu werfen? Warum gerade mich? Das würde ich ihm nicht so bald vergessen.

»Die Frage des Präsidiums wäre also geklärt.« Dr. Shay-Sonnenschein war zufrieden. »Jetzt müssen wir noch festlegen, unter welchen Umständen der Ausschluß eines Mitglieds stattfinden soll.«

»Das ist doch nicht aktuell«, unterbrach Jakob.

»Natürlich ist das heute noch nicht aktuell. Aber in zehn Jahren könnte es sein, daß Sie mit irgendeinem Mitglied nicht mehr auskommen, daß der Mann kriminell wird oder daß Sie ihn aus persönlichen Gründen draußen haben wollen.«

Ich merkte deutlich, daß alle mich ansahen. Mich und nur mich.

Dr. Shay-Sonnenschein fuhr fort: »Ich halte es für ratsam, den Ausschluß eines Mitglieds vom einstimmigen Beschluß des Präsidiums abhängig zu machen.«

»Kommt nicht in Frage!« rief ich. »Ich habe kein Vertrauen zum Präsidium. Über einen Ausschluß kann nur die Generalversammlung entscheiden.«

»Es wäre viel zu kompliziert, wegen eines einzigen Mitglieds eine Generalversammlung einzuberufen«, protestierte Jakob. »Auf diese Weise könnten wir praktisch niemanden loswerden.«

Ich wollte nicht so schnell klein beigeben und stellte eine Frage:

»Nehmen wir an, daß zum Beispiel Jakob ausgeschlossen werden soll. Müßten wir ihm dann etwas zahlen, Herr Doktor?«

»Auch darüber muß das Präsidium entscheiden.«

»Unmöglich!« Jetzt war Uri dagegen. »Wenn man mich hinausekeln wollte, ich würde mir von den Präsidialidioten gar nichts sagen lassen. Die Höhe meiner Entschädigung müßte ja in den Statuten nachzulesen sein.«

»Kein Problem«, entschied Dr. Shay-Sonnenschein. »In den Statuten ist Platz für alles. Vielleicht sollten wir zur Erleichterung der Steuererklärung festhalten, daß einem ausscheidenden Mitglied statt einer Abfindung das Gehalt für sechs Monate ausbezahlt wird.«

»Welches Gehalt?«

»Das Sie festsetzen. Schließlich handelt es sich um einen gemeinnützigen Verein. Das heißt, daß Sie alle Gewinne unter sich aufteilen müssen.«

»Diese paar Schekel sind doch nicht der Rede wert.«

»Heute sind es nur ein paar Schekel, in zehn Jahren

können es Hunderte oder Tausende sein. Sie müssen sich immer die Entwicklungsmöglichkeiten eines solchen Unternehmens vor Augen halten. Sie können in Ihren Räumen eine Snackbar einrichten. Sie können die größeren Säle für Hochzeiten und Jubiläen vermieten. Seit kurzem sind Tanzkurse am Wochenende sehr beliebt. Wenn Sie geschickt sind, können Sie mit dem Hinweis, daß Sie nicht für Gewinn arbeiten, Steuerbefreiung erreichen. Der dennoch erzielte Gewinn muß dann eben unter der Bezeichnung ›Gehalt‹ an die Mitglieder verteilt werden.«

»Aber nicht an alle«, wehrte sich Uri. »Nur an die vier Gründungsmitglieder, die hier anwesend sind.«

Dieser Vorschlag wurde einstimmig angenommen. Jakob hakte nach: »Was die Mitgliedschaft betrifft, müssen wir sehr wählerisch sein. Ich bin für strenge Prüfung und hohe Mitgliedsbeiträge. Da sind wir sicher, daß wirklich nur Leute von Kultur und Niveau zu uns kommen.«

Dr. Shay-Sonnenschein servierte Mineralwasser. Jakob war inzwischen von mir weggerückt. Ich behielt den schäbigen Opportunisten scharf im Auge.

Chaim und Uri flüsterten miteinander und zeigten abwechselnd auf Jakob und mich. Ich nahm mir vor, den Kontakt mit diesen beiden hinterhältigen Typen so rasch wie möglich abzubrechen.

»Wie, Herr Doktor, ist die Rechtslage«, fragte ich, »wenn sich herausstellt, daß einer von uns sich heimlich in der Vereinskasse bedient hat?«

»Es müßte, im Falle eines Diebstahls, entweder ein Schiedsgericht zusammentreten oder eine außerordentliche Vollversammlung einberufen werden.«

»Und wenn die betreffende Person sich als Spitzel in unsern Kreis eingeschlichen hat?« fragte Uri und warf mir einen haßerfüllten Blick zu. »Was macht man mit so einem Lumpen?«

»Man übergibt ihn der Polizei und wählt einen Ersatzmann.«

»Und wenn er Drogen nimmt und Amok läuft? Oder sich als gemeingefährlicher Irrer entpuppt?«

»Sie haben ganz recht, diese Fragen zu stellen. Das alles muß in den Statuten berücksichtigt werden. Das Präsidium muß auch berechtigt sein, alte oder kranke Mitglieder im eigenen Interesse ohne weitere Begründung auszuschließen.«

»Sehr richtig«, krächzte Jakob. »Wir brauchen keine Krüppel.«

Chaim, der an Magengeschwüren leidet, wurde blaß:

»Und was«, fragte er mit drohend gesenkter Stimme, »was geschieht, wenn einer von uns einen andern umbringt?«

»Dann hätte vor allem ein innerhalb des erweiterten Präsidiums zu konstituierender Rechnungsausschuß über die Höhe der Entschädigung zu beraten, die an die Witwe zu zahlen wäre. Aber auf solche Details brauchen wir heute nicht einzugehen, glaube ich.« Dr. Shay-Sonnenschein schloß die Akte mit der Aufschrift »Kreis der jungen Kulturfreunde« und erhob sich. »Ich schlage vor, daß wir in einer Woche wieder zusammenkommen, um über Investitionen, Dividenden und Einfuhrlizenzen zu beraten.«

Uri interessierte sich hauptsächlich für den Import schwedischer Pornofilme, ich legte größeres Gewicht auf Swatch-Uhren. Beim Verlassen des Hauses achtete ich darauf, nicht vorauszugehen. Es ist kein gutes Gefühl, diese Mafiosi im Rücken zu haben, wenn es dunkel wird.

»Also auf Wiedersehen nächste Woche«, murmelte Uri und war verschwunden.

Wir anderen gingen wortlos auseinander. Wir fühlten uns um zehn Jahre älter.

Der Talmud, die Sammlung jüdischer Weisheiten und Interpretation religiöser Gesetze aus dem Alten Testament, hält einige Überraschungen bereit. Unter anderem erklärt er, daß ein Dieb, der einen anderen Dieb bestiehlt, nicht bestraft werden darf.

Das ist sicher ein begrüßenswertes Vorhaben, aber wenn man es verwirklicht, wird die Untersuchung staatlicher Korruption praktisch unmöglich.

Es sei denn, der Dieb nimmt das Siebte Gebot ernst und hat genug vom Stehlen. Dieses Problem ist dann gar nicht mehr zu lösen.

Unsere tägliche Unterschlagung gib uns heute

Personen: Ziegler
Ein Amtsdirektor
Sekretärin

Ort der Handlung: Eine Regierungskanzlei

Ziegler: Entschuldigen Sie, Herr Direktor. Störe ich?

Direktor: Kommen Sie nur herein, Ziegler. Ich habe genau fünf Minuten für Sie. Setzen Sie sich. Was gibt's?

Ziegler: Es tut mir leid, Ihre kostbare Zeit in Anspruch zu nehmen.

Direktor: Schon gut, Ziegler. Schießen Sie los.

Ziegler: Ich möchte eine Gehaltsaufbesserung haben.

DIREKTOR: Sie wissen doch, daß die öffentlichen Angestellten nach Tarif bezahlt werden.

ZIEGLER: Ich weiß. Aber in Anbetracht der steigenden Lebenskosten ...

DIREKTOR: Sprechen Sie nicht weiter. Ihr Gehalt ist eine Angelegenheit direkter Verhandlungen zwischen den Behörden und den Vertretern der Gewerkschaft für öffentliche Erpressung und Streikandrohung. Stellen Sie sich vor, was geschehen würde, wenn alle 260 Angestellten unserer Abteilung zu mir kämen, um Gehaltserhöhungen zu verlangen. Es überrascht mich ein wenig, daß Sie, ein alter, loyaler Beamter ...

ZIEGLER: Ich verstehe, Herr Direktor. Das heißt also, daß sich nichts machen läßt. Nicht einmal eine Aufbesserung um 50 Schekel netto?

DIREKTOR: Kommt nicht in Frage.

ZIEGLER: Brutto?

DIREKTOR: Auch nicht.

ZIEGLER: Dann muß ich also wieder Bestechungen annehmen.

DIREKTOR: Es sieht so aus.

ZIEGLER: Und ich hatte gehofft, wenigstens dieses Jahr kann ich pausieren. Nicht, daß es gar so schwer wäre. Man findet immer wieder Leute, die bereit sind, einen Beamten zu bestechen. Um die Wahrheit zu sagen, man findet kaum noch Leute, die *nicht* dazu bereit sind. Im vergangenen Jahr habe ich auf diese Weise ungefähr 60 000 Schekel eingenommen.

DIREKTOR: Übertreiben Sie nicht, Ziegler.

ZIEGLER: Es war ein sehr gutes Jahr. Die Reorganisation unseres Eisenbahnnetzes hat die Dinge in Schwung gebracht. Ich hab's mir spaßeshalber in diesem Büchlein notiert. Hier, lesen Sie selbst, Herr Direktor.

DIREKTOR: »Oktober. Ankauf gebrauchter Lokomotiven: 15 600 Schekel.« Ja, ich erinnere mich. Ich habe mich damals gefragt, wozu unser Ministerium zwei alte Lokomotiven braucht. Eine hätte genügt. Zeigen Sie her. »November. Griff in die Kasse: 1700 Schekel.« Na, das ist ja nicht so viel.

ZIEGLER: Der November ist immer ein schwacher Monat. Es war mehr aus Gewissenhaftigkeit vor Bilanzschluß. Aber im Dezember kam eine wirklich seriöse Bestechung.

DIREKTOR: »Dezember. 33 000 Schekel bar von Herrn R.« Wer ist R.? Robitschek?

ZIEGLER: Ja.

DIREKTOR: Regierungsaufträge?

ZIEGLER: Ja.

DIREKTOR: Ziegler, Ziegler. Mich geht's ja nichts an. Aber sind 33 000 Schekel in einem Monat nicht etwas zuviel?

ZIEGLER: Sie können sich nicht vorstellen, Herr Direktor, wie beharrlich dieser Robitschek war. Er hat mir das Geld buchstäblich aufgedrängt. Dafür war der Januar wieder sehr schwach. 8000 Schekel, alles zusammen.

DIREKTOR: Einfuhrbewilligungen?

ZIEGLER: Ausfuhrgenehmigungen.

DIREKTOR: Hm. Wie ich in Ihrem Büchlein sehe, hat's im Februar wieder einen Aufschwung gegeben.

ZIEGLER: Der Frühling, Herr Direktor, der Frühling. Aber jetzt muß ich Ihnen endlich ein Geständnis machen. Ich lasse mich nicht gern bestechen. Es ist mir unangenehm.

DIREKTOR: Warum?

ZIEGLER: Weiß der Teufel. Vielleicht bin ich pervers. Wenn ich von meinem Gehalt leben könnte, glauben Sie mir, Herr Direktor, ich würde keine einzige Bestechung mehr annehmen.

DIREKTOR: Sie berühren da ein Problem von allgemeiner Gültigkeit.

ZIEGLER: Ich weiß.

DIREKTOR: Es ist ein Problem unseres gesamten öffentlichen Lebens.

ZIEGLER: Ich weiß. Aber ich habe eben ein schlechtes Gefühl dabei. Schließlich und endlich, wenn man's recht besieht, ist es nichts anderes als Diebstahl.

DIREKTOR: Vom rein technischen Standpunkt aus, gewissermaßen als Verfahrensfrage, läßt es sich nicht leugnen.

ZIEGLER: Deshalb sage ich ja, daß ich mit einem halbwegs anständigen Gehalt ...

DIREKTOR: Ausgeschlossen.

ZIEGLER: 40 netto?

DIREKTOR: Lieber Freund, wir sind hier nicht in einem Basar, sondern in einer Regierungskanzlei. Hier wird nicht gehandelt. Verstanden? Ich versichere Ihnen, daß die Regierung sich dieses schmerzlichen Problems durchaus bewußt ist. Aber Sie, Ziegler, müssen sich darüber im klaren sein, daß Sie Unmögliches verlangen. Wenn wir Ihr Gehalt erhöhen, verlangen am nächsten Tag Ihre 260 Kollegen ...

ZIEGLER: Sie werden nichts davon erfahren. Ehrenwort.

DIREKTOR: Das will ich nicht gehört haben. Zu solchen Machenschaften gebe ich mich nicht her. Also Robitschek hat 33 000 Schekel gezahlt?

ZIEGLER: In drei Raten. Die letzte davon erst heute. Hier in dieser Rocktasche befinden sich 11 000 Schekel in Banknoten.

DIREKTOR: Sehr unvorsichtig von Ihnen, so viel Bargeld bei sich zu tragen.

ZIEGLER: Ich nehme keine Schecks.

DIREKTOR: Haben Sie das Geld schon nachgezählt?

ZIEGLER: Dazu hatte ich noch keine Zeit.

DIREKTOR: Versteh' ich nicht. Ein so gewissenhafter Beamter wie Sie.

ZIEGLER: 30 Schekel monatlich, und ich hör' auf damit.

DIREKTOR: Sie sind ein Querkopf, Ziegler. Das muß ich schon sagen. Einen Augenblick. Ich rufe meine Sekretärin.

SEKRETÄRIN: Sie wünschen, Herr Direktor?

DIREKTOR: Bringen Sie mir das Dossier für diverse Nebeneinkünfte.

SEKRETÄRIN: Von wann?

DIREKTOR: Die letzten zwei Jahre.

SEKRETÄRIN: Hier, bitte.

DIREKTOR: Wie hoch war die Bestechungstotale am Ende des letzten Jahres?

SEKRETÄRIN: Inklusive Veruntreuungen in bar?

DIREKTOR: Ja.

SEKRETÄRIN: Im letzten Quartal, also im Oktober, erreichten die Entnahmen in unserer Abteilung eine Gesamthöhe von 22 800 Schekel.

DIREKTOR: Das geht noch an. November?

SEKRETÄRIN: 38 000 Schekel, aber ich habe meine 2000 Schekel vor der Inspektion zurückerstattet.

DIREKTOR: Ja, ja, ich erinnere mich. Weiter.

SEKRETÄRIN: Dezember 3000 Schekel.

DIREKTOR: Natürlich Robitschek. Und wie sieht die Gesamtbilanz aus?

SEKRETÄRIN: In der Sparte »Indirekte Bestechungen« haben wir eine Abschlußziffer von 240 000 Schekel, aber davon sind 20 000 ein Übertrag vom Vorjahr.

DIREKTOR: Macht keinen Unterschied. Sagen wir rund eine viertel Million. Nehmen Sie Papier und Bleistift, Ziegler, und rechnen Sie. Wenn ich Ihr Gehalt um 40 Schekel monatlich erhöhe, muß ich morgen 260 Angestellten die gleiche Erhöhung bewilligen. 40 Schekel netto sind bei unserem Steuergebaren 80 Schekel brutto. Mit Krankenversicherung, Pensionsfonds und so weiter kommen wir ziemlich genau auf 100. Multiplizieren Sie das mit 260. Das ergibt 26 000 Schekel pro Monat.

SEKRETÄRIN: Oder mehr als 300 000 Schekel im Jahr.

DIREKTOR: Und jetzt sagen Sie mir, Ziegler, wo soll unser kleines Land so viel Geld für Gehaltserhöhungen hernehmen? Wir sind arm, wir haben keine Bodenschätze, wir kämpfen hart um unsere wirtschaftliche Unabhängigkeit. 300 000 Schekel im Jahr. Woher, Ziegler, woher?

ZIEGLER: Ich weiß nicht.

DIREKTOR: Da haben Sie's. Auf der andern Seite kosten uns, wie Sie soeben gehört haben, alle Veruntreuungen zusammen nicht mehr als eine viertel Million, also 50 000 Schekel weniger als 300 000 Schekel Jahresbestechung. Wollen Sie die Staatskasse um diese 50 000 Schekel berauben?

ZIEGLER: Gott behüte.

DIREKTOR: Dann tun Sie mir den Gefallen und hören Sie endlich auf, eine Gehaltserhöhung zu verlangen.

ZIEGLER: Jawohl, Herr Direktor. Sie haben recht.

DIREKTOR: Ich freue mich, daß Sie vernünftig geworden sind, Ziegler. Vielleicht in ein paar Jahren, wenn die Staatsfinanzen sich konsolidiert haben, vielleicht dann . . .

ZIEGLER: In ein paar Jahren bin ich Millionar.

DIREKTOR: Dann kann ich Ihnen leider nicht helfen, Ziegler. Auf Wiedersehen.

ZIEGLER: Auf Wiedersehen, Herr Direktor.

Trotz aller Bemühungen ist es dem Dieb Ziegler also nicht geglückt, erwischt zu werden, und der arme Kerl war sehr frustriert darüber.

Es wäre aber falsch, daraus zu schließen, daß für die Diebe, denen es gelungen ist, im Knast zu landen, sich das Leben als reines Honiglecken darstellt.

Häftlingsdrama vor den Kerkermauern

Schon einige Abende lang hatte die beste Ehefrau von allen den Eindruck, daß sich jemand in unserer Wohnung versteckt. Wir dachten zuerst an den Steuerprüfer und wollten ihn nicht provozieren, aber schließlich gingen uns die Geräusche im Vorzimmer so sehr auf die Nerven, daß ich beschloß, etwas zu unternehmen. Ich ging ins Vorzimmer hinaus, und da saß ein Mann mit Brille in unserem Lehnstuhl und schlief. Als ich ihn geweckt hatte, stand er auf und stellte sich vor:

»Mein Name ist Blitz.«

»Sehr erfreut.«

Vor mir stand einer unserer prominentesten Taschendiebe, der erst vor zwei Wochen zu 15 Monaten Kerker verurteilt worden war.

Wir plauderten ein wenig, und ich erfuhr, daß Blitz mit dem Ergebnis der jüngsten Wahlen nicht einverstanden war. Er hätte einen Sieg der Liberalen bevorzugt, hauptsächlich deren vorgesehene Änderungen im Strafvollzug.

Nach einiger Zeit hielt ich es nicht länger aus:

»Entschuldigen Sie«, sagte ich. »Wie sind Sie eigentlich aus dem Gefängnis herausgekommen?«

Mein Gast lehnte sich zurück, sichtlich überwältigt von jüngsten Erinnerungen:

»Wir hatten das von langer Hand vorbereitet, Farkas und ich. Ich hielt mit Farkas von Anfang an Kontakt durch einen speziell ausgearbeiteten Klopfzeichencode.«

»Ausgearbeitet? Wie?«

»Nun, wir trafen uns ja täglich im Speisesaal, wo wir die Sache ausführlich diskutieren konnten. Die Wärter beschwerten sich, daß unser ewiges Klopfen sie verrückt mache. Unser Antrag auf Telefon wurde jedoch abgelehnt. ›Die Gefangenen‹, sagten sie, ›dürfen nicht miteinander telefonieren.‹ Sie waren sehr streng in diesem Gefängnis.«

»Sie werden dafür büßen.«

»Hoffentlich. Aber es hat uns doch sehr verbittert. Wir arbeiteten also einen detaillierten Fluchtplan aus, Farkas und ich. Als erstes wollten wir einen Tunnel zum Gefängnisfriseur graben und uns dort rasieren. Dann ging der Weg weiter zur Kanalisationsanlage und in die Kleiderkammer, um uns Anzüge zu besorgen. Von dort in die Küche zu einem kleinen Imbiß, dann ins Büro des Direktors, um uns die nötigen Papiere zu verschaffen. Dann wollten wir uns an einem Strick zum Gefängniskino hinunterlassen und noch einmal einen guten Film sehen. Die eigentliche Flucht war erst nach Vorstellungsschluß geplant.«

»Beeindruckend.«

»Warten Sie. Das Ganze war nicht so einfach, wie es klingt. Wir mußten ja einen genauen Plan des Gefängnisgebäudes anlegen, um richtig vorgehen zu können. Dazu brauchten wir Schreibmaterial. Aber das wurde uns von der Gefängnisverwaltung nicht bewilligt. Die mißtrauischen Kerle denken an alles. Sie trachten nur danach, uns das Leben schwerzumachen. So blieb uns nichts übrig, als den Lageplan mit unseren Taschenmessern in die Wand des Baderaums zu ritzen.«

»Wie lästig.«

»Eben. Andauernd fehlte uns irgend etwas. Besonders schwierig war die Beschaffung eines Spatens. Kleine nützliche Geräte wie Zangen, Schraubenzieher und elektrische Drillbohrer kann man sich im Gefängnis verhältnismäßig mühelos besorgen. Aber ein Spaten erregt Aufsehen. Deshalb beschlossen wir, ihn in Eigenproduktion herzustellen, und wollten in die Gefängnistischlerei eindringen. Die Türe war versperrt und verriegelt. Wir hätten vor Verzweiflung am liebsten geweint.«

»Kann ich mir vorstellen. Immer wieder diese unvorhergesehenen Schwierigkeiten.«

»Richtig. Das kommt von der strengen Hausordnung in den heutigen Gefängnissen. So mußten wir das Schloß durchsägen. Und dazu brauchten wir unbedingt eine Säge. Zum Glück erinnerte ich mich, daß es in Jaffa einen Eisenhändler gab, der solche Sachen führt. Ich bat um Ausgang, ging hin und kaufte eine Säge.«

»Woher hatten Sie das Geld?«

»Das war tatsächlich ein Problem. Wir hatten keines, und als wir die Gefängniskasse aufbrachen, fanden wir nur ein paar lächerliche Münzen. Aber ich bekam die Säge auf Kredit.«

»Wie schön, daß ein einfacher Eisenhändler so viel Verständnis für seine Mitmenschen hat.«

»Er wird es nicht zu bereuen haben. Jedenfalls hatten wir jetzt alles, was wir brauchten. Sämtliche Details waren besprochen, die Uhren aufeinander abgestimmt. Pünktlich um 17 Uhr, nach Arbeitsschluß, stiegen wir in den Tunnel ein. Mit dem Rasieren auf der ersten Station klappte es, nur die Rasiercreme war schlecht, und Farkas schnitt sich in die Oberlippe. In der Kleideraufbewahrung suchten wir uns wie geplant zwei unauffällige dunkle Anzüge und gestreifte Krawatten aus. Eine Enttäuschung war die Küche. Wir fanden nichts zum Essen, weil der Koch am Vortag geflüchtet war. Was tun? Mit leerem Magen ausbrechen? Unmöglich. Farkas schlich zum Erfrischungskiosk an der nächsten Straßenecke und kam mit ein paar belegten Broten zurück, so daß wir uns stärken konnten. Dann brachen wir ins Büro des Gefängnisdirektors ein.«

»Wie?«

»Verhältnismäßig einfach. Wir drückten die Klinke nieder und zogen sie heraus. Nachdem wir die nötigen Dokumente hatten, machten wir uns über die vergitterten Fenster her. Drei Stunden lang arbeiteten wir wie verrückt. Von Zeit zu Zeit rief man uns von irgendwo unten zu, wir sollten dieses entsetzliche Kreischen abstellen, aber wir antworteten nicht. Als wir fertig waren, ließen wir uns mit dem Seil aus Bettüchern vom Fensterbrett hinunter . . . und dann geschah es.«

»Was, um Himmels willen?«

»Wir hatten uns in der Richtung geirrt. Ursprünglich wollten wir ja zum Kino. Jetzt befanden wir uns plötzlich auf einer dunklen, völlig verlassenen Straße. Weit und breit keine Menschenseele. Ringsum Totenstille. Können Sie sich unsere Situation vorstellen? Im Kino läuft ›Das Schweigen der Lämmer‹, und wir stehen draußen und sehen nichts. Wir trommelten mit den Fäusten ans Gefängnistor. ›Aufmachen!‹ brüllten wir. ›Aufmachen!‹ Nichts rührte sich. Alle saßen beim Film. Wir

versuchten das Tor aufzubrechen, aber unsere Schlosser verstehen ihr Handwerk. Wir mußten unseren Weg im nächtlichen Dunkel suchen . . .«

Er schwieg erschöpft. Der Kopf sank ihm auf die Brust.

»Und was weiter?« fragte ich.

Blitz zuckte die Achseln:

»Ich weiß es nicht. Es führt kein Weg zurück.«

VIII. Du sollst nicht falsch Zeugnis reden

Dieses Gebot wurde von Moses sehr elegant, man könnte auch sagen, mit viel Herzenstakt formuliert. Eigentlich wollte der Herr nämlich sagen: »Ihr sollt nicht lügen«, aber es war ihm so direkt dann doch ein wenig peinlich. Für die juristische Endfassung hat sich der Tüftler Moses also wieder einmal als exzellenter Menschenkenner erwiesen.

Neben den Gesetzen für Gesundheit und Sauberkeit stellte Moses auch die Regeln für moralische Hygiene auf. Er verbot zwar Korruption und Wucher, vergaß aber dabei niemals, daß wir alle nur schwache Menschen im harten Lebenskampf sind: »Wer ein neues Haus gebaut, wer einen Weinberg gepflanzt hat oder mit einem Mädchen verlobt ist, soll im Kriegsfall vor der Schlacht heimkehren«, sagte Moses und fügte hinzu: »Wer sich fürchtet und ein verzagtes Herz hat, soll auch nach Hause gehen.«

Ein paar Zeilen vor diesem verblüffenden Kapitel, das in den Annalen der Militärgeschichte seinesgleichen sucht, beschäftigt sich Moses mit der Zivilrechtsprechung und legt in seinem letzten Buch fest, »es soll kein einzelner Zeuge auftreten, sondern durch zweier oder dreier Zeugen Mund soll eine Sache gültig sein«.

Mit so wohlüberlegten Gesetzen weist der ägyptische Exprinz mitten in der Sandwüste seinem kleinen und verkommenen Stamm, den er gegen dessen Willen aus der Sklaverei geführt hat, einen Weg in die Zukunft.

Es war einer der Gründe, warum ich Moses' Gesammelte Werke mit solchem Vergnügen las, bis jemand namens Jankel in mein Leben trat und mir bewies, daß ich von Moses' Gesetzen eigentlich nicht die geringste Ahnung hätte.

Ein schwerer Schicksalsschlag für den Nachwuchs des Hohepriesters

Ich hatte Jankel nie vorher gesehen, aber ich zerstörte seine ganze Zukunft und sein Familienglück innerhalb von wenigen Minuten.

Es begann damit, daß eine mir gleichfalls unbekannte Frau von etwa 40 Jahren in meiner Wohnung auftauchte und mit einem Redeschwall über mich herfiel, der sowohl inhaltlich wie grammatikalisch einiges zu wünschen übrigließ.

»Entschuldigen Sie lieber Herr daß ich Sie überfalle wo wir uns doch kaum kennen aber jetzt bin ich endlich soweit daß ich Jankel heiraten könnte ach so Sie wissen nicht daß ich von meinem ersten Mann geschieden bin warum spielt keine Rolle er hat getrunken und hat anderen Weibern Geschenke gemacht aber Jankel trinkt nicht und verdient sehr schön und kümmert sich nicht um Politik und er lebt schon sehr lange im Land und hat einen sehr guten Posten in der Textilbranche und will ein Kind haben aber schnell denn er kann nicht mehr lange warten schließlich ist er nicht der Jüngste aber er schaut noch sehr gut aus auch wenn er kein Haar am Kopf hat und er hat sogar eine Wohnung ich weiß nicht wo aber Sie müssen uns unbedingt besuchen und Sie werden uns doch sicherlich diesen kleinen Gefallen tun nicht wahr?«

»Ich wünsche Ihnen von Herzen alles Gute, liebe

Frau«, sagte ich. »Möge Ihre Ehe Ihnen Segen bringen. Möge Ihnen der Friede beschieden sein, nach dem die Menschheit sich sehnt. Schalom, schalom, und lassen Sie gelegentlich von sich hören.«

»Danke vielmals ich danke Ihnen aber ich habe ganz vergessen Ihnen zu sagen daß Jankel hier keine Freunde hat außer ein paar alten Siedlern und die können vor dem Rabbi nicht bezeugen daß Jankel im Ausland nie verheiratet war aber Sie sind noch nicht so lange im Land und Sie sind Journalist und das ist sehr gut denn da können Sie für uns zeugen.«

»Gut«, sagte ich. »Ich gebe Ihnen ein paar Zeilen mit.«

»Das genügt leider nicht wissen Sie ein Freund von Jankel hat uns auch so ein schriftliches Zeugnis geschickt er ist Junggeselle noch dazu auf Briefpapier von Pepsi-Cola aus Amerika dort lebt er nämlich aber der Rabbiner hat gesagt es gilt nur persönlich und man muß selber herkommen und ich danke Ihnen schon im voraus für Ihre Güte wo ich doch eine begeisterte Leserin Ihrer Geschichten bin die letzte war leider schwach also morgen um 9 Uhr früh vor dem Café Passage oder doch lieber gleich beim Rabbinat und jetzt entschuldigen Sie ich muß schon gehen mein Name ist Schulammit Ploni sehr angenehm.«

Ich bin im allgemeinen kein Freund von Gefälligkeiten, weil sie einem immer zuviel Mühe machen. Aber diesmal hatte ich das Gefühl, zwei Liebenden helfen zu müssen. Außerdem muß ich zugeben, daß ich mich vor Frau Schulammit Ploni ein wenig fürchtete. Ich war also am nächsten Morgen pünktlich um 9 Uhr auf dem Oberrabbinat, wo mich ein großer, glatzköpfiger Mann bereits mit Ungeduld erwartete:

»Sind Sie der Zeuge?«

»Erraten.«

»Beeilen Sie sich. Man hat uns schon aufgerufen.

Schulammit wird gleich hier sein. Sie versucht unter den Passanten einen zweiten Zeugen zu finden. Das Ganze dauert nur ein paar Minuten. Sie müssen sagen, daß Sie mich noch aus Podwoloczyska kennen und daß ich nie verheiratet war. Das ist alles. Eine reine Formsache. In Ordnung?«

»In Ordnung. Sagen Sie mir nur, ganz unter uns, waren Sie wirklich nie verheiratet?«

»Nie im Leben. Ich hab' schon allein genug Sorgen.«

»Um so besser. Aber diese Stadt, die Sie mir da genannt haben, die kenne ich überhaupt nicht.«

»Sie sind doch Journalist? Erzählen Sie irgend etwas. Daß Sie eine Reportage über Podwoloczyska gemacht haben, und ich habe Ihnen jahrelang geholfen.«

»Das wird man uns nicht glauben.«

»Warum nicht? Meinen Sie, daß irgend jemand hier weiß, was eine Reportage ist?«

»Schön. Aber jetzt habe ich schon wieder vergessen, wie diese Stadt heißt, die mit P anfängt.«

»Wenn's Ihnen so schwerfällt, dann sagen Sie, wir kennen uns aus Brody. Das ist auch in Polen.«

Brody war viel leichter. Man brauchte nur an Brody Jóska zu denken, der in der Volksschule hinter mir gesessen hat.

Jankel hörte mich noch einmal ab, war beruhigt und informierte mich zur Sicherheit noch, daß sein Nachname Kuchmann sei. Ich ahnte nicht, daß sein Schicksal um diese Zeit bereits besiegelt war.

Dann kam Schulammit Ploni und brachte tatsächlich einen zweiten Zeugen angeschleppt. Nachdem ich meinen Kopf mit einem bunten Halstuch vorschriftsmäßig bedeckt hatte, wurden wir in das Amtszimmer des Rabbiners geführt, eines bärtigen, verehrungswürdigen Patriarchen mit erschreckend dicken Brillengläsern und noch dickerem askenasischem Akzent. Der Rabbi begrüßte mich herzlich. Offenbar hielt er mich für die Braut. Ich korrigierte ihn, worauf er die Daten des Brautpaares in ein mächtiges Buch schrieb und sich dann wieder an mich wandte, als spürte er, daß ich das schwächste Glied in der Kette wäre.

»Wie lange kennst du den Bräutigam mein Sohn?«

»36 Jahre, Rabbi.«

»Gab es irgendwann eine Zeit, eine noch so kurze Zeit, in der ihr nicht gut miteinander standet?«

»Nicht eine Minute, Rabbi.«

Alles ging planmäßig. Der Rabbiner nahm Brody glatt zur Kenntnis, wußte nicht, was eine Reportage ist, führte die Eintragungen durch und fragte mich nochmals:

»Du kannst also bezeugen, mein Sohn, daß der Bräutigam niemals verheiratet war?«

»Nie im Leben. Rabbi.«

»Du kennst ihn gut?«

»Ich müßte lügen, wenn ich behaupten wollte, daß ich ihn besser kennen könnte.«

»Dann weißt du vielleicht auch, mein Sohn, ob er einer kohanitischen Familie entstammt?«

»Natürlich entstammt er einer kohanitischen Familie. Und ob!«

»Ich danke dir, mein Sohn. Du hast großes Unglück verhütet«, sagte der Rabbi und schloß das vor ihm liegende Buch. »Dieser Mann darf diese Frau nicht heiraten. Niemals kann ein Kohen, ein Nachkomme des Hohepriesters, mit einer geschiedenen Frau in den heiligen Stand der Ehe treten.«

Schulammit Ploni brach in hysterisches Schluchzen aus, Jankel sah mich haßerfüllt an.

»Verzeihen Sie, Rabbi«, stotterte ich. »Ich habe in Ungarn eine weltliche Erziehung genossen und wußte nichts von der Sache mit den Kohanim. Bitte streichen Sie diese Stelle aus meiner Zeugenaussage.«

»Es tut mir leid, mein Sohn. Wir sind fertig.«

»Einen Augenblick!«

Wutschnaubend sprang Jankel auf.

»Vielleicht hören Sie auch mich an? Mein Name ist Kuchmann, und ich war nie im Leben ein Kohen. Im Gegenteil, ich stamme von ganz armen, unbedeutenden Juden ab, man könnte fast sagen von Sklaven.«

»Warum hat dann Ihr Zeuge gesagt, daß Sie ein Kohen sind?«

»Mein Zeuge? Ich sehe ihn heute zum erstenmal. Woher soll ich wissen, wie er auf diese verrückte Idee gekommen ist?«

Der Rabbiner warf mir über den Rand seiner dicken Brille einen Blick zu, vor dem ich die Augen senkte.

»Es ist wahr«, gestand ich. »Wir haben uns erst heute kennengelernt. Ich habe keine Ahnung, wer er ist und was er ist. Auch vom Gesetz habe ich keine Ahnung. Ich dachte, es könnte ihm nicht schaden, ein Kohen zu sein. Vielleicht wäre es sogar gut für ihn, dachte ich, vielleicht verbilligt das die Trauungstaxe. Lassen Sie die beiden heiraten, Rabbi.«

»Das ist unmöglich. Es sei denn, der Bräutigam weist nach, daß er nicht aus einer kohanitischen Familie stammt.«

»Um Himmels willen«, stöhnte Jankel. »Wie soll ich so etwas nachweisen?«

»Das weiß ich nicht, und es ist auch noch niemandem gelungen«, sagte der Rabbi. »Und jetzt verlassen Sie bitte das Zimmer.«

Draußen entging ich nur mit knapper Not einem Mordanschlag. Jankel schwor beim Andenken seiner armen, unbedeutenden Vorfahren, daß er es mir noch heimzahlen würde, und Schulammit besprengte das Straßenpflaster mit ihren Tränen.

»Warum haben Sie uns das angetan?« heulte sie. »Warum drängen Sie sich dazu unser Zeuge zu sein wenn Sie überhaupt nicht wissen was Sie sagen sollen ein Lügner sind Sie jawohl das ist es was Sie sind ein Lügner ein ganz gemeiner Lügner.«

Sie hatte recht. Ich habe falsch Zeugnis gegeben. Gott soll sich meiner verlorenen Seele erbarmen.

Es wird langsam Zeit, daß ich auch etwas Positives über uns Juden sage. Schließlich können wir immerhin auf einige bedeutende Erfindungen hinweisen, wie etwa auf gefillte Fisch und »Fiddler on the Roof«. Auch haben wir einen ausgeprägten Sinn für den Unterschied zwischen Gut und Böse. »Die Juden sind immer hinter der Gerechtigkeit her«, sagt ein altes hebräisches Sprichwort oder ich. Wie die Gerechtigkeit aussieht, wenn ihre Verfolger sie dann endlich eingefangen haben, ist allerdings eine andere Frage, besonders, wenn die Jagd nach Gerechtigkeit an einem so unpassenden Ort vor sich geht wie in einem städtischen Autobus.

Die Geschichte der blinden Augenzeugen

Ort der Handlung: Jede Autobushaltestelle
Zeit: Jederzeit
Personen: Jedermann

DR. PARTZUF *(bricht die bereits geschlossene Tür auf und drängt sich in den zur Abfahrt bereiten Bus)*: In Ordnung. Fahren wir!

FAHRER *(stellt den Motor ab)*: Sie dort! Steigen Sie aus!

DR. PARTZUF: Warum?

FAHRER: Ich bin kein Auskunftsbüro. Sagen Sie schön »Idiot« oder etwas Ähnliches, und steigen Sie aus.

DR. PARTZUF: Ich denke nicht daran. Hier ist Platz genug. Die Herrschaften brauchen nur ein wenig zusammenzurücken *(er drängt mit voller Wucht gegen die geballte Menge)*.

NERVÖSER HERR: Was gibt's denn? Was denkt sich der Fahrer eigentlich? Ein Passagier mehr oder weniger spielt doch keine Rolle. Fahren wir!

ÄLTERE DAME: Ganz richtig. Noch dazu ein so magerer Mensch. Der nimmt keinen Platz weg. Fahren wir endlich.

FAHRER: Solange der Mann noch im Wagen ist, wird nicht gefahren. Ich habe Zeit.

DR. PARTZUF: Idiot! *(will aussteigen)*.

ZWICKER *(packt ihn am Ärmel)*: Warten Sie, warten Sie. Nur nicht nervös werden. Und Sie, Fahrer, hören Sie mit den Witzen auf und lassen Sie diesen armen Kerl mitfahren. Aus so etwas macht man keine Prestigefrage. Geben Sie Gas und fahren Sie los.

FAHRER: Ich weiß nicht, mit wem Sie reden. Ich habe Zeit.

NERVÖSER HERR: Unverschämtheit!

MANFRED TOSCANINI: Durch solche Fahrer entstehen die Wirtschaftskrisen. Es ist ein Skandal.

ÄLTERE DAME: Pfui!

EIN IRAKI: Allah wird ihn bestrafen.

DR. PARTZUF: Ich möchte aussteigen.

ZWICKER: Immer mit der Ruhe, alter Freund. Das ist jetzt nicht mehr Ihre Privatangelegenheit. Es betrifft uns alle. Seien Sie kein Feigling. Hauen Sie dem Fahrer eine herunter, und es ist in Ordnung.

DR. PARTZUF: Ich möchte aussteigen.

VIELE STIMMEN: Nichts da ... Hiergeblieben ... Bestehen Sie auf Ihrem guten Recht, Mann ... Sie sind Steuerzahler ... Wir dürfen uns nicht tyrannisieren lassen ... Heute dir, morgen mir ...

NERVÖSER HERR *(beugt sich zum Fenster hinaus, was streng verboten ist)*: Polizei, Polizei.

FAHRER *(sortiert mit nervenzermürbender Ruhe sein Kleingeld)*: Polizei, Polizei.

POLIZIST *(zwängt sich mühsam in den Wagen)*: Alles nach hinten, bitte! Was geht hier vor?

NERVÖSER HERR: Der unverschämte Kerl von einem Fahrer hat diesen Herrn hier einen Idioten geschimpft und wollte ihn vom Trittbrett stoßen. Natürlich mußte sich der Herr zur Wehr setzen und hat ihn geboxt. Daraufhin hat der Fahrer zurückgeschlagen, das ist alles.

POLIZIST: Wenn das so ist, nehme ich den Fahrer sofort auf die Polizeistube mit *(zieht sein Notizbuch heraus)*. Ich brauche zwei Zeugen für die Gerichtsverhandlung. Ihr Name?

NERVÖSER HERR: Ich Tourist. Nicht sprechen gut. Amerikaner. Nje ponjemaj po ruski.

POLIZIST: Vielleicht Sie?

ÄLTERE DAME: Das stellen Sie sich so vor! Und wer wird für den kleinen Herschl kochen? Sie? No also. Außerdem hab' ich nichts gesehn. Ich hab' meine Brille zu Haus vergessen.

POLIZIST: Sie heißen?

IRAKI: Allah Akbar.

POLIZIST *(blickt zornig um sich)*: Jetzt ist es genug. Wenn sich keine Zeugen melden, kann ich gegen den Fahrer nicht einschreiten. He, Sie dort! Kommen Sie sofort her! Wie heißen Sie?

MANFRED TOSCANINI: Dr. Lloyd Sauermilch, interne Krankheiten, Sadam-Hussein-Boulevard 101, zweimal läuten *(er verzieht sich ans andere Ende des Autobusses, während der Polizist Notizen macht).*

POLIZIST: Jetzt brauche ich noch einen Zeugen.

(Lange nervöse Stille)

NERVÖSER HERR: Also, ich weiß gar nicht, was man gegen diesen Fahrer überhaupt aussagen sollte. Ist es vielleicht seine Schuld, wenn ein undisziplinierter Fahrgast sich weigert, einen zum Bersten überfüllten Autobus zu verlassen?

ÄLTERE DAME: Ganz meine Meinung! Der arme Autobuslenker arbeitet unter den schwierigsten Bedingungen, und dann kommt so ein Schwarzhändler daher ...

MANFRED TOSCANINI *(aus dem Hintergrund)*: Gegen arbeitende Menschen darf man nichts sagen! Die Zeiten sind vorbei!

DR. PARTZUF: Ja ... nein ... gewiß ... ich wollte ja gar nicht ...

ZWICKER: Schweigen Sie! Vor ein paar Minuten haben Sie noch das Maul aufgerissen, und jetzt wissen Sie plötzlich von nichts. Ein Skandal! Steigen Sie nächstens aus, wenn der Fahrer Sie höflich darum ersucht!

MANFRED TOSCANINI: Warum halten wir uns so lang mit dem Kerl auf? Wir brauchen ihn nur hinauszuwerfen und können weiterfahren.

VIELE STIMMEN: Jawohl ... Sehr richtig ... Wachtmeister, werfen Sie diesen fetten Gauner hinaus ... Der Fahrer hat vollkommen recht ... Allah ist groß ... Fahren wir ...

DR. PARTZUF: Aber bitte, ich wollte ja ...

POLIZIST *(wirft ihn hinaus)*: Ich werde Sie lehren, den Verkehr aufzuhalten. Marsch. Stehen Sie sofort vom Pflaster auf. Ihren Ausweis, bitte!

Fahrer *(läßt den Motor an)*: Vielen Dank, liebe Zeugen. Das habt ihr gut gemacht.

Es gibt eine einflußreiche Mafia, die das Achte Gebot im Umkreis von Kilometern meidet. Diese Olympioniken der Halbwahrheiten und echten Lügen bevölkern die Arena des gewaltigen Medienzirkus'.

All jene, die in diesem Zirkus mitspielen, ob als Christen oder als Löwen, wissen aus Erfahrung, daß Widerstand gegen die Medien zwecklos ist. Seitdem sich nämlich der erste Mensch in den Finger gestochen und mit seinem Blut das erste Bild an die Wände seiner Höhle gemalt hat, ist es zur lieben Gewohnheit geworden, daß die Menschheit jedes gedruckte oder gesendete Wort für bare Münze nimmt, und das besonders gerne, wenn ehrenwerte Leute durch den Schmutz gezogen werden.

*

Kurz gesagt, wir alle lieben die öffentliche Verleumdung, je mehr Schmutz, desto besser. Womit beileibe nichts gegen privaten Klatsch und Tratsch gesagt sei, ist er doch ein wahres Lebenselixier für Partys oder auch für Telefonate an pornofilmfreien Abenden. Das echte Vergnügen aber, der unübertroffene kollektive Orgasmus, ist und bleibt ein saftiger öffentlicher Skandal in den Medien, vor allem wenn er professionell inszeniert wird.

Natürlich muß man sich fragen, warum selbst kluge Leute auf Verleumdungen hereinfallen. Die Antwort lautet, sie fallen gar nicht darauf herein. Sie tun nur so, genau so, als säßen sie im Theater oder im Kino. Es ist dies, man muß es einmal offen aussprechen, ein bewährtes Abkommen zwischen Fernsehsendern und Zuschauern oder zwischen der Zeitung und ihren Lesern. Es sieht vor, daß Partei A zum Vergnügen von Partei B den täglichen Skandal liefert, wobei Partei B so tut, als wisse sie nicht, daß es sich um lupenreine Lügenmärchen handelt.

Dieses hübsche Gesellschaftsspiel erfreut sich weltweiter Beliebtheit. Denn würden die Medien nur die Wahrheit und nichts als die Wahrheit verbreiten, hätten nur ein paar Tugendbolde ihre Freude daran, während eine ordentliche Verleumdung eine ganze Nation samt Nachbarn glücklich macht. Ja, die öffentliche Verleumdung macht alle froh, und zwar ganz im Sinne des biblischen Gesetzes von Moses: »Du sollst dem Ochsen, der drischt, nicht das Maul verbinden.«

Ein praktischer Ratgeber zur professionellen Verleumdung

Die entscheidende Voraussetzung ist, daß man dem Opfer keinerlei Chance läßt. Das ist gar nicht schwer, denn theoretisch gibt es zwar die Möglichkeit von Leserbriefen oder einer gerichtlichen Klage, und auch die Einstweilige Verfügung hat Justitia im Köcher, aber mit all diesen läppischen Versuchen macht man sich nur lächerlich.

Leserbriefe bringen deshalb nichts, weil sie von betroffenen, also von befangenen Personen verfaßt sind, und deren subjektive Aussage wirkt natürlich unglaubwürdig. Damit sind sie praktisch machtlos gegen die hohe moralische Autorität des mit dem Skandal befaßten Zeitungsvolontärs in Sankt Pauli.

Prozesse hingegen ziehen sich zumeist über mehrere Generationen hin. Zwischenzeitlich stirbt das Opfer und auch die Zeitung, und die Urenkel haben später keine Ahnung mehr, worum es eigentlich ging.

Man muß also in diesem internationalen Gesellschaftsspiel entweder sehr geschickt mitmischen oder ganz still die Finger davon lassen.

Für Anfänger und Fortgeschrittene biete ich nachfolgend ein paar leicht faßbare Tips zur Perfektion in der anspruchsvollen Disziplin der professionellen Verleumdung.

*

Die Wirkung der Gesetzestafeln vom Berg Sinai lehrt, daß Menschen am sichersten von Dokumenten überzeugt werden.

Ich nenne zum besseren Verständnis ein Beispiel.

Es ist Saure-Gurken-Zeit, die Lokalzeitung sucht verzweifelt nach einer Titelgeschichte. Da erzählt der Lokalredakteur, der neben dem Abgeordneten Meierhofer wohnt, daß er am Morgen Frau Meierhofer beim Teppichklopfen gesehen hätte.

Die Zeitung macht also die Titelseite mit folgender Headline auf: »Abgeordneter Meierhofer kauft heimlich Teppiche bei persischen Asylanten«. Das ist der Augenblick, das Dokument einzusetzen, denn die Öffentlichkeit wird sich um so lieber empören, wenn die Schlagzeile mit einem Schnappschuß des verstorbenen Ajatollah Khomeni oder eines Kaschmirteppichs, besser aber noch mit einem Paßfoto des Angeklagten Meierhofer garniert wird. Mit der Bemerkung »Der Staatsanwalt ermittelt, ob Mehrwertsteuer bezahlt wurde« sollte der Exklusivbericht schließen.

Daß Frau Meierhofer lediglich vor zwei Jahren einem

hartnäckigen Hausierer zwei Fußabstreifer abgekauft hat, tut im Augenblick nichts zur Sache. In jedem Fall stinkt in den Augen der Öffentlichkeit die Perserteppich-Affäre zum Himmel, ansonsten hätte eine seriöse Zeitung doch sicherlich nicht auf der Titelseite und mit Foto darüber berichtet.

Der Volksvertreter, der bei diesem Fehltritt ertappt wurde, hat jetzt drei Möglichkeiten zu reagieren. Er kann auf seine Immunität verzichten und sich der Justiz stellen, einen parlamentarischen Untersuchungsausschuß fordern oder dem Redakteur mit einer Colaflasche den Schädel einschlagen. Oder er versucht alle drei Möglichkeiten hintereinander. Sein öffentliches Amt kann er in jedem Fall vergessen.

Ich rate ihm, ohne diese überflüssigen Anstrengungen seinen Rücktritt bekanntzugeben und einen gutbezahlten Job in der Privatwirtschaft anzunehmen.

*

Sehr hilfreich bei einer professionellen Verleumdung sind auch höhere Instanzen oder Persönlichkeiten, die der Affäre den offiziellen Anstrich geben. Die Formulierung sollte dann lauten: »Wird die Abteilung für Steuerfahndung rasch eingreifen?«, und damit kann Meierhofer seinen Hut endgültig nehmen.

Die beste Wirkung ist zwar mit der Steuerbehörde zu erzielen, aber an zweiter Stelle könnte man den lieben Gott oder sogar den Staatsanwalt bemühen. An dritter Stelle kommt natürlich die Polizei. Alle drei müssen noch gar nichts tun oder sagen, es reicht völlig aus, wenn sie »in Erwägung ziehen«, solange das falsche Zeugnis mit einem Fragezeichen schließt.

*

Das Fragezeichen spielt nämlich eine besonders raffinierte Rolle. Da gibt es unendlich viele Möglichkeiten der rufmordenden Anwendung ohne das geringste Risiko.

Mit Sicherheit bleibt der Durchschnittsbürger im Vorbeischlendern am Zeitungskiosk an der großaufgemachten Schlagzeile hängen: »Wo war der Justizminister am Samstag abend?« Schockiert läuft jener Bürger dann nach Hause zu seiner treuen Gattin und macht seiner Verbitterung Luft: »Wir haben ja keine Ahnung, mein Herz, was die da oben so alles treiben!«

Unserem Durchschnittsbürger, der zwar die Schlagzeile gelesen, das Blatt aber nicht gekauft hat, entgeht die auf Seite 63 ganz unten versteckte Meldung, daß besagter Minister dem innenpolitischen Redakteur ein blütenweißes Alibi geliefert hat. Er habe den Samstag abend im Kreise seiner Familie verbracht, wo sonst? So einfach also hätte sich der Verdacht zerstreut, er betreibe ein zweitklassiges Freudenhaus am Rande der Stadt.

Und dem journalistischen Ethos ist auch noch Genüge getan und der Minister voll rehabilitiert, Amen.

Die Redaktion kann ja schließlich nichts dafür, daß der Durchschnittsbürger das Blatt nicht gekauft hat.

*

Unter allen gut einsetzbaren Fragezeichen aber ist die Anfrage im Parlament immer noch die eindrucksvollste. Erfreulicherweise nennt das Gesetz keinerlei Einschränkungen bezüglich Thema oder Stil. Entscheidend ist nur das Fragezeichen am Ende der Anfrage. Zum Beispiel: »Ist dem Herrn Justizminister bekannt, daß der Staatssekretär, der zuständig für die Reisespesen der Politiker ist, soeben der Polizei einen geheimen Bericht über häufige Auslandsreisen der Gattin des Ministers vorgelegt hat?«

Nein, dem sichtlich nervösen Justizminister ist gar nichts bekannt, denn der Verantwortliche hat weder etwas eingereicht, noch hat die Polizei einen geheimen oder öffentlichen Bericht erhalten. Auch gut, dann wurde eben diesmal nichts aus der Anfrage.

Irren ist menschlich.

*

Daß der kleine Mann auf der Straße mit einer Anfrage im Parlament nichts anfangen kann, spielt hier keine Rolle. Ihm bleibt immer noch das Amtsgericht. In unserer Gesellschaft hat nämlich jeder Bürger das Recht, seinen Nächsten für jede Sache der Welt zu verklagen, wenn ihm danach ist und er das nötige Kleingeld dazu hat. Vielleicht verliert er den Prozeß dann in vier bis fünf Jahren, aber in der Zwischenzeit profitiert er von knalligen Schlagzeilen wie: »Erfolgreicher Komponist der Unzucht mit Minderjähriger angeklagt.«

Was kann der erfolgreiche Komponist, der ausschließlich mit seiner Frau Geschlechtsverkehr pflegt, und das nicht oft, dagegen tun? In der Zeitung steht ja die Wahrheit und nichts als die Wahrheit. Es entspricht schließlich den Tatsachen, daß man ihn wegen der betreffenden unzüchtigen Handlung angezeigt hat.

Mit etwas Glück kann er lediglich erreichen, daß die Zeitung die Erklärung seines Anwalts veröffentlicht: »Es ist nicht richtig, daß mein Klient mit einer Minderjährigen geschlechtlich verkehrt hat. Im Gegenteil, er hat mit einer Minderjährigen keinen Geschlechtsverkehr gehabt.«

Hat der geneigte Leser eigentlich schon einmal darüber nachgedacht, wie problemlos ein Prominenter nur durch die Androhung eines derartigen Prozesses zu erpressen ist?

Ein Kinderspiel.

*

Man kann aber ganz gut auch ohne Prozeß falsches Zeugnis geben. Mit ein paar gezielten Sätzen in einem Interview kann ein ähnlicher Effekt erreicht werden. Diese Variante der professionellen Verleumdung erfordert zwar direkten Kontakt zwischen Opfer und Täter, aber zumeist spielt das Opfer problemlos mit, weil jeder gern seinen Namen in der Zeitung liest. Das läuft dann so ab:

JONNY: Herr Professor, was halten Sie von Drogen?

PROFESSOR W.: Drogen können zwar momentane Erleichterung bringen und einen Menschen von seinen persönlichen Problemen ablenken, auf lange Sicht aber gefährden Drogen Körper wie Psyche.

JONNY: Verurteilen Sie also den Gebrauch von Drogen, Herr Professor?

PROFESSOR W.: Verurteilen? Was heißt da verurteilen? Ich fordere nachdrücklich, all jene, die in irgendeiner Art und Weise den Gebrauch von Drogen ermöglichen, auf das Schärfste zu bestrafen.

Das Interview, das dann prominent aufgemacht auf der letzten Seite erscheint, gibt das wissenschaftliche Gespräch etwas gerafft, aber völlig authentisch wieder:

»... was den Gebrauch von Drogen betrifft, vertritt Professor W. eine recht ›flexible‹ Anschauung. Drogen, sogar die gefährlichsten, können ihm zufolge den Menschen Erleichterung bringen, ja sogar persönliche Probleme lösen. Er empfiehlt jedoch lediglich vorübergehenden Gebrauch von Drogen. Auf unsere Frage, ob er dann eigentlich den Gebrauch von Drogen verurteile, erwiderte der Professor: ›Verurteilen? Was heißt da verurteilen?‹«

*

Eine volkstümliche Spielart ist das Interview ohne persönlichen Kontakt, in Fachkreisen auch »Geständnis des freundlichen Gemüsehändlers« genannt. In diesem Fall begibt sich der Profi zum Feinkostgeschäft oder zum Obstladen im Stadtviertel des zu beseitigenden Prominenten und fragt den Obsthändler Mustafa:

»Sagen Sie, der Inspektor Goldberger, ist der eigentlich ein guter Kunde?«

»Gut«, sagt Mustafa mit feuchtem Blick, »ja freilich ist er gut, der Goldberger.«

»Und Sie schätzen ihn sicher, nicht wahr?«

»Ja, warum denn nicht? Ich schätze alle meine Kunden.«

»Dann haben Sie ihm doch bestimmt etwas zu Weihnachten geschenkt, Mustafa?«

»Freilich hab' ich, wie allen anderen auch, jedes Jahr ein Fläschchen Wein, ein netter Kerl, der Goldberger.«

Und Inspektor Goldberger freut sich am nächsten Tag über folgenden Zeitungsartikel:

»Der Kaufmann M. Alrisi: ›Jetzt rede ich! Inspektor Goldberger beschafft sich regelmäßig alkoholische Getränke aus meinem Laden, ohne zu bezahlen!‹«

Zum Abschluß kann ich als besonders anspruchsvolles Verleumdungsmodell für Fortgeschrittene den Einsatz der tückischen Anführungszeichen empfehlen. Dies setzt allerdings ein gewisses stilistisches Talent voraus. Die Wirkung der Anführungszeichen im geschriebenen Text läßt sich nämlich mit der des sarkastischen Lächelns im Gespräch vergleichen. Eine »gerechte Sache« wird in Anführungszeichen automatisch zu einer ungerechten.

Nehmen wir zum Beispiel einen ganz harmlosen Lebenslauf. K. wurde 1924 geboren, absolvierte das Abitur mit Auszeichnung, ebenso das Studium des Internationalen Rechts, das er nach nur drei Jahren beendete. Wenn jetzt ein Presseprofi an die Berichterstattung gesetzt wird, sieht Herrn K.s Porträt mit dem Titel »Endlich! Jetzt Herrn K.s wahres Gesicht« folgendermaßen aus:

»K. ist ein echter ›Lebenskünstler‹«, beginnt es, »er wählte für seine Geburt ein sehr ›günstiges‹ Jahr aus, das Jahr der Wirtschaftsblüte. Schon in der Schule war, der ehrgeizige Junge, den seine Klassenkameraden heimlich ›Duckmaus‹ nannten, ›ausgezeichnet‹ und begann ›flugs‹ sein Universitätsstudium. Jeder, der K. kennt, kann sich denken, daß er sich ausgerechnet mit ›Internationalem‹ Recht beschäftigte, denn schon damals schielte er auf die Fleischtöpfe jenseits des Ozeans. Und ganz im Sinne seines sprichwörtlichen Geizes ›verkürzte‹ er sein Studium um ein ganzes Jahr, nur um die Studiengebühren zu sparen.«

»Du sollst nicht falsch Zeugnis reden.« Keine Kunst, das Gebot zu umgehen. Von Pressefreiheit steht nämlich kein Wort in der Bibel. Und Moses wußte genau warum.

Die Stiefschwester des falschen Zeugnisses ist eine attraktive junge Dame und heißt Gerücht. Aber enge Freunde nennen sie vertraulich Tratsch.

Schweigen ist Silber, Sprechen ist Gold

Als ich unlängst aus dem Haus ging, kam unser Wohnungsnachbar Felix Selig auf mich zu.

»Schon gehört?« fragte er lauernd. »Haben Sie es schon gehört?«

»Was?« fragte ich zurück. »Solange ich nicht weiß, was es ist, kann ich nicht feststellen, ob ich es schon gehört habe.«

Felix blieb stehen und sah sich nach allen Seiten um:

»Schwören Sie mir, daß Sie es nicht weitersagen.«

»Abgemacht. Also?«

Seine Stimme senkte sich zu kaum hörbarem Flüstern:

»Der Architekt um die Ecke, der mit dem Chevrolet, wissen Sie, mit wem er seine Freundin erwischt hat?«

»Nein. Mit wem?«

Felix schwieg. In seinen Gesichtszügen spiegelte sich der Kampf, der in ihm tobte.

»Ich habe Angst, es Ihnen zu sagen«, stieß er hervor.

»Warum denn?«

»Weil ich geschworen habe, ich würde es niemandem sagen, und jetzt stehe ich da und sage es Ihnen. Wenn sich das herumspricht, gehen dreieinhalb Familien zugrunde oder mindestens auseinander. Man kann ja heute niemandem mehr vertrauen.«

»Das stimmt«, bestätigte ich. »Und das ist sehr schlimm. Wir stehen vor einem schweren Problem, lieber Felix.«

Tatsächlich, der schönste Tratsch über »Sie-wissen-schon-welche« Scheidung, über »Sie-können-sich-denken« warum, über »Sie-werden-es-nicht-glauben« seit wann, all dies verliert jeden Sinn, wenn man nicht seinen Freunden, Verwandten, Bekannten und solchen, die es werden wollen, schnellstens davon erzählen kann. Zurückgehaltener Tratsch ist geradezu ein Gesundheitsrisiko, führt zu inneren Stauungen und im schlimmsten Fall sogar zu Platzangst.

Dennoch verlangt ein Naturgesetz, daß der Tratschinhaber den Tratschabnehmer zu völligem Schweigen verpflichtet, bevor er zu tratschen beginnt. Ein läppischer Unsinn. Wozu tratscht man, wenn nicht zum Weitererzählen?

»Also geschworen haben Sie«, wandte ich mich an Felix. »Bei was haben Sie geschworen?«

»Bei allem, was mir heilig ist.«

»Gut. Das ist nicht so schlimm.«

Erfahrungsgemäß soll man niemals auf die eigene Gesundheit noch die eines Familienmitgliedes schwören, es sei denn, man wünscht ihm den Tod, aber das ist nach dem Fünften Gebot nicht erlaubt. Empfehlenswert sind allgemein gehaltene Floskeln wie »Aber das versteht sich doch von selbst« oder »Nicht einmal meiner Frau« oder »Auf mich können Sie sich verlassen«. Ich selbst bringe gern einen kurzen, leicht gekränkten Hinweis auf meine oft bewährte Verschwiegenheit vor. Im äußersten Notfall setze ich das Leben meines Onkels Julius ein, er ruhe in Frieden.

»Nun?« sagte Felix Selig. »Schwören Sie?«

»Nein.«

Ich weiß nicht, was plötzlich in mich gefahren war. Ich hatte plötzlich keine Lust mehr, das Spiel mitzumachen.

»Wissen Sie, wer in die Affäre verwickelt ist?« lockte Felix Selig. »Der Chauffeur eines Ministers.«

»Bitte reden Sie nicht weiter.«

»Ein Schwuler.«

»Ich will nichts hören. Ich kenne mich, Felix. Ich bin nicht imstande, den Mund zu halten. Ich werde meiner

Schwester und meinem Freund Jossele davon erzählen, wahrscheinlich auch dem alten Wertheimer. Und wenn ich zwei Gläschen Wodka getrunken habe, kann es passieren, daß ich bei einer Verkehrsampel wildfremde Fußgänger einweihe.«

Felix wand sich in Qualen:

»Dann nennen Sie wenigstens keine Namen.«

»Namen sind die Würze des Tratsches, Felix.«

»Aber der Gatte jener Dame, die in flagranti erwischt wurde, gehört zu Ihrem engsten Bekanntenkreis. Das muß Sie doch interessieren.«

»Wie Sie meinen. Reden Sie, wenn Sie unbedingt wollen. Ich habe mich auf nichts festgelegt, und Sie wissen es.«

»Versprechen Sie mir, eine Woche lang keinen Wodka zu trinken?«

»Ich verspreche Ihnen gar nichts.«

»Warum?« stöhnte Felix. »Warum tun Sie mir das an? Was veranlaßt Sie dazu?«

»Mein Ehrgefühl.«

Felix begann zu schluchzen. Ich klopfte ihm beruhigend auf die Schulter:

»Vielleicht wäre es am besten, wenn Sie die ganze Geschichte aufschreiben und in einem versiegelten Umschlag bei Ihrem Anwalt deponieren.«

»Der Architekt«, schluchzte Felix, »wollte den Chauffeur überfahren ... mit seinem Chevrolet ... weil er wußte, daß die geschiedene Frau des Ministers ... mit der Siamkatze, die eigentlich dem Schwulen gehört ...«

Ich hielt mir beide Ohren zu und wandte mich ab:

»Hören Sie auf! Kein Wort weiter! Ich erzähle alles, was Sie sagen, der nächsten Zeitungsredaktion. Die Journalisten werden jedes Detail recherchieren. Morgen weiß es die ganze Stadt.«

»Sie sind ein Schuft«, brüllte Felix. »Sie tun, als wäre

es Ihnen gleichgültig, mit wem die Freundin des Architekten ein Verhältnis hat.«

»Mit Benzion Ziegler«, antwortete ich trocken.

Felix glotzte:

»Wer, wieso wissen Sie das?«

»Weil ich es Ihnen vor ein paar Wochen selbst erzählt habe, Sie Idiot. Und damals haben Sie mir bei allem, was Ihnen heilig ist, geschworen, daß kein Wort davon jemals über Ihre Lippen kommen würde.«

Es dauerte ungefähr eine Minute, bis Felix sich gefangen hatte.

»Richtig«, murmelte er verlegen. »Ich habe diese Geschichte schon so oft erzählt, daß ich die Quelle vergessen habe.« Plötzlich erhellte ein glückliches Lächeln sein Gesicht. »Aber dann breche ich ja gar kein Versprechen, wenn ich es Ihnen erzähle. Also hören Sie . . .«

Arm in Arm setzten wir unseren Weg fort, und Felix sprudelte ungehemmt drauflos:

»Es begann damit, daß Frau Ziegler bei der bewußten Dame anrief und daß eine männliche Stimme antwortete. Frau Ziegler legte auf, ergriff ihre Kamera und ihre Reitpeitsche und nahm sofort ein Taxi . . .«

Begierig hörte ich ihm zu. Wir gingen die ganze Geschichte nochmals durch, bis zum Ende. Was in unserer Stadt vorgeht, ist wirklich skandalös, das muß ich schon sagen. Ich würde es nicht glauben, wenn ich die skandalöse Geschichte nicht selber erfunden hätte.

Also gut. Bei Tratsch und Klatsch handelt es sich um eine gesellschaftliche Notwendigkeit. Widmen wir uns jetzt den echten Profis im Lügengewerbe.

DIE DRESSUR DES »ANGSTHASEN VON TANGER«

Also paß gut auf, Weißberger. Du steigst nicht in den Ring wie jeder andere, sondern du springst mit einem Panthersatz über die Seile.«

»Warum?«

»Weil du der ›Schrecken von Tanger‹ bist, Weißberger. Wie oft soll ich dir das noch sagen? Also weiter. Die Zuschauer werden dich natürlich auspfeifen. Daraufhin machst du eine obszöne Geste ins Publikum und trittst einen Herrn mit Brille, der dicht am Rang sitzt, in die Nase. Und zwar so stark, daß er blutet.«

»Muß das sein?«

»Frag nicht so dumm. Dafür wird er ja bezahlt. Als der Rowdy, der du bist, packst du auch noch den Schiedsrichter und wirfst ihn aus dem Ring.«

»Armer Kerl.«

»Arm? Er bekommt drei Prozent von den Bruttoeinnahmen. Wenn er wieder im Ring ist, wird er dich verwarnen, aber du lachst ihm nur ins Gesicht und schüttelst die Fäuste. Im nächsten Augenblick bekommst du von einem empörten Zuschauer eine Bierflasche an den Kopf geworfen.«

»Oiweh.«

»Keine Angst, Weißberger. Er verfehlt dich. Es ist nicht das erste Mal, daß er für mich wirft. Und die Polizei wird ihn sofort abführen.«

»Kann man sich auf sie verlassen?«

»Wir haben die Szene gestern noch einmal mit den Polizisten geprobt. Das ist in Ordnung. Und jetzt sprechen wir über unsern brutalen Kampf. Du darfst von Anfang an keinen Zweifel daran lassen, daß die Regeln der Fairneß für dich nicht existieren.«

»Warum?«

»Weißberger, es ist zum Verzweifeln mit dir. Willst du ein echter Profiringer werden oder willst du ewig Kellner bleiben? Also. Du reißt mir die Ohren aus, schleuderst mich zu Boden, trampelst auf mir herum und verfluchst mich auf arabisch.«

»Jiddisch wäre mir lieber.«

»Geht nicht. Du vergißt, Weißberger, daß du der ›Schrecken von Tanger‹ bist. Wenn du mich lang genug mißhandelt hast, wird eine Frau in der zweiten Runde aufspringen und schreien: ›Ich kann das nicht länger mitansehen! Pfui! Ringrichter hinaus! Der »Schrecken von Tanger« hat den Ringrichter bestochen!‹«

»Sie lügt!«

»Sei nicht albern. Sie ist die Frau des Ringrichters. Man muß das alles im voraus organisieren. Der Ringrichter wird versuchen, uns zu trennen, aber du drückst seinen Kopf zwischen die Seile, und wenn er nur noch röchelt, ziehst du ihm die Hosen herunter. Er wird vor Scham ohnmächtig. Der anwesende Arzt stellt eine Herzattacke fest.«

»Großer Gott!«

»Hör endlich auf zu jammern, Weißberger. Auch der Arzt ist organisiert. Während ein neuer Ringrichter herbeigeschafft wird, bricht von allen Seiten ein Pfeifkonzert über dich herein. Du machst wieder eine obszöne Gebärde und streckst die Zunge heraus.«

»Ist das notwendig?«

»Es ist üblich. Mittlerweile hat die Polizei Verstärkung bekommen und umstellt den Ring.«

»Ist auch die Polizei . . .«

»Selbstverständlich. Unser Kampf geht weiter und wird bestialisch. Du steckst die Finger in meine Augenhöhlen und drückst mir die Augenbälle heraus.«

»Mir ist übel. Könnte nicht ein anderer . . .«

»Weißberger, sei ein Mann. Catch-as-catch-can ist hart. Arbeitslosigkeit ist härter.«

»Aber ich bin kein brutaler Mensch. Ich bin nur dick.«

»Wie kannst du hoffen, ohne Brutalität zu gewinnen?«

»Heißt das, daß ich den Kampf gewinne?«

»Ich sagte ›hoffen‹. Von Gewinnen ist keine Rede. Samson ben Porat, der ›Stolz des Negev‹, kann gegen den ›Schrecken von Tanger‹ unmöglich verlieren, das muß dir doch klar sein. Ja, schön, du wirst eine Weile auf mir sitzen und meinen Fuß so fürchterlich verdrehen, daß ich mich vor Schmerz krümme. Plötzlich liege ich auf beiden Schultern. Der Ringrichter beginnt mich auszuzählen. Aber gerade wenn er bei neun hält, trete ich dich mit dem anderen Fuß kräftig in den Bauch.«

»Nein! Nein!«

»Der Tritt ist vorgesehen, Weißberger. Er schleudert dich ungefähr drei Meter weit, du taumelst gegen die Seile, ich springe dich an, reiße dich nieder und mache dich unter dem begeisterten Jubel der Zuschauer fertig. Während mich der Ringrichter zum Sieger erklärt, schleuderst du einen Stuhl nach ihm.«

»Einen Stuhl?«

»Ja. Er steht eigens zu diesem Zweck in der Ecke. Du triffst aber nicht den Ringrichter, sondern einen alten Herrn in der dritten Reihe, der wimmernd zu Boden sinkt. Die erboste Menge stürmt in den Ring und will dich lynchen.«

»Um Himmels willen.«

»Es wird dir nichts geschehen, Weißberger, das verspreche ich dir. Hast du noch immer nicht kapiert? Auch die Zuschauer sind eingeweiht. Sie wissen, daß sie dich lynchen sollen, wenn der alte Herr zusammensinkt.«

»Ja, aber, vielleicht könnte dann jemand entdecken, daß alles geschoben ist.«

»Was heißt hier ›vielleicht‹? Soll ich warten, bis ein Uneingeweihter dahinter kommt? Ich habe Vorsorge getroffen, daß die Polizei ein Verfahren gegen mich einleitet. Wegen Betrugs am Publikum. Wir brauchen einen Wirbel in der Presse. Auf Wunder kann man sich nicht verlassen. Noch eine Frage?«

»Eine einzige. Wenn die Leute ohnehin wissen, daß sie belogen werden, warum kommen sie dann überhaupt?«

»Weil sie Sportfans sind, Weißberger. Leidenschaftliche Sportfans.«

Seit der jüdische Wissenschaftler mit der weißen Mähne die Relativitätstheorie erfunden hat, sind die Spielregeln in der Justiz völlig andere. Heute entscheidet nicht der Allmächtige, was falsches Zeugnis ist und was nicht, sondern jemand, der mit der Organisation des Universums nicht so überlastet ist. Ich meine den Staatsanwalt.

Diese hohe juristische Autorität ist in manchen Fällen sogar bereit, mit dem Delinquenten nach dem jeweiligen Tageskurs der Gesetzesbörse zu verhandeln. Der Grundsatz lautet: »Wenn sie sich in einer bestimmten Angelegenheit schuldig bekennen, dürfen sie in einer anderen lügen wie der Baron Münchhausen.«

Gar keine schlechte Idee. Schade, daß Moses nicht rechtzeitig darauf gekommen ist.

Zeugen lügen gut, Kronzeugen lügen besser

Es war kurz nach 23 Uhr, als ich von einer wilden Orgie nach Hause fuhr. Plötzlich tauchte dicht vor meiner Kühlerhaube eine Katze auf. Ich riß den Wagen nach links, fuhr auf den Gehsteig und von dort in einen Obst- und Gemüseladen, schlitterte zwischen sorgfältig angeordneten Zitrusfrüchten und Tomaten hindurch bis an die Rückwand, die ich krachend durchbrach, und landete auf der anderen Seite in einer ruhigen Wohngegend. Ein Laternenpfahl brachte mich zum Stehen und fiel dann der Länge nach hin.

Nach erstaunlich kurzer Zeit erschien ein Hüter des Gesetzes, zog sein Notizbuch hervor und begann in den Trümmern meines Wagens nach mir zu fahnden. Er fand mich schließlich im weit geöffneten Kofferraum zwischen dem Ersatzreifen und der gebrochenen Achse.

»Was ist los?« fragte er.

»Nichts Besonderes. Ich versuche hier zu parken.«

»Machen Sie keine dummen Witze, Mann. Sie sind vorschriftswidrig gefahren, und das wird Sie viel Geld kosten.«

Ich befreite mich aus meinem ehemaligen Wagen und kroch auf den Vertreter der Staatsgewalt zu:

»Ein Grundsatz unserer Rechtsprechung lautet, daß man unschuldig ist, solange man keiner Schuld überführt wurde. Vergessen Sie das nicht.«

»Mir brauchen Sie nicht zu sagen, Mann, was ich nicht vergessen soll. Ich werde Sie jedenfalls anzeigen.«

»Warum?«

»Weil ich genau gesehen habe, wie Sie aus dem Gemüseladen herausgekommen sind.«

»Das tun zahlreiche Hausfrauen jeden Tag.«

»Aber Sie sind vorher hineingefahren.«

»Und? Wozu habe ich einen Wagen? Andere gehen zu Fuß, ich fahre.«

Meine Logik schien ihn zu beeindrucken. Er kratzte sich am Hinterkopf. Dann nahm er wieder Haltung an:

»Außerdem parken Sie gerade jetzt auf dem Gehsteig, oder nicht?«

»Nur vorübergehend. Wollen Sie eine solche Kleinigkeit hochspielen?«

Der Ordnungshüter stieg verlegen von einem Fuß auf den anderen:

»Und der zertrümmerte Gemüseladen?«

»Wir wollen Gemüse und Gehsteig scharf auseinanderhalten. Nur nicht zuviel auf einmal. Dann würde ich unter Umständen zugeben, daß ich vorschriftswidrig gefahren bin.«

»Was soll das heißen?«

Ich sprach beruhigend auf ihn ein:

»Hören Sie zu, mein Freund. Wir beide können nur profitieren, wenn wir zusammenarbeiten. Das verkürzt den Prozeß, und Sie müssen nicht immer wieder vor Gericht erscheinen, um sich von gerissenen Rechtsanwälten ins Kreuzverhör nehmen zu lassen. Seien Sie vernünftig. Sie ersparen sich damit eine Menge Unannehmlichkeiten.«

»Sie sind aber mit 80 Stundenkilometern gefahren.«

»Warum nicht 60? Auch damit habe ich die zulässige Höchstgeschwindigkeit überschritten, und es klingt besser.«

»Und Sie haben einen Hund getötet.«

»Eine Katze.«

Die Untersuchung war an einem toten Punkt angelangt. Nochmals erklärte ich meine Bereitschaft, mich in einigen Punkten schuldig zu bekennen, wenn die Anklage einige andere Punkte fallen ließe:

»Lassen wir den Laden beiseite«, schlug ich vor, »und nehmen wir statt dessen den Laternenpfahl.«

»Unmöglich.«

»Gut, nehmen wir beide. Aber mit vertauschtem Schaden.«

»Ich verstehe nicht, was Sie meinen.«

»Schreiben Sie, daß ich in den Laternenpfahl hineingefahren bin und den Gemüseladen geknickt habe.«

»Der Laternenpfahl ist nicht geknickt, Sie haben ihn umgelegt.«

»Hm. Warten Sie. Mir fällt etwas ein. Voriges Jahr habe ich einen Fernsehapparat durch den Zoll geschmuggelt, ohne erwischt zu werden. Ich bin bereit, den Schmuggel nachträglich zu gestehen, wenn Sie dafür den Laternenpfahl weglassen.«

»Ganz so einfach wird's nicht gehen. Ich muß ihn zumindest erwähnen. Sagen wir, Sie haben ihn gestreift.«

»In diesem Fall habe ich nur einen Transistor geschmuggelt.«

»Der Beschuldigte hat ein Rundfunkgerät ohne Einfuhrbewilligung importiert«, notierte der Polizist. »Und was machen wir mit dem vorschriftswidrigen Fahren?« fragte er.

Ich schlug als Ersatz einen Kinderwagen vor, den ich im Frühjahr bei einem Parkmanöver beschädigt hatte. Mein Partner war einverstanden, vervollständigte das Protokoll durch einige neutrale technische Daten und hielt es mir hin:

»Hier, bitte. Unterschreiben Sie auf der punktierten Linie.«

Schon wollte ich den Kugelschreiber ansetzen, als ich eine neue Idee hatte:

»Einen Augenblick. Haben Sie Zeugen?«

Das Auge des Gesetzes glotzte:

»Nein, eigentlich nicht, es war ja kein Mensch auf der Straße.«

»Abgesehen von mir«, sagte ich. »Und das bedeutet, daß Sie auf mich angewiesen sind. Ich bin Ihr einziger Zeuge. Wenn ich die Anklage nicht unterstütze, bricht sie zusammen. Das sollten Sie bei Ihrer Aussage bedenken!«

»Ja, schon gut«, stöhnte das Amtsorgan. »Lassen Sie uns zum Ende kommen, ich bitte Sie.«

Der Morgen dämmerte. Ich unterschrieb das Protokoll als Staatszeuge in Sachen Rundfunkgerät und Kinderwagen, verabschiedete mich von meinem uniformierten Freund mit einem kräftigen Handschlag und ging nach Hause.

*

Die beste Ehefrau von allen war ein wenig ärgerlich. Warum ich so spät nach Hause käme? Was denn geschehen sei? Ich bedauerte, in ein schwebendes Verfahren nicht eingreifen zu dürfen, und verweigerte die Aussage als Kronzeuge.

Der kleine David konnte den riesigen Goliath töten und erhielt dafür anhaltenden Beifall, da zu Zeiten der Bibel noch keine politischen Kommentatoren in den Medien beschäftigt waren, um seine infame Tat zu analysieren. Angesichts der internationalen Berichterstattung der letzten Jahrzehnte, die das winzige Israel zu einer imperialistischen Großmacht umfunktionierte, machte ich mich freiwillig zum Sprecher des heutigen Salonantisemitismus, um David und Goliaths bekannte Geschichte professionell zu fälschen.

Armer Goliath oder Ein biblischer Kopfstand

Der Ablauf der Ereignisse darf als bekannt voraus gesetzt werden. Nach längeren Manövern auf beiden Seiten hatten die Philister in Sichtweite der israelischen Armee, nahe der Stadt Sochon, Stellung bezogen und bemühten sich, die von den Israelis künstlich gesteigerte Spannung zu dämpfen. Auf dem Höhepunkt der Krise begab sich der philistinische Oberstabswachtmeister Goliath in das Niemandsland zwischen den beiden Lagern, wo er, wir zitieren einen absolut zuverlässigen Bericht, »seine Stimme erhob«, um schwerere Kämpfe und unnötiges Blutvergießen zu verhindern. Ein als Hirte getarnter Angehöriger des Geheimdienstes namens David, ein bekannter Großwildjäger, reagierte darauf mit einem Überraschungsangriff gegen Oberstabswachtmeister Goliath, den er brutal zu Fall brachte und abschlachtete.

Soweit die Tatsachen.

Rein militärisch betrachtet, kann der israelischen Aktion eine gewisse Qualität nicht abgesprochen werden. Angesichts der moralischen Botschaft der Zehn Gebote fühlen wir uns jedoch verpflichtet, das Vorgehen Davids und seiner Auftraggeber gründlich zu analysieren, um einer Geschichtsfälschung vorzubeugen. Dabei leiten uns keine Haßgefühle gegen das Volk Israels. Im Gegenteil. Wir möchten dem zweifelhaften Ruf dieses ewig rastlosen Stammes eine neue, schwere Belastung ersparen.

*

Wir sind durchaus nicht der Meinung, daß der Begriff des soldatischen Kampfes eine völlige Gleichheit in der beiderseitigen Bewaffnung voraussetzt. Aber die elementaren Grundsätze der Fairneß verlangen zumindest annähernd gleiche Voraussetzungen. Wir bedauern, feststellen zu müssen, daß in der Auseinandersetzung zwischen David und Goliath eine solche Balance nicht gegeben war. Vielmehr lagen von Anfang an alle Vorteile auf seiten Davids.

Das zeigte sich bereits an der Ausrüstung. Oberstabswachtmeister Goliath und wir stützen uns abermals auf den oben erwähnten Gewährsmann: »Goliath hatte einen ehernen Helm auf seinem Haupte und einen schuppichten Panzer an, und das Gewicht seines Panzers war 5000 Schekel Erzes, und hatte eherne Beinharnische an seinen Schenkeln und einen ehernen Schild auf seinen Schultern.« Das heißt, daß er etwa 60 bis 70 Kilo zu schleppen hatte. Demgegenüber war David, wie man weiß, lediglich mit einer Hirtentasche und einer Schleuder bewaffnet, was ihm den unschätzbaren Vorteil der optimalen Beweglichkeit sicherte. Hinzu kam, daß der philistinische Freiheitskämpfer »sechs Ellen und eine Handbreit hoch« war, was eine geradezu riesenhafte Körpergröße von fast vier Metern bedeutete. Das benachteiligte ihn dem kleinen, gelenkigen Israeli gegenüber noch mehr. Bedenkt man schließlich den taktischen Effekt des Überraschungsangriffs, der sich gleichfalls zuungunsten Goliaths auswirken mußte, so darf man ruhig behaupten, daß der ungleiche Kampf im voraus entschieden war.

Die Frage, wer den Kampf begonnen hat, wird die Experten noch lange beschäftigen. Genaue Nachforschungen haben ergeben, daß während der 40 Tage, die dem Ausbruch der Feindseligkeiten vorangingen, keinerlei Truppenbewegungen stattfanden und daß sich zum Schluß sogar Anzeichen einer Entspannung bemerkbar machten, die eine Lösung auf diplomatischem Weg in Aussicht stellten. Warum diese Möglichkeit scheiterte, läßt sich ohne besondere Mühe der schon mehrfach zitierten Quelle entnehmen. Goliath »trat hervor und ging einher«, während David, der gleichen Quelle zufolge, »eilete und lief vom Zeuge gegen den Philister«. Damit dürften die letzten Zweifel beseitigt sein, wer als Aggressor zu bezeichnen ist.

*

Indessen soll auch die menschliche Seite des Vorfalls nicht zu kurz kommen. Das Wort hat der junge Schildträger Goliaths, der sich im Militärkrankenhaus nur langsam von den Folgen des erlittenen Schocks erholt:

»Oberstabswachtmeister Goliath griff niemals als erster an«, sagte uns der junge Kriegsversehrte, wobei er mühsam Haltung annahm. »Er war ein grundgütiger Mensch, voll Lebensfreude und Humor. Manche Leute hielten ihn auf Grund seiner äußeren Erscheinung für einen bärbeißigen Krieger, aber die rauhe Schale verbarg einen weichen Kern. Er liebte Musik, versuchte sich an der Harfe und stimmte am Lagerfeuer gern ein kleines Liedchen an, wie etwa: ›Ich hab' nicht Vater noch Mutter hier, ihr guten Leute, habt Mitleid mit mir.‹ Der Oberstabswachtmeister war nämlich als Waise aufgewachsen und hatte schon damals unter seinen ungewöhnlichen Körpermaßen zu leiden. Nichts lag ihm ferner als Raufhändel, nichts haßte er so sehr wie den Krieg. Sicherlich wollte er diesem Hebräerjüngling eine Kompromißlösung vorschlagen, die für beide Teile annehmbar gewesen wäre. Und seine abfälligen Bemerkungen über den Gott der Hebräer waren wirklich nicht böse gemeint. Das sagt man so, ohne sich viel dabei zu denken. Mein guter Kamerad dachte nur an sein Heim und seine Familie. Er wollte in Ruhe seinen Acker bestellen, nichts weiter. Ich werde es nie verwinden, daß er seinen Lieben auf so hinterhältige Weise entrissen wurde.«

Zu diesem Bild des biederen, friedfertigen Landbewohners, wie es hier aus der Schilderung eines unmittelbar Beteiligten entsteht, läßt sich wohl kaum ein größerer Gegensatz denken als die wendige Figur seines listigen, mit allen städtischen Wassern gewaschenen Gegners, dessen berechnende Wesensart sich schon darin zeigt, daß er bereits lange vor dem Kampf wissen wollte, welcher Lohn denjenigen erwarte, »der diesen Philister erschlägt und wendet die Schande von Israel«. Erst nachdem er sich zahlreicher materieller Vergünstigungen aus der kgl. Saulschen Privatschatulle versichert hatte, war er bereit, in den Kampf zu ziehen, bei dem er sich, was nicht einmal von israelischer Seite geleugnet wird, einer unkonventionellen Waffengattung außerhalb aller internationalen Abkommen bediente. Daß er diese Waffen, eine Art steinerner Geschosse, planmäßig und zielbewußt aus den besetzten Wasserläufen gewonnen hatte, also schon seit geraumer Zeit heimliche Kriegsvorbereitungen betrieb, bestätigt die von neutralen Beobachtern aufgestellte Aggressionsthese. Wenn man seine provokativen Bemerkungen vor Beginn des Kampfes genauer auf ihren Inhalt prüft, erwartete er im Notfall sogar Hilfe von oben. Man weiß, was das bedeutet.

*

Der Kampf selbst hat, wie wir schon sagten, der jüdischen Geschichte kein Ruhmesblatt hinzugefügt. Nach übereinstimmenden Augenzeugenberichten muß die Kampfweise Davids geradezu barbarisch genannt werden. Keiner, der dabei war, wird je vergessen, wie dieser entfesselte Hysteriker auf seinen unbeweglichen Gegner losstürzte und unbarmherzig auf den bereits Geschwächten einschlug, während seine vorsichtig im Hintergrund agierenden Judenhorden ein ohrenbetäubendes Triumphgeheul anstimmten.

Es war einfach widerlich.

Oberstabswachtmeister Goliath gehört für alle Zeiten zu den tragischen Heldengestalten der Kriegsgeschichte. In seiner rührenden Naivität hatte er geglaubt, daß das Ende der jüdische Besatzung gekommen wäre. Er fiel für die Freiheit der Philister, er fiel im Kampf gegen einen übermächtigen Gegner, dem er sich arglos gestellt hatte. Seiner unglücklichen Witwe wendet sich die allgemeine Anteilnahme zu. Zum Abschluß geben wir ein Gespräch wieder, das wir mit Frau Franziska Goliath im Kreise ihrer 14 Kinder führen durften:

»Ich habe keinen Mann, und meine Kinder haben keinen Vater mehr«, sagte sie schlicht. »Das Leben wird schwer für uns sein. Was wir besaßen, ist uns von der plündernden Soldateska Israels geraubt worden. Nein, ich will nicht weinen. Aber wenn diese armen Waisenkinder mich immer wieder fragen: ›Wo ist Pappi Goliath? Kommt er bald zurück? Hat er schon alle Juden erschlagen?‹, dann bricht mir das Herz. Und die Welt schaut zu, ohne etwas zu tun ...«

Wir senkten ergriffen den Kopf vor dieser Frau und Mutter, die einem unverschuldeten Schicksal tapfer die Stirn bietet. Das Rad der Geschichte ist über das kleine Volk der Philister hinweggerollt. David hat gesiegt. Es war ein Sieg der rohen Kraft über den Geist des Friedens. Goliath, das wird kein wahrheitsliebender Mensch noch länger bezweifeln, wurde das Opfer einer schamlosen jüdischen Aggression.

IX. DU SOLLST NICHT BEGEHREN DEINES NÄCHSTEN HAUS

Wozu gibt es eigentlich dieses Gebot? Du sollst nicht töten stehlen, lügen, gut, das kann man noch akzeptieren, aber nicht einmal neidisch sein? Das sollte man uns nicht auch noch abverlangen, da doch neben der Liebe der Neid die stärkste menschliche Leidenschaft ist.

Der Psychologe Moses aber wußte genau, daß der Neid der Ursprung alles Bösen ist. Der Mensch ist neidisch seit der Erschaffung der Welt. Ja, sogar Gott wird in der Heiligen Schrift als neidischer Gott bezeichnet.

Der Talmud selbst nennt in einem eigenen Kapitel die Schriftsteller als die größten Neider. Hier wird zum ersten Mal der Begriff »Schriftstellerneid« eingeführt, und ich gestehe, auch ich bin nicht frei davon. Da hilft mir auch der Prophet Jesaja nicht weiter, der mich im elften Kapitel seines Buches mit den Worten: »Und der Neid Ephraims wird aufhören« zu beruhigen versuchte, obwohl wir uns nie persönlich kennengelernt haben.

Mich bedrückt die Tatsache, daß der Neid inzwischen eine recht volkstümliche Verbreitung gefunden hat. Wenn in biblischen Zeiten noch der Streber Kain seinen Bruder Abel beneidete und Urvater Jakob den Erstgeborenensegen seines Herrn Papa begehrte, so ist heute ein Liftboy auf die IG Farben und unsere Zahnärztin auf Michael Jackson neidisch.

Man neidet dem anderen heute nicht nur sein Vermögen, sein Talent und seine Schönheit, sondern auch die Einladung zur Cocktailparty. Und nicht genug damit, daß man selbst zur Galavorstellung der Philharmoniker eingeladen wurde, spielt es eine ebenso große Rolle, daß der Nachbar keine Einladung bekommen hat.

Ich bin für Gebot Nummer Neun bestens gewappnet. Fragt mich zum Beispiel jemand: »Was. Sie haben keine Einladung zum Fünf-Uhr-Tee mit Placido Domingo«, dann antworte ich: »Ich kann leider nicht. Um 5 Uhr füttere ich unsere Delphine.«

Du sollst nicht neidisch sein, das sagt sich leicht. In jeder Theaterpremiere sitzen die Kollegen und beten inständig: »Bitte, lieber Gott, laß es einen spektakulären Reinfall werden.« Immer wieder stößt dann der Allmächtige einen tiefen Seufzer vor den Schutzengeln aus: »Morgen habe Ich drei Premieren. Das wird wieder ein Tag!«

Das Neunte Gebot bezieht sich nur auf Häuser. Moses reihte zwar die Häuser unter alle anderen Neidobjekte im Zehnten Gebot ein, und auch Martin Luther ließ sie in seiner Übersetzung dort, aber später wurde der Neidkomplex, wie schon erwähnt, wegen seiner Vielfältigkeit in zwei Gebote getrennt, und wer bin ich, daß ich promovierten Theologen widersprechen dürfte?

Das Haus aber ist tatsächlich die Hauptsache, und Wohnungsprobleme sind nicht neu. Schon im Garten Eden tauchten Schwierigkeiten auf, als die ersten Mieter ausgezogen waren. Damals wurde am Eingang eine Tafel angebracht:

»Wegen Abreise der bisherigen Bewohner 1 Paradies zu vermieten.«

Es meldeten sich nur wenige Bewerber. Einer, mit einem dicken Weib im Schlepptau, erklärte nach oberflächlicher Besichtigung, daß sich bei jedem Regen unpassierbare Schmutzlachen bilden würden. Und im Winter würde man sicher frieren, er hätte keine Heizung entdecken können.

»Wie lange dauert es denn noch bis zur Erfindung des Feuers?« fragte er.

»Eine Million Jahre«, antwortete der Erzengel Gabriel.

Der Mietvertrag kam nicht zustande.

Er wäre sowieso nicht zustande gekommen, weil das dicke Weib allergisch gegen Vögel war:

»Dieses ewige Gezwitscher vertrage ich nicht. Es bringt mich um den Verstand. Auch das Farbenarrangement mißfällt mir. Alles in Grün. Nirgends eine Spur von Beige oder Rosa. Nichts als Grün, Grün, Grün.«

Damit zog sie ihren Mann zum Ausgang.

»Wir könnten es ja mit Tapeten versuchen«, rief Gabriel hinter den beiden her.

Aber da waren sie schon verschwunden.

Als nächster kam Ingenieur Glick. Er inspizierte das Objekt mit gewohnter Gründlichkeit und schüttelte immer wieder den Kopf:

»Kein Kühlschrank, keine Klimaanlage, wie soll man's hier im Sommer aushalten?«

Der Erzengel machte sich erbötig, mit Gott dem Herrn über eine mögliche Neugestaltung der Jahreszeiten zu sprechen, aber Glick vermochte diesem Vorschlag nichts abzugewinnen, schon deshalb nicht, weil mittlerweile alles, was da kreuchet, an seinen Beinen hinaufzukreuchen begann. Ob man denn hier noch nichts von einem Insektenspray gehört hätte, fragte er.

Doch, aber den könne man nicht verwenden, antwortete Gabriel entschuldigend. Wegen der Äpfel.

Ingenieur Glick ließ für alle Fälle seine Adresse zurück und empfahl sich.

Die blonde Dame, die nach ihm am Eingang erschien, warf einen Blick in die Gegend und fragte, ob Hauspersonal zur Verfügung stünde. Gabriel bat sie mit verlegenem Lächeln, doch erst einmal weiterzugehen und auf einen Baum hinaufzuklettern, von dort hätte sie eine schöne Aussicht. Die Dame lehnte ab:

»So ein riesiger Garten und keine Hilfskräfte! Nein, wirklich, es wundert mich nicht, daß die Adams ausgezogen sind.«

Der Garten Eden fand also keine neuen Mieter, verlor nach und nach seinen paradiesischen Charme und geriet in einen desolaten Zustand. Von seinen einstigen Mietern ist nur die Schlange übriggeblieben, die, wie schon erwähnt, nicht vertrieben wurde und dort ihre Sünden abbüßt.

Als Moses beschloß, das Begehren des Hauses in die Liste der wichtigsten Verbote aufzunehmen, hat er alles bedacht, nur nicht die Militärparade, die jedes Jahr vor meinem Haus vorbeimarschiert.

Achtung Beulenpest oder Ein Paradefall von Massenneid

Am frühen Morgen des Unabhängigkeitstages, kurz nach 5 Uhr, holte mich das schrille Klingeln des Telefons aus dem Bett.

»Hallo Josske«, ließ sich eine zutrauliche Stimme am anderen Ende des Drahts vernehmen. »Hab' dich schon lange nicht gesehen. Wie geht's denn immer?«

»Danke, gut«, gähnte ich. »Und wie geht's selbst?«

»Recht gut. Eigentlich eine Schande, daß wir nie mehr zusammenkommen, Josske.«

»Eigentlich ja. Aber ich heiße nicht Josske. Mit wem habe ich das Vergnügen?«

»Das fragst du noch? Hier ist Mischa. Erinnerst du dich nicht? Ich bin mit deinem Bruder in die Schule gegangen.«

Nach und nach ergab sich eine gemeinsame Basis, und Mischa versprach, mich um 10 Uhr 30 zu einem gemütlichen Plausch zu besuchen. Ich bat meine Frau, für den Schulfreund meines Bruders einen kleinen Imbiß vorzubereiten.

Sie erfahre erst jetzt, daß ich einen Brüder habe, sagte meine Frau.

Ich war zu verwirrt, um der Sache nachzugehen. Und meine Verwirrung wuchs, als es um 6 Uhr an der Tür klingelte. Draußen stand die Familie Grünspan aus dem Süden mit allen drei Kindern und deren Spielgefährten. Auch das Stubenmädchen hatten sie mitgebracht. Auch das Stubenmädchen hatte ein Kind.

»Wir wollten euch schon längst einmal besuchen«, erklärte die Familie Grünspan. »Aber es ist immer etwas dazwischengekommen. Heute hat's endlich geklappt.«

Sie wollten uns auch überhaupt keine Umstände machen. Sie wollten nur ein wenig frische Luft schnappen, auf dem Balkon, wo sie sich entlang des Geländers niederließen.

In den nächsten zwei Stunden riefen mich 117 frühere Schulkollegen an und erkundigten sich nach meiner Gesundheit. Jetzt begriff ich, warum die unter uns wohnende Familie Bialazurkewitsch vor zwei Tagen ihre Wohnung verlassen und an der Tür ein Schild mit der Aufschrift: »Achtung, Gefahr von schwarzer Beulenpest!« angebracht hatte.

Um 8 Uhr 30 schalteten wir das Telefon ab.

Bald darauf erschien ein junger Mann mit einem herzlichen Empfehlungsschreiben von Frau Pomeranz, in dem sie uns bat, ihren Neffen, den sie wie einen Sohn liebte, von unserem Balkon aus die Parade mitansehen zu lassen. Es war das erstemal, daß man uns um derartiges bat, und ich empfand es als große Ehre, obwohl ich keine Frau Pomeranz kannte.

Nachdem der junge Mann es sich gemütlich gemacht hatte, beschlossen wir, niemanden mehr hereinzulassen. Mischa konnte natürlich kommen, schon meinem Bruder zuliebe, aber dann war Schluß. Höchstens für unsere Verwandten würden wir noch eine Ausnahme machen. Und für den Besitzer des Fleischerladens mit Frau und Kindern. Von dem waren wir ja in gewissem Sinn abhängig. Dem Milchmann hingegen machte ich energisch klar, daß er seine Verwandten nicht mitbringen dürfe, nur seine Eltern.

Da der Balkon bereits überfüllt war, wurden Tische und Stühle zu den Fenstern geschoben und pyramidenförmig angeordnet.

Ein anhaltendes Surren des abgeschalteten Telefons zwang mich, den Hörer abzunehmen.

»Hier ist die Störung. Ist mit Ihrem Apparat etwas nicht in Ordnung?«

»Ich habe ihn nur abgeschaltet, das ist alles.«

»Wir müssen trotzdem nachprüfen. Bitte achten Sie darauf, daß um 10 Uhr 30 jemand zu Hause ist.«

Nach diesem Gespräch bat ich unseren mittlerweile eingetroffenen Hausarzt, den schweren Kleiderschrank nicht zum Fenster zu schieben, aber er sagte, daß ihm das überhaupt keine Mühe mache.

Um 10 Uhr wurde die Tür eingedrückt. Eine Reihe junger Menschen, die sich als Schulkollegen meines Sohnes bezeichneten, stürmten herein, legten die Bücherregale auf den Boden, um an Sicht zu gewinnen und stellten die noch vorhandenen Stühle auf das Klavier. Auf meine vorwurfsvolle Frage, warum er denn gleich die ganze Schule eingeladen hätte, antwortete mein Sohn, er kenne keinen einzigen. Mein Sohn war acht Jahre alt, das Durchschnittsalter der Eindringlinge lag bei 20.

Die Situation auf dem Balkon wurde kritisch, als Mischa eine Leiter gegen die Rücken der Familie Grünspan stützte. Eine heftige Diskussion entstand, und der Bruder des Gatten der Grünspanschen Haushaltshilfe, also der Onkel des Kindes, fiel auf den Bialazurkewitsch-Balkon in der unteren Etage. Zum Glück blieb er unverletzt, da der Balkon dicht mit Pestkranken besetzt war. Vom Lärm angelockt, erschien ein unten vorbeigehender Polizist und brachte seine beiden Töchter mit.

Im weiteren Verlauf trafen noch ein: eine ältere Dame unbekannter Herkunft, Frau Pomeranz, die sich nach dem Wohlbefinden ihres Neffen erkundigen wollte, eine jemenitische Tanztruppe, der Friseur meiner Frau, ein gewisser Joel Finkelstein, der sich wenigstens vorstellte, der schwedische Botschafter, ein Mädchen namens Judy, mehrere Mitglieder einer äthiopischen Studienkommission, das Akrobatentrio »Die fliegenden Cordonas«, meine Schwester, die zweite Fallschirmbrigade und die Brüder Karamasow.

Meine Gäste wurden hungrig. Ich kämpfte mich auf die Straße durch und kaufte an den Imbißbuden alles Eßbare auf. Einige Budenbesitzer wollten in die Wohnung mitkommen, aber ich ließ nur jeden dritten herein.

Ein Beamter der Städtischen Behörde für Wohnbausicherung überbrachte mir die offizielle Warnung, daß der Balkon und möglicherweise auch der Fußboden bei weiterer Belastung einstürzen könnten. Dann fragte er, ob er seine Frau hierlassen dürfte.

Schließlich kam noch der Installateur Stucks, den wir im Herbst des Vorjahres zur Reparatur eines tropfenden Wasserhahns bestellt hatten.

Als der rechte Teil des Balkons zu bröckeln begann, zogen sich die dort Sitzenden auf den linken Teil zurück. Die Risse im Fußboden des Wohnzimmers trieben dann den Rest der Besucher in die Küche, doch das war auch keine ideale Lösung.

Einige meiner Gäste hatten Glück und wurden nur bis zur Brusthöhe begraben, auch ich und meine Familie, so daß wir freien Ausblick behielten. Die Parade war ein Erlebnis.

Wenn man den Berichten Glauben schenken kann, gab es bei der Mietkündigung von Herrn und Frau Adam keine juristischen Probleme, obwohl die Adams bereits als Dauermieter eingetragen waren.

Wenn es damals schon Mieterschutz gegeben hätte, säßen wir heute noch alle im Paradies. Schade.

Reibungslose Hausbesetzung oder Die Quadratur des Kreises

Eines Tages hatte ich eine folgenschwere Idee. Ich entschloß mich, meinen Wohnsitz aus der Vorstadt ins Zentrum zu verlegen, um mir die Parkplatzsuche bei den Kinos zu sparen.

Ich bin ein Mann der schnellen Tat. Noch bevor ich

meine Idee zu Ende gedacht hatte, setzte ich einige Inserate in mehrere Zeitungen, und schon nach wenigen Wochen hatte ich Glück. In einem Kino traf ich zufällig meinen alten Freund und Schulkollegen Bummi Bar-Goldfisch, der mir unter dem Siegel der Verschwiegenheit erzählte, er habe die Absicht, seine Dreizimmerwohnung in der Stadtmitte für die Dauer eines Jahres für 5000 Schekel monatlich zu vermieten. Er hatte nämlich irrtümlicherweise ein UNESCO-Stipendium erhalten, das ihm die Möglichkeit gab, an einer finnischen Hochschule das Design von Skisprungschanzen zu studieren.

Ich war zu unserer beiderseitigen Freude spontan bereit, seine Wohnung zu mieten. Ein Handschlag besiegelte die Abmachung, und schon wollte ich fröhlich trällernd nach Hause gehen, um zu packen, als mich Bummi am Rockzipfel zurückhielt.

»Ich bitte dich um alles in der Welt, es nicht als Mißtrauen aufzufassen«, sagte mein Freund, »aber ich glaube, es wäre für alle Beteiligten klüger, die Formalitäten von einem Anwalt regeln zu lassen. Ich möchte nämlich nicht, daß es nachher irgendwelche Mißtöne gibt. Unsere alte Freundschaft soll bleiben wie einst.«

Natürlich verstand ich. Wir verabredeten uns für den folgenden Tag beim Rechtsanwalt Dr. Avigdor Wichtig.

Wie mancher weiß, gilt in unserem schönen orientalischen Land noch aus der Zeit der Türkenherrschaft ein altertümliches Gesetz, welches besagt, daß man aus einer unbewohnten Behausung unter keinen Umständen entfernt werden darf, sobald man darin ein Bett aufgestellt hat. Daher kommt die nahezu animalische Angst jedes heutigen Wohnungseigentümers, daß sein Mieter sich weigern könnte, die Wohnung zum vereinbarten Termin zu räumen. Das Leben im Orient ist eben voller Tücken, auch ohne Türken.

Als ich am nächsten Tag beim Anwalt eintraf, merkte ich sofort, daß mein Freund Bar-Goldfisch schon einige juristische Ratschläge erhalten haben mußte. Er war schreckensbleich und zitterte am ganzen Körper. Dr. Wichtig nahm auch mich sofort ins Gebet:

»Die Lage ist ernst«, begann der erfahrene Jurist. »Ihr Freund Bar-Goldfisch hat mich bereits informiert, worum es sich handelt. Die monatliche Miete von 7500 Schekel scheint mir etwas zu niedrig, doch das hat er selbst zu entscheiden. Ich frage Sie nun, mein Herr, welche Sicherheit haben Sie anzubieten, daß Sie in einem Jahr, wenn Herr Bar-Goldfisch als der erste israelische Skisprungschanzendesigner aus Finnland zurückkehrt, die Wohnung auch tatsächlich räumen werden?«

»Aber das ist doch kein Problem unter alten Freunden«, sagte ich freundlich lächelnd, »nicht wahr Bummi?«

Bummi wollte vermutlich »Ja« sagen, aber ein strenger Blick des Anwalts verschloß ihm den Mund.

»Wohnungsangelegenheiten haben nichts mit Freundschaft zu tun«, stellte Dr. Wichtig nachdrücklich fest. »Zumal es unsere Gesetze nicht zulassen, Sie, mein Herr, auf die Straße zu setzen, wenn Sie, mein Herr, nicht damit einverstanden sind, auf der Straße zu sitzen. Ich muß Sie daher um eine Bankgarantie in Höhe von 800 000 Schekel ersuchen, damit eine zeitgerechte Räumung der Wohnung gesichert ist.«

»Wieso so viel?« fragte ich. »Die Wohnung ist doch allerhöchstens halb soviel wert.«

»Richtig«, gab Dr. Wichtig zu, »eben deshalb muß ich auf 800 000 Schekel bestehen, damit es sich für Sie, mein Herr, keinesfalls lohnen kann, nach Vertragsende in der Wohnung zu bleiben. Fassen Sie es bitte nicht als Mißtrauen auf, wenn ich darauf bestehe, die Bankgarantie bei mir in Bargeld zu hinterlegen.«

»Bitte.«

»Weiter muß ich darauf bestehen, die vereinbarte Summe ein ganzes Jahr nach ihrem fristgerechten Auszug bei mir zu behalten als Sicherheit dafür, daß Sie keinesfalls beabsichtigen, sich eine Rückkehr in die Wohnung zu erschleichen.«

»Selbstverständlich.«

»Sobald diese Kleinigkeiten geregelt sind, werde ich veranlassen, daß die Wohnungsschlüssel Ihnen, mein Herr, zu treuen Händen ausgefolgt werden.«

Ich pflege, wie gesagt, Probleme umgehend zu lösen. Ich verkaufte daher am nächsten Tag meine Villa und ging schnurstracks zum Anwalt. Als ich ihm die zwei Koffer voller Geldscheine übergab, entfuhr meinem eingeschüchterten Freund Bummi ein markerschütternder Schrei, worauf er kollabierte und unterm Schreibtisch des Dr. Wichtig verschwand.

»Die Bankgarantie scheint in Ordnung«, sagte der Rechtsgelehrte, nachdem er mit Unterstützung zweier Schreibkräfte mein Geld gezählt hatte, »aber da wäre noch ein Punkt, der geklärt werden muß. Was geschieht, wenn die Inflation in diesem Lande weiterhin anhält und wenn nach Ablauf der vereinbarten Zeit Ihr Geld nicht einmal mehr den Wert einer Streichholzschachtel hat?«

»Dann schwöre ich hier vor Zeugen, daß ich die Wohnung dennoch räumen werde.«

»Bei Wohnungsangelegenheiten werden Schwüre nicht anerkannt«, verkündete der Fachmann. »Daher muß ich Sie, mein Herr, höflichst ersuchen, uns Ihre Genehmigung für gewisse Vorsichtsmaßnahmen zu erteilen.«

»Sehr gern.«

»Zunächst einmal müssen Sie Herrn Bar-Goldfisch als Sohn adoptieren. Dann werden Sie, Zug um Zug, ein neues Testament bei mir deponieren, aus dem hervorgeht, daß Sie Herrn Bar-Goldfisch Ihr gesamtes bewegliches und unbewegliches Vermögen hinterlassen, einschließlich und insbesondere der Nutzungsrechte der Ihnen von Herrn Bar-Goldfisch überlassenen Wohnung, und zwar rückwirkend zum Tag des Vertragsabschlusses.«

»Ich hab' auch schon daran gedacht.«

»Sie verstehen vollkommen richtig, es handelt sich natürlich nur um eine Formsache mit juristischen Folgen.«

Nachdem diese kleinen, aber nötigen Formalitäten erledigt waren, veranlaßte mich Dr. Wichtig, die Erbschaftssteuer im voraus zu bezahlen, worauf ich ihm den Familienschmuck übergab, den ich sicherheitshalber gleich mitgebracht hatte. Es folgte ein kurzes Zeremoniell, danach stellte man mir in Aussicht, ich würde am nächsten Tag die Wohnungsschlüssel erhalten.

Mein Adoptivsohn saß indessen nägelbeißend in der Ecke des Anwaltsbüros und wandte nicht eine Sekunde seinen haßerfüllten Blick von mir.

*

Der nächste Tag kam und ging, ohne daß ich die Wohnungsschlüssel erhielt.

Dr. Wichtig erklärte in freundlichem Ton, sein Klient könne ja auch vor mir sterben, und dann würden die Erben von Herrn Bar-Goldfisch durch die unverantwortlichen Transaktionen einen Verlust erleiden. Daher müßte ich auch noch eine moralische Verpflichtung eingehen, zum Beispiel das Oberrabbinat darum bitten, mich mit einem schweren Bann zu belegen, für den Fall, daß ich nach einem Jahr noch immer in der bewußten Wohnung anzutreffen wäre. Widerspruchslos unterzeichnete ich das Formular den Bann betreffend, während Bummi einen schweren Nervenzusammenbruch erlitt. Er begann um sich zu schlagen und brüllte, daß Dr. Wichtig viel zu leichtfertig mit fremdem Eigentum umgehe, daß ich nicht orthodox wäre, jederzeit auf den rabbinischen Bann pfeifen würde, und überhaupt fühle er es in seinem tiefsten Inneren, daß ich nie im Leben seine Wohnung aufgeben würde, schon gar nicht nach einem Jahr. Dann fiel er zu Boden. Aus seinem Mund quoll gelblicher Schaum hervor.

Dr. Wichtig versank in tiefes Brüten. Dann teilte er mir folgendes mit:

»Bei allem Respekt vor Ihrer Integrität, mein Herr, kann ich die Befürchtungen meines Mandanten nicht übergehen. Ich sehe mich daher leider gezwungen, zusätzlich eine Garantie von einer ausländischen Großmacht zu verlangen, die sich verpflichtet, den Krieg zu erklären, wenn Sie, mein Herr, im folgenden ›Der Eindringling‹ genannt, nach Ablauf eines Jahres nicht bereit sein sollten, die Wohnung zu verlassen. Sobald Sie diese unwiderrufliche Garantie vorlegen, wird man Ihnen die Schlüssel unverzüglich geben.«

Die Interventionsmacht, auf die wir uns einigten, war Frankreich. Durch Vermittlung eines aus Algier stammenden Teppichhändlers erhielt ich am folgenden Tag die beglaubigte Unterschrift des französischen Botschafters.

Alles andere war nur noch eine Kleinigkeit. Ich hatte mich nämlich verpflichtet, im Stadtzentrum eine standesgemäße Dreizimmerwohnung zu kaufen und sie als Sicherheit für die von Herrn Bar-Goldfisch gemietete Wohnung dem Rechtsanwalt Dr. Wichtig für die Dauer eines Jahres zur Verfügung zu stellen.

Ferner mußte ich ein Formular unterzeichnen, wonach eine Kammerjägerfirma beauftragt wurde, die von mir gemietete Wohnung genau ein Jahr nach Vertragsabschluß mit Zyangas auszuräuchern, um meinen zeitgerechten Auszug zu gewährleisten.

*

Dann kam es endlich zum Vertragsabschluß zwischen mir einerseits und Herrn Bar-Goldfisch andererseits. Der 128 Seiten starke Akt legte fest, daß besagte Wohnung dem »Eindringling« lediglich für die Dauer eines einzigen Jahres, bestehend aus maximal 365 Tagen, überlassen werde. Die Transaktion sei eine Wohltätigkeit von Herrn Bar-Goldfisch, im folgenden »Der Wohltäter« genannt, die der »Eindringling« jeden Monatsersten mit 10 000 Schekel bei sonstiger Exekution auszugleichen hätte.

Ich hatte zwei Tage lang Zeit, den Vertrag zu studieren, und als ich auf Seite 72 angelangt war, kam der große Moment, da wir beide zu gleichen Teilen und zu treuen Händen die Urkunde unterzeichnen durften.

Bar-Goldfisch stand kurz von seiner Bahre auf und übergab mir leise fluchend mit zitternden Händen die Wohnungsschlüssel.

Dann sank er wortlos zu Boden.

Meine erste Vermutung war, daß er vor Angst, seine Wohnung nie wieder betreten zu dürfen, gestorben wäre. Doch der schnell herbeigeholte Notarzt stellte nur einen Schlaganfall mit zerebralen Lähmungserscheinungen fest.

Und so kam ich zu einer Wohnung im Zentrum.

*

Bedauerlich ist nur, daß ich nicht berechtigt bin, in diese Wohnung einzuziehen. Der Artikel 397 auf Seite 123 unseres Vertrages besagt nämlich in aller Klarheit: »Der Eindringling verpflichtet sich hiermit unwiderruflich, während der Mietdauer unter keinen Umständen in besagte Wohnung einzuziehen.«

Dr. Wichtig erklärte mir, daß dieser Paragraph eine reine Formalität wäre, die mir überdies das kostspielige Ein- und Ausziehen ersparen würde. Vielleicht hat er recht.

In Israel sind die schönsten Häuser fest in jüdischer Hand, ein Umstand, der allseits heftigen Unwillen erregt. Am wütendsten sind die Oldtimer, die das Land vor 45 Jahren mit nur einem kleinen Koffer betraten, und heute haben Sie den Koffer immer noch.

Generationskonflikt oder Fahrstuhl einmal in der Woche

Zorn und Abscheu spiegelten sich in den Gesichtszügen jenes älteren Herrn, der mich eines Tages vor dem Eingang zum Kino anhielt:

»Wohin so eilig, Mojshele?«

Ich gestand ihm, daß ich mir eine Eintrittskarte ins Kino gekauft hätte.

»Eintrittskarte ins Kino?« wiederholte er mit schneidender Verachtung. »In deinem Alter war ich froh, wenn ich mir eine Gurke zum Nachtmahl kaufen konnte. Aber Kinokarten? Vor 30 Jahren hat kein Mensch daran gedacht, ins Kino zu gehen. Damals sind hier noch die Lastkamele vorbeigezogen, und von den Boulevards konnte man aufs offene Meer hinaussehen.«

»Interessant«, sagte ich. »Aber jetzt muß ich nach Hause.«

»Nach Hause?« Er nickte bitter. »Wir hatten kein Zuhause. Wir schichteten ein paar Schachteln und Konservenbüchsen übereinander, verklebten das Ganze mit Packpapier, und das war unser Zuhause. Hast du Möbel?«

»Nicht der Rede wert.« Ich wurde vorsichtig. »Meistens sitzen wir auf Ziegelsteinen.«

»Ziegelsteinen? Von Ziegelsteinen wagten wir nicht einmal zu träumen. Woher hätten wir das Geld für Ziegelsteine nehmen sollen?«

»Ich weiß es nicht«, gestand ich kleinlaut. »Um die Wahrheit zu sagen, ich habe die Ziegelsteine nicht gekauft, sondern von einem unbewachten Bauplatz gestohlen.«

»Gestohlen?« Die Stimme des alten Herrn bebte vor Zorn. »Ich habe 18 Jahre lang hier gelebt, ehe ich es wagte, meinen ersten Ziegelstein zu stehlen. Wir hatten damals nicht einmal Sand, um darauf zu liegen. Habt ihr einen Fahrstuhl zu Hause?«

»Sehr selten. Vielleicht einmal in der Woche.«

»Einmal in der Woche?« Der Alte packte mich an den Schultern und schüttelte mich, als ob er mich mixen wollte. »Bist du dir klar darüber, Mojshele, daß wir nicht einmal Treppen hatten.«

»Ich heiße nicht Mojshele«, warf ich ein. »Und überhaupt, ich kenne Sie nicht, mein Herr.«

»Du kennst mich nicht?« brüllte mein Gesprächspartner. »Wenn wir in deinem Alter die Frechheit gehabt hätten, jemanden nicht zu kennen, hätte man uns windelweich geprügelt. Aber ihr jungen Grünschnäbel von heute könnt euch natürlich alles erlauben.«

Damit ließ er mich stehen und ging zornig zu seinem Packpapier nach Hause. Ich war niedergeschmettert. Der Boden schwankte unter meinen Füßen, und ein Taxi überfuhr mich. Früher einmal mußten die Pioniere bestimmt 18 bis 20 Jahre warten, bevor sie zum erstenmal von einem Taxi überfahren wurden. Die Zeiten haben sich geändert.

Jesaja schimpfte mehr als jeder andere Prophet mit seinem Volk, aber das Buch Hiob hat er bestimmt nicht gelesen.

»Weh denen, welche die Bösen gut und die Guten böse nennen«, verkündete Jesaja, »die aus Finsternis Licht und aus Licht Finsternis machen.« Nun bei aller Ehrerbietung, genau das tat der Herr mit dem unglückseligen Hiob, um Satan vorzuführen wie sehr Er, der Allmächtige, da unten auf Erden verehrt wird.

Wie bekannt, hat Gott gegen Satan gewonnen, aber Hiob wurde im Laufe dieser Wette der Garaus gemacht, mit Methoden, die gut ausgebildeten Antiterroreinheiten zur Ehre gereicht hätten. Nach jedem Schicksalsschlag flehte der Mann, dessen einziger Makel zu sein schien, daß er ohne Fehl und Tadel war, um eine Antwort auf seine Frage »Was, um Gottes willen, habe ich getan?« Er erhielt jedoch keine, weil dann Satan die Wette gewonnen hätte.

*

Als ich Hiobs Saga las, überkam mich das gleiche Gefühl wie einst im Kasperletheater, wo ich als kleiner Junge Hänsel und Gretel »Paßt auf, die Hexe lügt!« zurief. Genauso wollte ich den Mann im Lande Uz ermuntern, sich nicht widerstandslos zu ergeben. »Es ist doch alles nur Theater, du Tölpel«, wollte ich ihm zurufen, »Satan wird ja schließlich doch den kürzeren ziehen, und dich wird der Herr nach Ende der Vorstellung mit einer Fülle von Geschenken entschädigen.«

Sei es, wie es will, Hiobs Horrorstory inspirierte mich zu meiner eigenen Fassung. Der Held meiner Version leidet nicht weniger als der originale Hiob, allerdings fehlt bei mir das Happy-End. Aber ich weise nach, was im Neunten Gebot bedauerlicherweise fehlt, daß man nämlich nicht nur des Nächsten Haus, sondern auch seinen Parkplatz begehren kann.

Wetten, dass oder Eine satanische Affäre

In der Stadt Jerusalem lebte ein Mann, der hieß Hiob Grodetzky. Er war ein rechtschaffener Mann, befolgte das Gesetz und tat kein Übel, und mit der Zeit wurden ihm sieben Söhne geboren.

Es betrieb aber dieser Mann Hiob einen Lieferwagen, und betrieb ihn sonder Fehl und Tadel, und lenkte ihn tugendhaft, und achtete darauf, niemals eine Geschwindigkeitsgrenze zu überschreiten, nicht in der Stadt noch auf den Überlandstraßen, und fuhr kreuz und quer durch das Land, und hinauf und hinab, und immer auf der rechten Bahn, und nicht zu schnell. Und hat kein Verkehrspolizist jemals Hand an ihn gelegt oder ihm ein Strafmandat ausgestellt. Und zahlte dieser Mann Hiob seine Einkommenssteuer schon vor dem Fälligkeitstermin, und war der einzige im ganzen Lande, der solches tat.

Es geschah aber eines Tages, daß sich die Schergen der Stadtverwaltung vor dem Bürgermeister versammelten, und gesellte sich Satanas zu ihnen.

Und sprach der Bürgermeister, zu Satanas gewandt:

»Kennst du meinen Knecht Grodetzky, welcher ein rechtschaffener Mann ist, der das Gesetz befolgt und kein Übel tut?«

Und Satanas antwortete dem Bürgermeister, und sprach:

»Der hat leicht rechtschaffen sein, der Kerl, da du ihn doch mit einer Schutzhecke umgeben hast und keine Versuchung an ihn heranlässest. So du aber deine Hand ausstreckst und ihm Schwierigkeiten in den Weg legst, wird er seiner Tugend vergessen und wird dir fluchen, daß es dir in den Ohren gellt.«

Und schlossen Satanas und der Bürgermeister eine Wette, und sprach der Bürgermeister zu Satanas, und sprach:

»Siehe, fortan ist dieser Mann Grodetzky in deiner Hand, und darfst du ihm alles antun, nur keine Gewalt.«

Satanas nickte und entfernte sich vom Angesicht des Bürgermeisters.

*

Nicht lange, da erhob sich Hiob Grodetzky am Morgen von seinem Lager, und ging in den Hof seines Hauses, wie er's zu tun pflegte an jedem Morgen, um mit seinem Lieferwagen auszufahren. Denn er parkte den Lieferwagen immer und stets im Hof seines Hauses. Denn er wohnte in einer von geparkten Autos überfüllten Geschäftsstraße, und fand keinen andern Platz als seinen Hof, um den Wagen darin zu parken und am Morgen mit ihm auszufahren. An diesem Morgen aber, als er den Hof betrat, fiel bleicher Schrecken auf ihn, und er erbebte vor dem Anblick des gewaltigen Lastwagens, der da in der Ausfahrt stand und ihm den Weg versperrte.

Und Hiob begann zu rufen und zu hupen, und ging zu den Inwohnern des Hauses, um nach dem Fahrer des Lastwagens zu fragen, und ging in die umliegenden Häuser und fragte, und wurde ihm weder Antwort noch Fingerzeig. Erst gegen 11 Uhr vormittags kam gemessenen Schrittes ein Mann daher, das war Eliphas der Parker, und Hiob schrie ihm entgegen, und schrie:

»Sahest du nicht mit dem Blick deiner Augen, daß hier eine Ausfahrt ist und daß du hier nicht parken kannst?«

»Ich sehe nichts«, widerredete ihm der andere, »und ich kann parken, wo ich will.«

Und ließ nicht ab zu parken, wo er geparkt hatte, und parkte dortselbst am folgenden Tag und am Mittwoch, und der Mann Hiob konnte zur Nacht den Segen des Schlafes nicht finden aus lauter Furcht, daß am Morgen die Ausfahrt blockiert wäre und seinem Lieferwagen den Weg versperren würde, und brauchte er doch den Lieferwagen, um damit sein Brot zu verdienen. Und sann der Mann Hiob auf Abhilfe, und besann dieses und jenes, und ging in tiefer Nacht vor sein Haus, und trat an den falsch geparkten Lastwagen heran, und schob ein Blatt Papier unter den Scheibenwischer, darauf stand geschrieben wie folgt: »Ich warne Dich zum letztenmal, Du Arschloch, und wird großes Unheil über Dich kommen, so Du noch einmal hier parkest!« Aber es fruchtete ihm nichts, denn Eliphas der Parker war größer und stärker als er, und überragte ihn um Haupteslänge, und hatte viel Fett an seinem Körper, und unter dem Fett viele Muskeln.

*

Und es wurde aus dem Manne Hiob ein Wrack und ein Schatten seiner selbst und ein Nervenbündel, aber er sündigte nicht und wich nicht vom Pfade der Tugend und fluchte weder der Stadtverwaltung noch dem Bürgermeister, sondern machte sich auf zur nächsten Polizeiwache und erhob Beschwerde wider Eliphas den Parker.

»Da können wir gar nichts machen, guter Mann«, antwortete ihm die Polizeiwache. »Wir können nur etwas machen, wenn vor dem Ein- und Ausfahrtstor ein amtliches Parkverbotszeichen angebracht ist. Dann können wir etwas machen. Sonst nicht.«

Und Hiob war es zufrieden und folgte den Worten des Propheten Jeremia: »Du sollst Zeichen und Wegweiser aufrichten für die Kinder Israels«, und ließ sich nicht Zeit noch Mühe verdrießen, um an sein Ziel zu gelangen. Und ging des Weges zum Magistrat, Abteilung Straßenverkehr, Unterabteilung Verkehrszeichen, und machte eine Eingabe. Und wurde diese Eingabe unverzüglich abgelehnt. Und machte der Mann Hiob eine zweite Eingabe, welche unverzüglich abgelehnt wurde, und eine dritte ebenso, und eine vierte, und ließ nicht locker.

Und siehe, es erschienen eines Tages zwei Amtsorgane im Hof seines Hauses, und befanden, daß der Hof sich für Parkzwecke wohl eigne, und bewilligten das Gesuch, und siehe, kaum zwei Jahre später waren rechts und links von der Ein- und Ausfahrt die amtlichen Tafeln aufgerichtet, und verkündigten einem jeden: »Parken verboten.«

*

Und es brach großer Jubel aus im Hause des Hiob Grodetzky, und freuten sich alle, und schlachteten einen Hammel und tranken vom Wein.

Als aber Hiob Grodetzky am Morgen erwachte und sich vom Lager erhob, um auszufahren mit seinem Lieferwagen durch das Tor, da stand vor dem Tor der große Lastwagen abermals, und versperrte ihm den Weg.

Und entrang sich ein großer Schrei der gequälten Brust des Mannes Grodetzky, und drang er mit aufgehobenen Händen auf den in der Nähe patrouillierenden Verkehrspolizisten ein.

Dieser aber besänftigte ihn, und sprach:

»Ich weiß, Herr, ich weiß. Schreien Sie nicht. Ich habe dem Parksünder bereits ein Strafmandat erteilt.«

Es verhielt sich jedoch so, daß in der Zwischenzeit die Zahl der Wagen sich vervielfacht hatte, und mußten die Bürger der überfüllten Stadt jedes freie Plätzchen ausnützen, um ihre Wagen zu parken, und entrichteten sie willig die Buße für Verletzungen des amtlichen Parkverbots.

»Das ist es mir wert«, sprach Eliphas der Parker zu Hiob. »Ich lasse es mich gern ein paar Schekel kosten, wenn ich irgendwo parken kann.«

Und parkte er fröhlich weiter vor dem Hause des Hiob, und blockierte ihm die Ausfahrt, und zahlte den Bußeschekel.

Und Hiob zerriß sein Gewand, und raufte sich die Haare, und warf sich nieder auf den Boden, und schrie zum Himmel mit den Worten des Propheten Jeremia: »Es leiden die Gerechten, und es frohlocken die Bösen!«

Da senkte sich eine Staubwolke herab, und aus der Wolke trat Hiobs Weib, und hob zu sprechen an, und sprach:

»Warum liegst du auf dem Boden und heulst? Ich sage dir, was du tun sollst. Du sollst deinen eigenen Lieferwagen des Nachts zwischen den beiden Verbotstafeln parken, und wahrlich, es wird dir fürderhin keiner mehr deinen Platz wegnehmen.«

Und Hiob tat, wie ihm geheißen, und nach einem Mond voll Wehklagens, und nach vielen kummervoll durchwachten Nächten war endlich der Schlummer ihm wieder beschieden. Und erwachte er freudigen Herzens, und trat hinaus in den Hof, und rieb sich die Augen, gleich als wären sie noch vom Schlafe verklebt, und wollte nicht glauben, was er sah. Es stak ein Strafmandat unter dem Scheibenwischer seines Wagens.

Als er sich aber vergewissert hatte, daß er nicht träumte, suchte er nach dem nächsten Verkehrspolizisten, und rief ihn an, und rief:

»Warum steckt unter meinem Scheibenwischer ein Strafmandat?«

Der Hüter des Gesetzes wies auf die beiden Verbotstafeln:

»Haben Sie keine Augen im Kopf? Was steht hier geschrieben? ›Parken verboten‹, nicht?«

Da stimmte Hiob ein großes Gelächter an, und lachte aus vollem Halse, und sprach:

»Diese Verbotstafeln wurden aufgerichtet um meinetwillen, damit ich des Morgens kein Hindernis im Weg habe, und ausfahren kann mit meinem Lieferwagen.«

»Dann fahren Sie aus«, sagte jener, »und parken Sie Ihren Wagen nicht dort, wo das Parken verboten ist.«

»Aber es ist ja für mich verboten.«

»Natürlich ist es für Sie verboten. Genau wie für jeden andern.«

»Verstehen Sie denn nicht? Diese Verbotstafeln wurden auf mein Betreiben hier angebracht.«

»Dann müssen Sie den anderen mit gutem Beispiel vorangehen«, sagte der Hüter und entschwand.

Und stak am folgenden Morgen abermals ein Strafmandat unter dem Scheibenwischer des Hiob, und am nächsten Morgen wieder, und streute Hiob Asche auf sein Haupt, und schrie zum Himmel, und schrie:

»Was sollen mir diese Zeichen, und warum bringen sie immer neues Elend über mich? Wenn ich im Hof parke, kann ich nicht ausfahren, und wenn ich draußen parke, bekomme ich ein Strafmandat. Verflucht sei der Tag, da ich geboren wurde.«

*

Fortan war das Leben des Mannes Grodetzky mit nichts anderem ausgefüllt als mit Verbotstafeln und Parkzeichen und Parkverbotstafelzeichen, und verbrachte er seine Tage von früh bis spät auf den zuständigen Behörden, und schrie um Gerechtigkeit.

Und sprachen aber die Behörden wie folgt:

»Es geschieht alles nach Recht und Gesetz. Wir müssen diese Strafmandate ausstellen. Auf den beiden Verbotstafeln steht nichts davon geschrieben, daß der dazwischenliegende Parkplatz Ihnen gehört.«

Und Hiob antwortete:

»Dann schreiben Sie's hin!«

Und schüttelten die Behörden den Kopf, und sprachen:

»Was fällt Ihnen ein? Nur Mitglieder des diplomatischen Corps und der Regierung haben Anspruch auf einen reservierten Parkplatz in einer Verkehrsstraße. So einer wie Sie muß froh sein, wenn ihm durch amtliche Parkverbotstafeln vor seinem Haus die freie Ein- und Ausfahrt gesichert wird. Übrigens, warum wollen Sie eigentlich draußen parken? Sie haben ja Platz genug in Ihrem Hof.«

Da öffnete Hiob den Mund, und holte Atem, und schleuderte wilde Flüche gegen alle, so da standen. Und wurde er mit Buße und Strafe belegt an Ort und Stelle, und wurden ihm seine Fingerabdrücke abgenommen für immer, und flog er hinaus vermittels eines derben Trittes in den Hintern.

Von Stund an entfernte der Mann Hiob an jedem Morgen das Strafmandat von seiner Windschutzscheibe, und warf es zu Boden, und bezahlte es nicht, und wurde in regelmäßigen Abständen zur Polizei gerufen, und schuldig gesprochen, und häufte sich das Unglück auf ihn und der Gram auf seine Familie.

*

Eines Morgens aber trat er wieder auf die Straße hinaus, und siehe, es war da kein Strafmandat auf seinem Lieferwagen, weil da auch kein Lieferwagen war, sondern die Hüter des Gesetzes hatten ihn abgeschleppt, damit er die Einfahrt in den Hof nicht behindere.

Und Hiob wehklagte aufs neue, und hob die Hände auf, und rief:

»Bin ich denn fühllos wie ein Stein? Sind meine Nerven aus Stahl? Wie lange soll ich der Verkehrspolizei noch erbötig sein, daß sie mit mir schalte und walte nach ihrem Gefallen?«

Und seine Söhne verließen ihn und zerstreuten sich, und sein Weib sprach auf ihn ein, und sprach:

»Siehst du denn nicht, daß Recht und Gesetz deiner spotten? Laß die Verbotstafeln wieder fortnehmen, und du wirst parken können vor der Pforte deines Hauses in Frieden und ohne Strafmandat.«

Und zog ein Hoffnungsschimmer in Hiobs Herz, und eilte er zitternden Fußes zum Magistrat, und fiel in den Staub vor den Gewaltigen der Verkehrsabteilung, und bat und beschwor sie, die Verbotstafeln zu entfernen.

Die Gewaltigen aber fuhren mit rauher Stimme ihn an, und sprachen:

»Was glauben Sie, wo Sie hier sind? Auf einem Marktplatz? Im Basar? Mit uns können Sie nicht handeln. Erst gestern oder vorgestern wollten Sie die Tafeln vor Ihrem Haus haben, und heute sollen wir sie wieder wegnehmen?«

Und hob sich die Brust des Hiob in schierer Verzweiflung:

»Das war nicht gestern oder vorgestern, o Ihr Gewaltigen. Das ist schon Jahre her.«

Und zerdrückten die Gewaltigen je eine Träne, und sprachen: »Mitleidig sind unsere Herzen, aber gebunden sind unsere Hände. Wir können nichts machen. Solange es einen Hof gibt, muß die freie Einfahrt gesichert sein, und solange eine freie Einfahrt gesichert werden muß, werden dort Parkverbotstafeln stehen. Da können wir gar nichts machen.«

*

Satanas – wenn wir jetzt wieder an den Beginn unserer Geschichte anknüpfen dürfen – hatte seine Wette längst gewonnen.

Was jetzt geschah, war nur noch ein Nachspiel.

In einer Neumondnacht fiel einem patrouillierenden Hüter des Gesetzes ein Mann auf, der in der Dunkelheit damit beschäftigt war, den Pfahl einer amtlichen Parkverbotstafel durchzusägen. Der Mann wurde sofort verhaftet, angeklagt und wegen böswilliger Beschädigung städtischen Eigentums, schweren Verstoßes gegen die Verkehrsvorschriften und tätlicher Beleidigung von Amtsorganen zu einer ausgiebigen Gefängnisstrafe verurteilt. Nach seiner Entlassung mußte Hiob feststellen, daß man ihm in der Zwischenzeit den Lieferwagen gestohlen hatte, aber das half ihm jetzt nichts mehr. Sein Geist blieb getrübt, und er verschwand aus der großen Stadt, und seine Spur verlor sich.

Touristen erzählen, daß er in der Wüste umherirrt. Manchmal klingt sein hohles Gelächter schaurig durch die Nacht, manchmal taucht er im Morgendämmer am Horizont auf, wild hupend und fürchterliche Flüche gegen den Bürgermeister von Jerusalem ausstoßend. Amen.

Man muß zu dem Schluß kommen, daß die ganze Menschheit von Neid erfüllt ist und es nur aus Takt Begehren nennt. Man begehrt nicht nur schöne neue Häuser, sondern auch antike Trümmer. Das ist keine Krankheit mehr, sondern bereits eine Lebensform. Wie einst in Sodom und Gomorrha.

Ja, man begehrt sogar Sodom und Gomorrha. Oder das, was davon übriggeblieben ist.

Die sündigen Städte oder Ausflug in die Steinzeit

Ich weiß nicht, wie der Rest der Welt auf die Öffnung unserer Schnellstraße nach Sodom reagiert hat, über unsere Nachbarschaft senkte sich jedenfalls eine geradezu biblische Stimmung. Sodom hat Haifa, Eilat und Tiberias den Rang abgelaufen und die Herzen wie eine Sommergrippe erobert.

Und warum?

Es begann damit, daß sich unser Nachbar Gutwoche nicht länger beherrschen konnte, ein Taxi charterte und samt Familie einen Weekendtrip nach Sodom unternahm. Am Samstag abend kehrten sie zurück, berauscht von dem einmaligen Erlebnis und mit wertvollen Schätzen beladen. Gutwoche hatte nämlich erlesene Sodomsteine von bis 50 Kilogramm Nettogewicht nach Hause geschleppt, seine Frau doppelt so viele. Unterwegs waren sie zwar mehrmals unter der historischen Last zusammengebrochen, aber nach einer wundersamen Genesung luden sie nun schon am nächsten Tag zu einer improvisierten Vernissage in ihre Villa ein.

»Das ist Urschwefel«, erklärte uns Gutwoche stolz, »und dort, das Weiße, das ist Rohsalz aus dem Toten Meer. Da drüben liegt ein Magnesium-Kristall, und hier sehen Sie echte Kupferasche sowie eine erlesene Auswahl der Bodenschätze von Sodom.«

Wir berührten andächtig das wundervolle Gestein, und ein heiliger Schauer durchlief uns. Mein Herz schlug bis zum Hals, und ich wurde von dem unstillbaren Verlangen erfüllt, Gutwoche aus dem Weg zu räumen und ihm seine Trümmer zu entreißen. Die anderen Besucher schienen mit ähnlichen Gedanken beschäftigt. Die Steine waren einfach überwältigend.

Seitdem ist in unserer Nachbarschaft kaum einer mehr zu Hause.

Alles pilgert gen Sodom, ob im Auto, auf Fahrrädern oder zu Fuß, um dort dem Steinesammeln zu frönen. Als Herr Reich vorgestern heimkam, war er zwar halbtot, hatte jedoch eine Salzsäule der Frau Lot ergattert. Die Glücklichen, die daran lecken durften, bekannten, daß sie noch immer recht salzig schmeckte. Felix hatte sich einen Lastwagen gemietet, und jetzt setzt er im Garten ein Mosaik aus seiner Wüstenbeute zusammen, das die Schlacht um Jericho in Originalfarben zeigt.

Ich mußte umgehend auch etwas Sodomistisches unternehmen, wenn ich mein Gesicht in der Nachbarschaft nicht verlieren wollte. So schlich ich eines Nachts auf die benachbarten Baustellen und sammelte einen Sack voller Kieselsteine ein. Vor den neugierigen Blicken der

Nachbarschaft schleppte ich mich am Morgen mit meinem Sack nach Hause und schüttete meine Naturschätze vor den Eingang. Die Kiesel glänzten im Sonnenlicht wie die Edelsteine König Salomons.

»Herrschaften«, sagte ich mit belegter Stimme, »zieht eure Schuhe aus. Diese Schätze stammen aus Gomorrha.«

Alles warf sich auf die Knie, und seither bin ich der erste Gerechte Gomorrhas in unserer Nachbarschaft.

Unser Pessachfest ist eigentlich das Fest des Sauberen Hauses, als Erinnerung an die übertriebene Bedeutung, die Moses der Hygiene beigemessen hat. Vor dem Fest säubern die orthodoxen Juden ihr Haus vom Keller bis zum First, um alle Spuren von Gesäuertem zu vertilgen. Da meine Familie und ich nicht zur orthodoxen Klasse gehören, tun wir dies nicht.

Was sich bei uns abspielt, geht aus den folgenden Seiten meines Tagebuches hervor.

Totale Säuberungsaktion mit rohen Eiern

Sonntag. Heute beim Frühstück verkündete die beste Ehefrau von allen:

»Pessach oder nicht, es ist Zeit für die Frühjahrsreinigung. Aber heuer werde ich deswegen nicht das ganze Haus auf den Kopf stellen. Großreinemachen kostet nicht nur sehr viel Arbeit, sondern auch sehr viel Geld. Wir werden also nur gründlich Staub wischen und aufkehren. Von dir verlange ich nur, daß du zwei neue Besen kaufst.«

»Mit großer Freude«, antwortete ich und eilte in den Supermarkt. Dort erstand ich zwei langhaarige, künstlerisch geformte Prachtbesen und war voll Dankbarkeit für die weise, hausfrauliche Zurückhaltung meiner Ehegattin.

Als ich heimkam, fand ich unser Haus von einem murmelnden Bächlein umflossen. Die beste Ehefrau von allen hatte den klugen Entschluß gefaßt, vor der Entstaubung den Fußboden ein wenig anzufeuchten, und hatte dafür eine weibliche Hilfskraft gemietet und noch eine zweite als Wasserträgerin.

»In einem Tag haben wir das alles hinter uns«, sagte die beste Ehefrau von allen, »mach nicht schon wieder aus einer Mücke einen Elefanten.«

Das freute mich von Herzen, denn aus technischen Gründen gab es an diesem Abend nur weiche Eier zu essen, und das verträgt sich nicht ganz mit dem hohen Lebensstandard, an den ich nun einmal gewöhnt bin. Übrigens wurden am Nachmittag auch die Fensterläden entfernt, die bei Wind quietschten. Der Schlosser sagte, wir bräuchten neue Fensterangeln, weil die alten verbogen waren, und ich sollte neue bei Fuhrmanns Metall- und Eisenwarenhandlung in Jaffa kaufen. Da ich von einem so beschäftigten Mann, wie ein Schlosser es ist, wirklich nicht verlangen konnte, das selbst zu erledigen, fuhr ich nach Jaffa, um Fensterangeln zu kaufen.

Montag. Kam gegen Mittag von Fuhrmanns Metall- und Eisenwarenhandlung zurück. Hatte original-belgische Fensterangeln gekauft. »Die belgischen halten ein ganzes Leben«, versicherte Fuhrmann mir. »Und wenn Sie gut aufpassen, sogar fünf Jahre.«

Das murmelnde Bächlein war mittlerweile zum reißenden Wildbach geworden. Das Haustor war unpassierbar, weil der Tapezierer sämtliche Stühle und Sessel aus dem ganzen Haus im Vorraum gestapelt hatte. Die Möbel aus dem Vorraum befanden sich in der Küche, die Küchengeräte im Badezimmer und das Badezimmer auf der Terrasse. Ich sprang durchs Fenster ins Haus und fiel in einen Bottich mit ungelöschtem Kalk.

Mein Eheweib sprach: »Ich dachte, daß wir bei dieser Gelegenheit auch die Wände neu weißeln sollten, denn sie sehen abscheulich aus.«

Meine Zustimmung vorausschickend, machte sie mich mit dem Maler bekannt, damit ich mit ihm den Preis vereinbare, und beauftragte mich, mit ihm zu unterhandeln. Schließlich bin ich ja der Herr im Haus. Wir einigten uns auf ein Vermögen, einschließlich Türen.

Der Schlosser hatte inzwischen Fuhrmanns Fensterangeln geprüft und gefunden, daß sie nur zwei Zoll lang waren. Ob ich denn nicht wüßte, daß wir drei Zoll lange brauchten? Er schickte mich zu Fuhrmann zurück.

Die beste Ehefrau von allen schlief im Büchergestell, zu Füßen der Encyclopedia Britannica. Ich schlief in einer alten Wiege. Ein verirrter Schuhspanner hielt mich viele Stunden lang wach. Zum Nachtmahl hatten wir Rühreier mit Salz gehabt.

Dienstag. Fuhrmann behauptete, daß die Fensterangeln doch drei Zoll messen, und schickte mich wieder heim. Im Garten trat ich in frische Lackiererfarbe und reinigte mich mühsam im Vorraum, wo sich gerade das Badezimmer befand, denn im Badezimmer wurden die Kacheln gerade auf türkisblau geändert. Meine Gattin meinte nicht zu Unrecht, daß man solche Kleinigkeiten ein für allemal in Ordnung bringen sollte. Der Elektriker, den wir zur Behebung eines Kurzschlusses geholt hatten, meinte, daß wir die Bergmann-

Schalter, die Fleischmann-Kontakte und die Gottlieb-Sicherungen auswechseln müßten. Der Schlosser gab zu, daß die belgischen Fensterangeln tatsächlich drei Zoll maßen, aber britische Zoll, nicht deutsche. Er hatte deutsche Zoll gemeint. Schickte mich zu Fuhrmann zurück.

Als der Maler in der Mitte der Küchendecke angelangt war, erhöhte er sprunghaft seinen Preis und begründete das überzeugend.

»In den Wochen vor Pessach bin ich immer etwas teurer, weil niemand bis Pessach warten will, denn zu Pessach will dann ein jeder, und dadurch wird alles teurer. Deshalb kommen sie jetzt immer schon ein paar Wochen vor Pessach, und deshalb bin ich auch in den Wochen vor Pessach etwas teurer.«

Außerdem verlangte er von mir eine besondere Sorte Furniere, die nur in Taberias erzeugt werden. Er verlangte auch einen ganz bestimmten Vorkriegslack, zwei Päckchen Zigaretten und einen italienischen Strohhut. Das Ensemble seiner Gehilfen war mittlerweile auf vier angewachsen und stimmte bei der Arbeit ein fröhliches Quartett an.

Das Schlafproblem löste sich problemlos. Ich raffte alle Kleider aus unserem großen Schrank zusammen und stopfte sie in den Kühlschrank, legte den leeren Schrank rücklings auf den Balkon und versank in einen tiefen, naphtalinumwölkten Schaf. Mir träumte, ich sei gestorben. Der Beerdigungszug wurde von einer Handwerkerdelegation angeführt, die einen überirdisch langen Pinsel trug.

Die beste Ehefrau von allen zeigte sich von ihrer lebenstüchtigsten Seite. Sie schlief im Wäschekorb und erwachte frisch und rosig. Weiche Eier.

Mittwoch. Fuhrmann erklärte mir, daß es bei Fensterangeln keinen Unterschied zwischen britischem und deutschem Zollmaß gäbe, und warf mich hinaus. Als ich das dem Schlosser berichtete, wurde er nachdenklich. Dann fragte er mich, wozu wir die Fensterangeln überhaupt brauchten. Eine Antwort erübrigte sich, da wir ohnedies nicht mehr in die Wohnung hineinkonnten. Im Lauf der Nacht war ein Mann erschienen und hatte die Fußböden ausgehoben. Denn es war seit langem der Wunsch meiner Gattin, die Fußböden einige Grade heller getönt zu haben. »Nur das noch«, sagte sie, »nur das noch, und dann ist es vorbei.«

Um diese Zeit waren bereits 17 Mann an der Arbeit, mich eingeschlossen. Die Maurer, die gerade eine Zwischenwand niederrissen, machten einen ohrenbetäubenden Lärm.

»Ich habe mit dem Gebäudeverwalter gesprochen, der eine Art Architekt ist«, teilte mir die beste Ehefrau von allen mit. »Er riet mir, die Zwischenwand zwischen dem Vorzimmer und deinem Arbeitszimmer niederreißen zu lassen, dann bekommen wir endlich ein großes Gästezimmer und unser jetziges Gästezimmer wird überflüssig, weil wir ja wirklich keine zwei Gästezimmer brauchen, so daß wir das alte Gästezimmer teilen könnten, und dann hätten wir ein Vorzimmer, und du hättest dein Arbeitszimmer.«

Um nicht untätig zu sein, stieg ich auf eine Leiter und schnippte mit der großen Gartenschere sämtliche Lüster ab. Wenn schon, denn schon, sage ich immer. Dann hängte ich einen alten Schrankkoffer an einen wurmstichigen Balken und ging zur Ruhe.

Der Gebäudeverwalter teilte mir mit, daß es am besten wäre, die ganze Küche auf den Dachboden und den Dachboden ins Badezimmer zu verlegen. Ich bat ihn, das mit meiner Gattin zu besprechen, die ja nur ein paar kleinere Veränderungen für das Pessachfest im Hause durchführen wollte. Meine Gattin schloß sich in der

Vorratskammer ein und sagte, sie fühle sich nicht wohl. Zwei rohe Eier.

Donnerstag. Ging heute von Fuhrmann nicht nach Hause. Verbrachte die Nacht auf einer Gartenbank und fand endlich Ruhe und Schlaf. Zum Frühstück Gras und etwas Wasser aus dem Springbrunnen. Delikat. Fühle mich wie neugeboren.

Freitag. Daheim erwartete mich eine freudige Überraschung. Wo einst mein Haus stand, gähnte mir jetzt eine tiefe Grube entgegen. Zwei Archäologen durchstöberten die Ruinen nach interessanten Scherben. Die beste Ehefrau von allen stand im Garten und wischte den Staub von den Trümmern. Zwei Polizisten hielten die Schar der Andenkenjäger zurück.

»Ich dachte«, sagte die beste Ehefrau von allen, »daß wir die kleine Frühjahrsreinigung doch gleich dazu nützen könnten, das ganze Zeug niederzureißen und es dann anständig aufzubauen.«

Eines steht fest, in unserem ganzen Haus ist keine Spur von Ungesäuertem zu finden. Der zweite Vorteil ist, daß unsere Nachbarn es nicht mehr begehren können.

Als Moses vom Begehren des Hauses sprach, hat er vermutlich auch an die Haustiere gedacht, obwohl die Einstellung der Bibel zu Haustieren erstaunlich zwiespältig ist. Denn eigentlich mußte ein Stamm, der im Sinai herumwanderte, die Tiere lieben, die schließlich sein Überleben in der öden Sandwüste ermöglichten.

Nicht umsonst hat der Herr die Flüchtlinge aus Ägypten angewiesen: »Nehmt mit eure Schafe und Rinder.« Und es steht geschrieben, daß sie tatsächlich »sehr viel Vieh«, und nicht immer nur ihr eigenes mitgenommen haben.

Ja, unsere Vorväter umgaben sich gerne mit Haustieren, aber sie waren ihnen trotzdem nicht zugetan. Darin unterscheiden sie sich kaum von den heutigen Bewohnern der Sandwüste. In Filmen kann man zwar den stolzen arabischen Scheich auf seiner geliebten Stute reiten sehen oder eine Kamelkarawane, die majestätisch an uns vorbeizieht, aber das ist in Wahrheit nur ein Werbegag. Der Scheich liebt sein Pferd ebensowenig, wie die Stute ihn ausstehen kann. Von den Kamelen gar nicht zu reden, für die jeder Beduinenführer einfach Luft ist, was man ihren gelangweilten Mienen auch deutlich ansieht.

Zu Zeiten der Bibel aber dienten die Haustiere vor allem als Sühneopfer. Bruder Aaron opferte täglich einen Stier und zwei Ziegenböcke und hat damit jeweils in einem Aufwasch alle Sünden ringsum getilgt. Aber auch anderem Vieh erging es nicht besser. Außer dem Verbot von Moses gegen ein Techtelmechtel mit Haustieren fällt mir beim besten Willen kein gutes biblisches Wort zur Fauna ein.

Ich erinnere mich dagegen recht gut an ein paar saftige Beschimpfungen. Wenn der Prophet Jeremia zum Beispiel jemand verfluchen wollte, hat er ihm gewünscht, »wie ein Esel begraben zu werden«. Ein anderer Prophet, Samuel, hatte einen Hundekomplex. Jemanden, dem er böse war, bedachte er mit der Bezeichnung »toter Hund«, und einen dummen Kerl nannte er »Hundekopf«.

Samuel war zweifellos eine bedeutende historische Persönlichkeit, aber mit seiner Einschätzung von Hunden hatte er nicht recht. Hunde sind erstaunlich kluge Geschöpfe. Ein weiser Mann sollte sie nicht verachten, sondern von ihnen lernen.

EIN HUNDELEBEN ODER BELLEN MACHT FREI

Unsere biblische Tiergeschichte beginnt damit, daß in zwei neu errichtete, nebeneinanderliegende Einfamilienvillen in unserer Nähe zwei Familien einzogen, die des Musiklehrers Samuel Meyer in die eine, die des Privatbeamten Josua Obernik in die andere.

Es war von Anbeginn klar, daß die beiden Familien einander nicht leiden konnten und es nur darauf angelegt hatten, sich gegenseitig die Hölle heißzumachen. Als Ziel schwebte jeder von ihnen die Vertreibung der anderen vor. Zur Erreichung dieses Ziels leerten sie ihre Abfallkübel in des Nachbars Garten, drehten das Radio so laut auf, daß die Fensterscheiben zitterten, setzten seine Fernsehantenne außer Betrieb und taten alles, was man in solchen Fällen sonst noch zu tun pflegt. Angeblich soll Meyer sogar versucht haben, Oberniks Badewanne an die Hochspannungsleitung anzuschließen. Aber selbst wenn das übertrieben ist, gab es keinen Zweifel, daß über kurz oder lang eine der beiden Familien ausziehen müßte. Die Frage war, wer die besseren Nerven hatte. In unserer Straße standen die Wetten 3:1 für Meyer.

*

Bis hierher ist das eine ganz gewöhnliche Geschichte, wie sie sich in jedem Häuserblock zutragen kann. Ungewöhnlich wurde sie erst, als die Oberniks sich einen Hund zulegten. Er hieß Aristobolus und war von undefinierbarer Rasse, obwohl er angeblich aus einer erstklassigen skandinavischen Zucht stammte. Die Oberniks hüteten ihn wie ihren Augapfel und ließen ihn nur des Nachts ins Freie. Das geschah offenbar aus Furcht vor Aggressionen, was nicht ganz aus der Luft gegriffen war. Das Bellen des Aristobolus konnte nämlich durchaus einen Nachbarn um den Verstand bringen, vor allem, wenn es sich bei diesem Nachbarn um einen Musiklehrer mit absolutem Gehör handelte.

Aristobolus stimmte sein keifendes, infernalisch durchdringendes Gebell zu den widerwärtigsten Stunden an, um 5.15 Uhr am Morgen, zwischen 14 und 16 Uhr, also zu einer Zeit, da Herr Meyer sein Nachmittagsschläfchen hielt, dann wieder gegen Mitternacht und um 3.30 Uhr. Natürlich bellte er auch zwischendurch, aber die genannten waren seine Hauptbellzeiten. Bei Nacht verlegte er sie in den Garten.

Nach ungefähr einer Woche, während des üblichen Nachmittagskonzerts, trat Frau Meyer vors Haus und rief in Richtung Obernik:

»Sorgen Sie dafür, daß Ihr Hund zu bellen aufhört, sonst kann ich für nichts garantieren. Mein Mann ist fähig, ihn zu erschießen.«

Da man wußte, daß Samuel Meyer eine Jagdflinte besaß, nahm sich Frau Obernik die Warnung zu Herzen und sprach von nun an, sowie Aristobolus zu bellen begann, mit besänftigender Stimme auf ihn ein:

»Ruhig, Aristobolus. Du störst Herrn Meyer. Schäm dich. Hör auf zu bellen. Kusch.«

*

Aristobolus kuschte in keiner Weise. Im Gegenteil, er

steigerte sein Gekläff, als wollte er für die Freiheit des Bellens demonstrieren.

Meyer bat seinen Anwalt um Rat. Zu seiner Verbitterung erfuhr er, daß das Halten von Hunden zu den unveräußerlichen Bürgerrechten gehört und daß einem Hund von Gesetzes wegen nicht vorgeschrieben werden kann, wie und wann er zu bellen hat.

So griff Samuel Meyer eines Nachts zum Jagdgewehr und setzte sich in seinen Garten, wo er hinter einem Strauch auf das Erscheinen von Aristobolus wartete. Aristobolus erschien nicht. Er bellte zwar genau zu den gewohnten Stunden (0.00, 3.30, 5. 15), aber er bellte im Haus. Von Zeit zu Zeit glaubte Meyer, ihn an der Tür kratzen und jämmerlich winseln zu hören, ohne daß sich die Tür öffnete. Entweder ahnte Obernik etwas von der lauernden Gefahr, oder er tat's aus purer Grausamkeit.

Als sich an diesem rätselhaften Ablauf auch in den folgenden zwei Nächten nichts änderte, entschloß sich Meyer, der das Geheimnis ergründen wollte, zu einem riskanten Schritt. Er schlich in der Dunkelheit zum Obernikschen Schlafzimmer, spähte vorsichtig durchs halb geöffnete Fenster und traute seinen Augen und übrigens auch seinen Ohren nicht: Josua Obernik lag mit gelangweiltem Gesichtsausdruck im Bett und bellte. Neben ihm lag Frau Obernik und sagte von Zeit zu Zeit ohne besondere Anteilnahme:

»Ruhig, Aristobolus. Du mußt Herrn Meyer schlafen lassen. Kusch.«

Samuel Meyer wollte schon schießen, riß sich jedoch zusammen und ging auf die nächste Polizeiwache, wo er dem dienstschlafenden Beamten die ganze Geschichte erzählte. Der Beamte antwortete:

»Na und?«

»Was heißt hier na und?« brüllte Meyer. »Der Kerl ruiniert mich. Ich kann seit Wochen nicht schlafen. Außerdem schädigt er mein Gehör, das ich für meinen Beruf brauche.«

»Bedaure«, bedauerte das Amtsorgan. »Gegen Lautsprecher nach Mitternacht kann ich einschreiten, gegen jemanden, der bellt, nicht. Außerdem fällt diese Angelegenheit in die Kompetenz der Stadtverwaltung.«

Am nächsten Morgen, nachdem Aristobolus ihn pünktlich um 5 Uhr 15 geweckt hatte, ging Samuel Meyer wieder zu seinem Rechtsanwalt und informierte ihn, daß Josua Obernik sich sozusagen als Selbsthund zu Hause hielt. Der Anwalt blätterte in seinen Gesetzbüchern und schüttelte den Kopf:

»Im britischen Mandatsgesetz kann ich nichts finden, was die Nachahmung von Tierstimmen verbietet. Auch die Ottomanischen Gesetze, die ja auf zahlreichen Gebieten unseres öffentlichen Lebens noch in Kraft sind, enthalten nichts Brauchbares. Hingegen schreiben sie Entlohnung für Personen vor, die zur Bewachung angestellt sind, also die Funktionen eines Wachhundes ausüben. Wir werden daher gegen Herrn Obernik Anzeige erstatten, weil er keine amtliche Bewilligung zum Halten eines Wachhundes beziehungsweise einer Wachtperson besitzt.«

Die Anzeige wurde erstattet. Sicherheitshalber fügte der erfahrene Jurist noch hinzu, daß Herr Obernik keine Hundesteuer für sich bezahlte, und verlangte seine sofortige Verhaftung wegen Steuerhinterziehung.

Die Reaktion der Behörde war niederschmetternd. Herr Obernik hatte nicht nur die vorgeschriebene Bewilligung eingeholt, sondern auf ein Jahr im voraus die Hundesteuer für sich bezahlt.

Aristobolus bellte immer lauter, immer unablässiger, immer durchdringender. Die Schlacht hatte ihr entscheidendes Stadium erreicht.

In einem letzten verzweifelten Gegenangriff verständigte Samuel Meyer das Gesundheitsministerium, daß sein Nachbar Aristobolus an Tollwut litte und im Interesse der Öffentlichkeit umgehend vertilgt werden müßte.

Das Ministerium schickte einen Tierarzt, der Herrn Obernik nach sorgfältiger Untersuchung ein amtliches Gesundheitszeugnis ausstellte. Die Rechnung ging an Samuel Meyer. Sie war beträchtlich.

Obernik hatte gesiegt. Am nächsten Monatsersten zog Meyer samt Familie aus.

»Recht geschieht ihm«, bemerkte die beste Ehefrau von allen. »Warum hat er nicht zurückgebellt?«

X. DU SOLLST NICHT BEGEHREN DEINES NÄCHSTEN WEIB, KNECHT.....

Es folgt nun des Begehrens zweiter Akt. Aus reiner Vorsicht ergänzte Moses die einzeln aufgezählten Neidobjekte durch die Worte »noch alles«, um jede Diskussion auszuschließen.

Moses hat sicherlich geahnt, daß die Begierde nach des Nachbarn Hab und Gut schnurstracks zur Konsumgesellschaft führt. Wer seinen Nächsten nicht beneidet, kann nämlich nicht nur den Esel vergessen, sondern wird auch nie im Leben eine langbeinige Sekretärin sein eigen nennen, ganz zu schweigen von einer neuen japanischen Waschmaschine, die gleichzeitig auch Fax und Aquarium ist.

Und wenn jemand des Nächsten Frau nicht begehrt, kann es nur zwei Gründe dafür geben: Entweder die Frau muß dringend abnehmen, oder der Mann braucht regelmäßige Hormonbehandlungen.

Moses bekam zwar Anweisung von oben, alle Gebote als strenge Warnung zu formulieren, aber hier hätte er mit einer kleinen Abwandlung mehr Erfolg gehabt: »Du sollst auf dein eigenes Weib besser aufpassen.«

Ein gut frisierter Ehebruch oder Der Verdacht ist unbegründet

Friseur: Meine Damen und Herren! Wir wollen Ihnen einen Einblick in die Hölle menschlicher Leidenschaften geben. Die Personen des Einblicks sind drei verlorene Seelen, die sich in einem unentrinnbaren Netz von Wollust und Lüge verfangen haben: der Gatte, die Gattin und, na ja, sagen wir, ich. Ich bin von Beruf Friseur, aber das tut nichts zu der Sache, von der unser Drama handelt. Dieses Drama wollen wir Ihnen jetzt vorführen, rückhaltlos, offen, brutal. Wir verheimlichen nichts, wir zeigen alles, erotische Abenteuer, gefährliche Liebschaften, Sex, Sex und nochmals Sex. Das unerschöpfliche Thema, die ewige Tragödie des Menschengeschlechts, Eifersucht. Genauer, die Eifersucht des Mannes auf seine Frau. Ein spannungsgeladenes Produkt, vom Zensor zweimal beschlagnahmt, von der Produktionsleitung zweimal zurückprozessiert. Sind Minderjährige unter 16 Jahren anwesend? Nein? Dann können wir beginnen.

Nimmt in einem Sessel Platz. Romantische Hintergrundmusik, intime Atmosphäre. In der Nähe des Sessels auf einem Tischchen zwei Gläser, eine Cognacflasche und ein Telefon.

Gattin *(tritt ein)*

Friseur: Da ist sie.

Gattin *(setzt sich dem Friseur auf den Schoß, schlingt ihre Arme um seinen Nacken)*: Küß mich! Preß mich an dich. Beiß mich!

Friseur: *(macht sich nicht ohne Mühe von ihr los)*

Gattin: Du irrer Typ! Was willst du von mir?

Friseur: Ich liebe dich.

Gattin: Sag's noch einmal!

FRISEUR: Ich liebe dich.

GATTIN: Noch einmal!

FRISEUR: Gib schon Ruh.

GATTIN: Du liebst mich nicht.

FRISEUR: Doch, ich liebe dich.

GATTIN: Noch einmal *(neuerliche Umarmung und neuerlicher Befreiungskampf des Friseurs)*! Du irrer Typ. Was willst du von mir?

FRISEUR: Wo ist dein Mann?

GATTIN: Auf Waffenübung. Warum liebst du mich?

FRISEUR: Kann er nicht unerwartet nach Hause kommen?

GATTIN: Nein. Er ist ja erst am Morgen abgefahren. Liebst du mich?

FRISEUR: Ja. Ist er stark? Ich meine körperlich?

GATTIN: Nein. Nur sehr gescheit.

FRISEUR: Das macht nichts.

GATTIN: Was hab' ich dich nur fragen wollen? Ach ja, richtig. Liebst du mich?

FRISEUR: Natürlich. *(Umarmung)* Aber ich möchte nicht in Schwierigkeiten kommen.

GATTIN: Ich sagte doch schon, daß er auf Waffenübung ist.

FRISEUR: Und wer garantiert uns, daß er dort bleibt? Sie könnten ihn als überzählig wegschicken. Er könnte krank werden und könnte plötzlich zur Tür hereinkommen *(der Raum erhellt sich, in der Tür steht der Gatte)*. Siehst du? Da steht er. Und ich wollte doch nicht in Schwierigkeiten kommen. Jetzt haben wir's.

GATTIN *(ohne die Umarmung zu lösen)*: Du liebst mich nicht.

FRISEUR: Ich liebe dich, aber diese Geschichte beginnt mir zu mißfallen.

GATTIN: Er hat gesagt, daß er für sechs Tage auf Waffenübung ist.

FRISEUR: Er hat gesagt, er hat gesagt. Ist er jetzt hier oder nicht?

GATTIN: Er ist hier. *(zum Gatten)* Also, du bist auf einer Waffenübung, was?

GATTE: Jetzt bin ich hier, Weib!

GATTIN: Das sehe ich. Du spionierst mir nach, erbärmlicher Schnüffler! Du erzählst mir alle möglichen Geschichten und alle möglichen Lügen über deine Pflichten als Vaterlandsverteidiger, du gibst vor, ein Mustergatte zu sein, und in Wahrheit denkst du dir die gemeinsten Intrigen aus. Gut, mein Lieber. Ganz wie du willst. Wenn's dir Vergnügen macht, nur zu. Nimm dir Detektive, die mich beobachten und verfolgen, stell dich auf den Kopf und mach dich zum Gespött der ganzen Welt. Aber laß dir dann ja nicht einfallen, zu mir zu kommen und um Verzeihung zu betteln.

GATTE: Wie darfst du es wagen ...

FRISEUR *(beginnt mit der Gattin auf seinem Schoß die Sportzeitung zu lesen)*

GATTIN: Schäm dich, Jonas. Du glaubst jedem Gerücht, jedem Tratsch, jeder Verleumdung, die dir zu Ohren kommt. Du hast kein Vertrauen zu mir. Du mußt eine schmutzige Phantasie haben. Wie kann ein Mensch sich so erbärmlich benehmen? Hast du den letzten Rest von Würde verloren? Bist du ein Polizeihund den man hinter einem Verbrecher herhetzt? Nachher wird's dir leid tun. Nachher wirst du dich an die Brust schlagen, wenn du merkst, was du mir mit deinem schäbigen Benehmen angetan hast. Nachher geht das Gewinsel los. Debora hin, Debora her, Debora dort, Debora hier ...

GATTE: Debora hier ... Das ist es ja ... Ich mußte ...

GATTIN *(zum Friseur)*: Er mußte! Hast du gehört? Etwas Dümmeres konnte ihm gar nicht mehr einfallen. Er mußte. Das sagt jeder Verbrecher, wenn man ihn erwischt. Aber daß ich so etwas von dir zu hören bekommen würde, Jonas. Wenn mir das jemand prophezeit hätte, hätte ich geantwortet: Mein Jonas tut so etwas nicht. Ausgeschlossen. Undenkbar. Mein Jonas ist ein Gentleman, ja mehr als das, er ist ein Mann. Hätte ich geantwortet. Offenbar habe ich dich in all den Jahren unseres gemeinsamen Lebens nicht wirklich kennengelernt. Du stehst vor mir wie ein Fremder. Du hast eine Wand zwischen uns aufgerichtet, durch die ich kaum noch sehen kann. Und wozu das alles? Nur um mir nachzuspionieren.

GATTE: Aber ...

GATTIN: Schweig! Du ekelst mich an.

(Telefon läutet)

GATTE: *(hebt ab)* Hallo ... Jemand will mit Mischa sprechen.

FRISEUR *(läßt die Gattin von seinem Schoß herunterrutschen, steht auf nimmt dem Gatten den Hörer aus der Hand)*: Hallo, hier Mischa ... Du bist's? Na fein ... *fröhliches Geplauder)*

GATTE: Laß mich erklären. Ich war ganz sicher, daß ich zu Hause alles in bester Ordnung vorfinden würde und ...

GATTIN: Darf ich fragen, was hier nicht in bester Ordnung ist?

GATTE: Hör endlich auf, mich wie einen Idioten zu behandeln. Ich bin nicht ganz so dumm, wie du glaubst.

GATTIN: Große Worte. Das kannst du, Worte machen. Aber was steckt dahinter? Nichts. Ich ahne nicht einmal, wovon du sprichst.

GATTE: Debora, was bedeuten die zwei Gläser hier auf dem Tisch?

GATTIN: Zwei Gläser sind zwei Gläser. Warum fragst du? *(räumt die Gläser in Panik weg)* Wie soll ich dir erklären, was zwei Gläser bedeuten?

GATTE: Nur so weiter! Vielleicht hast du gleichzeitig aus zwei Gläsern getrunken?

GATTIN: Ich, ich weiß wirklich nicht, was ich darauf sagen soll.

GATTE: Ach, das weißt du nicht? Du sollst mir antworten. Du sollst mir sagen, warum hier zwei Gläser stehen. Ich habe ein Recht, es zu erfahren. Du schweigst? Das sagt alles.

GATTIN: Das sagt gar nichts. Ich schweige aus Verachtung. Ich schweige, weil deine unglaublichen Unterstellungen mich anwidern. Weil dein niederträchtiger Verstand mich jeder moralischen Verpflichtung enthebt, noch ein Wort an dich zu verlieren.

FRISEUR *(hat das Telefongeplauder beendet und legt den Hörer auf)*: Entschuldigen Sie die Störung *(nimmt wieder im Fauteuil Platz)*.

GATTIN *(setzt sich wieder auf seinen Schoß, zum Gatten)*: Du offenbarst mir deinen Charakter in seiner ganzen Niedrigkeit und sprichst über zwei läppische Gläser. Aber das hilft dir nichts. Damit kannst du mich nicht einschüchtern. In keinem andern Land der Welt würde ein so erbärmlicher Spion wie du mit dem Leben davonkommen. Man würde ihn an die Wand stellen. Ganz einfach an die Wand, und Schluß.

GATTE: So einfach ist das nicht.

GATTIN: Nicht? *(zum Friseur)* Jetzt sag mir, Mischa, was soll ich mit ihm anfangen? Hat es überhaupt einen Sinn, mit ihm zu diskutieren? Ist es überhaupt der Mühe wert, einem solchen Mann treu zu sein?

FRISEUR: Mich darfst du nicht fragen. Ich möchte mich nicht in Familienangelegenheiten einmischen.

GATTIN: Da fällt mir ein, kennt ihr euch eigentlich? Das ist Mischa, mein Friseur.

GATTE: Darüber bin ich informiert.

GATTIN: Und das ist mein Mann.

FRISEUR: Angenehm.

GATTE *(kühl)*: Sehr erfreut.

GATTIN: Jonas, was ist los mit dir?

GATTE: Was soll los sein?

GATTIN: Das frage ich dich.

GATTE: Es muß dir doch klar sein, daß ich Verschiedenes weiß.

FRISEUR *(zur Gattin)*: Ich hab' dir ja prophezeit, daß es Streitigkeiten geben wird.

GATTIN *(zum Gatten)*: Hörst du? Hast du denn gar keine Manieren? Reiß dich zusammen, Jonas. Sag etwas zu deiner Verteidigung, irgend etwas. Gestehe. Entlaste dein Gewissen. Sag mir, aber bitte ganz ruhig, ohne Hysterie, in chronologischer Reihenfolge, sag mir, wie das alles gekommen ist und was dich dazu getrieben hat.

GATTE: Ich habe einen anonymen Brief bekommen.

GATTIN: Das dachte ich mir. Bei Gott, das dachte ich mir.

FRISEUR: Natürlich. Lag auf der Hand.

GATTE: Zuerst nahm ich das Ganze nicht ernst, wollte es von mir schieben, aber es blieb etwas hängen, ein kleiner . . . nicht direkt ein Verdacht . . . ein . . . ein . . .

FRISEUR: Zweifel.

GATTE: Ja. Ein Zweifel. Und der nagte an mir.

GATTIN: Jonas, Jonas, wann wirst du endlich erwachsen werden.

GATTE: Es ist ja nur, weil ich dich liebe. Das ist es. Deshalb entschied . . . entschul . . . entschloß . . .

GATTIN: Stotter nicht.

GATTE: Deshalb entschloß ich mich, dich in flagranti zu ertappen. Deshalb erfand ich die Geschichte mit der Waffenübung.

GATTIN: Du hinterhältiger Schuft. Mit welcher Kaltblütigkeit mußt du deinen abscheulichen Plan ausgeheckt haben!

GATTE: Aber Debora . . .

GATTIN: Rühr mich nicht an mit deinen klebrigen Verbrecherhänden! Fort von mir! Laß mich allein!

GATTE: Debora! Ich gebe zu, daß ich einen Fehler gemacht habe. Ich war eifersüchtig. Ich war verrückt vor Eifersucht. Aber du mußt mich verstehen. Ihr beide müßt mich verstehen. Was hätte ich tun sollen, als ich diesen Brief bekam? *(zieht einen Brief aus der Tasche, liest)* »Sehr geehrter Herr, während Sie sich mühen und plagen, um Ihrer Frau das Leben nur ja recht schön zu machen, vergnügt sich die saubere Dame mit dem Schlagzeuger vom Nebenhaus . . .«

FRISEUR: Einen Augenblick, bitte! *(nimmt den Brief an sich, liest weiter)* ». . . mit dem Schlagzeuger vom Nebenhaus, der jeden Donnerstag von 20 Uhr 30 bis ungefähr 22 Uhr auf seine Weise mit ihr musiziert.« *(zur Gattin)* Darf ich fragen, was das heißen soll?

GATTIN: Sei nicht albern, Mischa.

FRISEUR: Jeden Donnerstag?

GATTE: Ich darf doch bitten, was soll das alles?

GATTIN: Mischa, ich schwöre . . .

FRISEUR: Ein Schlagzeuger, was? *(zum Gatten)* Hören Sie, das geht zu weit.

GATTE: Beruhigen Sie sich.

FRISEUR: Diese Frau hat alles, was sie braucht, buchstäblich alles, und treibt sich mit Schlagzeugern herum.

GATTE: In dem Brief ist nur von *einem* Schlagzeuger die Rede.

FRISEUR: Na wenn schon. Heutzutage kann man niemandem mehr glauben.

GATTE: Aber man darf auch nicht alles ernst nehmen. Schließlich ist es ja nur ein anonymer Brief.

FRISEUR: Lassen Sie mich in Ruhe.

GATTE: Die Erfindung eines anonymen Verleumders.

Kennen Sie den Typ nicht? Der braucht keine Beweise. Eine attraktive junge Frau, die ihren Gatten liebt, das genügt den bösen Zungen, um die absurdesten Gerüchte in Umlauf zu setzen.

GATTIN: Stimmt.

FRISEUR: Jonas, Sie sind naiv.

GATTE: Sagen Sie das nicht. Im Gegenteil, meine Augen sind sehr weit geöffnet und sehen sehr scharf. Aber warum stehen Sie? Setzen Sie sich, Mischa.

FRISEUR: Danke. Ich muß jetzt gehen.

GATTE: Schade. Kommen Sie bald wieder.

FRISEUR: Auf Wiedersehen, Jonas. *(ab)*

GATTE: Auf Wiedersehen.

GATTIN: Mischa! *(bricht schluchzend zusammen)*

GATTE: Na, na, na. Nicht weinen, Liebling *(nimmt sie auf den Schoß)*. Es wird alles wieder gut. Die Zeit heilt Wunden. Kannst du mir verzeihen?

GATTIN: Du liebst mich nicht.

GATTE: Doch, ich liebe dich.

GATTIN: Sag's noch einmal!

GATTE: Doch, ich liebe dich.

GATTIN: Du irrer Typ! Was willst du von mir?

Ohne Zweifel ist Eifersucht eine Leidenschaft, die schwere Qualen verursacht. Schon die Bibel sagt: »Besser 100 Tode als ein Fall von Eifersucht.«

Was aber ist zu tun, wenn man mit drei Eifersüchtigen auf einmal konfrontiert wird?

Grienspan, Schabbataj und Taddeusz oder eine haarige Dreiecksgeschichte

Der Friseursalon, in dem ich Stammkunde bin, zählt vielleicht nicht zu den luxuriösesten im Küstengebiet des Mittelmeeres, aber er hat alles, was man für einen erfolgreichen Haarschnitt braucht: drei Sessel, drei Waschbecken und ein kleines Glöckchen, das klingelt, wenn man die Türe öffnet. Als ich dieses Glöckchen das erste Mal zum Klingeln brachte, empfing mich ein ältlicher Haarkünstler mit 98prozentiger Glatze, deutete auf einen der drei leeren Sessel und sagte:

»Bitte sehr.«

Ich begab mich in seine Hände, nicht ohne ihm mitzuteilen, daß ich keinen richtigen Haarschnitt wünschte, sondern lediglich stutzen, da ich mein Haar lang und seidig zu tragen liebe. Das nahm er mit verständnisvollem Nicken zur Kenntnis.

Fünfzehn Minuten später sah ich aus wie ein Soldat zu Beginn der Ausbildung. Die Füße des kahlen Figaro versanken bis zu den Knöcheln in meinen massakrierten Locken, und sein Gesicht strahlte vor Befriedigung über die geleistete Arbeit. Er bekannte, daß er nicht der Chef sei, strich das Trinkgeld ein und öffnete mir die Türe. Ich war nicht wirklich böse auf ihn. Es war mir klar, daß er unter einem unwiderstehlichen psychologischen Zwang gehandelt hatte. Er hieß, auch das war klar, Grienspan.

*

Ungefähr zwei Monate später, als ich wieder wie ein Mensch aussah, kam ich wieder. Grienspan war mit einem anderen Kunden beschäftigt, aber sein Kollege, ein dürrer Mann mit dicken Brillengläsern, deutete auf einen leeren Sessel und sagte:

»Bitte sehr.«

Ich war entschlossen, mich auf keine Experimente einzulassen und dem kahlköpfigen Grienspan treu zu bleiben. Da ich mit seinen Komplexen bereits vertraut war, konnte ich sie diesmal vielleicht neutralisieren.

»Vielen Dank«, sagte ich zu dem Dürren, während ich mich setzte. »Ich warte auf Ihren Freund.«

Daraufhin stopfte mir der Dürre einen Frisierumhang in den Kragen und griff zur Schere. Ich wiederholte, daß ich auf seinen Freund warten wollte.

»Jawohl«, nickte er und grinste sein freundlichstes Grinsen. »Jawohl, okay.«

»Er ist erst vorige Woche eingewandert«, erläuterte Grienspan. »Er spricht noch nicht hebräisch.«

Mein Widerstand brach sofort zusammen. Hier ging es darum, einem neuen Bürger des Landes beizustehen, hier ging es um Schmelztiegel und Heimatgefühl, und ich bin der letzte, der einen ehrgeizigen Handwerker darunter leiden ließe, daß er noch mit Sprachschwierigkeiten kämpft. Ich überließ mich also dem Einwanderer und versuchte ihm unter Einsatz meiner gesamtrussischen Sprachkenntnisse klarzumachen, daß ich mein Haar, weil es sehr schön ist, lieber lang trage als kurz. Hier, erklärte ich ihm mit deutlichen Gesten, sollte er nur eine Kleinigkeit wegschnipseln, hier eine noch kleinere und hier überhaupt nichts. Dabei sprach ich so langsam, wie jemand, der nicht russisch kann, russisch spricht.

Der Immigrant hörte mir aufmerksam zu, denn er kam aus Polen. Durch diesen geographischen Irrtum verwandelte er mich in einen stoppelhaarigen Matrosen, verpaßte mir eine völlig überflüssige Shampoo-Massage und leerte eine halbe Flasche Kölnischwasser über mich. Von einem Normalfriseur hätte ich mir so etwas nie gefallen lassen. Aber Taddeusz, wie gesagt, war erst seit einer Woche im Lande und hätte jede Kritik zu Recht als Fremdenfeindlichkeit empfunden.

*

Die dritte Runde, wieder einige Wochen später, begann vielversprechend. Als ich den Salon betrat, war der Neueinwanderer damit beschäftigt, die Barthaare eines anonymen Gnom zu stutzen, während Grienspan, der verläßliche Glatzkopf, arbeitslos danebenstand. Kaum hatte ich mich hingesetzt. als Grienspan seinen weißen Kittel ablegte und »Schluß für heute« sagte. Er wurde, wie ich im Spiegel sah, durch einen mir bisher unbekannten Dritten ersetzt, einen jungen Orientalen, der auf den Namen Schabbataj hörte.

»Was darf's sein?« fragte er in gutturalem Hebräisch. »Einen Haarschnitt, der Herr?«

Ich war ratlos. Eigentlich hätte ich gerne den Einwanderer Taddeusz geholt, andererseits hätte das wie ein Vorurteil gegen unsere orientalischen Landsleute unseres Landes wirken können, und nichts wollte ich weniger. Grienspan hatte sich in die Lektüre der Abendzeitung vertieft. Ich mußte selber handeln. »Ich trage mein Haar eher lang«, informierte ich Schabbataj.

»In Ordnung, Boß, ich verstehe, Ihr Wunsch ist mir Befehl«, sprudelte Schabbataj, und sein Redefluß versiegte während der ganzen Zeit nicht. Aber als ich alles über seinen Lebenslauf und über die wichtigsten Phasen der Geschichte Marokkos wußte, hatte er mehr Haare auf meinem Kopf gelassen als irgendeiner seiner Vorgänger in den letzten Jahren. Es war, alles in allem, eine angenehme Überraschung.

*

Anfang April kam ich wieder und erkannte sofort die Gefährlichkeit der Situation. Grienspan war intensiv mit der Lockenpracht eines jungen Avantgardisten beschäftigt, und ebenso intensiv warteten Taddeusz und Schabbataj auf ein neues Opfer. Tatsächlich deuteten sie beide gleichzeitig auf ihre leeren Sessel und ließen im Duett ihr »Bitte sehr« hören.

Es war der gordische Knoten meines Lebens. Vom humanistischen Standpunkt aus gab es überhaupt keine Lösung. Für wen immer ich mich entschied, dem andern bliebe nichts als der Selbstmord.

Einer von beiden mußte es schließlich sein.

Es wurde Schabbataj.

Kaum saß ich in seinem Sessel, als ich meine Wahl auch schon bereute. Taddeusz krümmte sich wie unter elektrischem Schock, obwohl er vermutlich gar nicht wußte, was das war. Mit kleinen tapsenden Schritten zog er sich in den Hintergrund zurück, von wo leises Schluchzen zu hören war. Ich tat, als hörte ich nichts. Aber vor meinen geschlossenen Augen sah ich die Heimkehr des Taddeusz, und es umringten ihn seine Kinder und fragten:

»Papo, dlazsego placzesz?«

Und Taddeusz antwortete ihnen:

»Er hat den andern gewählt . . .«

Im übrigen litt offenbar auch Schabbataj unter meiner herzlosen Entscheidung. Er schnitt mein Haar, wie Taddeusz es geschnitten hätte, stoppelkurz.

Ich wollte meinen Fehler möglichst bald wieder gutmachen. Möglichst bald war allerdings sehr lange, weil ich warten mußte, bis mein Haar nachgewachsen war, damit Taddeusz auch wirklich etwas davon hatte.

*

Endlich war es so weit. Mein Plan war perfekt. Ich ging so lange vor dem Salon auf und ab, bis ich sicher war, daß Taddeusz als einziger frei war. In diesem Augenblick stürzte ich hinein und direkt auf den Sessel des Einwanderers zu, aber ein bärtiger Gnom, den ich von außen unmöglich hatte sehen können, kam mir zuvor und schnappte mir den Polen weg.

Schabbataj schärfte sein Rasiermesser an einem Lederriemen mit grausamer Langsamkeit und betrachtete mich dabei scharf. Taddeusz hingegen wich meinen Blicken aus, als fürchtete er eine neue Erniedrigung. Grienspan tat, als ginge ihn das alles nichts an.

Also saß ich da, mit angehaltenem Atem und angespannten Nerven. Wer würde als erster fertig sein, Schabbataj oder Taddeusz? Sollte Schabbataj mich gewinnen, so wäre es das Ende meines polnischen Einwanderers, daran zweifelte ich nicht. Angeblich lebte im Katharinen-Kloster auf dem Berge Sinai ein Mönch, der früher einmal ein erfolgreicher Friseur gewesen war . . .

Um Haaresbreite, niemals war das wörtlicher zu verstehen, kam Marokko zuerst ans Ziel. Dem Gnom in Taddeusz' Sessel fehlte noch die Beseitigung einiger Nakkenhaare, als Schabbataj seine Kundschaft abbürstete. Danach drehte er sich zu mir und zeigte auf den leeren Sessel:

»Bitte sehr.«

Ich nahm all meine Kraft zusammen:

»Danke«, sagte ich. »Ich warte auf Ihren Kollegen.«

Auf dem Gesicht des ehemaligen Polen erschien ein glückseliges Lächeln. Schabbataj taumelte und hielt sich an seinem Sessel fest.

»Aber warum . . .«, flüsterte er mit ersterbender Stimme. »Ich bin doch fertig . . . warum . . .«

In diesem Augenblick entließ Taddeusz seinen Gnom, staubte ihn ab und führte ihn hinaus.

Wir waren allein.

*

Noch nie zuvor war mir so klar gewesen, daß der Mensch ein Spielball des Schicksals ist. Ich konnte mir durchaus vorstellen, daß es mit Mord und Totschlag enden könnte, ohne irgend jemandes Schuld, ganz wie in der griechischen Tragödie. Unerträgliche Spannung lag im Raum. Die Lippen des Neueinwanderers bewegten sich lautlos. Auch seine Nase bebte. Täte ich jetzt nur den kleinsten Schritt zu Schabbataj hin, kein Zweifel, Taddeusz würde zusammenbrechen.

Schabbataj richtete seine brennenden orientalischen Augen regungslos auf mich. Die Schere zitterte in seiner Hand.

Grienspan hatte uns den Rücken zugedreht und zählte den Inhalt der Kasse, aber seine Gleichgültigkeit war nur gespielt. Plötzlich drehte er sich um und streifte mich mit einem waidwunden Blick, ehe er scheinbar wieder Geld zählte. Er fühlte tödlichen Neid gegen seinen siegreichen polnischen Gegner und wollte es nur nicht so deutlich zeigen.

»Bitte«, sagte ich mit heiserer Stimme, »entscheiden Sie selbst.«

Niemand rührte sich. Drei Augenpaare starrten mich an, und jedes von ihnen schien zu sagen:

»Nimm mich . . . mich mußt du nehmen . . .«

Vielleicht ließ sich ein Kompromiß finden, vielleicht könnten die drei mir abwechselnd die Haare schneiden, oder wir spielen Russisches Roulette, einer gewinnt, und die beiden anderen erschießen sich, wenn nur diese gräßliche, grauenhafte Stille nicht länger anhält . . .

Rund 20 Minuten waren vergangen oder auch eine halbe Stunde. Taddeusz weinte.

»Also«, flüsterte ich. »Könnt ihr euch nicht entscheiden?«

»Uns ist es gleichgültig, Herr«, stieß Grienspan hervor. »Sie haben zu wählen . . .«

Und die drei Augenpaare starrten mich weiter an.

Ich stellte mich vor den Spiegel und fuhr mit der Hand durch mein schlohweißes Haar. In dieser halben Stunde war ich um Jahre gealtert. Und eine Lösung war noch immer nicht in Sicht.

Wortlos verließ ich den Laden. Ich habe ihn seither nicht wieder betreten. Ich lasse mein Haar wachsen, lang, länger, im Künstler-Look. Wäre es möglich, daß dieser Stil in einem Friseurladen mit drei neiderfüllten Friseuren geboren wurde?

Viele Menschen behaupten, Erfolg sei nur eine Glückssache. So betrachtet, kann man auch auf des Nächsten Glück neidisch sein.

Pechvogel Stucks
oder
Ein subventioniertes Pokerspiel

Hallo. Kann ich Herrn Horowitz sprechen?«

»Am Apparat.«

»Ist das Herr Horowitz, der Gouverneur der National-Bank?«

»Ja.«

»Hier ist Stucks.«

»Wer?«

»Der Installateur Stucks. Herr Horowitz, ich bin in Schwierigkeiten.«

»Wie bitte?«

»Die Wirtschaftskrise bringt mich um, Herr Horowitz. Ich war immer ein ehrlicher Mann, fragen Sie die Leute, für die ich arbeite. Stucks ist ein Symbol der Zuverlässigkeit. Stucks ist ein Fels. Aber seit die Rezession begonnen hat, bin ich so nervös wegen der allgemeinen Lage, daß ich den Einsatz erhöht habe.«

»Welchen Einsatz?«

»Den von Wechsler. Wir spielen beinahe jeden Abend Poker, müssen Sie wissen. Gestern waren 400 Schekel in der Bank, ich hatte drei Könige und dachte mir: ›Im Land herrschen Arbeitslosigkeit und Inflation, also warum sollte ich nicht den vierten König kaufen?‹ Im selben Augenblick sagt Wechsler: ›Deine 400 und noch 600!‹ Was bleibt mir übrig, als die Anzahlung von Steiner & Co. zu nehmen, 2000 Schekel für die Leitungsrohre, schließlich habe ich drei Könige in der Hand . . .«

»Warum erzählen Sie mir das alles, Herr Stucks?«

»Es ist eine Sache des öffentlichen Interesses, Herr Horowitz. Sie werden gleich sehen. Ich setze also die 2000 Schekel, kaufe zwei Karten, der vierte König kommt nicht, und Wechsler hat drei Asse. Das ganze Geld ist weg. Ich sage Ihnen, Herr Horowitz, die Regierung schafft eine Atmosphäre von solcher Unsicherheit, daß man nicht mehr klar denken kann.«

»2000 Schekel sind kein horrender Betrag.«

»Ja, wenn es nur die 2000 Schekel wären. Aber ich ziehe auch in anderen Partien die Gelder meiner Geschäftspartner heran. Bis jetzt sind es im ganzen 12 000 Schekel.«

»Und was sagen die Geschäftspartner dazu?«

»Sie wissen noch nichts davon. Deshalb rufe ich Sie ja an, Herr Horowitz. Es ist noch nicht zu spät. Sie haben in Ihrer Bank eine Menge Geld. Diesmal will auch ich, Stucks, etwas davon haben.«

»Was stellen Sie sich vor?«

»Ich suche soziale Gerechtigkeit, Herr Horowitz, dann wird es keinen Skandal geben. Alles hängt von einer ruhigen Entwicklung ab. Man kennt mich weit und breit als einen ehrlichen Menschen. Sollte es sich herumsprechen, daß ich Geld veruntreut habe, werden alle Leute sagen, um Himmels willen, wenn sogar Stucks so etwas tut, dann sind wir am Ende. Die öffentliche Moral steht auf dem Spiel, Herr Horowitz. Sie müssen sich Ihrer Verantwortung stellen.«

»Bin ich für Ihr Hasardieren verantwortlich?«

»Aber ich hatte drei Könige.«

»Tut mir leid, lieber Freund. Sie müssen sich selbst aus diesem Schlamassel heraushelfen.«

»Daran habe ich schon gedacht, Herr Horowitz. Es geht nicht. Mein Laden ist auf nur 6000 Schekel gegen Feuer versichert. Das ist zu wenig. Aber wenn Sie meinem Geschäftspartner sagen, daß Sie persönlich für alles haften, wäre das Problem gelöst. Sonst käme es zu einem fürchterlichen Skandal mit gerichtlichen Klagen und Zeitungsartikeln. Haben Sie Steiner schon einmal wütend gesehen? Sein Gesicht wird knallrot, die Adern auf seiner Stirn treten hervor, es ist ein furchtbarer Anblick.«

»Daran hätten Sie vorher denken sollen.«

»Ich habe Sie nicht um Rat gebeten, Horowitz, sondern um Hilfe. Wenn Sie wollen, lasse ich meinen Laden auf Sie oder Ihre Frau überschreiben. Aber geben Sie mir 15 000 Schekel als Überbrückungshilfe.«

»Vorhin sprachen Sie doch von 12 000?«

»Am Sonntag spielen wir wieder.«

»Sie sind unverschämt.«

»Was bin ich? In einer Klemme bin ich, das ist alles. So etwas kann ja schließlich passieren. Man darf niemanden bestrafen, nur weil er kein Glück hat. Ich beneide Leute, die besser Poker spielen als ich oder mehr Glück haben, aber das ändert jetzt nichts. Überlegen Sie sich doch, was geschehen wird, wenn zehn oder zwölf erbitterte Auftraggeber über mich herfallen und ihr Geld zurückverlangen. Geschrei, Lärm, ein Auflauf, ein Überfallkommando, Polizei, Journalisten, Rundfunk und Fernsehen, das hat uns in unserer angespannten politischen Lage noch gefehlt. Und das wollen Sie, Horowitz, provozieren.«

»Aber . . .«

»Soll ich vielleicht zum Islam übertreten?«

»Nein, natürlich nicht.«

»Dann schicken Sie mir morgen das Geld. Gleich in der Früh. Womöglich in Fünfzigschekelnoten.«

»Und wie wollen Sie es zurückzahlen?«

»Zurückzahlen? Ich hab' geglaubt, es ist eine Subvention.«

»Es ist ein Darlehen, das Sie zurückzahlen müssen.«

»Dann werde ich es in Gottes Namen am Montag zurückzahlen. Dann werde ich eben am Sonntag den Einsatz nicht erhöhen. Oder nur, wenn ich vier Könige habe.«

»Das ist keine Lösung, Herr Stucks.«

»Also gut. Vier Asse.«

Ich frage mich manchmal, wie war es möglich, daß Adam samt seiner Rippe dem Erzengel keinerlei Widerstand leistete und mit eingezogenem Schwanz aus dem Paradies schlich.

Die Antwort ist ganz einfach. Die beiden waren eben nicht in der Gewerkschaft. Heute würde die Vertreibung nicht so glatt vor sich gehen.

Die Unterhosenstory oder Engel sind nicht organisiert

Wir werden niemals erfahren, was im Kopf des Engels mit dem Flammenschwert vorging, ehe er sich entschloß, ausgerechnet bei dem Betriebsratsvorsitzenden Ginzburg zu erscheinen.

»Ginzburg, erhebe dich.«

»Was ist los?«

Ginzburg hatte prinzipiell nichts gegen Engel. Im Gegenteil, manchmal sehnte er einen herbei, zum Beispiel vorgestern, bei der stundenlangen Debatte im Finanzministerium. Es ging wieder einmal um Änderungen im Tarifvertrag, und im Mittelpunkt standen natürlich die Gummiprobleme, bei denen Ginzburg hart bleiben mußte. Diese branchenspezifische Sonderzulage galt als die bedeutendste Errungenschaft der Arbeiter in der Autobus-Kooperative und war eigentlich Ginzburgs Lebenswerk. Es hatte einen jahrelangen Arbeitskampf mit ständigen Streikdrohungen gekostet, ehe Ginzburg das Finanzministerium davon überzeugen konnte, daß das Gummiband in den Unterhosen der von ihm betreuten Arbeitnehmer mit der Zeit an Spannung verliere. In Katastrophenfällen, so schrieb er in zahllosen Eingaben, wäre es unbedingt notwendig, ein ausgedehntes Gummiband gegen ein neues auszutauschen. Daher sei es unerläßlich, den Arbeitern eine Gummiabnutzungssonderzulage zu gewähren.

»Genossen«, schrie Ginzburg vorgestern bei der Urabstimmung des außerordentlichen Gewerkschaftstages, »kann man von uns verlangen, mit heruntergerutschten Unterhosen zu schuften?«

Und nun stand ein echter Engel mit einem flammenden Schwert vor ihm:

»Ginzburg«, sprach er mit sanfter Stimme, »du mußt dich zwischen der Gummizulage und der Existenz des Staates entscheiden.«

»Nimm Platz«, antwortete Ginzburg, »warum stehst du, Genosse Engel?«

»Bedenke doch, Ginzburg, der Teufelskreis aus Gehaltserhöhungen einerseits und steigenden Preisen andererseits droht den Staat in den Bankrott zu führen. Eine einzige weitere Gehaltserhöhung, und die galoppierende Inflation wird euch alle in den Abgrund stürzen.«

»Wem sagst du das«, seufzte Ginzburg, »glaubst du, ich weiß das nicht?«

Er knöpfte seine Hose auf, um dem Engel zu zeigen, wie schlaff das Gummiband um seine Hüften bereits geworden war.

Der Engel sah verlegen weg:

»Du mußt dich entscheiden, Ginzburg, entweder Staat oder Gummiband.«

Der Betriebsratsvorsitzende wand sich hin und her:

»Ich muß das Problem von einer höheren Perspektive aus betrachten. Weintraub hat für seine Leute eine Sauerstoffgratifikation erkämpft.«

Der glühend beneidete Rivale von Ginzburg, Weintraub, war nämlich Zentralbetriebsrat der Spitäler. Es war ihm seinerzeit gelungen, dem Finanzministerium eine Sonderentschädigung zu entreißen, nachdem er die Sauerstoffzufuhr für Asthmatiker in drei großen Krankenhäusern eingestellt hatte.

»Ich frage dich, Ginzburg, was dir wichtiger ist«, der Engel reckte sich und hob sein flammendes Schwert, »die Gummibänder oder Israel?«

Ginzburg versank in Nachdenklichkeit. »Mir ist beides wichtig«, faßte er zusammen. »Einerseits darf es in diesem Land keine rutschenden Unterhosen geben, andererseits gehen meine Forderungen nach gespanntem Gummi nicht über die Landesgrenzen hinaus. Für mich bildet die Problematik eine Einheit. Ich möchte sowohl den jüdischen Staat als auch die Gummisonderzulage.«

»Und wenn es darum geht, zwischen beiden zu wählen?«

»Hast du auch Weintraub gefragt, was *er* wählen würde?«

Der Engel beugte sich über ihn:

»Nur radikales Umdenken der öffentlich Bediensteten bezüglich Leistung und Ertrag kann das Land in dieser schweren Stunde retten. Wie wollt ihr dem Urteil der Geschichte standhalten, wie wollt ihr unsere gespannte Lage erleichtern, wenn ihr nicht bereit seid, hin und wieder ein Opfer zu bringen?«

Die gespannte Lage zu erwähnen war ein Fehler. Ginzburg steckte sofort wieder seinen Finger unter das Gummiband.

»Ich lasse mir von niemandem erzählen, was Aufopferung bedeutet«, protestierte er. »Ich habe an drei Kriegen teilgenommen, bin zweimal verwundet und einmal fast gefangen genommen worden. Wer mich kennt, weiß, daß ich bereit bin, für die Heimat mein Leben herzugeben.«

»Und der Gummi?«

»Das ist etwas ganz anderes.«

Der Engel wurde sichtlich müde. Er steckte sein flammendes Schwert ein, setzte sich neben Ginzburg und begann auf einem Taschencomputer zu rechnen.

»Hör zu, Ginzburg, deine verdammte Gummibandabnutzungsanlage beträg 0,21 Prozent des dreijährigen Kohlendioxidüberschusses, mit anderen Worten, netto fast nichts. Was willst du mit diesen wenigen Groschen tun?«

»Ich werde mir eine Sonnenbrille kaufen.«

»Was kostet die?«

»72 Schekel.«

»Ich frage dich, Ginzburg, bist du bereit, für ein Zehntel Sonnenbrille dein Land zu verkaufen?«

»Weintraub hat eine neue italienische Sonnenbrille.«

Der Engel begann schwer zu atmen.

»Wenn du auf diese Zulage nicht verzichtest«, warnte er, »kann das ganze Land lahmgelegt werden. Die Wirtschaft wird zusammenbrechen, das Geld keinen Wert mehr haben. Was wirst du dann tun?«

»Ich werde vermutlich zwei ältere Familienangehörige entlassen, Opa und noch jemanden.«

Der Engel brach in Tränen aus:

»Du willst also dein Heim, deine Familie, kurz alles, was du ein Leben lang aufgebaut hast, zerstören? Warum, Ginzburg, warum?«

Auch Ginzburg begann zu weinen.

»Was weiß ich?« heulte er. »Verstehst du denn nicht, daß ich unter Erfolgszwang stehe?«

Der Engel kniete vor Ginzburg nieder:

»Ich bitte dich, um Gottes willen zu überlegen, was man dereinst in den Geschichtsbüchern schreiben wird. Unser erster Tempel wurde 587 v. Chr. von den Babyloniern zerstört, der zweite Tempel im Jahre 70 n. Chr. von den Römern, und den dritten Tempel zerstörte Genosse Ginzburg heute nachmittag um 4 Uhr.«

Ginzburg schwieg. Von Zeit zu Zeit steckte er einen

nachdenklichen Finger in die Hose und prüfte die Spannung des Gummibandes.

Der Engel wälzte sich vor Ginzburgs Füßen im Staub:

»Rette doch den Staat, Ginzburg. Zerstöre ihn nicht mutwillig. Verzichte endlich auf die Gummizulage.«

Ginzburg schwieg weiter. An seiner Stirn schwollen die Adern an, und seine Kinnbacken mahlten. Nicht zu beschreiben, was der Mann in diesen Minuten durchmachte. Dann entschied er:

»Ich muß den Betriebsrat anrufen.«

Nach 20 Minuten war er wieder da und fragte kleinlaut:

»Wäre nicht ein Pauschalabkommen möglich? Ich meine, das Bestehen des Staates mit dem gestrafften Gummiband zu verbinden?«

»Nein!«

Ginzburg zog sich betreten zurück und kam erst zweieinhalb Stunden später taumelnd wieder. Seine Augen waren verweint, seine Mundwinkel zitterten:

»Es tut mir wirklich leid, aber es bleibt beim Gummi.«

Der Engel stürzte sich in sein flammendes Schwert. Der Erdboden öffnete sich und verschlang den ganzen Staat. Alles, was zurückblieb, war ein riesiger Krater, über dem sonore arabische Musik zu hören war.

Mit einem verzweifelten Schrei, mit der verkrampften Hand Weintraubs Hals umklammernd, stürzte sich Ginzburg in den Abgrund. Das neue Gummiband in seiner Unterhose hielt.

Ich kann dieses Buch nicht beenden, ohne dem Leser in Erinnerung zu rufen, daß ein Satiriker nicht Moral predigen, sondern den selbsternannten Sittenaposteln einen Spiegel vorhalten sollte.

In diesem Sinne möchte ich einen aufrechten Mann vorstellen, der alle Gebote von Moses, inklusive des Zweiten, das einst unter den Teppich gekehrt wurde, voll und ganz einhielt.

Ein Tag im Leben eines wahrhaft Gerechten

Ich bin der Herr dein Gott, du sollst keine anderen Götter haben neben Mir

Düstere Neuigkeiten erwarteten Vizedirektor Schultheiß vor seinem Büro. Der Pförtner teilte ihm süffisant lächelnd mit, Herr Steiner erwarte ihn bereits. Schultheiß war nur mit Mühe imstande, die Treppen zu bewältigen. Seit langem fürchtete er sich vor dem Augenblick, da die hinterhältigen Gerüchte, die über seine diversen Geschäfte kursierten, dem Aufsichtsrat zu Ohren kämen. Es war sonnenklar, daß Steiner ihm nun Ermittlungen ankündigen würde.

»Das ist also der Dank, für die Firma geschuftet zu haben«, knurrte Schultheiß. »Alles habe ich ihr geopfert, meine Jugend, mein Privatleben, meine Gesundheit. Und jetzt, bei der ersten miesen Verleumdung, wird man den Hunden vorgeworfen.«

Steiner wartete mit leicht hochgezogener linker Augenbraue.

»Da haben wir's«, stellte Schultheiß am ganzen Leibe zitternd fest, »der Generaldirektor ist verstimmt. Das ist das Ende.«

Im gleichen Moment senkte Steiner jedoch die linke Augenbraue und hob seinen rechten Mundwinkel, während er gleichzeitig den Arm ausstreckte.

»Halleluja, der Aufsichtsrat hat mich nicht verlassen«, flüsterte Schultheiß erschüttert und wurde von so großer Freude erfüllt, daß er Steiner, dem Engel der rettenden, erlösenden, barmherzigen Firma, am liebsten zu Füßen gefallen wäre.

Du sollst dir kein Bildnis machen, bete sie nicht an und diene ihnen nicht

Beruhigt betrat Schultheiß sein Büro. In bester Stimmung schloß er die Türe und holte den dicken Umschlag hervor, den er in der Schublade versteckt hatte.

»Ich werde mit meiner Sekretärin ein wenig ins Ausland fahren«, beschloß er großmütig. »Kein Problem, das Geld ist da.«

Er strich gerührt über das Porträt Abraham Lincolns, verteilte die Dollars auf seinem Schreibtisch und legte eine kleine Patience aus den grünen Scheinchen. Da klingelte das Telefon.

Du sollst den Namen des Herrn nicht unnützig aussprechen

Es war sein bester Freund, der wieder einmal wegen der Bankbürgschaft anrief.

»Mein Lieber, als Angestellter darf ich wirklich nicht unterschreiben, so wahr mir Gott helfe«, erläuterte Schultheiß und fegte die Scheine geschwind zurück in den Umschlag.

Sein Freund stammelte beschämt eine Entschuldigung, und Schultheiß wurde es ganz weh ums Herz. Er liebte diesen Mann wie seinen eigenen Bruder. Es klopfte an der Tür.

Sechs Tage sollst du arbeiten, am siebenten Tage ist der Sabbat des Herrn

»Herr Direktor«, flüsterte der Buchhalter. »Wir haben die ganze Nacht durchgearbeitet, leider sind aber noch nicht alle Kassenbücher umgeschrieben.«

Schultheiß brauste auf:

»Am Montag früh muß ich die gefälschten Bücher beim Finanzamt vorlegen, verdammt noch mal. Bis dahin muß gefälligst alles fertig sein, damit wir die alten Bücher verbrennen können.«

Der Buchhalter wandte mit schwacher Stimme ein, daß es schon Samstag sei. Schultheiß blickte den erschöpften, abgemagerten Buchhalter mitleidig an:

»Na gut«, sagte er herzlich, »nehmt die Bücher mit nach Hause und macht sie dort fertig. Ich bin ja nicht so.«

Seine Sekretärin trat ein.

Du sollst Vater und Mutter ehren, auf daß du lange lebest

»Herr Schultheiß, Ihr Vater ist hier«, meldete Schosch.

Schultheiß trommelte nervös auf den Schreibtisch.

»Tausendmal habe ich ihm schon gesagt, er soll nicht ins Büro kommen«, schnauzte er das Mädchen an. »Sag ihm, ich habe keine Zeit.«

Bevor sie bei der Tür war, packte ihn jedoch das schlechte Gewissen. Schultheiß zog eine Banknote aus der Tasche.

»Gib ihm das und frisier dich.«

Du sollst nicht töten

Schosch kam zurück und betrat ungewöhnlich still das Zimmer. Sie war noch immer zerrauft, ihre Augen waren gerötet. Schultheiß blickte das Mädchen voll Mitgefühl an. So jung und schon so vom Schicksal geschlagen.

»Sei nicht traurig, Kleine«, sagte er väterlich. »In ein paar Tagen werden wir alles geregelt haben.«

Schosch schluchzte.

»Wir sollten die Angelegenheit nicht unnötig dramatisieren. Schau mich an, ich bin völlig ruhig«, tröstete er sie. »Heutzutage ist das doch keine große Sache mehr. Immerhin«, fügte er hinzu –

Du sollst nicht ehebrechen

»können wir so lange in aller Ruhe ins Ausland fahren, du kleines Dummerchen.«

Du sollst nicht stehlen

Endlich kam Brauner. Er sprach mit gedämpfter Stimme. Er habe gerade das Geschäft mit dem Bauherrn unterschrieben. Fifty-fifty. Maximale Diskretion. Schultheiß wischte sich den Schweiß von der Stirn.

»Im Grunde genommen kann von Unterschlagung ja gar keine Rede sein«, überlegte er. »Das Büro verliert keinen Pfennig.«

Brauner händigte ihm den Vorschuß aus.

»Trotzdem. Wie kann der Bauherr derartige Summen einsparen?« interessierte sich Schultheiß, doch Brauner beruhigte ihn. Man werde einfach ein paar Stützpfeiler einsparen. Dieser Bau bräuchte nicht so viele Pfeiler. In Schultheiß regte sich das Verantwortungsbewußtsein:

»Kann er auch wirklich nicht einstürzen?« fragte er.

»Der Bauherr?« entgegnete Brauner. »Sie können sich auf mich verlassen, er ist sehr finanzstark. Es geht alles in Ordnung. Es sei denn«, räumte er ein, »der miese Ingenieur Wagner erhält an seiner Stelle den Auftrag.«

Du sollst kein falsches Zeugnis über deinen Nächsten ablegen

»Wagners Akte liegt mir zur Bearbeitung vor«, stellte Schultheiß fest. »Wer ist denn eigentlich dieser Wagner?«

Brauner verzog das Gesicht.

»Vor dem muß man sich in acht nehmen«, flüsterte er, »er hat einen sehr schlechten Ruf.«

Schultheiß bedankte sich für die Information und versah die Akte mit einem großen roten Fragezeichen.

Du sollst nicht begehren deines Nächsten Haus

Auf dem Nachhauseweg fuhr der Chauffeur wieder an jener kleinen Villa vorbei. Die Äste der adrett gestutzten Bäumchen wiegten sich fröhlich vor dem plätschernden Springbrunnen.

»Mistkerl«, brummte Schultheiß wütend, »ich kann mir schon denken, wo das Geld für solche Villen herkommt. Ein anständiger Mensch kann vor Hunger krepieren, und diese Kerle bauen Springbrunnen! Mindestens fünf große Zimmer. Und eine Eßecke in der Küche.«

Zu Hause küßte Schultheiß seine Frau zärtlich auf die Stirn, und seine Hand strich spielerisch über die blonden Locken seines Sohnes. Vor dem Einschlafen betete er wie üblich kurz aber inbrünstig. Im Nu war er eingeschlafen, und auf seinen Lippen stand das unschuldige Lächeln eines Mannes, der nicht abweichet von dem

Pfade der Tugend und die Lehre des Herrn befolget bei Tag und bei Nacht.

Jeder hat seine geheimen Sehnsüchte. Ich zum Beispiel neide niemandem den Feiertag der Arbeit am 1. Mai, aber ich bin voll des Neides wegen Weihnachten.

Das Elfte Gebot oder Ein Weihnachtsbaum für alle

Für ein Land, das sich unglücklicherweise nur nach dem Slogan »Make War, not Love« richten kann, weil es seit dem Tag seiner Gründung gezwungen ist, Kriege zu führen, für ein solches Land hat das Weihnachtsfest als Symbol des Friedens auf Erden ganz besondere Bedeutung. Wir Israeli beneiden alle, die dieses wunderschöne Fest feiern können. Leider gehören wir nicht zu ihnen, obwohl Jesus der Nazarener eigentlich zu uns gehört. Christus war ein Jude, bevor er »zum Christentum übertrat«, wie mir mein enttäuschter Religionslehrer erklärte.

Meine erste Begegnung mit einem Weihnachtsbaum fand vor langer Zeit in einem Land des Exils statt, in dem ich auf die Welt gekommen und aufgewachsen bin, in Ungarn. Ich war der einzige jüdische Schüler in meiner Klasse und versuchte verzweifelt, mich Weihnachten nützlich zu erweisen. Zum Beispiel bot ich meinen christlichen Mitschülern an, mit ihnen die Weihnachtsbäume nach Hause zu tragen. Die Ablehnung war typisch für jene Zeit:

»Bemüh dich nicht. Ihr Juden habt ja unseren Heiland gekreuzigt.«

»Nein«, widersprach ich. »Ich nicht. Wirklich nicht.«

Auch mein Vater wies die Anschuldigungen, die ich zu Hause wiederholte, entschieden zurück, und da ich ziemlich genau wußte, was er tat, hatte ich keinen Grund an seinen Worten zu zweifeln. Wenn er in eine Kreuzigung verwickelt gewesen wäre, hätte ich es bestimmt gewußt. Ebenso konnten meine sämtlichen Onkel mit einem einwandfreien Alibi dienen. Keiner von ihnen hatte jemals mit Pontius Pilatus gesprochen, aber auch als Komplizen kamen sie wegen der nicht unwesentlichen Zeitdifferenz nicht in Frage. Aber was half's. Ich mußte mich damit abfinden, daß das Weihnachtsfest nichts für mich war, und das kränkte mich.

*

Wie jede jüdische Neurose überwand ich auch diese, als ich mein Vaterland und meine Muttersprache vor 45 Jahren gewechselt habe. In Israel endete die Zusammenarbeit zwischen uns und den übrigen Völkern der Erde, eine Zusammenarbeit von fast 2000 Jahren Dauer, in deren Verlauf wir Juden an die Welt im allgemeinen und an die Päpste im besonderen zahllose Appelle gerichtet hatten, uns die Schuld an der Kreuzigung Christi nicht zuzuschreiben oder zumindest zu begründen, warum an einem so lange zurückliegenden Ereignis die heutigen Juden schuld sein sollten. Die Bürger Israels wollen jedenfalls nichts mehr davon wissen und der gesegnete Papst Johannes Paul II glücklicherweise auch nicht.

Unsere neue, von historischen Emotionen unbelastete Einstellung zeigte sich unter anderem darin, daß das erfolgreiche religiöse Musical »Jesus Christ Superstar« in unserem Land verfilmt werden konnte, mit offizieller Unterstützung durch die israelischen Behörden und unter Mitwirkung einer Reihe israelischer Schauspieler. Das ist um so bemerkenswerter, als dieses musikalische Passionsspiel, eine Mischung aus dem Reich Gottes mit den Rolling Stones, auf jüdische Hühneraugen tritt. Sonst wäre es ja auch unmöglich, den Auszug aus Ägypten zu inszenieren, ohne die heutigen Nachkommen Pharaos zu verletzen.

Aber das ist eben der große Segen für einen Bürger des jüdischen Staates, daß er sich, anders als sein Vater und seine Onkel, mit Vergnügen zu seiner jüdischen Vergangenheit bekennen kann.

Schon möglich, daß unsere alten Priester nicht damit einverstanden waren, was dieser großartige junge Rabbi aus Nazareth damals gepredigt hat. Es ist auch möglich, daß sie ihn für einen gefährlichen Revoluzzer hielten und den römischen Gouverneur gegen ihn aufhetzten. Aber das blieb letzten Endes doch alles in unserer Familie.

*

Ich nehme jedoch gern die Schuld auf mich, wenn man die anderen Juden dann endlich in Ruhe läßt.

Es wäre an der Zeit, daß auch die übrige Welt diesen Standpunkt einnimmt. Und das schöne Weihnachtsfest wäre vielleicht eine gute Gelegenheit für die Menschheit, sich darüber klarzuwerden, daß Jesus und alle seine Schüler und Propheten Juden waren wie ich.

Ich bin stolz darauf, jenem kleinen, hartnäckigen Volk anzugehören, das der Menschheit immerhin Christus geschenkt hat. Vielleicht haben wir also doch einen kleinen Anteil am Weihnachtsfest. Zumindest dürfen wir darauf hinweisen, daß Jesus in eine redliche Handwerkerfamilie auf dem Boden des damaligen jüdischen Staates hineingeboren wurde, mag es manchen Leuten auch unangenehm sein, dieses folgenschwere Ereignis auf eine so simple Formel zu bringen.

Im Gedanken an seine trüben Kindheitserlebnisse bittet der Schreiber dieser Zeilen die Welt, ihr helfen zu dürfen, wenn sie den nächsten Weihnachtsbaum nach Hause trägt, den Baum des Friedens, der Liebe und des guten Willens auf Erden. Im Sinne von Jesu Worten beim letzten Abendmahl:

»Ein neu Gebot gebe ich euch, daß ihr euch liebet.«

Und das könnte das Elfte Gebot sein.

EPHRAIM KISHON

MEIN KAMM

SATIRISCHER ROMAN

Ins Deutsche übertragen von
Brigitte Sinhuber-Harenberg
Géza Deréky
und Ephraim Kishon

BASTEI
LÜBBE

INHALT

Die Geburt einer siegreichen Schnapsidee

Daß ausgerechnet Politzer schuld an allem war, das hätte später wohl niemand mehr vermutet.

Zweifellos gibt es Menschen, denen das Schicksal Besonderes zugedacht hat und deren Lebenslauf Falte für Falte vom Gesicht abzulesen ist, aber ausgerechnet Politzer, dieser unscheinbare Glatzkopf und Restpostenhändler, schien bestimmt nicht für eine Heldenrolle ausersehen.

Womit ich natürlich nicht sagen will, daß nicht auch Glatzköpfe und Ramscher ein gewisses Recht auf ein Schicksal haben. Politzer jedoch wäre wirklich der letzte gewesen, an den ich in diesem Zusammenhang gedacht hätte.

Es lag gerade einen Monat zurück, daß ich mich in die Dienste der zweitklassigen Textilfirma Alexander Politzer begeben hatte, den finanziellen Umständen und der eigenen Not gehorchend. Die 35 überschritten, ohne in das Rad der Weltgeschichte eingegriffen zu haben, ernährte ich mich bereits seit Wochen von Rohkost. Gurkenscheiben, Karottenschnitzel und blanchierte Kohlköpfe waren mein täglich Brot.

Dabei hatte ich, im Gegensatz zu Politzer, zweifellos das Zeug zu Großem in mir. Ich gehörte zu jenen, über die in Gedenkartikeln später steht, sie wären im Laufe ihres Lebens »Schwertschlucker, Universitätsprofessor, kanadischer Holzfäller, Gitarrenvirtuose und Hundefänger in Kopenhagen« gewesen. Bislang allerdings hatte ich noch nichts Derartiges geleistet, obwohl ich zur rechten Zeit das Abitur beinahe geschafft hatte, hochgewachsen und schlank war und über einen unwiderstehlichen Charme verfügte, der meine Umgebung auf der Stelle betörte. Außerdem konnte ich, wenn ich nur wollte, so treuherzig dreinschauen, als wüßte ich kein Wässerchen zu trüben, was im Notfall auch recht nützlich sein kann.

Noch aber schwebte ich im luftleeren Raum wie ein unbedrucktes Flugblatt, das schließlich auf Alexander Politzers Schreibtisch landete. Und auch das nur wegen eines höchst gehaltvollen Inserats: »Bilanzfäh. Buchhalt, mit exz. Bürokennt. Ab Mon.erst. Ale. Politz.«

Ein Monat war inzwischen ins Land gegangen bis zu jenem schicksalhaften Morgen, an dem ich auf leisen Sohlen meinen angestammten Platz hinter dem Schreibtisch einnahm. Ich spürte an meinen gesträubten Nackenhaaren, daß Politzer bereits an den Worten feilte, die er für mich in petto hatte.

Nur wenig später öffnete sich dann auch die Tür des Direktionsbüros, und Lizzi, Politzers zierliche Sekretärin, ließ mich im Vorbeigehen wissen:

»Rudolf, der Chef läßt bitten.«

Ich sprang auf und eilte mit meinem gewinnendsten Lächeln in das Zimmer des Alten. Politzer erwartete mich in der vorgeschriebenen Pose, das Trommeln seiner Finger eiferte mit dem Ticken der Uhr um die Wette, während er sich um eine möglichst herablassende Miene bemühte.

»Warum sind Sie heute schon wieder eine halbe Stunde zu spät zum Dienst angetreten, Herr Flinta?«

Die Frage überraschte mich keineswegs. Ich dachte scharf nach. Heute zum Beispiel war ich zu spät gekommen, weil der Bus mitten auf der Ringstraße seinen Geist aufgegeben hatte, der Fahrer das Vehikel trotz aller Wiederbelebungsversuche nicht mehr in Gang bringen konnte und ich den Rest des Weges zu Fuß gehen mußte. Zweifellos keine überzeugende Ausrede für einen Chef mit Vollglatze. Hier mußte eindeutig eine raffinierte Lüge her, die ich auch prompt aus dem Ärmel schüttelte.

»Meine Schwester mußte heute in aller Herrgottsfrüh wegen eines verschleppten Furunkels ins Krankenhaus«, antwortete ich bescheiden. »Die Arme ist mutterseelenallein. So blieb mir natürlich nichts anderes übrig ...«

Politzer unterbrach mich:

»Hören Sie, Flinta, das kaufe ich Ihnen nicht ab. Ihre Schwester soll ihr Furunkel gefälligst auf den Feierabend legen.«

Ich hatte von ihm nichts anderes erwartet. Ein Einzelkind mit Haarproblemen kann keinen verstehen, der sich für eine Schwester vierteilen läßt.

»Wenn Sie behauptet hätten, mein Guter«, versetzte Politzer sarkastisch, »daß, sagen wir, Ihr Bus mitten auf der Ringstraße seinen Geist aufgegeben hat, hätte ich Ihnen vielleicht noch geglaubt. Aber ein Furunkel ...«

Natürlich hatte der Alte mit seinem pathologischen Spürsinn den Bus als die wahre Ursache sofort gerochen. Jeder Angestellte haßt seinen Chef, sogar der, der ihn liebt. Ich aber konnte Politzer nicht einmal leiden. Wie auch immer, meine Minuten und mein Lohn waren gezählt, das wurde mir schlagartig klar. Da überfiel mich eine derartige Wut, daß ich zu allem fähig war, außer zur Bilanz, von der ich nun leider wirklich nichts verstand.

Unsere Blicke kreuzten sich wie Stahlklingen. Politzer entwaffnete mich spielend:

»Rudolf Flinta, Ihre einmonatige Probezeit ist zu Ende. Sie sind gefeuert. Viel Glück.«

Er überreichte mir schäbige 400 Kronen, die mich über meine trostlose finanzielle Lage keineswegs hinwegtäuschten.

»Hören Sie«, protestierte ich, »Sie können eine Fachkraft doch nicht so mir nichts dir nichts hinauswerfen.«

»Und ob ich kann«, konterte mein Ex-Chef. »Ihre Bürokenntnisse stecken noch nicht einmal in den Kinderschuhen, und von Buchhaltung verstehen Sie so viel wie ein Känguruh.«

Wahrscheinlich fand der Alte seinen Humor auch noch großartig und genoß seine Macht als Sklavenhalter. Der Sklave aber probte den Aufstand:

»Jeder auch nur halbwegs anständige Mensch hätte Verständnis für einen Bruder mit einer pflegebedürftigen Schwester.«

»Sie haben doch gar keine Schwester.«

Er hatte mir also nachspioniert. Pfui Teufel. Diese unglaubliche Hinterhältigkeit gab mir die moralische Kraft zum Gegenschlag:

»Und Sie, Politzer, sind nichts als ein häßlicher Glatzkopf.«

Das saß. Instinktiv hatte ich Politzers wundeste Stelle getroffen. Von draußen war Lizzis schadenfrohes Kichern zu hören, während Politzer mir mit flammendem Blick wortlos die Tür wies.

Genau in diesem Augenblick aber nahm das Schicksal seinen Lauf.

Beschwingt von meinem mentalen Sieg verließ ich federnden Schrittes, vorbei an Lizzis bewundernden Blikken, die widerwärtige Stätte. Hatte ich doch ihren unantastbaren Folterknecht mit der schlichten Wahrheit völlig aus der Fassung gebracht. Welche Genugtuung für dieses entzückende Wesen, ihre Bewunderung war durchaus gerechtfertigt.

Als ich zu Hause eintraf, saß auf dem altersschwachen Leihsofa meines noblen Untermieterquartiers bereits mein bester Freund Pepi. Er war meiner drängenden telefonischen Einladung gefolgt, auch wenn er bereits ein wenig betrunken war. Eigentlich war Pepi immer ein wenig betrunken, denn er lebte nach der Devise, Alkohol erweitere den Horizont. Im Grunde aber war er ein begabter Journalist, wenn auch ungewöhnlich schlampig, ein echter kleiner Gauner eben. Mein Fall war er nicht. Trotzdem wollte ich meinen besten Freund nicht gleich beim ersten Besuch damit kränken, alle Wertsachen in Sicherheit zu bringen, obwohl ich wußte, daß er alles, was nicht niet- und nagelfest ist, sogleich mitgehen läßt. Ich gebe zu, dieses Problem belastete unser Verhältnis ein wenig.

Wir hatten uns vor zwei Jahren in einem Café kennengelernt, in dem sich Pepi als Poker-Kiebitz nützlich machte. Derjenige, hinter dem er saß, wurde wie von Zauberhand zum Verlierer, bis Pepi schließlich bei verräterischen Handzeichen ertappt und in einer mondlosen Nacht unmißverständlich aus dem Lokal befördert wurde. Pepi beteuerte verzweifelt seine Unschuld und gestand mir im Vertrauen, er hätte niemals irgendwelche Handzeichen gegeben. So etwas tut man nicht. Er hätte lediglich dem gegenübersitzenden Spieler ein wenig zugezwinkert, aber das wäre bestimmt nicht aufgefallen.

Auch er war, wie ich, seit diesem peinlichen Zwischenfall weder Schwertschlucker noch Universitätsprofessor geworden. Allerdings hatte sich das Blatt vor kurzem gewendet und der Zufall ihm einen Job bei der

Familienpostille »Morgenstern« zugedacht. Dort komponierte er die Bildunterschriften, wobei seiner Phantasie keinerlei Grenzen gesetzt waren. So deutete er unter anderem einen Teller voller Makkaroni als Mafia-Kabel, die bei einem bekannten Börsenspekulanten in der Innenstadt gelegt worden waren. Das war zwar totaler Blödsinn, klang aber höchst geheimnisvoll und hatte die Auflage befördert. Pepi aber war nur deshalb nicht in den Genuß einer Gehaltserhöhung gekommen, weil der Zeitungsinhaber, ein gewisser Hugo Gonzalez, dies unnötig fand.

Pepi sah aus wie ein zu klein geratener Streithahn mit nach hinten frisiertem Kamm, hatte große, rotgeäderte Augen und trug einen gepflegten Dreitagebart.

»Du hast getrunken«, bemerkte ich zur Begrüßung.

»Natürlich habe ich getrunken«, antwortete Pepi. »Und dich hat man gefeuert.«

»Woher weißt du das?«

»Deine Probezeit ist heute abgelaufen.«

Pepi war nicht dumm, er kannte die Spielregeln. Ich setzte mich ihm gegenüber auf meinen Schemel und schilderte meinen Leidensweg in allen Details:

»Politzer ist ein Ungeheuer«, schloß ich meinen Bericht, »mir zu unterstellen, wie ein Känguruh zu rechnen ...«

»Wie ich dich kenne, hat er nicht unrecht.«

»Na und? Wenn du nur sehen könntest, wie kahl dieser Kerl ist. Nicht die Spur eines Haarflaums auf dem Kopf ...«

Die Witwe Schick machte sich im Nebenzimmer bemerkbar.

»Ruhe«, forderte sie energisch klopfend. »Ruhe!«

Meine Vermieterin war eine penetrante Person und nutzte jede Gelegenheit, mich als Untermieter zu demütigen, doch heute konnte sie klopfen, soviel sie wollte. Nach den ein, zwei oder drei Gläschen Marillenschnaps hatte der Alkohol seine wohltuende Wirkung getan, und ich fühlte mich stark wie ein Stier und beim Gedanken an Politzer wie ein Torero. Auch Pepi torkelte bereits ein wenig, obwohl er doch sonst durch jahrelange Übung recht trinkfest war. Vor meinem geistigen Auge aber torkelte nur Politzers Glatze.

»Wie wär's, Pepilein«, schlug ich ihm kichernd vor, »wenn du meinen widerlichen Ex-Chef in deine Zeitung bringst? Politzer kauft täglich den ›Morgenstern‹, ich würde ihm von Herzen gern einen Streich spielen.«

Pepi horchte auf, wie immer, wenn er Geld witterte: »Wie denn, im ›Morgenstern‹?«

»Nichts leichter als das. Such dir einfach das Bild eines besonders unsympathischen Typen mit Glatze aus dem Archiv und schreib unter das Photo: ›Dieser kahle Ramscher sucht verzweifelt einen neuen Buchhalter, weil sich die beiden Vorgänger über seine Glatze zu Tode gelacht haben.‹«

»Du bist verrückt geworden«, murmelte er. »So einen Schwachsinn druckt doch keiner. Wenn du mich ordentlich bezahlst, könnte ich eventuell schreiben, dieser Politzer hätte dich als das Oberhaupt einer vielköpfigen Familie in der bittersten Winterkälte auf die Straße gesetzt, weil du als aufrechter Mann nicht bereit gewesen bist, seine Steuerhinterziehungen zu dekken.«

»Das ist billig«, unterbrach ich ihn. »Wozu lügen, wenn es nicht nötig ist. Daß Politzer eine Vollglatze hat, springt ins Auge. Das Beste im Leben ist immer der gerade Weg. So will ich dir als meinem Freund auch nicht verhehlen, daß ich von Politzer eine stattliche Abfindung bekommen habe ...«

Das wirkte. Pepi schwenkte auf meinen Vorschlag ein. Er verlangte lediglich eine Flasche polnischen

Wodka für seine Anti-Politzer-Kampagne und die Hälfte meiner Abfindung bar auf die Hand. Ich willigte ein, weil ich voll Bitterkeit und Alkohol war, und Pepi hielt sicherheitshalber alles schriftlich fest: »Politzer Glatze. Rudi. Rache. 200 Kronen in bar.«

»Ich geh ums Eck noch einen heben«, sagte mein Freund, »dann bring ich's hinter mich, bevor ich wieder nüchtern werde. Ein Blödsinn, das Ganze. Und was geschieht, wenn mich mein Chef auch feuert? Wirst dann du für mich sorgen?«

»Kein Problem«, beruhigte ich ihn, »mein Geld wird für uns beide reichen. Leg los. Keine Gnade für Politzer.«

Pepi winkte mir auf dem Flur noch ein letztes Mal zu.

»Ich habe morgen im Feuilleton vier Spalten zur Verfügung«, murmelte er. »Aber ich hab auch so ein komisches Flattern im Bauch ...«

Erst später bemerkte ich, daß er aus meinem Nachttisch von meinen drei mühsam geschnorrten kubanischen Zigarren zwei hatte mitgehen lassen. Gauner bleibt Gauner.

Am nächsten Morgen erwachte ich in milder Stimmung. Barmherzigkeit erfüllte mein Herz, und ich entdeckte ganz neue, tiefmenschliche Seiten an mir. Sogar ein gewisses Verständnis für Politzer machte sich in meinem Inneren breit. Der ältliche Kahlkopf ertrug eben keinen kraftstrotzenden Jüngling neben sich, der mit seinem unwiderstehlichen Charme das gesamte weibliche Personal namens Lizzi betörte.

Ich streckte mich, daß meine Knochen knackten und blickte voller Optimismus in die Zukunft. Ich würde Politzer laufen lassen, denn im Grunde war er ein armes

Würstchen, und der Himmel würde sich schon eine Strafe für ihn einfallen lassen.

Erst gegen Mittag erinnerte ich mich wieder an den Abend mit Pepi und den ganzen vierspaltigen Schwachsinn.

Er wird diesen Artikel doch nicht wirklich geschrieben haben. Hoffentlich hat er wenigstens Politzer nicht namentlich erwähnt. Blinder Zorn hatte mich und der Alkohol Pepi benebelt. Ich beruhigte meine flatternden Nerven schließlich damit, daß der »Morgenstern« vermutlich auch ein paar vernünftige Redakteure hätte und die würden das Ärgste schon verhindern. Solch drittklassigem Journalismus muß schließlich das Handwerk gelegt werden.

Gegen Mittag schlenderte ich beim Zeitungskiosk vorbei und kaufte ganz zufällig den »Morgenstern«. Ich blätterte ihn flüchtig durch und blieb an der vorletzten Seite hängen. Mein Herz stand fast still, denn da prangte im Feuilleton ein vier Spalten langer Artikel: »Über die Kahlköpfigkeit« von Josef Schomkuthy.

Eine mörderische Wut auf Pepi packte mich, der sich grundlos Schomkuthy nannte und sich für Alkohol und Geld zu jeder Schweinerei verleiten ließ. Mir wurde schon beim Titel schlecht. Welch grenzenlosen Unsinn würde er da wohl verbreiten, und das über eine Lappalie, wie es Haarprobleme nun einmal sind.

> »Ein gut gekleideter junger Mann mit offenem Wesen und auffallend intelligentem Gesichtsausdruck stellte sich mir als R. F. vor«, begann der Artikel. »Er bat mich vor wenigen Tagen in einer dringenden Angelegenheit um meine Hilfe. Obwohl ich völlig überlastet war, wurde ich neugierig, wie wir Starjournalisten es von Berufs wegen nun einmal sind.

›Nehmen Sie Platz, Herr F.‹, lud ich ihn ein, und mein unerwarteter Gast machte es sich, mit zitternden Fingern nach einer meiner kubanischen Zigarren greifend, in der Ledersitzgarnitur meines Konferenzraumes bequem.

›Hochverehrter Herr Redakteur‹, begann er, und seine Stimme war von leiser Melancholie umschattet. ›Sie, als einzige anerkannte Autorität im Lande, sind mit ihrem untadeligen Ruf und ihrem unübertrefflichen Stil meine allerletzte Hoffnung …‹

Rasch unterbrach ich ihn, und R. F. kam zur Sache. Er habe als mäßig bezahlter Büroangestellter in einem florierenden Textilunternehmen gearbeitet.

›Von morgens früh bis abends spät opferte ich mich auf, führte minutiös Buch und erstellte komplizierte Bilanzen‹, vertraute er mir an. ›Ich tat alles, um das Vertrauen meines Chefs, des Herrn A. R, zu gewinnen und seine Erwartungen noch zu übertreffen. Ich habe schließlich für eine pflegebedürftige Schwester, alte kranke Eltern und auch für mich selbst den Lebensunterhalt zu verdienen. Eines Tages jedoch rief mich Herr A. P. in sein Büro.

Rudolf, teilte mir A. P. mit schneidender Stimme mit, nachdem Sie gegeben haben, was Sie konnten, brauchen wir Sie nicht mehr. Trotz hervorragender Qualifikationen sind wir gezwungen, auf Ihre Arbeitskraft zu verzichten. Ich brauche mein Geld schließlich selbst.

Der Boden schwankte unter meinen Füßen‹, fuhr R. F. fort. ›Ich brach lautlos zusammen. Auf Knien flehte ich den fiesen Zwerg an, doch nicht eine ganze Familie ins Elend zu stürzen. A. P. jedoch warf mir nur einige Kronen vor die Füße und wies mir die Tür.

Noch im Gehen übermannte mich eine undefinierbare Regung, und ich drehte mich um. Es fiel mir wie Schuppen von den Augen. Alexander Politzer war vollkommen kahl.‹

R. F. wirkte in diesem Augenblick wie ein Erleuchteter auf mich.

›Warum, hochverehrter Schomkuthy‹, klagte er an, ›warum sind es immer Glatzköpfe wie A. R, die Dinge zerstören und Menschen vernichten? Warum, ja, warum bloß immer nur diese ekelhaften Glatzköpfe?‹

Ich gestehe offen, seine Einsicht erschütterte mich. Wir verabschiedeten uns schweigend. Und noch lange, nachdem R. F. mich verlassen hatte, saß ich wie erstarrt und sann vor mich hin. Die sanften Konturen der Zigarrenringe lösten sich im rötlichen Abendlicht auf, und ihre kapriziösen Windungen fanden ihren Widerhall im Pulsieren meines aufgewühlten Inneren.

Der Sommer war noch nicht vorbei, aber es dämmerte bereits recht früh.«

Ich las den Artikel einmal, zweimal und ein weiteres Mal. Ich konnte mich nicht satt daran lesen. Hatte ich schon beim ersten Mal festgestellt, daß ein derart schwülstiger Schwachsinn niemals hätte gedruckt werden dürfen, fielen mir jetzt von Mal zu Mal neue abstruse Details auf. Ich erstürmte die nächste Telefonzelle und rief im Café »Hopp« an, wo Pepi gewöhnlich die Nachmittagsstunden mit dem Kippen des einen und auch anderen Gläschens totzuschlagen pflegte.

»Hallo«, meldete sich Pepi nach einigen endlosen Sekunden, »hier Chefredakteur Schomkuthy.«

»Bist du übergeschnappt?« brüllte ich in den Hörer. »Was soll das?«

»Den Artikel hast du selbst bestellt, mein Lieber.« Pepi schien überrascht. »Du hast doch ausdrücklich verlangt, daß ich über deinen kahlköpfigen Politzer schreibe ...«

»Das ist ja der Gipfel an Unverschämtheit. Ich bin doch nicht senil. Ich weiß genau, was ich gesagt habe. Du solltest mit geistreichen und humorvollen Andeutungen allgemeine Hinweise bringen, wie das kultivierte Menschen tun, das habe ich gemeint und nichts anderes. Und ich habe dir unzählige Male eingeschärft, auf keinen Fall Namen zu nennen.«

»Das hast du nicht gesagt.«

»Natürlich nicht, das versteht sich doch von selbst.«

Pepi schnappte nach Luft.

»Politzer wird dich verklagen, daß dir Hören und Sehen vergeht«, kündigte ich ihm an. »Wieso hat denn niemand in deiner Redaktion diesen Schmarrn verhindert?«

»Das verstehe ich auch nicht«, gab Pepi kleinlaut zu. »Ich war gestern doch nicht mehr ganz nüchtern, als ich den Artikel verfaßte. Ich habe ihn dann auch gar nicht mehr durchgelesen und ihn ganz einfach in der Zeitung abgegeben. Der Ressortchef ließ mir noch ausrichten, er würde höchstpersönlich verhindern, daß mein besoffenes Geschreibsel jemals wieder ins Blatt käme. Und daraufhin erschien der Artikel.«

»Warst du denn heute schon in der Redaktion?«

»Ich habe es versucht, aber der Portier versperrte mir den Weg. Er hätte Anweisung, mich nicht hineinzulassen. Was meinst du, was das bedeutet?«

»Daß Politzer bereits Klage erhoben hat.«

»Na, wir werden schon irgendwie aus dem Schlamassel herauskommen.«

»Du kennst Politzer nicht.«

»Wir nehmen uns eben den besten Anwalt in der Stadt.«

»Und wer bezahlt das?«

»Du natürlich, wie vereinbart.«

Hier trennte uns plötzlich das Amt, denn ich hatte auf die Gabel gedrückt.

Ich lehnte mich an die Wand der Telefonzelle und atmete ein paar Mal tief durch. Ein wenig, wenn auch nur ganz schwach, regte sich mein Gewissen. War ich nicht mit schuld an Pepis Verhängnis? Hätte ich ihn nicht von seinem unsinnigen Plan abbringen müssen, um jeden Preis gegen Politzers Kahlköpfigkeit zu Feld zu ziehen? Ich hätte doch wissen müssen, Pepi, der kleine Dummkopf, würde mich völlig falsch verstehen. Der Arme hatte gehofft, ich würde seinen idiotischen Artikel gut finden. Jetzt wird der gute Pepi eine Klage an den Hals bekommen, die sich gewaschen hat. Ich weiß doch, wie jähzornig Politzer sein kann.

Dann beruhigte ich mich wieder. Schließlich hat er den Schmähartikel doch ganz allein geschrieben, der Pepi. Niemand hat ihm die Feder geführt. Soll er doch ganz allein ausbaden, was er angerichtet hat. Wenn ihm nichts Gescheiteres einfällt, als seine Mitmenschen zu verleumden, nur weil sie zu wenig Haare haben, muß er auch ganz allein die Verantwortung dafür übernehmen.

Dieses und ähnliches ging mir auf dem Heimweg durch den Kopf, als ich meinen Nachbarn, Dr. Robert Schwanz, den tüchtigen Steuerexperten, traf, der im gleichen Stockwerk eine Tür weiter wohnte.

»Haben Sie heute schon den ›Morgenstern‹ gelesen?« fragte ich ihn mit maliziösem Lächeln.

»Sicher«, erwiderte mein Nachbar, »ich habe die Zeitung doch abonniert. Der Artikel über die Kahlköpfigkeit war recht originell, obwohl ich dem Verfasser nicht in allen Punkten zustimme.«

»Aha«, brummte ich. »Und in welchen nicht?«

»Meiner Meinung nach«, erläuterte Dr. Schwanz beflissen, »hat ein Chef das Recht, einen Angestellten zu entlassen, auch wenn dieser seine Arbeit in jeder Beziehung vorbildlich geleistet hat. Es gibt schließlich zwingende wirtschaftliche Gründe, die der betreffenden Firma dringende Einsparungen auferlegen. Gestiegene Produktionskosten zum Beispiel, Mehraufwand im Personalbereich ...«

»Zweifellos«, unterbrach ich ihn. »In dem Artikel gab es jedoch, wenn Sie sich erinnern, eine recht fragwürdige Tendenz, nämlich die, daß der Chef kahlköpfig war.«

»Ja«, bemerkte mein Nachbar nachdenklich, »ich erinnere mich. Alle Glatzköpfe wären ekelhaft, hieß es da, nicht wahr?«

Ich nickte vorsichtig. Bedauernd hob der Steuerfachmann die Hände.

»Davon verstehe ich nicht viel«, meinte er. »Allerdings muß man Verständnis für einen Vorgesetzten aufbringen, sinkendes Nettokapitalvermögen, höhere Sozialabgaben ...«

Er warf mit weiteren Fachausdrücken um sich und ergoß seine Suada erbarmungslos über mich. Nach zehn quälenden Minuten verabschiedete er sich endlich. Ich blickte ihm hinterher und überlegte, ob er wohl nicht ganz bei Trost sei. Ich nahm mir Pepis Artikel noch einmal vor, ob ich vielleicht etwas übersehen hätte, und stellte endgültig fest, daß dieser haarsträubende Blödsinn nur aus der Feder eines Besoffenen stammen konnte.

Da ich mich ein wenig langweilte, ging ich nicht direkt auf mein Zimmer, sondern klopfte bei Elvira Schick an, die gerade kleine Heiligenfiguren in Mineralwasser badete. Die recht gut erhaltene Witwe hatte nämlich einen kleinen Verkaufsstand neben der Kapuzinerkirche, in dem sie den Gläubigen allerlei Krimskrams andrehte.

Offenbar hatte ich mich nicht deutlich ausgedrückt, als ich ihr vom »Morgenstern« und dem ominösen Feuilleton erzählte, denn die Witwe las den Artikel in meiner Anwesenheit gleich nach, weil sie annahm, ich hätte ihn großartig gefunden.

»Schön«, sagte sie gerührt, »wirklich schön, daß es heutzutage noch Journalisten gibt, die in Not geratenen Mitmenschen beistehen.«

Schon lag mir auf der Zunge, ich selbst sei der Mitmensch in Not, doch mein Instinkt war wieder einmal klüger als ich.

»Jetzt ist dieser arme, stellenlose Junge mit seiner großen Familie ganz allein auf der Welt«, klagte die gute Seele. »Wer wird für ihn sorgen? Er wird im Elend enden, dieser bedauernswerte Mensch.«

»Wie wäre es, Gnädigste, wenn Sie ihm über die Zeitung ein wenig unter die Arme greifen würden?«

»Das will ich gerne tun«, begeisterte sich die Witwe, »aber erst, wenn Sie Ihre Miete endlich bezahlt haben, Herr Flinta. Dann überweise ich dem Ärmsten den Betrag bis auf den letzten Heller.«

»Das wollen Sie wirklich tun, liebe Frau Schick?«

»Darauf schwöre ich, beim Wohlergehen meines geliebten Mannes, Gott hab ihn selig.«

Und so händigte ich der verdutzten Witwe ganze 200 Kronen aus und reduzierte damit A. P.s Abfindung auf Null, in der frohen Gewißheit, das Geld via »Morgenstern« baldigst zurückzubekommen.

»Übrigens«, fragte ich die Witwe auf dem Weg hinaus, »was halten Sie eigentlich von Glatzköpfen?«

Frau Schick bekreuzigte sich und wandte sich wieder ihren Heiligen zu.

»Wir alle sind gleich vor dem Richterstuhl Gottes. Auch unter Kahlköpfigen gibt es ehrbare Christen. Glauben Sie mir, Herr Flinta.«

In mein lausiges Zimmer zurückgekehrt, zog es mich magisch zu Pepis Artikel. Ich las ihn nun schon zum sechsten Mal. Ich atmete auf. Er ergab für mich noch immer keinen Sinn. Nichts als blödes Gequatsche.

Ich sollte an jenem schicksalhaften Tag jedoch nicht zur Ruhe kommen.

Ich hatte mich gerade ein wenig hingelegt, da holte mich das Hausmädchen der Molnars ans Telefon. Es würde dringend nach mir verlangt. Ich fuhr mir nur rasch durch die Haare und eilte in den vierten Stock, weil damals im ganzen Haus nur die Molnars ein Telefon hatten.

Arthur Molnar kannte ich schon seit meiner Militärzeit. Ich war ein junger Gefreiter und er ein gemeiner Soldat, und ich ließ den armen Kerl Tag für Tag durch den Schlamm robben. Das machte uns allen Spaß, denn sein Bauch war so schön rund, daß er wie auf einer Wippe, mal mit den Schuhspitzen, mal mit der Nase im Dreck steckte. Als ich dann Jahre später Witwe Schicks Untermieter geworden war und Arthur Molnar zum ersten Mal im Treppenhaus traf, wollte er schon über mich herfallen, besann sich aber dann mitten im Sprung. Offenbar dachte er an die nächsten Militärübungen. Seit damals verstanden wir uns recht gut.

Am Telefon hörte ich Lizzis aufgeregte Stimme:

»Um Gottes willen, Rudolf, was haben Sie da angerichtet? Politzer ist außer sich, seit er den ›Morgenstern‹ gelesen hat.«

»Was hat er denn jetzt vor?«

»Der Alte schwört Stein und Bein, er werde Sie hinter Gitter bringen, und wenn dabei sein ganzes Vermögen draufgehen sollte.«

Ich hatte gewußt, daß es so kommen würde. Ich hatte es gewußt. Ich setzte mich. Meine Knie zitterten.

»Ich habe nichts damit zu tun«, beteuerte ich in Schweiß gebadet. »Ich habe Pepi angefleht, den Artikel nicht zu schreiben, ich habe ihn vor einer Klage gewarnt.«

»Woher kannte er denn die Geschichte, wenn nicht von Ihnen?«

»Ich habe sie ihm doch nur von Freund zu Freund erzählt. Nicht im Traum wäre mir eingefallen, daß dieser hirnkranke Trunkenbold daraus einen Artikel macht. Kennen Sie Pepi denn eigentlich?«

»Ich glaube, ich habe ihn einmal vor dem Büro getroffen. Das war doch dieses unscheinbare Kerlchen, das mich in den Popo kneifen wollte und dem ich eine Ohrfeige gab. Er schlug gleich zurück ...«

»Dann war es Pepi.«

»Ich mache mir Sorgen um Sie, Rudolf. Politzer tobt, und um eine Verleumdungsklage kommen Sie nicht herum. Woher wollen Sie denn das Geld für einen Anwalt nehmen?«

Ja, auf Lizzi war Verlaß. Sie machte sich Sorgen um mich. Ein liebenswürdiges Geschöpf, ein süßes Ding, gebildet und mit Tiefgang. Ihre Hüften könnten zwar etwas schmaler sein, dafür hat sie herrliche Beine. Und wie sie mich bewundert. Zweifellos eine höchst intelligente Person.

»Lizzi«, gurrte ich sanft in den Hörer, »hätten Sie nicht Lust, heute abend mit mir essen zu gehen?«

»Gerne, Rudolf.«

»Warten Sie, ich muß in meinem Kalender nachsehen.«

Mir war nämlich eingefallen, daß man ein Abendessen üblicherweise nur gegen Bezahlung erhält, was bei zwei Personen nicht billiger wird. Ich bereute zutiefst, mein Umlaufkapital in eine Witwe investiert zu haben, doch nun war es zu spät.

»Sagen Sie, Lizzi«, fragte ich vorsichtig, »muß es unbedingt heute abend sein?«

Mir war, als klang ihr »Nein« ein wenig enttäuscht.

»Gut, dann eben ein anderes Mal«, sagte ich munter. »Wenn Sie in der Gegend sind, rufen Sie mich doch einfach an.«

Es tat mir leid um den Abend. Ich beschloß, ihr fünfzig dunkelrote Rosen zu schicken, doch dann kam irgend etwas dazwischen.

Am frühen Morgen des nächsten Tages platzte Pepi zur Tür herein. Eine Frechheit, nach allem, was er mir angetan hatte. Er warf sich erschöpft auf mein Leihsofa, zündete sich eine meiner Zigarren an und sagte nur:

»Du hast mich ruiniert.«

Ich setzte mich ihm gegenüber.

»Schieß los. Erzähl, wie du hinausgeflogen bist.«

Mit einem Blick, der mir durch Mark und Bein ging, begann Pepi seine Geschichte:

»Mein Artikel ist statt im Papierkorb versehentlich in der Druckerei gelandet, wo er anstandslos gesetzt wurde. Der zuständige Redakteur hatte das Büro wegen einer jungen Dame in unaufschiebbarer Angelegenheit verlassen und übergab den Umbruch seinem Stellvertreter, der kurz darauf Bauchweh bekam. So las niemand mehr Korrektur und ... und ...«

Es war alles gesagt. Wir schwiegen beide.

»Das Tragische an der Sache ist nur«, krächzte Pepi, »daß der alte Gonzalez, der Zeitungsinhaber, vollkommen kahl ist.«

Er überreichte mir die Frühausgabe des »Morgenstern«. Auf der zweiten Seite stand in fetten Lettern:

»An unsere Leser. Wir bedauern, daß durch ein unverzeihliches Versehen in unserer gestrigen Ausgabe ein Artikel erschienen ist, der nicht der Gesinnung des Blattes entspricht. Der Essay ›Über die Kahlköpfigkeit‹ ist ein in jeder Hinsicht abzulehnendes Machwerk. Dem Verfasser, Josef Schomkuthy, wurde sofort fristlos gekündigt.

Wir bitten unsere geschätzten Abonnenten und Leser um Verständnis.

Die Redaktion«

Genugtuung erfüllte mich. Ich gab Pepi die Zeitung zurück.

»Recht haben sie. Du solltest endlich zu trinken aufhören.«

»Ich verstehe«, grinste Pepi boshaft. »Und was ist mit deinem Versprechen, für mich zu sorgen?«

»Sorg doch für dich selbst. Gott schütze mich vor Schreibtischtätern.«

Da sprang Pepi auf wie eine zu klein geratene Kobra und starrte mich mit funkelnden Augen an. Ich wich zurück. Menschen wie ich sind leider nur allzu oft minderwertigen Subjekten ausgeliefert.

»Macht nichts, lieber Rudi«, zischte Pepi durch die Zähne. »Politzer wird dich verklagen, daß dir Hören und Sehen vergeht. Heute morgen war ich gemeinsam mit ihm bei Gericht und gab zu Protokoll, daß du mir den Artikel praktisch diktiert hast, den ich dann folgsam an die Redaktion weitergeleitet habe. So gescheit wie du bin ich allemal.«

Höchste Zeit zurückzuschlagen.

»Du lügst also auch noch! Dieses Ammenmärchen wird dir keiner abnehmen.«

»Und wie man es mir abnehmen wird! Politzer erkannte zweifelsfrei deinen Stil. Außerdem habe ich unter Eid ausgesagt.«

»Du Scheusal«, schrie ich, während ich ihn in die Ecke trieb. Ich war um mindestens fünfzehn Kilo schwerer als er und noch viel zorniger. »Du undankbares Ungeziefer, ich war es, der aus dir überhaupt erst einen Menschen gemacht hat. Wer hat dir denn literweise Marillenschnaps beschafft?«

»Und ich weiß noch ganz genau«, kreischte Pepi, »wie du dich nur durch tägliches Stehlen von Fußabtretern über Wasser gehalten hast.«

»Das war doch deine Idee, du Jammergestalt.«

»Weil ich immer schon der Gewieftere war.«

Mit einer geschickten Körperwendung kniff ich ihn ins Ohr, worauf er mir gegen das Schienbein trat.

»Faß mich ja nicht an«, brüllte Pepi. »Hilfe!«

Ich überwältigte ihn, warf ihn schnell zu Boden und schlug seine Nase gegen meine Knie. Diesen Griff hatte ich von meinem Cousin gelernt, der Profiboxer geworden war, weil in seiner Kindheit der Wäschetrockner auf ihn niedersauste und seine Nase so verunstaltete, daß er seitdem ohnehin für einen Boxer gehalten wurde.

Pepi röchelte und zappelte in meinem eisernen Griff. Ich war nah daran, ihm den Gnadentritt zu versetzen, als die Witwe Schick ins Zimmer platzte.

»Heilige Mutter Gottes«, schrie sie auf, als sie uns am Parkettboden liegen sah. »Was machen Sie denn da?«

»Wir raufen«, versetzte ich. »Er hat angefangen.«

Pepi nutzte die Feuerpause und schlüpfte zur Tür hinaus, wobei er demonstrativ mein leeres Portemonnaie mitgehen ließ.

»Versuchen Sie doch einmal, sich wie ein Mensch zu benehmen, Herr Flinta«, ermahnte mich meine Vermieterin. »Sehen Sie, während Sie sich hier mit diesem anderen Schurken prügelten, habe ich, getreu meinem Gelübde, Ihre Miete an Herrn Chefredakteur Schomkuthy vom ›Morgenstern‹ überwiesen.«

»Nein!«

Mein Schreckensschrei vertrieb die dämliche Person endgültig aus dem Zimmer. Eigentlich konnte ich ihr gar nicht übelnehmen, daß sie in dem Sauf- und Raufbold Pepi nicht den Herrn Chefredakteur Schomkuthy erkannt hatte.

Ich aber verspürte nur noch Lust, meinen Kopf gegen die Wand zu schlagen, obwohl man doch weiß, wie wenig das hilft.

Meine Lage war mit wenigen Worten beschrieben: Da stand ich, ohne Anstellung, ohne Geld, ohne Pepi und ohne Hoffnung. Wenige Jahre zuvor hätte ich in ähnlicher Situation noch auf alles gepfiffen und Karten gespielt, hätte Pferderennen besucht und aus dem Stegreif unsichere Wett-Tips an den Mann gebracht. Ich hätte von Tür zu Tür bedeutende enzyklopädische Werke angeboten und dann die Auslieferung der Bücher vergessen oder gegen eine gewisse Gebühr Toilettenpapier und Glühbirnen aus den eleganteren Hoteltoiletten an zuverlässige Hehler weitervermittelt, von den Fußabtretern ganz zu schweigen, die Pepi erwähnte.

Mit den Jahren aber war ich leider anspruchsvoller geworden. Alle erdenklichen Wechselfälle des Lebens lagen hinter mir, kurz, ich war, wenn auch ungern, zum Mann gereift. Die einstige Abenteuerlust war der Sehnsucht nach Muße gewichen.

Ich beschloß also, mich nach einer Position umzusehen, die meinen neuen Fähigkeiten entsprach und bei der mir für emsige Arbeit eine einmonatige Probezeit und eine zweiwöchige Abfindung zustanden.

In meiner Not erinnerte ich mich plötzlich eines Ingenieurs. Wir waren uns vor kurzem in einem Hallenbad begegnet. Er gestand mir, ich machte auf ihn einen vertrauenswürdigen Eindruck, und ob ich wohl kurz auf seine Geldbörse aufpassen könnte, während er im Wasser seine Runden drehte. So kam ich ihm und seiner Börse näher. Er meinte schließlich, ich sollte mich als stellungsloser Buchhalter im Ernstfall auf ihn berufen. Er sei sehr gut mit dem einflußreichen Direktor Elmar Watzek von der Ersten Inländischen Dwaschek GmbH bekannt. Der würde mir sicher weiterhelfen.

Den ganzen Vormittag zermarterte ich mir den Kopf nach dem Namen des Ingenieurs. Aber ich hatte ihn einfach vergessen. Ob mit oder ohne Ingenieur, ich war pleite. Die Erste Inländische Dwaschek war meine letzte Hoffnung.

Nach anderthalbstündigem Warten betrat ich Herrn Watzeks Allerheiligstes, blickte tapfer in seine dicke Hornbrille und stellte mich vor:

»Ich komme auf Empfehlung eines guten gemeinsamen Freundes, Herr Direktor.«

»Welchen Freundes?«

»Ein Schwarzhaariger«, antwortete ich. »Trägt eine

Brille, geht oft ins Hallenbad und hat immer ein Portemonnaie mit großen Scheinen bei sich ...«

Watzek blinzelte ratlos. Ich nutzte die Gunst der Stunde und erwähnte meine fünfzehnjährige Praxis als Buchhalter. Soeben wäre ich freiwillig aus einem der größten Textilkonzerne des Landes ausgeschieden, um mich als Führungskraft zu bewerben. Meine angenehme Stimme und mein offener Blick zeigten wie immer ihre Wirkung. Direktor Watzek taute allmählich auf, stellte mir eine Reihe von Fragen privater und beruflicher Natur, die ich nach bestem Wissen und mit lebhafter Phantasie beantwortete.

Da fiel mir durch eine eigenartige Fügung des Himmels gerade in dem Augenblick, als Watzek seine Hand freundlich auf meine Schulter legte, der Name des Ingenieurs aus dem Hallenbad ein. Erleichtert nannte ich ihn dem Direktor.

Watzek nahm augenblicklich die Hand von meiner Schulter, und sein Gesicht versteinerte sich.

»Wir mußten Ihren Freund vor wenigen Tagen wegen Veruntreuung entlassen«, sagte er kühl. »Wir haben leider keine Verwendung für Sie.«

Gedemütigt schlich ich zur Polstertür. Noch im Gehen, übermannte mich eine undefinierbare Regung, und ich drehte mich um.

Es fiel mir wie Schuppen von den Augen. Er war ja fast kahl, der ekelhafte Typ.

Ekelhaft? Natürlich, das war er, der Glatzkopf.

Ich brauche wohl nicht zu wiederholen, wie sehr ich meine Schnapsidee bereute, Frau Schick meine Miete gezahlt zu haben. Nun arbeitete mein Geld in der Kasse des »Morgenstern«, und es war kaum anzunehmen, daß Pepi sich in die Höhle des Löwen wagen würde, um das Geld abzuholen.

Zwei Tage und zwei Nächte strapazierte ich meinen vielgerühmten Einfallsreichtum, um an mein wohlverdientes Geld zu kommen. Endlich kam mir, ich erinnere mich ganz genau, es war Donnerstag nach dem Nachmittagsschläfchen, der rettende Einfall.

In meinem einzigen, leidlich eleganten dunkelgrauen Sakko begab ich mich in die Redaktion des »Morgenstern«.

»Mein Name ist Gregor Schick«, stellte ich mich der Chefsekretärin vor. »Küß die Hand, gnädige Frau. Meine Gattin hat vor einigen Tagen Herrn Schomkuthy einen kleinen Betrag zugunsten dieses armen stellenlosen Jungen aus dem Kahlkopfartikel überwiesen. Jetzt aber würde meine Frau die Summe, wenn irgend möglich, doch lieber persönlich überreichen.«

»Einen Augenblick«, sagte die Sekretärin, verschwand hinter der gepolsterten Tür, kam aber schon nach kurzer Zeit wieder. »Zu unserem größten Bedauern«, teilte sie mir ein wenig streng mit, »retournieren wir Spenden prinzipiell nicht. Wir sind jedoch bereit, den Begünstigten davon zu unterrichten, daß es sich um eine Unterstützung Ihrer werten Gattin, der Witwe Elvira Schick, handelt ...«

Hier hielt die Sekretärin vielsagend inne, und auch ich war inzwischen am Witwenstand meiner Gattin ein wenig irre geworden.

In dieser delikaten Lage öffnete sich die Polstertür, und der Chefredakteur erlöste mich:

»Mir fällt gerade ein, Schomkuthy hat das Geld schon bekommen.«

»Wie«, stammelte ich, »ich dachte, er arbeitet nicht mehr bei Ihnen.«

»Er ist seit kurzem Vollmitglied der Chefredaktion«, korrigierte mich die Sekretärin. »Herr Schick, Sie lesen anscheinend den ›Morgenstern‹ nicht.«

Damit drückte sie mir ein Exemplar der jüngsten Ausgabe in die Hand. In fetten Lettern stach mir auf der Titelseite ins Auge:

»An unsere Leser. Wir bedauern, daß wir vor wenigen Tagen eine in jeder Hinsicht unwürdige Stellungnahme zum Artikel ›Über die Kahlköpfigkeit‹ veröffentlicht haben.
Zur Veröffentlichung dieser Erklärung wurden wir durch gesellschaftspolitische Entwicklungen gezwungen, zu deren Deutung wir uns in der aktuellen Wirtschaftslage nicht befugt fühlen. Der Verfasser des Artikels, Dr. Josef Schomkuthy, bleibt selbstverständlich Mitglied der Redaktion und hat es sich zur Aufgabe gemacht, unsere verehrten Leser auf dem laufenden zu halten. Bereits in der heutigen Ausgabe werden seine sachverständigen Ausführungen zur Glatzkopfproblematik fortgesetzt.
Die irrtümlich veröffentlichte Entschuldigung ist durch diese Richtigstellung null und nichtig.
Wir bitten um das Verständnis unserer geschätzten Abonnenten und Leser.

Die Redaktion«

Ich betrat das Café »Hopp« und stellte mich ganz bescheiden vor die Schnapsflasche, hinter der sich mein geliebter Freund verbarg.

»Pepi«, sagte ich, so sanft ich nur konnte, »Pepi, hier bin ich.«

Pepi blickte kurz auf und wandte sich dann angewidert ab.

»Pepi«, wiederholte ich und senkte den Blick, »verzeih mir. Ich habe dich schlecht behandelt. So geht man mit seinem besten Freund nicht um. Aber ich will alles wiedergutmachen und dich auch reichlich entschädigen. Du sollst deine Entlassung nicht bereuen. Was mein ist, soll auch dir gehören.«

»Mach dich nicht lächerlich«, grinste Pepi, »du weißt doch ganz genau, daß ich wieder in Amt und Würden bin.«

»Was sagst du da«, ich schlug mir an die Stirn, »das darf doch nicht wahr sein. Was ist geschehen? Erzähl, spann mich nicht auf die Folter.«

»Laß das Theater«, winkte Pepi ab. »Was willst du von mir?«

Sein barscher Ton empörte mich. Am liebsten hätte ich auf der Stelle kehrtgemacht, aber das konnte ich mir nicht leisten. Ich wollte schließlich meine Miete wiederhaben.

»Ich wollte dir wenigstens gratulieren.«

»Also gut.«

Wir umarmten einander wie verloren geglaubte Brüder, und ich setzte mich zu ihm hinter den Marillenschnaps. Pepi begann zu erzählen und löste das Rätsel um die mysteriöse Richtigstellung.

Unmittelbar nachdem der alte Glatzkopf Gonzalez meinen Pepi gefeuert hatte, wurde der »Morgenstern« von einer Flut von Briefen und Telegrammen geradezu überschwemmt. Aus allen Gesellschaftsschichten bezeugten Menschen ihre Sympathie. Die Auflage stieg sprunghaft in eine Höhe, wie sie weder die Chefredaktion noch Gonzalez jemals erlebt hatten.

Pepi griff in seine neue Aktentasche und holte zum Beweis einen Brief nach dem anderen heraus.

»Lieber Redaktör«, schrieb da zum Beispiel ein Leser, *»ich weiß nicht wer sie sind oder was sie sind aber eines sag ich ihnen jetzt sie haben den Glatzköpfen ordentlich eins drüber gebraten Himmelherrgott ich war zwar noch nie kahl aber sie Mordskerl möchte ich unheimlich abküssen.«*

Ein anderer Brief in ältlicher Damenhandschrift roch penetrant nach Veilchen:

»Die Vorsehung hat Ihnen, Herr Redakteur, die Feder in die Hand gedrückt, ich wünsche Ihnen und Ihrer lieben Familie Gottes reichen Segen, denn mein Hausherr, der widerliche Kerl, ist auch ein Kahlkopf. Erst jetzt weiß ich, warum er mich so schikaniert. Dabei müßte Schechter mir jeden Tag die Hand küssen, denn wer, so frage ich, wer außer mir ist mit siebzig Jahren bereit, denn wissen Sie, Ende Juli werde ich, so Gott will, das siebzigste Jahr vollenden, die schmutzige Bruchbude Schechters Tag für Tag sauber zu machen. Wer ist er denn eigentlich. Nichts als ein Glatzkopf und wie.«

Auch einige anonyme Schreiber waren darunter: *»Sehr geehrter Herr Journalist«*, schrieb ein Unbekannter. *»Ich halte es für meine Pflicht, Ihnen mitzuteilen, daß Dr. Bruno Willer, Rechtsanwalt, wohnhaft im XIV. Bez., Schnurstraße 8/b, Erdgesch. 1, vollkommen kahl ist. Für Ihre Liebenswürdigkeit im voraus dankend, verbleibe ich mit vaterländischem Gruß,*

ein Drogist aus Stuhlweißenburg.«

Und so ging es ohne Unterlaß fort. In Dutzenden von Schreiben beglückwünschte man Pepi, begrüßte seine Einstellung, pries seine mutige Erkenntnis. Da war sogar die Ehefrau eines Glatzkopfes, die den Visionär in ihm entdeckte, *»dessen mutiges Auftreten in der Finsternis der Scheinheiligkeit und Dummheit wie eine Fackel aufleuchtet«*.

Pepi lachte so sehr, daß er mich damit ansteckte und uns beiden schließlich die Tränen herunterliefen. Als er wieder Luft bekam, erzählte er mir, wie es in der Redaktion weitergegangen war.

Der spontane Beifallssturm der »Morgenstern«-Leser hatte dem alten Gonzalez zu denken gegeben. Er schickte Pepi einen Boten mit der Nachricht, er sei ab sofort wieder Mitglied der Redaktion, und übertrug ihm persönlich die Aufgabe, sich ausschließlich auf das Thema »Kahlköpfigkeit« zu spezialisieren, das offenbar auf ein nationales Bedürfnis stoße.

»Meine skeptischen Blicke«, fuhr Pepi fort, »parierte der Kahlkopf, ohne zu zögern. ›Denken Sie, was Sie wollen‹, sagte er, ›mir geht es einzig und allein um die Auflage, um nichts sonst.‹«

»Und du willst dich weiter mit diesem Schmarrn befassen, Pepi?«

»Warum nicht? Das Thema ist noch nicht ausgereizt. Aus vertraulicher Quelle weiß ich, daß der renommierte Professor Wind mich in der nächsten Ausgabe des Magazins ›Scheibe‹ in der Luft zerreißen wird.«

Er rieb sich genüßlich die Hände. Ich wunderte mich darüber, daß der Verriß eines weltberühmten Wissenschaftlers in einer angesehenen Wochenzeitschrift ihn so glücklich machte.

»Der unschätzbare Vorteil ist«, belehrte mich Pepi herablassend, »daß die Intellektuellen im Lande auf mich aufmerksam werden. Das ist gut für mein Renommee und für meine Geldbörse. Der nächste logische Schritt ist eine Entgegnung aus meiner Feder. Die wird sich der verehrte Herr Professsor nicht hinter den Spiegel stecken.«

»Du weißt doch noch gar nicht, was er schreiben wird.«

»Was soll ein Glatzkopf schon groß schreiben?«

»Ich wußte gar nicht, daß Professor Wind eine Glatze hat.«

»Und wenn schon. Zumindest ist er ein Sympathisant.«

Abscheu erfüllte mich für diesen Zyniker, den ich einmal meinen Freund genannt hatte und der sich nicht genierte, seine Weltanschauung zu wechseln wie andere ihr Hemd. Und das sagte er mir ins Gesicht, mir, der ich wirklich, aber wirklich ...

»Mein guter Pepi«, ich legte meine Hand auf seine Schulter, »verzeih, daß ich dich jetzt mit solchen Lappalien belästige, aber du hast für mich eine bestimmte Summe kassiert.«

»Ich?«

»Ja, du. Ich meine die Spende der Witwe Elvira Schick an R. F., mit dem ja schließlich ich gemeint bin.«

Ich sah, wie Pepi sich fieberhaft bemühte herauszufinden, woher ich das wohl wußte.

»Das Geld gehört mir«, behauptete er schließlich. »Du wolltest ja mit meinem Artikel partout nichts zu tun haben.«

»Ich hab dir den Artikel doch selber diktiert, und das hast du bei Gericht auch so zu Protokoll gegeben.«

Das wirkte. Pepi zappelte wie ein Rotfuchs in der Falle.

»Fifty-fifty«, schlug er vor.

Jeden anderen hätte Pepi mit dieser Großzügigkeit womöglich beeindruckt, ich aber war wie immer nahezu unbestechlich. Nach einer halbstündigen Debatte, die um ein Haar handgreiflich geendet hätte, zahlte mir Pepi zähneknirschend die volle Witwenspende aus. Dabei stellte ich verbittert fest, daß Frau Schick trotz ihres heiligen Schwurs mir, dem bedürftigen Familienvater, nur die Hälfte meiner Miete hatte zukommen lassen.

»Besser als nichts«, sagte ich mir, und so nippten wir noch ein Stündchen an unseren Gläsern im Café

»Hopp«, wobei ich Pepi davon zu überzeugen suchte, daß er seine Karriere ausschließlich mir verdankte. Hätte ich ihn nicht auf die brillante Idee mit dem kahlen Politzer gebracht, würde er heute noch Bildunterschriften basteln und käme nicht in die Vergünstigung, wohltätigen Freunden mit bescheidenen Summen auszuhelfen.

Am übernächsten Morgen brachte mir der Postbote einen Brief. In einem völlig neutralen, blauen Kuvert ließ Politzer mich per Einschreiben wissen:

»Flinta!
Hiermit teile ich Ihnen mit, daß ich alle nötigen rechtlichen Schritte unternommen habe, Sie als Anstifter eines empörenden Schmähartikels gegen mich sowie wegen Volksverhetzung vor Gericht zu bringen. Meine Rechtsberater zweifeln nicht daran, Sie für viele Jahre hinter Schloß und Riegel bringen zu können.

Politzer«

Ich ließ mich auf mein Leihsofa fallen und labte mich an einem Glas frischen Leitungswassers. Die Ankündigung traf mich härter als erwartet. Was bis jetzt wie ein nettes kleines Spiel ausgesehen hatte, entpuppte sich als griechische Tragödie. Rasselnde Gittertore und drohende Schemen hohnlachender Gefängniswärter verwirrten meine Sinne ...

Hysterisch krallte ich mich in meinen ehrwürdigen Fauteuil.

»Politzer«, winselte ich in glühendem Haß, »Politzer, du dreckiger Glatzkopf! Glatzkopf! Glatzkooopf!«

Der Ausbruch beruhigte mich ein wenig, und ich sondierte meine Chancen. Sich nur nicht von Politzer ins Bockshorn jagen lassen. Dieser miese Kerl wollte mir doch nur angst machen. Wegen eines läppischen Einschreibens werde ich noch lange nicht hysterisch. Da kann er lange warten. Dem werde ich schon zeigen, wie ein echter Vollblutkerl den Beweis antritt, daß schließlich nicht er, sondern Pepi den Artikel verfaßt hat.

Da fiel mir die reizende kleine Lizzi ein. Sie würde mich sicher getreulich über die finsteren Absichten Politzers auf dem laufenden halten. So beflügelt erklomm ich, immer zwei Stufen auf einmal, den vierten Stock. Frau Molnar war allein und bot mir sofort das Telefon an. Eine militärische Ausbildung hat auch ihr Gutes.

Ich rief in meiner ehemaligen Arbeitsstätte an und verlangte die Kleine.

»Fräulein Lizzi ist leider außer Haus«, teilte mir eine verbindliche Männerstimme mit, »aber für einen Herrn Flinta hat sie eine Nachricht hinterlassen.«

»Ich höre. Wenn Sie so freundlich sind.«

»Herr Flinta soll sich gefälligst nicht mehr blicken lassen, denn Fräulein Lizzi hat nicht die geringste Lust, ihre knapp bemessene Freizeit an ausgemachte Schurken zu vergeuden. Gemäß meiner Anweisung hielte sich auch Fräulein Lizzis Mitleid in Grenzen, sollte Herr Flinta beabsichtigen, sich am nächstbesten Baum aufzuhängen.«

Nach dieser deutlichen Botschaft legte der verbindliche Mensch auf, und mir wurde mit einem Schlag klar, wie allein ich auf der Welt war. Einer nach dem anderen ließ mich im Stich, auf niemanden ist mehr Verlaß, nur noch auf mich selbst, und auch das immer seltener.

In welch gotterbärmliche Situation war ich nur geraten. Eine Handvoll Flinta gegen den Rest der Welt.

Nicht, daß ich dieser Lizzi nachtrauerte. Keineswegs. Sie war doch etwas ganz Gewöhnliches, dem man an jeder Ecke begegnete. Zu breite Hüften, zu schmale Beine. Als Informantin hätte ich sie zwar nicht verachtet, aber wenn sie die Beleidigte spielen will, von mir aus. Nur weil ich sie damals nicht zum Abendessen eingeladen habe. Eingebildete, dumme Gans. Andere Mütter haben auch hübsche Töchter. Schwamm drüber.

Als ich vom vierten Stock herunterkam, erwartete mich bereits eine aufgeregte kleine Runde. Arthur Molnar war da, der Steuerberater Doktor Schwanz persönlich und Gagay aus dem Erdgeschoß, Briefträger in Rente. Ihm sagte man nach, er hätte eines schönen Tages vom Briefeverteilen genug gehabt und sämtliche Sendungen in den nächstbesten Postkasten geworfen. Darauf hatte man ihn in Frührente geschickt. Das war sicher kein großer Schaden für die Volkswirtschaft, denn er war nicht der Hellste.

»Gut, daß Sie kommen«, begrüßte mich Arthur. »Haben Sie Professor Winds Erwiderung schon gelesen? Man spricht von nichts anderem mehr.«

Ich gestand, den Artikel noch nicht zu kennen, worauf er eilig ein Exemplar der »Scheibe« aus seiner Sakkotasche fischte.

»Ich lese vor«, erbot sich Arthur. »Drei intelligente Menschen können die Situation doch besser einschätzen als einer allein.«

Unser Briefträger, der keine Aufnahme in die Intellektuellenaufzählung gefunden hatte, brachte sich als vierter ins Spiel:

»Worum, bitte, geht es hier eigentlich?«

»Leben Sie auf dem Mond, Gagay?« fuhr ihn Schwanz an. »Um die Debatte über die Glatzenfrage, was sonst.«

Der Briefträger im Ruhestand blinzelte blöd:

»Was für eine Frage? Der eine hat eine Glatze, der andere hat keine, was gibt's da, bitte, zu debattieren?«

Hinter Gagays Rücken tippte sich Arthur Molnar an die Stirn. Danach machten wir es uns im Treppenhaus bequem, Frau Molnar servierte Espresso, und es erklang Arthurs sonore Stimme, die Entgegnung von Professor Wind verkündend.

»Von Urzeiten an, seit Menschen in Gemeinschaft miteinander leben«, schrieb der weltberühmte Wissenschaftler, »steht außer Frage, daß Macht und Besitz innerhalb der Gesellschaft ungleich verteilt sind. Dies ist eine natürliche Folge des Existenzkampfes, und in diesem natürlichen Wettstreit drängt jeder einzelne an die Spitze, um seinen Platz zu finden.

Das Leben aber ist nicht gerecht.

Jeder kann sein Ziel verfolgen, aber jeder beginnt seinen Weg auch unter anderen Bedingungen. Der eine Mensch ist intelligent, der andere dumm. Der eine ist Nachkomme wohlhabender Eltern, der andere ein besitzloser Bastard, der eine ist schön, der andere häßlich, der eine begabt, der andere unbegabt ...

Was aber kann ein minderbemittelter Mensch tun, wenn ihm aufgeht, daß er mit den Begabten nicht mithalten kann?

Die Antwort liegt auf der Hand: Er versucht seine Konkurrenten mit unlauteren Mitteln aus dem Feld zu schlagen.

Schafft er dies allein?

Nein, denn dazu ist er zu schwach. Aber schließlich gehört er der Mehrheit an, dem ›Verein der Unbegabten‹. So kann er mit den anderen Unbegabten gemeinsame Sache machen, um der begabten Minderheit Steine in den Weg zu legen.

Wer aber ist ein Begabter? Ist er so ohne weiteres von

den Unbegabten zu unterscheiden? Keineswegs. Denn Talent ist niemandem von der Stirn abzulesen, noch ist es in seiner Geburtsurkunde vermerkt.

Es muß daher ein äußeres Zeichen, irgendein gemeinsamer Nenner gefunden werden, der die eine Gruppe von der anderen unterscheidet, um dem ›Verein der Unbegabten‹ die Verfolgung der Beneideten zu ermöglichen.

Der Neid ist von jeher der mächtigste Antrieb für den Menschen. Es ist kein Zufall, daß das erste Menschenpaar seinen Schöpfer wegen seiner Weisheit beneidete und darum aus dem Paradies vertrieben wurde und der dritte Mensch, Kain, den vierten, seinen Bruder, tötete, weil dessen Feueropfer eine höhere Rauchsäule entfachte. Von den Zehn Geboten Moses behandeln zwei den Neid, doch haben die Menschen die Gebote eingehalten, haben sie daraus gelernt? Nein, der Neid war am Anfang und wird bleiben bis in alle Ewigkeit.

Der ›Verein der Unbegabten‹ hat heute eine neue Zielscheibe gefunden, eine Gruppe von Menschen, die sich einzig durch das Fehlen ihrer Haare auszeichnet. Es ist die primitivste Treibjagd in der an Verfolgungen reichen Geschichte des Homo sapiens, die dümmste und lächerlichste.

Die Glatze als Kainszeichen von Menschen für Menschen.

Ich schäme mich, ein Mensch zu sein.«

Arthur hatte zu Ende gelesen und musterte unsere kleine Gruppe nachdenklich. Keiner sagte etwas. Die lastende Stille wurde von Frau Molnar unterbrochen.

»Ist dieser Wind ein Jude?« fragte sie.

»Ich glaube nicht«, antwortete Schwanz. »Warum fragen Sie?«

»Nur so.«

Mir gefielen, wenn ich ehrlich sein sollte, Professor Winds Erläuterungen recht gut, und ich hielt nur deshalb mit meinem Kommentar hinter dem Berg, weil ich nicht wußte, wie die anderen darüber dachten. Auch hatte ich, ehrlich gesagt, nicht alles ganz genau verstanden.

»Na gut«, bemerkte Arthur schließlich. »Man kann die Glatzenfrage aber auch nicht ohne weiteres abtun.«

»Welche Frage, bitte«, brabbelte unser Briefträger schon wieder dazwischen, aber Frau Molnar schnitt ihm das Wort ab:

»Was geht Sie das an, Gagay? Ich wünschte, Arthur hätte so viele Haare wie Sie.«

»Seien Sie mir nicht böse, aber ich verstehe das alles nicht«, murmelte der Postrentner. »In unserer Familie sind wir alle so behaart, besonders meine arme selige Mutter ...«

»Halten Sie den Mund, Gagay«, winkte Dr. Schwanz ab. »Meiner Meinung nach hat Professor Wind übers Ziel hinausgeschossen. Ich kann seiner Überlegung nicht folgen, wonach der eine Mensch hübsch und der andere häßlich auf die Welt kommt. Wenn ein Mann zum Beispiel nur um ein Quentchen schöner ist als ein Affe, so reicht das durchaus. Außerdem gibt es heute bereits unzählige Methoden auch für Männer, körperliche Mängel auszugleichen. Es gibt kosmetische Behandlungen, Heilgymnastik, regelmäßige Gewichtskontrollen, exquisites Rasierwasser ...«

»Ich kann mich nicht erinnern, daß Herr Professor Wind das geschrieben hat«, mischte sich schon wieder der senile Briefträger ein. »Wer kann sich heutzutage teures Rasierwasser leisten?«

»Gagay, um Himmels willen!«

»Ich verstehe das ganze Professorengejammer nicht«,

bemerkte Arthur bissig. »Mag sein, daß der gute Wind ein hervorragender Geologe oder weiß der Kuckuck was ist, doch von solch heiklen Fragen hat er wirklich keine Ahnung. Was heißt, bitte schön, hier fände ein Wettrennen statt?«

»Du bist still, Arthur«, fuhr Frau Molnar auf und wandte sich an uns. »Mein Mann soll nur ja nicht auf die Idee kommen, auch noch zu Pferderennen zu gehen. Mir reicht schon, daß er ein passionierter Kartenspieler ist. Erst gestern war er wieder drauf und dran, bei den Weinrebs im ersten Stock einen Haufen Geld zu verlieren. Wenn er irgendwo ein Kartenspiel nur riecht, ist er schon ganz aus dem Häuschen.«

»Aus dem Häuschen bist du selbst, und vor allem deine Mutter«, konterte Arthur, doch Schwanz fuhr beschwichtigend dazwischen:

»Professor Wind sprach keineswegs von Pferderennen, Herr Molnar. Glatzköpfige Professoren spielen doch lieber Schach, die Pferde kennen sie nur vom Schachbrett.«

Wir lachten herzhaft über diese treffende Beobachtung, bis auf den Briefträger, der erklärte, es gäbe auch kahlköpfige Jockeys, und den Pferden wäre das sowieso einerlei.

»Mein Großvater«, schloß Gagay, »ritt bis zu seinem 90. Lebensjahr und hatte noch immer keine Glatze.«

Wir achteten nicht mehr auf sein Geschwafel.

»Aus einem bestimmten Blickwinkel ist mir die Kahlköpfigkeit nichts Neues«, ergriff Arthur Molnar das Wort. »Ich mache meine Frau schon seit Jahren darauf aufmerksam, daß im Stadttheater auf den teuren Parkettplätzen hauptsächlich Glatzköpfe sitzen. Wir sehen das von unseren Galerieplätzen dort oben ganz genau. Nicht wahr, mein Schatz?«

»Daran kann ich mich nicht erinnern«, antwortete

Frau Molnar. »Ich sitze im übrigen gar nicht gern auf der Galerie, die Stühle im Parkett sind viel bequemer, aber du kaufst immer nur, was billig ist, Arthur.«

Dr. Schwanz stierte mit hochgezogenen Augenbrauen in seine leere Kaffeetasse.

»Es ist schon was dran an den Glatzköpfen, meine Herren«, sagte er. »Zumindest bis zu einem gewissen Grad. Insbesondere in den Großstädten und drum herum ...«

Wir nickten beiläufig und teilten im großen und ganzen seine Meinung.

»Also, ich bekenne ganz offen«, erhob Arthur die Stimme, »Kahlköpfigkeit ist in der Tat ein ungelöstes Problem.«

Ich hatte bisher nichts gesagt, weil ich nicht sicher war, ob ich Opfer eines Mißverständnisses oder einer optischen Täuschung war, aber eigentlich hatte der redselige Arthur Molnar doch selbst, wie soll ich nur sagen, nicht mehr allzu viel Haare auf dem Kopf. Genau genommen konnte man diesen Flaum auch gar nicht als Haar bezeichnen. Er sah eher aus wie das Model in einer Haarmittelwerbung »vor der Behandlung«. Ich beherrschte mich noch ein Weilchen, doch dann brach es aus mir heraus:

»Arthur, mein Lieber«, sagte ich, »auch Sie bekommen allmählich eine kleine Glatze, stimmt's?«

Gagay grinste über das ganze Gesicht, und Dr. Schwanz blickte verwundert auf Molnars Haupt. Arthur seinerseits wurde knallrot, und seine Gattin wand sich verlegen:

»Nein, nein, mein Arthur bekommt bestimmt keine Glatze. Er ist nur gerade in den Wechseljahren, so daß er jetzt auf ärztliches Anraten zur Haar-Regenerierung ...«

Frau Molnar zeigte mit zitternden Fingern auf Arthurs Hinterkopf, den ein Restkranz säumte. Danach war die Stimmung zum Teufel.

»Meine Herren«, beschwor uns Arthur, »ich verspreche Ihnen bei meiner Ehre, ich behalte unter allen Umständen meine Haare.«

Wir zerstreuten uns rasch und unauffällig, jeder in seine Richtung.

»Verzeihen Sie, Herr Flinta«, Gagay war mir nachgeschlurft. »Sie sind doch Friseur von Beruf?«

»Nein«, antwortete ich, »ich lerne noch.«

Der Korb, den mir Lizzi gegeben hatte, traf mich härter als ich mir eingestand. Bisher hatten mich die Frauen immer verwöhnt, hatten unter meiner ein wenig rauhen Schale den nur allzu weichen Kern gespürt und waren meiner Neugier und meinem Liebesbedürfnis bereitwillig entgegengekommen. Ich griff dabei nicht etwa zu billigen Verführungsmethoden wie Blumen oder Parfüm, nein, ich schenkte mich selbst. Ein Gentleman vom Scheitel bis zur Sohle, der genau weiß, wo die Grenzen des Anstands liegen und wann er sie überschritten hat.

Und jetzt wagte es diese Lizzi, mich abblitzen zu lassen. Diese Kaltschnäuzigkeit hatte ich ihr gar nicht zugetraut. Aufhängen sollte ich mich. Und gleich am nächsten Baum. Wir sind doch nicht mehr im Mittelalter, als fahrende Ritter sich für ihre angebeteten Damen mit Wonne entleibten.

Beim Stichwort »entleiben« fiel mir Politzers Klage ein, und dieser Gedanke brachte mich schlagartig in die rauhe Wirklichkeit zurück. Ich blickte aus dem Fenster und stellte fest, daß sich auch da oben ein Gewitter zusammenbraute, und so beeilte ich mich, noch trockenen Fußes ins Café »Hopp« zu kommen.

In einer Nische entdeckte ich Pepi, der sich hinter dickleibigen Lexika und historischen Wälzern verschanzt hatte und eifrig vor sich hinkritzelte. Ich eilte auf ihn zu, aber Eugen, der Oberkellner, versperrte mir würdevoll den Weg.

»Erlauben Sie, gnädiger Herr«, sagte er höflich, aber bestimmt. »Ich habe strikte Anweisung, daß der Herr Chefredakteur nicht gestört werden darf. Von niemandem, und wenn es, so hat mir Herr Schomkuthy eingeschärft, der Papst höchstpersönlich wäre.«

»Dann, lieber Freund«, erwiderte ich ebenso bestimmt, »sagen Sie dem hochgeschätzten Herrn Chefredakteur, Rudolf Flinta wäre hier. Nicht der Papst, sondern einfach Flinta. Nicht mehr und nicht weniger.«

Eugen schlich auf Zehenspitzen zu Pepis Nische. Ich setzte mich an einen Tisch beim Fenster, beobachtete friedvoll das geschäftige Treiben und wartete. Wenig später kam Eugen zurück und teilte mir höflich mit:

»Es bleibt dabei.«

»Und was hat dieser Mistkerl gesagt?«

»Wenn Sie erlauben, würde ich das gerne für mich behalten. Herrn Chefredakteur Schomkuthys Reaktion war eher emotionaler Natur. Er empfiehlt Ihnen, sich im Sekretariat einen Termin geben zu lassen.«

»Und wo, zum Teufel, ist dieses Sekretariat?«

»Sie sind an Ort und Stelle. Ich bin es.«

Jetzt hatte ich endgültig die Nase voll. Wutentbrannt stieß ich Eugen zur Seite und baute mich vor Pepi auf.

»Was soll der Blödsinn?« fuhr ich ihn an. »Soll ich vielleicht untertänigst um Audienz bitten?«

Pepi legte den Kugelschreiber auf den Tisch und sah mich kühl an.

»Das ist nicht nötig«, sagte er, »ich werde Sprechstunden einführen. Dann kann kommen, wer will. Im übrigen bin ich derzeit wirklich unabkömmlich, ich verfasse gerade den Leitartikel des Jahrhunderts, einen offenen Brief an Professor Wind. Also, hau gefälligst ab.«

Ich setzte mich Pepi gegenüber und bestellte mir einen Magenbitter.

»Jetzt reicht's mir aber«, zischte ich ihn an. »Dir ist wohl diese alberne Glatzengeschichte zu Kopf gestiegen. Aber mich wirst du noch kennenlernen. Spätestens als Zeuge im Politzer-Prozeß.«

Pepi kippte meinen Magenbitter in einem Zug hinunter.

»Du hast recht«, sagte er. »Ich war nüchtern, und du weißt ja, da rede ich allerlei dummes Zeug.«

Wir verscheuchten den Oberkellner, der um unseren Tisch schlich, und ich malte Pepi in greulichsten Farben den bevorstehenden Prozeß aus. Dann hielt ich ihm Politzers Drohbrief unter die Nase. Es verschlug ihm den Atem. Er beschwor mich, die juristischen Angelegenheiten auf meine Kappe zu nehmen, damit er nicht am Höhepunkt seiner journalistischen Karriere im Gefängnis landete.

»Wie willst du mich für all diese Scherereien entschädigen«, fragte ich ihn, »wenn ich tatsächlich, was ich noch nicht weiß, die Schuld auf mich nehme?«

Pepi suchte krampfhaft nach einem Ausweg. Schließlich fand er ihn:

»300 Kronen in zwei Raten.«

»Wie du willst. Nichts liegt mir ferner als eine Erpressung«, ich faltete Politzers Brief sorgfältig zusammen und steckte ihn in meine Tasche. »Aber wenn du als Chefredakteur nicht einmal 500 Kronen locker machen kannst, dann lassen wir es lieber.«

»Gut«, lautete Pepis Antwort. »Dann entschuldige mich jetzt, ich habe zu tun.«

Damit nahm er seinen Kugelschreiber wieder auf. Ich erhob mich wortlos und ging in Richtung Ausgang. Da hatte ich plötzlich eine wunderbare Idee. Ich kehrte um.

»Du«, sagte ich zu Pepi. »Ich nehme die 300 Kronen. Gib mir die erste Rate.«

Pepi griff triumphierend nach seiner funkelnagelneuen Geldbörse und überreichte mir mit einem dreckigen Grinsen 150 Kronen. Schnell steckte ich die Scheine in meine Hosentasche, nicht ohne ihn daran zu erinnern, daß die Anwaltskosten seine Sache wären.

Als ich das »Hopp« endgültig verließ, sah ich noch, wie Pepi sich einen doppelten Kirsch bestellte und mit nichts als einem einzigen Kugelschreiber fortfuhr, sein epochales Jahrhundertwerk zu verfassen.

Von dem hart verdienten Geld leistete ich mir ein paar Kleinigkeiten, die ich mir schon lange gewünscht hatte, eine Kiste kubanische Zigarren und acht Flaschen portugiesischen Rosé. Das war recht verwegen, da mir die Witwe Schick, als ich bei ihr meine Zelte aufschlug, kategorisch erklärt hatte, in meinem Untermieterzimmer duldete sie dreierlei auf keinen Fall: Alkohol, Zigarettenqualm und Personen weiblichen Geschlechts. Sie war ein wenig gekränkt, als ich sie daraufhin des Raumes verwies, um wenigstens einer der drei Forderungen nachzukommen.

Allerdings drohte von ihr augenblicklich keine Gefahr, denn sie befand sich seit kurzem in einem Zustand religiöser Verzückung. Sogar ihr Kiosk blieb geschlossen, so sehr nahmen sie ihre inbrünstigen Gebete in Anspruch. Als ich mich erkundigte, was denn geschehen sei, murmelte sie nur verstört: »Ich habe schwer gesündigt, und der heilige Antonius erlegte mir eine Buße auf.«

Weitere Einzelheiten verriet sie mir nicht. Das war aber auch nicht nötig. Sie hatte nämlich gestern einen Brief erhalten:

»Gnädigste«, hieß es in meinem Schreiben. »Gestatten Sie mir, Ihnen für die 100 Kronen, die Sie mir zukommen ließen, meinen innigsten Dank auszusprechen. Das Geld kam im letzten Augenblick und hat eine private Katastrophe verhindert. Hätte der Herr Ihnen gar eingegeben, mir sogar 200 Kronen zu überlassen, dann wäre Ihnen auch der Segen des heiligen Antonius gewiß gewesen.

Ihnen ein Leben lang ergeben, Ihr R. F.

P.S. Wichtig! Weitere mildtätige Zahlungen an den ›Morgenstern‹ sind, um Gottes willen, nur an mich persönlich zu richten.«

Schon immer hatte ich der moralischen Kraft überirdischer Mächte vertraut. Auch diesmal zweifelte ich nicht, bald in den Genuß von weiteren 100 Kronen, es war ja schließlich mein Geld, zu gelangen.

In dieser berechtigten Hoffnung begab ich mich noch am selben Nachmittag zu Dr. Eberhard Schwarzkopf, seines Zeichens Staranwalt in Strafsachen, um ihn um Rechtsbeistand gegen Politzer zu bitten. Geld spielte keine Rolle. Pepi hatte schließlich versprochen, die Anwaltskosten zu tragen.

Mein Schicksal hatte mir bisher den Umgang mit Gerichten erspart. Mit Bedacht und ohne unnötig aufzufallen war ich stets meinen Pflichten als Staatsbürger nachgekommen, so daß mich die Strenge des Gesetzes jetzt völlig unvorbereitet traf. Ein einziges Mal hatte ich mich für zwei Tage in Untersuchungshaft befunden. Das war aber bereits acht Jahre her und ein klassischer Fall von Justizirrtum, denn ich hatte das Fahrrad längst zurückgebracht.

Dr. Eberhard Schwarzkopf war mir von einem guten Bekannten empfohlen worden, der seinerseits ein pfiffiger Kerl war und mit dem renommierten Juristen die besten Erfahrungen gemacht hatte. Mein Gewährsmann hatte nämlich eines schönen Abends der ältlichen Inhaberin einer nahe gelegenen Tabak-Trafik eine Spielzeugpistole vor die Brust gehalten und sie höflich zur Herausgabe der Tageseinnahmen aufgefordert. Die furchtsame alte Jungfer verlor daraufhin die Nerven und alarmierte mit den Rufen »Räuber! Räuber!« die Polizei. Mein Bekannter beauftragte den legendären Dr. Schwarzkopf mit seiner Verteidigung und kam mit zwei Wochen Haft auf Bewährung wegen nächtlicher Ruhestörung davon, während die Trafikantin drei Monate Gefängnis wegen Rufmords erhielt. Schließlich hatte sie einen Mann als Räuber verleumdet, den sie noch nie zuvor gesehen hatte.

Dr. Schwarzkopf empfing mich zuvorkommend und bot mir Platz an. Er war gedrungen, hatte dichtes schwarzes Haar und trug eine Brille. Er wirkte kühl und berechnend, besonders wenn er lächelte.

Ich erzählte ihm meine Geschichte, von meiner gewaltsamen Entfernung aus der Firma bis hin zu Politzers niederträchtigem Drohbrief. Ohne überflüssiges Gerede vertiefte sich der gewiefte Jurist in meine Unterlagen. Er war so konzentriert, daß er mich kaum beachtete. Dann erklärte er kurz und bündig: »Der Kläger ist von allen guten Geistern verlassen, wenn er diesen Prozeß zu gewinnen hofft. Das hat ihm sicherlich ein gewissenloser Advokat eingeredet. Das Ganze ist ein Kinderspiel für mich.«

Ein Seufzer der Erleichterung entrang sich meiner Brust. Wirklich, was hatte sich dieser Glatzkopf Politzer nur dabei gedacht?

»Wenn Sie Vertrauen zu mir haben und mir das Mandat erteilen«, fuhr Dr. Schwarzkopf fort, »dann können Sie ruhig schlafen. Zuallererst aber besprechen wir Schritt für Schritt, wie wir vorgehen wollen.«

»Sehr gern.«

»Der erste Schritt ist naturgemäß eine entsprechende Vorauszahlung. Nur so sehe ich, daß Sie mir vertrauen. Und Vertrauen ist die Grundlage meiner Geschäftspraxis.«

Ich stimmte ihm zu und sagte ihm jegliches Akonto zu. Dann wollte ich nur noch wissen, wie er den Prozeß gewinnen würde.

»Der sicherste Weg ist immer die Wahrheit«, klärte mich Dr. Schwarzkopf auf. »Wir werden vor Gericht beweisen, daß die Behauptungen im gerichtsanhängigen Verfahren jeder Prüfung standhalten.«

Mein Puls schlug schneller.

»Ja, denken Sie denn, daß sich das beweisen läßt?«

»Es läßt sich alles beweisen, mein Herr«, Dr. Schwarzkopf wurde ein wenig herablassend, »man muß nur wollen. Uns Juristen obliegt lediglich die Aufgabe, die nackte Wahrheit mit dem trockenen Gesetz in Einklang zu bringen. Ich halte es für eine unglaubliche Niedertracht, Kahlköpfigkeit als Charakterschwäche zu bezeichnen. Das ist ja lächerlich, lieber Herr Politzer, eine ganz abstruse Beleidigung.«

»Entschuldigen Sie«, unterbrach ich ihn, »nicht ich bin Politzer. Der Glatzkopf ist mein Prozeßgegner.«

»Das überrascht mich nicht im geringsten«, entgegnete der Staranwalt lässig. »Jedes Ding hat zwei Seiten, wenn nicht mehr. Persönlich sehe ich die Schädlichkeit der Glatzköpfe genau wie Sie. Immer wieder frage ich mich, warum so viele etablierte Winkeladvokaten glatzköpfig sind.«

Dr. Schwarzkopf fuhr sich durch seine dunkle Haarpracht und beendete die Audienz:

»Nach meiner privaten und beruflichen Einschätzung ist Politzers Lage aussichtslos. Mit wem habe ich übrigens die Ehre?«

»Rudolf Flinta. Die Ehre ist ganz meinerseits.«

Auf dem Heimweg ließ ich mir Dr. Schwarzkopfs Argumente noch einmal durch den Kopf gehen. Ich kam zu der Überzeugung, daß er nicht völlig recht hatte. Ich kannte eine ganze Reihe von Glatzköpfen, die gar nicht schädlich, sondern durchaus rechtschaffene Bürger waren. Es gibt auch solche, ja, es gibt wirklich ein paar wenige unter ihnen.

Es war erst 10 Uhr morgens, und die Zeitungsjungen boten nun schon die dritte Ausgabe des »Morgenstern« an. »Schomkuthy antwortet den Glatzköpfen«, riefen sie. »Schomkuthys offener Brief an Professor Wind.«

Die Menschen auf der Straße rissen den Kolporteuren die Zeitung nur so aus den Händen. Auch Glatzköpfe waren darunter. Man sah ihnen deutlich an, wie unsicher sie waren, ob sie sich ärgern oder sich über den Quatsch lustig machen sollten.

Nichtsdestotrotz gab es den einen oder anderen erheiternden Zwischenfall. Als zum Beispiel ein soignierter älterer Herr, mit tief in die Stirn gedrücktem Hut, den »Morgenstern« erstand, rief ihm ein Student im Vorübereilen zu:

»Seht mal, der Opa hat bestimmt selber eine hübsche Glatze. Wie der wohl unter seinem Hut aussieht?«

Der alte Herr stieß seinen Stock auf das Trottoir.

»Unverschämter Flegel«, rief er. »Ich verbitte mir diesen Ton.«

»Schon gut, Alter«, versetzte der junge Mann kichernd. »Polier deinen Schädel nächstens mit Sandpapier, dann brauchst du in der Nacht kein Licht.«

Rasch hatte sich eine kleine Menschenansammlung gebildet, die das Schauspiel mit Pfeifen und Johlen begleitete, während sich der alte Herr auf die andere Straßenseite rettete. Dabei stolperte er über seinen Stock, schlug der Länge nach hin, sein Hut flog in hohem Bogen davon, und wir bogen uns vor Lachen.

Als ich wieder Luft bekam, holte ich mir am Kiosk den neuen »Morgenstern« und verzog mich mit dem Blatt in eine ruhige Ecke. Auf der Titelseite prangte in riesigen Lettern:

Ich nehme den Kampf an

Offener Brief an Professor Wind

»Mein Leben als Journalist hat mir viele glückliche Stunden, aber auch manche herbe Enttäuschung bereitet.

Nie verlor ich jedoch meinen moralischen Grundsatz aus den Augen: ›Diene der Wahrheit und dem Wohlergehen deiner Mitmenschen‹. Zwangsläufig war ich Intrigen ausgesetzt, offenen wie versteckten Angriffen, doch was ich in diesen Tagen erdulden muß, stellt alle Prüfungen in den Schatten. Ich meine die Rufmordkampagne des renommierten Professor Wind, in der ich zwar nicht namentlich erwähnt werde, die aber eindeutig auf meine Vernichtung als Mensch und Publizist abzielt.

Ich respektiere und schätze Professor Wind nach wie vor. Um so mehr erschüttert mich der moralische Verfall dieses bisher unantastbaren Wissen-

schaftlers, der noch dazu ein Revolverblatt wie die ›Scheibe‹ benutzt, um mich mundtot zu machen. Mich, der mit seiner bahnbrechenden Arbeit über die Kahlköpfigkeit für das Wohl unserer Gesellschaft nur einen bescheidenen Beitrag leisten wollte, ja im Sinne seiner nationalen Verantwortung leisten mußte.
Auf das kleinkarierte Niveau des Herrn Wind werde ich mich keinesfalls begeben, das ist nicht der Stil, in dem zwei Geistesgrößen miteinander verkehren sollten. Aber schweigen kann und darf ich nicht.
Denn ich, werter Herr Professor, ja, ich habe die Kühnheit, die Wahrheit ans Licht zu bringen: Sie sind befangen. Ich will damit nicht etwa andeuten, Sie wären bestochen worden, obwohl man schon von der einen oder anderen folgenschweren Verfehlung gehört hat und Interpol nach Ihrem Zwillingsbruder, Dr. Andreas Wind, seit zwei Jahren wegen Urkundenfälschung fahndet. Aber das hat mit unserer Sache nichts zu tun und soll deshalb hier auch gar nicht erörtert werden.
Ich behaupte hingegen, daß es sich bei Ihnen um eine ererbte Befangenheit handelt, denn, wie hinlänglich bekannt, hat Ihr seliger Vater so gut wie haarlos das Zeitliche gesegnet, und auch bei Ihnen kann man nicht umhin, einen galoppierenden Haarschwund zu diagnostizieren.
Das aber nur am Rande, bevor ich zum Kern der Sache, nämlich zu Ihren aus der Luft gegriffenen Thesen komme. Mein Kronzeuge ist niemand anders als die Geschichte der Menschheit selbst. Denn, hochverehrter Herr Professor, unsere Geschichte ist auch die Geschichte des Haarschutzes. Lassen Sie uns zum Beispiel einen Blick zurück-

werfen ins Jahr 1107 v. Chr., und zwar in die Maobiter Pergamenthandschriften. Darin haben die Annalen den grausamen assyrischen Tyrannen Tiglatpilesar I. als »haarlosen, häßlichen Barbaren« festgehalten.

Noch erhellender sind die vielfältigen Zeugnisse über die Sünden des Glatzentums in der Heiligen Schrift. Als Moses' hinterhältiger Neffe, Korah der Kahle, mit seinen Kriegern einen Aufruhr gegen Moses anzettelte, nur weil sein Onkel nicht bereit war, ihn als Hohepriester einzusetzen, griff der Allmächtige höchstpersönlich ein. Die ganze kahle Rotte wurde dem Erdboden gleichgemacht, und von da an ließ Moses kein gutes Haar mehr an irgendeinem Glatzkopf.

Das Kahlheitsverdikt der Bibel hatte naturgemäß tiefgreifende Auswirkungen auf die Ereignisse in der Antike. Obwohl Polydros, König von Sparta, das Söldnerheer von Argos in die Flucht schlug, war er zu einem jahrelangen Guerillakampf gegen die Einheimischen verdammt, einzig und allein, weil er seine Leibgarde kahlrasieren ließ und somit die behaarte Bevölkerung gegen sich aufbrachte.

Erst jüngste historische Forschungen haben zutage gebracht, daß die nur spärlich behaarte menschliche Bestie Caligula im Jahre 41 n. Chr. vom geheimen Haarschutzverband des Prätorianertribuns Cassius Chaerea beseitigt wurde.

Die beiden Söhne Konstantin des Großen, Konstantin II. und Constans, führten nur deshalb einen erbitterten Bruderkrieg, weil der eine dichtes Kopfhaar hatte, während der andere im Winter des Jahres 341 n. Chr. zum Glatzkopf geworden war. Die Fehde endete übrigens mit dem Triumph des lockigen Constans.

Bereits in der Grundschule lernt jedes Kind, daß Yusuf Aba Jakob in der Schlacht bei Santarem dem späteren portugiesischen Kurfürsten Sancho I. nur deshalb unterlag, weil er in der Hitze des Kampfgetümmels seine lederne Kopfbedeckung abnahm, worauf seine Soldaten angesichts der Kahlköpfigkeit ihres Anführers augenblicklich die Flucht ergriffen.

Vor allem in der Geschichte gilt: Gut Ding braucht Weile. Was bis dahin nur spontane, menschliche Reaktion war, formierte sich gegen Mitte des 16. Jahrhunderts zur Volksbewegung. Als erster erließ Papst Paul IV: der frühere Kardinal Caraffa, die schriftlichen Dekrete gegen das Glatzentum in der Toskana.

Zu Beginn des 18. Jahrhunderts schließlich erlebte die Bewegung ihren ersten Höhepunkt. Der gebürtige Thüringer Gustav von Ritterwald, Schatzmeister des letzten Dogen von Venedig, zog 1788 mit seinem Grundlagenwerk ›In den Kanal mit den Glatzköpfen‹ gegen die ›kahlen Blutegel‹ zu Felde. Die Schrift gilt bis heute als die Bibel des Haarschutzes.

Ja, Gustav von Ritterwald wies uns den Weg.

Erst danach erschienen in anderen europäischen Kulturnationen Broschüren und Streitschriften, die sich mit dem Problem befaßten und für kompromißlose Enteignung und Inhaftierung aller haarlosen Parasiten eintraten.

Natürlich blieben auch die Glatzköpfe nicht untätig und versuchten, um jeden Preis ihre Haut zu retten. So führte der Dänenkönig Erich VIII. auf Drängen seiner unerbittlichen kahlen Steuereintreiber bereits 1318 an seinem Hof den Perückenzwang ein. Diese durchsichtige Maßnahme wurde

von allen abendländischen Herrschern nachgeäfft. So mußte Heinrich VIII. 1535 Thomas Morus köpfen lassen, weil der Lordkanzler sich weigerte, das Perückentragen zu legalisieren.
Die Kahlköpfe verkrochen sich aber nicht nur hinter Perücken, sie vermochten auch mit Beharrlichkeit und unter Einsatz aller Mittel den Volkszorn in andere Bahnen zu lenken. Und nur darum, verehrter Professor, einzig und allein darum hat man im Laufe der Geschichte Hugenotten, Indianer, Zigeuner und Juden erbarmungslos verfolgt und gejagt.
Warum, so frage ich, warum tragen heute noch englische Richter die altmodische Perücke. Warum hielt sich noch bis zu Beginn des 19. Jahrhunderts an allen Fürstenhöfen diese heiße und schwere Kopfbedeckung, ob als Allongeperücke, Staatsperücke oder Zopfperücke? Warum radierte der Feldherr der Bourbonen, der Herzog von Angoulême, die südspanische »yoguch-mile-Bewegung« aus, die nichts anderes gefordert hatte, als das Vermögen kahlköpfiger Händler zu beschlagnahmen und untereinander zu teilen. Und zu guter Letzt, warum sind bis heute Toupets so begehrt?
Herr Professor, wenn Sie nur einen Funken Ehre im Leibe hätten, dann gäben Sie sich geschlagen. Ihre naiven Hirngespinste, wie brillant sie auch formuliert sind, vermögen nichts gegen nüchterne historische Fakten.
Die Geschichte lügt nicht, Herr Wind. Bis heute ließen sich die Menschen betrügen, jetzt aber läßt sich das Volk nicht länger an der Nase herumführen.
Der fortschrittliche Mensch des 20. Jahrhunderts erkennt, daß die existentielle Frage für das weitere

Bestehen unserer Demokratie die Lösung der Glatzenfrage ist.
Und so bekenne ich mich furchtlos zu meiner Verantwortung und öffne meinen Mitmenschen die Augen für die Tatsache, daß die Glatzköpfe arbeitsscheu sind. Ihr Gott ist und bleibt das Geld.
Denn wo finden wir sie, unsere Glatzköpfe? Unter den geschundenen, zu Tode erschöpften Fließbandkindern? Oder finden wir sie hinter dem Ladentisch oder gar bequem an ihrer gefüllten Kasse?
Ja, Professor, sollte ich auch in Acht und Bann fallen, für die Wahrheit bin ich bereit, alles zu opfern. Bis zum letzten Atemzug stehe ich zu meiner hohen Verantwortung.
An Sie, Herr Wind, ergeht die Warnung: Das Volk ist edel, aber wachsam, hüten Sie sich wohl vor seinem Zorn, denn wenn er einmal entfesselt ist, entgehen Sie ihm nicht. Ziehen Sie Ihr schütteres Haar aus der Schlinge, Wind, solange Sie noch können. Das Maß ist voll.

Mit vorzüglicher Hochachtung
Ihr Josef Schomkuthy jun.«

Soweit war ich gekommen, als mir jemand die Hand auf die Schulter legte. Es war Arthur Molnar mit dem »Morgenstern« unter dem Arm.

»Na«, sagte er strahlend, »habe ich es nicht gesagt? Ich predige doch seit Jahren, was Schomkuthy jetzt erst behauptet. Erinnern Sie sich, was ich Ihnen sagte, als wir uns das letzte Mal sahen?«

Ich erinnerte mich nicht.

»Ich sagte zu Ihnen, daß die Glatzköpfe der Fluch der Menschheit sind.«

Ich blickte verwirrt, nicht, weil ich keine Ahnung mehr hatte, was mir Arthur Molnar angeblich gesagt hatte, sondern weil ich mich sehr wohl erinnerte, daß Arthur noch vor wenigen Tagen auf dem Wege war, ein klassischer Glatzkopf zu werden. Jetzt aber war sein Kopf recht ordentlich behaart, und ich wußte nicht, was ich davon halten sollte.

Während ich noch grübelte, stimmte Arthur bereits ein vollkommen überflüssiges Loblied auf Pepi an.

»Seine messerscharfe Logik hält jeder Prüfung stand«, schwärmte der Schwachkopf. »Und einmal abgesehen von der Tatsache, daß er Professor Winds Argumentation bis ins kleinste zerpflückt, beweist Schomkuthy bis zum Schluß bewundernswerte Haltung. Der Mann ist eine Geistesgröße.«

Geistesgröße? Vor meinen Augen erschien der Pepi aus den guten alten Zeiten, wie er nach drei geleerten Weinflaschen unter den Tisch fällt und da unten meine beiden Schnürsenkel zu einer kunstvollen Schleife bindet. Wahrlich, ein großer Geist, ein Geistesfürst, ein Großfürstgeist ohne Beispiel.

»Schomkuthy hat internationales Format«, steigerte sich Arthur Molnar in seiner Begeisterung. »Er kann jederzeit mit mir rechnen. Sind Sie, Herr Flinta, Herrn Dr. Schomkuthy denn schon einmal begegnet?«

»Natürlich bin ich ihm begegnet«, antwortete ich lässig. »Er ist doch mein bester Freund.«

Molnar wankte kurz unter der Wucht dieser Mitteilung, doch dann hellte sein Gesicht sich auf.

»Jetzt begreife ich erst«, seine Stimme überschlug sich. »Sie also sind der rätselhafte R. F. in seinem historischen Glatzenartikel. Mein Gott, ich war ja mit Blindheit geschlagen. Lassen Sie mich Ihnen von Herzen gratulieren.«

Er schüttelte meine Hände, hielt sich dann an meinen Mantelaufschlägen fest und klammerte sich flehentlich an mich.

»Sie sind mein Zeuge, nicht wahr? Sie erinnern sich ganz bestimmt daran, auch Dr. Schwanz war dabei, als ich zum besten gab, daß die Glatzköpfe im Theater immer nur in den ersten Reihen sitzen. Sie legen doch sicher ein paar gute Worte bei Schomkuthy für mich ein. Sie werden das doch tun, nicht wahr?«

Ich versprach ihm rasch, ein paar gute Worte für ihn einzulegen, und entfernte mich eilends. Seine schwärmerischen Blicke begleiteten mich noch bis zur nächsten Straßenecke, ich konnte sie kaum abschütteln.

Innerhalb von wenigen Stunden hatte Pepis offener Brief das ganze Land in einen Taumel versetzt. Überall auf der Straße bildeten sich kleinere und größere Menschengruppen, in Cafés und Restaurants wurde leidenschaftlich debattiert. Die Menschen hatten ein neues, hochbrisantes Thema. Viele gaben Pepi völlig recht, manche stimmten ihm nicht in allen Punkten zu, es gab sogar welche, die der Kahlkopffrage die Aktualität absprachen.

Das Glatzentum des Landes erholte sich nur langsam von seinem Schock. Einige hofften noch, das Ganze sei ein schlechter Scherz. In jedem Fall aber versuchten sie, die Reste ihrer Haare so kunstvoll wie möglich auf den Köpfen zu drapieren.

Auch der Generationskonflikt erhielt durch die Debatte neue Nahrung, denn die Jugend stellte sich geschlossen hinter Schomkuthy. In der älteren Generation herrschte nicht die gleiche Einmütigkeit. Doch auch die heftigsten Gegner der Glatzentheorie konnten Josef Schomkuthy den Rang eines bedeutenden Historikers und eine tiefe patriotische Gesinnung nicht absprechen. Sogar die Fachwelt zollte ihm Hochachtung, nicht mit billigen Phrasen hätte er überzeugt, sondern durch die Kraft seiner Argumente und den beeindruckenden ideologischen Gehalt.

Nicht so allerdings unser minderbemittelter Briefträger im Ruhestand.

»Wissen Sie, Herr Flinta«, der alte Herr hielt mich im Treppenhaus auf. »Von mir aus sollen die Herrschaften schreiben, was sie wollen, aber mir kommt diese ganze Glatzensache spanisch vor. ›Ist denn einer schuld daran, wenn er als Glatzkopf zur Welt kommt?‹ sagte ich gestern abend zu Herrn Dr. Schwanz. Er meinte zwar, nach dieser Logik könne selbst ein Mörder nicht verurteilt werden, weil auch er nichts dafür kann, wenn er als Mörder geboren wird. ›Entschuldigen Sie, Herr Doktor Schwanz‹, sagte ich ihm, ›das kann man doch gar nicht vergleichen, denn ein Mensch wird doch nicht als Mörder geboren, er wird doch erst später dazu. Ein Neugeborener hingegen ist meist völlig kahl, wenn er das Licht der Welt erblickt. Ist er denn schuld daran, bitte schön?‹ Da belehrte mich Dr. Schwanz, daß der Säugling sehr wohl das Böse des Glatzentums in sich trage, weil er schreit oder quietscht und greint, in die Windeln macht, spuckt, strampelt und Bauchweh hat. Ich frage Sie, Herr Flinta, ist denn das in Ordnung?«

Ich beruhigte Gagay mit einem klassischen »Wie man es nimmt«, und er zog brabbelnd seines Weges. Ich aber eilte zu Pepi ins Café »Hopp«. Glücklicherweise saß der kleine Angeber in seiner gewohnten Ecke, doch der Oberkellner bewachte ihn auch diesmal wie ein Bluthund die Blutwurst. Als Eugen mich erkannte, gab er dann aber doch grünes Licht. »Ausnahmsweise«, ergänzte er hochnäsig.

Unser Medienstar war völlig neu eingekleidet mit Maßhemd, modischer Krawatte, funkelnagelneuem Sakko und neuen, aber wenig einnehmenden Manieren. Er musterte mich von oben herab: »Nimm Platz, wenn es sein muß, aber, bitte, fasse dich kurz.«

Ich schlug ihm auf die Hand, daß er mein Feuerzeug fallen ließ.

»Hör zu, du Erfolgsmensch«, zischte ich ihn an, »spiel nicht den Helden, denn eh du dich versiehst, bist du wieder ein Pokerkiebitz.«

Pepi fuhr empört auf, denn er wurde neuerdings nicht mehr gern an seine Vergangenheit erinnert. Als er sich wieder beruhigt hatte, erzählte er mir, daß er sich sein aristokratisches Gehabe von Staatssekretär Bernd Dorfhauser von und zu Dorfhauser abgeschaut hätte, der vor einer halben Stunde heimlich zu ihm in die Redaktion gekommen war.

Pepi sah um sich:

»Ich gab ihm mein Ehrenwort, die Angelegenheit vertraulich zu behandeln.«

»In Ordnung«, ich rückte meinen Stuhl näher, »schieß los.«

Pepi bestellte eine halbe Tasse Rum.

»Staatssekretär Dorfhauser von und zu Dorfhauser kam wegen meines offenen Briefes, inkognito, damit nichts an die Öffentlichkeit dringt. Er teilte mir im Auftrag der Regierung mit, daß man höheren Orts die Glatzenfrage nicht gutheiße, zumal Funktionäre in höchster Position betroffen seien. Man ersuche mich also, meine Aktivitäten einzustellen.«

»Und was hast du darauf geantwortet?«

»Das einzige, was ein Mann von Charakter erwidern kann. Daß ich mich natürlich nicht davon abbringen lasse, um die Durchsetzung meiner Idee zu kämpfen. Und, lieber Rudolf, ganz unter uns, wenn die Herren so bescheuert sind, mir nicht wenigstens eine kleine Entschädigung anzubieten, dann sollen sie sich gefälligst nicht wundern, daß ich Rückgrat zeige.«

»Und wie reagierte dieser von und zu auf dein Rückgrat?«

»Er ließ mich diskret wissen, daß er persönlich meine Meinung zur Glatzenfrage durchaus teile. Schon deshalb, weil ein gewissenloser Bankdirektor mit Vollglatze seine Villa am Rosenhügel mit 40 000 Kronen Hypothek belastet habe. Als Privatmann könnte ich jederzeit mit ihm rechnen.«

Nachdenklich schlürfte ich Pepis Rum.

»Du«, fragte ich ihn. »Stimmt es, daß man nach Professor Winds Zwillingsbruder wegen Urkundenfälschung fahndet?«

»Glaube ich nicht«, meinte Pepi gleichgültig. »Der Professor ist ein Einzelkind.«

»Aber er bekommt doch eine Glatze?«

»Woher soll ich das wissen«, Pepi wischte sich ein Stäubchen vom Anzug, »ich hab ihn noch nie gesehen.«

»Und diese Unmenge von historischen Daten?«

»Allgemeinbildung. Diabolische Intuition und ein Haufen Enzyklopädien.«

Im Laufe des Abends plauderte er dann noch so allerhand aus, unter anderem daß die Auflage des »Morgenstern« die halbe Million überschritten habe. Er gestand mir unvorsichtigerweise, daß der alte Gonzalez sein Gehalt verdreifacht hätte, aus Angst, andere Zeitungen könnten ihn als den nationalen Glatzenexperten abwerben. Ich gratulierte Pepi und hatte den Eindruck, daß unsere Freundschaft noch nie zuvor so innig gewesen war.

Ich trat durch die Drehtür des Café »Hopp« ins Freie und machte mich fröhlich pfeifend auf den Weg, denn Pepi hatte mir brüderlich einen Teil seiner Gehaltserhöhung versprochen. Diese noble Geste ehrte ihn, wenn ich seinem Angebot auch durch einen symbolischen Würgegriff ein wenig auf die Sprünge helfen mußte.

Ich schmiedete gerade Pläne, was ich von meinem neuerlichen Verdienst alles kaufen könnte, da merkte ich, daß man mich verfolgte. Schon im Café, während ich mit Pepi schwatzte, war mir ein Schnurrbärtiger aufgefallen, der mich so komisch anglotzte. Pepi, den ich darauf aufmerksam gemacht hatte, beruhigte mich, das sei jetzt an der Tagesordnung. Er werde neuerdings von begeisterten Anhängern direkt verfolgt.

Jetzt war der begeisterte Anhänger aber eindeutig hinter mir her. Ich durchforschte mein Gewissen: War ich vielleicht dem Auge des Gesetzes unangenehm aufgefallen? Das Ergebnis meiner Einkehr ließ mich schneller gehen. Immerhin hatte ich eine Zeitlang gewissermaßen ein Doppelleben als kleiner Hochstapler und großer Gauner geführt.

Von Zeit zu Zeit drehte ich mich unauffällig um, so, als schaute ich schönen Frauenbeinen nach, aber mein Verfolger rückte immer dichter auf. Ich bog in die nächste Seitengasse ein, aber auch spielerisch eingelegte Sprünge brachten mich nicht recht voran. Nun trennten uns nur noch ein paar Dutzend Schritte.

Mein Atem flog und mein Puls raste. Den Kerl niederschlagen, durchfuhr mich der rettende Gedanke. Über die Grenze, in Australien ein neues Leben beginnen, kleiner Bauernhof, Hühnerfarm, Bio-Gärtnerei ...

Gerade als ich mich stellen wollte, hörte ich hinter mir eine Stimme:

»Halt, bleiben Sie stehen!«

Zu meinem Glück erinnerte ich mich der vielen Kriminalromane, die ich als Junge gelesen hatte, und der Verfolgungen, in denen immer wieder Durchgangshäuser die Rettung des Helden waren. Vor dem nächsten

Häuserblock machte ich von meinem Wissen Gebrauch. Vorne hinein, den Hof entlang, erreichte ich schnaufend den hinteren Ausgang, wo mich mein Verfolger bereits erwartete.

»Ich gebe auf«, keuchte ich, »machen Sie mit mir, was Sie wollen.«

Der Schnurrbärtige zog den Hut:

»Habe die Ehre«, stieß er schnaufend hervor, »gestatten Sie, daß ich mich vorstelle. Ich komme von der Genossenschaft der Perückenhersteller ...«

Das Leben überrascht uns immer wieder aufs neue und geht dabei auch manchmal zu weit. Diesmal dauerte es ein Weilchen, bis ich die Sachlage begriffen hatte. Nachdem die Formalitäten geklärt waren, lud mich mein neuer Freund in ein nahe gelegenes Café ein, wo er sich als André Trowitsch, geschäftsführender Vorstand gleichnamiger Firma, zu erkennen gab.

Der aufmerksame Perückenmacher hatte Pepis Anti-Glatzenartikel im »Morgenstern« mit großer Anteilnahme gelesen, teils, weil das nationale Haarschutzproblem auch ihn seit längerem beschäftigte, teils, weil die neue Ideologie sich äußerst wohltuend auf die Perückennachfrage auswirkte.

»So etwas ist noch nicht dagewesen«, erklärte der Vorstand. »Früher wurden monatlich einige Dutzend Perücken bestellt, heute sind wir nicht mehr in der Lage, neue Bestellungen anzunehmen. Da meine Firma nur aus zwei Gesellschaftern besteht, dem Laufburschen und meiner Wenigkeit, weiß ich einfach nicht mehr ein noch aus.«

Ich ahnte, worauf er hinauswollte.

»Sie würden staunen, mein Herr, wer alles zu uns

kommt. Aus den höchsten Kreisen gibt es Aufträge«, verriet Trowitsch. »Ich kann heute bereits jeden Preis für eine lebensechte graumelierte Perücke verlangen. Ein Riesengeschäft, denn es gibt zu viele erbärmliche Glatzköpfe in diesem unglücklichen Land.«

Jetzt mußte ich klug sein, denn eine solche Chance bietet sich nur zwei- oder dreimal im Leben. Mein Freund Trowitsch dürfte ähnliche Visionen gehabt haben, bevor er versuchte, mit Pepi Kontakt aufzunehmen. Bis ins Café »Hopp«, wo der Große Schomkuthy residierte, war er zwar vorgedrungen, doch dann war er vom unüberwindlichen Oberkellner gestoppt worden.

»Außerdem wagte ich nicht«, gestand mir der Perükkenmacher, »einen glühenden Idealisten wie den Herrn Chefredakteur mit Fragen des schnöden Mammons zu behelligen. Er hätte mich doch glatt vor die Tür gesetzt.«

»Sie haben völlig richtig gehandelt«, versicherte ich dem taktvollen Unternehmer. »Ein Schöngeist wie mein Freund hätte Sie ohne zu zögern aus dem Lokal werfen lassen. Der Mann schwebt in höheren Sphären.«

»Gewiß«, gab Trowitsch zu. »Aber Sie, Herr Flinta, Sie können mir in dieser heiklen Angelegenheit vielleicht helfen. Betrachten Sie das bitte, bei Gott, nicht als Bestechung.«

Ich versuchte es, doch gelang es mir nicht so recht. Wie auch immer, ich hatte plötzlich das Gefühl, einen Freund gewonnen zu haben.

»Ich werde mit Schomkuthy sprechen, lieber André«, sagte ich. »Aber ich kann dir noch gar nichts versprechen.«

»Ich bitte dich«, beschwichtigte Trowitsch. »Herr Chefredakteur Schomkuthy darf in seiner Kampagne gegen die glatzköpfigen Schufte nur ja nicht gestört werden. Solange jedoch die Konjunktur anhält, wird meine Firma sich für deine Hilfe erkenntlich zeigen.«

Nach einer langwierigen, aber sehr offen geführten Verhandlung kamen wir dann überein, daß mir mit einer Probezeit von sechs Monaten 12,5 Prozent der Bruttoeinnahmen des Perückenunternehmens ausbezahlt würden, bar auf die Hand, auf Treu und Glauben und nach Steuern, versteht sich.

Vorstand Trowitsch war ein aufrichter und selbstloser Mann, es tat richtig gut, mit ihm Geschäfte zu machen. Wir besiegelten den Abschluß mit einem Handschlag und nahmen herzlich Abschied voneinander.

»Laß das alles nur meine Sorge sein«, sagte ich, während ich den bescheidenen Vorschuß einsteckte. »Aber zu niemandem auch nur ein Wort über unsere Übereinkunft. Und schon gar nicht zu meinem Freund Schomkuthy. Sonst schlägt er dich kurz und klein mit seinen sauberen Händen.«

Damit entließ ich ihn aus meiner väterlichen Obhut.

Es war ein besonders erfreuliches Rendezvous gewesen.

Allmählich kam die Sache in Fahrt.

Mein grandioser Einfall, daß Pepi dem kahlen Politzer eins auswischen sollte, trug erste Früchte, finanzielle wie moralische.

In dieser Zeit reifte ich aber auch geistig. Ich hatte zwar wie das blinde Huhn mein Körnchen gefunden, aber ein Körnchen an Wahrheit steckte auch in der Glatzenfrage. Es gibt keinen blinden Zufall.

Die Faustregeln der Haarfrage beherrschten die meisten Bürger inzwischen im Schlaf, dank Pepi und dank der freien Presse. Ich aber hatte mir nach wie vor meine eigene Objektivität bewahrt. Nicht alle Glatzköpfe sind gleich widerwärtig, dachte ich, es gibt auch welche, die ganz in Ordnung sind, vor allem jene, die noch ein paar Haare auf dem Kopf hatten.

Trotz der glatzenfeindlichen Stimmung im Land waren insgeheim viele der gleichen objektiven Meinung wie ich, und nach dem ersten Sturm versiegten die endlosen Diskussionen allmählich. Es machte sich langsam eine gewisse Gleichgültigkeit breit.

Dann aber geschah etwas, das den Gegnern des Glatzentums in die Hände spielte.

Es war ein strahlend schöner Vormittag.

Ich war gerade fertig angezogen und sorgfältig gekämmt, als an der Wohnungstür Sturm geläutet wurde. Ich öffnete selbst, denn die Witwe sprach zur Zeit nicht mit mir. Die Klatschbase Arthur Molnar hatte ihr nämlich im Hausflur gesteckt, daß der gefeuerte R. F. des denkwürdigen Feuilletons in Wahrheit ihr geschätzter Untermieter sei.

»So nicht, Herr Flinta«, war Frau Schick daraufhin in meine schlichte Stube gestürzt. »Schämen Sie sich nicht, sich von einer Dame aushalten zu lassen? Warum haben Sie mir das nicht gesagt?«

»Weil Sie mich nicht danach gefragt haben, Gnädigste«, antwortete ich wahrheitsgemäß. »Und eigentlich haben Sie mir ja mein eigenes Geld gespendet, und davon auch nur die Hälfte.«

Die Witwe strafte mich mit einem verächtlichen Blick, war aber sichtlich erleichtert, daß sie ihren Konflikt mit dem heiligen Antonius friedlich beilegen und den Rest meiner Miete behalten konnte.

Inzwischen wurde die Eingangstür fast eingetreten. Ich öffnete und erstarrte vor Schreck. Vor mir stand ein junger Hüne mit dem Gesichtsausdruck eines Boxers, der gerade die zwölfte Runde erreicht hat.

»Sind Sie Rudolf Flinta?« erkundigte sich der junge Mann, was ich hilfslos bejahte. Daraufhin bohrte er mir zwei Finger in die Brust und schubste mich in mein Zimmer, ohne daß ich ihn hereingebeten hätte.

Ich protestierte, so gut es ging.

»Schnauze«, winkte der Eindringling ab. »Ich bin Lizzis großer Bruder.«

Daß er groß war, hatte ich schon bemerkt, aber es freute mich ganz und gar nicht. In der Schule hatten wir einander zwar gern mit der Drohung geschreckt »Warte nur, ich sag's meinem großen Bruder«, daß es diesen großen Bruder aber wirklich gab, darauf wäre ich nie gekommen.

»Hören Sie«, sagte ich mannhaft, »Ihre Schwester hat mir immerhin empfohlen, mich am nächstbesten Baum aufzuhängen.«

»Meine Schwester? Wann haben Sie denn mit ihr gesprochen?«

»Nicht mit ihr ...«

»Mit wem dann?«

Ich Dummkopf! Natürlich, ich hatte mit dem hinterhältigen Glatzkopf gesprochen. Wie hatte ich nur annehmen können, daß die sanfte, reizende Schwester dieses aufrechten Jünglings ...

Mir stockte der Atem. Das war gründlich daneben gegangen. Nach dem denkwürdigen Telefongespräch hatte ich mich nämlich dermaßen über das Mädchen geärgert, daß ich ihr einen Brief zukommen ließ. »Meine Gute«, hatte ich mir darin Luft gemacht, »ein verhungertes Suppenhuhn wie Sie bekomme ich noch alle Tage.«

Noch ein Glück, daß das unschuldige Mädchen mir nur einen einzigen Bruder auf den Hals schickte.

Der junge Mann schüttelte mich aus meiner Jacke.

»Ich werde dir beibringen, Elender, wie man Briefe schreibt«, schmetterte er mir entgegen und stemmte mich in die Höhe. »Niemand nennt meine Schwester ungestraft ein verhungertes Suppenhuhn!«

Ich nahm meinen ganzen Mut zusammen, entschlossen, meine Ehre bis zum letzten Atemzug zu verteidigen.

»Ich habe Ihrer verehrten Schwester nie im Leben auch nur eine Zeile geschrieben«, behauptete ich kühn.

Ich dankte meinem Schutzengel, daß er mich davor bewahrt hatte, den Brief zu unterschreiben.

Der Bruder hob seine buschigen Brauen, ohne mich loszulassen.

»Du hast diesen Brief also nicht geschrieben. Wer dann?«

»Keine Ahnung.«

Er schüttelte mich von neuem.

»Der Pepi war es«, schrie es da aus mir heraus. »Er wollte Ihre reizende Schwester in den entzückenden Popo kneifen, da hat sie ihn natürlich abgewiesen, und nun wollte der Schuft sich rächen ...«

Ich hatte nur Gerechtigkeit geübt. Auch Pepi hatte schließlich ganz schön gelogen, als er vor Gericht angab, ich hätte den Hetzartikel gegen Politzer verfaßt. Er hat schließlich angefangen. Jetzt waren wir quitt.

Der junge Mann stellte mich langsam auf meine Füße.

»Pepi«, wiederholte er nachdenklich. »Das könnte stimmen, Lizzi hat da irgend etwas erzählt ...«

»Er hat sogar damit geprahlt, daß Lizzi sich den Brief nicht hinter den Spiegel stecken würde.«

Jetzt konnte ich meinem Freund nicht mehr helfen. Jeder ist schließlich selbst seines Glückes Schmied. Und so einem großen Bruder muß man einfach die Wahrheit sagen.

»Und wo finde ich diesen Pepi?« insistierte der junge Hüne. »Raus mit der Sprache.«

Er regte sich schon wieder so schrecklich auf. Ich ließ ihn aus sicherer Entfernung wissen, daß Pepi seine Vormittage als Josef Schomkuthy hinter einer Schnapsflasche im Café »Hopp« totzuschlagen pflege.

Der große Bruder bat mich noch um Verzeihung, die ich ihm gnädig gewährte, und zog ab wie eine Rakete.

Und so nahmen die Dinge ihren natürlichen Lauf.

Sobald dieser Alptraum auf zwei Beinen mein trautes Heim verlassen hatte, klaubte ich mich zusammen und eilte hinauf zum Molnarschen Telefon. Ich konnte doch meinen besten Freund nicht ins Unglück laufen lassen.

»Rasch, bring dich in Sicherheit«, würde ich Pepi warnen. »Ein tobendes Ungeheuer ist dir auf den Fersen, er ist gerade aus dem Irrenhaus entkommen, redet wirres Zeug über irgendwelche Briefe, lauf, lieber Pepi, lauf ...«

Natürlich telefonierte die alberne Frau Molnar. Während einer geschlagenen viertel Stunde schnatterte sie mit irgendeiner blöden Freundin, obwohl ich voll Verzweiflung mit den Händen fuchtelte. Die gefühllose Person merkte rein gar nichts von der herannahenden menschlichen Tragödie. Endlich legte sie auf. Mit zitternden Fingern wählte ich die Nummer des Café »Hopp«. Es schien mir wie eine Ewigkeit, bis jemand abhob.

»Hallo«, brüllte ich in den Hörer. »Den Schomkuthy, sofort!«

»Das geht leider nicht«, antwortete man am anderen Ende. »Der Arzt ist bei ihm ...«

Mein Gott, was war geschehen?

Nur mühsam vernahm ich den ganzen Sachverhalt, denn im »Hopp« war noch immer der Teufel los. Ungefähr drei Minuten vor meinem Anruf war ein hünenhafter junger Mann hereingestürmt, hatte vor dem Oberkellner haltgemacht und sich erkundigt, wo er einen gewissen Schomkuthy fände. Den nachfolgenden Wortwechsel beendete der junge Mann mit einem fulminanten Fausthieb, der den Oberkellner niederstreckte. Nun war der Weg zu Pepi frei. Mit dem Ausruf »Das für den Brief, du Perversling« versetzte besagter Hüne dem Chefredakteur rechts und links je zwei gewaltige Ohrfeigen und verließ das Café, ohne etwas konsumiert zu haben.

Pepi hatte zwei Zähne eingebüßt, die anderen wackelten ein wenig. Man lieferte ihn ins St. Jolantha-Krankenhaus ein.

Ich bedankte mich erleichtert für die freundliche Auskunft. Immerhin war mein Freund wider Erwarten recht glimpflich davongekommen. Daß von dem jungen Hünen jede Spur fehlte, beruhigte mich außerordentlich.

Noch am gleichen Nachmittag besuchte ich Pepi mit einem niedlichen kleinen Blumenstrauß. Den hatte er sich verdient. Im Nebenbett lag eine bandagierte Person, die sich bei meinem Eintritt mühevoll aufrichtete und mit ersterbender Stimme krächzte:

»Ich habe die Weisung ... jeden vom Herrn Chefredakteur ... fernzuhalten ...«

Da es sich offenbar um den Oberkellner handelte, ging ich ruhig weiter, woran er wiederum mich erkannte.

Der arme Pepi lag in seinem Bett, eingegangen wie

eine Mohnblume im Hochsommer, und schilderte mir immer wieder bis ins kleinste Detail, wie weh ihm alles täte, wie geschockt er wäre und um wie vieles größer, kräftiger und nüchterner sein Angreifer gewesen wäre. Er war mir sehr dankbar dafür, wie gut ich ihm seinen Leidensweg nachfühlen konnte.

»Das kann nur ein Racheakt gewesen sein«, zischte der alte Junge geschickt durch seine Zahnlücke. »Mein einziger Trost ist, daß der kahle Gonzalez das Attentat morgen ganz groß bringen will. Ach«, stöhnte mein Freund, »wenn ich bloß wüßte, wer dieses Miststück war ...«

Ich sag's ihm sicher nicht, hatte ich längst beschlossen. Ich nahm mir statt dessen vor, gleich nach meinem rührenden Abschied von Pepi, die kleine Lizzi anzurufen. Natürlich war wieder Politzer dran, doch diesmal ließ ich mich nicht reinlegen. Ich verstellte meine Stimme, und er holte brav das Mädchen ans Telefon.

»Rudi, ach Rudi«, schluchzte sie in den Hörer. »Gerade habe ich erfahren, was Micha, dieser wilde Junge, mit Ihrem ordinären Freund gemacht hat. Ich habe ja gleich gesagt, so einen gemeinen Brief hätte ein Rudolf Flinta niemals geschrieben. Aber Sie waren doch wie vom Erdboden verschwunden, und die Schrift war so täuschend ähnlich ...«

»Lizzi«, sagte ich leise, »liebe kleine Lizzi.«

»Ich hätte Sie nicht im Traum verdächtigen dürfen«, flüsterte das Mädchen. »Doch sagen Sie mir, Rudolf, was wird Ihr Freund jetzt tun?«

»Das ist ja das Problem. Pepi kann sehr böse werden, wenn man ihn reizt. Micha soll sich so lange nicht zeigen, bis Gras über die Sache gewachsen ist.«

»Sie sind ein Schatz, Rudi«, hauchte Lizzi in den Hörer. »Wie Sie sich um meinen Bruder sorgen, das werde ich Ihnen nie vergessen. Unter Ihrer rauhen Schale steckt ein empfindsamer Kern.«

Es lohnt sich, Gutes zu tun. Ein nie gekanntes Gefühl der Wärme durchströmte mich, ich hatte plötzlich das dringende Verlangen, der Energiequelle ganz nahezukommen.

»Liebe Lizzi«, flötete ich. »Hätten Sie heute abend Zeit, mit mir zu speisen?«

»Wenn es Ihr Terminkalender erlaubt, komme ich gern, lieber Rudi.«

Dieses »lieber Rudi« klang in meinen Ohren wie Engelsmusik. Ich beschloß, mich sofort in sie zu verlieben und heute abend noch den Generalangriff zu wagen. Ich würde sie an mich ziehen und mit meinem männlichen, vielfach erprobten Schlafzimmerblick ... ach, was soll's, schließlich mache ich das nicht zum ersten Mal.

Gegen Abend zog ich mein schönstes Sakko an und band mir die preiswerte Krawatte um, die ich am Nachmittag von meinem ersten Perückengeld gekauft hatte. Mein Wohlstand hatte inzwischen solche Ausmaße angenommen, daß ich mir erlauben konnte, vier nagelneue Schuhspanner zu kaufen, sogar mit Schuhen.

Als ich vor das Haus trat, spürte ich, es lag etwas in der Luft. Sonst war es um diese Zeit bereits ruhig auf der Straße, Familien und Paare saßen gemütlich beim Abendbrot zusammen. Heute aber bot sich ein völlig ungewohntes Bild. Die Straßen waren voll, erregte Passanten debattierten, laute Stimmen waren zu hören, und kein einziger Glatzkopf war zu sehen. Zeitungsjungen flitzten durch die Straßen und boten die Sonderausgabe des »Morgenstern« an:

»Riesenskandal! Heimtückischer Glatzenüberfall auf Schomkuthy im Café ›Hopp‹! Schomkuthy fiel Glatzenterror zum Opfer! Das Jahrhundertverbrechen!«

Der »Morgenstern« war in Sekundenschnelle ausverkauft. Ich hatte gerade noch eine Ausgabe ergattert und überflog die Titelseite.

»Heute vormittag«, stand unter einem 20 Jahre alten Foto von Pepi, »haben sich Dinge ereignet, die jeden verantwortungsbewußten Patrioten aufrütteln müssen. Noch hält die Bevölkerung still, doch ein Wutschrei liegt unseren Bürgern bereits auf den Lippen, und das Unheil braut sich über den Parasiten der Nation, den Glatzköpfen, zusammen. Das Glatzentum, das bisher aus dem Hinterhalt listig beobachtet hat, wie unsere Kahlkopfforscher ihr wahres Gesicht enthüllten, hoffte auf die Gunst der Stunde. Jetzt meinten sie, jetzt sei der Zeitpunkt gekommen, den geistigen Führer einer haarreinen Gesellschaft, den Stolz unseres Landes und unserer Zeitung, die lebende Legende Josef Schomkuthy jun., kaltzustellen. Der Starjournalist, der landauf, landab zu einem Inbegriff geistiger Moral geworden ist, saß gerade über einen Artikel gebeugt bei seinem morgendlichen Fruchtsaft im Café ›Hopp‹, als aus einer geschlossenen Limousine fünf maskierte Banditen ins Café eindrangen. Das Glatzenkommando entdeckte Schomkuthy in einem Nebenraum und fiel über ihn her, ehe jemand zu Hilfe eilen konnte. Ein Koloß von einem Kahlkopf, offenbar der Boß der Bande, kreischte: ›Los Jungs, machen wir kurzen Prozeß mit dem buschigen Haarkünstler!‹
Mit einem kühnen Satz versuchte Eugen, ein Oberkellner, sein Idol mit dem eigenen Leib zu schützen, doch er konnte gegen die Übermacht nichts ausrichten und wurde mit einem Totschläger zu Boden gestreckt.
Inzwischen kämpfte Schomkuthy heroisch mit

dem bewaffneten Glatzkopfkommando. Mit einem einzigen Schlag streckte er den Boß nieder, packte ihn beim Fuß, und ihn über seinen Kopf schwingend, gelang es ihm für eine kurze Weile, dem Gesindel Einhalt zu gebieten. Dann aber stürzte sich die Meute auf ihn und schlug ihn mit den Kolben ihrer Maschinenpistolen bewußtlos.
Nach seiner feigen Tat flüchtete das Glatzenkommando spurlos in einem gepanzerten Wagen. Josef Schomkuthy jun. und der heldenhafte Oberkellner wurden sofort ins Krankenhaus gebracht. Schomkuthy befindet sich zwar noch in Lebensgefahr, doch es besteht kein Grund zur Besorgnis. Der Zustand des Oberkellners Eugen dagegen ist ernst. Wir werden, sollte das Schlimmste geschehen, einen Märtyrer der Haarschutzidee betrauern.
Die Ermittlungen laufen inzwischen auf Hochtouren, doch das allein wird nicht reichen, die erregten Gemüter zu beschwichtigen. Der ›Morgenstern‹, der immer für Recht und Wahrheit eintrat, fordert alle ehrlichen Bürger auf, weitere Anschläge des Glatzentums zu vereiteln und im Ernstfall erbarmungslos zurückzuschlagen. Heute war Dr. Schomkuthy an der Reihe, morgen können Sie, verehrte Leser, es sein, wenn Sie, wie die Opfer des heutigen Tages, zu den Behaarten zählen.
Wer sich um die eigene Sicherheit und die seiner Nächsten sorgt, sollte ständig auf dem laufenden sein. Ein Abonnement des ›Morgenstern‹, des Zentralorgans der Haarschützer, macht es möglich. Das Abonnement kostet Sie nur 60 Kronen im Halbjahr, 118 Kronen im Jahr.

Wir fordern Rache für Schomkuthy!

Nieder mit dem verräterischen Glatzentum!«

Ich las den Bericht schmunzelnd. Anderen Passanten war offenbar nicht zum Lachen zumute.

»Das letzte Wort in der Glatzenfrage ist noch nicht gesprochen«, entrüstete sich ein blonder Jüngling neben mir. »Das Attentat hat mir die Augen geöffnet. Fünf gegen einen, das ist wirklich nicht fair.«

»Was haben Sie von Glatzköpfen denn anderes erwartet«, bemerkte ein Mann mit gerötetem Gesicht. »Anstatt still zu sein und sich zu verstecken, provozieren sie uns jetzt. Sind diese Leute noch zu retten?«

»Sie wagen sich gar nicht mehr auf die Straße«, frohlockte eine Oma und hielt ihr Enkelkind fest an der Hand. »Das sind vielleicht Helden.«

»Die sollen ja nicht aus ihren Löchern kriechen«, drohte der Blonde, »sonst schlag ich sie windelweich.«

Ich dachte an mein Perückenprojekt und daß ich endlich den Führerschein machen sollte, denn wenn sich die Dinge so weiterentwickelten, würde ich mir bald ein Auto leisten können. Ich beeilte mich, zur Straßenbahn zu kommen, um nicht das Rendezvous mit Lizzi zu versäumen, doch schon nach wenigen Schritten wurde ich von Dr. Schwanz aufgehalten. Mit Grabesstimme befand der Steuerexperte:

»Da hört jeder Spaß auf, Herr Flinta. Mein aufrichtiges Beileid zu dieser Tragödie, die Dr. Schomkuthy da widerfahren ist. Ich bin entrüstet.«

Ich nahm Anteilnahme wie Entrüstung eilig entgegen.

»Arthur Molnar und ich machten gerade gemeinsam unseren Abendspaziergang«, fuhr Dr. Schwanz fort, »um unsere erhitzten Köpfe ein wenig abzukühlen. Wir sprachen darüber, daß uns der Briefträger Sorgen macht. Stellen Sie sich nur vor, heute nachmittag haben wir Gagay dabei erwischt, wie er für Hawlitschek einkaufen ging.«

Hawlitschek, der von der Sozialhilfe lebte, war ein ausgedienter Unteroffizier, der im Dachgeschoß unseres Hauses ein Zimmer bewohnte. Er saß den ganzen Tag Pfeife rauchend vor seiner Fensterluke. Daß er überhaupt noch am Leben war, bemerkten wir nur, wenn er gegen Mittag zum Greißler trottete, um sich ein halbes Kilo Brot und ein Viertel Kilo Paprika zu kaufen. Heute hatte er es offenbar wegen der Stimmung auf der Straße nicht gewagt, sein Zimmer zu verlassen, schließlich besaß er fast kein Haar mehr. Vermutlich hatte er deswegen Gagay gebeten, die Besorgungen für ihn zu erledigen.

»Wir sahen also Gagay«, fuhr Dr. Schwanz fort, »wie er ohne Bedenken die Taschen von Hawlitschek schleppte. Da konnte ich mich nicht mehr beherrschen. ›Schämen Sie sich denn gar nicht, diese Glatzkopfterroristen auch noch zu bedienen?‹ rief ich ihm von der anderen Straßenseite her zu. Da grinste der alte Trottel und behauptete, gar nichts sei passiert, außer daß ein junger Mann dem Schomkuthy ein paar Ohrfeigen verpaßt hätte. Ich will Sie nicht weiter mit den Lügenmärchen des Alten langweilen, Herr Flinta, aber jetzt treiben die Glatzköpfe schon ungeniert ihr Spiel mit uns und mißbrauchen vor unseren Augen anständige Menschen für ihre schmutzigen Geschäfte.«

✻

Wenig später ratterte die Straßenbahn mit mir und Lizzi zu einem kleinen Gasthaus im Grünen, das ich besonders gerne bei jedem ersten Rendezvous mit einer neuen Flamme aufsuchte. Die Straßenbahn war gesteckt voll, und so mußten wir uns dicht aneinanderdrängen, was mir angesichts meiner weiteren Pläne gar nicht unangenehm war. Lizzis strahlende Augen ruhten auf meiner männlichen Gestalt und meine Arme auf ihren weiblichen Hüften.

So eine Fahrt in der Straßenbahn kann die Lebensphilosophie eines Mannes binnen weniger Minuten völlig verändern. Ein Blick auf den Mund meines süßen Mädels machte mir schlagartig klar, wie schön das Leben manchmal sein konnte. Es ist alles nur eine Frage der geistigen Parameter, oder wie man das nennt.

Lizzi bemerkte sofort meine ungewohnte Eleganz und mein entschlossenes Auftreten. Ich deutete an, daß dies mit meiner wachsenden Bedeutung zusammenhing, zog ich doch aus dem Hintergrund die Fäden eines der größten Finanzunternehmen im Lande. Doch hütete ich mich, die Perückenbranche namentlich zu nennen, da ich nicht genau wußte, was sie von der Glatzenfrage hielt.

»Der Artikel über Politzer und Sie konnte noch als Dummerjungenstreich durchgehen«, schnitt Lizzi das heikle Thema an, »seit kurzem aber lügt der ›Morgenstern‹ so frech, daß man sich als anständiger Bürger dafür schämen muß.« Lizzi wurde plötzlich leiser. »Aus meinem Bruder macht Ihr lächerlicher Freund sogar fünf kahlköpfige Banditen. Ich sage Ihnen, Rudolf, die ganze Glatzenfrage ist ein großer Quatsch.«

Da drehte sich ein dicker Mann mit Dreitagebart und in blauem Arbeitskittel zu uns herum: »Na, na, meine Liebe«, zwinkerte er Lizzi zu, »nur kein leichtfertiges Vorurteil. So ein feines Fräulein wie Sie hat wahrscheinlich selten mit Glatzköpfen zu tun. Aber fragen Sie einmal jemanden, der sein täglich Brot mit seiner eigenen Hände Arbeit verdienen muß.«

Es war ganz still geworden im Waggon. Wer konnte, blickte angelegentlich aus dem Fenster.

»Anscheinend gibt es zu viele Glatzköpfe in dieser Straßenbahn«, der Stoppelbärtige blickte mißbilligend um sich und fuhr fort: »Nehmen Sie mich, Fräulein. Ich habe eine Mechanikerwerkstatt am Heumarkt, im ersten Stock, weil ich keine Werkstatt im Erdgeschoß bekomme. Jedes verdammte Motorrad muß ich eigenhändig hinaufschleppen, wenn ich daran arbeiten will. Ist das vielleicht ein Leben?«

»Nein«, antwortete ich, denn es schien mir nicht der rechte Moment, ihm zu widersprechen. »Gibt es denn keinen Aufzug im Haus?«

»Natürlich gibt es den, aber der Hausmeister verbietet mir, ihn zu benutzen«, ereiferte sich der Mechaniker. »Und warum? Weil er keine Haare hat.«

»Entschuldigen Sie«, sagte ich, »wir müssen aussteigen.«

Wir bahnten uns den Weg zur Tür und beeilten uns, die Straßenbahn zu verlassen, da uns der Unrasierte folgte. Lizzi, mitleidig wie sie nun einmal war, hatte sich seine Worte zu Herzen genommen.

»Warum schenkt man den armen Leute nicht reinen Wein ein«, fragte sie. »Gibt es denn niemanden, der endlich den Mund aufmacht und sagt, daß dieser Haarschutz der reine Schwachsinn ist?«

Darüber hatte ich mich auch schon gewundert. Bisher hatte nur der »Morgenstern« die Anti-Glatzenkampagne aufgegriffen, während die anderen Zeitungen sich nach wie vor in Schweigen hüllten. Nur in der »Scheibe« hatte Professor Wind von neuem protestiert und die Glatzenfrage als Ausgeburt der kranken Phantasie einer zerrütteten Gesellschaft bezeichnet. Doch die Ausgabe wurde auf Anordnung des Innenministeriums beschlagnahmt und eingestampft, angeblich weil ein anderer Artikel das harte Los der Landarbeiter beklagte und die Regierung dahinter einen Akt der Volksverhetzung vermutete.

Mit Lizzi sprach ich nicht mehr über die Glatzenfrage, obwohl mir klar war, daß ich sie eines Tages über meine Rolle würde aufklären müssen. Aber im Augenblick lief alles zu gut zwischen uns.

Im Garten der Wirtschaft hatte man uns ein lauschiges Plätzchen reserviert. Die dicht bewachsene Laube schützte uns wie ein Chambre séparée vor neugierigen Augen und Ohren.

Schon nach dem ersten erfrischenden Bierchen löste sich Lizzis Zunge, und sie erzählte mir dieses und jenes aus ihrem Alltag. Sie beklagte sich über Politzer, der mit ihr nur das Nötigste spräche. Vermutlich hätte der Glatzkopf mitbekommen, daß wir uns trafen.

Im Laufe des Gesprächs waren wir einander immer nähergekommen, und ich konnte es wagen, ihre niedlichen kleinen Ohren zu küssen.

»Politzer kann uns den Buckel herunterrutschen«, flüsterte ich ihr zu. »Ich werde bald eine tüchtige Sekretärin brauchen ...«

Kurz vor dem ersten richtigen Kuß wurden wir durch ein heftiges Getümmel aufgeschreckt. Unter dem schwachen Lichtbogen einer der Laternen, die den Tanzboden in der Mitte des Gartens beleuchteten, rangen zwei Gestalten miteinander. Die eine war unser inzwischen volltrunkener Motorradmechaniker, die andere ein eleganter älterer Herr mit Glatze.

»Denkst du vielleicht, du kannst deinen Kahlkopf in der Laube verstecken«, brüllte der Mechaniker, während er dem alten Herrn ein Bein stellte, daß er hinfiel. »Wenn's nach dir ginge, sollte ich wohl mein Leben lang Motorräder hinaufschleppen, was?«

»Bitte«, winselte der alte Herr, »ich habe Sie noch nie gesehen. Zu Hilfe!«

»Ich soll Motorräder schleppen, nicht wahr?« steigerte sich der Stoppelbärtige immer mehr in Rage. »Schleppen, nicht wahr? Schleppen, schleppen, schleppen, nicht wahr?« Und jedesmal, wenn er »Schleppen, nicht wahr?« sagte, schlug er den kahlen Kopf des alten Herrn gegen das Tanzparkett.

Inzwischen hatte sich das ganze Lokal um die Raufenden geschart.

»Da hast du's«, griff ein junger Mann in das Getümmel ein und stieß den Glatzköpfigen, daß er einem schmächtigen Herrn mit Jagdhut vor die Füße rollte.

»Holla, Glatzköpfchen«, meckerte der Schmächtige. »Überfälle in Kaffeehäusern machen riesigen Spaß, was?«

Mit einem Stock versetzte er dem alten Herrn einen Hieb auf die Nase, worauf dieser mit einem heiseren Schrei nach der Polizei verlangte. In dieser Gegend gab es natürlich weit und breit keine Streife, und die Kellner hüteten sich einzugreifen. Und so verhallte das Gejammer ungestört in der lauen Sommernacht.

Lizzi schmiegte sich ängstlich an mich:

»Rudi«, flehte sie mich an, »tu doch etwas, ich bitte dich ...«

Auch ich hatte schon daran gedacht, mich an dem Spaß zu beteiligen, aber der alte Herr hatte auch so schon genug. Ich war schließlich kein Unmensch. Beschwichtigend streichelte ich Lizzis Locken:

»Keine Angst, meine Kleine, uns kann nichts passieren. Wir sind ja keine Glatzköpfe.«

Doch das Mädchen weinte nur um so heftiger wie alle Frauen, wenn sie nicht weiterwissen. Vom Kampfplatz her ertönte ein letztes »Schleppen, nicht wahr?«, und der Kopf des Alten fiel leblos nach hinten. Die Sieger verließen die Stätte ihres Triumphes und kehrten zufrieden an ihre Tische zurück. Ein Kellner und ein freiwilliger Helfer erbarmten sich des bewußtlosen Alten und betteten ihn in die Laube neben uns.

»Wir müssen seine Angehörigen benachrichtigen«,

hörten wir, »ein Arzt muß her. Wer ist denn eigentlich der Unglückliche?«

»Keine Ahnung«, antwortete der Kellner. »Er trifft sich hier öfter mit einer jungen Schauspielerin. Wahrscheinlich hat er auch heute auf sie gewartet.«

»Da ist ja seine Visitenkarte«, erscholl es aus der Laube. »Da steht Hugo Gonzalez, Herausgeber des ›Morgenstern‹.«

Am nächsten Vormittag hatte ich mir eine Besichtigung der Trowitschschen Perückenbetriebe vorgenommen, um die Bruttoeinnahmen, von denen mir bescheidene 12,5 Prozent gehörten, persönlich zu kontrollieren.

Als ich aus meinem Zimmer trat, stellte sich mir meine Vermieterin in den Weg.

»Mit Ihnen rede ich kein Wort«, sagte Frau Schick eisig. »Ich möchte nur wissen, wie es dem Herrn Chefredakteur geht. Ich habe die ganze Nacht für ihn gebetet. Daß ein Gelehrter so enden muß«, schluchzte die gute Frau, »einer, der sich mit Leib und Seele für seine Nächsten eingesetzt hat. Unser Herr wird ihn dem Leben wiedergeben und nicht zulassen, daß die Schlechten recht bekommen. Ach, warum hat der Herr bloß die Glatzköpfe geschaffen.«

Ich beruhigte die Witwe, ihre Gebete würden schon Gehör finden und Pepi das Krankenhaus so frisch und munter verlassen, als wäre nichts passiert. Frau Schick überreichte mir daraufhin eine St. Livia-Medaille für Pepi, nickte kühl und ließ mich stehen.

Ich machte mich endlich auf den Weg und bog kurz darauf in die Mode-Passage ein, wo sich die Firma von Trowitsch befand. Zu meiner angenehmen Überraschung hatte sich der Betrieb inzwischen bis in die umliegenden Gebäude ausgebreitet. An der Häuserfront verkündeten frischgedruckte Plakate: »Lebensechte Perücken in nur 24 Stunden! Völlige Diskretion! Fertigung auch aus eigenem Material! Das Tragen von Perücken ist kein Luxus mehr, es ist erste Bürgerpflicht!«

Ich war gerade in die Bewunderung der Plakate versunken, als sich die Tür des Hauptgebäudes öffnete und mein lieber Nachbar Arthur Molnar heraustrat. Sein Kopfhaar war so üppig wie das der Loreley in ihrer Glanzzeit. Er wurde rot wie reifer Paprika.

»Wie geht es denn Schomkuthy?« fragte er im Vorbeieilen. »Ich mache mir große Sorgen um ihn, adieu.«

Dabei rückte er seine Perücke zurecht, die offenbar noch nicht so ganz perfekt saß.

Vergnügt betrat ich die Firma.

Ich plauderte eine Weile mit Trowitsch, der mir voll Enthusiasmus erzählte, daß er zehnmal soviel Arbeiter beschäftige wie in den trostlosen alten Zeiten, als ein einsamer Laufbursche noch ganz allein alles erledigte. André wurde nicht müde, Pepis bewundernswertes Engagement, die Wahrheitsliebe und überzeugende Logik in seinen glatzenkritischen Artikeln zu preisen.

»Noch ein paar Enthüllungen dieser Art, Rudolf«, versicherte er mir, »und wir sind am Ziel. Auch das schreckliche Attentat auf Herrn Schomkuthy kam uns wie gerufen. Und weißt du, was der neueste Schrei ist? Wir verkaufen jetzt nicht mehr eine Perücke allein, sondern gleich ganze Perückenfamilien mit spärlichem, dichterem und üppigem Haar. So erwecken unsere geschätzten Kunden den Eindruck, als wäre auf ihrem Kahlkopf neues Haar gewachsen.« Und er flüsterte mir grinsend ins Ohr: »Dafür, daß die Perücken nach einem halben Jahr die Haare verlieren, kann ich nun wirklich nichts. Unter uns gesagt, eine Perücke ist doch der reine Schwindel. Betrug muß schließlich bestraft werden, nicht wahr?«

Voller Optimismus machte ich mich an die Prüfung der Bücher. Dank meiner buchhalterischen Kenntnisse, die ich mir bei dem Glatzkopf Politzer angeeignet hatte, konnte ich André auf mehrere bedauerliche Rechenfehler aufmerksam machen. Dann zeichnete ich das Ergebnis ab und entnahm meinen wohlverdienten Anteil.

Noch nie zuvor hatte ich so wenig gearbeitet und so viel Geld verdient. Ich war zufrieden mit mir und meiner Geschäftstüchtigkeit. Nach einigen aufmunternden Worten für den geknickten Trowitsch, verließ ich die Stätte meines Wirkens und machte mich auf den Weg zu Dr. Schwarzkopf. Ich mußte mit ihm das weitere Vorgehen im Politzer-Prozeß besprechen und den Gewerbeschein für meinen Haarwasservertrieb abholen.

Auf der Ringstraße kam ich am Verlagshaus des »Morgenstern« vorbei. Eine große Menschenmenge hatte sich dort versammelt und drängte sich um eine überdimensionale schwarze Anschlagtafel. Ich stellte mich zu den Schaulustigen und las:

»Der Zustand von Dr. Josef Schomkuthy gibt noch immer zu Besorgnis Anlaß.
Fieber derzeit 39,9°.
Pulsschlag schwach.
Um die offene Wunde gangränöse Mortifikation.
Nieder mit dem verräterischen Glatzentum!
Abonnieren Sie den Morgenstern!«

Von den Umstehenden hörte ich, sie wären schon seit den frühen Morgenstunden hier und hätten auf das ärztliche Bulletin gewartet. Die Treue, die diese einfachen Menschen ihrem Haarschutz-Propheten bezeugten, rührte mich. Ihre Worte kamen von Herzen.

»Wenn der Typ im Spital abkratzt«, bemerkte ein junger Offizier vor mir, »dann geht die Jagd auf die Scheißglatzen erst richtig los.«

Jemand zog von hinten an meinem Mantel. Ich drehte mich um und erblickte den Haarschutzpropheten höchstpersönlich.

»Da schau her«, begrüßte ich Pepi, »wie geht es deinem Gebiß?«

»Danke der Nachfrage«, antwortete mein Freund. »Ich bekomme eine Porzellanbrücke auf Rechnung des Cafés. Was sagst du übrigens zu dem Menschenauflauf? Ich habe mich in das Herz des einfachen Mannes gestohlen.«

Ich konnte Pepi schlecht widersprechen, wenn vom Stehlen die Rede war, außerdem war ich erschöpft und wollte endlich nach Hause. Er bat mich jedoch noch zu bleiben, ich würde sonst eine kleine Sensation verpassen.

»Den Gonzalez haben die Haarschützer gestern halbtot geschlagen«, flüsterte Pepi mir zu, während ich auf die kleine Sensation wartete. »Als ich heute morgen entlassen wurde, brachte man ihn gerade zum Röntgen. Er feuerte mich an Ort und Stelle. ›Oh Gott, was habe ich nur getan‹, wimmerte der alte Glatzkopf. Ich tätschelte seine frischen Beulen. ›Gonzalez‹, sagte ich zu ihm. ›Zu spät. Das Rad der Geschichte ist nicht mehr zurückzudrehen.‹«

Pepi verstummte, denn in diesem Augenblick öffneten sich die Verlagstore, und Männer in grauen Overalls traten heraus. Sie nahmen das Bulletin von der Wand und verschwanden damit. Die Menge verharrte in Schweigen. Die Luft vibrierte vor Nervosität. Endlich kamen die Overalls wieder und schlugen eine neue Mitteilung an:

»An unsere Leser. Wir bedauern zutiefst, daß in der letzten Ausgabe unserer Zeitung eine Reihe verlogener Artikel abgedruckt wurde. Diese unerträglichen Pamphlete haben einige Mitbürger aufgeschreckt. Wir sahen uns jedoch durch unaufschiebbare kommunalpolitische Gründe zur Veröffentlichung veranlaßt. Dem Praktikanten Josef Schomkuthy wurde in der Zwischenzeit fristlos gekündigt, da seine Schmähschrift mit der Gesinnung dieses Blattes nicht vereinbar ist.

So bleibt uns nur, unsere Leser und Abonennten einmal mehr um Verständnis und Nachsicht zu bitten.

Die Redaktion«

Wenige Sekunden nur herrschte ratlose Stille. Dann aber erwachte das gesunde Volksempfinden, und ein kollektives Wutgeheul brach los. Die einfachen Leute fühlten sich getäuscht und verraten. Geballte Fäuste flogen in die Luft, und die Ringstraße hallte von Buhgeheul wider.

»Nieder mit den Halunken«, brüllte jemand hinter mir. »Jetzt lassen sie den schwerkranken Schomkuthy fallen. Nieder mit dem ›Morgenstern‹!«

»Bestechung«, schrillte eine mittelalterliche Dame. »Die sind von den Glatzköpfen gekauft!«

Schon flog der erste Ziegelstein in Richtung Verlagsgebäude und klirrte in ein Fenster. Aus allen Richtungen hagelte es schwere Gegenstände, und zu allem bereit strömte die aufgebrachte Menge zum Portal.

Der Verkehr war völlig zusammengebrochen, die Menschen hingen in Trauben an der wartenden Straßenbahn und genossen das kostenlose Schauspiel.

Ein junger Mann in kurzen Hosen löste sich aus der

Menge, sprang auf eine Bank und formte seine Hand zum Trichter:

»Zu Schomkuthy ins Krankenhaus! Lassen wir unseren Helden in dieser schweren Stunde nicht allein! Nieder mit dem dreckigen Glatzenblatt!«

»Zu Schomkuthy ins Krankenhaus!« skandierte die Menge. »Wir zeigen es den Kahlköpfen. Ins Krankenhaus!«

Der junge Mann war inzwischen, ob vom Schnaps oder vor Begeisterung, von der Parkbank gefallen und blieb benommen auf dem Rasen sitzen. Die Menge feuerte noch einen letzten Steinhagel in Richtung »Morgenstern« und machte sich dann auf den Weg, ihrem Helden beizustehen.

»So ein Pech«, ärgerte sich Pepi. »Jetzt muß ich zurück ins Krankenhaus.«

»Reg dich nicht auf«, versuchte ich ihn zu beruhigen. »Laß doch diesen hysterischen Haufen tun, was er will.«

Aber Pepi war bereits in ein Taxi gesprungen.

»Hör mal«, rief er aus dem fahrenden Wagen, »sollten wir nicht vielleicht doch dieses Ding ins Leben rufen, von dem Professor Wind gesprochen hat?«

»Welches Ding?«

»Na, diese Bereinigung der Unbegabten oder so ähnlich. Auf Haarschützerbasis. Machst du mit?«

Ich zuckte die Achseln:

»Von mir aus.«

Das Volk erwacht

Bevor ich von meinen weiteren politischen Aktivitäten berichte, möchte ich die damalige Lage in meinem Vaterland skizzieren. Nur so können künftige Generationen verstehen, warum der Haarschutzidee ein so überwältigender Erfolg beschieden war.

Meine geliebte Heimat wurde zu jener Zeit von einer Art Oligarchie regiert. Einfacher ausgedrückt, die korrupte Regierung wurde zwar alle vier Jahre in freier demokratischer Wahl bestätigt, die abgetakelten Aristokraten besaßen aber trotz ihres spektakulären Sturzes immer noch das letzte Wort. Diese herrschende Schicht hatte zwar all ihre schönen Titel eingebüßt, nicht aber ihre riesigen Ländereien, Gruben und Banken und war nach wie vor voll des Stolzes auf die Porträts ihrer siegreichen Feldherren in ihren ungeheizten Ahnengalerien.

Wir waren schließlich weltweit berühmt für unsere militärische Tradition. Darum haben wir auch, wie in einschlägigen Geschichtswerken nachzulesen, fast jede bedeutsame Schlacht gewonnen. Wenn wir fast alle Kriege dann doch verloren haben, so lag das einzig und allein daran, daß hinter der Front die Moral der Zivilbevölkerung infolge der katastrophalen Niederlagen regelmäßig zusammenbrach.

Man kennt uns aber nicht wirklich, wenn man nicht weiß, daß der offizielle Schutzpatron unserer geliebten

Heimat der heilige Antonius ist. Er steht uns bei von der Wiege bis zur Bahre und wird bei jeder nur erdenklichen Gelegenheit zu Hilfe gerufen. Ob jemand Oberregierungsrat werden will, das erklärte Lebensziel eines jeden erwachsenen Bürgers, oder ob er eine Gehaltserhöhung möchte, der heilige Antonius muß herhalten. Darum füllen wir als gute Christen auch brav unsere zahlreichen Kirchen, schließen uns voll Inbrunst den weihrauchgeschwängerten Prozessionen an und sind insgesamt ein Muster an Frömmigkeit und Nächstenliebe. Nur in diesem Geiste vermochte nämlich das Volk des heiligen Antonius die bittere Armut zu ertragen, besonders seit das Betteln strengstens verboten worden war.

Die christliche Nächstenliebe machte aber an den Grenzen unseres Landes unvermittelt halt, denn Patrioten sind wir ebenso leidenschaftliche wie wir tapfere Soldaten sind.

Die Regierenden taten das Ihre dazu, uns in Schulbüchern und Leitartikeln unermüdlich daran zu erinnern, daß jeder Fremde ein potentieller Feind war. Vor diesem Hintergrund war es kein Wunder, wenn die Fremden im In- und Ausland für alles herhalten mußten, was zu Hause schief lief.

Insgesamt ging es aber zu Hause ruhig und gemütlich zu, und wo man sich aufhielt, auf Galapartys, in den Spielkasinos oder auf den Golfplätzen, herrschte eitel Sonnenschein. Und woanders verkehrten ohnehin keine besseren Leute.

Dies war die Stimmung in meinem geliebten Heimatland am Morgen der siegreichen Haarschutzbewegung.

Wo waren wir stehengeblieben?

Richtig, im Krankenhaus. Die aufgebrachte Menge nahm, nachdem die »Morgenstern«-Fenster eingeschlagen waren, direkten Kurs auf das St. Jolantha-Krankenhaus, um dem schändlich verratenen Josef Schomkuthy beizuspringen. Pepi selbst war inzwischen wieder wohlbehalten in seinem Krankenbett gelandet und in höchster Alarmbereitschaft.

Ich hatte mich von dem Menschenstrom mittragen lassen. Unterwegs sprangen einige Mitstreiter ab, aber unzählige, die das vielversprechende Spektakel nicht versäumen wollten, kamen hinzu. Die Polizei sah untätig zu und versuchte lediglich, die ärgsten Schreihälse davon abzuhalten, sich wie Kindsköpfe aufzuführen.

Direkt vor dem Krankenhaus kam es dann doch noch zu einem kleinen Zusammenstoß, als man einen Glatzkopf aus einer Toreinfahrt herauszerrte, in der er sich versteckt hielt. Man hörte noch seine Schreie, doch dann trampelte die Menge über den Feigling hinweg.

Der weitläufige Park des Krankenhauses war im Nu überfüllt. Die Menschen waren sogar an den Zäunen des Parks hochgeklettert, um besser zu sehen.

»Schomkuthy«, ertönte es aus tausend Kehlen. »Wir wollen Schomkuthy!«

Da trat Pepi auch schon auf den Balkon im ersten Stock, von Kopf bis Fuß bandagiert und gestützt von zwei Krankenschwestern. In seinem bunten Pyjama, der offen an ihm herunterhing, wirkte er so gebrechlich, daß ich zuerst glaubte, er hätte – Gott weiß schließlich, was er tut – mit dem Taxi einen Unfall gehabt.

Pepi hob mühevoll einen bandagierten Arm. Die begeisterten Hochrufe verstummten abrupt, und verzückte Blicke richteten sich auf den neuen Volkshelden.

»Geliebte Landsleute«, begann Pepi seine Ansprache mit kraftvoller Stimme, die nicht ganz zu seinem lädierten Äußeren paßte. »Ich danke euch, daß ihr mit eurem mutigen Aufmarsch ein Bekenntnis zur hohen Idee des Haarschutzes abgelegt habt. Sicher gilt diese Demonstration nicht mir persönlich ...«

Pepi verbeugte sich so lange, bis die Hochrufe von neuem erschallten und erst wieder verebbten, als auch der letzte genug davon hatte.

»Vielmehr«, fuhr der Umjubelte fort, »vielmehr ist diese spontane Versammlung ein deutliches Zeichen dafür, daß die Vaterlandstreuen statt des leeren Geredes endlich Taten sehen wollen. Das Maß ist voll. Wir fordern drakonische Maßnahmen gegen die glatzköpfigen Parasiten.«

Spontaner Beifall begleitete die wegweisenden Worte.

»Nieder mit dem ›Morgenstern‹!« donnerte die Menge. »Nieder mit dem Herausgeber Gonzalez! Verrecken soll er! Wir fordern seine Auslieferung!«

Eine der Krankenschwestern flüsterte Pepi etwas ins Ohr. Er breitete feierlich die Arme aus, und die Menge verstummte.

»Die Strafe des Allmächtigen hat den alten Lumpen bereits ereilt«, verkündete Pepi. »In dem Augenblick, als ihr, meine braven Haarschützer, das Tor dieses Krankenhauses passiert habt, hat der glatzköpfige Herausgeber des Hetzblattes das Zeitliche gesegnet.«

Ehrfürchtiger Schauer ergriff die Menge.

»Der Herr wirkt Wunder«, hörte man murmeln. »Der heilige Antonius hat den Sündigen bestraft. So richtet Gott die Lakaien der Glatzköpfe. Wer weiß, was den verräterischen Glatzköpfen noch alles bevorsteht.«

Pepi hob von neuem die Arme.

»Bis hierher und keinen Schritt weiter«, verkündete

er. »Das Maß ist voll. Und so frage ich euch, geliebte Landsleute, gibt es einen größeren Fluch als das Glatzentum?«

»Ja, den gibt es«, rief ein Mann mit Lederkappe von weit hinten. »Und ob es den gibt! Es ist die verdammte Armut in diesem Land.«

Sofort umringten ihn vier Zivilbeamte. Ein Polizist schlug mit dem Gummiknüppel auf den dreckigen Kommunisten ein, dann ergriffen ihn die Sicherheitskräfte, und er ward nicht mehr gesehen.

Pepi beschrieb den weiteren Weg des Glatzenfeldzuges, der zwar steinig sein würde, aber zum erhofften Ziel führen würde, wenn ihn alle Hand in Hand gingen.

»Wir werden dem Begehren des Volkes nachgeben und eine neue Partei gründen«, kündigte er an. »Eine Partei, die das akute Glatzenproblem demokratisch, aber endgültig löst. Bis dahin sollte sich jeder, aber auch jeder mit der Materie vertraut machen. Mutige Pioniere des Haarschutzes, das Maß ist voll! Vorwärts, die Zukunft gehört euch!«

Pepi beeilte sich jetzt, den Balkon zu verlassen, da sich die Bandagen durch das viele Herumfuchteln mit den Armen gelockert hatten und ihn bereits umflatterten.

Man hörte noch vereinzelte Hochrufe, dann brach die Menge zur Ringstraße auf, um dort Schaufenster einzuschlagen. Ich aber begab mich unverzüglich zu Pepi ins Krankenhaus, denn unsere Stunde, das spürte ich deutlich, war gekommen.

Das Krankenhaus wimmelte bereits von Schomkuthy-Fans, die sehnsüchtig darauf warteten, ihr leidendes Idol zu erspähen. Doch unser treuer Oberkellner spielte nach wie vor den Zerberus und schirmte das Krankenzimmer ab. Nur mich ließ er ungehindert passieren. Die Menge murrte neiderfüllt.

Pepi wickelte gerade seine Bandagen ab. Er warf das lästige Zeug angeekelt in eine Ecke und schlüpfte erleichtert in seine Straßenkleidung.

»Hallo«, begrüßte er mich. »Nett, daß du mitgejubelt hast.«

»Ich habe mehr gelacht als gejubelt.«

»Auf einen mehr oder weniger kommt es wirklich nicht an. Die Begeisterung kannte auch ohne dich keine Grenzen. Jetzt marschieren meine Leute zur Ringstraße, um den glatzköpfigen Kaufleuten eine Lektion zu erteilen, die sie so bald nicht vergessen werden. Ihre Schaufenster werden wohl daran glauben müssen.«

»Allerdings. Die Glaser werden sich noch eine goldene Nase verdienen ...«

Ich biß mir auf die Zunge, aber es war zu spät. Pepi blickte mich prüfend an und bemerkte nach einem peinlichen Schweigen:

»Halt dich gefälligst da raus, verstanden? Mit den Glasern verhandle ich. Wenn ich schon für dieses Gesindel den Kasperl spiele, dann will ich auch das Eintrittsgeld kassieren. Morgen nachmittag bin ich beim Verband der Glasgroßhändler.«

»Und was ist mit mir?«

»Du? Du hast doch mit der Glatzenfrage gar nichts zu tun.«

Erbost sprang ich auf.

»Fang doch nicht wieder damit an. Wie oft muß ich dich noch daran erinnern, daß ich und niemand anderer die ganze Glatzengeschichte erfunden hat. Gegen wen hat Politzer denn geklagt, gegen dich oder gegen mich? Und wer kennt all deine schmutzigen Geschäfte bis ins Detail und wird dich zu Kleinholz machen, Freundchen?«

Pepis Gesichtsfarbe zeigte mir, daß er sein taktloses Benehmen längst bereute. Ich regte mich aber noch so lange auf, bis er bereit war, mir beim Leben seiner seligen Tante, die Hälfte der zu erwartenden Glaserprovisionen abzugeben. Wir überschlugen das Projekt und kamen, bei nur zwei Schaufenstern pro Tag und Straße, zu einem recht erfreulichen Ergebnis. Auch wenn die Glaser nur achteinhalb bis neuneinhalb Prozent pro Massenkundgebung herausrückten, wäre die Summe für den Anfang immer noch mehr als zufriedenstellend.

»Siehst du«, rief Pepi begeistert aus, »Politik ist eine feine Sache. Man weiß vorher nie, was dabei herausspringt. Und dabei haben wir gerade erst damit angefangen.«

Ich teilte seinen Überschwang nicht ganz.

»Wollen wir denn wirklich eine Partei gründen?«

Pepi setzte sich mir gegenüber und beschrieb mit prophetischem Feuer unser künftiges Wirken für das Wohl der Nation.

»Die Idee des Haarschutzes ist nicht mehr aufzuhalten«, beschwor er mich. »Die Massen warten nur darauf. Wir sind ihre ganze Hoffnung. Heute morgen wurde wieder ein kahler Eierhändler auf dem Gemüsemarkt verprügelt.«

»Und wer hat ihn verprügelt?«

»Eierhändler. Behaarte Eierhändler natürlich. Bei Gott, alter Kumpel, langsam glaube ich selbst, daß den Glatzköpfen ganz recht geschieht.«

»Mir geht es genauso«, bestätigte ich ihm. »In letzter Zeit ertappe ich mich immer wieder dabei, daß ich die Glatzköpfe gewissermaßen, na ja, für das halte, was sie sind.«

»Das kann kein Zufall sein, das Maß ist voll«, bestätigte Pepi. Dann fuhr er in seiner Vision fort: »Eine neue Partei hat mit der Glatzenfrage alle Voraussetzungen für einen fulminanten Start. Wir haben die Regierung gegen uns, was nur von Nutzen sein kann, und wir tun so, als wären wir strikt gegen alle radikalen Bewegungen. Das zieht immer. Es verschafft uns mir nichts, dir nichts ein fortschrittliches Image, und wir riskieren gar nichts, denn mit Gottes Hilfe wird keiner radikaler sein als wir. Dabei werden wir uns auch noch christlich gebärden, um vom Nimbus des heiligen Antonius zu profitieren.«

»Apropos, dabei fällt mir etwas ein«, ich überreichte ihm das St. Livia-Medaillon der Witwe Schick für seine Gesundung.

Pepi schnappte sich die Reliquie und bat mich, der braven Frau seinen innigen Dank zu übermitteln. Dann küßte er das Medaillon und steckte es in seine Hosentasche.

»Ist es echt?« fragte er.

»Natürlich. Echtes Kupfer.«

»Überlassen wir solch billige Scherze lieber den Glatzköpfen«, wies mich Pepi zurecht. »Wir haben andere Sorgen. Zum Beispiel die, daß wir beide, lieber Rudi, von Politik so gut wie nichts verstehen. Ein Parteiblatt könnte ich ja noch zusammenschustern, aber von Parteiorganisation habe ich keine Ahnung.«

»Ich auch nicht«, stellte ich fest. »Es fehlt uns leider eindeutig ein echter Polit-Profi als Dritter im Bunde.«

Pepi hielt zwar wenig davon, die Beute zu dritteln, doch erkannte er schließlich auch, daß wir wohl in den sauren Apfel würden beißen und einen erfahrenen, nicht allzu teuren, aber integren politischen Berater auftreiben müßten. Danach riefen wir unseren Oberkellner und ließen uns von ihm durch den Hintereingang aus dem Krankenhaus schleusen, um den begeisterten Haarschützern zu entkommen, die noch bis zum Morgengrauen auf der Lauer lagen.

Zu Hause angekommen, versuchte ich mich sogleich als Meinungsforscher. Eine Parteigründung kann schließlich nicht sorgfältig genug geplant werden. Frau Schick war die erste, die mir über den Weg lief.

»Ich lasse mich nur von meinem Glauben leiten«, belehrte mich die Witwe. »Politik hat mich noch nie sonderlich interessiert. Ich würde allerdings keine Partei wählen, die gottesfürchtige und ungläubige Glatzköpfe in einen Topf wirft.«

Ich gab ihr der Einfachheit halber recht.

»Ansonsten würde ich mich Ihrer Bewegung gerne anschließen, Herr Flinta. Hauptsächlich, um Herrn Chefredakteur Schomkuthy vor den heimtückischen Überfällen ungläubiger Glatzköpfe in Sicherheit zu wissen.«

Bei der Erwähnung von Pepi errötete Frau Schick heftig. »Haben Sie ihm mein Medaillon gegeben?« fragte sie.

»Selbstverständlich, gnädige Frau.«

»Und was hat er gesagt?«

»Er war außer sich vor Glück. Er trägt das Medaillon auf seinem Herzen. Von nun an, meinte er, könne er getrost ins Kaffeehaus gehen, denn das Medaillon würde mit Sicherheit jede Kugel abschmettern.«

Die Witwe lächelte selig und bekreuzigte sich, da gerade die 52 vorbeikam, jene Linie, die täglich an sechs Kirchen vorbeifährt.

»Wie sieht denn der Herr Chefredakteur eigentlich aus?« fragte Frau Schick und senkte den Blick. »Ich würde ihn so gerne kennenlernen.«

»Sie kennen ihn längst«, bemerkte ich genüßlich. »Das ist doch der Zwerg, mit dem ich mich unlängst hier geprügelt habe.«

Die Witwe Schick schlug die Hände über dem Kopf zusammen.

»Ich hab es geahnt! Er war es tatsächlich? Was für ein fescher junger Mann, und wie sympathisch er ist. Der hat es Ihnen aber gezeigt ...«

Der armen Frau hatte wohl die Leidenschaft das Gehirn verdreht. Ich ließ sie stehen und beschloß, auf einen Sprung bei Dr. Schwarzkopf vorbeizuschauen.

Der Anwalt war in Eile.

»Alles in bester Ordnung«, sagte er und blickte von einem Berg Akten auf. »Ihr niederträchtiger Verleumder hat keine Chance, lieber Herr Politzer, dieser Flinta ist jetzt schon ein toter Mann.«

»Dieser Flinta steht vor Ihnen«, bemerkte ich. »Politzer ist unser Prozeßgegner.«

»Wie auch immer. Auf jeden Fall läuft alles bestens.«

Dr. Schwarzkopf ließ keinen Zweifel daran, daß er jedes Detail genau kannte. Er erinnerte sich deutlich an den Vorschuß, mit dem ich ihm mein Vertrauen bezeugt hatte. Allerdings bekümmerte ihn, daß der gegnerische Anwalt zu Glatzköpfigkeit neigte. Den Rest könnte ich mir selbst zusammenreimen.

»Das kann doch nicht wahr sein?« brauste ich auf. »Kahlkopfkandidat und noch immer in Amt und Würden?«

»Sie leben wohl auf dem Mond«, lachte Dr. Schwarzkopf. »Glatzköpfe sitzen nach wie vor in Schlüsselpositionen, und die Öffentlichkeit tut, als wäre nichts geschehen. Keiner unternimmt etwas«, schloß er erbittert. »Bis es zu spät ist ...«

»Ein Grund mehr, Schwarzkopf, eine Partei zu gründen«, entfuhr es mir.

Der Anwalt rückte näher, und hinter seiner dicken Hornbrille blitzten neugierig seine Knopfaugen.

»Was haben Sie vor?«

»Wir wollen in die Politik, Schomkuthy und ich. Die Zeit ist reif für eine Haarschutzbewegung.«

Dr. Schwarzkopf erregte sich so sehr, daß er mir eine Zigarre anbot. Er hätte ähnliche Gedanken, vertraute er mir an. Die Zukunft gehörte der Glatzenfrage. Er stünde mit Leib und Seele zur Verfügung. »Ist denn die Parteispitze schon komplett?« wollte er wissen.

»Ein Posten ist noch frei«, beruhigte ich ihn. »Wir brauchen einen politischen Berater mit einschlägiger Erfahrung und größtmöglicher Flexibilität.«

Dr. Schwarzkopf schluckte, rückte ganz nahe heran und überschüttete mich mit einem Redeschwall ohne Punkt und Komma. Er hätte seit Jahrzehnten bei allen bedeutenden politischen Bewegungen des Landes Einfluß genommen, er sei hochbezahlter Wahlkampfhelfer der Regierungspartei, und im Landesverband der Hausbesitzer wäre er Geschäftsführender Vizepräsident auf Lebenszeit, kurz und gut, er wäre der geborene alte Fuchs, den wir brauchten.

»Angesehenste Parlamentarier bedienen sich meiner Erfahrung im öffentlichen Leben, um Schmiergelder für Regierungsaufträge einzutreiben«, ergänzte er eifrig. »Ganz zu schweigen davon, daß ich erst vor wenigen Tagen einen Dreispalter mit dem Titel ›Auf, mein Volk, gegen die Armut!‹ für das Regierungsblatt verfaßt habe, was, Herr Politzer, doch gewiß für meine sozialpolitische Vision spricht.«

Ich lächelte nur und fuhr nach einer eindrucksvollen Kunstpause fort:

»Sie wollen sich also für den Posten bewerben, Schwarzkopf?«

Der geborene alte Fuchs keuchte gierig:

»Nichts wäre mir lieber.«
»Es geht Ihnen um nichts als um die Idee?«
»Ausschließlich.«
»In Ordnung«, sagte ich, »dann geben Sie mir einen entsprechenden Vorschuß. Nur so sehe ich, daß Sie uns vertrauen. Ich erwarte von Ihnen großes Vertrauen, Schwarzkopf. Das ist die Grundlage meiner politischen Praxis, alles weitere kommt dann ganz von selbst.«
Der Jurist zappelte hilflos wie eine Spinne im eigenen Netz, gab mir aber dann meine gesamte Vorauszahlung inklusive Zinsen zurück. Wir vereinbarten, daß er eine Chance in der Partei bekäme, bei einem angemessenen Gehalt und mit Probezeit bis zum Monatsende.
»Seien Sie stolz und glücklich«, sagte ich, »daß Sie zu den Gründungsmitgliedern der Haarschutzbewegung gehören. Vielleicht wird man sich eines Tages daran erinnern, daß Sie die Gefahren des Glatzentums so früh durchschaut haben.«
Dr. Schwarzkopf glühte förmlich vor Haß.
»Am liebsten würde ich jeden Glatzkopf eigenhändig erwürgen«, stieß er hervor. »Und das ist keine leere Floskel, Herr Politzer, das ist meine volle Überzeugung.«
Wir begeisterten uns noch eine Weile daran, wie sehr wir in allem, von meinem Namen einmal abgesehen, übereinstimmten. Das angenehme Gespräch endete mit der Abmachung, Dr. Schwarzkopf würde endlich einen Gewerbeschein beschaffen, und wir wären fifty-fifty an einer längst fälligen Haarwasserproduktion beteiligt.
Und kein Wort davon zu Pepi.

Ungeahnte Perspektiven eröffneten sich mir. Mein Einstieg in die politische Arena markierte zweifellos einen Wendepunkt in meiner Laufbahn, wovon nicht nur meine Landsleute profitieren sollten, sondern auch ich.

Bisher hatte ich von der Politik so viel verstanden wie ein Känguruh. Politik bedeutete in meiner geliebten Heimat damals, alle vier Jahre irgendeinen anderen abenteuerlustigen Haudegen zum Abgeordneten zu wählen, weil er in seinem Wahlkreis versprochen hatte, die Einkommenssteuer abzuschaffen oder den Bodenbesitz des Bischofs sobald als möglich aufzuteilen. Danach tranken sich alle auf seine Kosten den obligaten Rausch an und waren sicher, ihre Stimmen einem korrupten Gauner gegeben zu haben, aber, mein Gott, so ist nun mal der Lauf der Welt.

Ich selbst hatte kaum jemals ein Stimmrecht erhalten, weil ich keinen festen Wohnsitz besaß. Ein einziges Mal hatte ich einen Politiker gewählt, weil er mit Vornamen Eugen hieß und mich an meine Lieblingstante Eugenie erinnerte.

Natürlich kamen auch mir immer wieder Gerüchte von öffentlichen Skandalen und Bestechungsaffären zu Ohren. Ich kümmerte mich jedoch herzlich wenig darum, weil ich es für nur natürlich hielt, daß Politiker Kasse machten. Warum sonst hätten sie diesen Beruf ergriffen? Zwar gab es auch in dieser Branche ein paar Träumer, welche die Verbreitung altruistischer Gedanken für Politik hielten, anstatt sich um ihre eigene zerrüttete Finanzlage zu kümmern, doch man machte zumeist nicht viel Federlesens um diese Sonderlinge, und so erledigte sich das Problem ganz von selbst.

Da ich extreme Ideologien jeglicher Couleur prinzipiell verabscheue, reizte mich also nur die andere Seite des Politikerberufes, der Zugang zu jenem Schlaraffenland, in dem einem die gebratenen Tauben freiwillig in den Mund fliegen. Allein beim Gedanken an die ungeahnten neuen Perspektiven wie Perückenproduktion, Schaufenster, Haarwasser wurde mir ganz schwindlig. Und noch war kein Ende jener Möglichkeiten abzusehen, die das nationale Glatzenprogramm eröffnete.

Nach diesem euphorischen Gedankenflug bereitete mir der nächste Nachmittag eine herbe Enttäuschung. Als ich Pepi auf seinem Heimweg vom Verband der Glasgroßhändler auf der Straße begegnete, gestand er mir, zu seinem großen Bedauern hätte der Vizepräsident sein großzügiges Angebot zur Zusammenarbeit kaltschnäuzig abgelehnt. Pepis Drohung, unsere haarschützenden Kämpfertrupps würden in diesem Fall kein einziges Schaufenster mehr einschlagen, beantwortete der Mann mit höhnischem Lachen. Keiner könnte die begeisterten Volksmassen mehr aufhalten, versicherte er dem enttäuschten Pepi.

»Verdammt«, fluchte ich. »Jetzt sind wir um eine zuverlässige Einnahmequelle ärmer.«

Um die Wahrheit zu sagen, ich tat betroffener, als ich tatsächlich war. Pepi sollte ganz sicher sein, daß ich jeden Heller dringend benötigte, und sich nicht etwa in seiner schmutzigen Phantasie zusammenreimen, ich wäre vor ihm bei den Glasgroßhändlern gewesen und hätte vielleicht eine geheime finanzielle Abmachung mit dem Vize getroffen, von der dieser versoffene Schomkuthy, um Gottes willen, niemals etwas erfahren dürfte. Im nächsten Punkt waren Pepi und ich uneins. Mein Freund hatte nämlich den fehlenden »Dritten«, einen guten alten Bekannten gefunden, mit dem er seit einem gemeinsamen Gefängnisaufenthalt in Verbindung stand. Ich beharrte aber auf Dr. Schwarzkopf, mit dem ich in Sachen Haarwasser ja bereits eines Sinnes war.

»Dr. Schwarzkopf«, klärte ich Pepi auf, »ist die Idealbesetzung schlechthin, ein erfahrener Politiker und im Haarschutz sehr engagiert. Wieviel verlangt dein Mann?«

»40 Prozent plus Spesen.«

»Na bitte«, triumphierte ich, »damit ist alles entschieden. Dr. Schwarzkopf ist bereits für ein lächerliches Fixum und wenige Prozente mit von der Partie.«

»Ja, aber ich habe doch schon mein Wort gegeben.«

Ich sah ihn stirnrunzelnd an.

»Sag mal, mein Guter, warum muß es denn unbedingt dein Zellengenosse sein? Du hast wohl gedacht, ich durchschaue dich nicht. Willst wohl ein kleines Geschäft an deinem treuen Partner vorbei machen, was?«

Pepi, der miese Kerl, wurde blaß und gab nach. Also hatte dieser geldgierige Fiesling wieder heimlich in die eigene Tasche gearbeitet. Bevor ich ihn mir jedoch ordentlich vornehmen konnte, schrie Pepi auf und zeigte auf einen kräftigen jungen Mann, der in einiger Entfernung vor uns dahinschlenderte.

»Da ... Da ... Der hat mich im Café überfallen ...«

Natürlich erkannte ich Micha sofort. Ich hatte inzwischen nicht mehr an den Überfall gedacht, denn Pepi wirkte mit zwei prachtvollen neuen Porzellankronen wieder wie neu, aber jetzt schlug mein Herz beim Anblick von Lizzis Bruder doch schneller.

»Bist du ganz sicher, daß er es ist?« insistierte ich. »Du irrst dich nicht?«

»Bestimmt nicht. Dieser Kerl hat mir die Zähne ausgeschlagen.«

»Ihm nach«, schrie ich. »Rasch!«

Und wir, wie aus der Pistole geschossen, hinterher. Leider trat ich nach wenigen Schritten so unglücklich auf, daß ich mit meinem Fuß zwischen Pepis Beine geriet und der Arme der Länge nach hinschlug, mit dem Gesicht direkt auf das Pflaster.

Was war ich doch für ein Tolpatsch. Natürlich half ich meinem Freund sofort auf die Beine. Betrübt sah Pepi dem jungen Mann nach, während er geräuschvoll ausspuckte. Vor uns auf den Gehsteig rollten zwei schöne neue Porzellankronen.

Seit unserem denkwürdigen Ausflug in das kleine Gasthaus wartete ich Abend für Abend, sorgfältig vor Politzers Augen verborgen, auf meine Lizzi. Wir erlebten eine herrliche Zeit miteinander, schmiegten uns in kleinen, versteckten Konditoreien eng aneinander oder küßten uns leidenschaftlich, von allen anderen Wonnen des Liebesglücks ganz zu schweigen. Lizzis sanfte Zärtlichkeit und die wirtschaftlichen Annehmlichkeiten des Haarschutzes machten aus mir beinahe einen besseren Menschen. Nach den Stunden mit ihr erfaßte mich jedesmal das Verlangen nach einem geregelten bürgerlichen Leben, in dem man sich ruhigen Gewissens nach jeder Gaunerei neben dem Mädchen seiner Wahl ins Bett legen kann und alle seine Sorgen vergißt.

Auch Lizzi blühte auf und wurde schön wie eine exotische Blume, die für ihre Wurzeln endlich den richtigen Boden gefunden hat. Wir waren jung, das Leben lag vor uns, wir waren einander zugetan, und es sprach noch so einiges für unsere zauberhafte Verbindung, woran ich mich aber nicht mehr so deutlich erinnere.

Der einzige dunkle Punkt in unserer Beziehung war der Haarschutz. Störrisch blieb sie dabei, die Haarschützer wären Hochstapler und ausgemachte Halunken. Und so mußte ich meine Kleine im dunkeln darüber lassen, daß ausgerechnet ihr Angebeteter einer der Drahtzieher der Bewegung war.

An jenem Abend aber konnte ich ihr einen Vorwurf nicht ersparen.

»Ich habe dir doch dringend geraten, deinen Bruder in Sicherheit zu bringen. Er sollte doch für eine Weile vom Erdboden verschwinden. Möchtest du ihn etwa im Gefängnis besuchen?«

Lizzi verschloß meinen Mund mit einem Kuß und versprach hoch und heilig, Micha eigenhändig in die Speisekammer zu sperren. Dann aber erzählte sie mir das Neueste von Politzer. Er sei ein wenig nervös und wolle den Prozeß rasch hinter sich bringen. Offenbar hatte der alte Glatzkopf begriffen, daß die Zeit gegen ihn arbeitete.

Auf dem Weg zu unserem Lieblingspark mit den lauschigen Bänken trafen wir auf eine kleine Menschenansammlung. Da Frauen von Natur aus neugierig sind, ging ich der Sache auf den Grund.

Hinter einem kleinen Klapptisch stand ein lebhaft gestikulierender junger Mann und erklärte seinen aufmerksamen Zuhörern mit der Ausdauer eines Leierkastens, er sei im Besitz einer Weltsensation. Die Entfernung von Tintenflecken sei dank einer genialen Erfindung von nun an ein Kinderspiel. Der Jüngling übergoß ein weißes Handtuch mit Tinte, dann schüttete er die Weltsensation darüber und husch, weg war der Fleck, der Fleck hatte sich einfach verputzt.

»Und jetzt, meine Damen und Herren«, ließ der junge Mann uns flinkzüngig wissen, »jetzt kommt etwas noch nie Dagewesenes. Auch Ihre geliebten Enkelkinder werden diesen unvergeßlichen Augenblick preisen, wenn ich mich nun an dieses reizende junge Ehepaar wende, nur einen Augenblick, verzeihen Sie, mein Herr, ich darf Ihren Arm nehmen, so, danke sehr ...«

Und der sympathische junge Mann übergoß den Ärmel meines Sakkos mit Tinte, worauf mein cremefarbener Anzug um einen schrillen Farbklecks reicher wurde. Lizzi und ich starrten mit glasigen Augen auf das azurblaue Ergebnis seines Attentats, doch der junge Mann nahm mit beruhigendem Lächeln den Ärmel meines Anzuges in die eine Hand, während er in der anderen die Flasche mit der Weltsensation hielt, um sie über den Fleck zu schütten.

»Und jetzt«, verkündete er in die atemlose Stille, »bitte ich Sie um Ihre Aufmerksamkeit. Sehen Sie selbst, der Tintenfleck auf dem neuen Anzug verschwindet, er löst sich auf, existiert einfach nicht mehr ...«

Wie auf Befehl ließ da aber ein anderer sympathischer junger Mann auf der gegenüberliegenden Straßenseite einen schrillen Pfiff ertönen, was den unseren dazu veranlaßte, innerhalb weniger Sekunden sein Klapptischchen einzupacken und mit dem Warnruf »Achtung, Bullen« zu verschwinden, sich aufzulösen, zu verputzen. Im Gegensatz zu meinem Tintenfleck, der sehr wohl da war, einfach existierte und sich immer deutlicher auf dem Ärmel meines neuen Sakkos ausbreitete.

Ich sah offenbar so verblüfft drein, daß sich Lizzi vor lauter Lachen an einen Baum lehnen mußte. Auch ich hatte mich an dem penetranten Tintenfleck noch nicht sattgesehen, als plötzlich ein grauhaariger Herr zu uns trat.

»Das ist ja eine schöne Bescherung«, sagte er. »Wer war denn dieser Kerl?«

»Keine Ahnung«, antwortete ich, »ich habe ihn nie vorher gesehen.«

»Hatte er vielleicht eine Glatze?«

Jetzt waren auch andere Passanten stehengeblieben. Lizzi war abgedrängt worden und stand am Rande des Volksauflaufs.

»Ich glaube, er hatte keine Glatze«, sagte ich, »aber ich weiß es nicht genau.«

»Wieso wissen Sie das nicht?« erboste sich eine dickliche Dame. »Sie müssen doch gesehen haben, ob ein Glatzkopf Ihren Anzug ruiniert hat. Sie sind doch nicht blind, oder?«

»Typisch«, hörte ich von rechts, »das ist ganz typisch für Glatzköpfe. Die sehen, daß ein Behaarter neu eingekleidet ist, und schon bekleckern sie ihn.«

»Ja, die tragen neuerdings sogar Tintenfässer mit sich herum«, versetzte ein Mann neben mir und sah mich scharf an. »Er war also doch kahl?«

»Ich denke schon, aber ich sagte ja, ganz sicher bin ich nicht ...«

Empörte Rufe waren zu hören.

»Warum um Gottes willen«, röchelte eine Baßstimme, »nehmen Sie denn einen Dreckskerl von Kahlkopf in Schutz?«

»Sie sind doch verrückt«, hörte ich Lizzis flehentliche Stimme aus dem Hintergrund. »Lassen Sie ihn doch in Ruhe, was wollen Sie denn von ihm?«

»Gar nichts, gutes Fräulein«, antwortete der Grauhaarige. »Der Herr soll uns nur klipp und klar sagen, daß ihn ein Glatzkopf angegriffen hat.«

»Ich sagte ja bereits«, stotterte ich, »daß ich fast sicher bin ...«

»Er leugnet immer noch«, regte sich die dicke Dame auf. »Solche Glatzenknechte wie der sind fast so schlimm wie Glatzköpfe.«

Ich blickte mich um. Nichts als Gerechtigkeitsfanatiker weit und breit. Noch ein kleiner Funke und das Pulverfaß würde explodieren.

»Er war ein Glatzkopf«, sagte ich rasch. »Ich bin jetzt ganz sicher, daß er völlig kahl war.«

»Endlich gibt er es zu«, freute sich der Grauhaarige. »Die elenden Kahlköpfe sind schuld an der Inflation.«

»Völlig richtig«, stimmte die Dicke zu, »eine Hand wäscht die andere.«

Ich nutzte die friedliche Pause und bahnte mir einen Weg durch die Menge. Lizzi zerrte ich hinter mir her. Das arme Mädchen stand unter Schock.

»Jetzt hast du mit eigenen Augen gesehen, mein Schatz«, sagte ich zu ihr, »in welche Gefahr man durch deine geliebten Glatzköpfe kommen kann.«

Der große Tag der Parteigründung war gekommen. Schauplatz des denkwürdigen Ereignisses war mein schlichtes Untermietzimmer. Ich bat die Witwe, den Staub diesmal besonders sorgfältig unter den Schrank zu kehren, Espresso zu servieren und den obligaten Marillenschnaps hinzustellen. Frau Schick verbat sich derlei niedrige Dienste. Als sie aber erfuhr, Josef Schomkuthy höchstpersönlich würde erwartet, machte sie sich mit Feuereifer an die Arbeit.

Pepi traf vor Dr. Schwarzkopf ein. Er war bester Stimmung, hochelegant angezogen und so beschwipst, daß er der Witwe die Hand küßte. Sie weinte fast vor Glück. Warum sie angesichts meiner charismatischen Ausstrahlung ausgerechnet diesen zahnlückigen Gnom anhimmelte, war mir ein Rätsel. Geschmack ist eben Geschmackssache.

Pepi und ich sondierten rasch die Lage. Mein Freund freute sich darauf, wieder als Journalist für unser geplantes Parteiblatt zu arbeiten, denn nachdem der »Morgenstern« das Handtuch geworfen hatte, gab es keine vernünftige Zeitung mehr, die sich ernsthaft mit der Glatzenfrage beschäftigte.

Gerührt gedachten wir der heroischen Vergangenheit unserer künftigen Bewegung.

»Erinnerst du dich«, sagte Pepi, und sein Blick schweifte in die Ferne, »wie ich schon in meinem allerersten Politzer-Artikel den Kampf gegen die Glatzköpfe aufnahm? Ich wollte ihn bis zum siegreichen Ende führen, wenn es sein müßte, ich ganz allein, nur mit meinen bescheidenen Kräften. War ich mir etwa damals schon meiner großen gesellschaftspolitischen Verantwortung bewußt? Keineswegs, lieber Rudi, ich war noch nicht soweit. Und doch habe ich intuitiv alles vorausgeahnt.«

Ich schob meinen Mietfauteuil näher.

»Ich muß dir etwas gestehen, mein guter Pepi«, vertraute ich ihm an, während ich nachdenklich auf mein schäbiges Parkett sah. »Politzer war in Wirklichkeit nur ein Vorwand für mich, der allerletzte Anstoß, meine historische Vision zu verwirklichen. Das Schicksal hatte mich zum Führer bestimmt, glaubte ich damals, und daß niemand anderer der wahre Prophet der Glatzenfrage sein könne. Heute lache ich darüber. Ich glaube es nicht mehr. Ich weiß es.«

Pepi kippte nervös zwei Gläschen Schnaps. Offenbar beantwortete er die Frage nach dem wahren Propheten etwas anders. Ich grinste in mich hinein. Fünfzehn Kilo mehr auf der Waage sind doch immer ein schlagkräftiges Argument. Aber noch gab Pepi nicht auf.

»Mein landesweiter Ruf verpflichtet mich«, betonte er. »Ich brauche einen kräftigen Leibwächter und denke da an Eugen, unseren Oberkellner.«

»Langsam, langsam«, bremste ich den kleinen Opportunisten. »Du bist nicht allein in der Bewegung. Ohne die Zustimmung der Parteispitze kannst du niemanden einstellen.«

Pepi schluckte und bat, Eugen aus der Parteikasse bezahlen zu dürfen. Ich stimmte zu. Ich wolle ihn ja wirklich nicht schikanieren, aber Dienstweg sei nun einmal Dienstweg. Auf diesem beschlossen wir dann noch gemeinsam, Dr. Schwarzkopf nicht in die finanziellen Belange der Partei einzuweihen. Zuviel Wissen würde ihn nur belasten und womöglich seine Tatkraft bremsen.

Da betrat Dr. Schwarzkopf auch schon das Zimmer, wohlbeleibt und federnden Schrittes, mit einer tragbaren Schreibmaschine, die er der Partei selbstlos zur Verfügung stellte. Ich machte Pepi mit dem Mann meiner Wahl bekannt, worauf dieser Schwachkopf sich eine halbe Stunde lang in Lobeshymnen über Pepis journalistische Virtuosität ergoß. Ich forderte die zukünftige Parteispitze auf, Platz zu nehmen, und wir machten uns an die Arbeit, das Schicksal der Nation in die richtigen Bahnen zu lenken.

Dr. Schwarzkopf rückte die Schreibmaschine zurecht und spannte ein blütenweißes Blatt ein. Uns war feierlich zumute. Einige Minuten verharrten wir in der andächtigen Stille unseres Gipfeltreffens. Ergriffen blickte ich aus meinem Mietfauteuil auf den Anwalt, der noch immer mit dämlichem Grinsen Chefredakteur Schomkuthy anhimmelte. Pepi räkelte sich auf meinem Bett und stierte den Plafond an.

Dann legten wir endlich los, um festzustellen, daß es genau genommen gar nichts zu lenken gab.

»Eigentlich«, meinte Pepi nachdenklich, »haben wir bisher nur eine einzige Aufgabe, nämlich die Befreiung des Landes vom Glatzenjoch.«

»Genau die ist es aber«, bekräftigte ich, »welche die Nation zusammenschmiedet.«

»Die Idee ist großartig, zweifellos«, griff Dr. Schwarzkopf den Faden eilig auf. »Doch was machen wir, wenn wir den Endsieg über das Glatzentum errungen haben?«

Pepi und ich blickten uns ratlos an. Darüber hatten wir noch gar nicht nachgedacht.

»Glatzköpfe wird es immer geben«, sagte ich hoffnungsvoll. »Es wird immer Menschen geben, die kahl werden. Auch uns können eines Tages die Haare ... ich meine ...«

Da hatte ich aber einen Blödsinn zusammengeredet. Pepi sah mich schief an, doch der Anwalt sprang mir zur Seite.

»Gerade deshalb sollten wir das Konzept erweitern«, sagte er. »Das ist keine große Sache, ich habe für vier verschiedene Parteien gearbeitet und bin immer mit dem gleichen Programm ausgekommen.«

»Dann schießen Sie los«, sagte Pepi.

Dr. Schwarzkopf empfahl zunächst, ein Parteiemblem zu entwerfen, weil ohne so was gar nichts ginge. Jeder von uns sollte einen Vorschlag machen. Pepi schoß gleich beim ersten Versuch den Vogel ab, und wir entschieden uns einstimmig für seine zeichnerische Lösung: die unappetitlich gerundete Kontur eines kahlen Kopfes, durchbohrt von einer Art vierzackiger Harpune als Symbol unserer Kampfbereitschaft.

»Ein Kreis und ein Vierzack«, murmelte Dr. Schwarzkopf vor sich hin. Er kostete den Namen der neuen Schöpfung wie einen edlen Wein auf der Zunge. »Kreiszack. Nicht schlecht«, sagte er schließlich und nickte zufrieden. »Wir werden unsere Anhänger ›Kreiszackler‹ nennen. Jetzt sind wir bereits einen großen Schritt weiter. Und wie soll unsere Partei heißen?«

Es fiel mir nichts ein. Ich war eben noch neu in dem Gewerbe.

»Den Begriff ›Haarschützer‹ sollten wir unbedingt beibehalten«, meinte Pepi.

»Das versteht sich doch von selbst«, bestätigten Dr. Schwarzkopf und ich unisono. Es wurde langsam was draus. Zufrieden tippte Dr. Schwarzkopf in die Maschine:

Erste Nationale Haarschützerpartei
Und Kreiszacklerfront (NHPKF)

»So«, sagte der Anwalt aufgeräumt, »jetzt fehlt nur noch das Programm.« Und er tippte auf das immer noch ziemlich jungfräuliche Papier:

Unser Programm

Dann sah er mich fragend an, als wäre ich der Fachmann und nicht er. Auch den Gewerbeschein für das Haarwasser hatte er noch immer nicht beschafft, der faule Hund.

Dr. Schwarzkopf murmelte etwas von Zeitdruck und hämmerte ohne weiteren Aufschub in die Maschine:

> »Unser Ziel ist die völlige Gesundung unseres geliebten Vaterlandes im Namen jedes behaarten Bürgers sowie eine eventuelle Erweiterung der Landesgrenzen und die Vermehrung des Volksvermögens durch gesetzlichen Abbau des Glatzentumbesitzes bei strikter Wahrung von Rechtskontinuität.«

Gespannt beugte ich mich mit Pepi über »Unser Ziel« und machte Bekanntschaft mit unserer politischen Überzeugung. Ich war mit meiner Analyse zwar noch nicht am Ende, doch klang es recht gut.

Dr. Schwarzkopf kam jetzt erst so richtig in Schwung:

Er grinste. »Jeder, der genug Kleingeld hat kann problemlos beitreten.«

»Was soll das«, fuhr ich den Rechtsanwalt empört an, und das Grinsen fiel von seinen fetten Backen. »Wenn Sie nur aus Habgier Haarschützer geworden sind, können Sie sich zum Teufel scheren, Schwarzkopf.«

Das war auch dringend nötig gewesen. Der debile Anwalt sollte nur ja nicht vor Pepi das Haarwasser erwähnen ...

Pepi sah mich erstaunt an, dann pflichtete er mir bei:

»Wir müssen von Anfang an darauf achten, meine Herren, daß unsere Idee nicht für niedere materielle Zwecke mißbraucht wird.«

Dr. Schwarzkopf beteuerte, er hätte ja nur an die Parteispenden gedacht, ohne die schließlich noch keine bahnbrechende neue Bewegung etwas geworden wäre. Er formulierte noch einmal ins Reine:

> »Mitglied der Bewegung kann jeder Bürger werden, der Haare auf dem Kopf hat und regelmäßig Mitgliedsbeiträge zahlt.«

Das war geschafft. Nun mußten wir noch die wirtschaftliche Zielsetzung der Partei ausfeilen. Dank Dr. Schwarzkopfs Routine stand rasch fest:

> »Das Bruttosozialprodukt muß in kürzester Frist verzehnfacht werden.«

Ich hatte nicht viel Ahnung von alledem, aber ein Blick auf Pepis verdutztes Gesicht zeigte mir, daß ich mir eine Frage an ihn sparen konnte. So nickten wir beide zustimmend. Dr. Schwarzkopf formulierte aufgekratzt weiter:

Das neue bürgerliche Recht

§ 1 Dem als Glatzkopf registrierten Subjekt werden die staatsbürgerlichen Rechte für alle Zeiten aberkannt. Er kann sie auch nicht wiedererlangen, wenn er sich mit der Haarschutzidee restlos identifiziert und auch dann nicht, wenn er neue Haare bekommt.
§ 2 Der patriotische Eid wird zum Schutz der nationalen Interessen innerhalb und außerhalb der Rahmenbedingungen der Schicksalsgemeinschaft eingeführt.

»Wozu brauchen wir denn diesen idiotischen Paragraphen«, raunzte Pepi.

»In jedem Parteiprogramm«, belehrte ihn unser Fachmann, »müssen einige unverständliche Parolen stehen, sonst nimmt es niemand ernst.«

»Wie soll man es denn ernst nehmen, wenn wir den einzigen wirklich wichtigen Begriff, nämlich ›Glatze‹ bisher erst dreimal verwendet haben. Nennen Sie das etwa professionelle Arbeit?«

Schwarzkopf blinzelte verwirrt und schrieb als nächstes:

Die politische Ideologie des Haarschutzes

»Grundlegende Gesetzesnovelle aus Anlaß der unerträglichen Ausbreitung des heimischen Glatzentums mit dem Ziel der radikalen Entfernung von Kahlköpfen und Personen mit Glatzkopfwurzeln aus den Schlüsselpositionen der Wirtschaft, aus den verantwortlichen Gremien des öffentlichen Lebens und allen sonstigen Tätigkeiten.«

»Verzeihen Sie«, unterbrach ich Schwarzkopfs emsiges Treiben, »was bedeutet ›mit Glatzkopfwurzeln‹?«

»So nennt man ein Subjekt, das einen Glatzkopf zum Vater hat«, erläuterte der Anwalt. Pepi und ich nickten anerkennend. Der Kerl war lernfähig.

Ich schlug vor, den magischen Begriff ›Soziales‹ einzubauen.

»Nichts leichter als das«, meinte Dr. Schwarzkopf und schon schrieb er:

Sozialpolitik

§ 1 Gesetzesnovelle zur sozialen Zusatzrentenverordnung für Verdienste um soziales Gedankengut.
§ 2 Umgehende Aufhebung sämtlicher Zölle und Geldstrafen sowie der Vinkulationsgebühr, sofortiges Verbot jedweden Konkurses, Zwangsausgleichs und jeglicher Zwangsversteigerung als grundsätzliche Manifestation für den bedingungslosen sozialen Kampf gegen die drückenden Glatzwucherlasten.

»Wenn das kein Erfolg wird«, bemerkte Pepi, »dann fresse ich einen Besen.«

»Vielen Dank«, unser Polit-Profi hielt an dieser Stelle inne. »Ich denke, meine Herren, fürs erste sollte das genügen. Jetzt muß die Parteiführung festgelegt werden. Wer soll die Bewegung Ihrer Meinung nach in die Zukunft führen?«

Wir beäugten uns mißtrauisch. Ich war nicht sonderlich scharf auf die Rolle des Parteichefs, denn als

Schatzmeister würde ich meine vielfältigen Talente viel besser entfalten können.

»Ich bin sicher, Herr Flinta ist der richtige Mann dafür«, unterbrach der Advokat die beredte Stille. »Ich selbst strebe nicht nach Höherem und werde mich wohl mit dem Schatzmeisterposten zufriedengeben müssen.«

»Nicht so bescheiden, Herr Rechtsanwalt«, munterte ihn Pepi auf. »Parteiorganisation ist doch bestimmt Ihre Sache. Wenn den Job keiner will, werde ich eben den Schatzmeister spielen.«

Ich widersprach ihm ungern, aber meine intensive einmonatige buchhalterische Ausbildung sollte doch wohl nicht umsonst gewesen sein. So würde ich mich eben für diesen mühseligen Job opfern. Meine Parteifreunde wollten jedoch keinesfalls zulassen, daß ich mein Charisma an eine Verwaltungsaufgabe verschwendete. Nach einer guten halben Stunde stand dann der Parteivorstand endgültig fest:

Parteichef und Schatzmeister: Rudolf Flinta
Leiter der Propaganda- und Medienabteilung und
Schatzmeister: Josef von Schomkuthy
Referent für innere Angelegenheiten und
Vize-Schatzmeister: Dr. Eberhard Schwarzkopf.

Nach der glücklichen Einigung wollte sich Pepi rasch verabschieden, weil nichts mehr zu trinken da war, aber ich bestand auf der feierlichen Angelobung meiner Mitarbeiter. Wenn schon, denn schon. Pepi sträubte sich heftig, weil er angeblich schon als Schulkind Feierlichkeiten gehaßt hatte, doch Schwarzkopf unterstützte mich lebhaft, nicht zuletzt wegen des fehlenden Gewerbescheins.

Es wurde dann doch noch ein würdiger Akt. Als

frischgebackene Politiker stellten wir uns in Reih und Glied ans Tischende, hoben die Rechte und sprachen das Treuegelöbnis, das ich entworfen hatte:

»Ich schwöre der Haarschutzbewegung und meinem geliebten Führer unverbrüchliche Treue, selbstlose Loyalität und Verzicht auf jegliche persönliche Bereicherung.«

Der Wortlaut war zwar noch nicht ganz ins Reine formuliert, aber meine beiden Mitarbeiter wußten schließlich, was gemeint war. Schwarzkopf hatte während des Festaktes feuchte Augen hinter seinen dicken Gläsern und Pepi einen ganz roten Kopf bekommen. Meinem Freund machte sichtlich zu schaffen, daß ich jetzt sein Führer war, sein geliebter noch dazu, aber, wie gesagt, 15 Kilo mehr auf der Waage sind kein Pappenstiel.

Jetzt mußte ich als designierter Parteiführer noch die Arbeit verteilen. Dr. Schwarzkopf sollte sich schnellstens nach einem geeigneten Parteilokal im Zentrum eines Vorortes umsehen, und Pepi wies ich an, unser Parteiorgan auf die Beine zu stellen. Kraft meiner hohen Position bevollmächtigte ich beide, anfallende Kosten bis zur Öffnung der Parteikasse aus eigener Tasche begleichen zu dürfen. Soweit war also alles geregelt. Blieb noch die Witwe. Ich ließ sie rufen und trug ihr den Posten einer Frauenbeauftragten des Haarschutzes an. Frau Schick schluckte vor Aufregung. Sie fände es zwar großartig, wenn das Glatzkopfproblem endlich gelöst würde, aber sie würde viel lieber die armen Seelen bekehren und die verirrten Glatzenschafe im Zeichen des Kreuzes erlösen.

Der Parteivorstand trat zur Beratung zusammen und ermächtigte die Witwe auch zur Bekehrung, was die dumme Kuh so glücklich machte, daß sie Pepi sofort um den Hals fiel, wobei sie sich tief bücken mußte.

Nun fehlten nur noch die Massen. Frau Schick trommelte alle Hausbewohner zusammen. Dr. Schwanz, Herr und Frau Molnar und Gagay wurden zur ersten Parteiversammlung gebeten.

Die künftigen Kreiszackler hatten sich dem Anlaß entsprechend gekleidet und gedeckte Kleidung gewählt. Nur Gagay tanzte wieder einmal aus der Reihe und wollte tatsächlich in Hemdsärmeln Mitglied werden.

Da standen sie nun, voll Enthusiasmus und mit leuchtenden Augen, Schulter an Schulter in meinem Zimmer. Der Propagandachef der Partei begrüßte sie als jenes Samenkorn, dem in nicht allzuferner Zukunft eine schönere, bessere und glatzenfreiere Welt entsprießen würde.

»Haarfrontgenossen«, schloß Pepi seine Ausführungen. »Dies ist unsere Stunde, das Maß ist voll.«

Ja, es war ein großer Tag gewesen.

Wir verteilten rasch noch die niedrigen Ämter. Dr. Schwanz wurde Verwaltungschef, Frau Molnar Stellvertretende Frauenbeauftragte, und Perückenträger Molnar erhielt den heiklen Auftrag, getarnte Glatzköpfe zu entlarven. Eugen, der Oberkellner, der vor dem Haus Wache stand, wurde in Abwesenheit offiziell als Gorilla bestätigt. Aber was sollte mit dem kümmerlichen Gagay geschehen, der in einem fort kicherte? Er wollte der Bewegung als einfacher Zuschauer dienen, schlug er vor, weil er »Kasperltheater schon als Kind so gern gehabt hätte«. Frau Molnar bot sich an, den pensionierten Briefträger im Auge zu behalten.

Bei all dem Verwaltungsaufwand durfte ich aber nicht vergessen, die wirtschaftliche Basis unserer jungen Partei zu sichern. Die Resonanz auf meinen Spendenaufruf übertraf alle Erwartungen. Allein die von mir in Aussicht gestellte Summe betrug das Doppelte dessen, was Dr. Schwanz und die Molnars in bar hinblätterten.

Froh gestimmt verabschiedeten wir uns mit dem neuen Parteigruß:

»Geduld! Wir siegen!«

»Es lebe Flinta!«

Und da war er wieder, jener seltsame Wonneschauer, den ich zum ersten Mal gespürt hatte, als die Menge vor dem Krankenhaus jubelte. Ich ließ den Tag noch einmal Revue passieren und war recht zufrieden mit mir. Die Gründung der Haarschutzpartei wäre ein voller Erfolg gewesen, wenn nicht Pepi während der Vereidigung meine versilberten Flaschenöffner hätte mitgehen lassen.

Daß wir erst am Anfang standen, zeigte der nächste Tag, denn wir mußten die Regierung davon in Kenntnis setzen, daß es eine neue Partei im Lande gab. Dr. Schwarzkopf übergab dem Innenminister zunächst ein entsprechendes Gesuch, das nicht gerade vor Bescheidenheit strotzte, aber immerhin erkennen ließ, wir Kreiszackler wären unter gewissen Umständen kooperationswillig. Wir ließen allerdings keinen Zweifel daran, daß wir den undankbaren, aber heroischen Kampf im Zeichen der großen Idee unerbittlich bis zum siegreichen Ende führen würden.

Die Bestätigung des Innenministeriums kam prompt und fiel überraschend freundlich aus, und im Leitartikel der »Staatszeitung« stand: »Wir hoffen, daß die sympathische junge Partei die gewählte Regierung respektieren und sich mit allen Kräften für die großen Ziele des haarschützenden Patriotismus einsetzen wird.«

Nach Dr. Schwarzkopfs Erfahrung bedeutete das nicht mehr und nicht weniger, als daß der Staatsapparat Angst vor uns hatte. Tatsächlich arbeitete nicht nur die allgemeine Unzufriedenheit für uns, sondern auch das Chaos in der Außenpolitik. In den Nachbarländern waren nämlich fieberhafte militärische Vorbereitungen zu beobachten, und es sah nach Krieg aus. Die Regierung war in Panik, traf eine Fehlentscheidung nach der anderen und versuchte, durch vorgespiegelte Expansionsaussichten die schlechte Stimmung in der Bevölkerung zu heben.

Wir Haarschützer nutzten die Gunst der Stunde. Dr. Schwarzkopf stattete eine nette möblierte Mansarde als Parteizentrale aus, und ich überredete Trowitsch unter vier Augen, die Perückenproduktion von der Handarbeit auf Fließband umzustellen. Nur so wäre die eskalierende Nachfrage der kahlköpfigen Schwindler zu befriedigen.

Auch in der Öffentlichkeitsarbeit waren wir äußerst kreativ. Dr. Schwarzkopf setzte mit Recht voll und ganz auf den heiligen Antonius. Er gab genau vor, wer von uns welcher Messe beizuwohnen hatte, obwohl sich die Kirche bisher noch bedeckt hielt und einige hinterwäldlerische Dorfpfarrer sogar nachdrücklich vor unserem wachsenden Einfluß warnten. Mir hatte unsere Pressestelle die Betreuung der Synagogen übertragen, und so ging ich jeden Samstag in eine andere Sabbatandacht, solange das Oberrabbinat die haarschützende Idee auf ihre Übereinstimmung mit dem Alten Testament prüfte. Inzwischen enthielten sich die hartnäckigen Juden jeglichen Kommentars.

Unsere wirklichen Probleme waren aber ganz anderer Natur. Um ganz ehrlich zu sein, wir waren tief in den roten Zahlen. Es gab zwar eine Fülle hoffnungsvoller Ansätze und einige ernsthafte Versprechungen, aber noch kein festes Budget. Um Pepi nicht mißtrauisch zu machen, konnte ich den warmen Perückenregen nicht in die Parteikasse fließen lassen, und mein Haarwasser war ja leider auch eine reine Privatangelegenheit.

Auf unseren Parteizusammenkünften beklagte sich Dr. Schwarzkopf, es sei schlichtweg unmöglich, mit den Spenden von fünf Mitgliedern eine Zeitung herauszugeben oder gar die Parteimansarde in der offiziellen Farbe unserer Bewegung, nämlich in Lila, streichen zu lassen. Also entschloß ich mich, mein stattliches Privatvermögen der Partei zu borgen. Um die Genossen aber nicht auf dumme Gedanken zu bringen, faselte ich etwas von einem elenden Wucherer, der anonym bleiben wollte. Die horrenden Zinsen müßte ich ihm also ganz persönlich aus der Parteikasse zur Verfügung stellen. Da kam zu meiner Verblüffung auch Pepi mit einem anonymen Wucherer daher, der nur ihm zuliebe der Partei zu Spottzinsen dienstbar wäre. Ich war empört. Wußte ich doch nur allzu gut, daß weit und breit kein einziger Mensch, geschweige denn ein Wucherer, Pepi auch nur eine müde Krone leihen würde. Pepi wollte offensichtlich sein eigenes schmutziges Geld gut anlegen. Das paßte ins Bild. Schon seit geraumer Zeit nämlich führte mein guter Freund ein wahres Luxusleben und genierte sich nicht, sich recht häufig in Begleitung viel zu junger Damen mit kostspieligen Rundungen zu zeigen. Offenbar hatte der erbärmliche Kerl heimlich eine ergiebige Quelle angezapft, von der seine Partei nichts wußte. Sicherheitshalber beauftragte ich Dr. Schwarzkopf, beim Verband der Glasgroßhändler diskret zu ermitteln, ob Pepi nicht vielleicht doch eine kleine Unterstützung erhielte. Dr. Schwarzkopf ermittelte gewissenhaft, fand aber nichts heraus. Zu meiner völligen Überraschung stellte er fest, Pepi sei »sauber«, und das beunruhigte mich dann erst richtig.

Die Nachricht von unserer Parteigründung hatte natürlich auch alle unsere Feinde auf den Plan gerufen. Sie versuchten, uns zu schaden, wo sie konnten. Die wenigen noch übriggebliebenen Konkurrenzzeitungen, auch wenn sie inzwischen allen Einfluß verloren hatten, entfesselten eine orgiastische Hetzkampagne, und so mancher glatzenfreundliche Schreiberling spuckte Gift und Galle, um unsere große Idee in den Schmutz zu ziehen. »Der Wahnwitz des Haarschutzes«, schrieb zum Beispiel wieder einmal der berüchtigte Professor Wind, »mobilisiert die niedrigsten Instinkte und fördert jegliche Art von Sadismus. Er führt nicht nur die bürgerlichen Schichten auf Abwege, er bedient sich auch auf heimtückische Weise der sozial Schwachen, die sich an jeden Strohhalm klammern, der einen Ausweg verspricht. Der Haarschutz ist eine gefährliche Epidemie und verlangt das umgehende Einschreiten der Regierung.«

Auf das Einschreiten der Regierung aber sollte Herr Wind vergeblich warten, denn die hatte größere Probleme als die Volksgesundheit. »Die drohende Glatzenfrage läßt sich nicht durch billigen Journalismus lösen«, stand im Kommentar der »Staatszeitung«. »Machen wir nicht so viel Wind um die Sache.«

Die Hetzartikel der Glatzenlager ließen uns kalt, waren wir doch überzeugt, auf dem richtigen Weg zu sein. Das einzige, was mein angenehmes Leben ein wenig störte, war ein Zettel, den mir jemand eines Morgens durch den Briefschlitz geworfen hatte. Die Witwe Schick brachte mir den Wisch ins Zimmer und bemerkte mit einer Mischung aus Betroffenheit und Schadenfreude:

»Gott sieht eben alles.«

Auf dem Zettel stand in ungelenken Blockbuchstaben: »Verrecke, du geldgieriges, korruptes Schwein!«

Das Verrecken konnte ich ja noch verschmerzen. Aber die Geldgier? Und das Schwein? Ein korruptes noch dazu. Da fiel mir Pepi ein. Ich fuhr in sein neues Nobelappartement und legte ihm die Schmähschrift auf den Marmortisch. Er überflog sie und grinste frech.

»Mach dir nichts daraus«, sagte er. »Rein biologisch bist du ein Mensch und kein Schwein, da bin ich ganz sicher. Was hat dich denn so erschreckt?«

»Ich und erschreckt?« Ich rang mir ein Lachen ab. »Da muß schon Ärgeres passieren, mein Lieber.«

»Und was willst du dann von mir?«

»Eugen. Ab heute ist er mein Gorilla.«

»Kommt nicht in Frage«, empörte sich Pepi. »Auch ich erwarte in Kürze Drohbriefe.«

»Aber ich bin immerhin der Führer.«

Nachdem ich dem korrupten Schwein gründlich die Meinung gesagt hatte, waren wir uns rasch einig. Eugen würde uns künftig abwechselnd beschützen.

Inzwischen lief alles genau nach Plan.

Schwarzkopf richtete das Parteilokal mit dem Geld von Pepis Schattenwucherer geschmackvoll ein. Man fühlte sich richtig behaglich in den vier Parteiwänden, die in milder Fliederfarbe erstrahlten. Über meinem repräsentativen Schreibtisch prangte das riesige Kreiszackler-Banner, das fröhlich flatterte, wenn wir die Räume durchlüfteten. Auch Dr. Schwarzkopf brachte gute Nachrichten. Es hätten sich bereits eine ganze Reihe von Bürgern gemeldet, die aktiv in der Haarschutzbewegung mitarbeiten wollten, und das obwohl unser Parteiblatt »Stimme des Volkes« noch gar nicht erschienen war. Die Menschen hatten lediglich durch die Hetzartikel des Glatzentums und durch unsere Flugblätter von der Existenz der neuen Partei erfahren.

Die Flugblätter hatte Pepi als Propagandachef persönlich verfaßt und mit dem griffigen Slogan voll ins Schwarze getroffen:

> »Zucht und Glück durch unsre Hand –
> glatzenfreies Vaterland«
>
> NHPKF

Aber auch die lange Version konnte sich sehen lassen:

> »Stolzer behaarter Landsmann, Arbeitsloser und Arbeiter, Fabrikant und Unternehmer, Großhändler und Kleingewerbetreibender, Kleinhändler und Großindustrieller, Beamter und Soldat, Kleinlandwirt und Großgrundbesitzer, für Dein Wohlergehen kämpft die Nationale Haarschützerpartei und Kreiszacklerfront«
>
> NHPKF

Das Erscheinen der »Stimme des Volkes« stand nun kurz bevor. Pepi hatte ein paar arbeitslose Journalisten angeheuert und sich mit großem Elan ans Werk gemacht, um die Zeitung so rasch wie möglich druckreif zu bekommen. Ich hatte keine Ahnung, was drinstehen würde. Pepi wollte mich nämlich damit überraschen und ließ mich keinen Fuß in die Redaktionsräume setzen.

Meine Freude über all diese Erfolge wurde nur durch meine Sorge um Lizzi getrübt, die keine Ahnung von all dem hatte. Unsere Beziehung wurde immer inniger, und wir sahen uns nahezu täglich, aber ich verstrickte mich tiefer und tiefer in meine Lügen. Leider hatte ich die Sache von Anfang an falsch angepackt. Hätte ich Lizzi während der Entstehung der Haarschutzbewegung anvertraut, daß mir nach Politzers Provokation gar nichts anderes übrigblieb, so wäre alles gut geworden. Immer wieder war ich kurz davor gewesen, Lizzi über meine Schlüsselrolle aufzuklären, aber immer wieder zögerte ich auch. Ich befürchtete, das verblendete Mädchen würde mich nach meinem Geständnis verlassen. So blieb mir also im Augenblick nichts anderes, als ihr weiterhin mit meinen zärtlichen Küssen die Augen zu verschließen.

An einem Montag morgen weckte mich heftiges Klingeln. Verschlafen öffnete ich die Tür und wurde von Dr. Schwanz fast umgerannt. Sein dramatischer Auftritt ließ große Dinge ahnen.

Ich bot ihm, wie unter Haarfrontgenossen Usus, ein Glas Marillenschnaps an. Dr. Schwanz leerte es in einem Zug, dann blickte er sich suchend um, als hätte er Angst, man könnte uns belauschen. Seine Schafsnase bebte vor Ernst und tieferer Bedeutung.

»Ich bin nun einmal ein durch und durch ehrlicher Mensch«, kam er endlich zur Sache, »und ich erfülle nur meine Pflicht als Kreiszackler, wenn ich Sie, meinen geliebten Führer, davon in Kenntnis setze, daß unser Propagandachef sich höchst verdächtig benimmt. Hinter Ihrem Rücken verhandelt er mit fragwürdigen Personen und führt konspirative Gespräche.«

Hatte ich es doch geahnt. Ich fragte Schwanz, wie er denn darauf komme.

»Reiner Zufall, eine Laune des Schicksals. Als ich mich hinter einem Aktenschrank im Parteilokal versteckte, sah ich einen fülligen Herrn im Nadelstreif und Hut in die Propagandaabteilung schleichen. Nach zwei Stunden und elf Minuten kam er mit Herrn Schomkuthy wieder heraus. Es war wirklich nur ein Zufall, daß ich der Sache auf die Spur kam. Hätte ich mich nicht zufällig versteckt, wären die Machenschaften von Herrn Schomkuthy niemals aufgedeckt worden.«

Jetzt saß Pepi endlich in der Falle. Die harmlose Schnüffelei von Verwaltungschef Schwanz würde mich zu seiner geheimen Geldquelle führen. Dem betrügerischen Fiesling sollte noch Hören und Sehen vergehen.

»Wer war denn der geheimnisvolle Besucher?« fragte ich meinen Schicksalsboten.

»Ich habe ihn gleich erkannt. Er war vor kurzem wegen einer Steueraffäre im Gerede.« Dr. Schwanz flüsterte geheimnisvoll. »Es war niemand geringerer als Elmar Watzek, der Chef der Industriellenvereinigung.«

»Danke«, brachte ich mühsam hervor. »Sie werden nicht bereuen, daß Sie sich mir anvertraut haben.«

»Ich habe doch nur meine Pflicht getan«, antwortete Dr. Schwanz bescheiden. »So wie jeder künftige Finanzminister es getan hätte. Geduld! Wir siegen!«

»Es lebe Flinta!«

Am nächsten Abend verließ ich nicht wie üblich das Parteilokal, sondern tat, als hätte ich noch wichtige Geschäfte zu erledigen.

Ich hatte nämlich am Morgen auf unserem offiziellen Briefpapier an den ekelhaften Chef der Industriellenvereinigung, den mir wohlbekannten Direktor Watzek geschrieben, und ihn für den späten Nachmittag in die

Parteizentrale gebeten. Der Einfachheit halber setzte ich Pepis unleserliche Unterschrift darunter.

Watzek war pünktlich zur Stelle und sichtlich erstaunt, mich vorzufinden.

»Treten Sie ruhig näher, Herr Generaldirektor«, sagte ich verbindlich, »Schomkuthy mußte leider kurzfristig einen anderen Termin wahrnehmen und bat mich, ihn zu vertreten.«

Watzek blinzelte mißtrauisch durch seine Brillengläser und zerbrach sich offenbar den Kopf, wo er mich schon gesehen hatte. Ungern folgte er mir in mein Büro. Ich bot ihm Platz an und wollte seinen Hut entgegennehmen. Zögernd setzte er sich schließlich auf die Stuhlkante, behielt den Hut aber auf. Ich wußte, warum.

Wir schwiegen ein Weilchen, dann begann er unsicher:

»Nehmen Sie mir mein Mißtrauen nicht übel, doch Herr Chefredakteur Schomkuthy hat mich bisher immer beschworen, Ihnen, verehrter Herr Flinta, kein Wort von unseren, wie soll ich sagen, vertraulichen Gesprächen zu verraten.«

»Mein lieber Herr Generaldirektor«, beschwichtigte ich ihn, »Josef Schomkuthy ist nicht nur ein verläßlicher Haarfrontgenosse, er ist auch mein ältester und bester Freund. Selbstverständlich hat er Ihre vertraulichen Gespräche auf Heller und Krone mit mir abgerechnet. Heute bin eben ich an der Reihe.«

Watzek tappte wie ein blindes Huhn in die Falle.

»Ich soll also schon wieder bezahlen«, muckte er auf. »Woher soll ich denn das viele Geld nehmen?«

»Aus der Portokasse«, erwiderte ich diplomatisch. »Die Haarschutzbewegung braucht viel Geld für den endgültigen Durchbruch. Der Kampf gegen die Gewerkschaften fordert auch seinen Tribut.«

Ich hatte spontan ins Schwarze getroffen.

»Ich bitte Sie«, klagte Watzek, »auch Schomkuthy weiß genau, wie gerne wir bereit sind, die Bewegung zu unterstützen. Erpressen aber lassen wir uns nicht.«

Mit dem Hut auf dem Kopf konnte er leicht frech werden. Ich schlug ihm also höflich vor, bei dieser Hitze endlich seinen Hut abzunehmen. Das wirkte. Der wackere Herr Direktor entblößte mit zitternden Händen seinen Kopf und saß wie ein Häufchen Elend mit seinem schütteren Haarkranz unter unserer martialischen Parteiparole »Komm zur Haarfront heute noch, befreie Dich vom Glatzenjoch«.

»Ich weiß, wie sehr der Haarschutz die heimische Industrie fördert«, sagte Watzek kleinlaut. »Unsere Arbeiter haben schon eine eigene Kreiszackler-Ortsgruppe gegründet.«

Ich schwieg, um ihn ein wenig schmoren zu lassen.

»Wieviel brauchen Sie denn diesmal«, fragte Watzek schließlich, und ich erwiderte kurz angebunden:

»Den gleichen Betrag wie immer.«

Gequält zog Direktor Watzek sein Scheckheft heraus. Kalte Wut packte mich, als seine goldene Füllfeder die letzte Null der 20 000 Kronen rundete. Ich ballte die Faust in der Hosentasche, als ich an Pepi dachte.

Watzek legte diskret noch ein Dutzend Hundert-Dollar-Noten in bar drauf.

»Ich gebe es doch gerne«, fügte er hinzu. »Ich habe schon gerne gegeben, als die Haarschutzbewegung noch in den Kinderschuhen steckte. Ich weiß noch ganz genau, wie glücklich Schomkuthy war, als ich ihm nach seinem mutigen offenen Brief an Professor Wind die Großzügigkeit der heimischen Industrie ankündigte.«

Pepi hatte also von Anfang an abkassiert. Das war

der Gipfel der Niedertracht. Wie konnte er mir, seinem Busenfreund, überhaupt noch in die Augen sehen ...

Da erklangen Schritte im Parteiflur, die Tür öffnete sich, und Pepi trat in mein Büro.

Ein derart dummes Gesicht hatte ich bislang noch nie gesehen. Pepi stand jetzt in der offenen Tür und schaute erst zu mir, dann zu Watzek. Noch hatte er das ganze Ausmaß der Katastrophe nicht erfaßt.

Ich ging ganz langsam zur Tür, sperrte sie sorgfältig ab und steckte den Schlüssel in die Tasche. Freundlich begrüßte Watzek den Propagandachef und Schatzmeister in einer Person.

»Ich habe Herrn Flinta den üblichen Betrag bereits überreicht«, sagte er zuvorkommend. »Wie geht es Ihnen, lieber Schomkuthy?«

Pepi war nicht ganz so zuvorkommend. Er stieß ein heiseres Gebrüll aus und sprang mit einem Satz zur Tür, rüttelte vergeblich daran und flüchtete dann in Richtung Fenster. Ich packte ihn aber schon nach wenigen Schritten am Kragen.

»Jetzt werd ich dir zeigen«, ich drückte die kleine Ratte an die Wand, »was es heißt, deinen besten Freund übers Ohr zu hauen.«

Pepi heulte auf wie eine Polizeisirene und versuchte, zwischen meinen Beinen durchzuschlüpfen. Als ihm das nicht gelang, biß er mich in die linke Wade.

»Hast du vielleicht keine Geschäfte gemacht?« brüllte er. »Du willst mich wohl für dumm verkaufen, du Dreckskerl!«

»Und wer von uns, elender Schurke, hat der Partei sein eigenes Geld zu Wucherzinsen geliehen?«

Im Rhythmus dieser Worte schlug ich seinen Kopf

auf die Kante meines Schreibtisches. Pepi lag zappelnd da und versuchte sich aufzurichten, um mir ins Gesicht zu spucken, traf aber daneben.

Watzek hatte sich inzwischen in meinen Lederfauteuil fallen lassen, schlug die Beine übereinander und verfolgte das Gerangel mit vornehmer Zurückhaltung.

»Entschuldigung, daß ich störe«, unterbrach er uns. »Aber wollen die Herren diese Angelegenheit nicht unter sich regeln?«

Ungern nur ließen wir voneinander ab. Pepi erhob sich mühsam, warf mir tödliche Blicke zu und rückte die Reste seines Anzugs zurecht.

»Es freut mich, daß Sie gekommen sind, lieber Herr Watzek«, stieß er atemlos hervor. »Verzeihen Sie, daß mein ungestümer Freund sein Fitneßtraining ausgerechnet vor Ihnen betreibt.«

Watzek bedeckte rasch seine Glatze.

»Das geht mich gar nichts an, meine Herren. Als echte Gentlemen werden Sie das sicher fabelhaft regeln. Lassen Sie uns bitte die Angelegenheit besprechen, soweit sie die Wirtschaft betrifft.«

Pepi und ich setzten uns auf die entferntesten Plätze.

»Watzek, fifty-fifty«, zischte ich Pepi zu. »Abgemacht?«

»Abgemacht«, flüsterte mein Freund zurück. »Aber kein Wort zu Schwarzkopf.«

Und so erörterten wir drei in freundschaftlicher Atmosphäre die weiteren kostenintensiven Bemühungen der Industrie, um die Verschmelzung der nationalen und der haarschützenden Kräfte so rasch als möglich voranzubringen.

Um ein Haar hätte die Watzek-Affäre eine schwere Parteikrise heraufbeschworen. Der endgültige Bruch wurde nur durch meine geradezu sprichwörtliche Weitsicht verhindert, die dem versöhnlichen Motto folgte »Verdamme nicht, sondern zeige dem reuigen Sünder den richtigen Weg«. Da Pepi letztlich bereit war, die Industriespenden künftig mit mir zu teilen und mir meinen silbernen Flaschenöffner, wenn auch ungern, zurückgab, waren die Wogen wieder geglättet. Wenige Tage später erinnerte nichts mehr an den peinlichen Zwischenfall, nur der stattliche Betrag, den Pepi mir von nun an griesgrämig hinblätterte.

Mein Kontostand hatte inzwischen eine Höhe erreicht, die mich zu weiteren Überlegungen verpflichtete. Ich spielte mit dem Gedanken, mein Untermietzimmer bei der Witwe Schick aufzugeben und ein bescheidenes kleines Schloß zu erwerben, verzichtete dann aber schweren Herzens darauf, um das Mißtrauen meines kleinlichen Freundes nicht unnötig zu wekken. Pepi könnte eins und eins zusammenzählen und womöglich der blühenden Perückenproduktion und dem diskreten Haarwasser auf die Spur kommen. Das konnte ich nun wirklich nicht riskieren. So blieb ich eben Untermieter, kaufte mir statt dessen erstklassige Wertpapiere und tröstete mich damit, daß mir Dr. Schwarzkopf eine ehemalige Glatzenwohnung in der Innenstadt versprochen hatte, wenn unsere Mitgliederzahl sechsstellig geworden war.

Die Geschäfte mit dem Haarwasser florierten tatsächlich noch üppiger, als Dr. Schwarzkopf und ich es uns in den kühnsten Träumen erhofft hatten. Wir hatten gemeinsam einen bescheidenen, aber günstig gelegenen Kellerraum in einem der Außenbezirke angemietet und ihn zum Labor umfunktioniert. Die wissenschaftliche Arbeit übertrugen wir Dr. Schwarzkopfs hochbegabtem Neffen, einem Studenten der Philosophie. Der junge Philosoph entwickelte in sorgfältigen wissenschaftlichen Experimenten eine nahezu patentreife Haarwassersubstanz. Die geheime Formel dieser Revolution im einschlägigen Markt lautete: 98 Teile Wasser, 1 Teil Menthol und 1 Teil von noch irgend etwas.

Das hochwirksame Präparat erhielt den treffenden Namen »Antikahl«, und vielleicht ist es nicht zuletzt diesem Umstand zuzuschreiben, daß unser junger Betrieb mit Aufträgen überhäuft wurde. Das Produkt erfreute sich aber auch wegen seiner einfachen Handhabung bald größter Beliebtheit: »Alle zwei Stunden einen gehäuften Eßlöffel auf die Handfläche tröpfeln«, hieß es im Beipackzettel, »das Antikahl in die angekahlten Hautpartien sanft einmassieren (nicht einreiben!) und den Vorgang so oft wiederholen, bis die gewünschte Haarmenge erreicht ist.«

Den Preis der kleinen Flasche hatten wir mit Kr. 32,10 angesetzt, den der doppelten Sparpackung mit Kr. 64,20. In fetten Buchstaben stand auf der Verpackung: »Schütze Dich und Deine Familie vor dem Gespenst der Haarlosigkeit.«

Um »Antikahl« endgültig im Markt zu etablieren, schaltete ich eine ganzseitige Anzeige in der ersten Nummer der »Stimme des Volkes«. Das brachte André auf den Gedanken, auch für unsere Perücken zu werben, aber ich redete es ihm geschwind aus, um Pepis Spürnase nicht auf eine neue Fährte zu führen. Mein Privatleben geht schließlich niemanden etwas an.

Ich überflog gerade die Tagesberichte der inzwischen recht zahlreichen Kreiszackler-Ortsgruppen, als ein kleiner weißhaariger Herr in mein Büro geführt wurde.

»Entschuldigen Sie bitte die Störung«, sagte der Besucher leise. »Vielleicht erkennen Sie mich, mein Name ist Wind.«

Ich war ratlos. Sollte ich ihn freundlich begrüßen oder ihn kurzerhand hinauswerfen? Ich murmelte irgend etwas und ließ schleunigst Pepi holen. Schließlich war er der Propagandachef und Professor Wind somit sein Problem.

Pepi wollte sich rasch wieder davonmachen, als er Professor Wind erblickte, setzte sich aber dann doch zu uns, als er meinen mahnenden Blick auffing. Der Professor kam zur Sache:

»Meine Herren, ich bin zwar kein eingefleischter Patriot, aber die Entwicklung in meinem Heimatland bereitet mir große Sorgen. Ich weiß heute, daß meine Artikel nichts gefruchtet haben, und so wagte ich mich in die Höhle des Löwen.«

»Fassen Sie sich kurz«, fuhr Pepi dazwischen. »Unsere Zeit ist knapp. Die Arbeit in der Bewegung fordert all unsere Kräfte.«

Der Gelehrte atmete tief durch:

»Ich werde Sie nicht lange aufhalten. Ich will Sie nur fragen: Haben Sie denn keinerlei Skrupel, so schamlos zu lügen? Anständige Menschen würden bei einer solchen Unverfrorenheit in Grund und Boden versinken.«

Er schaute mir jetzt direkt in die Augen. Ich blickte zu Boden, um ihn nicht in Verlegenheit zu bringen.

»Anständige Menschen?« ergriff Pepi das Wort. »Das ist ein dehnbarer Begriff, werter Professor. In meinen Augen ist ein anständiger Mensch jemand, der in einer öffentlichen Telefonzelle nicht versucht, Hosenknöpfe einzuwerfen. Ich habe das noch nie getan, und so halte ich mich durchaus für anständig.«

»Sie sind ein Zyniker«, fuhr der Professor auf. »Ich muß wohl deutlicher werden. Sie sind habgierig und machtbesessen, und zwar in dieser Reihenfolge.«

»Machen Sie sich doch nicht lächerlich, guter Freund«, entgegnete Pepi seelenruhig. »Zehntausende Anhänger werden sich doch wohl nicht irren.«

Ich unterbrach den Dialog, weil ich es nicht leiden konnte, wenn Pepi mich nicht zu Wort kommen ließ.

»Die Idee des Haarschutzes«, deklamierte ich den Text eines unserer Plakate, »leuchtet wie eine Fackel auf dem Weg in eine bessere Kreiszacklerzukunft.«

»Unsinn«, brauste der Professor auf. »Vielleicht sind die Menschen doch nicht so dumm, wie Sie meinen. Bilden Sie sich ja nicht ein, daß Sie mit Ihrer bodenlosen Niedertracht unschuldige Menschen ins Unglück stürzen können, während Sie sich selbst ein schönes Leben machen.«

»Ihre Selbstlosigkeit rührt mich zu Tränen«, bemerkte Pepi trocken. »Und jetzt werde ich deutlicher. Unserer Haarschutzbewegung wird längst die Welt gehören, wenn Sie Einfaltspinsel immer noch von Anständigkeit und ähnlichen Banalitäten faseln.«

Keine Frage, Pepi war dem Professor intellektuell haushoch überlegen. Der eitle Wissenschaftler schäumte vor Wut:

»Und wenn die ganze Welt den Verstand verliert, eines Tages wird die Wahrheit siegen.«

»Amen«, sagte Pepi und rief unseren Oberkellner. »Eugen, führen Sie den Herrn samt seiner Wahrheit hinaus.«

✲

Es war gegen sieben Uhr, als ich wie jeden Abend auf Lizzi wartete. Der Sommer neigte sich langsam dem Ende zu, und es dämmerte bereits, aber die Straße war immer noch voller Menschen, die sich gegenseitig unser Parteiorgan aus den Händen rissen.

Unaufhörlich schleppten die Zeitungsjungen mit den lila Krawatten neue Stapel heran:

»Sensation«, riefen sie. »Die mutige Tageszeitung der Kreiszacklerfront. Die erste Nummer der ›Stimme des Volkes‹. Die Haarfront schlägt zurück! Glatzen raus! ...«

Mittags um zwei waren die ersten hunderttausend Exemplare ausgeliefert worden, und nun verkaufte man bereits die vierte Auflage. Das Blatt hatte auf Anhieb das kritische Hauptstadtpublikum erobert und Kreiszackler wie Glatzensympathisanten gleichermaßen gefesselt.

Unser neues Parteiorgan genügte aber auch den höchsten Ansprüchen. Auf der Titelseite prangte in riesigen lila Buchstaben das Parteistatut, und darunter stand mein persönlicher Appell, die Überraschung, die mir Pepi angekündigt hatte. Darin rief ich alle behaarten Bürger auf, den Kampf gegen das internationale Glatzentum Schulter an Schulter mit uns zu bestreiten. Aus der Mitte des Artikels ließ ich meinen sorgenvollen Blick in die Ferne schweifen, und darunter hatte Pepi »Es lebe Rudolf Flinta, der große Führer der NHPKF« gesetzt.

Auf der zweiten Seite aber kam Pepi selbst zu Wort. In einer wortgewaltigen Proklamation rief er alle Patrioten zum Kampf gegen das glatzköpfige Schmarotzertum auf. Er bezog sich dabei auf den historischen Hirtenbrief des großen Kirchenmannes und Türkenfressers Johannes von Capistrano, in dem der visionäre Priester »Zum Kampf gegen die ungläubigen kahlgeschorenen Osmanen« aufgerufen hatte.

»Die leidenschaftlichen Worte des unsterblichen Geistlichen brennen mir in der Seele«, schrieb Pepi. »In seinem Namen fordere ich: Auf mein Volk, gegen die Glatzköpfe, auf zum heiligen Krieg! Folgen wir der Parole: Mit kreiszacklerischer Ehre für Vaterland und Gerechtigkeit.«

Pepi war sich seiner Wirkung so sicher, daß er auch mit den »verantwortungslosen Regierenden« gnadenlos ins Gericht ging und sie in Bausch und Bogen als feige Hunde bezeichnete, obwohl wir bislang von offizieller Seite eigentlich nur freundliche Duldung erfahren hatten.

»Wir sind nicht käuflich«, ließ von Schomkuthy seine Leser wissen. »Die Tage dieser Regierung sind gezählt. Das Maß ist voll!«

Auf den nächsten Seiten konnte ich dann meinen beispielhaften, wenn auch nicht ganz authentischen Lebenslauf nachlesen. Ich erfuhr daraus, ich hätte mich aus ärmlichen Verhältnissen emporgearbeitet, mein Universitätsstudium ungeachtet bitterster Armut mit eisernem Willen durchgezogen, ganz abgesehen davon, daß ich eine anerkannte politische Autorität und ein blendender Rhetoriker mit visionärem Konzept wäre. Mein fester Glaube und meine untadelige moralische Haltung wären die beste Gewähr für eine erfolgreiche Zukunft des Haarschützerkonzepts.

Verwaltungschef Dr. Schwanz untermauerte als innenpolitischer Sprecher ideologisch, warum das internationale Glatzentum sich die Unterwerfung der Menschheit zum Endziel gesetzt hatte und warum der Kampf dagegen »vorrangige Berufung, heilige Sendung und humanitäre Pflicht« sei.

Auch die übrigen Artikel befaßten sich ausschließlich mit der Glatzenfrage, insbesondere die als »Haarnetz« überschriebene Kolumne, in der wir die Machenschaften jener prominenten Glatzenfirmen entlarvten, die die Wirkung von Zeitungsanzeigen unterschätzt hatten.

Aber Pepi hatte auch für die Unterhaltung unserer

Leser gesorgt. Außer dem »Haarnetz« gab es noch eine bunte Palette für die ganze Familie, von amüsanten Glatzenwitzen bis zu spannenden Kreuzworträtseln. Der köstlichste Glatzenwitz dieser Nummer lautete:

Zwei Kahlgeschorene treffen sich auf der Straße:

»Hören Sie, Kohn, mir ist, als ob ich Sie gestern gesehen hätte.«

»Wo denn, Schwarz?«

»Sie kamen gerade aus dem Schwimmbad.«

»Aus dem Bad? Das kann nicht ich gewesen sein.«

Dieser prachtvolle Witz gefiel mir sehr gut, denn er deutete geschmackvoll an, daß sich die Glatzköpfe nur ungern waschen. Hatte ich doch selbst als kleiner Junge im Strandbad häufig beobachtet, wie sich die kahlen Opas ärgerten, wenn man sie naßspritzte.

Die Auflösung des Kreuzworträtsels förderte einen berühmten Ausspruch Napoleons zutage. Waagerecht 1 und Senkrecht 18: »Schlimmer als ein zaudernder Feldherr ist nur ein kahler«, wobei den Einsendern der richtigen Auflösung das bereits im Druck befindliche historische Werk »Protokolle weiser Glatzköpfe« von Prof. Dr. Josef von Schomkuthy jun. als Preis winkte.

Die erste Ausgabe der »Stimme des Volkes« war so schnell vergriffen, daß viele Interessierte leer ausgingen. Die Auflage der zweiten Ausgabe hatten wir verzehnfacht, aber zumindest brauchten wir uns um die Verteilung keine Sorgen mehr zu machen. Begeisterte Parteimitglieder betätigten sich unentgeltlich als Zeitungsjungen, um den Nachschub zu sichern. Die Meldungen über die Begeisterung, die das neue Blatt auslöste, rissen nicht ab. In der Zentrale liefen die Drähte heißt, spontan bildeten sich Freiwilligentrupps, die in den Straßen nach Glatzköpfen Ausschau hielten. Natürlich verkrochen sich diese Feiglinge lieber in ihren eigenen vier Wänden, anstatt sich der aufgeklärten Öffentlichkeit zu stellen.

Ich aber hatte noch immer nicht mit Lizzi gesprochen. Diesmal wollte ich ihr endlich reinen Wein einschenken, wenn sie durch die »Stimme des Volkes« nicht ohnehin schon im Bilde war. Ich hatte mir inzwischen einen genauen Plan zurechtgelegt, wie ich sie überzeugen wollte. »Meine kleine Lizzi«, würde ich sie beschwören, »ja, ich will es gar nicht leugnen, ich bin nun einmal der Kopf der neuen Bewegung. Es war vielleicht unfair, es dir nicht sofort zu sagen, aber ich wollte dich nicht unnötig aufregen. Die Zukunft gehört uns, und das unauslöschbare Feuer unserer unsterblichen Liebe wird alles überwinden ...«

Es schlug sieben, als Lizzi, wie verabredet, auftauchte. Ihr Mantel stand weit offen, der Wind hatte ihre prächtigen Locken zerzaust, und als sie näher kam, bemerkte ich auch die verweinten Augen im blassen Gesicht. Sonst fiel sie mir zur Begrüßung immer um den Hals, heute blieb sie stumm mit herunterhängenden Armen vor mir stehen.

»Rudi«, begann Lizzi schließlich mit erstickter Stimme. »Bist du wirklich der Anführer dieser dreckigen Bande?«

»Ich kann doch nichts dafür«, stammelte ich. »Der blöde Pepi ist schuld. Ich bin einfach nicht dazu gekommen, es dir zu erzählen. Immer wieder ist irgend etwas dazwischengekommen. Du kennst das ja.«

Lizzi schluchzte so laut, daß ich sie in eine Toreinfahrt zog. Man drehte sich bereits nach uns um. Was sollte ich nur tun? Ich liebte sie doch so sehr. Ich beschloß, ohne Rücksicht auf Konsequenzen ihr alles der Reihe nach ganz ehrlich zu erzählen.

Zuerst suchte ich noch mühsam nach Worten, dann aber war es, als hätte sich in mir eine Schleuse geöffnet. Ich erzählte, wie es nach Politzers himmelschreiender Gemeinheit zu Pepis umstrittenem Artikel gekommen war und ich dann, das Wohl meines Freundes vor Augen, ganz unschuldig in die Sache hineingezogen worden war.

»Es muß sich doch um eine gerechte Sache handeln«, versuchte ich sie zu überzeugen. »Hätten wir sonst so viele begeisterte Anhänger?

Lizzi sah mich fassungslos an.

»Ist das so schwer zu verstehen, meine Liebste. Bisher war ich wie ein streunender Hund, der von den Abfällen der Straße lebte«, schloß ich mein Bekenntnis. »Ich besaß keinen roten Heller, ich wurde getreten und herumgeschubst. Zum ersten Mal in meinem Leben genieße ich Ansehen, die Menschen beten mich an, und ich habe ein eigenes Konto. Soll ich denn auf all das verzichten?«

»Und woher kommt dieses Geld?« insistierte das Mädchen. »Wer sind die, die dich so weit gebracht haben? Gauner, Irre, Schwächlinge.«

»Mein Herz«, tröstete ich sie. »Wenn du in Ruhe überlegst, wirst du einsehen, daß ich gar nicht so falsch liege. Du kannst doch Tatsachen nicht einfach leugnen. Warum gibt es denn viel mehr Glatzköpfe unter reichen Bankiers oder Börsenmaklern als unter mittellosen Laufburschen oder Studenten, warum?«

Lizzi riß sich los.

»Rudi«, flüsterte sie. »Das kann doch nicht dein Ernst sein. Du machst dich doch lustig über mich.«

Noch bevor ich antworten konnte, mußten wir einem grölenden Haufen ausweichen, der ganz nah an unserer Toreinfahrt vorbeizog. Acht fröhliche junge Leute trieben einen jungen Mann mit schütterem Haar vor sich her, der offenbar nicht ganz freiwillig auf allen vieren dahinkroch.

»Hü, hott«, schrien die Burschen laut und traten auf ihn ein. »Zeig mal, wie ein Musterschüler wiehern kann!«

Der junge Mann versuchte sich aufzurichten, aber die acht drehten so lange an seinen großen, abstehenden Ohren, bis er tatsächlich zu wiehern anfing. Die Szene spielte sich auf offener Straße ab, aber niemand blieb stehen. Zwar schüttelte der eine oder andere Vorübergehende den Kopf, hütete sich aber, sich in fremde Angelegenheiten einzumischen.

Als der junge Mann wieherte und wieherte, schrie Lizzi auf. Da bemerkten uns die Studenten und zerrten mich aus der Einfahrt. Verzweifelt beteuerte ich, ich sei kein flüchtiger Glatzkopf, und schon riß einer der Studenten grölend an meinen Haaren. Dann stutzte er und fuhr erschrocken zurück:

»Verzeihen Sie tausendmal«, stammelte er. »Geduld! Wir siegen! Es lebe Flinta!«

»Heiliger Strohsack, das ist ja der Führer«, erkannten mich jetzt auch die anderen, und ich spürte wieder jenen wohligen Schauer in meinem Rücken. Ja, für die Jugend war ich ein Idol, ob ich nun wollte oder nicht.

Die jungen Kerle überschlugen sich dann vor Eifer, mir alles zu berichten. Sie wollten mit dem spärlich behaarten Kommilitonen nur ihren Spaß treiben, weil der Streber sich bei den Professoren immer so anbiederte, nur die besten Noten bekam und sich jetzt auch noch während einer Vorlesung unter die Behaarten gesetzt hatte. Das war dann doch zu viel gewesen.

Ich murmelte ein paar aufmunternde Worte. Die ungestüme Bande zog zufrieden von dannen, auf der Suche nach weiteren kahlen Zielen ihres Humors. Den Streber hatten sie auf meinen Wunsch entwischen lassen.

Lizzi hatte die Szene stumm beobachtet.

»Das also«, sagte sie anklagend, »das sind deine Anhänger.«

»Glaub mir, Lizzi, auch mir gefällt nicht alles. Aber weißt du, warum ich mich überhaupt darauf einließ, warum ich mich von ganz unten emporgearbeitet habe? Einzig und allein deinetwegen. Ich wollte mir eine Existenz aufbauen, um dich zur Frau zu nehmen.«

Lizzi seufzte tief:

»Wie glücklich wäre ich noch vor wenigen Tagen über deinen Antrag gewesen. Seit heute aber ist alles anders. Rudi, ich kann einfach nicht die Frau eines Haarschützers werden.«

»Warum nicht«, bestürmte ich sie. »Was hat Politik mit Liebe zu tun?«

Lizzi schwieg.

»Ich habe Angst um dich«, flüsterte sie dann, »glaubst du denn, daß ausgerechnet dich das Böse, das du ausgelöst hast, verschonen wird? Und ich muß dir etwas gestehen: Mein Vater ist völlig kahl.«

Sie drehte sich auf dem Absatz um und lief davon. Ich blieb wie angewurzelt stehen und starrte ihr fassungslos nach.

Langsam ging ich nach Hause.

Daß Lizzi, dieses kluge, charmante und fröhliche Geschöpf, einen Glatzkopf zum Vater hatte. Nicht auszudenken. Wenn er zumindest schütteres Haar gehabt hätte, ein kleines Büschel irgendwo, aber vollkommen kahl? Ich, der Prophet des Haarschutzes und ein Mädchen mit Glatzkopfwurzeln, mein Gott, was habe ich getan, daß du mich so strafst?

Je länger ich aber nachgrübelte, desto ärgerlicher wurde ich auf Lizzi. Wieso hatte mir dieses naive Ding nur den katastrophalen Zustand ihres Vaters verheimlicht? Wenn man jemanden wirklich liebt, dann darf man ihm nichts verheimlichen. Hätte sie mir früh genug ihre trostlosen Familienverhältnisse geschildert, so hätte ich mich bestimmt nicht in sie verliebt und schon gar nicht um ihre Hand angehalten.

Ich war des Lebens überdrüssig. Das erste Mal, seit ich die Haarschutzidee geboren hatte, überfielen mich böse Ahnungen, die sich leider nur allzu bald bewahrheiten sollten.

Es war völlig dunkel, als ich zu Hause ankam. Kein Mensch weit und breit, unsere kleine Straße war wie ausgestorben. Die Zeiten waren unsicher, und auch ich wäre unter normalen Umständen vor Einbruch der Nacht zu Hause gewesen, aber Lizzis Geständnis hatte mich unvorsichtig gemacht.

So zog ich den Hausschlüssel schnell aus der Tasche, als ich Schritte hörte. Zuerst glaubte ich, Eugen warte auf mich, aber dann sah ich vier unbekannte Männer drohend vor mir stehen.

Fieberhaft suchte ich nach meinem Oberkellner, doch der hatte sich rechtzeitig hinter einer Litfaßsäule verkrochen. Von dort aus winkte er mir aufmunternd zu. Was sollte mir schließlich passieren, sagte ich mir, wahrscheinlich waren es wieder begeisterte Haarschützer, die mich für einen feigen Glatzkopf hielten.

»Ich bin ein Behaarter, meine Herren«, sagte ich so laut und vernehmlich ich konnte. Eine Ohrfeige war die prompte Antwort, und dann ging es Schlag auf Schlag. Ein Tritt in den Bauch, und ich klappte zusammen wie ein Taschenmesser.

»Meine Herren«, stammelte ich hastig, »wenn Sie Geld brauchen, kein Problem ...«

»Maul halten.«

Ich wurde in die Höhe gerissen. Das war es dann

wohl, meine letzte Stunde nahte. Ich würde nicht einmal mehr erfahren, welche Glatzköpfe mich ins Jenseits befördert hatten.

»Tun Sie mir nichts, bitte«, flehte ich. »Ich bin doch nur Haarschützer geworden, um das Ärgste zu verhindern. Jeder andere hätte viel ärger gewütet.«

Einer lachte verächtlich auf, und ein anderer versuchte, aus meinen Rippen Kleinholz zu machen.

»Der Vater meiner Braut ist selbst ein Glatzkopf«, ich spielte meine letzte Karte aus, aber nicht einmal das beeindruckte die Angreifer.

»Hör gut zu, du mieser Kerl«, einer blies mir seinen feuchten Atem ins Gesicht. »Wenn dein Schundblatt noch einmal schreibt, daß die Regierung aus feigen Hunden besteht, deren Tage gezählt sind, dann schlagen wir dich das nächste Mal mausetot, verstanden?«

Aus der Ferne waren Schritte zu vernehmen. Der Flüsterer ließ meine Gurgel los und warf mich zu Boden. Ich sah viele bunte Sterne und verlor das Bewußtsein.

Als ich wieder zu mir kam, lag ich auf meinem Bett. Vorsichtig öffnete ich ein Auge, schloß es aber gleich wieder, weil ein stechender Schmerz meine Brust durchbohrte. Schemenhaft hatte ich Frau Molnar erkannt, die versuchte, mir ein wenig Wasser einzuflößen. Dann hielt sie mir etwas unter die Nase, das so bestialisch stank, daß ich in die Höhe schoß. Alles tat mir weh, ich konnte nur ganz flach atmen.

»Ist Pepi auch verdroschen worden?« fragte ich mit letzter Kraft. Frau Molnar hatte nichts davon gehört.

»Schade. Wie bin ich denn nach Hause gekommen?«

Frau Molnar deutete auf das Fußende meines Bettes.

Da saß der alte Hawlitschek auf einer Stuhlkante und schob verstört seinen Hut hin und her. Frau Molnar erzählte in wenigen Worten die Geschichte meiner wundersamen Rettung. Ohne das unerwartete Auftauchen von Opa Hawlitschek wäre mein Leben keinen Pfifferling mehr wert gewesen. Als der alte Herr mich am Gehsteig liegen sah, rief er laut um Hilfe. Der Schlägertrupp suchte daraufhin das Weite, Hawlitschek aber schleppte mich trotz seiner Gebrechlichkeit bis in mein Zimmer. Im Treppenhaus war er dann auf Frau Molnar und den verschreckten Oberkellner gestoßen, und jetzt warteten sie auf den Krankenwagen.

»Danke Hawlitschek«, wandte ich mich herzlich an den Alten. »Ohne Sie, mein Lieber, wäre es mir an den Kragen gegangen. Nur einige Minuten später, und die Glatzköpfe hätten ein Freudenfeuer entzündet.«

»Entschuldigen Sie, Herr Flinta«, sagte der alte Herr, »nicht daß es was ausmacht, aber ich bin doch auch ein Glatzkopf.«

Tatsächlich, da fiel es mir wieder ein, Opa Hawlitschek war keiner von uns.

»Bei Ihnen ist das etwas anderes, Hawlitschek«, beruhigte ich ihn. »Sie sind eine Ausnahme. Ihnen wird wegen dieser peinlichen Angelegenheit nichts geschehen, dafür sorge ich persönlich.«

»Danke sehr, Herr Flinta.«

Mühsam richtete ich mich auf und bemerkte erst jetzt, wie es in meinem Zimmer aussah. Es war völlig verwüstet, alle Möbel umgeworfen, die Schubladen herausgezogen, meine Sachen am Boden verstreut.

»Beruhigen Sie sich, Herr Flinta«, sagte Frau Molnar munter. »Das war nur die Polizei.«

Am frühen Nachmittag, berichtete sie, wären Beamte ins Haus eingedrungen und hätten »wegen Verdachts auf Verbreitung illegaler Flugblätter« nicht nur mein Zimmer, sondern auch das von Frau Schick durchstöbert. Beweise waren zwar nicht zu finden, denn die lagen gut versteckt im Keller der Parteizentrale, aber die Witwe hatten sie mitgenommen.

»Was hat denn die arme Frau getan?«

»Sie hatte Dollar in ihrem Wäscheschrank verborgen«, berichtete Frau Molnar aufgeregt. »Sie wissen ja, welche Strafe auf unerlaubtem Devisenbesitz steht.«

Ich wollte mich gleich in die nächste Ohnmacht retten, denn die 1200 Dollar kannte ich seit dem unvergeßlichen Treffen mit Direktor Watzek nur zu gut. Ich selbst hatte sie der Witwe gegeben, in der Hoffnung, bei ihr wäre das Geld sicher. Jetzt endete dieser Tag auch noch hinter Schloß und Riegel. Im Geiste hörte ich bereits die Polizeisirenen ...

Das Leben ist kein Picknick, das begann ich langsam zu begreifen.

Zwei volle Tage lag ich bereits im St. Jolantha-Krankenhaus. Mir war elend zumute, obwohl meine gebrochenen Rippen fest bandagiert waren und der Oberarzt sich rührend um seinen Ehrengast kümmerte. Ich aber litt an Verfolgungswahn, und das nicht ohne Grund, denn die Zeitungen hatten nämlich berichtet, die Regierung würde mit den Kreiszacklern kurzen Prozeß machen.

> »In diesen schweren Zeiten«, meldete die Staatspostille, »da überall auf dem Kontinent Kriege ausbrechen und nur ein paar hundert Kilometer von uns entfernt Millionenheere aufeinandergehetzt werden, muß die Regierung selbst für das Wohl der Nation sorgen und die brennende Glatzenfrage oh-

ne fremde Hilfe lösen. Die Haarschutzextremisten, die sich mittlerweile Kreiszackler nennen, haben versucht, die Führung im gerechten Kampf gegen das rachsüchtige Glatzentum an sich zu reißen. Als ob die vom Volk gewählte Regierung im Land des heiligen Antonius nicht imstande wäre, selbst ihre heilige vaterländische Pflicht zu erfüllen. Vor allem in Kriegszeiten müssen historische Missionen in einer Hand bleiben. Das defätistische kosmopolitische Glatzentum kann zweifellos nur von einem tadellos funktionierenden Staatsapparat in Schach gehalten werden.«

Die Absicht der regierenden Schwachköpfe war leicht zu durchschauen. Unser zunehmender Einfluß hatte sie neidisch gemacht, und jetzt wollten sie die überraschende Popularität der Glatzenfrage für sich vereinnahmen. Auf schamlose Weise kopierte die Regierung unsere Idee und schickte uns zudem noch die Geheimpolizei auf den Hals, die mir ohne zu zögern drei Rippen brach.

Am meisten jedoch ärgerte mich, daß sich Pepi nach dem Überfall eiligst aus dem Staub gemacht hatte, während ich ans Krankenbett gefesselt war. Außerdem erwartete mich ein Verfahren wegen illegalen Devisenbesitzes, wenn Frau Schick ihr Geständnis abgeliefert hatte.

Von all meinen Anhängern war Dr. Schwarzkopf der einzige, der mir in diesen schweren Tagen zur Seite stand. Er wachte auch an jenem Nachmittag an meinem Bett, als mir eine neue Hiobsbotschaft überbracht wurde.

Unter dem Namen »Glatzenschreck N« wurde nämlich seit kurzem ein neues Haarwasser verkauft, das zwar um einiges billiger, aber ebenso wirkungslos war wie unseres. Die Produzenten von »Glatzenschreck N« waren leider nicht zu ermitteln gewesen. Es schien sie einfach nicht zu geben. So konnten wir nicht einmal Preisabsprachen treffen, und es blieb nichts anderes, als unser Haarwasser unter dem Preis des neuen zu verkaufen, auch wenn wir draufzahlen würden, was aber gar nicht möglich war.

Schwarzkopf brachte mir endlich auch eine Nachricht von Pepi.

»Von unserem gemeinsamen Oberkellner«, schrieb er, »habe ich erfahren, daß du trotz seiner tatkräftigen Hilfe verprügelt wurdest. Du bist eben nicht zum Helden geboren, lieber Rudi. Mir geht es so leidlich, allerdings schmerzen in letzter Zeit meine Knie. Der Arzt hat mir dringend eine Schlammkur empfohlen, deshalb tauche ich einige Tage unter. Mach dir keine Sorgen um mich, man wird mich nicht finden. Du wirst es schon irgendwie schaffen. Viele Grüße von deinem Freund Pepi.«

So viel Anteilnahme hatte ich gar nicht erwartet.

»Warum hat man in der ›Stimme des Volkes‹ eigentlich nicht über das heimtückische Attentat auf mich berichtet?« beschwerte ich mich bei Dr. Schwarzkopf. »Als Pepi damals seine lächerlichen zwei Zähne verlor, gab es jede Menge Geschrei.«

»Das fällt allein in Schomkuthys Ressort«, wand sich Dr. Schwarzkopf. »Der Herr Chefredakteur will unsere Leser vermutlich nicht auf die gute Idee bringen, man könnte uns auf offener Straße verprügeln. Im übrigen wurde die ›Stimme des Volkes‹ ohnedies vor zwei Tagen auf Anordnung der Regierung eingestellt. Ein Skandal. Dabei hat alles so hoffnungsvoll begonnen ...«

Da durchzuckte mich plötzlich ein absurder Gedanke. Was wäre, wenn, ja, wenn wir die ganze Kreiszacklerei bleiben ließen. Geld hatte ich schließlich genug auf der hohen Kante, das Perückengeschäft würde noch eine Weile weiterlaufen und das Haarwasser sich zum Dumpingpreis ein paar Monate im Markt behaupten. Das Wichtigste aber war, daß Lizzi und ich uns ganz ohne das Glatzentheater auf eine unbeschwerte Zukunft freuen könnten.

Sogar jetzt, da die Idee auf dem Spiel stand, konnte ich an nichts anderes denken als an Lizzi. Ihr überstürzter Abgang betrübte mich. In meinem Kummer wäre ich sogar bereit gewesen, die Kahlköpfigkeit ihres Vaters zu ignorieren. Hätte Politzer Haare gehabt, wäre ihr Vater heute noch ein anständiger Bürger, und ich könnte seine Tochter ungehindert zum Altar führen.

Gleich darauf schämte ich mich aber meiner engherzigen Gedanken und beschloß, der schadenfrohen kahlen Bande meine geprellten Rippen auf Heller und Pfennig heimzuzahlen.

Es kam aber nicht dazu.

Der dritte Tag im Krankenhaus brachte endlich die Wende, als ich eine gute Nachricht nach der anderen erhielt.

Zunächst war das Seitenstechen so weit zurückgegangen, daß ich bereits über den Gang humpeln konnte, und der reizende Oberarzt versprach, mich am Wochenende aus dem Krankenhaus zu entlassen. Gleichzeitig erfuhr ich, daß die »Stimme des Volkes« wieder ausgetragen wurde und die Regierung ihre Hetzkampagne gegen uns wider Erwarten eingestellt hatte. Ich schöpfte neue Hoffnung für unsere junge Bewegung.

Die größte Überraschung aber bereitete mir die Witwe. Die Lokalnachrichten meldeten nämlich, daß eine gewisse Frau Elivra Schick, die in ihrer Wohnung eine größere Summe US-Dollar versteckt hatte, im Zuge eines bravourösen Polizeimanövers verhaftet worden war. Im Gefängnis habe die Inhaftierte dann gestanden, »Besitzerin illegaler Auslandsdevisen gewesen zu sein«.

Die selbstlose Geste der Witwe rührte mich tief. Sie hatte sich für mich, den unersetzlichen Führer, geopfert. Das sollte sie nicht bereuen. Noch vom Krankenbett aus ließ ich der mutigen Frau erlesene Delikatessen, ein Heizkissen und die neuesten Gebetbücher ins Zuchthaus schicken.

So hätte ich allen Grund gehabt, zufrieden zu sein, wäre da nicht meine Sehnsucht nach Lizzi gewesen. Ich mußte sie unbedingt wiedersehen. Ich hatte sie inständig gebeten, mich zu besuchen, und hoffte auf eine stürmische Versöhnung, schien es mir doch, als stünde ich plötzlich unter dem Schutz einer geheimnisvollen höheren Macht. Bereits kurz darauf entpuppte sich diese Macht als Dr. Carl-Pierre Zenmayer.

An meinem vierten Tag im Krankenhaus standen bereits wieder zwei grimmige Kreiszackler mit lila Krawatten vor meinem Zimmer postiert. Alle Haarfrontgenossen, die in der Partei etwas zu sagen hatten, waren inzwischen an meinem Krankenbett erschienen. Nur der feigste aller Gorillas wagte nicht, mir unter die Augen zu kommen.

Auch Dr. Schwanz machte mir gegen Abend seine Aufwartung, womit er große Zivilcourage bewies. Hatte die Regierung doch allen Akademikern die Mitgliedschaft in der Front strengstens verboten. Für diese klare Haltung waren wir dem Staat sehr dankbar, denn bereits kurz nach dem Erlaß traten die Akademiker scharenweise bei uns ein.

Mit Kreiszacklergruß überreichte mir Verwaltungschef Dr. Schwanz die jüngste Nummer des Revolverblatts »Scheibe«, in der Professor Wind unseren neuerlichen Aufschwung als den finsteren Wahnsinn von kleinkarierten Schwindlern bezeichnete, »der wie Opium auf die Massen wirkt und jedem Menschenrecht spottet«.

Angeekelt legte ich die Zeitschrift zur Seite. Für solch primitive Argumentationen war mir meine Zeit zu kostbar.

»Unerhört«, bekräftigte auch Dr. Schwanz. »Eine Orgie der Dummheit. Was hat Wind dagegen, daß unsere Idee wie Opium wirkt? Opium ist nicht nur eine Droge, sondern auch ein bekanntes Heilmittel, das von der modernen Pharmazie mit beachtlichem Erfolg eingesetzt wird. Wichtige Medikamente werden aus Opium hergestellt wie Morphium, Kodein, von den Alkaloiden ganz zu schweigen ...«

Wahrscheinlich hätte der gute Mann seine geliebten Wortkaskaden endlos weitergeführt, wäre nicht plötzlich Pepi aufgetaucht. Ich hatte ihn noch nie so aufgeregt gesehen. Er warf Dr. Schwanz aus dem Zimmer, stopfte meinen umherliegenden Krimskrams in den Schrank, fegte den Nachttisch leer und stellte eine Flasche französischen Cognac darauf.

»Laß das doch«, sagte ich. »Ich rufe lieber die Krankenschwester.«

»Um Gottes willen, nein. Niemand darf erfahren, daß du Besuch bekommst. Und ich flehe dich an, versuche ausnahmsweise einmal einen guten Eindruck zu machen. Dr. Zenmayer wird gleich hier sein.«

Ich ärgerte mich über Pepis Geheimniskrämerei. Das alles für einen Herrn Zenmayer. Wenn man schon so heißt. Pepi belehrte mich jedoch rasch eines Besseren. Dr. Zenmayer sei im Auftrag der Regierung unseres mächtigen Nachbarlandes unterwegs, das derzeit einen blutigen Krieg führte. Dr. Zenmayer sollte Kontakt mit der Führung der Haarschutzbewegung aufnehmen. Pepi war ihm bereits vor einiger Zeit begegnet und hatte versprochen, ein Treffen auf neutralem Boden unter Wahrung höchster Diskretion zu arrangieren. Und da kam mein Krankenzimmer wie gerufen.

Etwa eine halbe Stunde später hörten wir ein leises Klopfen an der Tür, und ein hochgewachsener, elegant gekleideter Herr undefinierbaren Alters trat ein. Ich wußte gleich, daß es sich nur um Dr. Carl-Pierre Zenmayer handeln konnte, denn Pepi führte sich auf, als erblickte er den Erzengel Michael.

Dr. Carl-Pierre Zenmayer hatte kurzgeschorene blonde Haare, und hinter seiner randlosen Brille blitzten eisblaue Augen. Wir nannten formvollendet unsere Namen, und ich entschuldigte mich für mein Krankenlager: »Dennoch stehe ich als Chef meines Freundes ganz zu Ihrer Verfügung, mein Herr.«

»Ça ne joue aucun rôle, Messieurs«, erwiderte Dr. Zenmayer, »enchanté de faire votre connaissance.«

»Oh yes«, antwortete ich. »Wie Sie meinen.«

Nach meiner Überzeugung war jetzt Pepi an der Reihe, das Gespräch in die richtigen Bahnen zu lenken. Immerhin war das Gipfeltreffen seine Idee gewesen, aber sein ratloses Gesicht sprach Bände. Offensichtlich war er im Französischen gar nicht zu Hause. Natürlich wollte ich ihn vor unserem hochkarätigen Besucher nicht mit meinen Sprachkenntnissen blamieren. Da ich aber eigentlich auch kein Wort Französisch spreche, bat ich Dr. Zenmayer, meinem Freund zuliebe in Pepis Muttersprache zu verhandeln. Zu unserer Freude entpuppte sich Dr. Zenmayer als gewiefter Diplomat mit polyglotter Vergangenheit.

»Alors, Messieurs«, begann er das Gespräch. »Sind Sie zufrieden mit le développement der Kreiszackler? Wie viele Anhänger haben Sie au moment?«

Ich artikulierte langsam und deutlich.

»Unsere Glaubensgenossen vermehren sich wie die Kaninchen, Mylord.«

Pepi warf mir einen bösen Blick zu und ratterte seine Verdienste um die Haarschutzidee herunter, wie dank seines brillanten Feuilletons die Massen aufgewacht waren, wie er seine legendäre Balkonansprache gehalten und die Partei eigenhändig gegründet hatte ...

Dr. Zenmayer fiel ihm ins Wort:

»Pardon, daß ich Ihre höchst aufschlußreiche Rede unterbreche, aber les Messieurs werden doch nicht wirklich annehmen, Ihr Erfolg käme von rien du tout.«

Pepi und ich rochen allmählich den Braten, den Monsieur ins Rohr geschoben hatte. Um Zeit zu gewinnen, hoben wir die Cognacschwenker auf unseren Besucher.

»Prost«, sagte Pepi, »Idee gut, alles gut.«

Wir setzten uns.

»Santé«, Dr. Zenmayer sah stirnrunzelnd auf sein Getränk. Dann fuhr er fort. »Wundern Sie sich nicht, Messieurs, warum alles so glatt geht? Warum le gouvernement den Herren nicht in die Parade fährt? Et pourquoi Ihr Parteijournal noch nicht ganz eingestellt ist? Das halten die Herren alles nur für fortune?«

Wir sahen ihn bestürzt an.

»Noch ein Gläschen Cognac, Excellence?« fragte ich vorsichtig. »Ist very good.«

»Merci, Messieurs. Sie merken also, daß Sie unter allerhöchster protection stehen. Mon gouvernement ist nämlich der geheime Schutzpatron der braven Haarschützer. Nur durch diese assistance sind die Herren noch nicht im Gefängnis oder tout à fait mausetot geprügelt.«

So kam es an den Tag. Wir waren ahnungslos gewesen wie junge Schafe. Nicht der Allmächtige hatte uns Beistand geleistet, sondern die sympathische Regierung von Dr. Zenmayer oder ihr Geheimdienst, was vielleicht auf dasselbe herauskam.

Tiefe Dankbarkeit erfüllte mich für den brillanten Diplomaten, nur Pepi wollte wieder einmal gescheiter sein und wissen, was denn Dr. Zenmayers Regierung von ihrer Großmut habe. Dr. Zenmayer parierte die taktlose Bemerkung mit diplomatischer Finesse. Wir konnten es uns ungefähr so zusammenreimen, daß sich die Großmacht unseres Schutzengels im Kriegszustand befand und deshalb ungern eine starke, neutrale Regierung im Rücken hatte. Deshalb käme seiner Regierung der Aufstand der Haarschützer wie gerufen, denn so wäre unsere »grande nation« vollauf mit ihren inneren Angelegenheiten beschäftigt und könnte im Notfall in Dr. Zenmayers freundliches Imperium eingegliedert werden.

»Das ist ja alles recht schön und gut, Excellence«, bemerkte ich, »aber wie sollen wir uns denn auf diesen ehrenvollen Auftrag vorbereiten?«

»Pas du tout«, beruhigte mich Dr. Zenmayer. »Tun Sie, Messieurs, weiterhin, als gäbe es uns nicht. Wir sind gar nicht da. Treiben Sie nur Ihre grande idée voran, bekämpfen Sie einfach als patriotes véritables die impertinenten Glatzköpfe.«

»Einverstanden«, Pepi hielt ihm unsere Rechte entgegen. »Wir sind nämlich nicht käuflich, Dr. Zenmayer. Wir leben und sterben nun einmal für die Kreiszacklеridee.«

Dr. Zenmayer schlug ein und rieb sich anschließend seine Diplomatenhände. Dann besprachen wir die Einzelheiten. Dr. Zenmayer würde uns mit seinen außerordentlichen Beziehungen auch weiterhin tatkräftig zur Seite stehen. Als ich ihn aber darum bat, die Witwe Schick aus dem Gefängnis zu holen, antwortete er, es ginge jetzt um Höheres.

Das verstanden wir nur zu gut, aber leider beging ich danach einen unverzeihlichen Fauxpas. Durch die freundschaftliche Atmosphäre übermütig geworden, wies ich diskret darauf hin, daß eine Partei ohne Geldspenden nicht existieren könne.

Dr. Zenmayer lehnte sich lachend im Sessel zurück.

»Ça suffit, Messieurs«, sagte er. »Sie haben doch das Portefeuille voller Geld. Wir kennen alle Ihre promoteurs, die Industrie, die Perückenproduzenten, etcetera etcetera ...«

Das hatte ich nun davon. Die Perücken! Pepi horchte auf. Die Adern auf seiner Stirn traten hervor, als wollten sie bersten. Ich rutschte unter die Decke und stöhnte:

»Meine Rippen. Ich brauche mein Medikament. Die Schwester soll kommen ...«

Pepi achtete nicht auf auf mein Gejammer. Gefährlich ruhig wandte er sich an Dr. Zenmayer:

»Wie war das mit den Perücken? Darf ich fragen, was Sie meinen?«

»Das wissen Sie doch exactement«, grinste der widerliche blonde Spion. »Monsieur Flinta empfängt Monat für Monat vom Perücken-Trowitsch Summen, mit denen noch drei weitere grandes idées zu fördern wären.«

Ich tat, als ob ich nichts gehört hätte, und wimmerte leise vor mich hin. Nur Pepi nicht in die Augen sehen, nur das nicht ...

Glücklicherweise konnte mir nichts geschehen, solange Dr. Zenmayer mit seiner charismatischen Ausstrahlung im Zimmer war. Leider ging er bald darauf.

Und dann explodierte Pepi so richtig. Mit einer Szene wie aus einem Bilderbuch für Kampfhähne.

»Hochverrat«, brüllte mein Freund. »Eine bodenlose Gemeinheit!«

Es dauerte geschlagene zwei Stunden, bis er sich wieder beruhigt hatte. Dieser kleinkarierte Gauner zeigte endlich sein wahres Gesicht. Er überhäufte mich mit Vorwürfen, tobte, als wäre weiß Gott was geschehen, und wollte mir um nichts auf der Welt glauben, daß ich lediglich vergessen hatte, mein Perückengeschäft zu erwähnen. So etwas kann schließlich jedem passieren. Niemand ist perfekt, nicht einmal ein Führer.

»Erst heute habe ich daran gedacht«, gestand ich ihm, »dir, lieber Pepi, davon zu erzählen, aber dann fand ich die Sache zu belanglos.«

»Ach so«, kreischte Pepi. »Und wieso waren die Gelder, die ich von Watzek kassiert habe, nicht belanglos?«

»Das läßt sich überhaupt nicht vergleichen«, erwiderte ich ruhig, aber bestimmt. »Bei dir war es Böswilligkeit. Du hattest schließlich nicht die geringste Absicht, mir deine geheime Industriequelle zu verraten.«

»Aber natürlich.« Pepi stutzte nur einen kleinen Augenblick. »Du hast mich damals einfach nicht zu Wort kommen lassen.«

Ich griff mir an die Stirn.

»Wie schade, Pepi«, rief ich aus. »Wenn ich das gewußt hätte ...«

Pepi zierte sich noch ein wenig, doch schließlich zog ich ihm den Giftzahn. Und da er mich so herzlich darum bat, erklärte ich mich damit einverstanden, die Perücken fifty-fifty zu teilen und die Bücher bei Trowitsch gemeinsam mit ihm zu prüfen. Dr. Schwarzkopf aber sollte nun wirklich nicht damit behelligt werden. Dazu war die Sache zu belanglos.

Ich kann nicht behaupten, daß mich diese überstürzte Lösung besonders glücklich machte, aber ich hatte wohl keine andere Wahl. Es gibt bessere und schlechtere Tage. Ich tröstete mich mit dem Gedanken, daß ich von nun an meinen besten Freund nicht mehr anlügen mußte.

Was mich aber weit mehr beschäftigte, war die Frage, wo eigentlich Lizzi blieb. Jeden Abend grübelte ich darüber nach, wie ich das Mädchen halten könnte, ohne mein hohes politisches Amt zu verlieren. Es war späte Nacht, als mein Entschluß endlich feststand, ein Entschluß, der ehrlich und human zugleich war. Lizzi würde ihrem Vater eine Perücke aufsetzen, und ich würde so tun, als bemerkte ich es nicht.

Als hätte sie alles geahnt, besuchte mich Lizzi am nächsten Vormittag. Einige Augenblicke lang sahen wir einander an, dann warf sich das Mädchen auf mein Bett und streichelte mein Gesicht.

»Wie schön, daß ich dich wiederhabe.«

Auch ich war gerührt und nicht wenig stolz, als ich in Lizzis schöne, gerötete Augen sah. Das Leben war ihr seit unserer Trennung offenbar nicht mehr lebenswert erschienen. Ich verstand sie nur zu gut.

»Mein Schatz«, flüsterte ich ihr ins Ohr. »Es gelingt dir nicht mehr, ohne mich zu leben, gib es zu. Dein Platz ist an meiner Seite, wer immer auch dein Vater ist.«

Ich verriet ihr, was ich mir in der Nacht ausgedacht hatte und daß die Perücke mein persönliches Geschenk an ihren Vater wäre, doch Lizzi schüttelte energisch den Kopf.

»Eine Ehe läßt sich doch nicht auf einer Perücke aufbauen, Liebster. Außerdem würde Papi nie und nimmer so etwas aufsetzen.«

Ich legte ihren hübschen Kopf auf meine bandagierten Rippen und dachte nach. Wie kann man einen vollkommen kahlen Kerl nur Papi nennen?

»Ist dein Vater denn so stolz auf seine Glatze?«

»Natürlich nicht, das wäre doch Unsinn. Aber er meint, es sei reiner Zufall, ob jemandem die Haare ausfallen oder nicht.«

»Natürlich. Sicher. Reiner Zufall.«

Meine Stimmung war wieder beim Teufel, aber trotzdem tat sie mir leid. Man hat schließlich nur einen Vater, oder?

Das Mädchen unterbrach meine Gedanken.

»Mach Schluß damit«, beschwor sie mich. »Wir könnten das glücklichste Ehepaar auf Erden sein, stünde nicht dieser Schwachsinn zwischen uns.«

Ich nahm ihr Gesicht in meine Hände.

»Vielleicht hast du recht, Lizzi«, sagte ich leise, »aber bedenke doch, selbst wenn ich nicht mitmache, der Haarschutz ist nicht mehr aufzuhalten. Und ist es für deinen Vater nicht viel besser, wenn sein Schwiegersohn an den Schalthebeln der Macht sitzt und er keine Angst mehr haben muß?«

Das Argument leuchtete Lizzi ein, dann aber brach das ganze Elend wieder über sie herein. Sie wüßte nicht mehr, was sie tun sollte, klagte sie. Sie war ohne Mutter aufgewachsen, darum hatte sie ein besonders inniges Verhältnis zu ihrem Vater. Unsere Beziehung war das erste große Ereignis in ihrem Leben, von dem er nichts wußte. Und jetzt sei auch noch ihr Bruder zu den Gebirgsjägern einberufen worden.

Da wuchs ich über mich hinaus und versprach ihr, nach unserer Hochzeit den Begriff Haarschutz zu Hause nicht mehr in den Mund zu nehmen. Ja, ich würde so tun, als wäre ich Führer von irgend etwas ganz anderem, wir würden Politik und Privatleben peinlichst trennen.

Zuerst schüttelte Lizzi noch ihr hübsches Köpfchen und meinte skeptisch, das würde nie funktionieren. Schließlich gab sie nach. Sie war bereit, ihren Vater vorsichtig einzuweihen und ihm mein großzügiges Angebot zu unterbreiten. Ein inniger Kuß überzeugte mich davon, daß ihre Liebe stärker war als ihre lächerliche Abneigung gegen die siegreiche Haarschutzidee.

Nahezu völlig wiederhergestellt wurde ich am nächsten Tag aus dem St. Jolantha-Krankenhaus entlassen. Der lockige Oberarzt war im Gegensatz zum kahlen Primarius der Klinik besonders aufmerksam gewesen. Er verabschiedete mich mit einer kurzen, aber um so herzlicheren Ansprache. »Wir Ärzte kümmern uns nicht um Politik«, erklärte er und schloß schelmisch lächelnd: »Es lebe Flinta!«

Als ich ins Freie trat, begrüßten mich ein paar begeisterte Anhänger mit Hochrufen. Als ich meine neue, mit lila Kreiszacklerfähnchen geschmückte Limousine bestieg, scholl es von allen Seiten:

»Geduld! Wir siegen!«

Unter den vielen unbekannten Gesichtern hatte ich Arthur Molnar, Dr. Schwanz und Eugen entdeckt. Man sah ihm die Erleichterung deutlich an, daß ich vor seinen Augen nicht zu Tode geprügelt worden war. Ich wußte zwar, daß Dr. Schwarzkopf den spontanen Empfang organisiert hatte, freute mich aber trotzdem und wollte mich mit einer kleinen Ansprache bedanken.

»Haarfrontgenossen und Haarfrontgenossinnen! Man weiß, daß ich kein Mann großer Worte bin. Also fasse ich mich kurz: Der Kahlkopf greift an, der Kahlkopf wird geschlagen!«

Einhelliger Jubel beantwortete meine pragmatische Rede, und wie auf Kommando reckten sich die Köpfe und suchten, ob sich irgendwo ein frecher Glatziger versteckt hielte. Daß der kahle Primarius gerade in diesem Augenblick das Krankenhaus verließ, war nun wirklich nicht meine Schuld. Aber da war mein Wagen auch schon angefahren, und ich freute mich auf zu Hause.

Mein schlichtes Zimmer erglänzte im Sonntagsstaat. Trotz ihrer neuen Aufgabe als provisorische Frauenbeauftragte hatte Frau Molnar meine Wohnung auf Hochglanz gebracht. Die tüchtige Haarschützerin hatte auch weiterhin für die Witwe Schick gesorgt. Die paar Kronen mußten der Partei mein schlechtes Gewissen schon wert sein, hatte ich einstimmig beschlossen. Frau Molnar war es gelungen, bei einem ihrer Besuche der großmütigen Witwe zuzuraunen, sie solle sich auch weiterhin klug verhalten, Herr Flinta würde sie bald befreien und fürstlich entlohnen ...

Nach ein paar Tagen Rekonvaleszenz trat ich in alter Frische mein Parteiamt wieder an. Zuallererst widmete ich mich den Aktennotizen und internen Hausmitteilungen, die Dr. Schwarzkopf mit großer Umsicht zusammengestellt hatte. Die Haarschutzidee hatte sich inzwischen wie ein Lauffeuer im Land verbreitet, und unsere gutbezahlten Freiwilligen hatten ausgezeichnet akquiriert. Auch in den kleinsten Provinznestern hatten sie ganze Arbeit geleistet, und die Leute traten scharenweise in die neue Partei ein.

Wir hatten unsere Männer allerdings mit Bedacht gewählt und nicht etwa Grünschnäbel zugelassen. Es waren fundiert geschulte Agenten, die schon vielen

Parteien gute Dienste geleistet hatten und die wußten, mit welchen Argumenten man Wähler überzeugt. Und wo das Pro nichts half, da bedienten wir uns des Kontra. Wer nicht für unsere Sache war, dem führten wir die künftigen Schrecken des Bolschewismus vor Augen. Zuletzt kamen wir den Leuten dann noch mit Ethik und Religion und anderen menschlichen Tugenden, denen ohnehin niemand zu widersprechen wagt.

Die lila Krawatten unserer siegreichen Propagandisten waren inzwischen zum Markenzeichen geworden. Wo sie auftauchten, wußte man, was die Stunde geschlagen hatte. Auch unsere Flugblätter und Plakate wurden immer raffinierter. Ein besonderer Hit war das »Plakat mit dem Zeigefinger«. Es zeigte ein dichtbehaartes jugendliches Model, das mit erhobenem Finger auf unsere Leitsätze hinwies.

»Für nationale Eigenständigkeit
Für eine selbstbewußte Gesellschaftsordnung
Für glatzenfreie Moral im Kommunalwesen
kämpft Ihre Kreiszacklerfront«

Die dichtbehaarten jungen Männer begeisterten sich aber nicht nur auf den Plakaten für die haarige Reinheit, unsere tatkräftigsten Anhänger waren auch im wahren Leben die jungen Leute. Sie verschlangen jeden Enthüllungsartikel in der »Stimme des Volkes« und beteten Schomkuthy geradezu an. Studenten organisierten sich in einem akademischen Haarschutzbund und trainierten Schlägertrupps, um ihren kahlen Kommilitonen, unter stillschweigender Duldung der Professoren, den Spaß am Studium zu verderben. Auch junge Offiziere gab es zuhauf in der Partei. Diese jungen Kadetten, die in Eliteakademien auf ihre vaterländische Mission vorbereitet und von der Regierung als die große Hoffnung der Nation gepriesen wurden, trugen bei feierlichen Anlässen die geflochtene Peitsche mit der treffenden H.H.H.-Widmung: »Allen Huren, Hunden und Haarlosen«.

Die Statistik zeigte, daß in der älteren Generation die Begeisterung für unsere Bewegung nicht ganz so groß war. Es gab in dieser Altersgruppe auch weit mehr Glatzköpfe als unter den Jungen. In sogenannten humanitären Vereinen protestierten vor allem Greise gegen die »Verfolgung von Haarlosen«. Doch wen kümmerte das schon, hatten diese Vereine doch kaum behaarte Mitglieder. Um Professor Wind hatten sich zwar einige sogenannte Intellektuelle geschart, aber die läppischen Angriffe in der »Scheibe« las ohnehin keiner mehr. Die Auflage des Schundblattes sank ständig und wurde nur durch geheime Glatzenspenden künstlich am Leben erhalten.

Die Regierung des heiligen Antonius lavierte sich mühselig durch. Sie steckte zwar unsere Gegner immer wieder ins Gefängnis, uns ignorierte sie jedoch und fuhr immer offener einen glatzenkritischen Kurs, um uns den Wind aus den Segeln zu nehmen. Aber unsere Dreimaster waren längst in voller Fahrt.

Wir waren inzwischen auch nicht untätig gewesen und hatten das Netz dicht geknüpft. Unsere Ortsgruppen überzogen fast lückenlos das Land. Erst jetzt meldeten sich die einzelnen Glaubensgemeinschaften zu Wort, die sich bisher, warum auch immer, bedeckt gehalten hatten.

Der Bischof der Reformierten zum Beispiel gab diskret zu erkennen, daß doch so manches gegen das Glatzentum spreche und man einem bedrängten Volk nicht übelnehmen könne, wenn es in der Stunde der Not zur Selbsthilfe greife. Gleichzeitig zeigte das kirchliche Oberhaupt sich aber besorgt, wie wenig Toleranz und

Verständnis füreinander die gegnerischen Parteien in dieser komplexen Frage zeigten.

»Das Glatzentum glaubt fest«, lautete die Meinung des ehrenwerten Bischofs, »an einen esoterischen Prozeß, der allein durch glänzende Rhetorik zu gewinnen sei. Die behaarte Gesellschaft wiederum sucht nach der pseudopatriarchalischen Wahrheit, und beide erkennen nicht, daß die schleichende Erosion der ethnologischen Entwicklung nicht mehr aufzuhalten ist, wenn auch ihre Zeit noch nicht wirklich gekommen ist.«

Wenige Tage nach dieser etwas schleierhaften Bergpredigt erließ auch das katholische Kirchenoberhaupt einen spektakulären Hirtenbrief. Darin nannte er das Glatzentum ein Klettergewächs, das in den Fugen der historischen Struktur seine Ankerplätze suche, wie die Ampelopsis, der Efeu oder andere Schlingpflanzen, die ohne fremde Hilfe nicht gedeihen können. Das Kirchenoberhaupt warnte gleichzeitig davor, römisch-katholische Nicht-Behaarte mit Glatzköpfen zu verwechseln. Er zitierte aus dem Lukas-Evangelium: »... und ich sage euch, also wird mehr Freude sein im Himmel über einen Sünder, der Buße tut, als über neunundneunzig Gerechte, die der Buße nicht bedürfen« und fügte hinzu, daß ein Glatzkopf, der sich des Erlösers zur rechten Zeit besinne, dem reuigen Sünder vergleichbar sei, der im Fegefeuer des wahren Glaubens, »manus manum lavat«, den himmlischen Segen erwarte.

Die mutigen Stellungnahmen zerstreuten endgültig noch vorhandene Zweifel im Volk des heiligen Antonius. Sie zeigten auch ideologische Wirkung. So waren vor allem die Konservativen meiner Heimat von den klerikalen Offenbarungen über das Glatzentum beeindruckt. Als sich dann auch noch das Oberrabbinat mit Bezug auf das dritte Buch Moses äußerte, in dem »der Diener des Herrn« den Hohepriestern vorschreibt, alle Glatzköpfe regelmäßigen Gesundheitstests zu unterziehen, schritt die Aufklärung in der Bevölkerung munter voran.

Immer häufiger erkannten nun anständige Bürger das wahre Gesicht ihrer kahlen Freunde. Auch die Naivsten unter den Behaarten mieden allmählich jede kahle Gesellschaft, da der Verkehr mit ihnen einen üblen Nachgeschmack erzeugte. Dieser Trend setzte sich auch im Wirtschaftsleben fort. Man sprach mit seinem spärlich behaarten oder gar glatzigen Kollegen nur das Allernötigste, und mancher erkannte erst jetzt, was ihn an seinem Arbeitsplatz schon so lange bedrückt hatte.

In den Familien brachen schwelende Generationskonflikte auf. Es war erfrischend zu beobachten, wie sich enttäuschte Halbwüchsige nun endlich von ihren kahlen Vätern oder Großvätern lossagten und ganz offen ein gesundes Schamgefühl bewiesen.

Das war eindeutig unser Verdienst, und sicherlich trug auch der neue Dauerslogan auf der Titelseite der »Stimme des Volkes«, »Ein selbstbewußter Behaarter kauft nicht bei einem Glatzkopf«, wesentlich zur Aufklärung bei.

Der gesellschaftliche Wandel führte zu mancher köstlichen Episode, wie ja überhaupt gesunder Humor eine unserer bekanntesten Nationaleigenschaften ist. So führte der Sportlehrer der städtischen Handelsakademie ein, daß die Schüler der Oberstufe nach Haarwuchs getrennt zu turnen hätten. Dadurch wollte er aber keineswegs eine der beiden Gruppen diskriminieren, betonte er ausdrücklich.

So wurde ganz zufällig ein Ausdruck geboren, der in den völkischen Wortschatz einging. Als nämlich ein Schüler mit spärlichem Schläfenhaar sich nicht entscheiden konnte, mit welcher Gruppe er turnen sollte, half ihm der humorvolle Pädagoge mit den Worten auf die Sprünge:

»Du gehörst hinüber in die kahle Gruppe, du Glatzfink.«

Die behaarten Mitschüler johlten vor Vergnügen, und der köstliche Spitzname verbreitete sich in Windeseile.

Es gab aber auch manch herbe Enttäuschung. So hatte Pepi ein neues lila Flugblatt in Umlauf gesetzt, das zwei ekelhafte Glatzköpfe unter der Titelzeile »Sie bekommen von uns keinen roten Heller« zeigte. Noch am gleichen Tag geriet eines von Dr. Schwarzkopfs erfolgreichsten Kommandos außer Kontrolle. In ihrer Begeisterung beschmierten die tüchtigen jungen Haarschützer die Auslagen glatzenverdächtiger Luxusgeschäfte mit der Parole »Vorsicht Glatzfink«, und beim nächsten Einsatz gingen alle Schaufensterscheiben zu Bruch.

Das wäre ja nicht weiter schlimm gewesen, wenn nicht drei der insgesamt 84 Schaufenster gar nicht in Glatzenhand gewesen wären. Die Versicherung zahlte daraufhin keinen Heller für die drei sinnlos eingeschlagenen Scheiben, und die Partei mußte tief in die Tasche greifen.

Dr. Schwarzkopf wusch dem Anführer des Glaskommandos ordentlich den Kopf und appellierte an seine kreiszacklerische Wachsamkeit, aber der eifrige Freiwillige verteidigte sich vehement:

»Woher hätte ich wissen sollen, daß drei Glatzköpfe ihre Geschäfte heimlich auf den Namen ihrer Gattinnen umgemeldet hatten?«

Wieder einmal hatten wir nicht mit der Tücke des Glatzentums gerechnet. Es sollte uns eine Lehre sein. Man kann die Niedertracht des Gegners nicht hoch genug einschätzen.

Die Haarschutzidee hatte sich nun in allen Lebensbereichen durchgesetzt. Die Perückenindustrie rückte innerhalb weniger Monate zum technologisch fortschrittlichsten Wirtschaftszweig des Landes auf. Die Trowitschen Rechnungsbücher waren richtige Wälzer geworden. Pepi und ich prüften sie gemeinsam zweimal im Monat und ermunterten den erfolgreichen Unternehmer, in seinen Innovationen nicht nachzulassen.

»Überlege, lieber André«, gab Pepi zu bedenken, »daß die weltweite Verbreitung der Haarschutzidee in der Zukunft exzellente Exportchancen eröffnet.«

Dem Haarwasser ging es leider nicht so gut wie den Perücken. Die Konkurrenz hatte in der Zwischenzeit auch nicht geschlafen, sondern ihren »Glatzenschreck N« auf Kr. 10,30 heruntergesetzt und uns damit unterboten. Dr. Schwarzkopf und ich beschlossen, »Antikahl« ab sofort für Kr. 8,95 anzubieten und somit auch ärmeren Schichten ein Schnäppchen zu bescheren.

Natürlich gibt es auch in einer Hochkonjunktur Verlierer. So waren die Erträge im Friseurgewerbe miserabel, und eine Abordnung der Geschäftsleute veranstaltete in unserer Parteizentrale sogar einen kleinen Hungerstreik gegen die Haarschutzidee. Die Diskriminierung einzelner Menschengruppen widerspräche ihrer Berufsehre, protestierten sie.

»Seit Monaten läßt sich niemand mehr die Haare schneiden«, beklagte sich der Verbandssprecher. »Jeder trägt die Haare so lang wie nur möglich. Wo bleibt da die soziale Gerechtigkeit?«

Ich bewahrte ruhig Blut, vernünftigen Argumenten bin ich schließlich jederzeit zugänglich, und kündigte eine schon länger geplante Erweiterung unseres Parteiprogramms an. Für die Endlösung der Glatzenfrage würden wir nämlich bald Haartracht-Experten brauchen, und wer wäre dazu besser geeignet als die Friseure, die somit auch in den Genuß des Beamtenstatus kämen.

Mit dieser guten Aussicht zogen die Streikenden zufrieden ab, nicht ohne vorher vollzählig der Partei beigetreten zu sein.

Mit 120 Stundenkilometern entführte uns meine Führerlimousine Richtung Groß-Karlowitz. Eng umschlungen saßen wir auf den ledergepolsterten Rücksitzen, meine Gattin Lizzi und ich. Am Vormittag hatte die kirchliche Trauung im Dom stattgefunden, unmittelbar danach hatten wir unsere Hochzeitsreise angetreten.

Mit Rücksicht auf meine hohe Position in der Partei hatten wir den feierlichsten Rahmen gewählt. Die Ehrenbrigade der Kreiszacklerfront mit ihren lila Halstüchern stand am Domplatz Spalier, als wir die Kirche verließen. Gerührt nahmen Lizzi und ich die Glückwünsche entgegen.

»Unserem Führer alles Glück der Welt«, schallte es uns entgegen. »Der Himmel schenke euch viele behaarte Kinder! Gottes Segen für die schöne Braut. Es lebe Flinta!«

Die Parteiführung war komplett zur Gratulation angetreten. Pepi bemühte sich, die denkwürdige Popo-Affäre wiedergutzumachen, und überraschte Lizzi mit einem signierten Selbstporträt in echtem Naturholzrahmen. Zum sechsgängigen Hochzeitsessen war die Crème de la crème der Gesellschaft geladen. Nur der Vater meiner kleinen Frau fehlte, aber das war auch besser so.

Während des abschließenden Festaktes überreichte

uns ein kleines blondes Mädchen im lila Kleid einen Wiesenblumenstrauß und deklamierte allerliebst:

»Die Engelchen im Himmelreich
frohlocken an diesem Tage,
wir auf Erden erwarten gleich
das Ende der Glatzenplage.«

Ich hob die Kleine hoch und küßte sie auf beide Wangen, während meine Gattin etwas reserviert wirkte.

Lizzis Vater hatte uns übrigens keine allzu großen Steine in den Weg gelegt. Als er sah, wie sehr mich seine Tochter liebte, erklärte er sich mit unserer Ehe einverstanden, auch wenn er vermutlich einen anderen, vielleicht sogar kahlköpfigen Schwiegersohn vorgezogen hätte. Der kluge Mann dachte jedoch an die Zukunft seiner Tochter. Ich für meinen Teil hatte meiner kleinen Lizzi die Ungehörigkeit längst verziehen, was konnte sie schließlich für ihre Eltern.

Meinem Schwiegervater war ich vor unserer Hochzeit zum ersten und letzten Mal begegnet und war überrascht gewesen, einen recht sympathischen älteren Herrn kennenzulernen. Er war so gar nicht der Glatzkopf, wie man ihn gemeinhin kannte. Es fehlten ihm die typischen kahlen Charaktereigenschaften wie Geldgier, Präpotenz und Feigheit.

Er gestand mir offen, daß er die Glatzenfrage für ein bedauerliches Mißverständnis hielte. Er sei eine Ausnahme, widersprach ich ihm, die alle glatzenfeindlichen Maßnahmen nur bestätige. Ich bat ihn ganz nebenbei, unsere Verwandtschaft aus naheliegenden Gründen für sich zu behalten. Das versprach mein Schwiegervater mir ohne zu zögern, und wir verabschiedeten uns in gedrückter Stimmung.

In der komfortablen Limousine, unterwegs in die

Flitterwochen, hatte meine Frau ihre Kümmernisse aber längst vergessen. Die liebliche Landschaft huschte an uns vorbei, wir waren in fröhlicher Stimmung und schmiedeten ausgelassen Pläne, wie wir unsere Flitterwochen verbringen würden. Ich hatte vorher alles geregelt, um endlich einmal ungestört vom Berufsalltag auszuspannen. Auch Pepi hatte ich darum gebeten, mich nur zu behelligen, wenn er allein nicht mehr weiterwüßte. Der Fall würde sicher nicht eintreten, beruhigte mich der impertinente Kerl.

Unser Reiseziel hatte ich nicht von ungefähr gewählt. Groß-Karlowitz hat eine bedeutende historische Vergangenheit, auch wenn es heute nur noch ein kleines Dorf mit wenigen Häusern und zwei Barockkirchen ist. Es gehört mit 184 anderen Dörfern zum Besitz des Grafen Fedelius Bonifatius Maria Peterffy, mit 80 000 Morgen Land der reichste Großgrundbesitzer weit und breit. Der junge Aristokrat besaß eine ganz niedrige Parteimitgliedsnummer, da er sich schon früh dem Haarschutz angeschlossen hatte. Er hatte die Idee von Anfang an sehr ernst genommen, und erst als sich kein Glatzkopf mehr unter seinen Leibeigenen befand, war er mit der gesamten Mannschaft der Front beigetreten.

Unvergeßlich bleibt seine Weisung an die Landarbeiter, nur mit lila Krawatten zur Arbeit zu erscheinen. Er überprüfte bei seinen Ausritten höchstpersönlich, ob auch bei Wind und Wetter und sengender Hitze sein Aufruf befolgt wurde. Wir konnten uns dann auf den Feldern persönlich davon überzeugen, wie gut die lila Krawatten auf der gebräunten Bauernhaut aussahen.

Als seine Durchlaucht von unserer Eheschließung erfahren hatte, bot er mir großzügig eines seiner Schlösser für die Flitterwochen an, ja, er beschwor mich geradezu, ihm diese Bitte zu erfüllen. »Ein Freund von Josef von Schomkuthy ist auch mein Freund«, beleidigte er mich.

Während der erholsamen zwei Wochen auf seinem Landgut lernten wir den Grafen als selbstlosen und freizügigen, aber auch als taktvollen Freund kennen. Wenn irgend möglich respektierte er unsere Intimsphäre, aber wir freuten uns immer, wenn wir sein markantes Profil erblickten, dem das blitzende Monokel die besondere adlige Note gab. Wir wurden verwöhnt wie Staatsgäste. Ein Lustschloß mit 67 Gemächern, acht Küchen und 15 Bädern samt den dazugehörigen Lakaien, Gärtnern, Köchen und Dienstmädchen stand zu unserer Verfügung.

Natürlich pflegt ein Aristokrat dieses Kalibers auch so seine kleinen Marotten. Peterffy zum Beispiel hatte vor seiner Residenz einen 18 Meter hohen Berg aufschütten lassen, um einen Tunnel hineinlegen zu können. Nun konnte er, wann immer er Lust dazu verspürte, unter Tage mit seiner Liliput-Bahn spazierenfahren. Köstlich fand ich auch, daß er mit seinen Jagdhunden per Sie verkehrte. Er war zweifellos der würdige Nachkomme eines hochnoblen Grafengeschlechts.

Ging es aber um den Haarschutz, wurde der Graf schlagartig zum feurigen Kämpfer und beschwor mich, nicht eher zu ruhen, bis die Bewegung den Erdball erobert hätte. Ich hätte der Menschheit die erste wirklich neue Heilsidee seit dem Christentum beschert, betonte er gerne und oft. Das Kompliment wog um so schwerer, als der Graf tiefreligiös war und seine Bauern mit einer ganzen Armada von Seelsorgern auf das Jenseits vorbereiten ließ.

Natürlich verehrten und liebten ihn seine Untertanen. Aber wie überall gab es auch unter ihnen schwarze Schafe, die durch revolutionäre Gedanken infiziert waren und versuchten, seine Bemühungen um eine gerechte gesellschaftliche Ordnung zu torpedieren. Eines Morgens hatte ich Gelegenheit, mit einigen dieser Irregeleiteten zu sprechen.

Lizzi schlief noch fest im Himmelbett des Wallenstein-Zimmers. Es war am Abend zuvor spät geworden, da der Graf uns zu Ehren einen Maskenball gegeben hatte und das Vergnügen durch ein prächtiges Feuerwerk krönen ließ. Ich war trotz der kurzen Nacht recht früh in meinem offenen Geländewagen aufgebrochen, um die riesigen Güter zu inspizieren.

In der frischen Morgenbrise eilten die Arbeiter zu ihren Feldern. Wer mich erkannte, zog seine Mütze oder zupfte verlegen an seiner lila Krawatte. Ich machte den Männern die Freude und rief ihnen schon von weitem zu:

»Na, Leute, zufrieden mit dem Haarschutz?«

Die Bauern blieben stehen, schwiegen und sahen einander fragend an. Keiner traute sich zu antworten.

»Wirklich prima«, ergriff endlich einer das Wort, den die anderen nach vorne geschubst hatten. »Der gnädige Herr Graf selbst hat es ja angeordnet.«

Hier wurde ich gebraucht, das war mir schnell klar geworden. Auf die paar Minuten sollte es mir nicht ankommen, wenn ich meinem Volk dienen konnte, vor allem, wenn Lizzi nicht dabei war. Aus berufenstem Munde sollten die einfachen Menschen erfahren, was es mit den dunklen Machenschaften des Glatzentums auf sich hatte. Beglückt stellte ich ganz nebenbei fest, was für ein brillanter Rhetoriker ich doch war. Meine Rede ging in die Tiefe und verlor sich nicht in der Breite.

»Kein Glatzfink mehr auf dem freien Land«, schloß

ich mit Nachdruck. »Erst dann erwartet euch und eure Familien immerwährender Wohlstand. Unser Motto heißt: Jedem Bürger seine Burg. Was braucht man noch mehr, Freunde?«

Meine Rede hatte die Bauern beeindruckt. Alles schwieg, dann meldete sich einer der robusten Männer zu Wort.

»Wir brauchen Land, gnädiger Herr«, sagte er und spuckte aus. »Nichts anderes.«

»Was für ein Land?«

»Land, um es zu bebauen, Land für uns und unsere Kinder.«

Es war wirklich nicht einfach, diese dumpfen Gemüter zu begeistern.

»Ihr habt doch das Land des Grafen«, sagte ich, »das könnt ihr doch bebauen, soviel ihr wollt. Mit oder ohne Kinder. Oder seid ihr dem Grafen etwa nicht dankbar, dessen Familie euch seit Generationen hier arbeiten läßt?«

Die Bauern brummelten etwas in sich hinein. Schon meinem gräflichen Freund zuliebe durfte ich mit meiner Entrüstung nicht hinter dem Berg halten. Bolschewistisches Gedankengut, dahinter steckte doch wieder nur der Glatzenteufel.

»Wer, wenn nicht wir Kreiszackler, kennt die mannigfaltigen Sorgen und Probleme der Landbevölkerung«, rief ich die rebellischen Männer zur Ordnung. »Das Programm der Bewegung sieht schließlich auch eine Neuverteilung von Grund und Boden vor.«

Es dauert eben immer ein Weilchen, bis der Groschen fällt. Erst jetzt hatten die Bauern die grundlegende Bedeutung der Haarschutzidee wirklich verstanden. Ganz plötzlich war reges Interesse in den markigen Gesichtern zu lesen, und sie überhäuften mich mit Fragen, wollten ihre Zukunft kennenlernen.

»Nun, das wird sich so abspielen«, klärte ich sie bereitwillig auf. »Die kahlen Schmarotzer werden enteignet, der Bodenbesitz wird ihnen per Gesetz weggenommen, und dann verteilen wir ihn unter euch, liebe Freunde. Da gibt es doch zum Beispiel, der Herr Graf hat mir von ihm erzählt, den kahlen Wirt am Kirchplatz. Er wird der erste sein, der sein Land hergeben muß.«

»Oje!« Die Bauern waren enttäuscht. »Der hat ja nur sechs Morgen Land.«

»Seid nicht undankbar, meine Freunde, sechs Morgen sind ein schöner Anfang. Wie viele seid ihr denn alle zusammen?«

»So an die dreitausend hier und in der Umgebung, gnädiger Herr.«

»Na ja«, sagte ich nachdenklich, als ich sechs durch dreitausend geteilt hatte. »Von zwei Quadratmeter Akker kann man nicht satt werden, vor allem nicht mit einer größeren Familie. Gibt es denn keine anderen Glatzköpfe in eurer Gegend?«

»Jede Menge, es gibt eine Unzahl von Glatzköpfen.«

»Na also«, stellte ich fest, »dann ist ja alles in Ordnung. Wieviel Land besitzen denn diese Leuteschinder?«

»Gar keins, Herr. Die sind selber Habenichtse wie wir, bitten gehorsamst.«

Keine Perspektive, kein Verstand. Mit diesem ungebildeten Gesindel war einfach nichts anzufangen. Arbeitsscheu waren sie, so war das, nicht viel besser als die Glatzköpfe in der Stadt. Meine gute Laune hatten sie mir auch noch verdorben. Grußlos setzte ich mich hinters Steuer und drückte das Gaspedal durch.

Es waren, wie gesagt, zwei unvergeßliche Wochen in Groß-Karlowitz gewesen. Ich kutschierte mit meiner Lizzi durch die liebliche Gegend, an wärmeren Tagen badeten wir sogar in den Fischteichen des Grafen. Ich lernte, wie man auf einem Pferd eine gute Figur macht, und wurde dabei vom Schloßarchivar verewigt. So entstand auch das offizielle Porträt für die Parteiarbeit. Genug mit der Reiterei, dachte ich danach und stieg ab, weil ich fürchtete, das Pferd würde sich in Bewegung setzen. Als Führer durfte ich mich schließlich keiner unnötigen Gefahr aussetzen.

Ich genoß auch zum ersten Mal die Annehmlichkeiten eines herrschaftlichen Lebens, in das mich Fedelius mit viel Delikatesse einführte. Auf dem grünen Rasen lernte ich geschickt mit dem Golfschläger zu hantieren, und wir vergnügten uns beim Kricket. Ein sehr intelligenter Sport, den ich sicher bald begreifen würde. Die königliche Jagd geriet jedesmal zum gesellschaftlichen Ereignis. Auch da zeigte sich meine rasche Auffassungsgabe, und gleich mit dem ersten Schuß traf ich einen Steinadler hoch in den Lüften. Daß es ein Storch gewesen war, stellte sich erst später heraus. Schließlich bin ich kein Zoologe.

Lizzi und ich verstanden uns fernab vom politischen Leben prächtig. Hier waren wir nur Mann und Frau, und kein Schatten fiel auf unsere innige Liebe. Lizzi schrieb täglich an ihren Vater, von dem sie zum ersten Mal so lange getrennt war, und schwärmte von unserer Idylle. Schon wollte ich ihrer Bitte nachgeben und unseren Aufenthalt um zwei weitere Wochen verlängern, da machte uns die Regierung einen Strich durch die Rechnung und schrieb, offenbar weil ich in Urlaub war, landesweite Neuwahlen aus. Ich wußte jedoch sofort, wo mein Platz in diesem historischen Augenblick war, nirgendwo anders als an der Spitze der Bewegung.

Wir nahmen von Fedelius herzlichen Abschied, aber meine Gedanken galten bereits der Partei. Ich erinnerte unseren Wohltäter daran, daß wir nur durchhalten könnten, wenn wir genügend finanzielle Mittel besäßen, es unsere Ehre aber nicht zuließe, auch nur um einen einzigen Heller zu bitten. Der Graf verstand mich sofort, und beschämt nahm ich die stattliche Summe entgegen. Er versprach mir, völliges Stillschweigen über die Spende zu bewahren, da sie, wie ich ihm anvertraute, in einen geheimen Kreiszacklerfonds zur besonderen Verwendung fließen sollte.

Die Nachricht von den Neuwahlen hatte zwar wie eine Bombe eingeschlagen, aber die verunsicherte Regierung machte Fehler über Fehler. Bald stellten die verantwortlichen Politiker eine gesetzliche Lösung der Glatzenfrage in Aussicht, dann wieder ritten sie scharfe Attacken gegen uns, obwohl wir doch die Vordenker des Haarschutzes waren. Die Neuwahlen waren nur noch das Tüpfelchen auf dem i ihrer Hilflosigkeit. Eine einzige staatliche Maßnahme hatte bisher gegriffen, nämlich die Zerschlagung einer konspirativen Freimaurergruppe durch die Staatspolizei, womit wir durchaus einverstanden waren. Und wie recht wir gehabt hatten, zeigte sich, als der spärlich behaarte Anführer der Freimaurer vor dem Standgericht auf die Frage nach seinem letzten Wunsch nur höhnte: »Für eine Regierung, die sich sogar mit dem Teufel verbündet, habe ich keine Worte. Ich freue mich aber darauf, euch alle in der Hölle wiederzusehen.«

Gleich nach den Flitterwochen zogen wir um. Abgesehen davon, daß Lizzi und ich in meinem schäbigen kleinen Zimmer nicht genügend Platz gehabt hätten, war diese Bleibe nun wirklich nicht mehr angemessen. Dr. Schwarzkopf hatte die versprochene Acht-Zimmer-Wohnung standesgemäß hergerichtet. Ich glaube mich zu erinnern, daß sie vor uns einem reichen Glatzfink gehörte, der aus unbekannten Gründen Hals über Kopf ins Ausland geflüchtet war.

Die eleganten Stilmöbel beeindruckten sogar unsere zahlreichen hochrangigen Gäste, und die weichen Teppiche verschluckten jedes Geräusch herannahender Schritte. Wenn ich meinen Blick durch die Zimmerflut streifen ließ, dachte ich voller Genugtuung daran, daß ich meine Nation nicht umsonst gerettet hatte. Selbstlosigkeit macht sich manchmal doch bezahlt.

Inzwischen war auch die Ladung zum Prozeß »Politzer gegen Flinta« eingetroffen. Die Verhandlung war für den nächsten Monat anberaumt. Ich freute mich schon darauf, das Ansehen der Front in der Öffentlichkeit zu festigen.

Sorgen hingegen bereitete mir die inhaftierte Witwe Schick, deren Loyalität langsam lästig wurde. Ich wußte, daß ich ihr in gewisser Weise verpflichtet war, aber mich mit der Warnung »Ich halte das nicht mehr lange aus« zu erpressen, fand ich dann doch ungehörig. Ein Gericht ist schließlich keine Freihandelszone.

Dr. Schwarzkopf hatte inzwischen längst in Erfahrung gebracht, was es kosten würde, die Angelegenheit unter den Teppich zu kehren, aber die vom Staatsanwalt geforderte Summe war eine Zumutung. Für den Betrag hätte man einen Serienmörder vor dem elektrischen Stuhl bewahrt. Die Witwe mußte also noch so lange sitzen, bis eine preiswertere Lösung gefunden war.

Die Zeit bis zu den Wahlen ließ sich strategisch gut nutzen. Pepi hatte sich als Propagandachef endlich etwas einfallen lassen und eine Massenkundgebung vorgeschlagen. Nach eingehender Analyse, Diskussion und meiner einstimmigen Entscheidung nannten wir das epochale Ereignis »Erster Nationaler Haarschützerkongreß«.

Die große Markthalle schien uns ausreichend, zehntausend begeisterte Kreiszackler bequem unterzubringen. Schließlich hatten wir durchsickern lassen, daß es nach der Veranstaltung Ochsenbraten vom Spieß und Bier vom Faß gäbe und wir von Zeit zu Zeit kleine, aber massive Goldmünzen unter das Volk streuen würden.

Die Verkaufsstände in der Markthalle wurden geräumt, mit lila Folie ausgeschlagen, und eine haarschutzfreundliche Firma hatte eine solide Holztribüne gestiftet, die den Abschluß der Halle bildete. Aus dem Gestänge der Stahlkonstruktion würden unzählige lila Kreiszacklerfahnen flattern, und von der einen Hallenseite zur andern sollte sich ein Transparent mit der Parteiparole spannen: »Statt Geschwätz den Schlagstock hebe, niemals der Glatzkopf, nur Flinta lebe!«

Die Parteispitze, also Schwarzkopf, Pepi und ich, hatte sich neue Galauniformen zugelegt. Ein Nobeldesigner hatte uns auf Empfehlung von Fedelius lila Anzüge mit passendem lila Hemd und Strümpfen spendiert. Maßstiefel aus violettem Saffianleder vervollständigten das eindrucksvolle Outfit.

Während der Fahrt zur Markthalle sprachen wir alles noch einmal Punkt für Punkt durch. Pepi erkundigte sich besorgt, ob ich den Text meiner Rede, die Dr. Schwarzkopf für mich geschrieben hatte, auswendig könnte. Ich beruhigte meinen Freund, Lizzi hätte mich vor dem Spiegel abgehört, und ich würde auch ein paar auflockernde Ergänzungen während der Rede hinzufügen. Da wurde dieses Nervenbündel Pepi hysterisch. Als ich ihn nachdrücklich daran erinnerte, daß ich der Führer sei, wurde er plötzlich handgreiflich. Natürlich mußte ich mich wehren und packte ihn schon beim Kragen, aber inzwischen waren wir angekommen und wurden mit tosendem Beifall empfangen, als wir mit jovialem Lächeln und in jugendlicher Frische unserer fliederfarbenen Limousine entstiegen und durch das Spalier der kreiszacklerischen Ehrengarde schritten.

Ein Blitzlichtfeuerwerk entlud sich über uns und ließ den penetranten Geruch der fauligen Marktabfälle ein wenig vergessen. Leider war die riesige Halle halbleer, und ich machte Dr. Schwarzkopf schwere Vorhaltungen wegen der schwachen Teilnahme.

»Jeder im Land ist Haarschützer, aber nicht jeder auch Kreiszackler«, stotterte der Anwalt. »Daran ist nichts zu ändern.«

»Schwarzkopf«, rügte ich ihn, »das Wort ›nicht‹ steht nicht in meinem Wörterbuch.«

Die Regierung hatte ohne unser Wissen einige Polizisten in der Halle postiert, was aber nicht schlimm war, denn die meisten applaudierten freundlich, als wir vorbeigingen. Es gab lediglich einen kleinen Zwischenfall, als einem älteren Polizeioffizier von drei Kreiszacklern plötzlich die Kappe vom Kopf gerissen wurde, unter der er fast völlig kahl war. Mit dem Ausruf: »Da hast du's, dreckiger Glatzenbulle!« traten sie den Polizisten in den Bauch, aber nachdem er sich entschuldigt hatte, entspannte sich die Lage rasch wieder.

Nach einer Trompetenfanfare, die eigens für den großen Anlaß komponiert worden war, schritt Pepi unter frenetischem Jubel an das Rednerpult.

»Haarschutzgenossen«, begann er sichtlich bewegt. »Im Namen der internationalen Haarunion begrüße ich unseren Anführer, den Helden der Kreiszacklerbewegung, Rudolf Flinta.«

Die Wirkung war phänomenal. Fremde Menschen fielen sich in die Arme, Jacken wurden geschwenkt, Krawatten flatterten, und immer wieder erscholl mein Name, bis er schließlich im Chor skandiert wurde.

»Flinta, Flinta, Flinta!«

Eine bildschöne Frau in der ersten Reihe war vor Begeisterung in Ohnmacht gefallen und wurde hinausgetragen. Ein Mann riß sich das Hemd vom Leib und forderte mich auf, ihm mein Messer in die Brust zu stoßen, wenn ich an seiner Parteitreue zweifelte. Ich konnte seine Bitte nicht erfüllen, ich habe prinzipiell kein Messer bei mir.

Als Pepi die Masse endlich beruhigt hatte, bedankte er sich für die Ovationen, die mir bereitet wurden und fuhr fort.

»Haarfrontgenossen! Das Maß ist voll ...«

Pepi stockte, denn vom Eingang her erklangen plötzlich laute Schreie, und maskierte Männer stürmten in die Halle. Sie waren mit Schlagstöcken bewaffnet und kamen direkt auf uns zu.

In den Reihen der Kreiszackler-Ehrengarde verbreitete sich in Windeseile die Schreckensbotschaft: »Glatzensturm«, und die Gardisten versuchten Hals über Kopf ins Freie zu gelangen. Wortlos fielen die heimtückischen Angreifer über das Publikum her, und es gab ein Chaos ohnegleichen. Die Parteispitze gaffte von der Tribüne aus mit offenem Mund auf das Durcheinander, zumal kein einziger der Angreifer eine Glatze hatte. Die geheimnisvollen Maskierten schlugen sich rasch bis zum Podium durch, aber meine Geistesgegenwart rettete wieder einmal die Situation.

»Mein Gott«, rief ich. »Gibt es denn hier keinen Hinterausgang?«

Vor unserer Rettung in letzter Minute drangen jedoch vier Einsatztrupps der Polizei in die Versammlung und umzingelten die feige Bande, bis alle drei Angreifer kampfunfähig waren und ohne viel Aufsehen abtransportiert werden konnten. Meinen offiziellen Dank nahm der Einsatzleiter des vielköpfigen Polizeikommandos bescheiden entgegen.

»Wir haben nur unsere Pflicht getan«, meinte der Oberinspektor, nachdem er sich für die Ruhestörung entschuldigt hatte. »Die Kollegen haben sich lediglich in der Adresse geirrt. Sie sollten eigentlich zwei Straßen weiter eine Protestversammlung von streikenden Zollbeamten auseinandertreiben. Ein kleines Mißverständnis. Ansonsten immer zu Diensten. Ich empfehle mich.«

Und so nahm der Parteitag seinen sehr feierlichen Fortgang. Die lila Kreiszackler stellten sich wieder in Reih und Glied, und Pepi improvisierte frisch drauflos.

»Jetzt hat das Glatzentum uns sein wahres Gesicht gezeigt«, faßte er die Ereignisse zusammen. »Doch gegen uns Kreiszackler hat ihr Terror keine Chance. Heute konnte die Polizei die feigen, maskierten Glatzenratten noch vor unserem Zorn schützen. Das nächste Mal aber gibt es kein Erbarmen mehr. Die eiserne Faust der Kreiszacklerfront schlägt zu, wo sie gebraucht wird. Haarfrontgenossen, laßt uns die Hymne anstimmen.«

Für Augenblicke trat andachtsvolle Stille ein, danach klang um so kraftvoller das stolze Lied, dessen Melodie sich im Rund der Glaskuppel vielstimmig brach:

Reißt nieder alle Schranken,
ihr Helden der Gedanken.
Befreit von allen Sorgen,
leuchtet ein neuer Morgen.
Leidenschaft und Mut
tut den Behaarten gut,
wenn ein Glatzkopf
brodelt im Kochtopf.
Und im Namen der lockigen Väter,
zwingen wir nieder unsre Verräter.

Ausgerechnet während der erhabenen Verse flog mir ein Staubkörnchen ins Auge, und ich versuchte es wegzuwischen. Als die letzten Töne der hehren Melodie verklungen waren, sah ich verwundert, daß sich auch viele Haarschützer im Publikum verstohlen über die Augen fuhren und lautes Schluchzen zu hören war. Das war meine Stunde. Ich trat an das Rednerpult und bat um Ruhe.

»Haarfrontgenossen und Haarfrontgenossinnen der Welt, vereinigt euch!«

Ein wenig zitterten mir zwar die Knie, nicht wegen der Ovationen, sondern weil es mein erster öffentlicher Auftritt war, aber dann erfreute ich mich an der bunten Menschenmenge, die wie ein riesiger lila Blumenstrauß hin- und herwogte, über ihren Köpfen die schwebenden Transparente »Der Glatzkopf ist an allem schuld« und »Nimm dem Glatzkopf, was dir fehlt«.

Es war einfach überwältigend.

»Haarfrontgenossen und Haarfrontgenossinnen«, tönte aus meiner Kehle der Text von Dr. Schwarzkopf. »In dieser Weihestunde horcht das Volk auf und erhebt sich wie ein Mann, denn alle wissen, alle spüren, alle erkennen, hier geht es längst nicht mehr um die Verfolgung von Eigeninteressen. Hier führt eine behaarte Nation ihren Überlebenskampf gegen das verräterische Glatzentum.«

»So ist es«, fielen die Kreiszackler ein. »Her mit dem Glatzengut!«

»So wird es sein, Haarfrontgenossen«, versprach ich und schlug rhythmisch auf das Pult vor mir, wie ich es bei Profipolitikern gesehen hatte. »Von dieser Stelle fordere ich die Regierung auf, mit der Verschleierungstaktik Schluß zu machen und endlich zu handeln. Wenn die Herrschaften da oben nicht unverzüglich mit den kahlen Brunnenvergiftern abrechnen, werden wir es tun. Diese bis auf den letzten Platz gefüllte Halle beweist, daß wir es gemeinsam schaffen werden.«

»Nieder mit der Regierung«, grölte die Menge die allerdings recht halbherzigen Beschwichtigungsversuche der Polizei nieder. »Schluß mit der feigen Verschleierungstaktik! Es lebe Flinta!«

»Denn ich frage euch, Haarfrontgenossen und Haarfrontgenossinnen, wer stürzt die Welt ins Verderben?«

»Der Glatzkopf«, scholl es aus der Halle wider, »der Glatzkopf!«

»Wer beutet die Armen aus?«

»Der Glatzkopf!«

»Wer schändet unsere unschuldigen Kinder?«

»Der Glatzkopf!«

»Wer hat seine Seele dem Satan verkauft?«

»Der Glatzkopf!«

»Wer lebt in Saus und Braus von Waffengeschäften, Rauschgift, Schmuggel und illegalem Devisenhandel?«

»Der Glatzkopf!«

»Wer ist ein Betrüger, Vaterlandsverräter und Mörder?«

»Der Glatzkopf!«

»Und ich frage euch, wer wird das Land retten?«

»Der Glatzkopf!«

Das stimmte zwar nicht ganz, aber wer hätte die Begeisterung jetzt noch zu bremsen vermocht? Nein, nicht einmal ich, der Volksheld.

»Haarfrontgenossen«, fuhr ich daher ungerührt fort, jetzt mit meinen eigenen Worten. »Die ruchlose Regierung verfolgt die Kreiszackler und wirft unsere treuesten Anhänger in den Kerker. Menschen wie die Witwe Schick ...«

»Nieder mit ihr«, schrie die Menge. »Nieder mit der Hexe!«

»... die Witwe Schick schmachtet unschuldig, einzig und allein wegen ihrer haarschützenden Überzeugung im Gefängnis.«

»Es lebe Frau Schick! Sie lebe hoch!«

In meinem Siegesrausch nahm ich nicht wahr, daß Pepi verzweifelt an meiner lila Jacke zerrte. Auch Dr. Schwarzkopf machte mir von unten her heftige Handzeichen, aber ich war nicht mehr aufzuhalten. Auf der Woge des Jubels ließ ich mich forttragen und fühlte mich mächtig wie nie zuvor.

»Haarfrontgenossen«, rief ich meinem Volk zu, »ich appelliere an eure Kreiszacklerehre. Machen wir uns auf zum Marsch ins Gefängnis. Freiheit für Frau Schick! Geduld! Wir siegen! Es lebe Flinta! Es lebe unser geliebter Führer Flinta!«

Ich ertappte mich dabei, wie ich inmitten der donnernden Rufe tatsächlich vergessen hatte, daß doch ich jener Flinta war, dem ich gerade zujubelte. Wie auch immer, dieses Hochgefühl wollte ich nie mehr missen.

Pepi war es nun endlich gelungen, mich vom Mikrophon wegzuzerren, aber es war zu spät. Die Kreiszackler hatten bereits die Markthalle verlassen und wälzten sich wie eine ferngesteuerte Lawine in Richtung Innenstadt.

Das Heer der Haarschützer zog in musterhafter Disziplin die Ringstraße entlang, schlug mit gezielten Treffern nur hier und da ein besonders verdächtiges Schaufenster ein und stellte den Warenbestand der Glatzkopfgeschäfte sicher. Sie verprügelten dabei ohne großes Aufsehen den einen oder anderen herumschleichenden Glatzfinken, um ihm ein für allemal klarzumachen, daß es sich nicht lohnte, unschuldige Haarschützerinnen ins Gefängnis zu stecken.

Anschließend wurden einige beschlagnahmte Verkaufsregale zu einem Scheiterhaufen aufgeschichtet, ein paar Autos, die im Wege standen, umgeworfen, eine unterirdische Gasleitung angezapft, das ausströmende Gas zum Scheiterhaufen gelenkt und angezündet, bis dieser lustig zu lodern begann. Zu nennenswerten Ausschreitungen kam es jedoch nicht.

Auch die Polizei verlor keinen Augenblick die Kontrolle über den ruhigen Verlauf. Wir aber folgten den vergnügten Kreiszacklern in sicherem Abstand und fanden uns alle gemeinsam vor dem Gefängnis wieder.

»Freiheit für Witwe Schick«, entlud sich der Volkszorn jetzt hinter den umgestürzten Litfaßsäulen. »Alle kahlen Gefängniswärter raus! Freiheit für die Haarschützer-Witwe! Es lebe Frau Schick!«

Ich konzentrierte mich auf die dramatischen Ereignisse. Die Polizei hatte, wohl unter dem Einfluß einiger Glatzkopfknechte in der Gefängnisleitung, den Eingang mit einem Panzerwagen verbarrikadiert. Die Kreiszackler aber glühten vor Eifer, Frau Schick zu befreien. Die Spannung drohte zu zerreißen, als ein paar Wachbeamte die Nerven verloren und unvermittelt auf die Demonstranten losgingen. Eine Prügelei wurde nur verhindert, weil sich plötzlich das Gefängnistor öffnete und ein Gefängnisbeamter heraustrat. Er bat um eine Unterredung mit den Verantwortlichen.

Man führte ihn zu mir. Als er die lila Galauniformen sah, salutierte er und stieß hervor:

»Ich entschuldige mich im Namen meines Vorgesetzten, der aus haarigen Gründen besser daran tut, sich nicht zu zeigen. Ich möchte gern Aufsehen vermeiden. Wenn Sie mir garantieren, daß die Menge in Ruhe abzieht, so lasse ich Ihre Witwe frei.«

»In Ordnung«, antwortete ich. »Es wird Ihr Schaden nicht sein.«

»Ich erfülle nur meine Pflicht«, versetzte der Gefängnisbeamte. »Mein Chef wird schließlich bald im Besitz einer Vollglatze sein.«

Pepi hatte es übernommen, die Leute zum friedlichen Abzug zu bewegen.

»Haarfrontkämpfer«, rief er. »Auch anderswo sind Mißstände aufzudecken. Das Klirren der Schaufenster soll euer Marschlied sein. Vorwärts, Söhne des Kreiszack!«

Was er nur immer mit den Schaufenstern hatte! Ich blickte voller Sorge zu Dr. Schwarzkopf, doch der winkte ab. Pepi hätte bestimmt keine finanzielle Verbindung zu den Glasproduzenten, er lege dafür die Hand ins Feuer.

Während wir auf Frau Schick warteten, gab Pepi widerwillig zu, daß ich meine Sache großartig gemacht hätte, denn billiger hätte niemand die Witwe aus dem Gefängnis holen können.

Bald erschien die gebrechliche Gestalt der Witwe im Gefängnistor. Die Kreiszackler hoben sie auf ihre Schultern und trugen sie zum Auto. Für die Koffer und Reisetaschen, in denen meine Geschenke waren, hatten ein paar Umsichtige einen Gepäckwagen organisiert.

Vor Glück schluchzend saß Frau Schick kurze Zeit später zwischen uns im Auto.

»Danke«, sagte sie sanft zu Pepi und drückte sich an ihn. »Ich weiß, was ich dem Herrgott und Ihnen verdanke.«

»Ich habe Sie da herausgebracht, Gnädigste«, zischte ich verärgert. »Ich allein und niemand anderer. Und damit ich es nicht vergesse, haben Sie meine 1200 Dollar zurückbekommen?«

Die Witwe sah mich verständnislos an.

»Wieso Ihre Dollar?«

»Das Geld, für das Sie ins Gefängnis gingen«, erinnerte ich sie geduldig. »Ihre Loyalität werde ich Ihnen nie vergessen, gnädige Frau.«

»Aber Herr Flinta«, versetzte Frau Schick trocken. »Ihre 1200 Dollar stecken nach wie vor hinter dem Porträt meines seligen Gregor. Man hat leider mein eigenes Geld gefunden.«

Ich war sprachlos. Was hatte dieses skupellose Weib die Partei an Lebensmitteln und Luxusartikeln gekostet. Von meinen Dollar ganz abgesehen, die sie für sich behielt, unter dem Vorwand, es sei illegales Geld.

Ich erinnerte die Schlampe daran, daß sie noch immer die Frauenbeauftragte und als solche verpflichtet wäre, auch die Führung meines jungen Haushalts zu übernehmen. Ich wollte damit nicht nur Lizzi das Leben erleichtern, sondern mir auch die Möglichkeit offenhalten, bei passender Gelegenheit einen Blick hinter das Porträt des seligen Gregor zu werfen.

Meine Ex-Vermieterin zog schließlich nach zwei Tagen Bedenkzeit mitsamt ihren Heiligenfiguren in eines unserer acht Zimmer. Zu diesem Zeitpunkt konnte jedoch noch niemand ahnen, daß die Witwe Schick einmal als Jeanne d'Arc der Bewegung gelten sollte.

Unsere Propagandaabteilung hatte nämlich in der Zwischenzeit das Zaubermittel Kampflied entdeckt, und als eine der Maßnahmen für Wählerbindung hatte Pepi einen Komponisten beauftragt, das Martyrium der Witwe und ihre legendäre Befreiung durch unsere furchtlosen Haarschützer in einem ›Elvira Schick-Marsch‹ zu verewigen. Der schon lange mit uns sympathisierende Musiker komponierte noch am selben Wochenende das bewegende Musikstück »Don't cry for me, Elvira«, das noch um die Welt gehen sollte, als längst schon alles vorbei war.

Die Parteikasse war inzwischen wohlgefüllt, denn unsere Gönner in der Industrie wußten sehr genau, was bei den bevorstehenden Wahlen auf dem Spiel stand. Generaldirektor Watzek überreichte uns, wie üblich mit Hut, bei einem unserer abendlichen Dreiergespräche das Vierfache der üblichen monatlichen Unterstützung.

»Wir spenden aus vollem Herzen«, sagte er herzlich, »weil wir wissen, daß unser Geld die edlen Gedanken des Haarschutzes bis in die Gewerkschaften verbreitet.«

Auch Dr. Carl-Pierre Zenmayer begrüßte die Entwicklung.

»Messieurs, wir werden reüssieren«, meinte er. »Ich ahne, daß ein changement de gouvernement kurz bevorsteht und nach den élections alles neu geordnet werden wird.«

»Wir stehen also vor der Machtübernahme«, strahlte Pepi, doch Dr. Zenmayer winkte ab: »Quatsch, Ihre einzige Aufgabe, mon ami, ist es, die Glatzköpfe zu jagen.«

Pepi, Schwarzkopf und ich erwarteten voll Ungeduld den Tag der Wahl, denn alle Zeichen standen auf Sieg. Die Propagandamaschinerie arbeitete auf Hochtouren, und insbesondere die »Stimme des Volkes« hatte wahre Kärrnerarbeit geleistet. Schwelenden Gerüchten, die Kreiszackler arbeiteten mit Unterstützung einer fremden Großmacht, trat Pepi in seinen Artikeln entrüstet entgegen. »Glatzenlügen«, schrieb von Schomkuthy jun., »haben gar keine Beine.«

Auch die Regierung zog alle Register, den gewohnten Wahlerfolg herbeizuführen, aber es fehlte ihr diesmal jegliche Überzeugungskraft in der Innenpolitik. Ihr Schachzug schlug fehl, uns in unserer ureigensten Domäne, nämlich im Kampf gegen das Glatzentum, zu übertreffen. Unsere Wahlkampfparolen, dialektisch bis ins Detail ausgefeilt, inhaltlich stimmig und glaubhaft, wirkten wie die Predigten des Abraham Santa Clara gegen einen abgetakelten Marktschreier. So phantasielose Beleidigungen wie »Parasiten« oder »Schmarotzer« konterte Pepi mühelos mit dem Bild von der vielarmigen Krake oder mit dem vom Schlangenhaupt der Medusa. Sprach die Regierung schlicht von einer gesetzlichen Lösung der Glatzenfrage, so forderten wir standrechtliche Maßnahmen. Je vehementer diese schamlosen Epigonen sich unserer haarschützenden Ideen bedienten, desto glaubwürdiger wurden wir, weil wir doch als erste den Finger in die Glatzenwunde gelegt hatten.

Ein Fiasko wurde auch die pathetische Rundfunkansprache des Staatspräsidenten. Der erste Bürger unseres Landes machte seinem landesweiten Ruf als Hohlkopf einmal mehr alle Ehre. Seinem unpolitischen Geschwafel konnte man auch ohne viel Scharfsinn entnehmen, daß er die Regierungspartei, allen voran sich selbst, dem Wähler empfahl und vor unheilvollen Extremen und einem verfrühten Regimewechsel warnte. Selbstbewußte behaarte Bürger sollten in diesen schweren Zeiten keine überstürzten Entscheidungen treffen, meinte das Staatsoberhaupt, sondern das Vertrauen der Nation suchen.

Gefunden haben es die Wähler dann doch bei uns. Unter diesen günstigen Auspizien konnte die Front in aller Stille abschließende Feinarbeit leisten. Penibel teilten wir die Wahlbezirke untereinander auf und setzten strategisch vor allem dort an, wo wir kahle oder spärlich behaarte Gegenkandidaten zu erwarten hatten.

Ich erfüllte mir bei dieser Gelegenheit einen nostalgischen Wunsch und kandidierte in der Großgemeinde Wurmthal, wo ich geboren worden war und bis zu meinem siebten Lebensjahr gelebt hatte. Als ich in diesem zarten Alter die Gemeindekuh an meine Lehrerin verkaufte, war mein Abschied von der Heimat etwas überstürzt. Seither war ich nicht mehr in meinem geliebten Geburtsort gewesen.

Um so größer war meine Freude, daß die Gemeinde Wurmthal bestrebt war, mir nachträglich Gerechtigkeit widerfahren zu lassen. Bei meiner Ankunft am Bahnhof empfing mich die Feuerwehrkapelle mit einem Ständchen, und die Dorfältesten begrüßten mich unter einem Triumphbogen mit der lila Aufschrift: »Es lebe der große Haarschützer unserer Gemeinde.«

Die Dorfgemeinde ersparte mir auch weiterhin keinerlei Huldigung.

»Seine Zukunft war ihm schon in die Wiege gelegt. Bereits im Kindergarten war er Mittelpunkt unserer Aufmerksamkeit, und sein genialer Coup mit dem Rinderhandel bewies uns endgültig seine unzweifelhafte Begabung«, so beschrieb der Bürgermeister meinen dörflichen Werdegang. »Nach Mißernten und Dürreperioden machte uns die Gewißheit Mut, daß eines schönen Tages unser geliebter Rudi wiederkommen und die Glatzköpfe aus dem Dorf vertreiben würde.«

Ich wollte gerade höflich Dank sagen, als mich plötzlich ein Bär von einem Glatzfinken von hinten anfiel.

»In Wurmthal wird keiner Glatzköpfe vertreiben«, brüllte er, während die Gemeindevertreter starr vor Schreck das Geschehen verfolgten. Der Koloß hob seine riesigen Fäuste, um sie auf mich niedersausen zu lassen. Da schlug ich ihn in perfekter Körperbeherrschung mit der Handkante in die Magengrube, so daß er lautlos zusammenklappte.

Die bewundernden Ausrufe mißachtend rief ich, über den kahlen Riesen gebeugt, der staunenden Menge zu:

»Helft dem armen Verirrten. Schnell, einen Arzt!«

Meine noble Geste verfehlte ihre Wirkung nicht, und wie ein Lauffeuer verbreitete sich die erstaunliche Geschichte. Sie ist heute noch als leuchtendes Beispiel für Großmut gegenüber dem Feind in den regionalen Schulbüchern nachzulesen. Um so mehr, als ich während meiner Wahlkampfreise durch die Umgebung den kahlen Riesen noch ein rundes Dutzend Mal mit meinem einzigen Handkantenschlag niederstreckte.

In meinem Wahlbezirk sorgte ich umgehend für Recht und Ordnung. Zunächst erbat ich einen detaillierten Registerauszug über das Kapital- und Immobilienvermögen der Glatzköpfe, dann ließ ich die Listen vervielfältigen und sie den behaarten Einwohnern mit der Aufforderung zugehen, ihre Ansprüche auf Kapitalvermögen und Glatzenboden unter Wahrung selbstloser Gesichtspunkte anzumelden.

Meine potentiellen Wähler reagierten demokratisch und verantwortungsvoll. Kein einziger entzog sich seiner patriotischen Pflicht oder versäumte gar die Rücksendung des Fragebogens.

»Diese Stunde der Gerechtigkeit verdanken wir der Kreiszacklerfront«, schrieb ein kaufmännischer Angestellter, der sich um das Ladenlokal, die Wohnung, 300 Quadratmeter Obstgarten, Lebensversicherung und das Motorrad seines kahlen Chefs bewarb. »Endlich werden die Ideale unserer Jugend verwirklicht. Geduld! Wir leben! Es siege Flinta!«

Ich wurde von Tag zu Tag beliebter. Der chancenlose Gegenkandidat der Regierungspartei, ein spindeldürrer Schulbezirksdirektor, traf verzweifelte Gegenmaßnahmen. Er schreckte, obwohl er selbst behaart war, nicht einmal davor zurück, um kahle Wähler zu buhlen, und versprach, im Falle seines Sieges für die persönliche Sicherheit aller Glatzfinken zu sorgen.

Auch ein Angriff des tadellos behaarten Dorfpfarrers ging daneben, der uns in seiner Predigt »das neue Heer der Antichristen« nannte, »das alle Sittengesetze mit Füßen trete«. Der verirrte Kirchendiener scheiterte nicht nur, weil der reichste Mühlen- und Wirtshausbesitzer der Ortschaft ein Glatzkopf war, sondern auch, weil er kurz danach von höchster Stelle in eine einsame Waldgegend versetzt wurde.

Während all dieser kindischen Angriffe begnügte ich mich, Dr. Schwarzkopfs Anregungen zu befolgen und jedem dahergelaufenen Lausbuben ein paar Kronen in die Hand zu drücken mit der ausdrücklichen Bitte, nur ja niemandem zu verraten, daß er das Geld vom gutherzigen Führer der Kreiszacklerfront Rudolf Flinta, richtig, mein Kleiner, von Rudolf Flinta bekommen hätte.

Auch ein spaßiges Preisausschreiben, das ich mir ausgedacht hatte, hob die Stimmung kräftig. Darin stellte ich zwölf Flaschen erstklassigen Tokaier jenem Wähler in Aussicht, der durch zwei Zeugen belegen konnte, mindestens einen von den frechen Wurmthaler Haarschlöchern mindestens dreimal geohrfeigt zu haben. Das Quiz gefiel vor allem der sportlichen Jugend sehr gut, und auch die Polizisten beteiligten sich in ihrer Freizeit an dem kleinen Vergnügen. Todesfälle gab es jedoch keine zu beklagen.

Am Vorabend der Wahl herrschte schließlich kein Zweifel mehr, wer die Sieger sein würden. Keine geringe Rolle spielte dabei, daß mein Gegenkandidat seine groß angekündigte Wahlkampfrede kurzfristig abgesagt hatte. Angeblich hatten ihn maskierte Täter auf dem Weg zum Veranstaltungsort überfallen und völlig kahlgeschoren.

Pepi verurteilte in der »Stimme des Volkes« das heimtückische Attentat vehement: »Was wollten die Glatzköpfe damit nur erreichen?« fragte er seine Leser.

Mein letzter Auftritt hingegen war ein durchschlagender Erfolg. Ich gewann weitere Wähler mit der subtilen Argumentation, wer nicht für mich stimme, entlarve sich als Glatzkopf, aber ebensogut kam an, daß ich auch den nicht behaarten Mitbürgern eine Chance ließ. »Wer sich für mich entscheidet«, deutete ich an, »ist für die Menschheit noch nicht völlig verloren.«

Auch die Tatsache, daß es sich um eine geheime und demokratische Wahl handelte, bei der nichts zu verbergen war, machte entsprechenden Eindruck. So erübrigte sich der beschämende Gang in die Kabine, und nur die Kahlköpfe setzten ihr Listenkreuz hinter zugezogenem Vorhang auf die Wahlzettel.

Als die Schlacht geschlagen war, ging mein erstes Telegramm an Pepi:

»Wahl in Wurmthal überlegen gewonnen, erwarte deine herzliche Gratulation. Geduld! Wir siegen! Es lebe Ich!«

Die Wahlbeteiligung hatte mit 38 Prozent weit über dem Vorjahresdurchschnitt gelegen, und unser Einzug ins Parlament war somit geschafft. Die Regierungspartei verfügte noch über eine hauchdünne Mehrheit, aber 46 abgeordnete Kreiszackler würden ihr künftig das Leben schwermachen. Trotzdem hatten wir ein Problem, denn es gab in unseren Reihen nicht genug Kandidaten, die alle Voraussetzungen für einen Parlamentssitz erfüllten, und so mußten wir außer den bewährten Mitstreitern jeden Behaarten nehmen, der uns unter die Finger kam.

Pepi holte natürlich seine eigenen Leute ins Parlament, wie seine Maniküre samt Zwillingsbruder, und um seine Lobby zu verstärken, schreckte er auch vor den läppischsten Maßnahmen nicht zurück. So konnte mich, als ich eines Morgens die »Stimme des Volkes« aufschlug, auch folgender Aufruf nicht mehr überraschen.

»Dichtbehaarte Männer zwischen 17 und 71 Jahren, die des Lesens und Schreibens kundig sind und den Namen Schomkuthy führen, für Karriere im öffentlichen Leben gesucht.«

Immerhin meldeten sich neunzig Schomkuthys, wenn auch nur elf mit Ypsilon am Ende. Pepi fand es gar nicht komisch, daß ich mich über sein plötzliches Traditionsbewußtsein lustig machte.

»Was hast du gegen meine entfernten Verwandten?« fragte er beleidigt.

»Seit wann«, entgegnete ich grinsend, »bist du denn ein echter Schomkuthy?«

»Namen sind Schall und Rauch«, schloß Pepi würdevoll das heikle Kapitel, »nur Blut ist ein ganz besonderer Saft.«

Ich ließ es dabei bewenden, schließlich hatten wir jeden Behaarten bitter nötig. Was mich aber wirklich schmerzte, war, daß Arthur Molnar, einer meiner treuesten Anhänger, kein Mandat erhielt. Arthur hatte zwar in den Außenbezirken vorzügliche Aufklärungsarbeit geleistet, dabei aber sein haariges Handicap völlig vergessen. Bei seiner rhetorisch brillanten Rede: »Gibt es ein Leben mit dem Glatzkopf? Nein, das gibt es nicht! Wird der Glatzkopf jemals Ruhe geben? Nein, er wird keine Ruhe geben!«, bei dieser Rede hatte er beim letzten Nein zu heftig den Kopf geschüttelt, und dabei war seine Perücke in hohem Bogen ins Publikum geflogen. Die Menge, gewohnt beim Anblick eines Glatzkopfes sofort zu handeln, fiel in Sekundenschnelle über ihn her. Arthurs Standfestigkeit aber war beispielhaft.

»Ich bin der beste Beweis dafür, daß man auch ohne Haare mit Leib und Seele Haarschützer sein kann«, stöhnte er, als er blutüberströmt liegenblieb. »Seit wann ist es denn verboten, Selbstkritik zu üben?«

Treue gegen Treue schwor ich mir und brachte ihm einen Blumenstrauß und drei neue Trowitsch-Perükken ins Krankenhaus. Da lag Arthur in seiner ganzen erbärmlichen Kahlheit ohne jeden Haarschmuck im Bett, weil der Pöbel seine Perücke zertrampelt hatte.

»Welche Ehre, mein Führer«, weinte er vor Freude. »Ich habe mir so sehr gewünscht, Abgeordneter zu werden. Im Parlament werde ich nie mehr den Kopf schütteln, das verspreche ich.«

Ich streichelte seinen Schädel.

»So wahr ich selber noch alle Haare auf dem Kopf habe, Arthur«, sagte ich ihm fest zu, »Sie kommen ins Parlament.«

Das war freilich leichter gesagt als getan. Als Dr. Schwanz von meinem Entschluß hörte, erklärte er umgehend seinen Rücktritt, den ich ebenso umgehend annahm. Daraufhin lenkte der Steuerexperte natürlich sofort ein und meinte nur:

»Ein Glatzkopf im Parlament, mitten unter uns, verzeihen Sie, mein Führer ...«

Ich warf ihm einen meiner stählernen Blicke zu.

»Schwanz, wer ein Glatzkopf ist und wer nicht, bestimme ich ganz allein.«

Erst viel später erfuhr ich, daß meine menschliche Geste eine private Tragödie gerade noch verhindern konnte. Frau Molnar hatte nämlich bereits ganz im Sinne der neuen gesellschaftlichen Gepflogenheiten wegen »unvereinbarer haariger Verschiedenheit« die Scheidung eingereicht. Offenbar fürchtete sie um ihre Position als Frauenbeauftragte. Erst nach meiner haarführerischen Anweisung, Arthur Molnar wäre kein Glatzkopf, war die Familienidylle wieder hergestellt.

Zur echten Gefahr aber war inzwischen Gagay geworden. Der Postrentner war mir nämlich keineswegs dankbar dafür, daß ich ihm mit einem Mandat den Weg ins öffentliche Leben ebnen wollte. Anstatt vor Freude Purzelbäume zu schlagen, erklärte er mir, Parlamentarier sei das letzte, was er hätte werden wollen, denn »Beamte sind schlechte Menschen«.

»Na, dann helfen Sie ihnen kraft Ihrer neuen Position, bessere Menschen zu werden«, redete ich dem Tölpel gut zu. »Es gibt doch nichts Schöneres, als seinen Nächsten auf den rechten Weg zu führen.«

Aber Gagay war eben Gagay.

»Ich möchte lieber mit Pferden zu tun haben«, sagte er. »Die sind von Haus aus gut. Die muß man nicht erst auf den rechten Weg führen, die finden von ganz allein in den Stall.«

Ich warf ihn hinaus. Diesen senilen Unsinn wollte ich mir wirklich nicht länger anhören. Er und Opa Hawlitschek waren und blieben unbelehrbar, und ich würde sie nicht ewig schützen können, auch wenn Lizzi die beiden noch so gerne mochte.

Lizzi war mein ganzes Glück, denn sie hielt sich an unsere Vereinbarung, hier Privatleben, dort mein Beruf. Sie hütete sich, meiner Karriere zu schaden, diskutierte und argumentierte nicht, wie es andere Frauen gerne tun. Ja, ich wußte nicht einmal, wo sich ihr Vater versteckt hielt. Auch diese Sorge ersparte sie mir.

»Papi ist in Sicherheit«, verriet mir Lizzi lächelnd. »Es lebe Flinta!«

Es war mir ganz recht so, zumal sich nach den Wahlen immer weniger Glatzköpfe als Märtyrer aufspielten und die kahlen Lumpen inzwischen fast völlig aus dem Straßenbild verschwunden waren. Der Perückenbetrieb Trowitsch & Co. aber florierte, und wenn ich nicht mit dem blöden Pepi hätte teilen müssen, wäre ich längst steinreich gewesen. Aber wie sagte Kollege Churchill so richtig? »Im Leben eines Staatsmannes gibt es manchmal auch schmerzliche Kompromisse.«

Die Regierung hatte klugerweise die nötigen Konsequenzen aus dem spektakulären Erfolg der Kreiszackler gezogen und war geschlossen zurückgetreten. Im neuen Kabinett saßen ein paar gute alte Bekannte. Der neue Ministerpräsident zum Beispiel, Eberhard Titus Dugowitsch, war zufällig Dr. Zenmayers Adoptivsohn. Er versprach in seiner Regierungserklärung, er werde die alte politische Linie genauso fortführen, nur in umgekehrter Richtung.

Er ließ seinen Worten auch die Tat folgen, davon konnten wir uns sehr rasch überzeugen. Gerade als ich mit meiner Frau zum Wochenausklang ein entspannendes Damespiel begonnen hatte, meldete unsere erste Wirtschafterin, Herr Chefredakteur Schomkuthy wünsche unverzüglich den Führer zu sprechen.

Ich hatte noch nicht einmal hereingebeten, da stürzte Pepi bereits durch die Flügeltüren in unseren Spielsalon.

»Alter Junge«, sagte er feierlich und legte mir den Arm um die Schultern, als wir nach Lizzis überstürztem Abgang unter vier Augen waren, »ich war soeben beim Presseempfang des Ministerpräsidenten. Lauter neue Leute, lauter neue Gesichter, Begeisterung und Tatkraft sind an der Tagesordnung. In Kriegszeiten, so war zu hören, wäre der aktive Haarschutz die wirksamste Waffe zur Selbstverteidigung. Der neue Innenminister Dorfhauser von und zu Dorfhauser bestätigte mir persönlich, daß eine staatliche Institution zur Untersuchung der Glatzenfrage vor der Gründung stünde.«

Pepi sah mich bedeutungsvoll an.

»Rudi«, sagte er nach einer Pause, »ich glaube, wir haben's geschafft. Wir sind Staatssekretäre.«

Ich zuckte mit den Achseln:

»Von mir aus. Aber kein Wort zu Schwarzkopf.«

Glanz und Untergang eines Alptraums

Wenige Tage später wurden Pepi und ich als Staatssekretäre vereidigt. Seine Exzellenz der Staatspräsident hatte uns aus diesem Anlaß in einer Privataudienz empfangen. Der so überaus sympathische höchste Mann im Staate sprach uns sein Vertrauen aus, dankte für unsere unbestreitbaren Verdienste auf dem Gebiet des Haarschutzes und wollte unsere Aufmerksamkeit nur noch auf eine äußerst delikate Kleinigkeit lenken. Im Hinblick auf die steigende Arbeitslosigkeit sollten nämlich vermögende Glatzköpfe unter bestimmten Voraussetzungen einen Sonderstatuts beanspruchen können.

»Eure Exzellenz«, antwortete Pepi untertänig, »diese Maßnahme wird durch unsere eingehenden Glatzenforschungen auf das Vorzüglichste belegt. Die wissenschaftlichen Ergebnisse berichten von recht erfolgversprechenden Ansätzen beim wohlhabenden Glatzentum. Wir werden diese Kreise wohlwollend im Auge behalten, aber den kahlen Pöbel wird die wachsame Kreiszacklerfront für seine Sünden um so härter büßen lassen.«

Leutselig entließ uns der weitblickende Staatschef, und seine große rotblonde Sekretärin brachte uns hinaus.

Dem neuen Institut zur staatlichen Untersuchung der Glatzenfrage wurden im Innenministerium zunächst 52 Räumlichkeiten und 38 haarig einwandfreie Beamte zugewiesen. Am Tag unseres Amtsantritts stattete uns Ministerpräsident Eberhard Titus Dugowitsch mit seinem Stiefvater einen Besuch ab, und wir vertieften uns umgehend in die aktuelle politische Lage.

»Meine Herren«, sagte der neue Regierungschef, »wir bitten Sie, in jedem Fall das Grundgesetz zu beachten, auf dem unsere Rechtsstaatlichkeit beruht. Wir sind, wenn Sie erlauben, stolz auf unsere demokratische Verfassung, die an das vom Volk gesetzte Recht gebunden ist. Ohne das Volk und dessen freien Willen sind wir nichts.«

»Et surtout ohne meinen Willen«, warf Dr. Zenmayer trocken ein und ergänzte süffisant:»Natürlich auch in demokratischer Abstimmung.«

»Es muß also diesem Willen Folge geleistet werden, wenn Sie erlauben«, fuhr der Ministerpräsident unbeirrt vom stiefväterlichen Einwurf fort. »In Eilfrist sollte ein ebenso radikaler wie gerechter Glatzengesetzesentwurf verabschiedet werden. Ihnen, meine Freunde, obliegt es, den sozialen und finanziellen Übergriffen des Glatzentums ein spektakuläres Ende zu bereiten.«

»Eure Exzellenz werden Ihr Vertrauen in uns nicht bereuen«, kam ich Pepi zuvor. »Dafür bürge ich persönlich.«

Danach gingen wir ins Detail, klopften die einzelnen Punkte ab und zogen für die Ausarbeitung Innenminister Dorfhauser von und zu Dorfhauser heran. Der Minister machte die Entwürfe an praktischen Beispielen fest, was uns auch lieber war. So sollte zum Beispiel eine Hypothek von etwa 40 000 Kronen auf die Villa eines Behaarten umgehend und ersatzlos gestrichen werden, wenn der Bankier ein Glatzkopf ist.

Hinderlich dabei war nur, daß nicht alle Glatzfinken, ob Bankier oder nicht, als solche registriert waren. Vordringlichste Maßnahme war daher, dem Statistischen Zentralamt per Gesetz die Erfassung aller spärlich Behaarten und jedes einzelnen Glatzkopfs zu verordnen. Und da die haarige Einstufung nur auf fachmännischer Basis erfolgen konnte, ordnete der Innenminister auf unser Anraten die Errichtung eines landesweiten Netzes von Haarprüfstellen und den Aufbau eines entsprechenden Beamtenapparates an. Bewerben konnten sich nach Absolvierung eines Schnellkurses staatlich geprüfte, unbescholtene Friseure, die das 21. Lebensjahr bereits vollendet hatten. Pepi und ich erbaten von Dr. Zenmayer für die Ausarbeitung der Gesetzesvorlage die Hilfe von sechs Professoren der juristischen Fakultät.

»Légalité et fraternité schlägt chauveté«, stimmte Dr. Zenmayer zu. »Die constitution darf nicht verletzt werden.«

Am nächsten Tag war es dann soweit, und die Front nahm erstmals ihre Plätze im Plenarsaal des Parlaments ein. Als wir uns, wie vorgesehen, rechts außen niedergelassen hatten, spendete uns die gesamte Legislative spontanen Beifall. Obwohl wir ja inzwischen so manche Sympathiebezeugung erlebt hatten, erschien uns dies doch als ein Meilenstein in der Geschichte der Bewegung. Es war ergreifend. Mit leisem Schluchzen lehnte die Abgeordnete Elvira Schick sich an ihren Nachbarn und merkte zu spät, daß Pepi inzwischen mit dem Zwillingsbruder seiner Maniküre den Platz getauscht hatte.

Vereinzelte Buhrufe verstockter Altpolitiker ignorierten wir geflissentlich, nur der frühere Gehilfe unseres Gemüsehändlers in der zweiten Reihe streckte ihnen die Zunge heraus.

Dr. Schwanz, der zum stellvertretenden Parlamentspräsidenten gewählt worden war, eröffnete die erste Sitzung des Hohen Hauses und übergab feierlich dem Hauptredner von Schomkuthy das Wort. Pepi erläuterte das Programm der Partei für nationalen Haarschutz und deutete geschickt an, wieviel politisches Potential die Bewegung nach den zwei bereits amtierenden Staatssekretären noch stellen könnte.

»Kampf der ägyptischen Glatzenplage, Kampf bis zum Endsieg«, beendete er seine eindrucksvolle Rede. »Noch sind wir eine kleine Partei, aber wir werden mit Gottes Segen erstarken, um uns mit ganzer Kraft für das Heil der haarreinen Nation einzusetzen.«

Wenn mich nicht alles täuscht, erwähnte Pepi nebenbei auch, daß das Maß voll wäre und man sollte daraus endlich die Konsequenzen ziehen.

Mit der Rede des Ministerpräsidenten ging der erste Tag der Kreiszackler im Parlament zu Ende. Glockenklang untermalte E. T. Dugowitschs Ankündigung, die neue Regierung hätte die Glatzenfrage einer rechtsstaatlichen Lösung zugeführt und würde, »wenn Sie erlauben«, Hand in Hand mit der loyalen haarschützerischen Opposition unverzüglich eine entsprechende Gesetzesvorlage verabschieden.

Frenetischer Beifall brach los. Bereits verbrüderte wie auch einander völlig fremde Parlamentarier umarmten sich, einige sprangen sogar auf ihre Sitze, und Pepi und ich konnten uns der Glückwünsche und der Adressen vermögender Glatzköpfe kaum erwehren.

Da bat Ministerpräsident Dugowitsch die Abgeordneten, noch einmal Platz zu nehmen, er hätte eine kurze Mitteilung zu machen.

»Unsere soldatische Nation ist eben an der Seite von Dr. Zenmayers sieghaftem Reich in den Krieg eingetreten«, verkündete er feierlich und erbat nachträglich die

Zustimmung des Parlaments dafür, daß er bereits der halben Welt den Krieg erklärt hatte.

Die Nachricht, daß wir uns im Kriegszustand befanden, löste zunächst Befremden in der Bevölkerung aus, doch bald freundeten sich die Menschen mit dem Gedanken an. Neue, an Bodenschätzen reiche Provinzen kämen durch die Eroberungen in den Besitz des Volkes, der Nachrichten über große Siege war kein Ende, und die Soldaten kamen bepackt mit kleinen, aber wertvollen Geschenken zu ihren Familien heim.

Doch schon nach kurzer Zeit verließ uns das Kriegsglück, und der siegreiche Feldzug geriet ins Stocken. Größte Probleme bereitete der militärischen Führung nämlich die seit kurzem vorgeschriebene Registrierung der örtlichen Glatzköpfe. Zwar konnte manch feindliche Stadt im Osten rasch eingenommen werden, aber bevor alle Ostglatzköpfe registriert waren, wurden die Truppen verschoben, die Zählung wurde unterbrochen und mußte später wieder völlig neu begonnen werden. So wurde unter Umständen in einem rückeroberten Gebiet das ansässige Glatzentum vier bis fünf Mal gezählt. Die Glatzenregister waren jedoch militärstrategisch unverzichtbar, weil sich die Kahlköpfe überall mit unserem hinterhältigen Feind zusammentaten.

In seiner Parlamentsansprache klärte denn auch Ministerpräsident Dugowitsch über die tatsächlichen Gründe für die noch nicht ganz zufriedenstellenden militärischen Erfolge auf.

»Wir hätten längst gesiegt, wenn Sie erlauben«, sagte der Staatsmann, »hätte das Glatzentum nicht im entscheidenden Moment das Vaterland verraten, wie sich bei den wöchentlichen Kaffeehaus-Razzien deutlich zeigte. Fast 35 Prozent der aufgegriffenen Kahlköpfe trugen Streichhölzer bei sich, um den feindlichen Flugzeugen Lichtsignale zu geben. Der Glatzkopf ist also nicht nur Kriegsanlaß, wenn Sie erlauben, sondern verhindert auch hartnäckig den totalen Sieg.«

Seine Rede wurde in der »Stimme des Volkes« veröffentlicht und war für die Patrioten des Landes ein deutliches Zeichen dafür, ihr Schicksal in die eigene Hand zu nehmen und das kollaborierende Glatzenungeziefer endgültig unschädlich zu machen. Unsere Mitbürger verhielten sich mustergültig. So wurde uns berichtet, daß man während eines Luftangriffes in einem Park einen Glatzkopf bemerkt hatte, der auffallend oft auf das leuchtende Ziffernblatt seiner Uhr geblickt hatte, offenbar um den feindlichen Terrorbombern Leuchtzeichen zu geben. Der Glatzkopf wurde nach Sicherstellung seiner Uhr festgenommen, mit Benzin überschüttet und angezündet. Der Vaterlandsverräter rannte davon und erhellte wie eine Fackel die Nacht, während der Luftangriff tobte.

Die beunruhigenden Vorfälle beschleunigten unsere Vorbereitungen für das Glatzengesetz. Fast täglich arbeiteten wir oft den ganzen Vormittag daran.

Durch die innovative Arbeit der Friseurämter konnten wir endlich ein klares Bild über das heimische Glatzentum gewinnen. Es stellte sich heraus, daß tatsächlich elf Prozent der gesamten Bevölkerung über drei Jahre irgendeiner Kategorie von Glatzköpfen angehörten. Derselben Statistik zufolge bekam nach und nach jeder dritte Insasse eines Altersheims in der Metropole eine Glatze, und ein Großteil der männlichen Rentner waren bereits Vollglatzfinken.

Unser Glatzengesetz sollte dieser beunruhigenden Entwicklung endgültig den Riegel vorschieben und die

Bevölkerung beschwichtigen, die wegen neuer militärischer Niederlagen bereits unruhig geworden war. Wir kündigten also die Verabschiedung des radikalen Glatzengesetzes für einen der nächsten Tage an. Die Regierung bat alle patriotisch Gesinnten, sich bis dahin in Geduld zu üben.

Die Vorbereitungen dafür hatten mich so sehr beansprucht, daß ich mehr in der Parteizentrale als zu Hause war und Lizzi sträflich vernachlässigte. Das wirkte sich natürlich nicht günstig auf unser Eheleben aus, denn es gelang mir immer seltener, Privatleben und Politik so voneinander zu trennen, wie wir einander versprochen hatten. Mein kometenhafter Aufstieg und meine wachsende Popularität forderten ihr Opfer, wie Lizzi es vorausgesehen hatte. Wenn ich von einer Haarschutzversammlung spät abends nach Hause kam, enthielt sich Lizzi jeden Kommentars und sah mich nur vorwurfsvoll an. Es wäre mir lieber gewesen, sie hätte geschimpft und gejammert. Dann hätte ich mich ein wenig besser gefühlt.

Immer öfter ertappte ich meine Frau dabei, während sie heimlich die »Stimme des Volkes« las, die sie vorher gemieden hatte, wo sie konnte.

Als ich nach einer abendlichen Massenkundgebung, vom überlangen Text aus der Feder Dr. Schwarzkopfs heiser geworden, früher als vorgesehen nach Hause kam, öffnete mir unsere Frauenbeauftragte mit vielsagender Miene die Tür.

»Herr Flinta«, flüsterte Frau Schick mir zu und bekreuzigte sich. »Der Gagay ist bei ihr.«

Und tatsächlich, da hockte der Alte, Lizzi direkt gegenüber.« Als er mich sah, verschwand er blitzschnell.

»Was wollte er denn?« fragte ich meine Gattin. »Gibt er dir etwa Nachhilfestunden in Senilität?«

»Gagay ist der einzige normale Mensch in unserer Umgebung«, sagte sie trotzig.

Ich ahnte, woher der Wind wehte.

»Wo ist denn eigentlich dein Vater, mein Engelchen?«

Lizzi senkte den Blick.

»An einem sicheren Ort.«

»Er muß sich nicht verstecken«, beruhigte ich sie. »Ich kann ihn jederzeit zum Ehrenbehaarten erklären.«

Lizzi drehte sich weg. Sie machte einen völlig verzweifelten Eindruck auf mich. Insgeheim fühlte ich mich auch nicht viel besser.

»Was spielt es denn für eine Rolle, ob ich an den Haarschutz glaube oder nicht?« bekannte ich zum ersten Mal ganz offen. »Ich muß doch gar nicht daran glauben. Gesetzt den Fall, die Politzers hätten recht, und niemand könnte etwas dafür, daß er als Glatzkopf geboren wird, was bedeutet das schon? Es gibt so oder so kein Zurück, die Glatzköpfe sind unsere erbitterten Feinde, sie beten für unseren Untergang, nur weil wir zufällig oder auch wegen der Gene einer edleren Rasse behaart sind. Wir handeln einzig und allein aus Notwehr, meine Liebste, um uns vor ihren Rachegelüsten zu schützen. Soll ich vielleicht in dieser heiklen Lage alles hinwerfen und die Bewegung Pepi, diesem elenden Schuft, überlassen?«

Lizzi antwortete nicht, sie schlug nur die Hände vors Gesicht. Frauen können eben nicht logisch denken. Ich ging ins Bad, in der Hoffnung, wenn ich heiß geduscht hätte, würde sie sich besser fühlen. Unter dem starken Wasserstrahl ging mir plötzlich auf, warum ich Politik und Privatleben nicht mehr auseinanderhalten konnte. Weil ich kein Privatleben mehr hatte, zumindest nicht mehr seit ich Haarschutzführer geworden war.

Beim Stichwort Privatleben fiel mir Professor Wind

ein, der nach Bekanntwerden der Wahlergebnisse seine Heimat fluchtartig verlassen hatte. Einem Blatt, das noch in Glatzenhand war, hatte er ein Telefoninterview gegeben und gefaselt, daß »ein vernünftig denkender Mensch nichts in einem Land zu suchen hätte, das Haarschützer wählt statt sie auszulachen«.

Die feige Flucht des »Lakaien der Glatzköpfe« behandelte Pepi ausführlich in einem Leitartikel mit der Überschrift »Wer Wind sät, wird Sturm ernten«. Er verglich den charakterlosen Wissenschaftler mit einer Ratte, die das sinkende Glatzenschiff verläßt.

»Es ist wirklich nicht schade um dieses scheinheilige Genie«, schloß Pepi die längst fällige Abrechnung. »Mit seiner glatzenfreundlichen Demagogie hat er sich ein Vermögen ergaunert, um sich bei Nacht und Nebel mit seiner billigen Mätresse und unter Hinterlassung unbezahlter Rechnungen aus dem Staub zu machen. Das ausländische Glatzentum soll mit Wind glücklich werden.

Sie werden das steckbrieflich gesuchte Stinktier sicherlich nicht ausliefern. Aber so verpestet er wenigstens hierzulande die Luft nicht mehr.«

Inzwischen fieberten die fortschrittlichen Kreise des Landes dem Glatzengesetz entgegen, das in einer feierlichen Parlamentssitzung verlesen werden sollte. Führende Persönlichkeiten aus Wissenschaft und Kunst waren zu diesem historischen Akt eingeladen worden, doch so mancher Stuhl auf der Abgeordnetengalerie blieb leer. Die sogenannten Menschenfreunde wollten wohl wieder einmal Flagge zeigen.

Ministerpräsident Eberhard T. Dugowitsch eröffnete die Sitzung, begrüßte zunächst seinen freundlich aus einer Loge winkenden Stiefvater, dann die Abgeordneten und die Gäste. Gleich danach trat Dr. Schwarzkopf vor und erläuterte in die gespannte Stille die Notwendigkeit der neuen Verordnung.

»Die charakteristische Absonderung des Glatzentums von seiner jeweiligen Umgebung sowie ihre haar- und gefühlsmäßige, ja sogar geistesbedingte Entwicklung, die jeglichen artfremden Einfluß ausschließt, ist der Grund dafür, daß der Glatzkopf ein Fremdkörper in der Gesamtheit des Volkes ist und daß ihm der Instinkt angeboren ist, sein haarloses Wesen, wenn nötig mit brutaler Gewalt, zu bewahren.«

Der spontane Beifall, der dieser Einführung folgte, bewies, daß es uns gelungen war, Verstand und Gefühl in gleicher Weise anzusprechen. Rasch erhob ich mich, um die Beifallskundgebungen entgegenzunehmen, was Pepi offensichtlich gar nicht gefiel, mir hingegen wieder einmal das nun schon vertraute wohlige Kribbeln im Rücken bescherte.

Dann bat ich das Hohe Haus darum, sich die Definition des Glatzkopfes an sich in stark gekürzter Fassung vortragen zu lassen.

Die Abgeordneten nahmen per Handzeichen meinen Antrag an, und so las Dr. Schwarzkopf den komprimierten Wortlaut vor:

1. ***Vollglatzkopf***
   ist jemand, auf dessen Kopfhaut die haarige Beschaffenheit mangelhaft in Erscheinung tritt. Er gehört zur Kategorie »A«.
2. ***Halbglatzkopf***
   ist jemand, dessen hintere Kopfhaut von einer weniger als sechs Zentimeter schmalen, jedoch mindestens dreieinhalb Zentimeter breiten Haarschicht von Ohr zu Ohr bedeckt wird. Er ge-

hört zur Kategorie»B« mit folgenden Untergruppen:
»Bh« / hell / blond, brünett, rötlich behaart
»Bd« / dunkel / kastanienbraun, schwarz behaart
»Bg« / grau / grauhaarig, hat mittels friseuramtlicher Beglaubigung nachzuweisen, ob er vor Verfärbung der Haare der Unterklasse »Bh« oder »Bd« angehörte. Danach erhält er erst die endgültige Gruppenbezeichnung, nämlich »Bgh« beziehungsweise »Bgd«.

3. ***Viertelglatzkopf***
   ist jemand, bei dem über Stirn und Schläfe ein drei bis dreieinhalb Zentimeter nicht übersteigender, akuter haariger Mangel auftritt. Er gehört zur Kategorie »C«. Wenn er nachweisen kann, daß seine direkten Vorfahren den Kategorien »Bh«, »Bd«, »Bgh«, »Bgd« zugeordnet wären, darf er eine friseuramtliche Urkunde beantragen und gilt als »CBgh«, »CBgd«, »CBh« und »CBd« und ist somit berechtigt, als Studienrat bis zur Gehaltsstufe 3 zu gelangen.
4. ***Glatzenstämmiger***
   ist jemand, an dessen haariger Beschaffenheit nichts auszusetzen ist, der jedoch direkte Vorfahren der Kategorien »A«, »Bh«, »Bd«, »Bgh«, »Bgd«, »CBd«, »CBgd« hat. Dieser gehört der Kategorie »D« an, ist von der Offizierslaufbahn ausgeschlossen und kann keine Todesurkunden ausstellen.

Des weiteren ging die Glatzenverordnung auf die haarige Bewertung weiblicher Fälle ein, was den Gesetzgeber zweifellos vor eine äußerst komplexe Aufgabe stellte, da, wie allgemein bekannt, die haarige Einstufung der Frau nicht so problemlos durchzuführen ist wie die des Mannes. Deshalb wird im Sinne des Beschlusses des Staatlichen Institutes zur Überprüfung der Glatzenfrage der haarschützerische Status der Frauen nach dem haarigen Zustand der väterlichen Linie, in Ausnahmefällen nach dem der mütterlichen Linie festgestellt.

Nun folgte die erste Lesung eines Auszugs der Glatzenverordnung hinsichtlich der glatzenstämmigen Frau, die unter aktiver Mitwirkung unserer Frauenbeauftragten erarbeitet worden war.

1. ***Vollglatzenstämmige***
   ist eine Frau, deren Vater der Kategorie »A« angehört. Sie wird als »FA« bezeichnet.
2. ***Halbglatzenstämmige***
   ist eine Frau dann, wenn ihr Vater der Kategorie »B« angehört. Sie ist demnach zum Beispiel die als »FBgd«, »FBgh« zu bezeichnende Tochter eines Vaters mit der Untergruppenbezeichnung »Bgd« und »Bgh«.
3. ***Viertelglatzenstämmige***
   ist eine Frau, deren Vater der Kategorie »C« angehört. Sie ist demnach »FC« mit den Untergruppen »FCBh«, »FCBd«, »FCBgh« und »FCBgd«.

Diese Gruppen sind im Grunde gleichgestellt mit dem einen Unterschied, daß sie bei der Immatrikulation an der Musikakademie unterschiedlichen Bestimmungen unterworfen sind und keine Anstellung als Hausbesorgerin in einem haarigen Haushalt antreten können.

Die Verordnung enthielt des weiteren eine ausführliche Liste der Positionen im öffentlichen Dienst und in der Privatwirtschaft, um die nur zu gut bekannte pathologische Expansionslust des Glatzentums ganz oder zumindest teilweise zu beschneiden.

Freilich gab es für die einzelnen Glatzkopfgruppen auch unterschiedliche Beschäftigungsanordnungen. Männer aus der Gruppe »DBd« oder Frauen aus »FCBh« waren, wenn auch nur bis zum Dienstgrad eines Schlauchträgers, gesetzlich zur Feuerwehr zugelassen und konnten sich sogar um einen Posten der Gehaltsstufe 3 als Studienrat bewerben, wenn ihnen eine friseuramtliche Urkunde Vorfahren einer höheren Kategorie mütterlicherseits bescheinigte. Hingegen durfte sich kein Glatzkopf der Gruppen »CBd« und »CBgd« als Nachtwächter bewerben und erhielt auch keinen Gewerbeschein für einen Tabakladen auf dem Lande, es sei denn, daß der Großvater mütterlicherseits in der väterlichen Linie eine höhere friseuramtliche Einstufung als »Bgh« oder »Bgd« vorweisen kann.

Unsere Glatzkopfverordnung habe ich hier nur auszugsweise als kleine Kostprobe wiedergegeben, während die gesamte Lesung im Parlament achtzehn Stunden dauerte. Die Abgeordneten zeigten ungefähr nach der Hälfte der Zeit gewisse Ermüdungserscheinungen, da Dr. Schwarzkopf meines Erachtens den durchaus packenden Wortlaut rhetorisch nicht herüberbrachte und den Gruppenkatalog schließlich nur noch herunterleierte.

Zu guter Letzt kam der Anwalt auf die als »A« eingestuften Personen zu sprechen. Dieser Vollglatzkopf darf weder in öffentlichen Ämtern noch in der städtischen Verwaltung, in Behörden oder in der Privatwirtschaft beschäftigt sein, noch darf ihm ein Gewerbeschein als Versicherungsmakler ausgestellt werden. Auch von allen freien Berufen ist er ausgeschlossen. Er darf über keinerlei Landbesitz verfügen, nicht Soldat werden, und die Bereiche Sport und Kunst sind ihm verwehrt. Außerdem gab es eine ganze Reihe weiterer strikter Beschränkungen, auf deren komplette Aufzählung aus Zeitmangel verzichtet wurde.

»Mein Führer«, stupste mich Eugen der Oberkellner von hinten an, so daß ich aus einem kleinen Nickerchen hochschreckte, »womit kann sich ein Vollglatzkopf dann überhaupt noch seinen Lebensunterhalt verdienen?«

»Ganz einfach«, erwiderte ich. »Er kann jederzeit betteln. Diese Existenzmöglichkeit haben wir ihm offengelassen.«

Unsere Haarschutzverordnung zeugte aber auch insgesamt von großer Menschlichkeit, denn sie enthielt eine Reihe konkreter Fälle, die Glatzköpfe, und sogar Vollglatzköpfe, vom Gesetz freistellten. Dies sind Glatzköpfe

a) die im Ersten Weltkrieg den Hosenbandorden verliehen bekamen und deren Angehörige keine niedrigere Einstufung als »Bh/Bd« haben;
b) mit ausländischer Staatsangehörigkeit, wenn sie sich im Ausland befinden;
c) die im Ersten Weltkrieg den Heldentod gefunden haben (die Befreiung gilt aber nicht für ihre Angehörigen).

Mit diesem Paragraphen war die Lesung zu Ende, und die Abgeordneten begrüßten ermattet in ihren Stühlen die »juristische und öffentlich-rechtliche Glanzleistung«, wie Seine Exzellenz der Ministerpräsident zwar ein wenig schläfrig, doch mit Nachdruck feststellte.

Das Gesetz wurde mit überwältigender Mehrheit in allen Punkten verabschiedet, es gab nur ein paar unwesentliche Änderungen. So bat uns ein Minister um die Befreiung der Geistlichen und machte uns dankenswerterweise darauf aufmerksam, daß der Vatikan die kreisförmige Entfernung der hinteren Kopfbehaarung, allgemein Tonsur genannt, vorschreibe. Folglich sei für Mitglieder des Klerus die Kahlköpfigkeit keine haarige Eigenart, sondern heiliges Gebot, das zu befolgen sei.

Den intelligenten Zwischenruf parierte Pepi mit der spontanen Erklärung, er würde den Vorschlag begrüßen, zumal er selbst »als Initiator der Kreiszacklerfront im Geist der wahren Kirchen lebe und handle«.

Aus Gründen der Parteidisziplin unterbrach ich Pepis Selbstverherrlichung mit der Bemerkung, ich würde mich der subjektiven Beurteilung meines geschätzten Mitarbeiters im Namen der Bewegung zwar offiziell anschließen, nicht ohne – ich machte eine Pause und sah aus den Augenwinkeln Pepis wutverzerrtes Gesicht – eine staatliche Kontrollstelle zu etablieren, die überwacht, daß die auch von mir hochgeehrte Kirche nicht zum Schlupfloch des Glatzentums werde.

»Die Absichten meines Haarfrontgenossen sind gewiß löblich«, schloß ich mit Bedacht, »doch sollte man gerade in so heiklen Fragen die möglichen Folgen erwägen.«

Die Abgeordneten applaudierten geschlossen, soweit sie dazu noch fähig waren.

Leider erhielt die allgemeine Euphorie einen empfindlichen Dämpfer, als ein halbes Dutzend Abgeordneter israelitischen Glaubens nach einer kurzen Beratung gegen die »antisemitische Ausgrenzung« protestierte.

»Die bedeckte Tonsur wird genehmigt«, nörgelte ihr bärtiger Wortführer vom Rednerpult aus, »aber der Schabbesdeckel, die religiöse Kopfbedeckung der Bürger mosaischen Glaubens, wird nicht genehmigt. Das ist eine glatte Diskriminierung.«

»Nichts liegt uns ferner, liebe Freunde, als eine Mißachtung des heiligen Bibelvolkes«, meldete ich mich zu Wort. »Die Kreiszacklerfront unterscheidet doch lediglich nach haarschützender Maßgabe zwischen Menschen und Menschen.«

Meine versöhnlichen Worte besänftigten die erregten Gemüter, und so gab es keinen Zores mehr mit den jüdischen Großmäulern.

Danach versuchten einige Oppositionelle einen matten Kommentar. Einer der Erschöpften fand die Eingabe übereilt, ein anderer Halbtoter die Verordnungen zu streng. Ein spärlich behaarter Abgeordneter, vermutlich ein »Bgd«, nannte sie sogar ungerecht. Wir Kreiszackler aber waren zu müde, um uns noch mit solchem Unsinn abzuplagen.

Nur einmal kam noch eine gewisse Stimmung auf, als ein Abgeordneter von linksaußen etwas von mittelalterlichen Methoden vor sich hinmurmelte und meinte, dieses Gesetz werde das Land noch in den Abgrund stürzen. Dieses Gestammel durfte, auch wenn wohl kaum einer zugehört hatte, nicht unwidersprochen bleiben.

»Glatzenlakai«, grölte Dr. Schwarzkopf zur anderen Seite hinüber, und Pepi, der sich ein wenig ausgeschlafen hatte, rief im besten parlamentarischen Stil seinem geschätzten Kollegen zu: »Setz dich, du Dusselsau. (Heiterkeit im Regierungslager) Halt's Maul, sonst treten wir dich in den Hintern. (Applaus)«

Die letzte Anfrage kam von einem parteilosen Abgeordneten, der sich für jene Glatzköpfe stark machte, die in Folge einer Krankheit oder eines ärztlichen Eingriffes ihre Haare verloren hatten. Ich wies Dr. Schwarzkopf an, sich positiv zu äußern.

»Die Front befürwortet Ihre Eingabe«, ermannte sich der Vortragende. »Derartige Glatzköpfe erhalten einen

Freibrief, wenn sie nachweisen können, daß ihr Haarmangel temporärer Natur ist.«

»Und wie soll der Betreffende das nachweisen?«

»Durch neues Kopfhaar, wenn es nachwächst.«

»Bravo!« (Applaus in der Regierungspartei und von rechtsaußen).

»Und bis dahin?«

Der Nörgler ließ nicht locker. Da sprang Pepi von seinem Sitz auf und tat einen salomonischen Ausspruch, dessen die Kreiszackler sich noch oft bedienen sollten.

»Individuelle Glatzentragödien werden niemals auszuschließen sein. Wenn man hobelt, meine Herren, fallen Späne.«

Die Nachricht über die Verabschiedung des Glatzengesetzes ging durch die Weltpresse und trieb auch die eine oder andere spießige Organisation auf die Barrikaden. Die Proteste galten den angeblich wahnwitzigen Verordnungen, »die jedem Menschenrecht spotteten«. Gezielte Aktionen zum Schutz des heimischen Glatzentums versandeten aber rasch, da die westliche Welt dadurch abgelenkt wurde, daß der Herzog von Wales mit seiner blutjungen Geliebten gerade nackt von Fotografen auf seiner Mittelmeeryacht aufgestöbert wurde.

Mein Schützling Arthur Molnar, der sich auf meine Anweisung mit geheimen Forschungsarbeiten im Innendienst befaßte, damit er sich nicht in die Öffentlichkeit wagen mußte, hielt mich über die internationalen Pressestimmen auf dem laufenden. Am verständnisvollsten reagierten die Deutschen. Die Franzosen zeigten sich wegen der vielen Kahlen im Land, die sich ihrer Glatzen noch nie geschämt hatten, eher amüsiert.

Die Amerikaner ignorierten die Ereignisse, da jeder zweite US-Bürger ein Toupetträger war. Uns aber ließ das alles mehr oder weniger kalt, denn wir hatten ganz andere Sorgen. Wir hatten nämlich nicht bedacht, welchen gewaltigen Aufwand die Erfassung jedes einzelnen Bürgers erforderte. Voll- und Halbglatzköpfe machten wegen des Augenscheins keinerlei Probleme. Es bedurfte aber eines gigantischen Einsatzes, um jeden einzelnen Glatzenstämmigen, und vor allem die Frauen, zu registrieren.

Als kurzfristige Maßnahme wurde daher vom Staatlichen Institut für die Prüfung der Glatzenfrage und im Einvernehmen mit dem Kultusministerium der Unterricht an allen Grund- und Mittelschulen des Landes mit sofortiger Wirkung eingestellt. Die Lehrkräfte wurden zum Haarschutzdienst einberufen und im Zuge einer dreimonatigen nationalen Hilfsaktion den Friseurämtern in den Städten und auf dem Lande zugeteilt. Um die Erziehung der Jugend nicht zu gefährden, lief der Betrieb in den Kindergärten ungestört weiter.

Den 2380 staatlichen Friseurbeamten oblag aber nicht nur die Registrierung von Glatzköpfen. Zu ihren patriotischen Pflichten gehörte es auch, die mit Perücken getarnten Glatzköpfe auszukundschaften. Nach Inkrafttreten des Gesetzes stellte sich nämlich sehr bald heraus, daß die hinterlistigen Glatzfinken nichts anderes zu tun hatten, als die staatlichen Anordnungen auf möglichst heimtückische Weise zu umgehen. Viele, die genug Geld ergaunert hatten, um sich die sündhaft teuren Perücken zu leisten, siedelten sich, ehe man sich's versah, unter falschem Namen an einem anderen Ort an, um dort als Behaarte ein behagliches Dasein zu führen. Die Enttarnung der schleimigen Glatzfinken wurde dankenswerterweise durch die zahlreichen anonymen Hinweise patriotischer Bürger erleichtert.

In meiner Personalnot wies ich das Innenministerium an, den Polizeiapparat dem Friseuramt zu unterstellen. Innenminister Dorfhauser von und zu Dorfhauser entsprach meiner Bitte ohne zu zögern, da auch ihm bewußt war, daß die Arbeit des Staatlichen Instituts für die Überprüfung der Glatzenfrage absoluten Vorrang hatte. Das Überborden der Verwaltungsaufgaben zwang mich sogar dazu, das Gebäude des Nationalmuseums zu requirieren und innerhalb von nur zwei Wochen räumen und bezugsfertig machen zu lassen.

Hervorragend organisiert waren inzwischen auch unsere Haarschutzdetekteien. Ihre spontanen Perückenrazzien mit der erfolgreichen Haarzupf-Methode waren in den Städten und in der Provinz gefürchtet. Auch die Kriminalbeamten zeigten sich ihren neuen Aufgaben durchaus gewachsen, und 810 von ihnen erhielten auf meinen Vorschlag hin von Ministerpräsident E. T. Dugowitsch die neue Auszeichnung »Für Haarfrontkameradschaft und Tapferkeit« persönlich überreicht.

Pepi und ich waren inzwischen Träger unseres höchsten Verdienstordens »Kämpfer für Gerechtigkeit mit dem Goldenen Kreuz für Gesellschaftliche Versöhnung«, und Dr. Zenmayer übergab mir im Namen seines Reiches den »Silbernen Geier-Orden« für die brüderlichen Dienste, die ich seiner Heimat erwiesen hatte.

Das Glatzentum in seiner angeborenen Renitenz war aber nicht im mindesten der neuen Ordnung gewachsen, und statt seine Lage durch nationale Haltung zu verbessern, trieb es das Perückenkombinat Trowitsch & Co. zu Rekordproduktionen und Rekordeinnahmen für mich und meinen ungebetenen Geschäftspartner

Pepi an. Mein Freund konnte aber wie immer nicht genug bekommen und sann nach weiteren Möglichkeiten, die Perückennachfrage anzukurbeln.

An einem verregneten Nachmittag saßen wir in meinem Büro, als Pepi plötzlich ausrief:

»Ich hab's! Wir schaffen einen Schwarzmarkt. Das Tragen von Perücken steht von nun an unter Strafe.«

»Warum nicht«, ich zuckte mit den Achseln. »Aber kein Wort zu Schwarzkopf.«

Das Perückenverbot ließen wir zum Schutz der nationalen Moral durch das Innenministerium ergehen. Die nächste Buchprüfung bei Trowitsch ließ an Pepis Geschäftstüchtigkeit keinerlei Zweifel. Noch am gleichen Tag überraschte ich meine kleine Lizzi mit dem berühmten Smaragdring von Marie Antoinette, während man munkelte, Pepi hätte sich Suez-Kanal-Aktien gekauft. Aber nicht nur der Schwarzmarkt funktionierte makellos, auch der neueste Modeschrei ließ unsere Kasse klingeln: Miniperücken für Neugeborene.

Das Staatliche Institut für Glatzenüberprüfung arbeitete indessen auf Hochtouren für die Errettung der Nation. Das Glatzentum wurde nach Geschlecht, Alter, Qualifikation, Religion, Beruf, Vermögenslage und Gesundheitszustand systematisch eingeteilt, wobei elf Sonderabteilungen nur damit beschäftigt waren, bei Vollglatzköpfen festzustellen, welche Haarfarbe sie hätten, wären sie zufälligerweise keine Glatzköpfe.

Diese detaillierte Bestandsaufnahme ermöglichte mir auch einen exakten Überblick über die geographische Verteilung des Glatzentums im Lande. So konnte ich zum Beispiel Dr. Schwarzkopf beauftragen, in den von Kahlköpfen dicht besiedelten Gebieten neue »Antikahl XN«-Filialen zu eröffnen, obwohl die Konkurrenz den Preis ihres »Glatzenschrecks N« nunmehr auf 30 Heller gesenkt hatte. Nach Meinung Dr. Schwarzkopfs würden wir, wenn das so weiterginge, unseren Markenartikel bald zum Selbstkostenpreis, das heißt umsonst, auf den Markt bringen müssen.

Auch die neuen Haarschutzformulare, die unter meiner persönlichen Verantwortung standen, bereiteten mir Kopfschmerzen. Zunächst konfiszierte ich den Papiervorrat des ganzen Landes bei vorübergehender Limitierung der Buchauflagen in den Verlagen. Gleichzeitig ließ ich die veralteten Fragebogen mit »Schulbildung, Sprachkenntnisse« durch Rubriken wie »Sind Sie ein Glatzkopf und wenn ja, welcher Kategorie« ersetzen. So wurde zum Beispiel auch die Frage »Sind Sie verheiratet oder ledig« zeitgemäß abgeändert in »Sind Sie ledig oder haarlos« aufgrund der einschlägigen Erfahrung, daß Ehemänner schneller Glatzen bekommen.

Unser findiger Dr. Schwarzkopf vereinfachte die neue Verfahrensweise durch die Einführung eines großen roten »G« auf allen Glatzkopfurkunden, um eine ordnungsgemäße Behandlung der Betreffenden zu gewährleisten.

Da die Untergeschosse des Nationalmuseums inzwischen restlos überfüllt waren, mußten zusätzlich Räume gefunden werden. Das Institut für Glatzenüberprüfung, vom einfachen Volk nur noch »IFGLATZ« genannt, konnte den Bedarf glücklicherweise mit dem Gebäude der Staatsoper decken, das wenig später in »Nationales Haardokumentationszentrum« umbenannt wurde. Fünfundvierzig Eisenbahnwaggons transportierten die Glatzendokumentation in das ehemalige Opernhaus, wo die Akten auf den Sitzen verteilt wurden. So konnte durch die Numerierung der Plätze spielend jede Unterlage aufgefunden werden. Die Grundbuchauszüge der farbenblinden Glatzköpfe lagen zum Beispiel im Parterre, 2. Reihe, Sitz Nr. 6.7.8. oder Seitenloge Nr. 3,

Platz 1.2. Nichts zeigt die imponierende Größe unseres Archivs besser als die Tatsache, daß wir vom ersten Tag an Ersatzklappstühle zustellen mußten.

Eine weitere Erfindung, ein Meilenstein in der Haarschutzbewegung, wurde auf einer Sitzung des »IFGLATZ« nach einem dramatischen Bericht von Dr. Schwarzkopf der Öffentlichkeit übergeben.

»Schulter an Schulter mit den staatlichen Stellen betreiben wir die radikale Entfernung der Glatzköpfe aus allen Schlüsselpositionen«, begann unser innenpolitischer Referent. »Um nur ein Beispiel zu nennen: In der haarschützenden Regierungsverordnung Nr. 8.207 wird verfügt, daß der als ›Bh‹ und ›CBgd‹ qualifizierte Glatzkopf weder Zeitungsjunge, Gepäckträger noch Fahrradlaufbote werden darf, es sei denn, er ist 75prozentiger Kriegsinvalide oder im Besitz eines gültigen Befreiungsscheins des Haarschutzführers.«

Dr. Schwarzkopf spielte hier auf ein Privileg an, das gegen Pepis heftigen Widerstand nur mich mit der Vollmacht ausstattete, in außerordentlichen Fällen Vertretern des Glatzentums einen achtmonatigen Behaartenstatus zu verleihen und dem begünstigten Individuum das Tragen der verbotenen Perücke über einen Zeitraum von 22 Wochen zu gestatten. Diese Amnestieverordnung bedurfte zwar der Zustimmung des Staatspräsidenten, aber darum brauchte ich mir keine Sorgen zu machen. Der Onkel seines Schwiegersohnes mütterlicherseits, das hatte das »IFGLATZ« herausgebracht, war ein Glatzenstämmiger.

»Die Lage an der Perückenfront ist zur Zeit etwas unübersichtlich«, fuhr Dr. Schwarzkopf in seinem Bericht fort. »Offenbar floriert ein lebhafter Perückenschwarzhandel, der die erfolgreiche Überprüfung der Bevölkerung beträchtlich behindert.«

»Das ist eben nicht zu ändern, Schwarzkopf«, fiel Pepi, unsere Trowitsch-Gelder im Kopf, dem Referenten ins Wort. »Jeder halbwegs vernünftige Glatzfink wird es sich zweimal überlegen, wegen einer Perücke eine Verhaftung und die Konfiszierung seines Vermögens zu riskieren. Ganz zu schweigen davon, daß die meisten ohnedies, hinterhältig wie sie sind, einen Hut tragen.«

»Darum geht es ja«, sagte Schwarzkopf beflissen. »Ich beantrage daher, allen Glatzköpfen das Tragen von Glashüten von Staats wegen zu verordnen.«

»Das ist eine Schnapsidee, geschätzter Haarfrontgenosse«, rügte ich den Ex-Anwalt. »Sie werden doch nicht wollen, daß Glatzköpfe besser dran sind als ehrliche, behaarte Bürger.«

»Wie meinen Sie das, mein Führer?«

»Das liegt doch auf der Hand, Schwarzkopf. Wenn der Wind uns den Hut vom Kopf bläst, so müssen wir uns bücken. Der Glatzkopf hingegen braucht sich um seinen Glashut nicht mehr zu kümmern, wenn er ihm vom Kopf fliegt.«

Unser innenpolitischer Referent zeigte sich beeindruckt von meiner bestechenden Logik, und Pepi schenkte mir zum ersten Mal seit langer Zeit wieder einen anerkennenden Blick.

Dr. Schwarzkopf bemühte sich nichtsdestotrotz um Alternativlösungen und schlug vor, dem Glatzentum aufzuerlegen, beim Verlassen ihrer Wohnungen, auf den Straßen und an allen öffentlichen Orten eine kleine Handglocke zu betätigen, doch wir kamen wieder davon ab, weil dies eine Ruhestörung der behaarten Bürger bedeutet hätte.

Pepi legte schließlich eine visuelle Lösung auf den

Tisch, und wir einigten uns auf einen längst fälligen Gesetzesentwurf, der Glatzköpfen das Tragen eines 8,3 Zentimeter breiten, zur Schleife geschlungenen Bandes unterhalb des linken Knies vorschrieb, in den entsprechenden Abstufungen der Farbe Weinrot nach der jeweiligen Gruppenzugehörigkeit. Das Tragen des Kniebandes war auch für jene Glatzköpfe Pflicht, die an den Rollstuhl gefesselt waren. Nur linksseitig Einbeinige waren bis auf weiteres von der Anordnung befreit.

Dr. Schwarzkopf war sichtlich gekränkt, daß sein Glashut abgeschmettert worden war. Um ihn zu trösten, beschlossen wir eine zusätzliche Überprüfungsvariante, welche die bereits registrierten Kahlköpfe verpflichtete, innerhalb von 20 Tagen einen zusätzlichen Glatzennamen, bei Männern »Kahlmann«, bei Frauen »Kahlmina« beim Standesamt eintragen zu lassen.

»Eine brillante Idee«, stellte ich anerkennend fest und probierte sie spaßeshalber an meinem impertinenten Ex-Chef aus. Das gefiel mir schon wegen meines bevorstehenden Prozesses gegen Politzer-Kahlmann ganz ausgezeichnet.

Die erfolgreiche Sitzung fand mit einer hübschen Überraschung ihren Abschluß. Pepi überreichte jedem von uns ein persönlich signiertes Exemplar seines lange erwarteten historischen Werkes, das er endlich unter tatkräftiger Mitarbeit der Fachleute unseres Instituts vollendet hatte.

Der stattliche Band »Protokolle weiser Glatzköpfe« enthielt eine Dokumentation des internationalen Glatzentums durch die Geschichte der Menschheit mit reichem Bildmaterial und einer Einführung von Innenminister Dorfhauser von und zu Dorfhauser. Den eindrucksvollen Umschlag schmückte eine riesige Billardkugel mit Satansgesicht, eine gelungene Assoziation.

Ich gratulierte Pepi zu seinen begabten Mitarbeitern und erkundigte mich nach der Resonanz.

»Einige Literaturwissenschaftler haben das Thema bisher vorsichtig aufgegriffen«, meinte Pepi. »Der eine oder andere bezweifelt, das internationale Glatzentum trachte tatsächlich nach der Zerstörung der Welt. Ein evangelischer Frauenverein versuchte sogar eine einstweilige Verfügung gegen meine Enthüllung zu erwirken, daß 23,7 Prozent der aktiven Sadomasochisten der Kategorie ›Bgh‹ angehören.«

Immerhin gab es aber bereits eine überschwengliche Kritik in der »Stimme des Volkes« aus der Feder von P. Epi.

Wir erließen dann noch rasch eine Verordnung, die Apothekern den Verkauf von Vitaminen zur Stärkung der Haarwurzeln untersagte, und beendeten die Sitzung mit den zündenden Klängen des »Don't cry for me, Elvira«-Marsches.

Zu Hause erwartete mich gedrückte Stimmung. Lizzi wollte trotz meines Versprechens, ihrem Vater einen doppelten haarschützerischen Befreiungsschein auszustellen, sein Versteck nicht preisgeben. Ärgerlich wies ich mein störrisches Weib darauf hin, daß sie dann selbst unter »FA« eingestuft bliebe und unsere zukünftigen Söhne ohne meine Ausnahmegenehmigung »DBgh« oder bestenfalls »DCBgd« wären, was ihre Rente um 27,3 Prozent mindern würde und bedeutete, daß sie in der Fußballnationalmannschaft nur als Ersatzspieler zugelassen würden.

»Und wenn schon«, entgegnete meine Angetraute, »der Spuk ist ohnehin bald vorbei.«

Ich versuchte, ihre Bemerkung auf die leichte Schulter zu nehmen, obwohl auch mich inzwischen die Nachrichten von der Front beunruhigten. Unsere Hoffnung, die rasche und energische Lösung der Glatzenfrage würde den Kampfwillen unserer Truppen stärken, nun, diese Hoffnung war wie eine Seifenblase zerplatzt. Aus streng geheimen Generalstabsberichten ging nämlich hervor, daß die meisten unserer Wehrpflichtigen sich nicht mehr zum freiwilligen Dienst an die Front meldeten, weil sie sich von einem Wächterposten in den geplanten Glatzenlagern mehr erhofften. So befanden sich unsere siegreichen Truppen gemeinsam mit der verbündeten Reichsarmee zur unverhohlenen Freude der Glatzenbagage auf dem ständigen Rückzug, was Dr. Zenmayer zur Beruhigung der Gemüter gern als »Frontbegradigung« bezeichnete.

Das half allerdings nicht viel, denn die gegnerischen Armeen rückten immer näher an die Grenzen unserer geliebten Heimat, und wir gerieten vermutlich auf Drängen der kahlen Weltverschwörung und etlicher scheinheiliger Menschenrechtsorganisationen wegen der Haarschutzgesetze weltweit in Verruf.

Ministerpräsident Eberhard T. Dugowitsch verurteilte die verlogene Argumentation aufs schärfste.

»Niemand hat das Recht, sich in die inneren Angelegenheiten unseres Landes einzumischen«, erklärte der Regierungschef auf einer Haarschutz-Massenkundgebung. »Wir wissen, daß wir noch einen steinigen Weg bis zur glatzenfreien Gesellschaft vor uns haben, aber wir werden getragen von der Kraft unserer Soldatennation und vom unerschütterlichen Willen, unser Vaterland, gesäubert von allen defätistischen Elementen, wenn Sie erlauben, in eine neue, friedvolle und haarreine Ära zu führen.«

Die erhebenden Worte des Regierungschefs verwiesen also ohne Umschweife auf die Tatsache, daß das verräterische Glatzentum seine Maske endgültig hatte fallen lassen und offen mit dem Feind paktierte.

Zu Hause fand ich auch diesmal nicht die wohlverdiente Entspannung. Am gleichen Abend des Tages, als die geplante Gesetzesnovelle für die Kniebandpflicht im Regierungsblatt veröffentlicht wurde, überraschte mich meine Gemahlin mit einem roten Baumwollschal unterhalb ihres linken Knies.

»Was soll denn das?« fragte ich sie verdrossen. »Mußt du dich denn über alles lustig machen?«

»Ich mache mich über gar nichts lustig«, erwiderte Lizzi. »Ich übe nur.«

Den ganzen Abend lief sie mit diesem roten Fetzen unterm Knie in der Wohnung herum, bis sich auch Frau Schick provoziert fühlte.

»Das ist aber nicht recht, was die gnädige Frau da macht«, bemerkte die Witwe. »Oder will sie vielleicht andeuten ...«

Ich rief die freche Person zur Ordnung, sie sollte sich gut überlegen, mit wem sie es zu tun hätte.

»Ich weiß sehr wohl, wer Sie sind, Herr Flinta«, sagte Frau Schick pikiert. »Aber ich bin schließlich auch keine Dahergelaufene, sondern die Frauenbeauftragte der Partei.«

»Bei mir sind Sie Haushälterin. Und vergessen Sie ja nicht, wer Sie aus dem Knast geholt hat.«

»Ich vergesse gar nichts. Sie wollten ja doch nur Ihre Dollar zurück.«

Es gibt keinen Dank mehr auf der Welt. Eines aber hatte die alte Schachtel nicht bedacht. Daß ich als ehemaliger Untermieter noch immer einen Schlüssel zu ihrer früheren Wohnung besaß ...

Wie ein Dieb der Meisterklasse schlich ich unbemerkt in ihre Wohnung, und schon stand ich vor dem Bild des seligen Gregor, hinter dem, nach der unvorsichtigen Äußerung der Witwe, meine 1200 Dollar stecken sollten.

Das Geld interessierte mich dabei am wenigsten, denn meine Einkünfte aus der Haarschutzidee übertrafen längst auch meine kühnsten Erwartungen. Aber ich wollte dem impertinenten Weib zeigen, was rechtmäßiges Eigentum bedeutet. Das war ich mir einfach schuldig.

Ich nahm also Gregor Schick von der Wand und staunte nicht schlecht. Es befand sich nämlich nicht ein einfaches Loch in der Wand, wie ich vermutet hatte, sondern ein massiv gemauerter Tresor.

Ein gewöhnlicher Einbrecher hätte den Tatort jetzt wahrscheinlich fluchend geräumt. Ich aber war aus anderem Holz geschnitzt. Ich machte mich an die Öffnung des Safes.

Ich will nicht leugnen, daß ich in diesen Minuten von einschlägigen Erfahrungen aus meiner Jugend profitierte. Mit vierzehn Jahren dachte ich nämlich noch, in unserer Gesellschaft käme man nur mit einer exzellenten Schulbildung voran. So beschloß ich, mir die Prüfungsfragen aus dem Schulsafe zu holen. Wie es der Zufall und mein Schicksal wollten, war der Vater eines meiner Schulfreunde von Beruf Einbrecher, und so gab mir Vati einen Schnellkurs unter der Bedingung, auch seinen Sohn in den Genuß der Prüfungsaufgaben kommen zu lassen. Wir bestanden beide mit Auszeichnung. Heute ist der Sohn Universitätsdozent und ich bekanntlich Führer und Staatssekretär.

Da ich im Laufe der Jahre meine einschlägigen Kenntnisse, außer bei Politzers Safe, mehrfach erfolgreich genutzt hatte, leistete mir auch der Schicksche Tresor keinen nennenswerten Widerstand.

Was ich darin entdeckte, spottete jedoch jeder Beschreibung. Ich begnüge mich mit der nüchternen Aufzählung der Kleinigkeiten, die Gregors Bild schamhaft verborgen hatte:

- 9200 US Dollar in bar.
- Eine auf dem offiziellen Briefpapier des Landesverbandes der Glasfabrikanten verfaßte Vereinbarung, nach der Herr Josef Schomkuthy sowie Herr Dr. Schwarzkopf am Nettogewinn der heimischen Glasindustrie mit 9,3 Prozent beziehungsweise 5,7 Prozent beteiligt sind. Mit Datum und beglaubigten Unterschriften.
- Die handgeschriebene Verpflichtung Josef Schomkuthys gegenüber der Witwe Frau Elvira Schick, ihr alle drei Monate 6 Prozent der Bruttoeinnahmen als geheime Safegebühr in bar auszubezahlen.
- Mein versilberter Flaschenöffner, den mir Pepi seinerzeit zurückgegeben hatte.
- 137 Liebesbriefe Gregors an ein Schulmädchen namens Amanda, chronologisch geordnet.
- Ein Privatphoto, den feschen Pepi zeigend, mit der Widmung »In ewiger Liebe, Dein Josef«.
- Mein offizielles Photo, die Augen ausgestochen.

Mit einem Schlag war mir alles klar, Pepis schändlicher Verrat, die Doppelrolle des niederträchtigen Dr. Schwarzkopf und der Betrug der Frauenbeauftragten unserer Partei.

Man kann wirklich niemandem mehr vertrauen.

Ich legte die Beweisgegenstände, ausgenommen meine 1200 Dollar, sorgsam in den Safe zurück und machte mich aus dem Staub. In der Tür kehrte ich aber noch einmal um, weil ich inzwischen ausgerechnet hatte, daß, wenn 6 Prozent allein für die Hexe insgesamt 8000 Dollar ausmachten, die beiden Gangster hinter meinem Rücken nicht mehr und nicht weniger als satte 133 333,33 Dollar von den Glasherstellern eingesteckt hatten. Ich entnahm dem Safe also noch 8000 Dollar als Zinsen für meine 1200 Dollar, dann malte ich auf Pepis Paradefoto einen Schnurrbart, schloß den Safe behutsam und holte mir von zu Hause einen Golfschläger.

Als ich in Pepis Büro stürmte, wußte er sofort, was ihn erwartete, und wich bis an den großen Aktenschrank zurück, in dem seine Spirituosen standen.

Ich schwang meinen Golfschläger mit voller Wucht in die Flaschen und Gläser, daß es nur so klirrte. Pepi drückte sich an die Wand und jammerte:

»Bist du verrückt geworden? Was machst du denn da?«

»Ich schaffe Arbeit für die Glasindustrie«, brüllte ich und schlug die Glasplatte seines Schreibtisches entzwei. »Damit ihr eure Prozente bekommt.«

»Was redest du da für einen Unsinn?«

Jetzt mußte eine Fensterscheibe daran glauben.

»Wieso bekommt Schwarzkopf nur 5,7 Prozent, du Dreckskerl? Ich werde dir zeigen, wie man seinen besten Freund behandelt!«

Pepi hatte inzwischen den Ernst der Lage erfaßt und tastete mit zitternden Händen nach dem Telefonhörer, doch ich schlug den Apparat in Stücke. Da geriet der Gute in Panik.

»Hilfe«, schrie der Propagandachef durch die eingeschlagene Glastür. »Eugen! Zu Hilfe!«

Der Oberkellner, der an geraden Tagen, wie heute einer war, für Pepis Sicherheit haftete, betrat das Schlachtfeld.

»Womit kann ich dienen, Herr Staatssekretär?«

»Um Gottes willen«, röchelte Pepi, »entwaffnen Sie diesen Wahnsinnigen.«

Mit einem kurz angebundenen »Pardon« entwand mir Eugen den Golfschläger. Ich verpaßte dem frechen Hund einen Tritt, worauf er zurückschlug, daß ich die Engel singen hörte.

»Sie schlagen Ihren Führer?« schrie ich ihn an. »Sind Sie verrückt geworden?«

Eugen lächelte dämlich und beteuerte, Herr Schomkuthy hätte es ihm befohlen, und schließlich wäre es sein Tag.

»Außer mir gibt hier keiner Befehle«, schrie ich ihn an. »Sie sollen den Kerl sofort zum Schweigen bringen, sonst werfe ich Sie aus der Partei!«

»Tun Sie mir das nicht an, Herr Flinta«, jammerte unser Gorilla und schlug Pepi nieder. Mein Freund blieb mit glasigen Augen liegen, dann erhob er sich taumelnd und sah mich nachdenklich an.

»Sag mal, Rudolf, warum schlägt uns dieser Kerl eigentlich?«

Gemeinsam fielen wir über den impertinenten Oberkellner her und warfen ihn aus dem Büro. Das versöhnte uns ein wenig miteinander.

»Alter Kumpel«, wandte sich Pepi mir zu, nachdem er sich zusammengeklaubt hatte, »dir ist doch klar, daß die Sache mit den Glasfabrikanten nicht meine Idee war. Aber was hast du denn anderes von diesem widerwärtigen Schwarzkopf erwartet? Ein dreckiger Lügner, man sollte ihn glatt aus der Partei werfen.«

Ich dachte im stillen an das heimliche Haarwasser.

»Die Zeit ist noch nicht reif für derart grundlegende Säuberungen«, besänftigte ich Pepi. »Warten wir auf einen günstigeren Augenblick, lieber Freund. Immer mit der Ruhe, eins nach dem ändern. Es sieht doch ganz so aus, als bekäme Schwarzkopf bald eine Glatze.«

»Gut«, sagte Pepi, »du bist schließlich nicht nur mein bester Freund, sondern auch mein Führer.«

»Fifty-fifty? Auch beim Glasgeschäft?«

»Okay, darauf soll's mir nicht ankommen.«

Wieder einmal hatten wir eine Krise in alter Verbundenheit beigelegt. Ich nahm meinen Golfschläger und verließ zufrieden den Kampfplatz. Die Mächte des Friedenslagers sind gewaltig, sagte schon Genosse Stalin vor mir.

Tags darauf gab es jedoch, für mich nicht ganz unerwartet, wieder Radau im Hauptquartier. Ich kam gerade am Büro der Frauenfraktion vorbei, als ich hysterisches Gezeter hörte. Die Tür flog auf, und die stellvertretende Frauenbeauftragte, Frau Molnar, stürzte auf mich zu.

»Herr Flinta, bitte, schreiten Sie ein, Frau Schick muß sofort abgelöst werden ...«

Wortlos betrat ich das Büro. Die Witwe kniete auf dem Boden vor dem Bild des heiligen Antonius und plärrte wie ein kleines Kind. Da tat sie mir leid, die arme Seele.

»Was ist geschehen, liebe Elvira, was haben Sie denn?«

»Ich habe gesündigt«, heulte die Witwe. »Das kann nur die Vorsehung sein ... Nicht einmal mein armer Gregor hat es gewußt ... Schnurrbart ... Alles ist weg ... Und Ihr Bild, zum Teufel, das Photo von Ihnen, Herr Flinta ...«

»Mein Photo? Vielleicht stach es dem Teufel ins Auge?«

Die Witwe starrte ins Leere.

»Stach ... ins Auge ...«

Dann fiel sie in Ohnmacht. Der heilige Antonius bestraft die Sünder. Ich auch, gelegentlich.

Der nächste Tag stand ganz im Zeichen Frau Molnars. Kaum hatte sie für die Zeit der psychiatrischen Behandlung von Frau Schick die provisorische Vertretung der Frauenbeauftragten übernommen, da bat sie auch schon um ein vertrauliches Gespräch mit der Parteiführung, und zwar um eine Aussprache unter sechs Augen. Außer Schomkuthy und mir dürfe niemand dabei sein, es ginge um eine höchst private Angelegenheit.

Wir führten die Unterredung gegen Mittag in meinem Büro bei einem Gläschen Schnaps. Allmählich löste sich Frau Molnars Zunge, und sie wurde gesprächig.

»Glauben Sie mir, ich liebe meinen Mann von Herzen. Ich weiß zwar genau, daß Arthur eines Tages ein Vollglatzkopf sein wird, aber das ist mir gleichgültig. Schließlich hat er ja bis zum Jahresende den Befreiungsschein des Führers. Der Hase liegt woanders im Pfeffer. Arthur will, wie soll ich mich bloß ausdrücken, viel zu oft mit mir, na ja, Sie wissen schon, was ich meine. Ich bringe es aber einfach nicht über mich, ich bin seinem sexuellen Überdruck nicht gewachsen. Nicht deswegen, weil er trotz Urkunde schließlich ein Glatzkopf bleibt, sondern weil ich mich als stellvertretende Frauenbeauftragte mehr denn je unseren Idealen verpflichtet fühle. Sie können sagen, was sie wollen, ich kann einfach nicht über meinen Schatten springen, auch wenn Sie mir noch so gut zureden.«

Wir redeten ihr nicht zu. Schließlich brach ich das bedrückte Schweigen.

»Haben Sie es schon einmal mit geschlossenen Augen versucht?«

»Schon oft, Herr Flinta. Das war aber noch ekelhafter, weil ich merkte, daß Arthur dann seine Perücke abnahm.«

»Pfui«, entfuhr es Pepi. »Vielleicht noch ein Gläschen zur Beruhigung?«

»Mir graust richtig davor.«

Ich fühlte, daß jetzt kreiszacklerische Ehrlichkeit am Platze war.

»Haarfrontgenossin Molnar«, tastete ich mich an den Kern des Problems heran, »haben Sie selbst vielleicht Probleme mit dem Sex?«

»Nicht die Spur. Mit anderen Männern klappt es wunderbar.«

Pepi und ich sahen uns ratlos an.

»Ich kann Ihnen sagen, meine Herren, was die Lösung wäre.« Frau Molnar trank aus und erhob sich leicht schwankend. »Es muß gesetzlich verboten werden.«

»Was?«

»Das. Na, die Sache halt.«

»Aber das ist doch Unsinn«, fuhr ich auf, aber Pepi winkte sofort ab. »Die Frage beschäftigt mich schon seit geraumer Weile«, meinte er nachdenklich. »Es wird höchste Zeit, Generationen vom angeborenen Fluch des Glatzentums zu bewahren, um die Erbgesundheit zu sichern. Was meinst du, Rudolf?«

Mir fiel mein Schwiegervater ein, und so hielt ich lieber den Mund. Pepi küßte Frau Molnar die Hand.

»Gnädige Frau«, sagte er feierlich, »Sie haben heute Kreiszacklergeschichte gemacht. Eine neue Ära hat begonnen.«

»Ich danke Ihnen«, piepste Frau Molnar sichtlich erleichtert, »das bedeutet also, daß ich es mit Arthur ab sofort nicht mehr treiben muß. Es lebe Flinta!«

Bis zum »Gesetz zur Wahrung der haarigen Reinheit« war es dann nur noch ein kleiner Schritt. Nach der neuen Verordnung durften Männer, die als Glatzköpfe eingestuft waren, ab sofort nur noch glatzenstämmige Frauen infizieren. Konsequenterweise wurde eine Zusatzregelung verabschiedet für den Fall, daß eine der miteinander in Geschlechtskontakt tretenden Personen eines Glatzenpaares niedriger eingestuft war als die andere. Es wurde dann die am Geschlechtsakt beteiligte höher eingestufte Person automatisch degradiert. Das galt ab sofort auch für Mischehen.

Dieser fortschrittliche Erlaß wurde sogar von der Opposition mit Begeisterung aufgenommen. Die epochalen Schlußworte des Innenministers Dorfhauser von und zu Dorfhauser: »Die neuerwachte Nation mit ihrem ehernen Willen zur Verteidigung der Reinheit des haarigen Blutes hat bewiesen, daß sie leben will, weil sie leben kann«, wurden von den Abgeordneten des Hohen Hauses mit tosendem Applaus beantwortet.

Pepis Leitartikel vom darauffolgenden Tag in der »Stimme des Volkes« enthüllte mit visionärem Blick des Pudels Kern: »Der Wille der Nation wurde durch die Sanktion des Gesetzes zur völkischen Wirklichkeit. Erst jetzt müssen wir nicht mehr befürchten, daß der kriecherische Glatzfink mit seinen geilen Lippen und seiner bestialischen Glatzensexualität die jungfräuliche Reinheit unserer Töchter befleckt.«

Inzwischen fieberten die Medien dem Verleumdungsprozeß meines kahlen Ex-Chefs gegen mich entgegen. Seit Politzers Klage hatte sich das Kräfteverhältnis zwar komplett umgekehrt, doch schien der Glatzfink der Gruppe »A« diese Tatsache zu ignorieren. Vielleicht hoffte Politzer-Kahlmann wider besseres Wissen auf einen Glatzenknecht von Richter. Er war bei Gott nicht zu beneiden, auch wenn ein halbkahler Journalist eines Revolverblattes den Prozeß mit der reißerischen Überschrift »Der anonyme Glatzkopf greift an« ankündigte und Politzer und mich mit David und Goliath verglich. Wie die Stimmung im Lande tatsächlich war, zeigte um so deutlicher ein Inserat, das unter diesem lächerlichen Hetzartikelchen stand:

»20jähriger bis zu den Großeltern mütterlicher- und väterlicherseits reinhaarig, mit drei Klassen Mittelschule und ausbaufähigen Sprach- und Fachkenntnissen, nimmt gegen Spitzengehalt Angebote für Direktionsposten in ausgewählten Großbetrieben entgegen. Nur handschriftliche Offerten erbeten. Kennwort: Dichtes, gewelltes Haar.«

Diese strebsamen jungen Leute sind die vollhaarigen Politzers der Zukunft, stellte ich zufrieden fest, als ich den überfüllten Verhandlungssaal betrat. Ich erwiderte den aufbrausenden Beifall mit dem traditionellen Gruß der Haarschutzbewegung, den zum Kreis geformten Zeigefinger und Daumen der erhobenen Rechten.

»Geduld! Wir siegen!« rief man mir von allen Seiten zu. »Es lebe Flinta!«

Wie gewohnt, verneigte ich mich nach rechts und nach links. Dr. Schwarzkopf, mein hinterhältiger Partner, der mich bei Gericht vertreten sollte, war noch nicht da.

»Verzeihung, mein Führer«, keuchte er, als er endlich hereinstürzte, »ich war mit Haarfrontgenosse Schomkuthy in der Universität bei einer Sokrates-Verbrennung.«

Das war natürlich wieder eine Bosheit von Pepi, der

Angst hatte, persönlich beim Prozeß zu erscheinen. Hatte ich doch bekanntlich ihm den legendären Artikel »Über die Kahlheit« in die Feder diktiert. Er entschuldigte seine Abwesenheit damit, er hätte den Scheiterhaufen für die Werke des halbkahlen Sokrates bereits in Auftrag gegeben und wollte die Philosophiestudenten nicht enttäuschen, die sich bereits auf das Spektakel freuten. Von mir aus konnte er bleiben, wo der Pfeffer wächst.

Als Politzer mit seinen Anwälten hereintrottete, wurde ihm ein herzlicher Empfang bereitet. »Hallo Glatzköpfchen! Gut poliert, heute morgen?« war noch der freundlichste Zuruf.

Es war aber auch wirklich der Gipfel der Unverfrorenheit, daß ein Glatzkopf es wagte, eine Persönlichkeit von meinem Rang und Namen der »Volksverhetzung« zu bezichtigen. Dr. Schwarzkopf schlug dem Hohen Gericht eine rasche Verurteilung Politzers vor, aber da hatte er die Rechnung ohne den Richter gemacht.

»Wir werden den Tatbestand in aller Ruhe untersuchen«, erklärte der kategorisch. »Vor dem Gesetz sind noch immer alle Menschen gleich.«

Dr. Schwarzkopf konterte:

»Nach dem Haarschutzgesetz, Euer Ehren, ist der Kläger ein Vollglatzkopf der Kategorie ›A‹.«

»Deshalb kann er trotzdem im Recht sein.«

In dieser prekären Lage mußte ich mein ganzes politisches Gewicht in die Waagschale werfen, so viel war mir klar. Ich sprang auf:

»Hohes Gericht! Aufgrund des Haarschutzprogrammes ist meine Partei immerhin mit 46 Abgeordneten ins Parlament eingezogen!«

Der Richter sah mich scharf an.

»Das beweist noch lange nicht, daß Sie recht haben,

sondern nur, daß man Ihnen glaubt. Dreyfus zum Beispiel hat zu seiner Zeit niemand Glauben geschenkt, und doch hat er recht behalten.«

»Tut mir leid, ich kenne mich in der Antike nicht aus«, entgegnete ich aus dem Stegreif. »Ich glaube nur an Fakten, Fakten, Fakten. Ich bitte daher das Hohe Gericht um Anhörung unseres ärztlichen Gutachters.«

Professor Dr. med. Kummerheld war uns von Dr. Zenmayer empfohlen worden. Der Professor galt als hervorragende Kapazität, allerdings war sein Stundensatz horrend. Nun, die Parteikasse war schließlich gut gefüllt. Inzwischen sah ich mir den Richter genauer an. Er hatte leider viel zu dichtes Haar. Die Stimmung im Saal war hochexplosiv.

Prof. Dr. Kummerheld trat in den Zeugenstand und legte seinen Eid ab.

»Der derzeitige Forschungsstand in der Medizin nennt zwei Krankheiten, die von Generation zu Generation unvermeidlich weiter vererbt werden: Syphilis und Kahlheit«, dozierte der Professor. »Die Syphilis überträgt die körperliche Sünde der Urahnen auf ihre Nachkommen, während die Kahlheit eine Erbfolge der seelischen Verkommenheit ist.

Die moderne Medizin hat herausgefunden, daß die Natur in ihrer grenzenlosen Weisheit minderwertige Individuen mit dem Zeichen der Kahlheit brandmarkt. Die menschliche Seele steht nämlich im engsten anthropologischen Zusammenhang mit der Kopfbehaarung.

Unter dem Pericranium liegt das Geflecht des zentralen Nervensystems, das unter anderem Charakter und Moral eines Menschen bestimmt. Die Lage und Größe des Geflechts wirkt unmittelbar auf die Laminaldrüsen, verursacht Kahlheit durch die keratolinhaltigen Kerne der polygonalen Zellen und ist somit das unverkennbare Zeichen von biologischer Minderwertigkeit.«

Ein ohrenbetäubender Aufschrei von der Klägerbank unterbrach die fesselnde Expertise.

»Himmelherrgott, das ist ja nicht auszuhalten«, brüllte Politzer-Kahlmann und hätte sich, wäre er von seinen Anwälten nicht zurückgehalten worden, auf den Professor gestürzt. »Will uns dieser Kerl mit seinen idiotischen Fachausdrücken denn zum Narren halten?«

Unter Lachsalven des Publikums verwarnte ihn der Richter, und auch Dr. Schwarzkopf blieb dem hysterischen Kläger nichts schuldig.

»Maul halten, Politzer-Kahlmann«, sagte er eisig. »Ein Vollglatzkopf sollte den Namen des Herrn nicht in den Mund nehmen. Hohes Gericht, ich bitte Pfarrer Zendl als Sachverständigen für Religionsethik in den Zeugenstand.«

Der Pfarrer, einer unserer ältesten Parteigänger, inzwischen Abgeordneter und mit bedeutenden finanziellen Mitteln gesegnet, war überzeugter Anhänger des Haarschutzes.

»Man tut uns Kreiszacklern wahrlich unrecht«, begann der Pfarrer seine Zeugenaussage, »wenn man unterstellt, unsere Ideen stünden zu Christi Lehren im Widerspruch. Dieser Irrglaube entbehrt jeder Grundlage. Wenn wir die Endlösung der Glatzenfrage fordern, so tun wir das einzig und allein im Geiste Christi.«

In den hinteren Reihen kicherte jemand, was kaum störte, weil er auf der Stelle niedergezischt wurde.

»Wie allgemein bekannt«, fuhr der Diener der Kirche fort, »war Judas Ischariot, in den der Satan gefahren war, nach verläßlichen historischen Quellen ein Glatzkopf, der zur Kategorie ›Bgd‹ gehörte. Das ist nicht zuletzt dadurch erwiesen, daß auf Giottos Gemälde ›Judas Kuß‹ und auf Leonardo da Vincis ›Das letzte

Abendmahl‹ Judas mit einer meisterhaft echt gezeichneten Perücke zu erkennen ist.

Paulus spricht im dritten Kapitel seines zweiten Briefes an Timotheus von Lystra klare Worte über die Glatzköpfe als denjenigen, ›die in die Häuser schleichen und die losen Weiber umgarnen, von mancherlei Lüsten heimgesucht und mit Sünden beladen‹. Der Prophet ist somit der geistige Vater der konstitutionellen Haarschutzverordnung.«

Der Pfarrer führte noch eine ganze Reihe weiterer Beweise an und beendete seine Aussage mit den Worten: »Es ist meine Überzeugung, daß Jesus an unseren Taten Gefallen findet, jener Christus, der die kahlen Verkäufer mit der Peitsche aus dem Tempel trieb.«

»Das glaube ich aber ganz und gar nicht, Hochwürden«, meinte der Richter. »Sie werden wohl am besten wissen, daß auch Christus heutzutage unter die Glatzenverordnung fiele.«

Pfarrer Zendl war auf den billigen Einwurf gut vorbereitet. Er holte ein mittelalterliches Jesusporträt aus seiner Soutane, auf dem die berühmten schulterlangen, blonden Haare des Erlösers zu erkennen waren.

»Sehen Sie«, sagte er würdevoll, »das authentischste Porträt unseres Herrn.«

»Das mag schon sein«, antwortete genüßlich der Richter, »doch wird Josef, sein Stiefvater, auf den gleichfalls authentischen und vom Heiligen Stuhl anerkannten Gemälden des Malers Ghirlandaio völlig kahl dargestellt.«

Der Pfarrer drehte sich hilfesuchend nach uns um.

»Ich versichere Ihnen unter Eid«, sprang ihm Dr. Schwarzkopf geistesgegenwärtig zur Seite, »daß Jesus Christus in jedem Fall einen Befreiungsschein von Herrn Rudolf Flinta erhalten hätte.«

Es gab anerkennenden Beifall, den der Richter aber energisch abklopfte.

»Wenn ich mich nicht irre«, bemerkte er sarkastisch, »gilt die heutige Verhandlung nicht der Klärung, zu welcher Glatzenkategorie der Sohn des Herrn gehört, sondern der Klage des Herrn Alexander Politzer-Kahlmann, der einen Hetzartikel gegen kahle Bürger als Verstoß gegen die Menschenrechte bezeichnet.«

Dr. Schwarzkopf stieß mich in die Seite.

»Es läuft schlecht«, flüsterte er mir zu, »aber keine Angst ...«

Mein Rechtsberater erhob sich gemächlich.

»Ich verlange die vorläufige Einstellung des Verfahrens wegen Befangenheit des Richters«, rief er und schlug mit der Faust auf den Tisch. »Exzellenz, Ihre Frau ist eine ›FCBgd‹!«

Ein Sturm brach im Gerichtssaal los, aufgeregtes Gemurmel ging durch die Reihen.

»›F‹, also eine Frau«, hörte ich hinter mir. »›C‹, das heißt, daß ihr Vater eine friseuramtliche Urkunde hatte und somit automatisch in die Gruppe ›Bgd‹ gehörte.«

Die Sympathie der Hörerschaft war wieder auf meiner Seite. Der fulminante Auftritt von Dr. Schwarzkopf hatte die erhoffte Wendung gebracht.

»Haben Sie vielleicht einen Befreiungsschein für sie?« legte Dr. Schwarzkopf nach. »Na, sagen Sie's uns nur, Euer Ehren.«

»Ich habe keinen Befreiungsschein für meine Frau«, gestand der Richter, worauf eine neue Welle der Empörung durch den Saal ging. Da fragte ich höhnisch:

»Und warum haben Sie keinen Schein?«

»Weil ich keine Frau habe«, antwortete der Richter. »Ich bin Junggeselle.«

Zu dumm, mein Magen rotierte. Das würde mir der schlampige Schwarzkopf noch büßen.

»Die Verhandlung wird vertagt«, verkündete der Richter. »Ich gebe gerne zu, daß ich tatsächlich befangen bin. Herr Flinta hat meine volle Antipathie.«

Wir schlichen aus dem Gerichtssaal, und meinen Ärger vertrieb auch nicht der Anblick meiner mutigen Leute, die Politzer-Kahlmann und seine Gefolgschaft an der nächsten Ecke verprügelten.

Ich hatte Dr. Schwarzkopf keineswegs verziehen, daß er gemeinsam mit Pepi und den Glashändlern hinter meinem Rücken krumme Geschäfte machte. Jedesmal, wenn ich daran dachte, wie er mir mit unschuldiger Miene anvertraut hatte, Pepi sei »sauber«, kam mir die Galle hoch. Ich hatte ihn nur geschont, weil ich befürchtete, er würde Pepi unser geheimes »Antikahl«-Geschäft ausplaudern.

Nach dem ärgerlichen Flop vor Gericht konnte ich mich aber nicht mehr beherrschen. Kaum saßen wir in unserer Dienstlimousine, fiel ich über meinen Anwalt her.

»Da haben Sie sich aber was zusammengestümpert, Schwarzkopf! Eine solche Blamage ist in der großartigen Geschichte der Bewegung noch nicht vorgekommen! Warum haben Sie sich denn nicht erkundigt, ob der Richter eine Frau hat?«

Der Rechtsanwalt verteidigte sich vehement.

»Ich konnte ja nicht ahnen, daß der Typ schwul ist. Und Sie, verehrter Führer, hätten lieber den Mund gehalten.«

»Jetzt reicht es aber, Schwarzkopf, das muß ich mir von Ihnen nicht bieten lassen. Sonst unterhalten wir uns gleich einmal über Ihre Gaunereien mit den Glasern.«

Mit offenem Mund starrte er mich an, faßte sich aber erstaunlich schnell wieder.

»Wenn das so ist, Rudolf Flinta«, zischte er, »dann reden wir auch über Ihre Perückengaunereien.«

»Von Ihnen lasse ich mir nicht vorschreiben, worüber ich rede.«

»Das meinen Sie doch nicht im Ernst. Wer kaut Ihnen denn jedes Ihrer Worte vor? Ohne mich können Sie doch nicht einmal denken.«

»Werden Sie nicht frech!«

»Wenn Sie es genau wissen wollen«, ließ mein ehemaliger innenpolitischer Referent die Katze bei der nächsten roten Ampel aus dem Sack. »Ich pfeife auch auf Ihr blödes Haarwasser.«

»Wunderbar! Dann kann ich ja die Watzek-Gelder getrost für mich allein behalten.«

»Wer ist Watzek?«

Hoppla, das war danebengegangen. In der Hitze unseres politischen Gefechts hatte ich vergessen, daß nicht er, sondern Pepi mein stiller Partner im Industriegeschäft war. Was soll's, ich bin einem Untergebenen keinerlei Rechenschaft schuldig.

»Schwarzkopf«, sagte ich kühl. »Ich gebe Ihnen genau sechs Sekunden Zeit zum Aussteigen.«

»Das ist mehr als genug. Im übrigen, ich steige gleich ganz aus«, mein Ex-Referent sprang aus dem Wagen. »Ich gründe einfach eine Gegenpartei. Wir werden ja sehen, wie weit Sie ohne mich kommen.«

»So weit immerhin«, entgegnete ich, schlug ihm die Autotür in die Kniekehlen und gab ihm aus dem davonflitzenden Wagen noch ein gefühlvolles »Es lebe Flinta!« mit auf seinen weiteren Lebensweg.

Pepi reagierte auf das Ausscheiden unseres dritten Mannes erstaunlich gelassen.

»Mach dir nichts daraus«, sagte er. »So sparen wir einen Haufen Geld. Für ein Triumvirat sind zwei schon genug.«

»Und die Gegenpartei?«

»Das laß nur meine Sorge sein.«

»Ein Haarschützer der ersten Stunde ist soeben von uns gegangen«, hieß es tags darauf in Pepis Leitartikel. »Mit ungebrochenem Glauben an die Idee kämpfte Dr. Eberhard Schwarzkopf für unsere Bewegung in seinem unverzichtbaren Einsatz als innenpolitischer Referent.

Jetzt, da er in geistige Umnachtung gefallen ist und ewige Dunkelheit seinen Verstand trübt, setzen wir die lila Parteiflagge auf Halbmast und gedenken seiner mit Inbrunst.

In tiefer Dankbarkeit nehmen wir Abschied von unserem treuen Haarfrontgenossen und rufen dem Unvergeßlichen nach: Es ist vollbracht. Das Schicksal hat es so gewollt.«

Der schwarzumrandete Artikel in der »Stimme des Volkes« brachte jedoch nicht die erwartete Wirkung. Das haarige Volk war weniger am geistigen Zustand der Parteibonzen interessiert als am Vermögen des sündigen Glatzentums. Dr. Schwarzkopf gründete seine Gegenpartei unter dem Namen »Landesliga für Haarrettung«. Sein Programm war haargenau das unsere, es zeichnete sich lediglich durch größere Radikalität in der Lösung der Glatzenfrage aus.

Dies ließ sich auch im Refrain der Hymne der neuen Liga nachlesen:

Wetzt die langen Messer
auf dem Bürgersteig,
laßt die Messer flutschen
in den Glatzenleib,
Blut muß fließen wie roter Wein,
und dann ist seine Habe dein.

Die Jugend liebte das Lied, und oft marschierten die Kinder der »Jungen Haarrettung« in ihren fliederfarbenen kurzen Hosen nach ihrem Takt durch die Straßen. Kurz darauf brachte Schwarzkopf auch die erste Nummer seiner eigenen Zeitung heraus. Der Verräter kündigte gleich darin an, daß er gezwungen sei, zum Wohle der Nation eine neue, nämlich die echte Haarschützer-Partei zu gründen, weil ich, nämlich R. Flinta, völlig unerwartet in schwere Depressionen verfallen wäre und man mich wegen gewalttätiger Ausbrüche in eine geschlossene Anstalt hatte verbringen müssen.

Damit begann der unselige Bruderzwist der beiden nationalen Bewegungen. Natürlich führte jede Partei für sich den Kampf gegen das Glatzentum noch erbitterter, als wir es vorher allein getan hatten. Das Staatliche Institut für Glatzenüberprüfung aber, das noch fest in Kreiszacklerhand war, versuchte der Liga mit neuen Verordnungen Prügel zwischen die Füße zu werfen, und etliche Male gelang es uns auch zu beweisen, daß die »Haarretter« keine echte Alternative zu bieten hatten.

Großen Zuspruch fand zum Beispiel die von uns eingebrachte Regierungsverordnung Nr. 11.703, die Voll- und Halbglatzköpfen die Haltung von behaarten Haustieren verbot. Auch das lila Plakat kam sehr gut an, welches dem verräterischen Glatzentum bei Todesstrafe untersagte, an öffentlichen Orten Schuhe zu tragen, die nicht mindestens drei Jahre alt waren.

Männern der Kategorie »C« sowie Frauen der Kategorie »FBgh« war der Zutritt zu Kaffeehäusern zwischen 11.30 Uhr und 14.05 Uhr nur unter der Bedingung gestattet, daß sie keinen Kaffee konsumierten. Nur die Kategorie »D« durfte von 14.05 Uhr bis 14.30 Uhr einen einfachen, aber keinen doppelten Espresso bestellen.

Die Forderung der Haarrettungsliga, wonach Vollglatzköpfe sich in Fußgängerzonen nur auf allen vieren bewegen dürften, lehnte die parlamentarische Mehrheit auf Drängen der Kirche ab. Wir gingen in unserem Liberalismus aber noch einen Schritt weiter als die Kirche und gestatteten glatzenstämmigen Frauen der Kategorie »B«, öffentliche Parkanlagen aufzusuchen, wo sie sich montags auch auf den haarigen Bänken ohne die Aufschrift »Nur für Glatzköpfe« niederlassen durften.

Inzwischen plagte sich die Stadtverwaltung mit der Umstellung der Verkehrsampeln im Geiste des kompromißlosen Haarschutzes. Zur bekannten Drei-Farbenampel wurde schließlich ein zusätzliches lila Blinklicht installiert, das alle 43 Minuten aufleuchtete und kahlen Bürgern 22 Sekunden lang ermöglichte, die Straße in aller Ruhe zu überqueren.

Ein Problem ganz anderer Art brachte der Winter an den Tag. Täglich gab es neue Grippeopfer zu beklagen, weil die behaarten Bürger wegen der häufigen Glatzenrazzien keine Kopfbedeckung mehr trugen. Die Krankenhäuser waren auch deshalb restlos überfüllt, weil unzählige Behaarte, um den Ausweiskontrollen vorzubeugen, nur noch in Begleitung ihrer haarreinen Großeltern das Haus verließen, deren Knochen dem Glatteis nicht gewachsen waren.

Das Haarschutzgesetz brachte auch an der Kriegsfront so manchen Nachteil mit sich. Um die Unterwanderung der Armee durch Glatzköpfe zu verhindern, verbot der Generalstab das Tragen von Helmen. Diese an sich richtige politische Maßnahme kostete aber unzählige Soldaten das Leben, und die legendäre Schlagkraft unserer Armee ließ nach. »Die Revolution frißt ihre Kinder«, war dazu der Kommentar unseres hochgebildeten Verbündeten Dr. Zenmayer.

Die feindlichen Streitkräfte hatten jetzt in einigen Landstrichen unsere Grenzen bereits überschritten und nahmen im Durchschnitt ein bis zwei Provinzen pro Woche ein. Ein Grund mehr, alle nationalen Kräfte zu sammeln, um die vollkommene Haarhygiene der Heimatfront zu sichern.

Innenpolitische Wachsamkeit war in diesen Krisentagen geboten, denn das defätistische Glatzentum des Landes glaubte sich, verleitet durch gezielte Falschmeldungen von den Schlachtfeldern, schon in Sicherheit und kollaborierte nun ganz ungeniert mit den feindlichen Streitkräften. Natürlich mußte dieser Hochverrat mit einer Fülle strikter Gesetzesverordnungen geahndet werden. Kurz und gut, die beste Gegenmaßnahme schien, die männlichen Glatzenverräter zu »nationalem Kanonenfutter« zu erklären und sie so oft wie möglich als Schilder für unsere tapferen Helden an die vorderste Feuerlinie abzukommandieren. Zweifelsohne kein ganz bequemer Job für die feigen Kahlköpfe, aber sie hatten sich ihr Schicksal schließlich selbst zuzuschreiben.

Wie richtig diese Anordnung gewesen war, zeigte sich, als Schreckensnachrichten aus den vorübergehend besetzten Gebieten über haarsträubende Racheaktionen »befreiter« Glatzköpfe an unseren tapferen Kreiszackler-Veteranen berichteten.

»Die Würfel sind gefallen«, schrieb Pepi im ›Morgenstern‹, den er übernommen und dem er zu neuem Glanz verholfen hatte, nachdem der alte Gonzales im Krankenhaus erhängt aufgefunden worden war. »Entscheidet, Haarfrontgenossen, das Glatzentum oder wir. Diese schicksalhafte Frage richtig zu beantworten, ist das Gebot der Stunde. Das Maß ist voll.«

Die Leitartikel meines Freundes hatten leider nicht mehr die alte Durchschlagskraft, weil das Schmutzblatt von Schwarzkopf, die »Morgenröte«, mit einer widerwärtigen Vulgärsprache an die niedrigsten Instinkte appellierte. So traf zum Beispiel die letzte Schlagzeile, »Hochverrat der ekligen Sauglatzen«, allem Anschein nach auch bei Jungakademikern und Reserveoffizieren ins Ziel.

Der sich nähernde Kanonendonner entmutigte glücklicherweise nur jene opportunistischen Behaartengruppierungen, auf die wir leichterhand verzichten konnten. Unangenehm war allerdings, daß unser wankelmütiges Staatsoberhaupt überraschend eine »ritterliche Lösung der Glatzenfrage« predigte und ein mittelmäßiges Provinzblatt sich nicht entblödete, einen läppischen Aufruf des schmierigen Dissidenten Professor Wind zu veröffentlichen.

»Landsleute, was ist los mit euch?« fragte dieser Hohlkopf, der, nachdem er den Friedensnobelpreis eingeheimst hatte, offenbar größenwahnsinnig geworden war. »Bis über den Ozean höre ich das Stampfen eures aberwitzigen Totentanzes.«

Daß dieser Niemand es noch wagte, sich als unser Landsmann zu bezeichnen, verärgerte mich zutiefst. Mir blieb also nichts anderes, als ihm kurzerhand seine Staatsbürgerschaft abzuerkennen. Bei dieser Gelegenheit erweiterte ich kurzerhand meine Kompetenzen als Oberhaarschützer dahingehend, jeden aus der Reihe tanzenden Behaarten zum »Zwangsglatzkopf« mit allen Konsequenzen der strengen, aber gerechten Haarschutzverordnung zu erklären.

Eine herbe Enttäuschung bereitete mir in dieser angespannten Situation der Freund aus glücklicheren Tagen, Graf Fedelius Peterffy. Seine Besitzungen waren durch Machenschaften glatzköpfiger Agenten in Feindeshand gefallen, und er selbst wechselte gerade zur Haarrettungsliga über, angeblich weil »die Endlösung der Glatzenfrage nur mit einem kompetenten Partner zu erreichen ist ...«.

Ich schüttete Lizzi mein Herz aus.

»Erinnerst du dich, wie er sich angebiedert hat und uns seine Freundschaft auf primitivste Weise aufdrängte? Nun macht er mit diesen Schweinen gemeinsame Sache, der typische degenerierte Kleinadelige.«

Lizzi tätschelte beruhigend meine Hand.

»Keine Angst, lieber Rudi, eines Tages wirst du aus diesem Alptraum aufwachen.«

Als ob ich noch hätte schlafen können. Manchmal schien mir, daß, abgesehen vom aufrechten Dr. Zenmayer, keiner mehr wirklich und wahrhaftig an unsere Idee glaubte. Außerdem sorgte ich mich um unsere Finanzen. Das Perückenverbot, das der Wichtigtuer Pepi vorgeschlagen hatte, um die Preise hochzutreiben, nahmen diese Feiglinge von Glatzköpfen tatsächlich ernst und trieben somit die Firma Trowitsch an den Rand des Ruins. Arthur Molnar war dem Verhängnis auf die Spur gekommen, als er André beim Kauf eines Überseekoffers in einem haarigen Großhandel für Reiseartikel gesehen hatte. Ich trug ihm auf, dem potentiellen Verräter auf der Spur zu bleiben.

Auch unser »Antikahl XN« war kein Geschäft mehr, nicht nur weil Schwarzkopf ausgestiegen war, sondern auch, weil die Konkurrenz jedem Kunden, der ihr gepantschtes »Glatzenschreck N« haben wollte, einen Wochenendausflug in einer noch kampffreien Provinz für zwei Personen aufdrängte.

Die Zeit der zerschlagenen Schaufenster schien ebenfalls wegen zahlreicher Geschäftsaufgaben und der vorangegangenen sorgfältigen Plünderungen vorbei zu sein, so daß die Glashersteller keinen Sinn mehr in der Fortführung einer wirtschaftlichen Zusammenarbeit sahen.

Und als ob mir das Schicksal noch mehr aufbürden wollte, war auch die Quelle der Watzek-Gelder plötzlich versiegt, denn der Kahlkopf war wie vom Erdboden verschwunden. Schließlich meldete auch noch unser neuer innenpolitischer Referent und Nachfolger des abtrünnigen Schwarzkopf, Dr. Robert Schwanz, wutentbrannt, daß sich Politzer-Kahlmann nach seinem Prozeß mit falschen Papieren ins Ausland abgesetzt hatte. Das sah diesem Vollglatzkopf ähnlich, der, seit ich mein Amt bei ihm niedergelegt hatte, nur Unheil über uns brachte. Leider war er nur einer von vielen, denn nach Berichten unserer Geheimpolizei schlugen sich Tag für Tag Kahlköpfe in Hülle und Fülle auf die Seite unserer niederträchtigen Feinde.

Die skandalösen Vorgänge veranlaßten das Institut für Glatzenüberprüfung, eine nächtliche Vorstandssitzung einzuberufen, an der sowohl Dr. Schwanz wie auch die allmählich wieder genesende Witwe Schick teilnahmen.

»Wenn das so weitergeht, geliebte Haarfrontgenossen«, eröffnete ich die Sitzung, »dann steht die Bewegung eines schönen Tages ohne Glatzköpfe da.«

Panik brach im Auditorium aus.

»Was sollen wir nur tun«, beklagte sich Dr. Schwanz. »Der Feind steht vor den Toren, nur noch 15 Kilometer von uns entfernt, morgen können es 14 sein, übermorgen nur noch 12,5 und in fünf Tagen ...«

»Wir haben keine Zeit zu verlieren«, unterbrach Pepi die wehleidige Hochrechnung. »Wir müssen mit allen Mitteln verhindern, daß die Glatzenbevölkerung klammheimlich abhaut. Wie sehen wir denn dann aus, wir machen uns ja lächerlich. Ohne Glatzköpfe stehen wir auf tönernen Füßen.«

Wir mußten ihm schweren Herzens recht geben.

»Josef«, sagte Frau Schick nachdenklich zu Pepi, »wahrscheinlich bleibt uns nichts übrig, als die fahnenflüchtigen Schufte einzusperren.«

»Nichts leichter als das«, fiel Dr. Schwanz dazwischen, »wir treiben die Glatzköpfe in den Elendsvierteln der Stadt zusammen und ziehen ganz einfach einen Stacheldraht drumherum. Ein Kinderspiel. Wenn Sie erlauben, fange ich gleich heute noch damit an.«

»Nicht so hastig, Schwanz«, bremste ihn Pepi. »Es will alles genau durchdacht sein. Was soll denn dann zum Beispiel mit den Wohnungen der Verräter geschehen? Lassen wir sie einfach leerstehen?«

»Auch dazu habe ich einen Vorschlag«, entgegnete Dr. Schwanz. »Wir werden Recht und Ordnung walten lassen und das unrechtmäßige Eigentum an verdiente Kreiszackler, wie etwa an uns, verteilen.«

»Vergessen Sie nicht, Schwanz, daß Sie erst seit kurzem innenpolitischer Mitarbeiter sind«, wies ihn Pepi zurecht. »Die historische Führung hat in jedem Fall politische Priorität.«

»Zweifellos, Haarfrontgenosse Schomkuthy, zweifellos.«

Frau Schick meldete daraufhin den Bedarf an einer Nähmaschine an. Pepi träumte von wohlgefüllten Weinkellern, und ich brauchte dringend ein paar neue Perserteppiche. Der unverschämte Schwanz faselte etwas von einem roten Sportwagen, aber ich rief ihn zur Ordnung.

»Seien Sie nicht kindisch, Schwanz. Sie werden die Farbe nehmen, die Sie kriegen.«

Als wir mit unseren Beratungen zu Ende waren, stand der Feind elf Kilometer vor der Hauptstadt, und es war fast heller Morgen. Das Schicksal war uns auf den Fersen, und wir spürten, daß die Stunde wichtiger Entscheidungen gekommen war.

Dr. Schwanz empfahl daher, in den geplanten Glatzenreservaten verschärfte Kontrollen zur genaueren Gruppeneinteilung urgroßelterlicherseits durchzuführen. Aber wir waren einfach zu erschöpft, und die Verständigung wurde wegen des feindlichen Kanonendonners fast unmöglich.

Die Installierung der Glatzenbezirke in der belagerten Hauptstadt fand die volle Sympathie der behaarten Bevölkerung. Ja, die Zivilisten halfen den Behörden, wo sie nur konnten, vom Zusammentreiben der Verräter bis zur Auslieferung der untergetauchten Glatzfinken. Wir wollten aber unsere Getreuen nicht überfordern, und so zogen wir im nationalen Interesse die Elitetruppen von der Front ab und mobilisierten auch die Pfadfinder. Diese durchtrainierten jungen Sportler waren es auch, die in einer Blitzaktion das Elendsviertel der Vorstadt mit Stacheldraht umzäunten.

Da wir unsere ganze Kraft auf diese innenpolitischen Maßnahmen konzentrierten, wurde die Lage an der Front natürlich nicht besser. Aber man kann im Leben nicht alles haben, und die haarige Reinheit der Nation hatte in jedem Fall Vorrang.

Der Zusammenbruch der Front behinderte allerdings die reibungslose Vertreibung des Glatzenpacks aus ihren Behausungen, und durch die häufigen Bombenangriffe mußten die Glatzenkolonnen ihren Marsch in die neuen Unterkünfte immer wieder unterbrechen. Zu tragen hatten sie allerdings nicht allzu schwer. So wurde jedem Kahlkopf die Mitnahme von jeweils einem Nachttopf, einer Zahnbürste und von zwei Secondhand-Unterhosen freigestellt. Wer Kamm und Haarbürste sowie Seifen von mehr als 140 Gramm besaß, wurde sofort aufgehängt. Angesichts der drohenden Hungersnot in der Zivilbevölkerung sah sich die Regierung auch veranlaßt, ein neues Dekret zu erlassen, das Glatzköpfen das Kaufen, Lagern und den Verzehr von Lebensmitteln untersagte.

Nicht einmal 48 Stunden später meldete mir der amtierende Polizeioberst:

»Die Hauptstadt ist glatzenfrei. Es lebe Flinta!«

Die mustergültig durchgeführte Aktion »Stachelbeere« warf die Haarrettungsliga weit zurück. Zwar hatte Dr. Schwarzkopf der Regierung, wenn auch gelb vor Neid, ein Glückwunschtelegramm geschickt, doch da das zuständige Postamt von einer Druckmine getroffen worden war, erfuhren wir nicht einmal, was uns dieser Schuft tatsächlich geschrieben hatte.

Aus unserem ehemaligen Wohnhaus war Opa Hawlitschek abtransportiert worden. Ich gab umgehend Anweisung, ihn mit nur vier anderen Glatzköpfen in einem Sonderverschlag unterzubringen, und ließ ihm ein signiertes Foto mit der Widmung »Meinem Retter, in aufrichtiger Freundschaft, Rudi« überbringen. Leider ist er dann doch verhungert, und das tat mir wirklich leid.

In meiner Familie gab es dramatische Zwischenfälle, als Micha, Lizzis Bruder, eines Morgens in den Luftschutzkeller des Parlaments stürmte, wo aus Sicherheitsgründen gerade der gesamte Führungsstab residierte. Er sorgte sich um seine Schwester. Der ungestüme Trotzkopf war desertiert, da er keinen friseuramtlichen Nachweis seines Vaters erbringen konnte und somit in Gefahr war, als »Cbgd« hinter Stacheldraht zu kommen.

»Rudolf«, flehte mich Lizzi an, »du wirst ihn doch beschützen.«

»Tut mir leid, meine Liebe, das hast du von deinem Mißtrauen«, diesen Vorwurf konnte ich ihr nun wirklich nicht ersparen, so sehr ich es auch bedauerte. »An allem ist nur dein Vater schuld. Hätte er seinerzeit sein illegales Versteck rechtzeitig verlassen und meinen Befreiungsschein angenommen, wäre alles anders gekommen.«

Lizzi sah mich traurig an.

»Gott segne dich, Rudi«, flüsterte sie.

Sie nahm ihren Bruder beim Arm, und beide verließen den Luftschutzkeller. Erst geraume Zeit später erfuhr ich, daß sie zu Gagay, dem Briefträger, gezogen waren. Ich konnte mich aber wirklich nicht darum kümmern, denn der niederträchtige Feind hatte nichts Besseres zu tun gehabt, als die Hauptstadt zu stürmen und dabei die Zentralanstalt für das Glatzenvermögen in Schutt und Asche zu legen. So mußten wir mitten in der Nacht das gesamte Archiv mit Abertausenden von ausgefüllten Formularen in den Keller der nahegelegenen psychiatrischen Klinik retten.

Die folgende Begegnung hätte ich mir gerne erspart, aber in diesen Tagen war man vor keiner Überraschung mehr sicher. Eines Nachts erschien eine Kreiszacklerpatrouille in der Luftschutzzentrale, die einen verdächtigen Mann aufgegriffen hatte. Er trug einen dicken Mantel und hatte den Hut tief ins Gesicht gezogen.

»Runter«, brüllten sie ihn an. »Auf die Knie vor unserem Haarschutzführer!«

Der Unglückselige wurde mit einigen Tritten auf den Betonboden befördert, und erst da, im flackernden Kerzenlicht, sah ich, daß niemand anderer als Innenminister Dorfhauser von und zu Dorfhauser persönlich vor mir kniete.

»Servus«, ächzte der ehemalige Spitzenpolitiker. Da schlug ihm der Kommandochef den Hut vom Kopf, und wir schrien vor Erstaunen auf. Zum Teufel, Dorfhauser von und zu Dorfhausers Kopf war glatt wie eine Billardkugel, seine Haare waren ratzekahl wegrasiert.

»Wir haben ihn nur wenige Meter vor der Front erwischt«, meldete der Offizier. »Der Schweinehund wollte zum Feind überlaufen, um als Glatzkopf Asyl zu beantragen.«

Soweit waren wir also schon.

»Schämen Sie sich denn nicht«, herrschte ich den jämmerlichen Kerl an. »Wie sehen Sie denn aus?«

»Gnade«, wimmerte der Minister. »Ich habe Familie. Ich wollte sie retten. Der Haarschutz ist doch am Ende ...«

»Dreckiger Verräter.« Der Offizier drosch auf ihn ein und sah dann fragend zu mir hin. Die Strafe mußte wirklich gut überlegt sein.

»Dorfhauser«, kündigte ich ihm an. »Kraft meiner Vollmacht erkläre ich Sie zum vollberechtigten Behaarten. Und nun«, wandte ich mich an den Offizier, »werft ihn als Haarigen über die Frontlinie!«

In normalen Zeiten hätte ich mich sicherlich ausführlich mit dem Fall Dorfhauser beschäftigt, aber nun überstürzten sich die Ereignisse und forderten meine volle Konzentration. Bis an den Rand der Vorstadt, kurz vor das umzäunte Glatzenreservat, war der Feind inzwischen vorgedrungen. So brachten wir unsere Kahlköpfe vor der feindlichen Übermacht in Sicherheit und trieben sie in der Aktion »Stachelbeere Zwei« mit dem Einsatz aller verfügbaren Kräfte in das noch unbesetzte Regierungsviertel. Rund um das Parlament gab es da für den Notfall noch einige freie Wohnblöcke, eine Apotheke und die unversehrt gebliebene Irrenanstalt.

Die Übersiedlung des gesamten Reservats mit mehreren tausend Glatzkopffamilien hatte die Behörden tatsächlich vor eine fast unlösbare Aufgabe gestellt. Nichts unterstrich jedoch die ideologische Überlegenheit der Kreiszackler mehr als der Bericht der Gendarmerie, daß ungeachtet des dichten Granateneinschlags und der Luftangriffe die Rettungsaktion nach knapp 16 Stunden abgeschlossen war. Fünf gewissenlose Glatzköpfe versuchten noch zu fliehen, drei davon konnten rechtzeitig gefaßt und zu 14 Jahren Kanonenfutterdienst und Degradierung auf Stufe »A« verurteilt werden. Ein einziger Glatzkopf entkam, wenn auch schwer verwundet, die Polizei blieb ihm aber auf der Spur. Bis zur Dämmerung wurden dann neue, doppelt so starke Stacheldrahtzäune um das neue Glatzenreservat gezogen.

Von den ehemals 140 Abgeordneten befanden sich noch 19 im Parlamentsgebäude. Dr. Schwanz berief als Vizepräsident des Hohen Hauses eine Sondersitzung im Plenarsaal ein und unterbreitete uns im Halbdunkel seinen bereits bekannten Gesetzesentwurf, der die amtsfriseurliche Überprüfung der Glatzköpfe bis auf die Urgroßväter erweiterte. Der Vorschlag wurde mit einer Mehrheit von 18 Stimmen angenommen, ein Abgeordneter enthielt sich der Stimme, da er beim Fenster einen Bauchschuß erlitt.

Pepi besprach mit dem Sektionschef der Friseurbeamten, der sich im Weinkeller verbarrikadiert hatte, das weitere Vorgehen.

»Wir müssen davon ausgehen, daß nicht alle Glatzköpfe die alten Familienphotos lückenlos mit sich führen«, erklärte ihm Pepi. »Deshalb müssen wir uns, bis der letzte Feind aus der Hauptstadt vertrieben ist, mit einer Schätzung des haarigen Zustandes der jeweiligen Vorfahren begnügen. Die benötigten Formulare werden in der Portiersloge soeben vervielfältigt. Morgen werden wir sie in aller Herrgottsfrühe im Glatzenreservat verteilen.«

Der Sektionschef schwor bei seiner kreiszacklerischen Ehre, alles wie gewünscht zu erledigen, es kam aber nicht einmal mehr zur Verteilung der Formulare.

Das Kleinradio, über das wir zur Zeit noch verfügten, meldete nämlich um 7.45 Uhr, daß um 8 Uhr Ortszeit »der Führer der Haarschutzliga zu seinem Volk sprechen werde«.

»Geliebte Landsleute«, übertrug, wie gemeldet, dann um Punkt 8 Uhr der Apparat Dr. Schwarzkopfs Stimme, »die glatzenhörige Regierung und ihre kreiszacklerischen Komplizen haben die Nation verraten. Ihr aber seid in Sicherheit. Die Kämpfer der Liga haben unter Führung von Marschall Graf Fedelius Peterffy die Stadt besetzt und die Führung im Geiste der wahren Haarrettung übernommen. Es lebe Schwarzkopf!«

Der Putsch war ihnen also geglückt.

Die Legionäre der Liga waren auf keinerlei ernsthaften Widerstand gestoßen, teils weil die Hauptstadt zum Großteil in den Händen des niederträchtigen Feindes war, teils weil das Militär die Rache der Revierbewohner befürchtete und durch die Jagd auf die untergetauchten Glatzköpfe völlig abgelenkt war. Die Mitglieder der verkommenen Regierung, den Geist der neuen Zeit witternd, flohen in alle Himmelsrichtungen. Der Staatspräsident versuchte, in Frauenkleidern aus seinem Amtssitz zu entkommen, doch wurde er von Fedelius' Söldnern festgenommen, vor das Kriegsgericht gestellt und verbrachte die Zeit bis zur Vollstreckung des Urteils in der psychiatrischen Anstalt. Sicherheitshalber erklärte ich das gescheiterte Staatsoberhaupt in seiner Abwesenheit zum »Zwangsglatzkopf«, was nach dem Gesetz die gewaltsame Entfernung seiner Haupt- und Brustbehaarung bedeutet hätte. Das wollten wir aber erst nach unserem Endsieg erledigen.

Nach dem Eindringen der Vorhut der Liga in unser Hauptquartier kam es vor dem Parlament zu einem verzweifelten Feuergefecht zwischen Kreiszacklern und Putschisten. Wäre uns die Heimwehr aus dem Glatzenrevier noch rechtzeitig zu Hilfe geeilt, hätten wir sicherlich länger standgehalten. Aber das letzte, was wir riskieren durften, war, daß irgendein kahles Schlitzohr entkam.

Der letzte entscheidende Abwehrkampf dauerte nicht lange. Pepi verbarrikadierte sich sehr bald mit der Witwe Schick in einem Zimmer des Seitenflügels, weil er nicht bereit war, »gegen seine Haarschützer-Brüder zu kämpfen«.

Ich hatte weniger brüderliche Gefühle bei dem Gedanken an das unverfrorene Doppelspiel des geldgierigen Schwarzkopf und verdrückte mich hinter ein Bürofenster im Hauptgebäude. Die heranstürmenden Putschisten versuchte ich mit allen mir zur Verfügung stehenden Büroartikeln wie Aschenbechern, Aktenordnern und Schreibmaschinen mehr oder weniger in

Schach zu halten. Sie beantworteten meine massive Verteidigung mit scharfer Munition. Ich war wirklich nicht zu beneiden.

»Verdammt noch mal«, rief ich meinem Oberkellner zu, der sich in der Ecke einen Schutzwall aus Schreibtischen gebaut hatte. »Wo sind denn die Kinder hin?«

»Die sind zur Liga übergelaufen.«

Das hatte uns gerade noch gefehlt. Die im Geiste des Haarschutzes aufgewachsenen Kinder waren vom Generalstab dazu ausersehen worden, den feindlichen Vorstoß heldenhaft zu stoppen. Auf lila Plakaten hatten wir die begeisterten kleinen Patrioten zu den Fahnen gerufen:

»Schulkinder! Meldet euch im Panzerkommando der Kreiszacklerfront! Wir versprechen, euch ohne zeitraubende Ausbildung in das aufregende Abenteuer der feuerstärksten Frontlinie zu schicken. Nieder mit dem verräterischen Glatzentum! Es lebe Flinta!«

Zahlreiche Gymnasiasten hatten sich zwar gemeldet, doch jetzt marschierten sie an der Seite der Putschisten nicht gegen den Feind, sondern gegen uns.

Eine feine Jugend, die da heranwächst.

Da standen wir nun unseren Mann, aufrecht, aber ganz allein. Während mir die Kugeln nur so um die Ohren pfiffen, hörte ich plötzlich Arthur Molnars Stimme hinter mir.

»Herr Flinta«, flüsterte mir der tapfere Mann ins Ohr, »ich brauche Ihren Rat. Ich möchte mich von meiner Frau scheiden lassen. Es hat sich herausgestellt, daß sie viertelglatzenstämmig ist, eine ›Fcn‹. Was meinen Sie dazu?«

»Arthur«, antwortete ich, während ich meine Position unter dem Fenstersims überprüfte, »das Gesetz hat dazu ganz klare Richtlinien. Ist Ihre Frau mütterlicher- oder väterlicherseits eingestuft?«

»Mütterlicherseits, mein Führer.«

»Dann besteht die Möglichkeit, daß ich ihr einen Befreiungsschein ausstelle.«

»Ich danke Ihnen von ganzem Herzen.«

Molnar hockte sich neben mich und rückte seine Perücke zurecht. Sein eigener Befreiungsschein war noch gültig, und seine nachrichtendienstliche Tätigkeit mir hochwillkommen.

»Es ist meine allerletzte Perücke«, entschuldigte sich Arthur, »Meister Trowitsch hat sich nach Liechtenstein abgesetzt.«

»Habe ich es doch geahnt.«

»Ich habe noch eine zweite hochbrisante Information für Sie«, fuhr Arthur fort, während ich die zwei letzten Briefbeschwerer gegen die Angreifer schleuderte. »Wir haben Dr. Schwarzkopfs Neffen, den Philosophen, festgenommen. Er hatte sich in den 9. Bezirk abgesetzt und die gesamte ›Glatzenschreck N‹-Produktion zum Spottpreis an einen feindlichen Abwehroffizier verschleudert.«

»Wieso?« fuhr ich auf. »Heißt das, daß Dr. Schwarzkopf ›Antikahl‹ für mich und ›Glatzenschreck N‹ für die Konkurrenz produziert hat?«

»Scheint so«, stammelte Arthur verwirrt. »Ich wußte ja gar nicht, mein Führer, daß Sie mit Haarwasser zu tun hatten.«

Da hatte ich mich wieder verplappert. Aber was spielte das jetzt noch für eine Rolle?

»Das ›Antikahl‹ war viel besser«, meinte Arthur nachdenklich. »Zumindest im Geschmack ...«

»Still! Da unten tut sich etwas!«

Und wirklich, die Männer von Fedelius stellten das Feuer ein und machten den Weg frei für drei Gestalten. Ich sah genauer hin und erkannte Dr. Zenmayer mit seinem Adoptivsohn und ein wenig dahinter Dr.

Schwarzkopf in seiner fliederfarbenen Uniform. Sie nahmen direkten Kurs auf das Hauptquartier.

Dr. Zenmayer verlor keine Zeit. Er rief unverzüglich Kreiszackler und Liga-Vertreter zur Beratung an einen Tisch.

»Vite, vite«, erklärte er ungeduldig. »Sie müssen ohne Ressentiments an einem Strang ziehen, sonst werden Sie von den Kahlköpfen noch alle aufgehängt.«

»Als Regierungschef bin ich ganz deiner Meinung«, stimmte sein Adoptivsohn zu. »Wie groß ist, wenn Sie erlauben, meine Herren, zum gegenwärtigen Zeitpunkt der Glatzenbestand?«

»8372 Vollglatzköpfe«, las Dr. Schwanz den ›IFGLATZ-Tagesbericht‹ vor, »3002 Halbglatzköpfe und 815 Viertelglatzköpfe, darunter 33 Juden. Das ist nach dem Morgenrapport der heutige Bestand im Revier, Exzellenz.«

Seine Worte wurden vom Lärm einschlagender Granaten übertönt. Der hintere Flügel des Parlaments stürzte krachend ein.

»Nun, Messieurs, beeilen Sie sich«, sagte Dr. Zenmayer. »Un, deux, trois, umarmen.«

Dr. Schwarzkopf kam auf mich zu und zog mich herzlich an seine Brust.

»Mein lieber Rudolf«, sagte er, »ich habe nie aufgehört, Sie zu schätzen, das müssen Sie mir glauben.«

»Du Ratte«, flüsterte ich ihm zu. »Und was ist mit dem ›Glatzenschreck N‹?«

»Aber ich bitte dich«, flüsterte der Ligaboß zurück. »Ich habe nichts als draufgezahlt ...«

Draußen wurde der Waffenlärm immer lauter. Der höchste Friseurbeamte stürzte in den Saal.

»Der Feind«, stöhnte er. »Der Feind steht vor dem Tor!«

Dr. Zenmayer und sein Adoptivsohn brachten sich durch einen Helikopter auf dem Dach rasch in Sicherheit. Die Führung der Front und Dr. Schwarzkopf verhielten sich jedoch ehrenhaft und analysierten unter dem großen Verhandlungstisch die Lage.

»Was ist im Revier los?« überschrie Dr. Schwarzkopf den Kanonendonner. »Was machen die Glatzköpfe?«

»Wir haben keinerlei Nachricht«, schrie Dr. Schwanz zurück. »Beim Morgenappell gab es noch Ausweiskontrollen. 112 Glatzenschwindler kamen vor das Standgericht.«

»Und«, brüllte Dr. Schwarzkopf, »wurden die Urteile vollzogen?«

»Wie bitte?«

»Urteile.«

»Ich verstehe Sie nicht ...«

Dr. Schwarzkopf bedeutete uns durch Zeichensprache, ob wir das Glatzenreservat im Rahmen einer Aktion »Stachelbeere Drei« nicht in die noch freie Quergasse zwischen Apotheke und Irrenhaus übersiedeln sollten, aber dann stürzte unter ohrenbetäubendem Getöse das eiserne Parlamentsportal um, und das Kampfgeschehen verlagerte sich ins Treppenhaus. Eine Granate flog in den Saal, doch zum Glück explodierte sie in einer entfernten Ecke.

Pepi und Frau Schick schmiegten sich unter dem Tisch, zwischen den Beinen von Eugen, eng aneinander. Mit trockenen Lippen wisperte die Witwe ein Gebet:

»Gnädiger St. Antonius, du Heiliger der behaarten Gläubigen, beschütze uns vor der Rache der Glatzköpfe. Der Wille der Bewegung geschehe, wenn irgend möglich. In Gottes Namen, Amen.«

Dr. Schwanz kroch zu mir herüber.

»Herr Flinta«, brüllte er mir ins Ohr, »Ihre Frau ist eine der Kategorie ›FA‹ angehörende Glatzenstämmige.«

»Woher wissen Sie denn das?«

»Die ganze Familie wurde beim Glatzenlakaien Gagay geschnappt. Eine Untersuchung ist bereits im Gange. Ihr Schwiegervater ist Vollglatzkopf. Der Bruder Ihrer Gattin leistete Widerstand.«

Dr. Schwarzkopf hatte offenbar trotz des Kampflärms vor der Tür des Saales etwas mitbekommen.

»Sieh einer an«, grinste er. »Der Herr Haarschutzführer lebt mit einer ›FA‹ in Mischehe. Wer hätte das gedacht ...«

»Die Sache läßt sich sofort aus der Welt schaffen«, eilte mir Dr. Schwanz zu Hilfe und zog aus seiner Westentasche ein zusammengefaltetes Stück Papier hervor. »Ich habe heute morgen bereits eine Erklärung für Herrn Flinta vorformuliert, in der er die Scheidung von seiner glatzenstämmigen Frau einreicht.«

Die feindlichen Soldaten hämmerten mit ihren Gewehrkolben gegen die massive Eichentür des Saales. Ich warf einen Blick auf den in Blockbuchstaben verfaßten Entwurf, den Schwanz zu Papier gebracht hatte.

Blockbuchstaben?

Ich fiel über Schwanz her und würgte ihn:

»Du dreckiger Kerl! Du hast mir also seinerzeit den Drohbrief geschickt, ich war also ein ›korruptes Schwein‹ für dich?«

Dr. Schwarzkopf und Pepi versuchten, den zu Tode erschrockenen Referenten und mich zu trennen.

»Rudi, mach doch jetzt keinen Skandal«, rief Pepi. »Bist du verrückt geworden?«

Ich löste meine Hände von Schwanz' Hals und stürzte mich auf Pepi:

»Ich und verrückt? Und wer hat den blödsinnigen Artikel über die Kahlköpfigkeit verfaßt?«

Pepi hielt sich am Tischbein fest.

»Du hast mich gegen Politzer-Kahlmann aufgehetzt«, röchelte er. »Mir wäre so etwas Dummes nie im Leben eingefallen.«

»Nein? Und wer wollte diese idiotische Partei«, ich drückte Pepis Kopf gegen das Fußbodenmosaik, »du oder ich?«

Die Witwe Schick versuchte, mich von ihrem Herzallerliebsten wegzuzerren.

»Lassen Sie Josef in Frieden«, trommelte sie auf meinem Rücken. »Sie Tresorknacker!«

»Halten Sie die Klappe, Sie Schwindlerin. Sie haben auch den heiligen Antonius betrogen!«

»Und Sie die ganze Welt«, mischte sich Dr. Schwarzkopf ein und zerrte an meinen Haaren. Die Saaltür fiel dröhnend aus den Angeln. Die feindlichen Flaksoldaten stürzten in den Saal und holten die Führer der Bewegung unter dem Tisch hervor.

»Achtung«, rief Pepi, »der Leutnant ist ein Halbglatzkopf!«

»Wieso halb?« Dr. Schwanz zappelte im Griff eines Soldaten. »Mindestens ›Bgh‹ oder ... bestenfalls ›CBgh‹ ...«

Jemand packte mich beim Fuß. Es war der Oberkellner Eugen.

»Schnell«, sagte er, »es gibt eine Geheimtür zur Irrenanstalt.«

Das ist das letzte, woran ich mich erinnern kann.

Der Rest ist Schweigen.

Dort, wo mich Eugen in den letzten Stunden des Krieges hingebracht hat, sitze ich nun schon seit vielen Jahren. Wenige Tage nach der Kapitulation untersuchte mich der letzte noch amtierende Anstaltsarzt und erklärte mich für haftunfähig. Es war mir egal. Eigentlich fühle ich mich ganz wohl hier. Mein geliebter Schwiegervater und meine kleine Lizzi besuchen mich fast jedes Wochenende, und Frau Molnar brachte mir zu Ostern einen Schokoladenhasen. Sie lebt übrigens wieder mit Arthur zusammen, der auf seine Kahlköpfigkeit seither besonders stolz ist. Pepi ist mit der Witwe Schick ins Ausland geflohen. Zuletzt erhielt ich eine Ansichtskarte aus Argentinien.

»Der moralische Sieg ist unser, nur die brutale militärische Übermacht hat uns überwältigt«, schrieb Pepi. »Die Idee des Haarschutzes lebt und wird leben, solange es auch nur einen Glatzkopf auf dieser Erde gibt.«

Die Witwe sandte mir den Segen des heiligen Antonius. Wahrscheinlich werden sie heiraten, Frau Schick hat ja den Inhalt ihres Panzerschrankes mitgenommen.

Micha kommt auch manchmal vorbei, und dann spielen wir zwei Backgammon.

Dr. Zenmayer steht, so hört man, als Fachmann für militärische Invasionen im Dienste der Regierung der Vereinigten Staaten. Graf Peterffy hat seine Ländereien wiederbekommen, und Professor Wind ist heimgekehrt, aber er gilt als Verräter, weil er während des Krieges im Ausland war. Ich habe ihm vor drei Jahren ein paar aufmunternde Zeilen geschrieben. Er hat mir noch nicht geantwortet.

Doch nicht alle sind so glimpflich davongekommen. Dr. Schwanz wurde vom Obersten Gericht zu sechs Monaten Haft auf Bewährung verurteilt. Eugen hat 18 Jahre bekommen.

Mir hat die Staatsanwaltschaft erst vor kurzem neuerlich den Prozeß gemacht. Dabei hat es mir wenig genützt, daß ich in der Zwischenzeit fast alle Haare verloren habe und daß niemand geringerer als der Vorsitzende der Rechtsanwaltskammer, Dr. Eberhard Schwarzkopf höchstpersönlich meine Verteidigung übernommen hat.

Vor der Verhandlung schrieb ich noch rasch meine Erinnerungen unter dem Titel »Mein Kamm« nieder. Das Gericht las das Manuskript, sprach mich frei und schickte mich zurück ins Irrenhaus.

»Eine so aberwitzige Geschichte«, begründete das dreiköpfige Gremium sein Urteil, »eine derart hirnverbrannte Absurdität, die besten Bürger eines Landes nur wegen mangelhafter Behaarung zu diskriminieren, zu verfolgen und zu Tode zu quälen, so etwas kann nur jemand erfinden, der ein gemeingefährlicher Irrer ist.«

20. Jahrhundert. Irgendwo in Europa.

Satirisches Familienporträt aus der Feder des »Weltmeisters in Sachen Humor«

Vorhang auf für Rafi, Amir und Renana und nicht zuletzt für die »beste Ehefrau von allen«! In seinen Familiengeschichten beschreibt Kishon humorvoll die Diktatur der Kinder von heute und den Kampf der Eltern mit Windmühlenflügeln, die in Form von Küchengeräten das Leben zur Sklaverei werden lassen. Doch bei aller spöttischen Satire schimmert die Liebe des Autors zu seiner Familie immer wieder zwischen den Zeilen durch.

»Unter der Feder Kishons werden Ärger und Ungemach zu unterhaltsamen Episoden. Ein wohlgelungenes, vergnügliches Buch.«

Wiener Zeitung

ISBN 3-404-14350-7

BASTEI LÜBBE

Das Auto ist ein Thema, das uns Tag für Tag bewegt und beschäftigt. Das Auto, des Deutschen liebstes Kind, wird gehätschelt, gewaschen und oft mehr geliebt als die eigene Frau. So hat man es auch nicht gern, wenn dieses kostbare Stück belächelt oder gar mit sanftem Spott bestrahlt wird.
Vielleicht gerade deshalb hat sich Ephraim Kishon des Lieblingsthemas unseres Jahrhunderts angenommen und erzählt, was der fahrbare Untersatz, dieses Wunder menschlichen Genies, alles mit uns anstellen kann. Warum eine Autofahrt mit der Familie jede Folge von »Dallas« ersetzt und was eine Parkplatz-Safari zu einem unvergeßlichen Erlebnis macht, wie eine angezogene Handbremse zum drahtlosen Telefon wird und man sich straflos an Verkehrspolizisten rächt – das und vieles mehr verrät uns der bekannte Satiriker.

ISBN 3-404-14474-0

BASTEI LÜBBE

Ein literarisches Denkmal für eine der meistzitierten Ehefrauen der Welt.

Schonungslos enthüllt der bekannte Satiriker in diesem Buch das Mysterium jener Frau, die den Lesern seiner Geschichten seit Jahren so vertraut und doch gleichzeitig noch immer geheimnisvoll und sagenumwoben ist. Das Mysterium jener Frau, an deren Haaren der Autor die umwerfendsten Geschichten herbeizieht und deren Willenskraft und Einfallsreichtum bereits ganze Generationen von Lesern fasziniert und amüsiert.

Mit brillanter Beobachtungsgabe schildert der ›beste Ehemann von allen‹ Szenen einer Ehe: liebevoll, satirisch, geistreich und – vor allem – charmant.

ISBN 3-404-14628-X

BASTEI
LÜBBE

Die ›geheime‹ Welt eines der erfolgreichsten Schriftsteller unserer Zeit, aufgerollt an seinen Lieblingsgeschichten. Zum ersten Mal erzählt Ephraim Kishon, was tatsächlich hinter seinen Satiren steht. Ein überraschendes und sehr amüsantes Leseabenteuer für alle, die den großen Humoristen wirklich kennenlernen wollen.

ISBN 3-404-14697-2

BASTEI
LÜBBE

Satirische Tips und Tricks für alle Wirtschaftslagen

Wie verliert man auf möglichst raffinierte Weise sein Vermögen? Wie schlägt man der Inflation ein Schnippchen? Wie führt man den Fiskus an der Nase herum? Warum braucht ein Konkurs einen Verwalter? Und wieso ist der sicherste Weg, reich zu werden, der, daß man Lotto spielt?
Die Antwort auf all diese Fragen weiß – und gibt – Wirtschaftsexperte Ephraim Kishon.
Ein pointenreiches Lesevergnügen, Entspannung für Manager in allen Lebenslagen und ein höchst origineller Geschenktip für die betroffenen Angehörigen.

ISBN 3-404-14731-6

BASTEI LÜBBE